Jocelyne Godard

Née au Mans, Jocelyne Godard publie à vingt ans ses premiers recueils de poésie. Au début des années 1990 paraît une anthologie, *Elles ont signé le temps*, rassemblant la biographie des femmes auteurs des origines à 1900. Passionnée par la vie des femmes renommées du passé, elle redonne vie à celles que l'histoire a oubliées dans de grandes sagas telles *Les Thébaines*, *Lys en Val de Loire* et *Les ateliers de Dame Alix*. Après l'Égypte et le Moyen Âge, elle s'intéresse à l'Asie dans deux nouveaux romans : *Dans les plis du kimono* et *Au bout de l'éventail*. Elle vit entre Paris et le Val-de-Loire.

Retrouvez toute l'actualité de l'auteur sur www.lesemaphore.fr

Les Ateliers de Dame Alix

* * *

AUGUSTE
ET LA SIBYLLE

DU MÊME AUTEUR
CHEZ POCKET

Les Ateliers de Dame Alix

1. Les licornes
2. Les Vierges du Vatican
3. Auguste et la Sibylle

JOCELYNE GODARD

Les Ateliers de Dame Alix

* * *

AUGUSTE ET LA SIBYLLE

LES ÉDITIONS LE SÉMAPHORE

Le papier de cet ouvrage est composé de fibres naturelles, renouvelables, recyclables et fabriquées à partir de bois provenant de forêts plantées et cultivées durablement pour la fabrication du papier.

ISBN : 978-2-266-18670-4

Quand on excelle dans son art, et qu'on lui donne toute la perfection dont il est capable, on s'égale à ce qu'il y a de plus noble et de plus relevé.
La véritable grandeur est libre, douce, familière, populaire ; elle se laisse toucher et manier, elle ne perd rien à être vue de près ; plus on la connaît, plus on l'admire. Elle se courbe par bonté vers ses inférieurs et revient sans effort dans son naturel ; elle s'abandonne quelquefois, se néglige, relâche ses avantages toujours en pouvoir de les reprendre et de les faire valoir ; elle rit, joue et badine, mais avec dignité. On l'approche avec retenue. Son caractère est noble et facile, inspire le respect et la confiance.

(Extrait des *Caractères* de La Bruyère)

À Berthe, ma mère.

I

Après son périple à Rome, puis à Bruges, Alix ne revint à Tours qu'à l'automne. Mathias, son fidèle ami, s'était lancé avec un fol acharnement dans le travail. Sa douleur quant à la disparition de Florine semblait s'effacer peu à peu, laissant dans son esprit l'image d'Alix qu'il se promettait de conquérir. À présent, pour lui, rien ne comptait plus que la retrouver afin de lui prouver qu'il avait su remonter les ateliers. En son absence, il les avait remis en marche avec les maigres moyens dont il disposait. Mais, depuis que Julio était rentré, les deux ateliers fonctionnaient à plein rendement avec quatre hautes lisses et quatre basses lisses qui permettaient dorénavant d'assumer un nombre de commandes supplémentaires.

Oui ! Aux côtés d'Alix, Mathias reprenait vie, courage, espoir et agissait en plein accord avec elle. La jeune femme lui ayant laissé les pleins pouvoirs en son absence, Mathias avait rengagé le contremaître Arnold et sa femme, partis travailler chez un autre maître après l'incendie des ateliers d'Alix.

Certes, le jeune lissier avait bien fait les choses, tant sur le plan de la reconstruction des lieux que sur l'engagement des ouvriers. Après avoir retrouvé Arnold, il s'était mis à la recherche de Landry disparu à Paris pour les mêmes raisons, puis revenu en Val de Loire. Il l'avait découvert à Blois alors qu'il recherchait du travail et, sans plus se poser de question, les deux hommes étaient revenus ensemble.

Avec un réel soulagement, Alix voyait ses ateliers revivre. Seuls manquaient le visage, les yeux, la voix de Jacquou, mais elle avait enfoui en elle tout ce qui lui restait de lui, comme un merveilleux souvenir qu'elle ne laisserait certes pas échapper. Jacquou sommeillait doucement et éternellement là où son cœur battait encore.

Alors, dégagée des tourments de la solitude et de la rancœur, elle se laissait submerger par son nouvel amour qui la transportait vers des horizons insoupçonnables, ceux d'une vive passion étrangement mêlée à cette Renaissance italienne qui arrivait peu à peu jusqu'en France. Et, avec son esprit créatif, curieux, ambitieux, volontaire, Alix ne pouvait manquer cela. Alessandro l'y aiderait.

Après Julio, bien décidé à rester en Val de Loire, et Angela dont les compétences se révélaient meilleures chaque jour, restait Pierrot, l'orphelin recueilli qui terminait son apprentissage.

Quand Mathias avait revu Alix, un flot de joie l'avait submergé. La trouvant plus belle encore qu'à son départ, il était vaguement inquiet, pourtant, de cette lueur de bonheur qu'elle avait dans les yeux et qu'il devait maudire quelque temps plus tard, en apprenant la cause.

— Alix ! souffla-t-il quand la jeune femme fut dans ses bras. Alix, si je n'avais pas eu tout ce travail, Dieu, que je me serais langui de toi !

Alix s'était mise à rire. Mais elle aussi ignorait encore que bientôt elle ne devrait plus se moquer de l'amour que lui portait Mathias. Elle comprendrait aussi que les tendres effusions qui les avaient réunis à l'heure de son départ en Italie et dans le Nord, étaient la suite cohérente de leur veuvage réciproque qui les avait plongés tous deux dans l'anéantissement total.

Certes, tout aurait pu être différent si Alix n'était pas rentrée de Bruges les yeux avivés par cette lumière étrange que craignait tant Mathias. Celle qui hantait les yeux du jeune lissier était douce, tranquille, sereine, tellement pleine d'espoir du renouveau qu'il attendait, tandis que la lueur qui brillait dans le regard d'Alix était le reflet d'une passion dévorante.

Ainsi allait le destin. Alors que Mathias était resté seul, Alix avait trouvé la renaissance de l'amour. Elle n'en parlait cependant à personne et seuls Julio et Angela connaissaient la raison de la joie qui soulevait tant son esprit et son cœur.

— Nicolas ! Mon petit ange ! s'exclama-t-elle en soulevant l'enfant de Mathias dans ses bras. Comme te voilà grand à présent.

Oui ! Le fils de Mathias, qui avait si peu connu sa mère, respirait la force et la santé. Alix le garda contre elle, respirant cette odeur de la petite enfance, si tendre encore. Le bambin se mit à rire, à babiller, à gazouiller des mots incompréhensibles. De sa petite main potelée, il tapotait le visage de la jeune femme.

— Ton fils est superbe, Mathias.

— C'est un peu le tien, Alix, murmura son compagnon. Tu l'as nourri, élevé et même sauvé des flammes, rappelle-toi.

— C'est vrai. Nicolas est presque mon enfant.

Elle le serra davantage contre elle, comme si, soudainement, elle ne voulait plus le lâcher. Oui ! Nicolas était son enfant, le fils que, par deux fois, elle n'avait pu mettre au monde.

— Nous t'apprendrons le beau et grand métier de lissier, Nicolas. Tu seras l'un des plus forts, ça je te le jure !

Elle le tendit à Bertille qui s'approchait, l'air joyeux d'avoir enfin retrouvé sa maîtresse. Les effusions furent sincères et chaleureuses. Bertille prenait si bien en main l'intendance de la grande maison qu'Alix n'eut aucun mal à retrouver ses habitudes.

— Et maintenant, déclara la jeune femme, allons voir les merveilles que tu as faites, Mathias.

Le jeune lissier repoussa une mèche drue qui retombait sur son front. Puis il fit glisser ses doigts dans son épaisse chevelure de ce blond roux et chatoyant qui se remarquait tant de loin. Il entremêlait lentement ses doigts aux mèches rebelles, comme pour en redresser l'ordonnancement souvent bousculé par l'agitation du travail. Un geste qu'il effectuait toujours quand son esprit était absorbé par une idée qui lui tenait à cœur. Or, à cet instant précis, le point essentiel résidait dans ce qu'il avait réalisé en son absence.

Ses yeux intensément bleus soutinrent quelque temps le regard de la jeune femme. Elle posa la main sur son épaule.

— Oui ! Allons, acquiesça-t-il.

Les ateliers, qui se tenaient non loin de la maison, près de la place Foire-le-Roi, avaient été entièrement rebâtis. Ils se touchaient et les annexes, qui n'avaient pas été endommagées par l'incendie, avaient été agrandies, si bien que, mordant sur la cour intérieure, elles atteignaient presque le bout des ateliers.

— Nous pourrons bientôt tout réunir, décréta-t-il. Cela nous permettra de doubler les stocks de fournitures et, ainsi, de gagner du temps sur la finition des ouvrages.

— C'est immense ! s'extasia la jeune femme impressionnée par l'ampleur des lieux.

— Il y avait suffisamment d'argent pour le faire, j'en ai profité, déclara Mathias, fier de sa réussite. Nous pourrons acheter encore une lisse et prendre un plus grand nombre de commandes.

— Mais il faudra engager du personnel. L'as-tu prévu ?

— Bien sûr. Arnold connaît un jeune ouvrier qui cherche du travail. Il devrait se présenter dans quelques jours. Nous le prendrons à l'essai et, s'il fait l'affaire, nous le garderons.

Du second atelier arrivèrent Arnold et son épouse. Les retrouvailles furent joyeuses. Arnaude raconta aussitôt que Guillemin était un grand garçon et que, bientôt, il pourrait rendre des petits services si Alix le laissait faire son apprentissage dans ses ateliers.

— Mais Guillemin n'a que huit ans ! protesta Alix en souriant.

— Tu sais bien qu'il connaît déjà tous les fils et que, d'instinct, il écarte les mauvais des bons !

Mathias prit la jeune femme par le bras et l'entraîna hors des ateliers.

— Viens, fit-il. À présent, je voudrais te montrer autre chose.

Elle le suivit, prête à voir les autres prodiges que le jeune lissier avait réalisés. Ce n'était qu'un projet, mais quel projet !

— Regarde !

Sortant par l'arrière des ateliers, ils se retrouvèrent à l'extérieur de la cour dont l'un des angles donnait sur la place Foire-le-Roi.

Julio accourait et désignait de la main le lieu désert qui, autrefois, n'était qu'un abri stockant les céréales d'un vieux marchand tourangeau. Le vieil homme étant mort sans laisser d'héritier et le stockage vidé n'ayant pas été remplacé, les murs plutôt sales et délabrés avaient été cédés à Mathias, pour le compte d'Alix, à très bas prix.

Julio s'excitait :

— Ça pourrait être l'emplacement de notre comptoir italien. Qu'en penses-tu ?

— Magnifique ! s'extasia la jeune femme. Magnifique !

— La place au sol totalise plus de quarante pieds de long et vingt de large, affirma Julio, les yeux brillants de joie. Tout au fond, nous pourrions aligner les lisses et sur le devant les tables et le comptoir.

— Oui ! Merveilleux. Et si nous construisons le bâtiment en une pièce unique, mais de très grande dimension, nous pourrions exposer nos tentures sur les murs.

— Sûrement pas, Alix, objecta aussitôt Mathias, c'est un risque qu'il serait dommage de prendre. As-tu pensé au vol ? La nuit, les rôdeurs sont toujours attirés par ce genre d'expositions.

— Sans parler d'un autre risque d'incendie pour lequel nous ne sommes nullement à l'abri. Y as-tu songé, Alix ? rétorqua Julio d'un ton qui amena l'inquiétude sur tous les visages. Mgr Jean t'a bien mise en garde. Avec tes ennemis tourangeaux qui épieront le moindre de tes mouvements, il faut envisager le pire. Tu devrais installer un gardien.

— Tu as raison, répliqua Alix. J'ai été suffisamment prévenue contre les agissements des lissiers de Tours qui me narguent et me surveillent. Il nous faut un gardien.

Julio hocha la tête.

— Il ne sera pas facile d'en trouver un de toute confiance. Nous ne pouvons pas prendre n'importe qui.

— J'ai ma petite idée, fit Alix.

— Laquelle ? demandèrent ensemble Mathias et Julio.

— La comtesse d'Angoulême m'a écrit que Juan et Lisette ne voulaient pas rester à Amboise. Et, à présent que Léo est là pour conduire l'attelage, Juan pourrait fort bien garder les lieux. Il suffirait de lui construire tout à côté une petite maison pour abriter sa famille, laquelle devrait s'agrandir.

Angela qui venait d'arriver s'élança dans ses bras.

— Oh ! Dame Alix, je vous avais promis d'apprendre à tisser. Julio est un excellent maître. Je sais déjà tendre mes fils sur la trame et reporter mes repères. Je n'avance pas très vite, mais je réussis chaque soir à prouver que j'ai progressé.

— C'est vrai, Alix, Angela est douée. Elle me secondera bientôt.

— Alors, je me félicite de ne pas t'avoir laissée mourir entre les mains brutales de cet odieux commerçant.

Elle vit que Julio posait sur elle un doux regard tranquille. Une lueur qu'elle ne connaissait pas habitait son œil noir. Se pouvait-il donc qu'il fût amoureux de cette petite, encore une enfant, et qu'il laissât de côté les questions religieuses ?

Puis elle sourit en hochant la tête. N'était-elle pas, elle-même, tombée amoureuse de Jacquou à l'âge de huit ans ?

C'est ainsi que, le plus naturellement du monde, Mathias avait pris la direction des deux ateliers. Lui qui, novice autrefois, avait été sous les ordres d'Arnold installé dans les lieux bien avant son arrivée, se retrouvait après Alix le maître de tout.

Si Alix Cassex, la nouvelle lissière tourangelle, disait-on dans toute la ville, avait effectué ce choix, c'est que Mathias avait toujours prouvé son infaillible fidélité envers elle, tandis qu'Arnold, bien qu'il fût généreux et sincère, allait plutôt dans le sens où le vent tournait. Une première fois, il s'était enfui avec sa femme et son fils, comme beaucoup l'avaient fait, durant la terrible peste dernière, la laissant seule et désemparée. Son second abandon avait eu lieu après l'incendie où, sans travail, il avait dû chercher un autre emploi, ce qu'Alix avait fort bien compris.

Cependant Mathias, bien qu'ayant aussi un enfant à charge, était toujours resté près d'elle, bravant peste et incendie, essuyant avec elle les peines et les tourments qui pleuvaient sur leurs épaules, mais souriant aussi dès qu'une accalmie venait éclaircir l'horizon.

N'était-il pas normal qu'à présent Mathias prenne une place de choix, juste derrière Alix, et se retrouve le maître des ateliers ? La jeune femme ne regrettait pas sa décision. Après tout, Arnold restait le contremaître, Landry serait son ouvrier et Pierrot son apprenti.

Chacun savait qu'Arnold était un bon élément, capable, sérieux, honnête et travailleur. Ces points-là étaient incontestables. Mais il avait toujours manqué du sens des responsabilités qui, sans aucun doute, sortait l'ouvrier de sa condition subalterne. Mathias avait plus d'audace et de fermeté, plus d'envergure aussi. Il l'avait prouvé en faisant fonctionner les ateliers, sans aucun moyen, après l'incendie qui avait tout emporté.

Tandis que Mathias était un responsable, Arnold ne serait toujours qu'un bon exécutant. Oui ! Alix pouvait se reposer entièrement sur son ami Mathias et penser à ses voyages brugeois et florentins qu'elle devrait désormais organiser pour rapporter des commandes.

Mais ce qu'ignorait encore la jeune femme c'est que, ce soir-là, le cœur du lissier devait saigner douloureusement devant les mots qu'elle s'apprêtait à lancer tandis que Bertille apportait un plat de lentilles qui dégageait une bonne odeur de topinambours et de lard fumé.

— Je vais m'absenter quelque temps, fit-elle en se tournant vers Mathias.

— Mais tu viens juste de rentrer ! objecta son compagnon en la regardant étonné. Où veux-tu aller ?

— Oh ! Pas très loin, fit Alix d'un ton embarrassé. Je dois me rendre tout d'abord à Amboise, puis peut-être à Blois et Orléans. Après, je dois aussi…

— Ah ! coupa Angela d'un ton joyeux, le sire Van de Veere viendrait-il dans la région, par hasard ?

Mathias en resta pantois.

— Le sire Van de Veere, qui est-ce ?

— C'est le banquier, indiqua Alix un peu confuse.

— Mais que vient-il faire à Tours ?

— Négocier, prendre des contacts, chercher de nouveaux clients. Il a de nombreuses activités.

— Dans cette région !

— Oui ! Sans doute.

Il perçut un léger énervement dans l'attitude d'Alix et n'insista pas. Puis, le souper achevé, après les embrassades habituelles, chacun rejoignit sa chambre afin d'être frais et dispos le lendemain à l'aube.

Mathias avait son logis tout à côté de la grande maison où Bertille et Alix gardaient avec elles le petit Nicolas. Après avoir quitté silencieusement la table, et guettant Angela dont la chambre se trouvait sur le passage de la sienne, il l'attrapa par le bras et jeta d'une voix troublée :

— Qui est ce Van de Veere ?

— Mais Alix vous l'a dit, c'est le banquier de Bruges.

— Pourquoi vient-il en Val de Loire ?

— Je… je crois qu'Alix l'a invité.

Mathias pâlit.

— Invité, mais où ?

— Je ne sais pas. Elle doit sans doute vouloir lui rendre ses gentillesses.

— Lui rendre ses gentillesses ! répéta Mathias d'un air ahuri sans rien comprendre. De quelles gentillesses parles-tu ?

La pâleur de son visage s'accentua et ses yeux bleus s'allumèrent de colère, une lueur noire les assombrit.

— Elle est allée chez lui.

— Où ?

— Dans sa maison de Bruges.

— Longtemps ?

— Je ne sais pas. Oui, sans doute. Nous sommes repartis tout de suite après, je ne peux pas vous en dire davantage.

Le visage de Mathias prit une pâleur effrayante, celle d'un mort. Ses mâchoires se contractèrent. Il leva une main tremblante et passa ses doigts nerveux au travers de sa chevelure rousse. Puis, d'une voix étouffée, il poussa un juron.

— Ce Van de Veere la courtise-t-il ?

Consciente qu'elle en avait trop dit, Angela se mit à frissonner. Elle ne voulait pas causer de tort à Alix et elle sentit que c'était chose faite. Mathias lâcha son bras et poussa un nouveau juron.

— Oh ! Mathias ! lança Angela d'une petite voix, c'est avec elle que vous devez discuter de tout cela, pas avec moi.

Comment ne pas comprendre qu'Alix avait appartenu à cet homme ? Comment ne pas être désespéré quand il pensait de plus en plus à un tendre rapprochement entre eux, le petit Nicolas scellant leur affection réciproque ?

Tout s'éclairait à présent. Alix avait un amant. Voilà d'où venait cette lumière éclatante qui brillait dans son œil, cette lueur qui ne lui était pas destinée, ce vacillement de la prunelle réservé à ce banquier qu'il détestait avant même de l'avoir vu.

Après cette flagrante désillusion qu'il ne pouvait encaisser, il y eut ce lendemain où Mathias n'était pas à l'atelier. Quand la jeune Angela raconta son bref entretien avec lui, Alix prit peur. Où était-il allé ?

Durant deux jours, il ne revint pas et elle dut partir à sa recherche. Mais où pouvait-elle le trouver ? Fouiller toute la ville de Tours était impossible. Le temps lui manquait. Alessandro devait arriver d'un jour à l'autre. Comment allait-elle s'y prendre ? Oui ! C'était impératif, il fallait qu'elle retrouve Mathias avant la venue du banquier florentin.

Alix entra dans presque toutes les auberges de la ville et s'informa sans succès. Personne n'avait vu Mathias, qu'on appelait « le Lillois ». Chaque fois qu'elle posait la question, Alix restait pensive sur la réponse négative qu'elle recevait en retour.

On lui conseilla cependant d'aller voir sur les bords de la Loire pour le cas où il serait allé se promener. Dubitative quant au terme « se promener », Alix sentit son inquiétude tourner carrément en angoisse.

Elle prit donc, avec Jason qu'elle avait enfourché le matin même, la route des bords de Loire et, suivant ce maigre conseil pour ne pas regretter par la suite d'avoir négligé le plus mince détail, elle inspecta les environs.

Comme il était encore tôt, elle ne vit que des pêcheurs qui observaient avec attention les filets tendus la veille. Aucun indice ne put la mettre sur une piste. Elle s'arrêtait pourtant dès qu'elle avisait une barque qui oscillait doucement sur l'eau, en prenant soin de descendre de sa monture pour s'en approcher et aller en inspecter le fond.

Quand l'un des pêcheurs la héla pour lui demander ce qu'elle désirait, elle répondit en quelques mots :

— Je cherche un homme.

Il se mit à rire, aussitôt imité par les autres qui, remarquant le visage et la tournure agréables de la jeune femme, ne purent que rétorquer :

— Il s'est pas noyé ton homme, on l'aurait vu. Va plutôt chercher du côté des tavernes, il a dû forcer sur le vin !

— Je les ai toutes faites et je ne l'ai pas vu, jeta Alix en haussant l'épaule.

— Alors, il est parti avec une autre, ma belle ! Faudra te faire une raison.

— Bah ! s'esclaffa un petit bonhomme chauve qui tirait à lui un filet pour mieux l'étendre sur la berge, si tu veux moi je suis libre, je demande qu'à le remplacer !

Malingre d'allure, les jambes un peu arquées, vêtu d'un caleçon gris et le torse nu, il éleva les bras au ciel.

— Et t'auras du poisson à manger tous les soirs, ça je te le jure. Foi de pêcheur tourangeau !

De nouveau, ils se mirent à rire. Alix esquissa un geste agacé, grimpa sur son cheval et quitta les lieux. Remarquant une ferme au bout du chemin qu'elle empruntait pour se dégager des berges et retourner à l'intérieur de la ville, elle poursuivit jusqu'au portail de bois qui donnait sur une petite basse-cour où des volatiles caquetaient en sautillant d'un bout à l'autre de la maigre surface qui leur était impartie.

Une femme se posta sur le pas de la porte et quand le battant fut complètement poussé, Alix vit quelques poules se faufiler dans la grande pièce qu'elle imaginait unique avec un sol en terre battue. Et, comme si les poules n'attendaient que cette occasion, elles s'engouffrèrent bientôt toutes, les unes après les autres, à l'intérieur de la maison.

— Que voulez-vous ? s'enquit la fermière sans bouger de son poste d'observation.

Alix hésita. Sans doute, tout comme les pêcheurs, cette femme se moquerait d'elle quand elle aurait annoncé l'objet de sa recherche. Elle avança de quelques pas en direction de la fermière et s'aperçut que son visage encore jeune présentait des traits agréables, un nez fin et droit, un front haut, un regard clair et tranquille.

— Je cherche un homme, hasarda-t-elle enfin.

Comme la jeune fermière ne répondait pas, elle poursuivit d'un ton désappointé en haussant l'épaule.

— Mais pourquoi l'auriez-vous vu et pourquoi serait-il venu jusqu'ici ? Pardonnez-moi, je suis désolée de vous avoir dérangée.

— C'est pas du dérangement pour moi, répliqua la fermière en hochant la tête. Comment il est votre homme ?

— Grand, fort, beau garçon, les yeux bleus et les cheveux blonds tirant sur le roux.

— C'est votre mari ? s'enquit la femme en clignant des paupières.

— N… non !

— Ah ! Je vois.

Que lui expliquer, à cette tranquille fermière qui la regardait pourtant sans aucune malveillance, plutôt même avec une certaine commisération ? Elle n'avait pas vu Mathias et le confirma par les mots suivants :

— J'ai pas vu un tel homme et, pour sûr, je l'aurais vu que je vous l'aurais dit.

— Bien sûr, répondit Alix en opinant de la tête.

— Avez-vous été voir du côté des berges ?

— J'en viens.

— Et du côté du port ?

— Non, mais je vais y aller.

— Allez donc voir les dockers, ils doivent décharger à cette heure-ci. Ces gens-là, ils voient tout et connaissent tout.

— Ça c'est une idée ! Je crois que je vais la suivre.

Que pouvait-elle faire à présent, sinon remercier cette femme et poursuivre ailleurs ses recherches. Alors, elle se souvint. C'était au temps où elle cherchait Jacquou dans le Nord, poursuivie par Coëtivy, son beau-père. Puis, elle se rappela la rencontre avec Mathias et ses révélations au sujet de ses errances de ville en ville, jeune et insouciant, en quête d'un petit métier. À l'inverse de Léo qui ne savait que décharger un vaisseau et conduire les chevaux, Mathias possédait une habileté en tout.

La fermière avait raison. Aller voir du côté des dockers n'était pas une mauvaise idée.

C'est donc dans cette direction qu'elle orienta les pas de Jason. Mais elle erra du côté du port pendant plusieurs heures sans voir Mathias. Il aurait pu être là, assis sur une borne d'arrimage, rêveur, le regard fixé au loin.

Inquiète, elle se prit pourtant à rêver au chemin parcouru depuis que, petite fille orpheline confiée à quelques jeunes amies de sa mère, elle avait décidé de rester en Val de Loire pour s'y attacher avec Jacquou.

Les douze coups de l'horloge de la place centrale la ramenèrent dans un temps plus présent et elle se dit qu'elle devait encore fouiller la ville pour retrouver son compagnon. Elle se consolait assez piteusement en essayant de se convaincre qu'il ne pouvait abandonner ainsi le petit Nicolas.

Cette idée lui ramena un soupçon d'espoir et, tandis qu'elle se dirigeait vers les halles et la place du marché, une autre idée lui vint soudain à l'esprit.

Pourquoi Mathias ne serait-il pas allé se réfugier à l'église Saint-Pierre, là où on avait enseveli Florine pendant les sombres journées de la peste ? Oui ! Bien sûr, là où Florine était enterrée, si toutefois « enterrée » était le terme approprié, car elle avait plutôt été jetée avec les centaines d'autres cadavres parmi lesquels figurait aussi Jacquou.

Sans plus attendre, Alix mena Jason jusque sur le parvis de la grande église.

Saint-Pierre commençait à s'animer. En cette pleine heure de la journée chacun vaquait à ses occupations. Les échoppes se serraient tout autour des églises de Saint-Pierre et Saint-Martin, amenant un flux de commerçants, de passants, de pèlerins, de prélats.

Sur le parvis, Alix attacha prudemment Jason à une borne de pierre et, par le grand porche, pénétra dans l'église. Contrastant avec l'agitation extérieure, le lieu était silencieux et la grande nef bordée de ses bancs de bois ciré fleurant la fraîche encaustique semblait l'inviter à rester et respirer un peu.

Indécise, elle attendit debout, face au chœur de l'église, en se demandant ce qu'elle ferait dans quelques instants quand elle se rendrait compte qu'elle était exactement au même point qu'au petit matin. En partant, elle avait dit à Julio qu'elle ne rentrerait probablement qu'à la nuit tombée.

— Alix ! entendit-elle dans son dos, alors qu'elle s'approchait de la cure de l'église pour se renseigner.

La jeune femme se retourna.

— Frère André !

Instantanément, elle se jeta dans ses bras. Le chanoine Mirepoix la serrait si fort qu'il l'étouffait de ses bras petits et courts, mais étonnamment puissants.

— Que je suis heureuse, frère André ! Que faites-vous à présent ?

Mais il ne répondit pas à sa question et préféra prononcer d'autres mots qui, semblait-il, liaient mieux le passé au présent.

— Frère André ! reprocha-t-il, ne m'appeliez-vous pas André quand nous sommes partis en Italie ?

— C'est si loin, ce temps-là, soupira-t-elle.

— Loin ! Allons, Alix, vous voici bien pessimiste. Pourtant, j'ai appris par le fils Le Viste que vous aviez votre licence. Je vous en félicite.

— Vous a-t-il raconté les conditions dans lesquelles cet accord a été débattu ?

— Dans tous les détails. Dieu ! Que j'aurais voulu être là. Je n'aurais certes guère attendu pour prêter main-forte au cardinal Jean de Villiers.

Alix eut un rire léger, teinté de l'inquiétude de ne pas voir Mathias.

— L'ambiance était déjà fort menaçante. Un ouragan ! Un cyclone ! Que dis-je, un tremblement de terre ! Votre présence aurait précipité la fin du monde.

— Bah ! Je n'aurais fait qu'une bouchée de ce vieux La Tournelle. Quant à l'archevêque de Reims, je lui aurais rabaissé son caquet en lui parlant de son adversaire, Mgr de Beaune.

— Mgr de Beaune !

— Ne saviez-vous pas qu'un nouvel archevêque vient d'être nommé à Tours ?

— Non.

Le chanoine André Mirepoix prit un air de circonstance pour achever le propos qu'il venait d'entamer et qu'il désirait communiquer à sa compagne.

— Bien du changement s'annonce à l'évêché. Oui ! Bien du changement.

Il agita son chapelet qui n'était plus en grosses perles de bois, mais en fines gouttelettes de bronze. La ceinture à laquelle il pendait était en cuir souple et non plus en lourde corde tressée. Quant à cette ceinture qui, autrefois, entourait une bure de laine épaisse et brunâtre, elle cernait une large robe en belle étoffe noire avec parements de satin broché couleur pourpre aux manches et au col.

Depuis qu'il était installé à Tours, André Mirepoix montait rapidement dans la hiérarchie ecclésiastique. Il agita de nouveau son petit chapelet de bronze entre ses doigts. Son visage rond et rose s'illuminait de plaisir.

— Il s'agit de Mgr Martin de Beaune, expliqua-t-il. Et par le plus grand des hasards, son frère Guillaume est un ami intime de mon frère Jacques.

— Mais c'est une véritable chance pour vous, André !

— Une aubaine, certes, qui tombe admirablement bien avec ma nouvelle nomination. Je crois que nous allons faire un excellent travail et la ville de Tours ne devrait pas y perdre. Dorénavant, Alix, vos ennemis réfléchiront à deux fois avant de réitérer leurs menaces.

— Le croyez-vous vraiment ?

— J'en suis persuadé. D'ailleurs, je vous présenterai à l'évêque de Beaune dès que celui-ci aura commencé ses nouvelles fonctions. Mais, n'en parlez à personne. La nomination est encore secrète.

Puis, il prit la main d'Alix et fixa la jeune femme dans les yeux. Son visage avait perdu la gaieté qui l'éclairait tout à l'heure pour se voiler d'une inquiétude que remarqua aussitôt la jeune femme.

— Mathias a l'air perdu. Qu'a-t-il ?

Cette fois, le cœur d'Alix bondit de joie.

— Vous l'avez vu ? Où est-il ?

— À la cure. Il va sans doute y passer une autre nuit, car il ne sait encore ce qu'il veut faire. Que s'est-il passé ?

La jeune femme haussa l'épaule, le regard soudainement las.

— La vie, André ! La vie qui se charge de tout régenter. Vous rappelez-vous quand j'ai perdu Jacquou, puis mon enfant ? Malheureuse au point que je ne savais plus qui j'étais, où j'allais et ce que je faisais sur terre ? Vous rappelez-vous, André, vous auriez fait n'importe quoi pour voir l'espoir naître dans mes yeux ?

— Oui, je me souviens.

Comment le chanoine André pouvait-il oublier ce passionné baiser sur les lèvres d'Alix pour la faire quelque peu réagir ? La tentation avait été trop forte et s'il s'était juré de ne plus recommencer, il ne pouvait l'effacer. C'est à cette époque que le petit moine avait décidé de sortir de l'ombre où son triste prieuré de Reims l'enfermait au milieu de sa botanique et de ses plantes médicinales.

— S'il n'y avait le chagrin de Mathias, je serais pleinement heureuse. André, j'ai trouvé une certaine forme de bonheur, un autre goût de vivre et de faire vivre mes ateliers. Hélas, ce bonheur-là désespère mon tendre et fidèle Mathias.

— Allez le voir, Alix. Il est malheureux.

— Vous a-t-il dit quelque chose ?

— Non, mais ses yeux m'ont parlé.

— Et que vous ont-ils révélé ?

Il lâcha sa main et soupira.

— Alix, je sais que cet homme vous aime. Je l'ai senti quand je suis venu chez vous. Certes, il se souviendra toujours de Florine comme vous vous souviendrez de Jacquou.

Il soutenait le regard de sa compagne.

— La vie ! Comme vous l'avez si bien dit tout à l'heure, la vie qui se charge de tout organiser. Mathias est amoureux de vous tandis que vous en aimez un autre. Rappelez-vous, Alix, votre enfant était mort et vous étiez alors sans force, sans joie, sans aucune énergie. Mathias aurait voulu prendre sur lui votre chagrin et vos peines. Il espérait et croyait en vous. Il attendait votre retour avec cette impatience que seuls possèdent les grands amoureux.

Alix se taisait et le chanoine reprit :

— Et puis vous revenez complètement transformée. L'amour retrouvé a fait de vous une femme resplendissante et Mathias est étranger à cette métamorphose. Mais attention, Alix, ce banquier ne fera pas votre unique joie. Il restera, lui, étranger à votre vie du Val de Loire, même si à vos yeux il paraît quelque temps en faire partie intégrante. Méfiez-vous, d'une certaine façon, cette liaison vous détruira.

Il soupira et poursuivit d'un ton plus bas :

— Vous n'êtes ni florentine, ni brugeoise. Vos racines sont en Val de Loire.

Soutenant le regard du chanoine, Alix eut envie subitement de porter ses yeux ailleurs, mais André les retenait avec ténacité, la forçant à se concentrer sur ce qu'il disait.

— Comment savez-vous que… que…

— Alix, coupa André dans un sourire narquois, vous pensez bien que le fils Le Viste s'est fait un plaisir de tout raconter. Tout Lyon sait qu'une jeune et jolie lissière a troublé le cœur d'un gros banquier florentin.

— Mais c'est odieux ! s'exclama la jeune femme, les yeux exorbités de fureur. Que dit-on encore ?

— Que le sire Alessandro Van de Veere n'avait d'yeux que pour vous et qu'il aurait tué père et mère pour que vous obteniez votre licence. Il a, paraît-il, forcé la main du juge afin qu'il signe le document qui vous acceptait dans la Guilde.

— C'est vrai.

— Allons, c'est votre affaire, Alix. Maintenant, allez rassurer Mathias et faites-lui comprendre que vous ne lui enlevez en rien votre grande affection. Je viendrai souper un de ces soirs chez vous, nous avons tant de choses à nous raconter.

Il lui fit un petit signe et partit dans la direction opposée à celle de la jeune femme. Quelques secondes plus tard, elle poussait la porte de la cure.

Elle vit Mathias assis sur un banc, son visage dans ses mains. Il leva la tête quand elle entra et ne parut ni surpris ni contrarié. S'asseyant à son côté, elle murmura :

— Mathias.

Il la regarda sans rien dire.

— Mathias, je t'ai cherché toute la journée.

Il eut un sursaut, dévoila son visage et lui sourit.

— Tu m'as retrouvé.

— Oui ! J'ai fouillé les auberges, les bords de Loire, le port, les fermes des alentours et enfin les églises.

— Pourquoi m'as-tu cherché ? Il aurait bien fallu que je revienne un jour.

— C'est maintenant que je voulais te voir. Je veux que nous mettions certaines choses au point.

Elle saisit l'une de ses mains et la garda dans la sienne. Puis, elle posa sa tête sur son épaule.

— Mathias, je t'aime beaucoup, mais pour l'instant ce « beaucoup » est de trop. Peut-être disparaîtra-t-il un jour et ne restera-t-il que l'amour entre nous.

— Cet homme ! murmura-t-il d'une voix blanche, qu'est-il pour toi ?

— Un vent violent qui m'emporte dans les vagues d'une tempête qui me laissera un jour épuisée, inerte sur une grève que je ne connais pas. Je le sais, Mathias, mais c'est ainsi. Je suis enracinée en Val de Loire, tout comme toi à présent. Florence, Naples, Bruges, tout ceci ne sera que passager. Un tremplin pour réussir autre chose dont je n'ai pas encore idée.

Pourquoi répétait-elle à quelques changements près les propos du chanoine André ?

— Alors, pourquoi te laisses-tu emporter ? gémit Mathias d'une voix faible.

— Parce que j'en ai besoin.

Mathias se leva et fit quelques pas en direction de la mince fenêtre, mais l'exiguïté de la pièce le ramena vite près d'Alix. Il lui prit le bras et l'entraîna par une porte latérale au cœur de l'église. Puis, prenant la nef centrale, ils s'arrêtèrent un instant devant le chœur qui brillait dans ses ors et ses argents, ses mille chandelles allumées, ses linges fins et ses dentelles blanches. Mathias leva les yeux. Les vitraux d'en face lui renvoyèrent une lumière éblouissante qu'il reçut en plein visage.

Il resta là, debout, les bras ballants, sans rien dire, sans même respirer. Puis, abaissant son regard, il vit qu'Alix s'était assise sur l'un des bancs cirés.

— Cet homme est-il libre ? demanda-t-il d'une voix étranglée.

— Non ! Il est marié.

Il tourna lentement son visage vers elle et Alix reçut dans ses yeux l'azur limpide de son regard.

— Quand je t'ai vue pour la première fois en Flandres, tu cherchais éperdument Jacquou, ton mari, et je t'ai aidée. Mais, ciel ! J'aurais tout donné pour te garder.

— Me garder ! murmura la jeune femme.

— Oui ! Te posséder, te prendre, t'avoir à moi seul. Mais il aurait fallu que je sois cousu d'or et je n'avais pas un sou ! Tu m'avais subjugué, séduit, certes sans le vouloir.

Il frappa de colère son poing sur le rebord du banc de bois.

— C'est facile quand on est riche et puissant d'attirer dans ses filets la femme que l'on désire.

— Mathias !

Alix avait un air consterné et n'osait plus rien dire.

— Pour la seconde fois, je te perds, Alix. Pourtant, je croyais pouvoir rivaliser avec un autre. Je ne suis plus un va-nu-pied, un colporteur, un sans-abri, ni même un simple ouvrier !

— Tu es mon associé, Mathias.

Il eut un long soupir.

— Oui ! Associé, répéta-t-il d'un ton amer. Mais que puis-je contre un banquier florentin ?

Ce fut Alix qui, cette fois, se leva pour aller s'agenouiller dans le chœur de l'église et prier. Peu habituée à réciter des litanies, elle en murmura pourtant quelques-unes qui semblèrent la soulager et lui donner du courage pour affronter la suite de son entretien.

Quand elle revint, il s'était levé.

— Viens, fit-il.

Il l'entraîna vers le petit autel qui, sur la gauche de l'allée centrale, était dédié à saint Pierre. Ils s'agenouillèrent et croisèrent leurs mains.

— Je jure devant saint Pierre, là où sont enterrés Florine et Jacquou, que je ne me remarierai jamais. Non, jamais Alix, sauf avec toi.

— Qui te dit, Mathias, que moi je me remarierai ?

— Rien, en effet.

— Je jure, promit-elle, d'élever ton fils comme si c'était le mien, de le choyer, de le gâter, de lui donner un jour la place que Jacquou aurait voulu donner à son fils. Je jure de t'aimer sincèrement, loyalement, sans jamais te décevoir si ce n'est par l'idée que tu te fais de l'amour que je porte à cet homme.

— Vas-tu repartir ?

Elle haussa l'épaule d'un air las.

— Quoi qu'il en soit, Mathias, je reviendrai toujours à Tours. C'est là ma vie, mon sang, mes viscères et ma tête. Mes absences ne seront que des voyages. J'ai besoin de toi, Mathias. J'ai besoin de te retrouver. Le comprends-tu ?

— Alors, je t'attendrai. Oui ! Chaque fois, je t'attendrai.

II

Les mois qui suivirent la mort du dauphin de France furent décidément bien sombres pour la pauvre reine Anne meurtrie par toutes ces épreuves.

Quant à Louise d'Angoulême, elle se confortait de plus en plus dans l'idée d'être un jour reine mère. En attendant, elle installait le plus confortablement possible ce qui lui restait de pouvoir sur son fils, car de Gié, le terrible précepteur, veillait à ne lui en laisser que de bien minces parcelles.

Mais en ce jour, Louise était redevenue joyeuse, aussi décida-t-elle d'écrire à son amie Alix.

« Chère Alix,

Votre lettre dernière me laissait de grands espoirs, mais la reine me harcelait de ses bravades qui, hélas, ne lui ont pas porté chance. Je pressentais, à l'inverse de vos propres intuitions, qu'elle accoucherait d'un fils. Ce qu'elle a fait.

Mais voici qu'aujourd'hui, mes appréhensions sont toutes parties et mes joies revenues. Hélas, le dauphin est mort. Je n'y puis rien, c'est ainsi. Aurais-je prié le ciel pour que ce malheur arrive, il ne m'aurait sans doute point écoutée.

Mon César est donc toujours l'héritier présomptif de la couronne. Pour l'instant, la princesse Claude, bien que chétive, ne gêne nullement l'ascension de François.

Vous me demandez s'il est toujours porté aux exploits audacieux dont il ne sait toujours pas mesurer les dangers, eh bien, sachez, chère Alix, qu'il n'est pas prêt à les freiner, bien au contraire. Toujours en avant, toujours le premier dans les situations les plus extravagantes qui soient.

C'est un cavalier de plus en plus impétueux, hardi et valeureux. Il saura conduire une armée à la guerre. De cela, je suis sûre, si je le suis moins de ses réussites intellectuelles plus médiocres que celles de sa sœur. Mais, bah ! Marguerite brille en tout, alors ne parlons pas trop d'elle aujourd'hui. Elle aidera son frère à se hisser au plus haut.

Le maréchal de Gié est, quant à lui, de plus en plus autoritaire en ce qui me concerne, c'est à peine s'il me laisse le droit d'embrasser mon fils chaque fois que j'en ai envie. Il s'obstine à barricader la porte de sa chambre avec deux soldats qui m'empêchent carrément d'entrer puisqu'ils abaissent leur hallebarde et en font un bouclier quand je tente de forcer le passage.

Je crois que de Gié est un fou, un sadique. Mais je ne lui en veux qu'à moitié, car s'il agit ainsi, c'est pour la future gloire de mon fils. Nous œuvrons du moins pour le même but. La seule chose qui le motive est de pousser mon fils sur le trône. Mais ciel ! Que c'est dur d'accepter d'être aussi loin de François alors que juste quelques portes nous séparent ! François, lui, ne paraît pas souffrir de cet amour que je ne peux plus lui donner. Ses compagnons de jeux me remplacent.

Mais parlons de vous, chère Alix, et de vos gens. Lisette a accouché d'un petit garçon baptisé Alfonso. C'est un gros bébé en bonne santé. Je pense qu'elle sera contente de retrouver votre maison de Tours, car ici la vie qu'elle mène avec les autres chambrières ne convient plus très bien à son état de mère. Elle sera plus indépendante avec vous et Bertille, votre servante.

Juan, qui reste souvent silencieux, mais qui parle parfois avec quelques autres palefreniers, a laissé entendre que votre associé Mathias a fait des merveilles en reconstruisant vos ateliers et en réengageant votre personnel. Il a, paraît-il, terminé votre Nativité *pour Jeanne de Castille et a considérablement avancé mes dames et mes licornes. Je crois, chère Alix, que vous pouvez être satisfaite de lui.*

J'ai l'intuition que vous êtes déjà rentrée à Tours, à moins que vous ne soyez restée plus longtemps que prévu près du sire Van de Veere dont vous semblez fort éprise. Il me tarde d'entendre vos confidences.

Quand vous rentrerez à Tours, si ce n'est déjà fait, venez me voir à Amboise. Je vous présenterai un homme de finances auquel je me suis attachée depuis peu. Il s'appelle Jacques de La Baume. Je ne le connais que depuis peu. Quelques mois plus tôt, peut-être n'auriez-vous pas été obligée d'aller en chercher un jusqu'à Bruges. Que voulez-vous, Alix, mon prestige augmente avec mes possibilités financières depuis que le roi se rend compte qu'il n'aura jamais de dauphin.

Je termine cette lettre avec ma gentille Marguerite qui vous embrasse tout autant que sa mère.

Votre attentionnée, Louise. »

Elle relut sa lettre, puis la suspendit entre ses doigts, car des bruits venaient à ses oreilles. Ce n'était pas la première fois que Louise regardait par la fenêtre les agitations dans la grande cour carrée du château. La veille, le maréchal de Gié avait annoncé des manifestations équestres et, de son poste d'observation, Louise constatait les progrès de son fils. Elle se leva, puis écarta les pans de la tenture. De Gié avait dit vrai.

La cour d'honneur fut aussitôt accaparée par ses hommes qui firent caracoler leurs chevaux. Le maréchal de Gié lui-même afficha, soudain, ses plus grands talents de maître d'armes. Chaque jour il donnait des représentations de jeux d'épée ou effectuait les exercices les plus habiles d'arquebuse ou de hallebarde. Le jeune François et ses compagnons n'avaient d'yeux et d'attention que pour le capitaine d'armes et ses officiers de garde qui, alertes, brillants et hauts en couleurs, défendaient si bien par leur ardeur l'écusson de leur famille.

Le logis central du château que la reine Anne avait occupé avait été réorganisé par Louise avec le plus grand soin, dans un souci de détails qu'elle se plaisait à approfondir chaque jour. Quant à l'aile inconfortable qu'elle abandonnait, elle fut préparée pour la joyeuse suite de François, les jeunes seigneurs de Chabot, Montmorency et La Marck qui, ravis de cette aubaine, purent ainsi retrouver le personnel attaché à leur service.

Tout s'annonçait sous les meilleurs auspices et, si la cour de Blois s'organisait dans un faste luxueux, celle d'Amboise prenait des allures fort confortables. Seule ombre pour Louise, le maréchal de Gié intensifiait la surveillance et la garde de ses hallebardiers auprès du jeune duc de Valois et l'éloignait ainsi de sa mère et de sa sœur.

Pendant qu'à Amboise tout se déroulait au mieux des intérêts de la comtesse d'Angoulême, au château de Blois, on essayait de dérider la reine Anne par des festivités sans fin.

L'aile où elle vivait depuis sa récente installation venait d'être rénovée. Vaste, clair, donnant sur une cour centrale perpétuellement animée par le passage des écuyers, des messagers, des gentilshommes ou des ambassadeurs en mission, le logis royal s'animait des bruits les plus divers. Dans la cour, il n'y avait pas d'heure où ne se déroulait un départ de chevaux que les palefreniers attelaient aux voitures ou une arrivée de litière qu'Anne attendait toujours avec grande impatience.

Ses filles d'honneur, que l'on pouvait dénombrer à une centaine, ne comptaient plus leurs voyages et empruntaient la Loire comme si elles eussent passé d'un château à l'autre éloigné de quelques lieues.

Entre Nantes et Orléans, le trafic fluvial était intense. Barques transportant le sel de Bretagne, les vins de Touraine ou le blé de la Beauce, gabarres entassant le bois ou autres matériaux de construction, bateaux de pêche, nefs poussées par le vent d'ouest ou halées par les hommes, se rencontraient, se suivaient, se dépassaient. Comme sur tous les autres fleuves, des péages ponctuaient fréquemment les bords de la Loire et les mariniers payaient l'impôt du passage et du transport.

Tandis qu'au château de Blois, la princesse Claude entamait chétivement sa troisième année, les enfants d'Angoulême poursuivaient, à Amboise, une vie sans embûches.

Si Louise sentait le maréchal prendre de l'ascendant sur François, elle se faisait chaque jour un peu plus à l'idée qu'il fallait que son fils lui échappe. Et, si les entrées du château étaient étroitement surveillées, les portes garnies d'archers, le passage sans cesse obstrué par les gardes, l'artillerie à portée de main, toujours prête, elle se familiarisait peu à peu avec ces images qui reflétaient, du moins elle l'espérait, sa future condition de reine mère.

Levé tôt le matin, couché tard, observant chaque geste, chaque mot, chaque ombre, de Gié laissait flotter sur son visage un sourire désabusé qui déroutait bien souvent ses vis-à-vis. Pour l'avoir tant de fois soupesé, analysé, décortiqué, Louise à présent savait suffisamment le contourner pour saisir les moments où elle pouvait en tirer quelque avantage.

Louis XII revint d'Italie affaibli. Alors que la troupe avançait sur les bords de la Loire et que les bruits les plus divers couraient à son sujet – on disait même que l'armée s'était considérablement décimée par les fièvres contractées à Milan – Anne s'inquiétait fortement des conséquences de ce retour.

Retrouver un époux malade l'effrayait lorsqu'elle réfléchissait au dauphin qu'il lui fallait impérativement concevoir. Et voilà qu'avant même d'avoir revu le roi, on parlait de cette maladie étrange à laquelle avait échappé Charles VIII, mais que Louis XII aurait contractée. Beaucoup de ses hommes, pour ne pas l'attraper, avaient tout simplement déserté.

Dès le printemps de la campagne, Naples était perdue pour la France. L'armée de Louis espérait pourtant un revirement brutal et resta quelque temps dans l'expectative d'un meilleur augure.

La saison suivante, l'armée du roi se dégrada définitivement. Plus le temps passait et plus les illusions de Louis XII s'éloignaient. Les grands rêves qui lui venaient de son aïeule Visconti, avec l'héritage à l'appui, semblaient lui filer irrémédiablement entre les doigts.

Puis un jour, un seigneur breton, Pierre de Pontbriand, arrivant tout droit d'Italie, vint affirmer à la reine que le roi était mourant et que le maréchal de Gié complotait contre elle en tentant d'empêcher les Bretons de récupérer leur duché. Et, devant la souveraine dont le visage pâlissait, il assura que la Bretagne chancelait.

Pontbriand lui suggéra de négocier au plus vite avec les Habsbourg en renforçant la promesse de mariage entre sa fille Claude et le jeune Charles Quint.

Puis, il lui certifia que les Bretons réclamaient sa présence et qu'elle devait fuir au plus vite la cour de France.

Au château d'Amboise, Louise commençait à soupeser les bienfaits d'une mort prématurée du roi de France, sans pour cela esquisser le moindre faux pas puisque le maréchal de Gié semblait les avancer pour elle.

Celui-ci n'avait cependant rien laissé croire à la comtesse qui pût troubler ses esprits, encore moins ceux de son fils à qui elle aurait, sans aucun doute, parlé de ce projet à peine ébauché.

De Gié ne dormait plus. En position de combat, tout son réseau d'espionnage s'activait d'autant plus qu'il venait d'apprendre que la reine, sa rivale, venait de négocier des engagements envers les princes étrangers. Si le roi venait à décéder, elle n'hésiterait pas à réintégrer sa chère Bretagne, pour y régner en maîtresse, emportant avec elle tous les intérêts français acquis.

Mais Anne de Bretagne ne s'arrêtait pas là. Si le premier de ses intérêts concernait la réintégration de son duché, le second était de marier sa fille Claude au jeune prince des Habsbourg, le futur Charles Quint.

La santé du roi ne s'améliorant pas, bien au contraire, car les bruits couraient en tous sens qu'il n'avait plus que quelques semaines à vivre, on vit des deux côtés, à Blois et à Amboise, les filets se tendre, minutieusement serrés.

Pourtant, de Gié ne prévoyait pas le piège que lui tendait la reine Anne. Aidée du comte de Pontbriand et de ses autres fidèles, elle mit au point une feinte, celle de partir précipitamment pour Nantes.

Pendant qu'elle simulait les préparatifs du voyage, de Gié plaçait son dispositif de sécurité tout autour d'Amboise, protégeant ainsi le jeune François d'une éventuelle attaque. Puis sur sa lancée méthodiquement calculée, il mit ses lieutenants d'artillerie et ses meilleurs arquebusiers le long de la Loire, entre Tours et Saumur, afin d'empêcher la reine de fuir au-delà d'Angers.

Loin de se douter de la trahison de Pontbriand à son égard, de Gié ne mesura pas les inconvénients d'un échec, pas plus que les néfastes retombées susceptibles de lui nuire. En vrai conquérant, il soupesait déjà les avantages à tirer de cette heureuse fortune. Bien que considérable, ce risque pris fort à la légère n'en était pas moins alléchant. N'avait-il pas dit à Pontbriand que lui aussi trouverait son intérêt dans l'affaire ? Ne l'avait-il pas suffisamment soudoyé, jusqu'à lui proposer un poste à haute responsabilité lorsque François de Valois serait l'héritier du trône ?

Il n'était pourtant pas dans les habitudes du maréchal de Gié de supputer des aléas d'une situation. Mais comment pouvait-il penser autrement quand les bruits de toutes parts annonçaient déjà la mort de Louis XII ? La litière du roi malade, prêt à expirer d'un jour à l'autre, s'approchait de Blois. Dans son état comateux, le roi ignorait le départ précipité de sa femme et de sa fille pour Nantes.

Louise attendait dans l'ombre, telle une chatte sauvage prête à saisir la proie offerte à ses griffes.

Lorsque le maréchal de Gié prit le contrôle de la flotte de la Loire, c'est à peine s'il comptait ses adversaires. Les bateaux qui descendaient le fleuve étaient tous contrôlés, inspectés, fouillés.

Quant aux routes, il les fit surveiller les unes après les autres, car le moindre des chemins qui menait en direction de la Bretagne, si étroit fût-il, devait repousser le passage de la reine.

De son côté, Anne travaillait avec acharnement à l'échec de son adversaire. Aidée d'un allié puissant, celui-là même qui barrait la route à de Gié, le cardinal d'Amboise, elle fit répandre le bruit de son propre départ.

Pendant que de Gié surveillait son dispositif de sécurité sur la Loire et barrait les routes qui menaient à Tours, Saumur et Angers, la reine préparait son proche départ. Mais Louis XII, que la fièvre et le délire avaient retenu dans les Alpes, se remettait lentement.

Cet événement impromptu précipita alors les choses dans un sens inverse et, les premières angoisses du peuple passées, lorsque circula l'information du rétablissement de Louis, chacun se trouva plus ou moins pris au piège.

Anne s'en tira pourtant fort bien et refusa de lâcher prise sur une revanche qu'elle avait préparée avec soin. Elle fit rédiger un acte d'accusation contre de Gié et le fit signer par le seigneur de Pontbriand et le cardinal d'Amboise. Puis réunissant promptement sa suite, elle se mit en route pour aller au-devant de son époux qui se rétablissait de plus en plus vite.

Louis XII n'avait pas été atteint par le mal que l'on croyait et qui décimait tant de soldats revenus d'Italie. Peu à peu ses esprits resurgissaient des ténèbres et ses forces revenaient une à une. C'est à Grenoble que le couple royal se retrouva et que dans l'euphorie générale on fêta la santé revenue du roi. De retour à Blois et tenu au courant dans les moindres détails par la reine – bien entendu, elle avait dissimulé au roi son intention de fuir – Louis convoqua le maréchal de Gié qui, pris de court et ne sachant comment se retourner, ne put trouver aucun appui.

Louise se gardait bien d'entamer une discussion qui l'eût mise en danger et décida de se protéger par le silence.

Une enquête fut aussitôt ouverte et l'on nomma sans attendre les magistrats compétents pour juger cette affaire qui s'annonçait périlleuse. Trop heureuse de la tournure des événements, Anne de Bretagne, qui voyait l'occasion unique d'enfoncer son ennemi, l'accabla sans plus attendre du crime de lèse-majesté.

On comprend que Louise d'Angoulême, dont l'extrême prudence ne faisait jamais défaut, hésitait sur la position stratégique à prendre. Comment pouvait-elle réagir sans s'impliquer dangereusement ? D'un côté, elle entrevoyait le moyen de se débarrasser de son oppresseur et de l'autre, elle supprimait peut-être le seul être qui partageait ses ambitions. Son tempérament poussé vers le sens de l'équilibre et du jugement, et sa nature pondérée, l'amenèrent à choisir le silence. Elle n'enfoncerait ni n'aiderait le maréchal de Gié.

Confrontée lors du procès, elle prit donc la décision de se taire, décrétant simplement qu'elle ignorait tout des agissements du maréchal de Gié, de l'état critique du roi et de ce qu'on pouvait fomenter autour d'elle. Lorsqu'on la pressa de questions précises, elle resta équivoque, d'une ambiguïté qui ne pouvait rien enlever, ni apporter de précis sur l'affaire et son jugement.

Inculpé et sans défense, de Gié n'avait plus aucun recours pour se tirer d'affaire. Il ne put que nier les chefs d'accusation portés contre lui et se trouva assigné devant l'Ordre du Grand Conseil d'Orléans.

Il fut jugé coupable, on lui retira tous ses titres, mais en reconnaissance de ses bons et loyaux services passés, Louis XII l'exila sur ses terres, avec plus de ménagements que la reine n'eût désiré.

Pour Louise une page était à nouveau tournée. Si le maréchal de Gié avait perdu, elle se tirait très honorablement de cette affaire, honnêteté et fidélité préservées. À elle, maintenant, d'atteindre seule ses objectifs et de fortifier la position de son fils.

Déjà la cour s'apprêtait à oublier de Gié. Déjà Louise se préparait à accepter celui qui le remplacerait auprès de l'héritier présomptif et le roi y pensait aussi.

« Ma chère Louise, écrivit-elle le soir même. La reine Anne exulte et moi aussi. Le maréchal de Gié est bien parti et, pour une fois, nos exaltations se confondent. Elle, pour ne plus subir ce Breton qui a trahi la Bretagne pour la France, et moi pour ne plus être séparée de mon fils.

Ah ! Ma chère Alix, bien que débarrassée de mon tortionnaire, je n'en ai point fini avec mes éternelles inquiétudes, car la reine est de nouveau enceinte.

Pourtant, une grande joie est venue ce matin couronner mes efforts. Le roi, remis de sa maladie, a nommé François d'Angoulême dauphin de France et sa décision sera annoncée lors de la prochaine assemblée de son Conseil. On répercutera l'arrêté à travers toute la France. Sur cette résolution, la reine contrariée a décidé de partir quelque temps en Bretagne. Le roi a accepté, mais il a refusé qu'elle parte avec sa fille, prétextant que la fillette se plaît à Blois et ne veut pas quitter ses habitudes.

De Gié parti, le nouveau précepteur se nomme Artus Gouffier, seigneur de Boissy. Il n'a pas plus de trente ans. Sage et brave, le regard droit, l'air aimable, sa première rencontre avec moi s'est révélée positive et je sais qu'il aura une heureuse influence sur mon fils. Ce jeune précepteur est venu avec un adolescent de seize ans son cadet. Il s'appelle Guillaume de Bonnivet. C'est son demi-frère et il semble très attaché à lui. François et Guillaume se sont plu instantanément, car ils ont le même enthousiasme et la même fureur de vivre. Je sens que ce nouveau compagnon va suivre mon fils comme son ombre.

Ah ! Ma chère Alix, je parle sans arrêt de moi sans demander comment vont vos ateliers, vos travaux, vos créations. Et pourtant, je ne vous ai point tout dit de ce qui se passe à la cour de Blois. Si Marguerite a remarqué un jeune seigneur dont elle parle sans cesse, j'ai aperçu moi-même un gentilhomme qui n'en finit plus de me regarder. C'est l'époux de cette triste Suzanne de Beaujeu, le duc de Nemours, Charles de Montpensier. Je l'avais déjà aperçu à Plessis-lès-Tours, mais nos regards ne s'étaient pas croisés. Il est grand, mince, distingué et je suis à peu près certaine que je le verrai à la cour d'Amboise.

J'attends de vos nouvelles, Alix, écrivez-moi si vous ne pouvez pas venir me voir.

À bientôt donc.

Votre attentionnée, Louise. »

III

Depuis que Mathias était revenu, Alix n'osait lui parler. Allait-elle donc toujours trembler lorsqu'il lui faudrait l'avertir d'un départ ? Celui qu'elle s'apprêtait à annoncer n'avait point pour objet une commande et Mathias était trop impliqué dans le travail des ateliers pour ne pas le comprendre. Et ce soir-là, face à la gêne d'Alix, il était trop sur la défensive pour paraître à l'aise. C'est à peine s'il écoutait Julio parler des progrès qu'accomplissait Angela devant sa basse lisse.

— Pour la première fois, elle a tendu ses fils de trame et réalisé son décor.

— Et les millefleurs ?

— Les millefleurs viendront sans peine, dame Alix, assura Angela, les yeux posés sur Julio, qui, précipitamment, poursuivit :

— Elle a un don qu'elle développera sans nul doute au fil des ans. Elle fixe bien ses repères et observe attentivement son envers comme son endroit.

Alix tourna la tête vers Bertille qui apportait une bonne soupe au fumet de poularde.

— Tu es un bon maître, Julio, affirma-t-elle en évitant de regarder Mathias.

— Et j'ai une bonne élève, répliqua le jeune lissier.

— À mon retour, Julio, tu devrais…

— Où pars-tu ? ne put s'empêcher d'interroger Mathias.

— À Blois où je suis conviée par la comtesse d'Angoulême.

Pourquoi ne disait-elle pas plutôt : « Je reste à Tours pour voir Alessandro Van de Veere parce qu'il m'est impossible de le rencontrer ici ? » L'invitation de Louise n'intervenait que plus tard. Elle disposait d'une semaine entière avec Alessandro avant de se rendre à Blois.

— Julio, reprit-elle, à mon retour, *Les Vierges du Vatican* seront peut-être achevées !

— Je répondrais par la négative s'il y avait des bordures à exécuter.

— Il faudra bien les intégrer un jour ces bordures qui nous viennent de la Renaissance italienne !

— Croyez-vous, Alix, interrogea Angela, qu'elles se mêleront bien à nos millefleurs ?

— Nous concevrons autrement nos dessins.

— Les lissiers flamands commencent à y réfléchir. Ils parlent déjà de petites bordures entrelacées d'arabesques et de feuillages. À Lille, j'ai entendu certains d'entre eux dire que les peintres italiens tentaient de les convertir aux nouvelles formes picturales qui, à leur sens, devraient s'appliquer aussi aux œuvres lissières.

— Quels étaient ces lissiers et que disaient-ils encore ?

Alix avait eu si peu l'occasion de les écouter, trop préoccupée par la houle et la tempête qui avaient balayé l'assemblée de la Guilde des Lissiers du Nord à la présentation de son chef-d'œuvre, défendu avec acharnement par le cardinal Jean de Villiers et le banquier Alessandro Van de Veere.

— J'ai entendu les maîtres de Welde qui discutaient avec le peintre bruxellois Colyn de Coter et le chancelier de Bayeux Léon Conseil à ce sujet.

— Le chancelier de Bayeux ! N'a-t-il pas été le commanditaire de *La Vie de la Vierge*[1] ?

Cette fois, Mathias écoutait Julio, car tout ce qui touchait à la fabrication des tentures ne pouvait pas le laisser indifférent. Mais, en revanche, il avait bel et bien décidé de se taire.

— Le sire Van de Veere vous commanditera-t-il d'autres vierges florentines ? Celles du Vatican sont presque toutes achevées.

Au nom du banquier, Alix leva les yeux sur Mathias. Il avait le nez baissé sur son assiette et semblait ne pas avoir entendu. Et puisque Julio avait soulevé la question brûlante, elle y répondrait avec une totale franchise, même si elle avait cherché à éviter cet instant.

— Je rencontrerai en effet le banquier Van de Veere juste avant de me rendre à Blois et je sais qu'il me laissera des commandes, entre autres quelques scènes seigneuriales sur fond de millefleurs. C'est l'objet essentiel du comptoir en Val de Loire dont tu t'occupes, Julio.

Soudain, pâle et les traits tendus, Mathias se leva et sans plus rien dire quitta la table.

— Mathias ! s'écria Bertille, vous n'avez absorbé que votre soupe !

— Je n'ai plus faim.

Il leva pourtant le regard sur Alix pour signifier d'une voix atone :

— Je passe embrasser Nicolas. À demain.

— À demain, répondirent en chœur Julio et Pierrot.

1. *La Vie de la Vierge, visitation et annonciation, Marie et Joseph*, tenture de chœur d'église donnée à la cathédrale de Bayeux en 1499 par le chancelier Léon Conseil qui, un peu plus tard, fera l'objet d'une grande diffusion par l'imprimerie naissante. Musée national du Moyen Âge.

L'un se doutait du motif de la contrariété de Mathias, l'autre l'ignorait. La sensibilité de Julio l'amenait à tout deviner et, de plus, ayant suivi la révolte qui avait opposé les membres de l'assemblée de la Guilde, et ayant même prêté main-forte à Jean de Villiers dans les violentes querelles qui avaient suivi, il n'ignorait rien des liens passionnels qui unissaient le sire Van de Veere et Alix.

— Qu'est-ce qu'il a ? s'enquit Pierrot en se tournant vers Alix.

Bertille essuya ses mains sur son tablier et leva les yeux au ciel. Puis, elle se planta devant la jeune femme, bien décidée à donner son avis :

— Il trouve que vous partez trop souvent et il n'a pas tort. Pourquoi allez-vous chercher des nouvelles commandes puisque vous n'avez pas assez d'ouvriers pour effectuer toutes celles qui s'accumulent dans vos ateliers ?

— Bertille ! jeta Alix d'un petit ton sec, mêle-toi de ce qui te regarde. Les ateliers ne sont pas ton domaine.

Bertille haussa l'épaule.

— Vous savez pourtant bien que j'ai raison. Allez-vous donc passer toute votre vie sur les routes ?

Alix ne dormit pas cette nuit-là, se tournant et se retournant dans son lit sans pouvoir se détendre. Plusieurs fois, elle eut envie d'aller trouver Mathias pour lui dire qu'elle reviendrait et qu'elle ne repartirait pas de sitôt. Mais qu'en savait-elle ? À peine serait-elle dans les bras d'Alessandro qu'elle se laisserait aller à une douce et courte existence qu'elle s'efforcerait de prolonger jusqu'au départ de son amant.

Si elle n'alla point voir Mathias, elle se leva par contre deux fois dans la nuit pour aller embrasser le petit Nicolas. Et elle partit au petit matin tandis que l'aube était à peine levée.

Alessandro et Alix s'étaient donné rendez-vous sur les bords de la Loire à l'auberge *Au chat qui pêche*, une ravissante hostellerie où le gîte et le couvert excellaient et attiraient la meilleure clientèle.

Pour l'instant, le banquier florentin n'avait pas encore réclamé la visite de ses ateliers, mais Alix savait que ce jour devait fatalement arriver et, bien entendu, elle en tremblait d'avance. Quelle serait la réaction de Mathias ? Fuirait-il à nouveau et serait-elle contrainte de partir à sa recherche ? Non ! Elle décida aujourd'hui qu'elle ne le ferait pas. C'eût été exciter la jalousie d'Alessandro alors qu'elle n'avait aucun compte à rendre à Mathias. Alix ne lui avait jamais rien promis, pas plus qu'elle ne lui avait laissé le moindre espoir dans ses attitudes à son égard. Qu'y pouvait-elle s'il l'avait aimée avant même d'avoir aimé Florine ?

Au chat qui pêche, une missive l'attendait. Surprise autant que déçue, elle apprit qu'Alessandro ne serait pas libre avant une dizaine de jours, devant rester à Dijon pour effectuer un important négoce avec un fournisseur de soie qu'il ne pourrait plus rencontrer après avoir quitté la France. Il terminait par ces mots :

> « *Viens me rejoindre, mon cœur ! Assister à ces échanges de commerce ne pourra que renforcer tes expériences et t'ouvrir davantage au monde du négoce de la soie. D'autre part, tu verras ton ami le chanoine André et son frère Jacques Mirepoix que j'ai déjà rencontré à Lyon. Je suis invité chez le bailli de Dijon, mais j'ai pris une chambre à l'auberge de* La Toque blanche *pour tout le temps de mon séjour. Je t'y attends. Viens vite.* »

Un instant, Alix regretta de ne point avoir pris sa litière, mais retourner à Blois eût été trop provocant aux yeux de Mathias, et mobiliser Léo exclusivement pour ses amours lui semblait déplacé. Elle décida donc de partir à Dijon montée sur Jason en souhaitant que, sur la route, elle ne trouvât aucun incident. Car si Alix avait traversé la France à dos de mule, elle ne l'avait encore jamais fait à cheval.

Elle se rassura néanmoins en se disant que Dijon n'était pas très éloigné de la capitale tourangelle. Dans deux ou trois jours, elle serait à Bourges ou à Nevers et, si elle galopait sans prendre de halte, le lendemain soir elle arriverait à Dijon.

Il fut fait comme elle l'avait souhaité grâce à la jeunesse et à la fougue de Jason. Enfin, elle verrait les splendeurs de cette cité qui avait apporté tant de gloire et de puissance aux ducs de Bourgogne et dont lui avait parlé si souvent son ami le chanoine André.

Quand elle entra dans la ville, toutes les cloches sonnaient, laissant supposer qu'une fête ou une parade devait avoir lieu. Peut-être l'arrivée d'une haute personnalité, un dignitaire !

Sur le parvis de la plus grande des églises, la plus majestueuse, dont elle ne connaissait pas le nom, elle ne put faire autrement que lever ses yeux écarquillés de surprise sur les célèbres gargouilles dijonnaises. Elles étaient sculptées dans la pierre et grimpaient à l'assaut du sommet de l'église, semblant défier malicieusement la ville.

Elle sut qu'il était midi quand, tournant son regard vers l'objet du bruit qui résonnait à travers toute la ville, elle avisa un immense personnage tout de fer vêtu frapper de son lourd marteau les douze heures du cadran sur l'énorme cloche de bronze.

Puis, elle se mit en devoir de questionner les gens qu'elle rencontrait pour savoir où se trouvait l'auberge de *La Toque blanche*. On la lui indiqua et elle dut traverser le centre de la ville en admirant la façade du palais ducal, la haute flèche dentelée qui se détachait dans un ciel gris, ce jour-là, et les belles, grandes maisons cossues à double balustrade, rehaussées de toits aux tuiles vernissées. Elle suivit non point des ruelles étroites, obscures et malodorantes, mais de belles avenues claires et spacieuses où un attelage à quatre chevaux pouvait aisément tourner.

Oui ! D'aussi luxueuses résidences qu'en plein centre de Tours, d'aussi larges voies que sur les bords de Loire. Elle se trouva dans la rue des Forges qui en était une des plus représentatives où, d'ailleurs, vivaient les notables et les plus gros commerçants de la ville, ceux qui ne tenaient pas forcément une échoppe.

L'auberge qu'elle cherchait se trouva là, soudain, juste sous ses yeux et elle soupira d'aise. Alix avait emporté une petite bourse pleine. Elle n'était plus dépourvue à présent que ses ateliers fonctionnaient à plein rendement et, quand elle rentrerait, elle se préoccuperait d'engager un autre ouvrier si Mathias ne l'avait pas fait. La réflexion de Bertille avait ouvert ses yeux. À quoi bon d'autres commandes si son personnel était insuffisant et si le travail rapporté restait stocké dans une encoignure de l'atelier !

Depuis qu'elle était rentrée de Bruges, Arnold et Mathias travaillaient sur les grandes tentures royales *La Guerre de Troie* qu'avait commandées Louis le douzième à Jacquou. Arnaude, Landry et Pierrot achevaient celles de la comtesse d'Angoulême *Les Vierges et la licorne* sur fond de millefleurs. Quant à elle-même, lorsqu'elle était devant sa haute lisse, elle tissait ses *Vierges du Vatican* ou sa *Rencontre à la cour* qu'elle voulait offrir à Louise.

Elle pénétra dans l'auberge avec cette assurance qu'elle avait acquise au fil des ans. Un palefrenier venait de saisir Jason pour le conduire à l'écurie.

Elle se présenta et quand elle eut donné le nom du sire Van de Veere, l'aubergiste eut un large sourire. Alix sortit sa bourse et, d'un geste discret, la fit voir à l'homme qui opina de la tête.

— Je voudrais qu'on porte un message à la maison du bailli de votre ville afin de l'avertir que je suis arrivée.

— Justement, déclara l'aubergiste, l'un de mes cochers est à l'écurie avec le palefrenier. Remettez-moi votre lettre, dame Cassex, et je la lui fais porter immédiatement.

Alix esquissa un sourire qui n'était destiné qu'à elle-même. Combien il était facile de mener les choses quand on avait la bourse bien garnie et des connaissances haut placées !

— La maison du bailli est-elle très éloignée de votre auberge ?

— Elle se trouve au centre de la rue des Forges.

— Mais j'y suis passée tout à l'heure et je ne l'ai pas remarquée !

— Parce qu'elle est située dans le seul renfoncement de la rue, en retrait des autres résidences.

— Faites porter mon message, voulez-vous, tandis que je vais faire un tour de la ville.

L'aubergiste la jaugea avec une pointe d'hésitation. Son regard détaillait avec obstination sa tenue de fort belle coupe et de bonne prestance, mais terriblement poussiéreuse de la longue route effectuée.

— Ne voulez-vous point plutôt vous rafraîchir ? Je puis vous donner l'une de mes meilleures chambres. Elle jouxtera celle du sire Van de Veere.

Alix abaissa les yeux sur sa robe malmenée pendant son voyage. Elle n'était pas sale, mais grise de poussière et froissée.

— Suis-je sotte, décréta-t-elle. Vous avez entièrement raison.

L'hôtelier avait repris son air affable.

— Pernette ! cria-t-il.

Une jeune servante montra le bout de son nez.

— Approche et occupe-toi de dame Cassex. Prépare-lui un bain et remets ses vêtements en forme.

Alors Alix laissa faire les choses. Pernette prépara une grande cuve d'eau chaude et mousseuse dans laquelle la jeune femme se détendit en goûtant les bienfaits du parfum qui s'en dégageait. Puis, nue, la peau douce et embaumée de lys et de jasmin, elle se glissa avec nonchalance entre les draps frais du lit.

— Je prends vos vêtements, dame Cassex et vous les rapporterai dès que je les aurai remis en forme. Demain, cette cotte et cette jolie robe de satin broché seront redevenues toutes neuves.

Alix avait tant chevauché tous ces jours que deux secondes plus tard, elle dormait, ivre de sommeil. Courtines tirées, oreiller de plumes douillettement enfoui sous sa tête, draps et couverture ramenés sur elle et bras légèrement écartés, elle n'entendit pas la porte de sa chambre s'ouvrir.

Une bouche se posa doucement sur la sienne, des lèvres parcoururent lentement son visage. C'était comme une aile d'oiseau qui caressait sa joue, son front, son cou.

— Mon cœur ! Comme il me tardait d'être avec toi.

Il faisait nuit, mais la lueur de la torche qu'il braquait sur elle éclairait tout son corps, car il avait tiré avec une extrême lenteur la couverture jusqu'à ses pieds.

Il la caressait d'une main tandis que de l'autre, il tenait la torche allumée. Elle jetait des ombres sur sa gorge et son ventre. Consciente de l'examen attentionné dont elle faisait l'objet, car la lueur douce et dorée courait de son visage à ses pieds, elle se retourna sur le côté et saisit sa main.

— Viens, chuchota-t-elle.

Fou de désir, Alessandro ne savait plus s'il devait précipiter les choses ou, au contraire, les faire durer pour mieux en apprécier la suite, la montée, la chute. Alix respirait doucement. Ses lèvres quémandaient un baiser. Il approcha sa bouche et la colla sur la sienne. Elle roula, l'entraîna sur le lit, appréciant le contact du satin de son pourpoint sur sa peau. Les longues jambes d'Alessandro s'encastrèrent dans les siennes, l'enfermèrent toute entière jusqu'à ce qu'elle ne puisse plus s'en dégager. Ses mains partirent à la dérive là où le désir la menait.

Alix suffoquait tant elle était heureuse. La jouissance la prenait déjà et Alessandro, assuré de son excitation et du plaisir qu'elle prenait à ses caresses, car ses doux gémissements le lui confirmaient bien, commença à se dévêtir.

À l'aube, Alix était trop ensommeillée pour se lever. Il lui semblait que toute la fatigue accumulée ces derniers jours sur le dos de son cheval resurgissait. Combien d'heures avait-elle dormi dans les bras de son amant ? Deux ou trois, pas plus. Le reste du temps, ils l'avaient passé dans le feu de leur passion réciproque, de leur folie, de leurs ébats insensés, et l'aube s'était installée derrière les carreaux de leur fenêtre sans qu'ils s'en aperçoivent.

Alessandro était déjà debout, vêtu de son pourpoint noir et de ses chausses rouges, coiffé de sa toque à bord d'hermine, prêt à partir là où son négoce le réclamait, paré pour discuter, débattre, commercer avec les hommes. Il se pencha sur elle et posa ses lèvres sur sa bouche.

— Repose-toi, mon cœur ! Je viendrai te chercher ce soir pour te présenter au bailli de Dijon. Il serait étonnant que, sur ma suggestion, il ne te passe pas une commande.

La journée de la jeune femme ne fut que repos, détente et plaisir de flâner. Elle s'attarda aux écuries pour s'assurer du confort de Jason, revint à sa chambre, rêva, prit son repas et comme Pernette lui avait rapporté ses vêtements fraîchement nettoyés, repassés, elle se glissa dans sa chemise blanche, sa cotte mauve et parfumée, puis sa robe qui avait retrouvé tout l'éclat de sa teinte azurée.

Assurée de sa grâce et de sa beauté, Alix se prit à sourire en se disant que, ce soir-là, elle essaierait encore d'en étonner plus d'un, à commencer par son amant.

Alessandro, que rien ne perturbait, arborait, aux yeux de l'assemblée, sa jeune maîtresse comme le tout-puissant gonfalonier de Florence qu'il était. De même que l'on s'était courbé devant lui à Lille, de même on se courbait à Dijon. Face à lui, les saluts se multipliaient et les bonnes grâces croulaient devant son regard imperturbable. Il gratifiait parfois d'un mot ou d'un geste plus chaleureux lorsqu'il connaissait le personnage.

Ce fut le cas pour Jacques Mirepoix qui se courba légèrement devant lui. À vrai dire, il l'avait remarqué dès son arrivée chez le bailli. Alessandro lui répondit par un salut affable, mais quand il se tourna vers Alix, il s'aperçut avec surprise qu'elle n'était plus à son côté.

— Chercheriez-vous la délicieuse sibylle qui vous dévorait des yeux tout à l'heure ? Je crains qu'en ce moment elle ne dévore ceux de mon frère. Venez.

Il effleura son bras d'un doigt léger, l'invitant à le suivre. Alix et le chanoine André étaient à peine remis de leurs joyeuses retrouvailles. Elle se détachait juste de ses bras quand Alessandro et Jacques Mirepoix s'approchèrent d'eux.

— Que vous disais-je ?

— Il n'y a rien à expliquer, rétorqua son aîné qui, à l'occasion de cette soirée chez le bailli, avait passé une riche robe de brocart. Alix et moi avons bien mérité quelques instants de tête-à-tête.

Tout en parlant, il observait tranquillement Alessandro Van de Veere tandis qu'Alix saluait Jacques Mirepoix. Conscient du regard interrogateur que lui jetait le chanoine, Alessandro l'interpella :

— Ah ! Messire le chanoine, j'aimerais présenter à votre protégée le bailli de Dijon. C'est un amateur de belles œuvres lissières et notre amie Alix devrait réussir à lui soutirer une belle commande, d'autant plus que je m'apprête à financer l'un de ses projets.

— Peut-on savoir lequel ? s'enquit soudain le nouveau venu qui s'interposa sans aucune gêne parmi ses compagnons.

— Ah, Jean ! s'exclama Alessandro.

Alix reconnut le fils Le Viste. Il la salua assez brièvement tandis que Van de Veere plantait son regard de braise dans celui du jeune négociant.

— Le bailli projette d'ouvrir dans sa ville un commerce de soieries à partir d'un élevage de Tours.

— Ne peut-il donc s'approvisionner à Lyon ?

— Vous savez bien qu'il n'y a pratiquement plus d'élevage de soie dans la capitale lyonnaise depuis que feu le roi Louis le onzième a développé cette culture dans la région tourangelle, expliqua le chanoine André en posant ses yeux sur son frère qui opina de la tête.

— Et, répliqua le fils Le Viste en se tournant vers le chanoine, je pense, mon cher André, que vous superviseriez l'organisation de ce projet.

— Bien entendu, intervint à son tour Van de Veere. Ah ! Voici mon ami le bailli, ajouta-t-il en prenant le bras d'Alix pour ne pas la perdre une seconde fois.

Le bailli arrivait. C'était un homme corpulent, de petite taille, les yeux noirs en perpétuel mouvement, le visage carré, assez lourd et les pommettes saillantes. Ses mains aux doigts recouverts de grosses bagues s'agitaient sans cesse. Il les promenait çà et là pour désigner les gens, les choses, les lieux.

— Voici donc la dame Cassex, lissière de profession, dont vous m'avez parlé, fit-il en se tournant vers Alessandro.

Puis il désigna la jeune femme en pointant sur elle un gros index cerné d'une pierre écarlate.

— Vous m'en avez dit beaucoup de bien, sire Van de Veere, mais cependant, vous m'avez caché ses réelles grâces. On peut certes paraître surpris d'une présence si féminine dans nos salons fréquentés essentiellement par des hommes.

— Je crains fort que les grâces dont vous parliez, messire le bailli, répliqua Alix, ne concernent point mes compétences de maître lissier, mais le physique de ma personne qui n'a rien à voir avec ce que le sire Van de Veere voulait exprimer.

— Je confirme ce propos, approuva le chanoine André. Laissons donc de côté les charmes de notre jeune lissière et ne parlons que de travail. Elle n'est là que pour ce faire.

— Alix Cassex a présenté une véritable merveille à la Guilde de la saison dernière. Je puis le prouver, je faisais partie des membres.

— Maître Le Viste a raison, approuva Van de Veere, j'étais également présent à cette assemblée. Le chef-d'œuvre de dame Cassex figurait parmi les meilleurs.

— Il semblerait que vous ayez beaucoup d'amis, dame Cassex, si ce ne sont des admirateurs.

Alix n'aimait guère cet homme qui semblait se moquer de sa personne depuis qu'elle lui avait été présentée.

— Hélas, messire le bailli, je n'ai pas que des amis. Je suis entourée de lissiers qui aimeraient mieux me voir dans ma cuisine à préparer la soupe que dans un atelier à diriger mes ouvriers. Et, puis-je ajouter que, même si mon époux n'était pas décédé, j'assurerais avec la même rigueur la marche des ateliers.

Le bailli l'observa, les joues détendues, un sourire narquois sur ses lèvres minces surmontées d'un nez épaté.

— Et que tissez-vous dans vos ateliers ? Je crois que vous êtes installée à Tours. Qu'y faites-vous donc ?

Alix sourit. Il se moquait d'elle ? Sentant que les choses tournaient au vinaigre, Alessandro voulut répliquer, mais c'était mal connaître sa jeune amie, elle le devança, bien décidée à en remontrer à ce petit homme acide et ironique :

— Deux de mes lissiers poursuivent la fabrication d'un grand ensemble qui porte sur le thème de la guerre de Troie avec un fond de millefleurs. Cette œuvre d'envergure nous a été commandée par le roi au temps où mon époux vivait encore.

Le bailli hocha la tête sans laisser paraître sa surprise. Trop d'ironie pointait encore dans son regard.

— Une commande du roi, c'est élogieux. Je pensais qu'il se fournissait essentiellement dans les ateliers du Nord, surtout pour ses grandes tentures. Combien de panneaux comporte-t-elle ?

— Six.

Comme il n'ajoutait rien, Alix poursuivit :

— Et deux de mes autres lissiers travaillent sur une tenture tout aussi importante qui reprend le thème de la licorne associé au symbole de la vierge. C'est un travail commandé par la comtesse d'Angoulême. Ces tentures sont elles aussi tissées sur un fond de millefleurs.

— La comtesse d'Angoulême !

— Elle-même, messire le bailli. Et chacun sait, à présent, que son fils a été nommé dauphin de France. J'ai donc de belles commandes royales en perspective.

— Quand ce jeune dauphin montera sur le trône, il se tournera vers Bruxelles.

— Et pourquoi pas vers Florence ? répliqua la jeune femme.

— Alors, poursuivit Alessandro, je vous commanditerai, soyez-en sûre.

— Tisser des œuvres au goût de la Renaissance italienne n'est pas de mince envergure. Ce n'est certes point une femme qui pourrait relever le flambeau.

— J'ai bien relevé celui des signatures de Tours. Depuis que j'ai apposé le « T » de la ville sur mes œuvres, tous les lissiers tourangeaux le font.

Mais déterminé à rabaisser les travaux de la jeune femme, le bailli poursuivit :

— Vous n'irez guère loin, ma chère, à ne tisser que des millefleurs !

Cette fois, Alix fut prise au dépourvu. Cet homme avait réussi à la désorienter. Certes ! Elle savait que les millefleurs subissaient un déclin et que, bientôt, elles seraient classées dans les œuvres médiévales dont il fallait enfin sortir.

— Alix, ma chère, susurra soudain Alessandro, parlez donc de vos *Vierges du Vatican*. Ce ne sont pas des millefleurs.

— En effet, les dessins me viennent de Rome, précisa la jeune femme en jetant un air de défi au bailli. Le peintre n'est pas connu, mais je compte bien…

— Ce petit peintre assez obscur n'est pas de votre taille, affirma le banquier en prenant un ton protecteur envers Alix pour contrecarrer les agressivités du bailli.

— C'est un ami de Van Orley, protesta la jeune femme. Et celui-ci est bien introduit au Vatican. C'est lui qui a dessiné *La Guerre de Troie*.

— Certes, Alix, je connais son talent. Mais je vous ferai connaître les peintres italiens et c'est ainsi que vous entrerez dans la Renaissance. La cour de France en sera la première bénéficiaire. N'oubliez pas que Louis XII est d'une époque et que votre jeune monarque, s'il monte sur le trône, ouvrira un autre siècle.

— Je sais.

Affichant un air distrait, le bailli se taisait. Alessandro reprit :

— Je vous ferai connaître les plus grands et j'aurai plaisir à vous entendre discuter avec mes amis Raphaël et Michel-Ange.

Un silence pesant s'ensuivit, puis le bailli sortit de son mutisme et ne put s'empêcher de susurrer :

— Mon cher Van de Veere, n'y a-t-il pas de grands peintres flamands qui mériteraient mieux un tel honneur ? Tenez, je pense à notre ami commun Jan Van Roome qui, en ce moment, doit discuter de ses œuvres à l'étage.

Ce fut le chanoine André qui extirpa Alix des crocs mordants du bailli. Il la connaissait trop pour risquer une algarade préjudiciable à tous. Il la prit donc par le bras en lui chuchotant à l'oreille :

— Allons voir où se trouve ce Jan Van Roome et laissons votre banquier florentin commercer son projet de soieries avec le bailli.

Bien qu'absorbé par la discussion, Alessandro gardait un œil acéré sur Alix. Il la vit disparaître avec le chanoine et laissa paraître sur son visage une légère contrariété qui plissa un instant son grand front buriné. Mais il reprit ses pourparlers comme si de rien n'était.

Les pièces de la maison du bailli étaient immenses et chacune comportait de hauts murs décorés par des tableaux et des tapisseries. Assurément le bailli de Dijon, ce détestable ennemi des femmes, était un grand amateur d'art.

Après avoir monté un large et somptueux escalier de pierre bordé d'une rampe en fer forgé, André et Alix arrivèrent à l'étage supérieur où nombre d'invités se tenaient. De loin, Alix aperçut la tenture, qui la laissa sans voix. Elle occupait toute la pièce, s'imposait par sa grandeur et sa majesté, prenait toute son envergure dès qu'on posait les yeux sur elle.

— Qui a tissé cette œuvre ? demanda-t-elle à haute voix.

— C'est moi.

Elle se retourna et André lui présenta l'homme qui s'avançait vers eux. C'est à peine si elle le vit tant ses yeux s'attachaient à l'œuvre accrochée au mur lui faisant face.

— L'avez-vous dessinée ?

— Oui. C'est la tenture de *L'Histoire de David et Bethsabée*[1].

Alix était suspendue aux formes, aux couleurs, au dessin des multiples personnages. Tout était différent de ce qu'elle produisait.

1. La tenture de *L'Histoire de David et Bethsabée*, de très grande envergure, riche en fils d'or et d'argent et composée de dix pièces, fut dessinée et tissée au début du XVIe siècle par le maître Jan Van Roome. Musée de la Renaissance à Écouen.

— Ce tableau représente la scène de Bethsabée remarquée par le roi David.

— C'est splendide.

— Voulez-vous que je vous raconte ?

Sur l'acquiescement de la jeune femme, Van Roome expliqua :

— Du haut de son balcon, David a vu cette jeune beauté, épouse du chevalier Urie parti en campagne. Bethsabée est assise près d'une fontaine. Elle rêve en caressant de sa main blanche l'eau qui coule doucement. La cour s'émeut plus qu'elle ne s'indigne devant le désir du roi qui, instantanément, demande à la connaître. Il la fait venir à son palais et la séduit.

— Y a-t-il d'autres scènes ?

— Oui, celle-ci a été achetée par le maître de cette maison. Mais j'ai tissé et dessiné neuf autres scènes qui racontent cette histoire.

Les yeux rivés sur la tenture, Alix observait minutieusement chaque détail, chaque personnage, chaque attitude. Tout la fascinait. Avec ses quatre mètres de large et ses huit mètres de hauteur, le panneau recouvrait tout le mur.

— Ces hachures ! murmura-t-elle. Comment avez-vous fait pour qu'elles restituent aussi bien les ombres et les lumières ?

Elle s'éloigna pour s'assurer du rendu de l'ensemble, puis se rapprocha et détailla les points serrés qui se suivaient de haut en bas, formant ainsi les hachures qui produisaient un tel effet. Tout était voluptueux dans ce travail.

Alix se tourna vers le créateur et, enfin, observa son visage.

— Vous êtes un grand artiste, messire Van Roome. C'est la première fois que je prends conscience de ce qu'est la Renaissance en matière de tapisserie. Je crois que vous m'avez ouvert les yeux. Jamais encore, malgré tout ce que j'ai entendu dire et malgré mon séjour dernier à Rome, je n'avais été aussi profondément marquée par ce changement opéré dans la façon de mettre en scène les personnages d'une histoire. En regardant votre œuvre, je m'aperçois qu'il n'est point besoin de symboles pour comprendre.

— Alix, corrigea le chanoine André en s'approchant d'elle, vous en aviez déjà une idée. Vos *Vierges du Vatican* en sont la preuve !

— Non ! Non ! Je n'avais rien compris, s'obstina la jeune femme. Cette œuvre vient de m'ouvrir les yeux. Si ce bailli détestable ne m'avait pas narguée à ce point, je courrais lui dire qu'il avait mille fois raison. Mais je ne lui ferai point cette joie, car il se plairait à m'abaisser davantage.

— Êtes-vous donc lissière, vous aussi ?

— Je suis Alix Cassex. Mes ateliers sont en Touraine.

Elle saisit la main que lui tendait l'homme. Grand, mince, jeune encore, ses yeux gris étaient perçants, mais son sourire sincère et généreux.

— Réalisez-vous toujours des bordures à vos tentures ?

— Les écoles italiennes bannissent à présent toutes les œuvres qui ne sont pas bordées. Raphaël lui-même crée des dessins pour les lissiers, comportant de larges bandes qui reproduisent non plus des fleurs et des feuillages, mais des personnages.

— Des personnages !

Elle s'approcha de la tapisserie et détailla les petits motifs qui la bordaient. Jan Van Roome désigna la tenture exposée sur le mur d'en face, au-dessus d'un grand coffre sculpté.

— Regardez cet ouvrage. C'est *Auguste et la Sibylle*. Les bordures sont plus larges que les miennes. Elles commencent déjà à structurer ce que seront bientôt les œuvres du siècle à venir. Voulez-vous que je vous présente l'auteur de cet ouvrage ?

— Après vous avoir connu et surtout avoir admiré votre œuvre, maître Van Roome, si je fais la connaissance de celui qui a été inspiré pour cette création-là, fit-elle en désignant *Auguste et la Sibylle*, je serai la plus heureuse des femmes.

— Je ne parle pas du peintre que je ne connais pas, mais du lissier qui a bien voulu prendre en charge la réalisation des dessins.

— Est-il à Dijon ?

— Je suis venu avec lui. C'est l'un de mes amis, un jeune Bruxellois.

Il l'entraîna un peu plus loin et pénétra dans une autre salle. Puis, fouillant du regard coins et recoins, il ne trouva pas celui qu'il cherchait :

— Venez, allons voir ailleurs, les tentures sont exposées dans toutes les pièces. À l'occasion de cette assemblée annuelle, le bailli a sorti toute sa collection, ajoutée à celle des tapissiers avec lesquels il travaille.

Ils trouvèrent enfin le jeune lissier, qui n'avait pas plus de vingt-cinq ans. Deux hommes et une jeune femme l'accompagnaient.

— C'est son épouse, elle travaille avec lui et leurs ateliers commencent à prospérer, mais ils n'œuvrent encore qu'avec les peintres flamands.

— Cette jeune lissière du Val de Loire admire votre ouvrage *Auguste et la Sibylle*[1]. Je crois qu'elle aimerait en savoir plus.

1. Tenture *Auguste et la Sibylle* d'environ deux mètres sur trois, à petite bordure fleurie, tissée au début du XVIe siècle par un anonyme. Musée du Moyen Âge.

— Venez, fit la jeune femme en lui prenant le bras sans façon. Allons le voir ensemble. Je vais vous l'expliquer.

Reprenant le chemin inverse, ils se trouvèrent devant la tenture qu'Alix put de nouveau admirer.

— C'est un tissage de basse lisse, fit-elle, et pourtant son envergure reste majestueuse.

Le jeune lissier acquiesça en remuant la tête.

— La composition est très classique, faite en laine et soie. Elle met en tout premier plan les personnages tandis que les assistants se retranchent à l'arrière dans un paysage vallonné qui s'ouvre sur l'infini pour accueillir l'apparition de la Vierge.

— Mais il n'y a pas de Vierge !

— Non, il reste deux tableaux à tisser.

— Allez-vous les réaliser ?

Le lissier Van Merck, habillé simplement, portait un visage aimable. Grand, mince, il avait un front large et bombé, lisse comme de l'albâtre, un regard clair et une chevelure blond cendré, alors que son épouse était plutôt petite et ne cachait ni ses yeux ni ses cheveux, noirs comme de l'ébène, qu'elle avait enfermés sous un bonnet à résille. Elle se tourna vers Alix :

— Hélas, je crains que nos commandes actuelles soient plus urgentes et nous empêchent d'avancer ce travail. Le peintre avait un fort besoin d'argent et comme il n'est pas connu, nous lui avons acheté ses dessins peu cher et nous en sommes devenus entièrement propriétaires. Il est tout de même dommage, reconnut la jeune femme, que nous soyons obligés de remettre cette exécution à plus tard. Il faudrait trouver un lissier qui accepte de poursuivre cet ouvrage.

— Moi, je pourrais.

— Avez-vous tissé des vierges ?

— L'une de mes hautes lisses est occupée en permanence par un ouvrage de six tentures que j'ai intitulé *Les Vierges du Vatican*. Cependant, mes ateliers sont assez vastes et mes ouvriers assez nombreux pour effectuer ce travail.

La jeune lissière se retourna vers Alix :

— Alors ! Pourrions-nous en discuter ensemble ? Êtes-vous accompagnée ? Votre mari sans doute !

— Non, je suis veuve.

La réplique jeta un froid et la dame Van Merck se tut un instant. Elle considérait Alix d'un autre œil et laissa son mari poursuivre :

— Nous avons le temps d'en discuter avant que vous ne repartiez en Val de Loire.

— Retrouvons-nous un soir. Où logez-vous ? s'enquit Alix. Moi, je suis descendue à l'auberge de *La Toque blanche*.

Alix détectait soudainement un changement d'attitude dans le comportement de ses deux vis-à-vis. Cette femme seule à décider du sort de son atelier valait-elle la peine qu'ils poursuivent leur discussion ? Toujours sur ses gardes, Van Merck reprit :

— Nous devons très prochainement repartir à Bruxelles. Peut-être n'aurons-nous pas le temps de nous revoir.

Van Roome, qui s'était écarté le temps de leur discussion, revenait avec le chanoine André et le sire Van de Veere. Partie dans sa discussion avec le jeune couple Van Merck, c'est à peine si Alix vit Alessandro s'approcher d'elle.

— Viens, mon cœur, chuchota-t-il. À présent, je veux te faire connaître un commanditaire.

— S'il est aussi arrogant que votre bailli, répondit-elle en adoptant le vouvoiement qu'il avait utilisé tout à l'heure avec elle, je préfère rester en compagnie de ces lissiers bruxellois dont je viens de faire la connaissance et qui s'apprêtaient, du moins si nous tombons d'accord sur les conditions, à me laisser achever les deux tableaux de la tenture *Auguste et la Sibylle*.

Elle se tourna vers le sire Van Merck, et dans un large sourire qu'elle s'efforça de rendre enjôleur, lui jeta :

— Puisque vous connaissez maître Van Roome, permettez-moi de vous présenter mes amis : le chanoine André Mirepoix, attaché à l'évêché de Tours, et le gonfalonier florentin Alessandro Van de Veere, banquier et négociant à Bruges et à Florence.

À ce nom, Alix savait que les jeunes lissiers allaient d'un moment à l'autre retourner leur veste. Cependant, elle ne pouvait s'empêcher de penser qu'il était regrettable que sa seule personnalité ne soit pas toujours assez convaincante pour remporter seule toutes les gloires.

Mais si Alix était ambitieuse, elle savait doser la mesure de ses possibilités et de ses incertitudes. Aussi joua-t-elle le jeu avec son ami Alessandro.

— Pourrions-nous prendre cette œuvre dans notre dépôt de Bruges ?

Alessandro se mit à rire.

— Voilà bien une question à laquelle vous ne m'avez guère habitué, Alix.

Puis se tournant vers le sire Van Merck, il poursuivit :

— Notre amie Alix Cassex travaille essentiellement pour le roi de France et la comtesse d'Angoulême. Ce ne sont donc pas des œuvres à laisser en dépôt dans nos comptoirs brugeois.

— C'est vrai. Mon ami Alessandro a raison.

Puis s'adressant à dame Van Merck :

— Alors, cette discussion un de ces soirs à *La Toque blanche*, vous convient-elle ?

— Disons demain soir, répondit vivement son époux.

Serrés l'un contre l'autre, Alessandro et Alix se laissaient aller à leurs tendres ébats. Émoustillée cependant par cette journée où tant de gens intéressants lui avaient été présentés, Alix ne sentait pas le sommeil l'atteindre.

— Je vais laisser sommeiller quelque temps mes millefleurs. Van Roome et ce couple de lissiers ont su me convaincre en quelques instants que je devais changer la structure de mes compositions lissières.

— Veux-tu dire par là que moi-même je n'y suis point arrivé ?

Alix se mit à rire.

— Disons que je me laissais bercer par tes belles flatteries et que je m'aperçois que tu as tout simplement voulu me prendre à ton piège. En quelques mots et en une seule image, ces gens ont su me convaincre.

— Et ces lissiers ! Si je n'étais pas arrivé, tu n'aurais point eu ces tentures. Ils ne voulaient pas discuter avec une femme seule.

— C'est vrai. Mais à présent, ils me connaissent. Ah ! Si ce Van Merck est un peu pédant, Van Roome est charmant. Il m'a dit qu'il cumulait son art de la peinture et son art des tapisseries. Il possède un atelier de haute lisse et peut effectuer ses propres créations.

Elle se retourna et l'obligea à rester tranquille, car il cherchait, pour l'instant, à saisir sa bouche.

— Alessandro ! Te rends-tu compte ? Il m'a promis de travailler en étroite collaboration avec moi. Il me fournira des dessins et même, a-t-il précisé, consentira à ce que je travaille sur une partie des grands ensembles que de puissants commanditaires lui fourniront.

Alessandro la serra dans ses bras et la fit rouler jusque sur le bord du lit. Ils faillirent tomber sur le sol et se mirent à rire.

— Tu es tout simplement en train de me rendre jaloux. Mais je ne me laisserai pas faire. J'ai envie de toi et il me tarde de te le faire comprendre.

— As-tu oublié notre souper ? Il est là. C'est toi qui as demandé de nous le faire monter.

— Il est froid, il peut attendre.

Craignant une algarade entre le bailli dijonnais et Alix, le sire Van de Veere avait tout simplement refusé d'assister à son dîner, prétextant un empêchement de dernière minute dont il n'avait certes pas donné le motif. Une telle tablée d'artistes risquait d'échauffer les esprits et Alix était capable de s'attirer plus d'une sympathie par le seul comportement hostile d'un homme.

S'il n'y avait eu la rassurante présence du chanoine à leur côté, le banquier florentin eût ressenti quelques petits picotements au cœur en voyant la belle entente qui naissait entre sa compagne et son ami le peintre Van Roome.

Le retour à *La Toque blanche* les réunit plus vite que prévu et Alessandro décida même de s'accorder la journée pour vivre pleinement sa passion.

Quelques jours plus tard, il faudrait pourtant se séparer. Le banquier florentin devant retourner à Lyon pour signer papiers, contrats et documents financiers, promit à Alix qu'il serait à Tours une ou deux semaines plus tard.

— Ne manque pas à ta parole, Alessandro, car mes nuits seront peuplées de toi et mes jours…

— Tes jours ! Tu retrouveras tes dessins, tes lisses et tes fils de soie. Tiens ! Je suis persuadé que tu commenceras déjà à faire des esquisses pour *Auguste et la Sibylle*.

— Peut-être, mais dis-toi bien qu'à Tours, si tu dois te rendre quelque part, tu seras contraint de m'emmener avec toi, car je veux connaître toutes tes relations tourangelles.

— C'est évident, mon cœur, puisqu'elles te serviront. Il faut bien que tu te préserves des ennemis qui te traquent. Les lissiers tourangeaux ne te pardonneront pas de te voir hissée plus haut qu'eux. Y as-tu songé ?

— Ils n'oseront plus incendier mes ateliers ou m'accuser de vol. Et même s'il leur prenait le goût de me traîner en justice pour ce qu'ils appellent mes audaces, ils savent qu'ils perdront.

Quelque temps plus tard, elle reposait entre les bras de son amant, repue de caresses et de mots d'amour. Mais l'heure n'était pas encore au repos. S'allongeant sur elle, Alessandro remit à plus tard mots et discussions et s'absorba dans de nouvelles étreintes dans lesquelles sa compagne plongea sans se plaindre. Elle pensait trop à leur proche séparation pour écourter davantage les heures restantes de plaisir.

IV

Louise avait à peine trente-cinq ans lorsqu'elle revit le duc de Montpensier. Mais, à l'inverse des deux autres fois, il n'était pas accompagné de sa triste épouse. Il arriva dans le soleil levant d'un matin d'automne auréolé des ors et des pourpres de la campagne, fringant dans sa brillante armure et son pourpoint blanc.

À demi éveillée, ce matin-là, pour avoir veillé tard et ne s'être endormie que sur les minuit passés, Louise avait sonné Catherine, les yeux encore gonflés de sommeil.

Elle se fit apporter petits pains, compote d'airelle, lait chaud au miel et gâteaux de pommes cuites, afin de bien commencer la journée.

Quand la tenture qui recouvrait la double porte de sa chambre se souleva, elle s'enquit aussitôt :

— C'est Gonfreville, madame, lança de loin Catherine, la tête dissimulée sous la tenture.

— Gonfreville ! s'exclama Louise étonnée.

— Il désire vous parler, insista la chambrière.

— Qu'il entre, fit la comtesse surprise que son écuyer vînt la déranger de si bon matin.

Le garde en faction devant la porte s'effaça en frappant le sol de sa hallebarde, et d'un pas tranquille rejoignit les deux autres postés le long du corridor qui menait à l'escalier central.

Casque en main, pourpoint rouge et jaune, couleurs qu'avait imposées Louis XII à la cour d'Amboise, Gonfreville s'arrêta dans l'entrebâillement de la porte.

— Avancez, seigneur Gonfreville et dites-moi ce qui vous amène si tôt, ce matin.

— Charles de Montpensier, duc de Bourbon, est arrivé à Amboise et désire vous entretenir, madame la comtesse, jeta l'écuyer alors que Catherine terminait de coiffer Louise.

— Charles de Montpensier ? s'étonna-t-elle en repoussant la main de sa chambrière qui s'apprêtait à lui poser sa coiffe. N'était-il pas à la cour de Blois ? Il me semble qu'il vient d'y passer quelques mois.

— Son écuyer rapporte qu'il désire vous rencontrer.

— Son écuyer ! Est-il ici ?

— Il est sur la terrasse, madame.

— Alors, allez lui dire que je suis prête à rencontrer Charles de Montpensier. Qu'il patiente dans la salle d'armes. Je l'y rejoindrai dans quelques instants, poursuivit Louise en laissant cette fois Catherine ajuster son bonnet.

Gonfreville se retira, saluant bas la comtesse.

Lorsque la porte fut refermée et la tenture abaissée, Louise saisit vivement la coiffe que venait d'ajuster Catherine sur ses cheveux et la lui tendit en riant.

— Pas de coiffe, pas de bonnet devant le duc de Bourbon.

Elle approcha son visage du miroir qui lui faisait face.

— Fais-moi belle, Catherine. Ce jeune seigneur est de la plus haute distinction.

Elle se pencha vers le miroir et saisit la mèche de cheveux que Catherine s'apprêtait à lisser.

— Attends, fit-elle d'un ton de plus en plus enjoué. Je suis à peine levée et je dois recevoir de façon impromptue un invité de choix. Il est donc tout à fait excusable, Catherine, que tu n'aies pas encore eu le temps de me coiffer.

Elle secoua énergiquement sa tête, faisant voler ses boucles rousses autour de son fin visage blanc.

— Brosse mes cheveux afin qu'ils soient brillants et lisses.

Catherine s'exécuta, mais Louise n'avait pas dit son dernier mot.

— Il faut m'ôter ces affreux cernes sous les yeux, déclara-t-elle en passant son doigt sur ses paupières encore un peu gonflées.

Elles s'activèrent pendant quelques minutes avec les onguents, les crèmes, les lotions, les pâtes, les poudres, jusqu'à ce que Louise fût satisfaite de son visage.

— Parfait, Catherine. Trouve-moi à présent une robe qui soit blanche sans trop d'ornements, celle de velours aux parements d'argent, peut-être ! Va vite la chercher.

Puis, réfléchissant brusquement, elle se reprit :

— Attends, dis auparavant à René qu'il m'excuse auprès du duc de Bourbon si j'ai quelque retard. Et ensuite, reviens vite.

Surprise de la subite nervosité de la comtesse, Catherine obtempéra. Elle connaissait suffisamment sa maîtresse pour savoir qu'elle ne mettrait guère de temps à lui arracher des confidences.

Pendant la courte absence de Catherine, Louise se leva et marcha vers la fenêtre encore obstruée par le lourd rideau de brocart. Ah ! Combien elle avait eu raison quand elle avait écrit à Alix : « Je sais qu'il viendra à la cour d'Amboise. » Puis, elle revint à sa coiffeuse. Lorsqu'elle s'aperçut que ses pas étaient un peu nerveux, elle se détendit, étira ses bras, bomba le torse et prit une longue aspiration qui la relaxa aussitôt.

Que lui importait le jeune époux de Suzanne, fille d'Anne de Beaujeu, celle qui l'avait si durement élevée et donnée à un mari sans fortune ! Que lui importait toutes ces anciennes rancunes de famille alors que François, son fils, s'approchait de jour en jour de la plus haute distinction qui soit !

Devait-elle faire resurgir un passé qu'elle avait décidé d'enfouir comme un souvenir mort ?

Louise fixa distraitement la tenture de sa fenêtre. À vrai dire, le problème se révélait bien plus compliqué qu'il ne paraissait. Elle savait que tout remonterait un jour à la surface. Et Louise n'était pas de celles qui capitulaient facilement.

Suzanne, sa cousine ! Celle à qui, enfant déjà, on offrait les plus brillants partis alors qu'elle-même ne faisait l'objet que de tristes commentaires, ne freinerait certes pas ses désirs, et pour l'instant son envie la plus forte était de se faire courtiser par le jeune duc de Montpensier.

Plus Louise revenait à son triste passé, plus elle en voulait à sa cousine. Avec le recul, elle se persuadait qu'Anne de Beaujeu, remarquant chaque jour davantage les charmes naissants de sa pupille, alors que sa propre fille grandissait malingre et disgracieuse, l'avait rabaissée à plaisir.

De plus, Louise qui, par les origines de son père, aurait dû bénéficier de biens et de domaines qu'elle n'avait jamais vus, commençait à se rebiffer.

Comment la comtesse d'Angoulême pouvait-elle oublier tant de détails sur la généalogie de sa famille, quand son propre père était le frère de la reine Charlotte, épouse de Louis XI ? Louise n'avait jamais touché l'héritage maternel, puisque tous les biens qui lui revenaient avaient été accaparés par la famille des Beaujeu, soi-disant pour la couronne de France. On comprenait qu'elle cherchât un semblant de vengeance.

Or, voici que venait frapper à sa porte celui qui, en un tournemain habile et discret, avait ramassé l'héritage intégral des Beaujeu et des Bourbons, les provinces d'Auvergne et de Bourgogne, les duchés des Dombes et du Beaujolais, les comtés de Châtellerault, de Clermont et de Montpensier.

Le jeune Charles, devenu son cousin par alliance, s'imposait en maître incontesté d'un véritable fief qu'il gouvernait à la façon des puissants seigneurs d'autrefois.

Perdue dans les réflexions de son passé, Louise tressaillit à l'arrivée de sa chambrière. Elle tenait deux toilettes en main. L'une était une robe de couleur ocre clair bordée de dentelles beiges, l'autre toute blanche avait un corselet aux passementeries d'argent. Lorsque Louise eut passé les deux tenues, elle fixa son choix sur la robe garnie de dentelles, trouvant qu'avec ses cheveux roux dénoués, l'ensemble donnait une image de légèreté qui convenait fort bien à l'heure matinale qui s'annonçait si prometteuse.

Se tournant et se retournant devant le grand miroir qui reflétait une silhouette de jeune fille, elle s'estima satisfaite.

— Ciel, madame, on croirait que vous avez vingt ans ! admira Catherine extasiée.

— C'est justement ce qu'il faut laisser croire à mon invité, répliqua Louise en riant.

— Les quinze années qui s'y ajoutent, madame, s'enfouissent merveilleusement bien dans votre chevelure défaite.

— Parfait, Catherine. Ah ! Il manque mon parfum ! Celui de violettes pilées. L'odeur est à la fois chaleureuse et discrète. Elle conviendra fort bien pour ce petit matin.

La chambrière lui tendait déjà le délicat flacon de verre qui enfermait le parfum préféré de Louise. Elle s'en mit une goutte au creux du cou et s'en aspergea le bout des doigts que le jeune duc porterait tout à l'heure à ses lèvres.

Assurée, majestueuse, légère, la comtesse enfin prête quitta sa chambre et traversa le grand salon pour se rendre à la salle d'armes. Lorsqu'elle parut au seuil de la porte que recouvrait la tenture de velours, le duc de Bourbon lui tournait le dos. Elle l'observa quelques instants. Il se tourna à demi et contempla avec intérêt une épée, vieille et lourde, presque antique, au pommeau d'argent sculpté, accrochée au mur de pierres blanches parmi les autres armes.

Louise voyait le profil de son cousin pour la première fois. Un nez droit, un front austère, un menton avancé, volontaire. Quant au cheveu, il était noir et dru, couronnant une stature haute et vigoureuse. Dieu ! Comment sa vilaine cousine, petite, souffreteuse, au nez crochu comme celui de son aïeul Louis XI et à la peau sombre comme celle d'un pruneau, pouvait-elle avoir un aussi bel époux ?

Charles de Montpensier, duc de Bourbon, tourna la tête en direction du bruit qui venait d'effleurer son oreille.

— Monsieur le duc, vous qui êtes mon cousin par alliance, je vous souhaite la bienvenue en ce château d'Amboise devenu le mien par la grâce du roi de France.

— Ce château est l'un des plus beaux du Val de Loire, répondit le jeune duc en se courbant bas devant Louise.

De son chapeau blanc largement emplumé, le salut qu'il fit à la comtesse n'était ni obséquieux, ni fruste, ni guindé. Juste courtois et un peu moqueur. Lorsqu'il releva les yeux sur ceux de Louise, un instant se passa sans que ni l'un ni l'autre ne sût quoi dire. Louise restait trop subjuguée, muette, anéantie. Le duc de Bourbon, lui, marquait trop d'étonnement pour cacher son émotion. Ce ne fut pourtant pas Charles qui rompit le silence.

— J'ignorais avoir un aussi séduisant cousin, dit-elle enfin en lui serrant la main.

Il prit les doigts de Louise entre les siens et les approcha de ses lèvres minces, attardant un peu son geste de bienséance.

— Ai-je la mère ou la fille face à mes yeux éblouis ? répondit le jeune duc.

— Si vous me faites l'honneur, monsieur, de rester quelques jours, je vous présenterai Marguerite. Vous déterminerez alors qui est la mère et qui est la fille, bien que vous nous ayez déjà vues l'une et l'autre aux festivités de Plessis-lès-Tours et, plus récemment à celles de Blois.

Un instant, il parut surpris, puis embarrassé, se remémorant le regard insistant de Louise qu'il n'avait pu soutenir qu'à peine, gêné apparemment par la présence de son épouse.

— C'est juste, admit-il, toute gêne effacée, cette fois-ci.

— Cela ne m'empêche nullement de vous réitérer mon invitation, jeta Louise amusée.

— J'accepte, madame d'Angoulême, lança le duc de Bourbon comme un défi courtois.

Louise sourit et porta son regard sur l'arme que regardait tout à l'heure Charles de Montpensier.

— Alors, mon cousin, si vous me faites le plaisir de rester quelques jours parmi nous, vous m'en feriez un autre en me contant la guerre du Milanais, que nous avons perdue.

— Ce sujet n'est-il pas rébarbatif pour une femme ?.

Louise le dévisagea. Toute émotion, toute sensibilité étaient à présent parties de son regard. Elle se sentit retomber sur le sol, avec des jambes un peu molles sans doute, mais l'esprit bien ouvert. Comme il lui décochait une œillade amusée, elle précisa dans un large sourire :

— Lorsque mon fils sera souverain, il faudra bien que j'assume alertement toutes ces discussions.

Elle vit qu'elle le suffoquait par la certitude de ses mots.

— Souverain ! répéta-t-il, surpris.

— Allons, Charles ! Vous n'ignorez pas que mon fils est l'héritier présomptif du trône.

— Mais, et la reine Anne…

— La reine Anne, coupa Louise précipitamment, n'aura jamais le dauphin qu'elle attend !

Le duc de Bourbon quitta promptement son air étonné et cette fois plaisanta :

— Si vous le voyez ainsi ! conclut-il carrément amusé.

— Je vois bien d'autres choses, mon cousin. Par exemple, celles qui vous permettraient de vous rapprocher, vous aussi, des sphères royales. N'en avez-vous pas envie ?

Elle lui prit amicalement le bras, tout en jetant un coup d'œil sur les armes suspendues aux murs.

— Venez, laissons cet endroit barbare et allons discuter sur les bords de Loire.

En quittant la salle, ils passèrent ensemble sous le linteau de la porte et leurs épaules se frôlèrent. Il sembla subitement à Louise que Charles de Montpensier en profitait pour mieux s'approcher d'elle.

— René ! Va me chercher ma cape, cria-t-elle à son page qui, dissimulé dans le corridor, attendait un ordre de cette sorte.

— La journée sera belle et chaude, mais à cette heure-ci, les matins sont frais.

Puis, sans attendre la cape demandée, et consciente que René ne la retrouverait pas de si tôt, elle entraîna son visiteur tout en haut du rocher qui surplombait l'énorme tour des Minimes, les pinacles et les balustrades ajourées du château.

À cette heure, des perles transparentes accrochaient le fleuve argenté et la couleur des lointains vignobles paraissait presque incertaine.

Ils descendirent sur la terrasse que baignait un soleil levant, et Louise, marchant à pas lents, s'efforçait de captiver le jeune duc par la beauté de ce paysage aux teintes délicatement pastel.

— La Loire ne semble plus avoir de secret pour vous, Louise.

Elle tressaillit à son prénom qu'il prononçait comme s'ils étaient de vieilles connaissances.

— Vous avez froid ? reprit-il en modulant sa voix.

Elle savait qu'en répondant affirmativement, elle tisserait à cet instant même les fils d'une étrange liaison. Des liens qui la conduiraient à d'autres rencontres et d'autres attouchements, et peut-être même à des sensations bizarres. En elle, se mêlaient déjà revanche et passion.

Tout lui revint en mémoire, l'héritage qu'elle n'avait jamais eu, la séduction, la jeunesse, la puissance d'un homme qu'elle aurait pu aimer en d'autres circonstances, la richesse d'un époux destiné à une autre.

Regardant l'horizon où se perdait le bout du fleuve, elle se frotta vigoureusement une épaule.

— Vous tremblez, Louise.

Elle lui fit soudain face et bloqua son regard sur le sien. Un instant, ils se dévisagèrent et Louise sentit qu'il attendait d'elle un geste, un mot, une confirmation.

— J'ai froid, s'entendit-elle murmurer.

Il ôta son pourpoint blanc et le posa délicatement sur son dos, puis passa un bras sur ses épaules, et ils longèrent en silence le bord de la Loire dont les couleurs commençaient à se mêler à celles d'un ciel azuré et sans nuages.

V

Bien qu'Alix connût le château de Blois, elle fut surprise des rénovations importantes qu'elle y trouva. L'architecture avait été reprise. Louis XII y vivait plus souvent qu'ailleurs. C'était devenu un lieu de fêtes. Le roi y conduisait toute sa diplomatie, il y passait ses transactions, y inscrivait ses ordonnances, y recevait les ambassadeurs, y signait décrets et traités, y organisait les entrevues les plus célèbres.

La cour de Blois brillait incontestablement d'un éclat littéraire et artistique et l'élargissement des horizons, entraîné par les expéditions d'Italie, engendrait une renaissance de toute la culture française.

Certes, Amboise en bénéficiait largement, et si le poids du passé demeurait considérable, l'idée et le désir de renouveau n'en étaient que plus accrus. Tout comme la comtesse d'Angoulême, la reine Anne s'entourait de copistes, d'enlumineurs, de haute-lissiers et de poètes.

Souriante, les mains tendues, Louise avança vers son amie.

— Alix ! s'exclama-t-elle, vous voici donc. Dieu que tout ce temps a passé vite !

— Oui ! Tant de morts, tant de chagrin, tant de tourments parfois, que l'on ne peut plus se redresser.

— Allons, Alix ! temporisa la comtesse d'Angoulême, je suis joyeuse en ce moment, n'assombrissez pas ces jours-là qui, pour vous, s'annoncent brillants aussi. Je le sais. J'ai eu vent de vos réussites, car celles que vous m'annonciez dans vos lettres n'étaient qu'un avant-goût de ce que vous vous apprêtez à faire.

— Mais, je vous assure, Louise, que…

— Ta ! ta ! ta ! jeta Louise en riant tout en adoptant cette façon qu'avait sa belle-mère, la vieille comtesse, de la reprendre lorsqu'elle n'était pas d'accord avec les propos de sa bru. J'ai appris que vous alliez ouvrir un comptoir en Val de Loire pour le compte des Florentins !

— Et moi, Louise, biaisa aussitôt Alix, j'ai appris que vous alliez fêter les noces de Souveraine.

— Oui ! Avec le chevalier Michel Gaillard de Longjumeau. C'est un excellent parti pour elle.

— Jeanne, sa mère, doit en être ravie.

— Certes, elle ne cesse de me remercier comme une fillette à qui j'aurais donné un jouet. Elle oublie parfois que Souveraine est la demi-sœur de mes enfants et que j'ai juré à mon époux, sur son lit de mort, d'assumer la charge de ses trois bâtardes.

Louise entraîna sa compagne et continua à voix basse :

— Revenons à vos projets, Alix. Je désire en parler avec vous. Mais allons dans ma chambre, nous serons plus tranquilles pour discuter. Je dois vous entretenir de plusieurs points qui me tiennent à cœur.

Puis, d'une voix plus forte, elle lança joyeusement :

— Un beau mariage que celui de Souveraine. Chacun se plaît à dire qu'ils forment tous deux un couple superbe.

— Je suis étonnée que les festivités n'aient pas lieu à Amboise.

— Étonnés ! Oui, nous l'avons tous été. En réalité, les rénovations du château de Blois sont pratiquement toutes achevées. Les pièces sont remeublées et décorées dans ce style qui nous vient d'Italie. Je crois que c'est l'occasion pour le roi de nous montrer toutes ces merveilles parmi lesquelles il désire voir briller Marguerite et François. C'est bien pour cette raison que je vous ai fait venir à Blois plutôt qu'à Amboise. Allez-vous rester pour ces fêtes ? Vous y êtes, bien entendu, conviée.

— Hélas, je dois rentrer à Tours pour y voir le sire Van de Veere, parti à Lyon pour quelque temps.

Louise se retourna brusquement vers Alix et lui fit signe de se taire. Puis, lui prenant le bras, elle la poussa vers la pièce dans laquelle elles entrèrent.

— Ce château de Blois est peut-être superbe, mais j'y suis à l'étroit et il me semble que les gens de la reine me surveillent. Je ne veux pas que notre discussion aille se perdre au-delà de ces quatre murs qui constituent ma chambre. Voilà, nous pouvons parler à présent.

Elle offrit un fauteuil à sa compagne.

— Ce Van de Veere est un banquier florentin, n'est-ce pas ?

— Oui.

— Est-ce bien lui qui vous a prêté de l'argent pour ouvrir votre comptoir florentin ?

Comme Alix se taisait, elle reprit :

— Est-ce bien lui, l'homme par lequel vous me semblez séduite ?

Alix opina de la tête et Louise esquissa un sourire.

— J'ai un service à vous demander, Alix.

— Lequel ?

— Seriez-vous prête à me soutenir ?

— Si je le puis, ce serait un plaisir pour moi que de vous aider. Mais, juste ciel ! En quoi pourrais-je bien vous être utile ?

— Je vais vous expliquer. Depuis que le roi se rend compte qu'il n'aura jamais d'héritier direct et que François représente le seul personnage du royaume qu'il puisse mettre sur le trône, il me consent des crédits de plus en plus grands. Je n'ose, pourtant, lui réclamer davantage que ce qu'il m'octroie.

Alix hocha la tête et Louise poursuivit, non sans aller jusqu'à la fenêtre pour se rendre compte des allées et venues dans la cour extérieure.

— Depuis quelque temps, j'ai pu reprendre la tutelle de mes enfants dont le roi avait été investi à la mort de mon époux. Cela m'a permis aussi de disposer de tous les biens de la famille d'Angoulême. Ils me reviennent en toute légalité, ainsi qu'à François et Marguerite.

Sans trop comprendre où Louise voulait en venir, Alix l'écoutait d'un air tranquille. Puis sa compagne poursuivit ses explications et Alix comprit enfin ce qu'elle voulait obtenir d'elle.

— Les financiers affirment que les ducats d'or représentent, actuellement, une valeur plus grande et plus sûre que les florins ou les livres.

— Je sais, les banquiers me l'ont expliqué.

— C'est pour cette raison que j'aimerais emprunter à un financier italien, par l'intermédiaire d'un homme qui était général des Finances en Languedoc et dont j'ai fait la connaissance il y a fort peu de temps. Rappelez-vous, Alix, je vous ai écrit que je me proposais de vous le faire connaître. Or, il vient de quitter sa province pour s'installer à Tours, profitant de la future nomination de son fils à l'évêché de la ville.

— Et son fils est l'évêque Martin de Beaune.

— Comment le savez-vous ? Il n'a pas encore été nommé, s'étonna Louise.

— Oh ! fit Alix gênée d'avoir parlé trop vite. Je connais un prélat qui m'a tirée d'affaire lors d'une période très dure. Il était simple moine à l'évêché de Reims et sa mutation à Tours lui a valu la nomination de chanoine. C'est le fils d'un des plus grands négociants en soierie de Lyon.

Louise soupira. Un chanoine ! Cela valait mieux qu'un membre de la cour. Rassurée, elle sourit à sa compagne. Décidément, son amie Alix l'étonnerait toujours. À peine s'était-elle remise de son veuvage et de ses nombreux problèmes personnels qu'elle évoluait, très à l'aise semblait-il, parmi de hautes connaissances. Louise savait pourtant que dans le milieu des lissiers comme dans celui des peintres ou des poètes, celui qui voulait sortir de sa simple condition, bien entendu s'il était talentueux, pouvait accéder aux plus hautes sphères. Les grands du royaume, qui réclamaient sans cesse la présence d'artistes, à la cour, pourvoyaient largement à ces ascensions.

— N'en parlez pas encore, voulez-vous ! La nomination de Mgr de Beaune n'est prévue que dans quelques semaines.

— Bien sûr, Louise ! Mais je ne vois toujours pas en quoi je puis vous aider.

— En me présentant à ce Van de Veere en présence du sire Jacques de Beaune, père de ce jeune évêque nommé à Tours.

— Oh ! Je ne pense pas qu'il y ait de problème.

Louise se leva.

— Alors, si nous aboutissons à une discussion, je ne veux pas qu'elle ait lieu à Blois, ni à Amboise où je suis perpétuellement épiée par les gens de la reine. Il faut que cela se passe en un lieu secret. Pourriez-vous me recevoir chez vous ?

Alix pâlit. Voilà bien la seule chose qu'elle ne pouvait faire. Amener Alessandro chez elle sous les yeux jaloux de Mathias était l'erreur à ne pas commettre. Une sorte de paix, certes un peu tendue, une rémission plutôt, s'était établie entre elle et le lissier. Dès qu'elle parlait de voyages, il ne répondait pas ou quittait la table.

— Il y a beaucoup trop de bruit et de passage dans ma maison, répondit Alix. À mon sens, ce ne serait pas une bonne solution. Je pense plutôt à un lieu où j'ai moi-même rendez-vous avec Alessandro.

— Alessandro !

Alix se mit à rougir.

— Excusez-moi. C'est le sire Van de Veere. Il est à Lyon, Louise. Je vous l'ai dit tout à l'heure. Mais il sera revenu à Tours dans quelques jours.

La comtesse d'Angoulême accentua son sourire, puis elle se mit à rire à l'idée que ce banquier influent était l'amant d'Alix.

— Eh bien soit, vous fixerez le jour, l'heure et le lieu de rendez-vous. Quand voulez-vous ?

— Dans huit jours, en fin de soirée, à l'auberge du *Chat qui pêche*. Elle se trouve juste sur le bord du fleuve en face de la grande île. Je vous y attendrai.

Les berges du *Chat qui pêche* étaient un lieu de rêve. Depuis la veille, où Alessandro y avait retrouvé Alix, ce n'était que bonheur et joie de vivre. Un souffle d'air encore chaud balayait les feuilles des grands saules plantés sur les bords du fleuve et les emportait nonchalamment sur l'eau. Alix plongea sa main et la retira ruisselante. Puis, la laissant à hauteur de son visage, elle l'agita pour la faire sécher tout en observant une carpe sauter à la surface ondoyante du fleuve.

La terrasse de l'auberge donnait directement sur la Loire et, devant les lauriers-roses en pleine floraison et les chèvrefeuilles qui embaumaient de leur parfum entêtant, la barque avança au gré du vent. Quelques secondes plus tôt, Alessandro avait saisi les rames pour l'éloigner du rivage.

Le soir tombait doucement et le paysage devenait nostalgique en donnant cette impression que les formes et les couleurs, les senteurs de l'automne, les feuilles qui, une à une, chutaient dès qu'un petit vent les agitait, rien ne pouvait les atteindre.

— Je crois que la magie de ton Val de Loire est en train de me saisir, mon cœur !

— J'en étais sûre. Rien n'est aussi beau, Alessandro.

Elle se détendit dans la barque en replongeant sa main dans l'eau fraîche.

— Rien ! répéta-t-il sur un ton des plus dubitatifs.

— Non ! Rien.

Il arrêta un instant son lent mouvement de rame et porta ses yeux dans le lointain.

— Mais quand je te ferai découvrir le ciel florentin et les villas fleuries, les palais aux façades peintes, les grandes terrasses dallées de marbre blanc et les mille odeurs ensoleillées, tu ne voudras plus rentrer.

— Alors, bien que le Val de Loire t'envoûte, cela veut-il dire que tu t'ennuies et que tu veux rentrer en Italie ?

— Certes, non, mon cœur !

Alessandro reprit ses rames et accentua le lent mouvement de va-et-vient qui éloignait la barque de l'auberge. À présent, le bâtiment n'était plus qu'un point minuscule perdu à l'horizon. Puis, quand il disparut complètement de leur regard, il rama d'une façon langoureuse tout en observant la grâce de sa compagne à demi allongée dans la frêle embarcation. Quand le fragile esquif fut au milieu du fleuve, dissimulé par un bosquet qui surgissait d'un îlot de sable, il abandonna les rames et se laissa, lui aussi, emporter par le doux balancement que l'eau du fleuve lui faisait prendre.

— Rentrer en Italie tout de suite ! Certes non, mon cœur. Tu sais bien que je n'ai encore rien entrepris et que je suis installé à Tours pour un certain temps. Je dois y rencontrer des notables de Tours, et si les accords se passent, je devrais y demeurer plus d'un mois.

Alix étendit ses jambes qu'Alessandro saisit au passage d'un geste amoureux.

— Je sais, dit-elle, tu dois rencontrer des notables et des banquiers. Mais tu dois voir aussi la comtesse d'Angoulême.

— Veut-elle me rencontrer parce que le trésor de France s'affaiblit ? Vos deux rois successifs y ont largement contribué depuis qu'ils veulent s'approprier les provinces de Naples et de Milan.

— Je ne crois pas que ce soit la raison de l'entretien qu'elle te demande. Elle n'est pas envoyée par le roi. J'ai cru comprendre qu'elle souhaitait emprunter à un banquier florentin à titre tout à fait personnel. Vas-tu accepter cette rencontre ?

— Oui, mon cœur !

Alessandro saisit Alix et la serra contre lui tout en respirant le parfum capiteux qu'il lui avait offert quelques jours plus tôt. Un parfum de Florence !

Elle leva le visage sur lui, accrocha son œil de velours et lui tendit ses lèvres. Il les prit tout d'abord avec une grande délicatesse. Puis, un fol élan le prit et le baiser se fit passionné, impétueux, furieux. Son corps tiédi par la chaleur du soir se mit à frémir. Alessandro la sentit consentante, soumise, prête à s'abandonner sur les remous du fleuve.

L'excitation venant effleurer ses mains et le désir s'engouffrant sous sa peau, il glissa ses doigts nerveux dans le corsage de satin broché dont le décolleté provocant aguichait son regard.

— Alessandro, murmura la jeune femme, ne veux-tu pas plutôt revenir à l'auberge et monter dans la chambre ? Nous y sommes si bien.

Il pressait doucement entre ses doigts le petit sein tendu sorti de son logis de satin pourpre. La robe d'Alix était de la couleur d'un ciel crépusculaire, un ciel où, juste ce soir-là, de grandes traînées rougeoyantes se fondaient dans des coulées d'or fauve jusqu'à la ligne d'horizon. Parfois, un groupe d'oiseaux en ponctuait la transparence, la perçant de leurs cris aigus et réguliers.

— Mon cœur ! Pour te prouver que tu as tort et que je veux rester ici plus longtemps que tu ne le penses, je vais te faire une surprise.

— Là, maintenant ?

— Pourquoi pas ?

Il lâcha le petit mamelon dressé dans son excitation et posa la bouche sur la peau satinée de son ventre. Puis, il leva son regard et plongea ses yeux dans les siens.

— Je ne voulais pas t'en parler avant que ce ne soit complètement fait. Mais puisque je dois rencontrer ta comtesse d'Angoulême laquelle, affirmes-tu, est la mère du futur roi de France, nous lui dirons de se présenter au petit hôtel particulier que je viens d'acheter.

— Et tu ne m'as rien dit !

— Je voulais t'en faire la surprise.

Elle se coula voluptueusement entre ses bras. Certes, Alix pouvait faire éclater sa joie. Si Alessandro avait acheté cet hôtel à Tours, c'était bien pour y revenir par épisodes réguliers.

— Et où est-il situé cet hôtel ?

— Sur la place centrale, près de l'Hôtel-Dieu.

— C'est là que sont regroupées les plus belles résidences, murmura la jeune femme.

— Si je reviens en Val de Loire, mon cœur, j'ai besoin d'évoluer parmi les personnages tourangeaux les plus importants, et peut-être même votre roi Louis le douzième. C'est avec eux qu'il me faut commercer. La bonne santé de ton comptoir dépendra de mes rencontres et de mes débats futurs.

— Je sais, jeta Alix en lui tendant sa main. Mais cet hôtel ne risque-t-il pas d'être un peu bruyant ?

Elle pensa soudain à Mathias qui passerait tant de fois devant cette résidence en se disant, le cœur lourd, que c'était là qu'Alix abritait ses amours avec son banquier florentin.

— Alessandro, promets-moi une chose.

— Laquelle, mon cœur ?

— Lorsque nous aurons besoin de solitude, c'est là que nous reviendrons, n'est-ce pas ! Cet endroit est merveilleux. Nous nous mêlons au ciel, à l'eau et à la terre. Regarde !

Elle pointa le doigt vers de grands champs dorés qui venaient d'être fauchés et dont les vastes limites bordaient la Loire. Des meules de foins couleur de miel sauvage se disséminaient çà et là. Des saules, des bouleaux à l'écorce argentée, des frênes, des massifs de genêts qui rappelaient la proche Sologne, tout débordait de magie et de splendeur.

Alessandro se pencha pour embrasser le petit bout du sein qu'il avait repris entre ses doigts. Puis, il approcha sa bouche et le sentit durcir sous la caresse de ses lèvres. Elle se laissa glisser au fond de la barque, détendue, libre, avec cette impression de conscience et d'inconscience mélangée qui la mettait extraordinairement dans un état quasi euphorique.

— Viens ! dit-elle en l'invitant à s'allonger sur elle.

De son grand corps puissant, il froissa la robe pourpre de la jeune femme. Puis, d'un geste lent, il la releva jusqu'à dénuder entièrement ses jambes, qu'il ne se lassait pas de regarder. Mais cette fois, étendu sur Alix, il ne voyait plus que ses yeux briller aussi intensément que les siens.

Quand il se lova entre ses jambes et qu'elle se mit à gémir, il lui susurra des mots tendres, un peu dénués de sens, mais si doux à entendre. Alix les écoutait, enveloppée dans un voile vaporeux tellement réparateur.

Ils restèrent là, dans la barque oscillante, jusqu'à la tombée de la nuit. C'était un bel automne, chaud et ensoleillé, un de ces automnes qui annonce les frimas de l'hiver avec langueur et nostalgie. Comment Alix pouvait-elle oublier la douceur du Val de Loire et son merveilleux ciel qui reflétait sur la terre ses propres frissons d'amour ?

Elle bougea une jambe qui s'ankylosait sous le poids d'Alessandro. Alors, il la retourna d'un mouvement agile et ce fut son corps gracile qui se trouva sur le sien. Elle apprécia cette sensation d'autorité qui la submergeait soudain et l'audace qu'il lui laissait prendre pour en arriver à ce qu'il désirait.

Alessandro ne bougeait plus. Lentement, Alix se laissa glisser sur lui et son visage vint frôler le délicieux endroit qui le faisait frémir. Son sexe dressé dans les soubresauts de la nuit vibrait assez pour que les lèvres d'Alix en saisissent la vigueur et l'impétuosité.

L'hôtelier, maître Barnabé, attendait son hôtesse avec une certaine suffisance. Jamais encore il n'avait vu celle qu'on commençait à appeler « la mère du prochain roi », ou « la mère du dauphin ».

Alix attendait donc Louise à l'auberge du *Chat qui pêche*, afin d'y dîner avec les deux personnages qu'elle désirait lui présenter. Il avait été prévu qu'ensuite Alix les amènerait à l'hôtel particulier d'Alessandro pour y discuter du point que voulait débattre la comtesse d'Angoulême avec le financier florentin.

Louise arriva en fin d'après-midi. Quand son attelage fut arrêté devant la terrasse dont les marches arrivaient jusque sur les bords du fleuve, Alix descendit à sa rencontre. Un homme et une femme l'accompagnaient. Louise les lui présenta avant de l'informer qu'ils devaient repartir après le souper pour rencontrer Alessandro Van de Veere à son hôtel de Tours.

— Alix, annonça la comtesse d'Angoulême en désignant ses invités, voici le sire de Beaune et sa nièce Catherine Briçonnet, épouse de Thomas Bohier, général des armées du roi.

L'homme avait un âge assez avancé, une silhouette épaisse, un visage en lame de couteau, un teint blanc et imberbe, des yeux de renard, un crâne assez dégarni, un vêtement luxueux doublé d'hermine et parsemé de pierres précieuses dont les flamboiements ne passaient pas inaperçus dans les lueurs scintillantes du feu crépusculaire qui clôturait cette chaude journée.

La femme qui l'accompagnait plut d'instinct à Alix. Elle devait avoir l'âge de Louise, la trentaine passée.

Les seules ressemblances qu'elle pouvait avoir avec son oncle étaient la tendance à l'embonpoint, la pâleur du visage et l'accentuation du menton. Tout en elle confirmait l'autorité, son front haut et lisse, ses yeux gris, ses cheveux relevés sous la coiffe en velours de Gênes, son cou assez ramassé, en un mot un visage net, sans grâce, mais possédant le charme de la franchise et de la simplicité.

Catherine Briçonnet, épouse Bohier, avait des mouvements onctueux mais un regard aigu, des gestes langoureux mais précis, des attitudes nonchalantes mais extrêmement pesées, calculées.

Elle souriait de façon avenante, mais la méfiance ne quittait pas son œil. Elle regardait son vis-à-vis sans baisser la paupière, le sondait, l'analysait et, en quelques secondes, il savait ce qu'elle pensait de lui. Quand, soudain, elle regardait ailleurs, c'est que la personne ne l'intéressait pas.

Ses mains blanches et potelées, ses doigts grassouillets qu'aucune bague ne venait encombrer, ne s'attachaient à saisir que les objets qui lui plaisaient. Ce n'était pas forcément des coupelles d'or ou des plats d'argent, des broderies chatoyantes, des coffrets de jade ou de bois précieux, des tableaux de maîtres ou autres richesses de ce genre. Non ! Elle aimait aussi toucher la terre, l'herbe, le foin, le bourgeon qui sort de la branche et la feuille qui pousse sur l'arbre. Elle aimait caresser de ses doigts sensuels les choses de la vie.

Tel était le portrait de Catherine Briçonnet, épouse de Thomas Bohier, dont le père avait été l'ami, le conseiller, le financier de feu Charles le septième.

— Dame Alix Cassex, nous vous remercions, mon oncle et moi, de nous introduire auprès du sire Alessandro Van de Veere. Nous désirions depuis longtemps entrer en contact avec un banquier florentin. Grâce à vous ce sera bientôt chose faite.

Elle fixa Alix de ses yeux gris sombre et poursuivit en souriant :

— Je crois que, finalement, nous nous serions décidés à nous déplacer jusqu'à Florence. Mais, peut-être nous y rendrons-nous un jour. La cité florentine doit être si belle.

Maître Barnabé les accueillit royalement dans sa grande salle d'auberge. Il leur offrit un repas succulent alliant les cailles farcies aux pâtés de gélinotte, les andouillettes roulées dans la groseille aux fromages frais sur lit d'épices et les blancs-mangers de poulet à ceux d'agneau confit.

Jacques de Beaune ne parla presque pas, comme s'il était gêné par la présence d'Alix qu'il ne connaissait pas. Mais Catherine parla pour deux tant sa jeune compagne semblait lui plaire.

Le souper se passa le plus agréablement du monde et maître Barnabé se confondit en courbettes et en remerciements quand ses invités quittèrent les lieux en promettant d'y revenir.

— Alix, dit Louise en regardant Bonaventure, son cocher, qui s'affairait près de la voiture, voulez-vous que nous vous prenions dans ma litière ? Il y a quatre places confortables.

Alix tendit le bras en direction du gros orme où elle avait attaché Jason.

— Je préfère monter mon cheval qui m'attend là-bas. Hélas, je ne lui consacre que peu de temps. Il frémit d'impatience à l'idée que nous allons pouvoir faire un petit trot jusqu'à la ville. Je vous ouvre le chemin. Vous n'aurez qu'à me suivre.

En fait, on aurait fort bien pu attacher Jason à l'attelage. Mais Alix préférait montrer à ces gens de la finance qu'elle savait autant manier les rênes de son cheval que les ducats d'or dont ils allaient parler dans un instant en présence d'Alessandro.

Catherine Briçonnet lui avait plu d'instinct, sans doute parce qu'elle lui avait jeté un regard flatteur. Si Alix sentait l'oncle rébarbatif à son égard, elle comprenait qu'elle devait séduire la nièce, s'en faire peut-être une amie, du moins une bonne relation. Louise devenait si inaccessible depuis que François se rapprochait de jour en jour du trône de France.

Talonnant les flancs de Jason qui trottait devant l'attelage de la comtesse d'Angoulême, Alix s'étonnait encore que Louise ait pu se libérer sans trop attirer l'attention de la cour de Blois, puisqu'elle désertait toujours Amboise depuis le mariage de Souveraine. Elle pensait donc que la raison de son déplacement devait en valoir la peine.

Ils arrivèrent à l'hôtel d'Alessandro sans trop de tapage, car le banquier florentin n'avait pas encore eu le temps d'engager du personnel, si bien que seuls Collas et Marika, venus de Bruges, les accueillirent.

La résidence à deux étages n'était pas très grande, mais un vaste jardin s'étendait à l'arrière tandis qu'à l'avant une cour intérieure offrait, au centre, sa fontaine et, dans ses quatre angles, une statuette en pierre blanche de style angevin.

Passé le perron de cinq marches, on accédait au rez-de-chaussée où le long corridor séparait la salle de réception et la salle commune qui jouxtait la cuisine et les communs. Tout au bout, un petit salon tendu de velours vert et un bureau qu'une large fenêtre venait éclairer donnaient sur le jardin, ce qui apportait de la fraîcheur et un agréable isolement.

Le premier étage, auquel on accédait par un grand escalier de marbre, se composait de deux autres petits salons et trois chambres décorées luxueusement. Tout était en parfait état, meublé avec recherche, aéré, vaste, et constituait un lieu fort appréciable.

À l'arrière du premier étage, tout au fond du couloir, un petit escalier tournant menait aux chambres et aux pièces réservées au personnel.

Alessandro reçut ses visiteurs dans l'un des salons du premier étage. Sa mise très soignée à la façon brugeoise et non florentine – il avait revêtu sa longue robe en satin broché, noire à parements d'hermine – lui conférait une grande majesté et une autorité incontestable.

— Voulez-vous m'excuser, dit-il, cette maison que je viens d'acquérir n'est pas encore meublée à mon goût personnel. Mais nous y serons plus à l'aise pour discuter que dans une auberge.

Il saisit la main fine de Louise et, se courbant sans ostentation, la frôla de ses lèvres. Puis, il prit celle de Catherine et fit de même.

— Sire Van de Veere, fit la comtesse d'Angoulême, en désignant ses amis, voici Jacques de Beaune et sa nièce Catherine Briçonnet.

— Épouse Bohier, coupa celle-ci en souriant au banquier florentin. Je prends mon nom filial lorsque je commerce et mon nom conjugal lorsque je reçois à mon domicile. Aujourd'hui, je suis donc Catherine Briçonnet et non dame Bohier, fille du surintendant des Finances de Normandie, bien que je sois une Tourangelle de pur sang.

En un seul coup d'œil, elle se rendit compte qu'elle intriguait le Florentin. Puis elle estima en quelques secondes le mélange flamand qui coulait dans ses veines.

— Mais je vous entretiendrai de mes projets personnels après que Mme d'Angoulême vous aura soumis les siens.

Alessandro ne sembla pas impressionné par cette entrée en matière sans aucun détour quant à la teneur de l'entretien. Il se tourna vers Jacques de Beaune. Les deux hommes se mesurèrent un instant du regard. Les yeux de l'un, noirs comme du jais, jaugèrent ceux de l'autre gris comme du fer. Puis l'ombre d'un sourire vint détendre leurs lèvres.

— À vrai dire, je vous connaissais un peu de nom, sire de Beaune, fit Alessandro en l'invitant à s'asseoir. Je suis heureux maintenant de mettre un visage avec ce nom. En quoi puis-je vous êtes utile ?

Jacques de Beaune désigna Louise.

— Si vous le voulez bien, laissons tout d'abord Mme la comtesse d'Angoulême vous entretenir de ses besoins.

Louise se redressa et fixa de ses yeux bleus le banquier.

— J'irai droit au but, sire Van de Veere. Mes besoins sont immenses et le roi ne m'alloue que quelques subsides qui ne me suffisent point. Faute d'avoir conçu un dauphin, la reine se plie aux exigences de la succession royale. Mon fils, en principe, devrait bientôt monter sur le trône. Il m'est impossible, à présent, de vivre en parente pauvre du royaume, comme j'en fus la parfaite illustration depuis ma naissance jusqu'à mon veuvage. La maison de Savoie, dont je suis issue, n'était pas plus riche que la maison d'Angoulême que j'ai épousée. Quant à mes biens paternels, ils ont été annexés au patrimoine des Beaujeu.

Alessandro secoua la tête et ne l'interrompit pas, si bien que, lancée dans ses explications, Louise poursuivit :

— J'ai deux grandes résidences à réaménager entièrement, architecture intérieure et extérieure. La première est le château de Romorantin que le roi m'a généreusement offert lorsqu'il m'a fait venir en Val de Loire avec mes enfants. La seconde est la résidence de la famille d'Angoulême. Le château des aïeux du futur roi de France – mon fils François – a besoin d'être rebâti, il croule depuis plus de trente ans. Les ducs d'Angoulême se sont trouvés longtemps écartés du royaume et, faute de finances, n'ont pu restaurer le château familial de Cognac.

Tandis qu'Alix écoutait sans rien dire et que Marika faisait passer des boissons et des friandises, Jacques de Beaune prit la parole :

— Ma chère Louise, je vous ouvre un crédit suffisant si je suis appuyé par le sire Van de Veere qui me remettra des ducats d'or. Je vous ai promis d'ouvrir un compte illimité pour votre fils, je tiendrai ma promesse.

— Et le remboursement ?

— Il interviendra plus tard, quand François d'Angoulême sera installé sur le trône.

— En effet, poursuivit la comtesse en se tournant vers le banquier florentin, lorsqu'il sera roi de France, il aura besoin d'un coffre bien rempli, hélas totalement vide pour l'instant. C'est le troisième point de l'entretien.

Sur ces derniers mots, Catherine Briçonnet se leva.

— Eh bien, dame Alix, fit-elle en tendant un bras vers elle, ces questions propres à Louise ne nous concernent guère. Venez donc prendre l'air avec moi. Le jardin m'a paru délicieux. Nous reviendrons quand mon oncle et la comtesse en auront fini avec votre ami.

Alessandro esquissa alors le geste et chuchota les mots qui montraient indubitablement combien Alix lui était chère. Mais après tout, peut-être le fit-il sciemment. Louise sut désormais à quoi s'en tenir. Son amie Alix était décidément bien étonnante et cet Alessandro n'avait pas fini, lui non plus, de la surprendre. Cela faisait partie de son mystère, de son prestige, de son charme italien.

— À tout à l'heure, mon cœur, murmura le banquier florentin en prenant la main d'Alix. Il posa délicatement ses lèvres sur les doigts fins que lui tendait la jeune femme, puis retournant sa main côté paume, il y pressa sa bouche.

Louise ne put s'empêcher de penser à ses propres amours avec le jeune duc de Bourbon et aux fougueux instants qu'ils avaient passés dans les bras l'un de l'autre sur les bords de la Loire, alors que la nuit commençait à tomber. Charles lui avait promis de revenir et Louise avait consenti en scellant cet espoir d'un long baiser amoureux. Mais tout s'était fait en secret, loin des regards indiscrets, loin d'un personnel toujours à l'affût du moindre bruit à colporter et surtout loin de ses enfants. Louise ne pouvait se permettre de ternir l'auréole du futur souverain de France par un sombre reflet de sa mère.

Mais Alessandro pouvait bien pencher ses lèvres sensuelles sur les doigts fuselés d'Alix sous les yeux étonnés de l'assistance. Rien ne viendrait troubler la transparence d'une image puisque Alix était veuve et ce n'était pas le sire de Beaune et la dame Bohier qui y trouveraient à redire.

Elle observa un court instant le banquier. Certes, Alessandro avait tout du prince florentin. Ne descendait-il pas de ces grandes familles de gonfaloniers du siècle dernier, ces officiers de justice qui, à Florence, dirigeaient toute l'organisation et supervisaient la hiérarchie du commerce ? Dans une de leurs fréquentes discussions, car le roi aimait converser avec Louise, Louis XII lui avait appris qu'un gonfalonier était un chevalier italien. Il recevait le gonfalon à croix rouge sur fond blanc qu'il portait à cheval avec une escorte seigneuriale. Il logeait dans un palais, fréquentait la cour royale et possédait un personnel innombrable. Alessandro, comme les autres gonfaloniers, avait des résidences disséminées dans toute l'Italie, des terrains, des domaines, des forêts.

Mais ce qu'ignoraient encore Louise et Alix, et sans doute dame Briçonnet, c'est que quatre grands quartiers de Florence se partageaient le commandement de ces hommes qui, tout naturellement, se trouvaient être les plus grands banquiers florentins. C'est ainsi que les quartiers de San Spirito, San Giovanni, Santa Croce et Santa Maria Novella se divisaient en quatre gonfalons.

Alessandro Van de Veere possédait celui de San Giovanni assorti d'un train de vie semblable à celui d'un prince.

— Nous avons tout notre temps, dit Alix en riant. Alessandro va discuter, palabrer, réfléchir, soumettre, proposer. Je crois que Louise n'aura pas sa réponse aujourd'hui, car il devra fort probablement parler avec les fonctionnaires de Florence : officiers de justice, prieurs, exécuteurs, notaires, bref, un vrai triumvirat que forme la hiérarchie florentine ! C'est du moins ce qu'il m'a déjà expliqué, bien que je ne sache pas tout de l'organisation des gonfaloniers florentins.

— Cela m'impressionne, dit Catherine. Croyez-vous qu'il va m'entendre après les prétentions bien compréhensibles de la comtesse d'Angoulême ?

— Alessandro est prêt à tout. Il vous écoutera incontestablement. Avez-vous de grands projets ?

Elles marchaient tranquillement dans une allée qui contournait la maison. Dame Bohier s'arrêta près d'un massif d'hortensias et tourna vers Alix son visage qui avait pris quelques couleurs depuis qu'elle était arrivée chez Alessandro.

— Vous me plaisez, Alix.

Elle lui sourit, prit amicalement son bras et reprit la lente marche dans l'allée qui menait à une petite pièce d'eau.

— Vous permettez que je vous appelle Alix. À titre de revanche, appelez-moi Catherine et supprimons les manières entre nous. Je sens que nous serons de grandes amies.

— Mais je vous connais à peine ! susurra Alix en lui jetant un regard en biais. Depuis mes malencontreuses péripéties professionnelles, je suis devenue très méfiante.

— Vous avez raison. Aussi je saurai me faire apprécier de vous, car il est rare que je me trompe dans mes instincts. C'est un don que j'ai décelé en moi toute petite. Peut-être est-ce pour cette raison que je me suis tournée vers la finance.

— Votre famille vous y a aidée ?

— Certes. Après mon père, mon frère et mon oncle Jacques, tous ont contribué à me former. Même mon époux n'est pas contre le fait de me laisser tenir les cordons de toutes les bourses qu'il faut délier et relier. Or voici que…

Elle lâcha le bras d'Alix.

— Tenez ! Asseyons-nous là, dans ces fauteuils de jardin. Apprenons à mieux nous connaître. Comme je vous ai dit que vous me plaisiez, je vais vous faire une confidence.

Elle s'esclaffa. Sa gorge opulente laissait sortir un rire un peu grasseyant, mais qui lui allait comme un charme, tout comme ses hanches rebondies convenaient à sa démarche balancée.

— Non ! Je suis une hypocrite. Ce n'est pas une confidence puisque vous allez l'entendre tout à l'heure devant votre ami Van de Veere. Connaissez-vous à Chenonceaux la forteresse rasée de la famille Marques ?

— Hélas, je ne connais pas tous les sites de la région.

— Mon mari et moi avons fait l'acquisition de ces ruines pour la somme de douze mille livres. Nous sommes en train d'acheter les terres et les domaines des environs pour en faire une châtellenie.

— C'est en effet un beau projet.

— Nous en ferons un château d'agrément qui n'aura plus cette structure de forteresse ancienne. Je voudrais élever un vaste pavillon carré du style Renaissance. C'est pour cette double raison qu'il me fallait un banquier italien proche de cette Renaissance qui commence à faire fureur en France.

Puis, elle changea de sujet et s'enquit brusquement :

— Louise m'a dit que vous étiez veuve. Mais avez-vous des enfants ?

— J'ai mis au monde deux fils. L'un est mort à quelques semaines, l'autre dès sa naissance. C'était juste après la mort de mon mari, pendant la peste dernière. Et vous, Catherine ?

— Ah ! J'ai perdu ma mère et ma fille durant cette même peste. Il nous reste un fils de dix-huit ans. Il s'appelle Antoine et se destine à la prêtrise. Je crois que nous en ferons un évêque.

Elle soupira et poursuivit :

— On ne doit pas se retourner sur les souvenirs, qu'ils soient bons ou mauvais, sauf quand ils nous servent d'expérience, afin d'éviter les erreurs commises autrefois.

— Je partage pleinement votre opinion, Catherine. Il ne faut s'arrêter sur son passé que pour mieux avancer.

La dame Bohier hocha la tête.

— À présent, parlez-moi un peu de votre métier. Vos ateliers sont à Tours, je crois.

— Oui, et grâce à l'appui du sire Van de Veere, je vais ouvrir bientôt un comptoir qui travaillera uniquement pour Rome et Florence.

Catherine étira davantage ses lèvres et son sourire se fit plus ample. Elle avait une bouche large et pulpeuse comme l'était tout son être. Rien n'était étriqué chez Catherine Briçonnet. Rien si ce n'était l'intérêt et la confiance qu'elle n'accordait que rarement.

— Florence, je comprends, mais Rome ?

— Parce que j'ai un oncle cardinal au Vatican.

— Un oncle ! fit sa compagne étonnée. Un oncle au Vatican, diantre ! Louise m'avait caché cela.

— Elle ne le connaît guère. C'est un oncle par alliance.

— Du côté de votre mari !

— Oui, il était le petit-fils d'un lissier de Bruges qui avait pour seconde épouse la mère de Jean de Villiers.

Catherine fronça les sourcils en répétant à mi-voix :

— De Villiers ! De Villiers ! Mon père connaissait un de Villiers qui vivait du côté de Villandry.

— Du côté de sa mère qui était originaire du Val de Loire. Mais le cardinal de Villiers est turc par son père.

— Turc !

Il ne devait pas être facile de surprendre cette femme d'affaires, mais depuis un bon moment Alix ne cessait de l'étonner.

— Comment cela, Turc ? insista-t-elle.

Alix sourit. Oui ! Elle allait raconter, expliquer, commenter, parce qu'il lui plaisait de parler de Jean. Alors, il leur fallut quelques heures, dont elles disposaient d'ailleurs, pour éclaircir toute cette histoire qui, faite de questions et de réponses, semblait tant impressionner Catherine Briçonnet.

VI

Passé les noces de Souveraine, les angoisses de Louise étaient revenues à grands pas. Cependant, penchée sur son journal qu'elle tenait toujours quotidiennement, elle voyait les jours défiler sous les joyeuses boutades d'une bande d'adolescents boute-en-train et brise-fer que commandait énergiquement le valeureux François.

Mais alors que la reine Anne mettait au monde sa deuxième fille, qu'elle prénomma Renée, et qu'à nouveau les craintes de Louise se dissipaient, Marguerite devenait une jeune princesse qui, dans quelque temps, promettait de séduire la cour. Ne présentait-elle pas tous les critères de beauté que l'on exigeait à l'époque ?

Élancée, gracieuse, malgré le nez un peu fort des Valois dont avait hérité aussi son frère François, elle possédait l'aisance et l'éclat nécessaires pour attirer tout beau gentilhomme de son rang. Ses yeux gris clair s'étiraient dans un visage blanc et satiné que rehaussait une chevelure bouclée et blonde, ce blond légèrement fauve aux tons de forêts d'automne qu'appréciait la mode de l'époque, rapportée d'Italie. Deux fossettes creusaient hardiment le bas de ses joues et lorsqu'elle riait, ce qui lui arrivait fréquemment – car Marguerite avait une nature joyeuse – ses lèvres délicates s'ouvraient avec générosité pour découvrir des dents blanches et bien rangées.

Que son personnage illuminât la cour d'Amboise n'était donc plus à justifier et l'on comprend que lorsque les festivités du château battaient leur plein, on commençât à la réclamer.

C'est ainsi qu'à la cour de la comtesse d'Angoulême, la jeune fille brillait, blanche et or, telle une marguerite au soleil qui balance gracieusement sa longue tige ceinte de ses pétales immaculés.

Si la fille de Louise s'épanouissait chaleureusement, François, lui aussi, promettait de devenir un jeune seigneur plein d'allant. Tout comme celui de sa sœur, son visage ouvert et gracieux restait disponible pour y inscrire un rire toujours prêt à surgir.

La cuisse longue, le buste droit, l'épaule musclée, François d'Angoulême, duc de Valois, promettait de devenir aussi gai luron que beau seigneur.

À la seconde approche, Marguerite se révélait assez différente. Outre sa grâce et sa gaieté instinctive, toute la personne de la jeune fille se teintait de douceur et de tranquille assurance.

Elle était faite de ce curieux mélange qui attire et séduit. Héritière de la sagesse de sa mère, elle avait le côté pétillant de son père, qu'avait pris aussi son frère. Mais le comte d'Angoulême avait légué au fils tout son côté sans nuance et sans restriction, si bien que François se contentait, pour l'instant, d'être un joyeux drille, avec ce goût prononcé du risque, du jeu de la bataille, et l'amour du combat.

Bref, il débordait de la passion de tout exercice physique quel qu'il soit, laissant à sa sœur l'effort du combat mental.

Depuis qu'Anne avait mis au monde sa seconde fille Renée, le roi Louis XII, qui reportait définitivement tous ses espoirs sur François, n'avait plus qu'une idée en tête, le former à son nouveau rôle.

L'avenir du jeune homme s'éclairait dans une voie qui remplissait Louise d'un bonheur inégalable qu'elle maîtrisait, d'ailleurs, parfaitement. Ses trente ans juste un peu passés s'enveloppaient d'un charme encore tout neuf et, lui eût-on proposé un époux jeune et riche qu'elle l'eût aussitôt refusé, de crainte que cette union ne fît ombrage à l'ascension de son fils.

Car, si le jeune duc de Bourbon, que vingt années à peine venaient d'effleurer, aiguisait sur elle ses instincts charnels, Louise échafaudait déjà un plan pour mieux servir les années futures du souverain son fils.

Mais, en attendant le jour sacré, Louise et Marguerite quittaient peu à peu l'ombre que leur avait faite Anne, la reine, pour entrer dans une lumière dont elles appréciaient chaque jour davantage les bienfaits et les privilèges.

Quant au bienheureux François, le jeune César que bénissaient les deux femmes, pas un instant durant ces dernières années, il n'eût imaginé un autre avenir que celui qui se dessinait devant lui.

Prenant désormais ses décisions seule, la comtesse d'Angoulême avait choisi une gouvernante pour sa fille.

À l'exception des grandes orientations qui concernaient l'avenir de son fils et que le roi lui-même s'appliquait à résoudre, Louise dirigeait la cour d'Amboise avec une précision minutieuse et fort habile. Son bon sens et son équilibre se teintaient juste de la note de fantaisie qu'il fallait pour ne pas tomber dans l'austérité de la cour de Blois que, seules, les grandes époques de festivités venaient égayer.

Si Louise n'avait jamais admis, ni toléré la présence imposée du maréchal de Gié auprès de son fils, ce n'était guère pour accepter celle de la gouvernante qui, désormais, devait servir à la fois d'amie et de chaperon à sa fille. Louise avait donc su qui choisir et, dans la sélection qui s'ensuivit, seule Marguerite eut son mot à dire.

Toute une élite de jeunes femmes nobles défila au château d'Amboise. Marguerite ne manquait pas la moindre de ces rencontres. Louise voulait avant tout que sa fille estimât la personne qui devait lui inculquer les lignes d'une conduite exemplaire. Une morale qui, non seulement devait la mener à son proche mariage, mais qui la conduirait aux côtés du futur roi de France.

Mme de Châtillon, Blanche de Tournon, était une jeune et jolie veuve qui, pour Marguerite, devait avant tout devenir plus qu'une suivante, une amie, lucide et sage, une conseillère écoutée, prudente, avisée.

Après toutes ces années de tutelle forcée, Louise gardait à présent la maîtrise totale de l'éducation de ses enfants et souhaitait rester proche des entreprises ou activités qui en découlaient.

D'instinct, la dame de Châtillon, Blanche de Tournon, plut à Louise et à sa fille. Elle avait ce teint pâle d'une délicate porcelaine de Saxe. Ses yeux bleus paraissaient si étrangement doux et sereins que Marguerite, plus tard, dira ne jamais y avoir aperçu une ombre de colère. Ses cheveux noirs se dissimulaient sous un bonnet de velours assorti à ses toilettes souvent sombres, et dont les pointes dissimulaient ses oreilles.

Elle brodait, dessinait, chantait, jouait de la harpe. C'était là autant d'occupations qu'une princesse de haut rang devait savoir accomplir avec tout l'art de la perfection.

Dans l'étendue de tous ces apprentissages, Louise, on le sait, n'avait nullement négligé les activités intellectuelles que sa fille devait développer avec Mme de Châtillon.

Marguerite pouvait donc parler de grammaire ou de littérature grecque avec sa dame de compagnie. Le seul domaine qu'elle ne put jamais partager avec elle fut celui des langues étrangères, car la jeune fille parlait italien, espagnol et anglais encore mieux que sa mère, ce dont Louise ne cessait d'être fière.

Ce matin-là, Marguerite se leva un peu exaltée à l'idée de croiser, ne fût-ce qu'un instant fugace, le regard gris et clair de Nemours, que François venait de défier à l'épée.

Gaston de Foix, le seigneur de Nemours, illustrait ce jour-là, de son passage, la cour d'Amboise. Nommé par ses soldats « la foudre de l'Italie », Nemours était le plus jeune général de l'armée française.

Ardent, fougueux, plein d'espoirs, ce beau gentilhomme s'était pris d'amitié pour François. L'un et l'autre partageaient le même appétit du combat et, depuis qu'ils avaient scellé leur mutuelle entente, tous deux n'avaient de cesse que de se mesurer au fer.

Marguerite tira les courtines brodées qui l'isolaient de sa chambre, jeta un coup d'œil vers la tenture qui obstruait la fenêtre de la grande pièce et vit le filet blanc du jour qui ourlait l'un des côtés de l'épais rideau.

Prunelle, que l'engourdissement du sommeil n'avait pas encore tirée de ses torpeurs, bougea à peine lorsque la jeune fille se leva pour aller inspecter la cour d'honneur qui s'étendait sous ses yeux.

Comme tout lui semblait calme, elle rabattit le pan de la tenture qu'elle avait à peine écarté et se recoucha. Puis, rêvant à la journée qui s'annonçait, elle attendit que vienne frapper Mme de Châtillon.

C'était sa jeune gouvernante qui, dorénavant, venait chaque matin l'éveiller et non plus Catherine, la chambrière de sa mère.

— Entrez, dit-elle en entendant le léger heurt du doigt contre la porte de sa chambre.

Mince, élancée, Blanche de Tournon pénétra lentement dans la grande pièce qu'un mobilier luxueux agrémentait. Elle se dirigea vers les tentures et les écarta d'un grand geste précis.

Prunelle fut éblouie. Elle ouvrit prudemment un œil, remua la queue, se lécha la patte et accepta de se convaincre qu'il était, enfin, temps de se lever.

— Avez-vous bien dormi, Marguerite ?

— Comme un ange, répondit gaiement la jeune fille.

Elle tourna ses yeux en direction de la fenêtre qui, maintenant, diffusait une grande clarté dorée.

— Regardez, Blanche, le soleil éclaire déjà le ciel. Nous allons profiter d'une journée superbe.

Vaguement inquiète quant à la réponse de la jeune femme, elle enchaîna aussitôt :

— Blanche, pourquoi n'avez-vous pas mis une toilette plus claire ? Les couleurs pastel vont si bien à votre visage.

Mme de Châtillon sourit et, voyant que Marguerite rejetait la courtepointe de satin au bas de son lit, s'assit sur le cadre de bois. Définitivement éveillée, Prunelle semblait à présent vouloir précipiter les choses. Elle sauta à terre, revint joyeusement sur le lit et barbouilla de sa langue fraîche les joues roses de sa maîtresse.

— C'est vrai, reprit Marguerite en se dégageant de la petite chienne qui enfouissait sa tête sous les oreillers moelleux, ces sombres teintes ne sont pas faites pour vous.

Le discret sourire de Blanche s'étira davantage, comme si elle eût voulu le rendre plus joyeux. Elle prit les mains de la jeune fille.

— Vous savez bien que je ne suis qu'à peine sortie du deuil de mon époux.

— Voilà six mois que vous dites la même chose. Six mois que nous sommes ensemble, et lorsque vous êtes arrivée à Amboise, le deuil que vous portiez était déjà terminé.

Elle secoua la main de sa compagne. Blanche soupira.

— C'est plus difficile que vous ne le pensez.

— Je ne le crois pas, répliqua la pétulante Marguerite. Il faut abandonner ce triste deuil, et vous vêtir des couleurs les plus lumineuses qui soient.

Elle sauta à bas de son lit et, relevant sa longue chemise, poursuivit :

— Tenez, demain nous ferons venir le tailleur et la brodeuse et nous choisirons ensemble vos nouvelles robes.

La gaieté de Marguerite était communicative et, cette fois, Mme de Châtillon se mit à rire.

— Voilà bien comment vous affirmez-là votre autorité. Mais qui doit donner les instructions, Marguerite ? Je croyais que votre mère m'avait octroyé plus de pouvoirs !

La jeune fille rabaissa sa chemise puis étira ses bras en hauteur.

— Le jour où vous m'avez permis de vous appeler Blanche et non madame de Châtillon, j'ai su d'instinct que je pourrais vous guider.

— Me guider ! s'exclama Blanche, surprise.

— Mais oui ! Vous êtes toute perdue depuis la mort du baron de Châtillon.

— N'inversez-vous pas les rôles, Marguerite ?

— Peut-être. Mais avouez que cela n'est pas toujours désagréable.

Et, dans un éclat de rire et un tourbillon sur elle-même, accompagné du jappement de Prunelle, elle se jeta sur Blanche et lui ôta son bonnet de velours sombre. Une masse de cheveux noirs tomba sur ses épaules.

— Nous demanderons à Catherine de vous attacher cette chevelure en torsade au-dessus de la tête, avec un joli peigne en perles. Cette coiffure mettra en valeur l'éclat bleu de vos yeux. Vous ferez tourner toutes les têtes des seigneurs de la cour.

Blanche reprit précipitamment son bonnet des mains de la jeune fille. Si son sourire avait disparu, elle n'en était pas pour autant contrariée.

— Marguerite, si mon rôle est de vous apprendre à bien vous conduire avec ces jeunes seigneurs, tous plus hardis les uns que les autres, ce n'est pas pour tenter de les séduire moi-même. D'ailleurs, ce n'est plus de mon âge.

— Mais, vous avez vingt ans et moi seize ! Quatre années nous séparent. C'est trop peu pour être dissemblables.

— Quatre années peuvent totaliser toute une vie, reprit Mme de Châtillon d'un ton où, cette fois, le sérieux évinçait tout badinage.

Blanche reprit sa coiffe et l'ajusta rapidement sur sa chevelure.

— Marguerite, poursuivit-elle, il y a entre nous de longs instants dont vous ignorez la teneur, ceux que j'ai vécus pleinement avec un homme, ceux que j'ai savourés aux côtés d'un époux dont j'étais très éprise.

Prunelle sauta dans les bras de Marguerite qui la laissa aussitôt glisser à terre. Puis, attentive, elle écouta Blanche et poursuivit d'un ton résigné.

— Et je dois vous inculquer la valeur de ces moments-là. Votre mère y tient beaucoup.

— Blanche, rétorqua Marguerite, vous savez bien que mère a des points de vue ouverts à toutes critiques.

— Certes, mais ses critères idéologiques sont sans faille et vous devez les respecter.

Marguerite soupira. Elle connaissait si bien la philosophie de sa mère à laquelle, d'ailleurs, elle adhérait étroitement.

Louise n'avait qu'un seul objectif pour ses enfants. Qu'ils ne connussent jamais l'étroitesse d'esprit, ni la rigueur d'idées chères à la reine Anne, mais qu'ils fassent toujours ce pour quoi ils étaient nés, avec une perfection sans égale.

D'autant que tout lui était facile depuis que de Gié n'était plus là. Ses rapports avec les maîtres de François, l'abbé Saint-Mesmin et le capitaine Artus de Gouffier, semblaient cordiaux. Ils avaient ses faveurs et en étaient conscients.

Dans de rares instants de détente, ceux qu'elle prenait sur la terrasse du château, les yeux tournés vers la Loire qui coulait nonchalamment entre les bancs dorés de sable, elle pensait aux prouesses sentimentales de Charles de Montpensier. Lorsque ses yeux se détournaient résolument de ce long fleuve gris et lisse pour se porter vers les tourelles bleutées d'Amboise, alors elle oubliait qu'il lui fallait chasser toute idée d'avenir sentimental et ne retenir qu'une harmonie de plaisirs pour atteindre des ambitions qui n'allaient pas dans le même sens.

François devenait un chevalier accompli et ses muscles se durcissaient au fil des combats ou des jeux équestres qu'il menait avec un acharnement toujours égal. Bien entendu, ses compagnons étaient à son image, jeunes, courageux, et le tendre cœur de Marguerite s'était bien souvent penché sur le geste brave de l'un ou l'œil romanesque de l'autre, du moins avant qu'il ne se fixe sur l'ardent duc de Nemours.

Car, depuis que le jeune et brillant général s'était installé en Touraine, se faisant inviter de château en château, elle n'avait plus d'yeux que pour sa belle prestance et ses galanteries fort raffinées. Mais à part les compagnons de son frère, qui ne faisaient plus que combler ses moments solitaires, avait-elle le droit de laisser battre ses veines pour qui elle désirait ?

Consciente que son adolescence voyait monter ses derniers soubresauts, elle savait qu'il faudrait, un jour, la marier comme toutes les princesses de cet âge, sans qu'on lui demandât son avis. La politique comportait des nécessités qu'il lui fallait bien comprendre. Elle tremblait, cependant, à l'idée qu'on lui imposât un homme qui lui déplût ou qui ne correspondît en rien à ses affinités profondes. Fort heureusement, lorsque Louis XII avait suggéré le prince de Galles, puis le duc d'York, on rétorqua du côté anglais que la maison d'Angoulême n'était pas assez puissante et que sa fortune était insuffisante.

À ces remarques désobligeantes pour sa famille et devant le mépris que l'on portait à sa sœur, François eût explosé de colère si Marguerite n'avait pas répliqué que, de toute façon, elle n'avait pas l'intention d'aller vivre de l'autre côté de la mer. Louise partagea aussitôt le point de vue de sa fille et les deux propositions furent rapidement classées.

Alors, on pensa au duc de Calabre. Mais, au grand soulagement de Marguerite, la proposition avorta tout aussi vite.

Pourtant, rien n'arrêtait le roi et les offres allaient bon train. Mais, tant qu'il n'y avait aucun ultimatum, Marguerite laissait son cœur courir là où elle désirait et, pour l'instant, le sort de Marguerite se trouvait remis en cause.

En dépit d'une phrase fort joliment tournée qu'elle avait jetée hardiment au visage du roi, on continuait les recherches matrimoniales bien au-delà des mers et l'on faisait le tour des pays voisins.

L'argument de Marguerite, que sa mère gardait en tête, n'était pourtant pas à rejeter et, aujourd'hui encore, elle se remémorait la juste réplique que sa fille avait fièrement lancée au roi : « Sire, ce n'est pas que mes dons linguistiques me fassent refuser ou accepter un époux étranger, mais il m'est désagréable de quitter mon pays. Qu'on me présente un parti français et je servirai plus amplement mon peuple auprès de celui qui, un jour, sera roi de France. »

Dans un élan intempestif, Prunelle se mit à japper en s'élançant avec fougue contre le rebord de la fenêtre fermée.

— On dirait qu'elle sent Olympe, s'exclama Marguerite en bondissant sur les traces de sa chienne.

Elle ouvrit précipitamment la fenêtre et passa la tête au-dehors.

— Blanche ! Regardez, je le savais.

— Que saviez-vous, Marguerite ?

— Qu'il viendrait et qu'il se battrait avec François sous ma fenêtre.

Mme de Châtillon s'approcha et vit le jeune duc de Nemours qui levait la tête dans leur direction.

— Vous voyez, Blanche. Il sait que la fenêtre de ma chambre donne sur cette cour et il a choisi cet endroit pour se battre.

— C'est votre frère qui l'y a conduit, répliqua Mme de Châtillon.

— Peu importe, Blanche. Il est là !

En retrait, à peu de distance des deux jeunes hommes, assis sur son arrière-train, la tête relevée et les oreilles aux aguets, le lévrier Olympe, qu'avait senti Prunelle, observait le jeu des épées qui se croisaient avec dextérité.

— C'est la chambre de ma sœur, l'ignoriez-vous, Gaston ? fit François en passant à l'attaque.

Son compagnon esquiva le coup.

— Je m'en doutais. C'est bien la raison pour laquelle je viens de jeter un regard en direction de sa fenêtre.

— Je n'ai pas votre chance, mon cher Gaston, car je lui tourne le dos. L'apercevez-vous ?

Le duc de Nemours para un coup particulièrement adroit de François et recula prestement d'un pas.

— Diable ! Vous êtes un fameux escrimeur. Oui, j'aperçois votre sœur. Une autre femme est à ses côtés.

— C'est Mme de Châtillon, sa gouvernante. Et Marguerite, la trouvez-vous jolie ?

Du plat de l'épée, Gaston toucha celle de François qui répliqua aussitôt par une attaque et, pointe contre pointe, ils ferraillèrent quelque temps joyeusement.

— Jolie ! Plus que cela. Votre sœur est divine.

Une esquive de Gaston marqua un bref arrêt, mais l'assaut de François fit reprendre l'attaque de plus belle.

— Montrez-moi donc ce coup qui fait votre gloire à chacun de vos combats, dit le duc d'Angoulême.

— Mais avant, assurez-moi que je verrai votre sœur.

— Vous voulez lui parler ?

— Arrangez-moi un rendez-vous et je vous apprendrai ce coup qui me rend si célèbre.

François fit voltiger son épée. Sa main glissait souplement sur le pommeau, la pointe vrillait dans l'espace. Le duc de Nemours fléchit le genou droit, tendit le jarret gauche et para.

— C'est un marché ? demanda François en observant la pointe de l'épée adverse.

— Un marché ! Que non, grands dieux ! Votre sœur n'est pas à vendre, répliqua promptement Nemours.

— Vous avez raison. Pour tous les coups d'épée du monde, je ne sacrifierai pas ma sœur.

— Alors ?

Un éclat de rire répondit au duc de Nemours et son fer engagea celui de son adversaire dans une lutte sans merci.

— C'est un marché inégal. Depuis ce tournoi où Marguerite vous a laissé ses couleurs, elle ne vous quitte plus du regard.

Le duc de Nemours, de huit ans plus âgé que François, bénéficiait d'une expérience plus approfondie du combat. En quelques minutes, il eut gain de cause.

— Vos assauts sont de taille, François, et lorsque vous aurez effectué deux ou trois vrais combats, vous serez l'un des meilleurs.

Le duc d'Angoulême ne répliqua pas. Il se contenta de se retourner pour regarder en direction de la fenêtre et vit que Marguerite agitait gracieusement sa main.

— Votre sœur est délicieuse et j'enrage de ne pouvoir lui rendre son salut.

— Ce n'est pas un salut, c'est un signe de bienvenue.

— À plus forte raison !

— Votre mouchoir, Gaston. Vite, votre mouchoir.

Surpris, Gaston glissa un œil rapide vers Marguerite, puis saisit le mouchoir de fine batiste pressé dans la poche intérieure de son pourpoint.

— Tendez-le au bout de votre épée avant que ma sœur ne s'en aille.

Sans demander d'autres détails qui eussent retardé les choses, il obtempéra rapidement en transperçant de la pointe de son épée le fin mouchoir blanc.

— Élevez-le, maintenant. Élevez-le bien haut en direction de Marguerite. C'est un jeu qui nous amusait fort lorsque nous étions enfants. Montmorency n'avait pas son pareil pour lui prouver son admiration.

Nemours n'était pas sans prestance. Il avait un visage mat encadré de cheveux foncés et son sourire franc, ouvert, était une véritable invite à la discussion.

En voyant la pointe de l'épée recouverte du fin mouchoir qu'élevait Nemours en sa direction, Marguerite comprit l'astuce de son frère.

Elle hésita. Puis, avant qu'elle eût pu répondre à la sollicitation de Nemours, les deux gentilshommes virent une silhouette furtive qui la tirait en arrière.

— Qu'importe, jeta François d'un ton rieur. Ma sœur a saisi le message.

— Et quel est ce message ?

— Vous le saurez tout à l'heure. Maintenant, reprenons le combat, voulez-vous ?

Ils se remirent en garde, le genou fléchi et le bras dressé en avant. Leurs regards s'inspectaient, s'épiaient, s'analysaient, mais Gaston fut plus rapide.

François esquiva de justesse le coup qu'il lui portait. La lame effleura son épaule, griffa l'étoffe de son pourpoint et replongea lestement dans l'espace.

— Diable ! Serait-ce votre fameux coup de maître ? interrogea-t-il très excité. Me l'apprendrez-vous enfin ?

Puis, il para à son tour et reprit d'un ton plus calme :

— J'ai un marché plus honnête à vous proposer. Vous gardez le secret de votre réussite, mais vous m'informez d'un détail dont j'aimerais connaître la teneur.

— Mordi, François ! Je n'ai plus de mouchoir convenable pour m'éponger le front. De quel détail voulez-vous que je vous entretienne ?

— Vous revenez de Blois après avoir salué le roi. Et vous vous êtes arrêté à Amboise pour mieux me connaître.

— Où voulez-vous en venir ?

Gaston recula, l'épée en joue. François attaqua.

— Avez-vous aperçu la suite de la reine ?

— Pardieu, oui ! Toutes ses filles d'honneur étaient là.

Lorsque le genou droit tendu et l'autre plié, le duc de Nemours para, François s'avança.

— Votre cousine, la belle Françoise de Foix, fait-elle toujours partie de sa cour ?

Ce fut le comte d'Angoulême qui, dans son ardeur pleine de débordements, toucha enfin Nemours et lui frôla le flanc droit. Le pommeau joua délicieusement dans la main du jeune homme avant qu'il n'en retire la pointe. Il exultait littéralement et sautait par petits bonds comme un cabri, laissant aller sa joie au-delà du raisonnable.

— Comte d'Angoulême, ne laissez jamais aller ainsi votre joie lorsque votre coup d'épée l'emporte. Cela vous déconcentre et vous empêche de gagner le suivant.

François s'arrêta net. Gaston pointa son épée vers le sol et, d'un revers de main, s'essuya le front.

— Ma cousine est sans doute la plus enjôleuse de toute la cour de la reine Anne. Avez-vous donc l'honneur de la connaître ?

François ne répondit pas et reprit farouchement le combat. Après chaque esquive, Nemours levait les yeux vers la fenêtre. Marguerite était revenue. Sa silhouette se dessinait dans l'encadrement de la fenêtre.

— Vous plairait-il que Françoise de Foix soit à votre prochain bal ? s'enquit-il plaisamment.

— Tentez-vous de me faire comprendre que cet arrangement est possible ?

L'épée de Nemours frôla d'une haute insolence la tête de François d'Angoulême, qui se baissa prestement et attaqua de front son adversaire.

— Encore un joli coup que celui-ci ! rétorqua François. Mon maître d'armes dirait que votre façon de tirer n'est pas toujours très classique ! Elle se révèle plutôt fantaisiste, mais cela me plaît.

À nouveau, les pointes s'entrechoquaient, les sauts et les bonds se faisaient agiles et souples, les bras s'agitaient, volaient, s'arrêtaient, repartaient à la rescousse. Les deux jeunes gens entretenaient leur fougue avec une grande courtoisie et une belle entente.

— Faites-moi danser avec Marguerite d'Angoulême, je vous ferai danser avec Françoise de Foix, bien que je vous trouve encore un peu jeune, émit le duc de Nemours.

D'un coup d'épée, François frôla le visage de son compagnon. Promptement, Nemours s'accroupit et, tout aussi furtivement, se releva d'une extraordinaire détente.

Du regard, il s'assura de la présence de Marguerite et la vit accoudée inconfortablement à la balustrade de la fenêtre.

— Ne doit-on pas marier votre sœur au duc de Calabre ?

— Bah ! Ce ne sont là que des arrangements qui partent vite en fumée. Quel que soit son époux, Marguerite ne quittera pas la France.

À nouveau, Nemours leva les yeux mais Marguerite avait disparu. Dans la chambre, la voix neutre de Mme de Châtillon l'interpellait.

— N'avez-vous donc d'yeux que pour ce beau chevalier qui joute avec votre frère ?

— Je n'ai jamais vu de plus beau combat, s'extasia Marguerite. François est sublime et le duc de Nemours…

— Il faut l'oublier, Marguerite. Il ne sera pas votre époux.

— Ni le duc de Calabre, Blanche. Ni aucun prince étranger. Je ne quitterai jamais la France, alors peu importe le nom de mon futur époux.

— Voilà qui est plus raisonnable, soupira Mme de Châtillon. Mais ne pensez plus au duc de Nemours. Ça ne peut être lui.

— Qu'en savez-vous ? répliqua Marguerite contrariée. Il n'a pas encore pris de femme.

— Vous voulez dire qu'on ne lui en a pas encore donné. Lorsqu'on le fera, ce ne sera pas vous, Marguerite.

— Et à qui me destine-t-on ?

Elle se planta devant Mme de Châtillon, non pas avec colère, car c'était un sentiment qu'elle ignorait, mais avec une hâte si vive et si nerveuse que Prunelle s'enfuit à l'autre bout de la pièce.

— Vous savez quelque chose à mon sujet et vous refusez de me l'apprendre.

— Ne tombez pas amoureuse de tous les compagnons de votre frère, Marguerite. Vous savez que cela ne sert à rien. On vous destine à d'autres noms.

— Lequel après celui du duc de Calabre ?

Le silence de Mme de Châtillon eut pour effet d'affoler la jeune fille.

— Lequel, Blanche ? Je veux l'apprendre de votre bouche.

Les joues de Marguerite venaient de perdre la teinte suave et rosée qui l'embellissait tant tout à l'heure. Toute sa joie venait de disparaître. Elle restait sur ses gardes.

— Quel est ce nom, Blanche, que l'on murmure dans votre dos ?

— On parle d'Henri VII.

Marguerite faillit s'étrangler.

— Henri VII ! Mais il a presque cinquante ans.

— Il est veuf et cherche une épouse française de haute noblesse.

— Ma fortune n'est pas assez grande pour le roi d'Angleterre, précisa Marguerite en colère, d'un ton vif.

— La sienne l'est suffisamment pour deux, rétorqua Blanche.

Elle saisit la main de Marguerite qui s'agitait dans l'espace.

— Ce n'est pas une dot qu'il recherche, dit-on.

— Certes, ce n'est pas ce qu'il recherche. Je crois que le vieux roi anglais pense plus volontiers à rajeunir ses veines. Sans doute est-il enthousiasmé à l'idée que je sois jeune, jolie et intelligente, ce qui ne gâte rien pour un vieillard en mal d'affection.

Blanche lâcha la main de la jeune fille.

— C'est un homme d'honneur. Il possède de grandes qualités de cœur, affirma-t-elle un peu contrariée.

Marguerite marchait à grands pas nerveux, arpentant la pièce de long en large. Peu habituée à cette réaction agitée de sa maîtresse, Prunelle était partie se cacher derrière le grand lit et attendait qu'elle adopte un comportement plus pondéré.

— C'est impossible ! objecta-t-elle avec une soudaine conviction qui lui rendit son bon sens habituel. Henri VII est de la dynastie des Tudors et il a vaincu Richard IV, le roi usurpateur, meurtrier de ses neveux, et…

Blanche lui coupa la parole.

— Et vous n'avez pas à discuter. Vous le savez bien, Marguerite.

— Oui, je le sais. Mais je sais aussi que ma mère ne veut pas que j'épouse un étranger. Jamais elle n'acceptera cette union qui m'éloignerait trop de François. D'ailleurs, l'Angleterre est écartée de nos projets.

— Peut-être avez-vous raison, capitula Blanche en soupirant.

— Mère m'a promis que je ne traverserai pas les océans. De toute façon, François s'y opposera.

— Allons, allons ! Soyez sage, Marguerite, et ne pensez plus pour l'instant à qui l'on vous destine. Le jour arrivera bien assez tôt où vous apprendrez le nom qui, enfin, ne changera plus.

VII

D'une main ferme, Gaston de Foix, duc de Nemours, saisit le bras de son compagnon et l'obligea à s'arrêter.

— François ! Vais-je enfin connaître le message transmis sur votre ordre à votre sœur Marguerite ? Il me semble que j'ai le droit de savoir.

Comme le jeune François le regardait de son œil malicieux, il poursuivit :

— C'est tout de même moi qui ai tendu le mouchoir au bout de mon épée en direction de Marguerite ! Elle me regardait, il me semble !

— Certes, mon cher Gaston ! Elle avait un œil sur vous, mais elle gardait aussi l'autre sur moi. Marguerite craignait trop que vous ne me blessiez d'un mauvais coup d'épée.

Gaston renforça la pression de son bras sur celui de son compagnon.

— Je veux connaître le sens de ce message. Je ne vous laisserai point tranquille jusqu'à ce que vous me l'ayez dit.

— Vous le saurez tout de suite, Gaston. Oui ! Tout de suite.

Bien que la pression de son bras fût toujours aussi forte, le duc de Nemours tentant d'arrêter son jeune ami, celui-ci poursuivait son chemin. Quand il furent près des écuries, il poussa la porte des stalles et Gaston vit émerger la blonde tête d'une jeune fille au-dessus d'une belle jument grise. Elle semblait inspecter les lieux et quand elle vit à son tour Gaston, elle redressa le buste.

— Marguerite ! s'exclama-t-il les yeux brillants de joie.

La jeune fille quitta son poste d'observation et vint à lui, les mains tendues.

— Duc de Nemours et seigneur de Foix ! Je vous ai donné mes couleurs pendant les joutes qui ont clôturé les festivités du mariage de Souveraine. Mais hélas, elles n'ont pas permis…

— Elles ont permis à nos regards de se croiser, coupa Gaston en souriant à Marguerite.

Il prit ses mains et les serra dans les siennes tout en fixant ses yeux bleus couleur de porcelaine.

— Et à présent, voilà nos mains qui se joignent. Oui ! C'est beaucoup mieux, car depuis ces joutes votre regard m'obsède jour et nuit.

— Vraiment !

— Ne me croyez-vous pas ?

— Si, Gaston ! Il me plaît de vous croire.

Bien qu'il fût encore très jeune – il n'avait guère que huit ans de plus que François – le duc de Nemours n'était plus un adolescent, aussi ne rougit-il pas quand il entendit Marguerite l'appeler par son prénom.

— J'aime vos yeux, Marguerite, ils me rappellent les cieux des montagnes lorsque l'été flamboie.

Elle se mit à rire.

— Les montagnes !

— Les Pyrénées orientales sont le berceau de mon enfance.

— C'est vrai !

Puis elle se jeta dans les bras de son frère qui venait vers eux et s'exclama, vive et impétueuse :

— Ah ! François. Tu n'as pas failli à nos anciennes habitudes et tu n'as pas oublié le sens de nos messages d'enfants.

— Puis-je comprendre ? interrogea Gaston.

Ce fut François qui, visiblement ravi de cette diversion, expliqua :

— C'est une vieille tradition entre Marguerite et moi. Chaque fois que dans la cour du château je jouais à l'épée avec mes camarades et qu'elle nous regardait à la fenêtre, celui qui lui tendait son mouchoir au bout de l'épée la retrouvait à l'écurie.

— Et ensuite ? s'enquit le duc de Nemours.

— Ensuite, poursuivit François, elle allait faire une promenade dans les bois des environs.

— Seule avec votre galant ?

— Non ! protesta Marguerite en riant. François se faisait une joie de nous rattraper bride abattue sur son petit poney. Nous faisions le tour du bois, nous nous arrêtions sous les ombrages et nous discutions du jour où François serait roi.

— Avez-vous eu ainsi beaucoup de rendez-vous galants ?

— Oh ! Ce n'était que des jeux d'enfants. Je suis grande à présent. Connaissez-vous mon âge ?

— Marguerite a seize ans, coupa précipitamment François.

— Et vous, Gaston ? reprit Marguerite.

— Gaston a huit ans de plus que moi et je combats presque aussi bien que lui. Il m'a enseigné des coups étonnants qui me permettront de battre Bonnivet et surtout Montmorency qui se dit le plus fort et le plus adroit à l'épée.

— Alors, où allons-nous ? questionna Gaston.

François se tourna vers sa sœur, l'air subitement inquiet. Quelque chose semblait le froisser et Marguerite le rassura aussitôt :

— J'en ai parlé à Blanche. Elle n'a pas eu le cœur, ni surtout l'autorité, pour me refuser cette petite escapade. Je lui ai promis que je serais de retour dans une heure ou deux.

Mais l'adolescent ne paraissait pas pour autant rassuré.

— Et mère ? Que va-t-elle dire ?

Marguerite sourit à son frère. Elle le retrouvait bien là, quand il la désarmait par ses scrupules et ses attentions pour elle et leur mère.

— Ne crains rien, j'ai dit à Blanche de lui en faire part avant que nous soyons rentrés pour ne pas qu'elle nous réclame.

— Alors, où allons-nous ?

Visiblement, le duc de Nemours semblait pressé de quitter les lieux. Sans doute craignait-il qu'un valet ou une servante de la cour d'Amboise vînt empêcher les jeunes fugueurs d'aller au-delà de la cour du château. Aussi enfourchèrent-ils leur monture pour sortir précipitamment par l'une des poternes latérales.

— Allons sur les bords du Cher, cria François en galopant déjà sur la route.

Ils quittèrent les bords de la Loire pour bifurquer en direction du Cher qui coulait tranquillement entre ses bancs de sable dorés, ses grands saules, ses bouleaux et ses ormes. Des massifs de genêts, de joncs et de roseaux parsemaient çà et là les berges d'où leur venaient des senteurs de bois sauvages.

Arrivés près d'un bois clairsemé, qu'il fallait emprunter pour traverser la forêt giboyeuse s'étendant devant eux, ils entendirent des bruits de sabots.

— Écoutez, fit Marguerite en tendant l'oreille. Il y a au moins deux ou trois chevaux.

— Peut-être même quatre, cria François qui avait pris de la vitesse par rapport à ses compagnons moins fougueux, ce qui leur permettait de discuter tranquillement.

Mais il faisait sans cesse demi-tour pour revenir à leur hauteur. Puis, il repartait sur la route bride abattue.

— Ils sont trois, cria-t-il de nouveau. Je les aperçois. Ils m'ont tout l'air de se promener. Allons à leur rencontre.

Les cavaliers débouchèrent d'une autre voie donnant sur le Cher. À l'embranchement des deux routes, les chevaux se firent face.

— Alix ! s'exclama Marguerite.

Elle vit la jeune femme faire de grands signes dans l'espace et retenir son cheval pour ne pas qu'il dépasse les nouveaux arrivants. Alix les avait reconnus.

— Marguerite ! François ! répondit-elle en écho.

Ils descendirent de cheval et s'embrassèrent joyeusement.

— Votre mère n'est pas avec vous ?

— Alix ! protesta Marguerite en riant, oubliez-vous déjà qu'à seize ans vous étiez seule sur les routes, juchée sur votre mule ?

— Que faisais-tu, mon cœur, seule sur les routes à un âge aussi jeune ? s'enquit aussitôt Van de Veere.

— Elle cherchait l'amour de sa vie, son Jacquou bien-aimé, s'écria François impétueux.

Puis, brusquement il se tut, car il venait de se rendre compte que le cavalier qui frôlait le cheval d'Alix venait de l'appeler « mon cœur ». Il regarda Marguerite dont les yeux paraissaient aussi étonnés que les siens. Mais tout se confondit rapidement en une joyeuse mêlée. Alix présenta Alessandro Van de Veere et François présenta Gaston de Foix, le duc de Nemours.

Restait la cavalière qui, discrètement, s'était écartée du groupe. Alix retourna auprès d'elle.

— Voici Catherine Briçonnet, épouse Bohier, qui nous emmenait du côté de Chenonceau.

— Chenonceau ! s'écria François, n'est-ce pas là un château en réparation ?

— Pas encore, fit Catherine Briçonnet. Mais il le sera bientôt. Vous plairait-il de vous joindre à nous ? Nous allions voir l'avancement des travaux.

Elle avait bien sûr reconnu tout de suite les enfants d'Angoulême. Elle ne put s'empêcher d'exprimer la même réflexion qu'Alix.

— La comtesse Louise n'est-elle donc pas avec vous ?

— Oh ! Madame, répliqua poliment Marguerite, il nous arrive bien souvent d'aller nous promener sans elle.

Les premiers débordements d'enthousiasme passés, Alix se dit que Louise serait peut-être contrariée de ne pas avoir présenté elle-même ses enfants à la dame Bohier et au sire Van de Veere. Puis, l'instant suivant, elle pensa que son amie était assez intelligente pour réagir autrement. Après tout, sans cette occasion, Alessandro serait reparti à Florence dans le courant des jours prochains sans avoir eu le temps de connaître les enfants d'Angoulême. L'opportunité était belle.

Remontée sur son cheval, Marguerite s'était approchée de Gaston. Certes, elle posait déjà les jalons de son petit plan bien inoffensif, lequel consistait à laisser parler son bavard et impétueux frère avec les amis d'Alix pour se retrancher vers le duc de Nemours et lui parler en tête à tête. C'était une occasion qui ne se renouvellerait pas de sitôt !

Elle glissa un coup d'œil vers ce Van de Veere qui chuchotait quelques mots, le visage tourné vers Alix, mais trop éloignée d'eux, elle ne les entendit pas et ne se soucia pas plus d'eux que de son frère qui discutait avec Catherine Briçonnet.

— Tu ne m'as pas tout révélé, mon cœur ! Bien des zones restent troubles dans mon esprit.

— Non ! Je ne t'ai pas tout dit, Alessandro. Mais est-ce bien utile ? Cela fait partie de ma vie passée.

— Je crains que tu ne m'aies caché des points essentiels concernant ce fameux passé.

— François d'Angoulême a dit que je cherchais Jacquou à cette époque. Rien n'est plus vrai.

— Ne t'es-tu donc jamais fait attaquer sur les routes ? Où dormais-tu ? Avais-tu de l'argent ?

Alix haussa le sourcil, puis l'épaule.

— Non. Je dormais souvent à la belle étoile. Parfois, je trouvais une étable, une écurie, une ferme où l'on m'hébergeait. Bah ! soupira-t-elle, tout cela n'était pas grave.

Il la regardait dans les yeux sans souci des autres qui s'étaient écartés. Marguerite et Gaston étaient loin derrière eux et François chevauchait loin devant avec Catherine.

— Bien sûr, prononça-t-il, rien d'autre ne comptait pour toi que retrouver ce jeune homme.

Alix ne répondit pas. Alessandro amena son cheval si près du sien que, dans un hennissement, Jason fit un écart. Alix le reprit en main.

— Je voudrais que tu m'aimes comme tu as aimé ce garçon dont je suis jaloux quelquefois. Le peux-tu, mon cœur ? Viendras-tu te perdre sur les routes de

Florence pour m'y retrouver ? Braveras-tu mauvais temps et chemins hasardeux ?

— Peut-être.

— Ton cœur ne dit pas oui.

— C'est ma raison, Alessandro, qui hésite.

Alix tourna la tête et vit que Catherine et François s'approchaient d'eux, discutant le plus tranquillement et le plus aimablement du monde. Leurs chevaux se tenaient côte à côte.

— Nous avons fait pleinement connaissance durant votre petit tête-à-tête, ma chère Alix. François et moi avons décidé de piquer un galop jusque dans les bois de Chenonceaux.

— Dame Bohier…, commença François.

— Comte d'Angoulême, appelez-moi plutôt Catherine, et puis, tiens ! Moi je vous appellerai François jusqu'au jour où vous serez sur le trône.

Très à l'aise, le jeune comte d'Angoulême n'en demandait pas plus pour servir une dame en toute courtoisie. Tout jeune, on lui avait enseigné l'art de ne pas contrarier les femmes ce qui, par ailleurs, correspondait parfaitement à son tempérament charmeur et sans complication.

Il esquissa de la main un geste large, complaisant.

— Très bien, il en sera fait selon vos ordres, Catherine.

Puis, il fit tournoyer Pégase qu'il tenait d'une main ferme. Bien que puissant, carré et un peu lourd, avec sa robe pommelée, son épaisse crinière noire et brillante et sa queue touffue qui retombait en un éblouissant panache, son cheval béarnais avait belle allure et, pour plaire à son maître, accomplissait tout ce qu'il désirait.

Le cheval se mit à hennir joyeusement et fit un brillant tour sur lui-même. François n'aimait rien tant que de montrer aux autres ses prouesses de cavalier. Il jaugeait alors l'air étonné des spectateurs, puis flattait son cheval.

Voyant que sa sœur et Nemours se tenaient éloignés, il leur cria, la mine réjouie tout en caracolant sur son cheval :

— Suivez-nous ! Catherine se propose de nous montrer les ruines du vieux château de Chenonceau qu'elle vient d'acquérir.

— Non, François, rétorqua la dame Bohier, une construction est déjà en cours.

Les chevaux de Marguerite et de Gaston, qui se tenaient à l'arrière, suivaient un petit trot tranquille. L'un et l'autre ne se souciaient guère des beautés du paysage que leurs compagnons découvraient à chaque tournant du chemin.

— J'emporterai votre image et le charme de cette promenade dans mon cœur, Marguerite. Je l'avais tant rêvée que je ne parvenais plus à me convaincre qu'elle pouvait devenir réalité.

— Allez-vous donc repartir ?

— Hélas, oui.

— Je ne pensais pas, murmura la jeune fille en tournant un visage soudainement éploré vers le duc de Nemours. Le roi dit que la prochaine expédition italienne n'interviendra pas avant le printemps prochain.

— Le roi, certes, ne partira pas avant mars ou avril, mais je dois préparer les armées, réquisitionner des mercenaires, établir des plans et des repères et me rendre là où les camps sont établis.

— Est-ce donc si compliqué la guerre ? soupira Marguerite.

Elle amena son cheval tout contre celui du jeune homme.

— Moi aussi, Gaston, je garderai votre souvenir en moi. Nous reverrons-nous à votre retour ?

— C'est ce que je souhaite le plus au monde.

— Je vous ferai parvenir des messages. Me répondrez-vous ?

— Ah ! Marguerite, je les attendrai trop pour ne point vous répondre.

Soudain, elle vit que François était près d'elle.

— Marguerite ! Regarde comme ce site est merveilleux. N'aimerais-tu pas une résidence dans ce paysage-là ?

— C'est le cœur de la Touraine, dit Catherine, voyez comme le ciel est clair ! Et regardez comme cette lumière est tendre. C'est la plus belle du Val de Loire.

Puis, abordant le jeune comte d'Angoulême d'une façon plus intime, elle frôla son cheval et poursuivit avec une grande sollicitude :

— Les domaines et les forêts sont superbes, sans doute les plus belles de la région. Il ne tiendra qu'à vous, François, d'y venir chasser dès que vous en aurez envie. Je vous ouvre toutes grandes les forêts de Chenonceau.

— M'y autorisez-vous avant que je sois roi de France ?

Catherine Briçonnet eut un petit rire prometteur quant au bel avenir de son jeune compagnon.

— Évidemment.

— Avez-vous des fils ? s'enquit naturellement le jeune homme.

— Un seul, mais il se destine à la prêtrise et ne se consacre guère à la chasse et aux festivités de ce genre.

— Comme c'est dommage.

François tourna la tête. Chevaux accolés, Alix et Alessandro arrivaient près d'eux. Van de Veere désigna le vieux château du doigt.

— Est-ce là tout ce qui reste de la vieille résidence ?

— Nous avons tout fait raser à l'exception du donjon que vous voyez. C'est l'ancien logis des Marques. Nous sommes en train de le rénover.

— Qu'allez-vous reconstruire à côté ? s'enquit Alix.

— Tour dépendra du financement, répondit-elle en se tournant vers le banquier.

— Je rentre à Florence la semaine prochaine, précisa Alessandro et, comme je vous l'ai promis, je me préoccupe aussitôt de cette question ainsi que des crédits dont la comtesse d'Angoulême a besoin.

François amena son cheval juste à côté de celui du banquier. Leurs flancs se frôlèrent.

— Est-ce le prêt que madame ma mère sollicite pour mon compte personnel ?

— Non, pas celui-ci, comte d'Angoulême. C'est plutôt le sire de Beaune qui se préoccupera des fonds concernant l'ouverture de votre caisse personnelle. En ce qui me concerne, le financement que j'apporterai à madame votre mère servira à restaurer entièrement votre château de Cognac et à meubler et décorer celui de Romorantin.

— Attachons les chevaux et allons voir le site de plus près, proposa Catherine en sautant de sa monture.

Le vieux donjon de Chenonceau se détachait dans le ciel pur. Une atmosphère sereine s'en dégageait. Le lieu enthousiasmait François.

— Cet endroit est magique, murmura-t-il. Il me faudra une résidence dans cette région. Quand je serai roi, je construirai un château d'agrément par ici.

— L'endroit est déjà érigé en châtellenie, François, l'informa Catherine qui avait entendu le souhait du jeune homme, pourtant prononcé à voix basse. Nous avons acquis toutes les terres des environs.

Un château d'agrément ! François ne pensait pas si bien dire. Il ignorait, certes, à cette époque où il posait ses yeux fascinés sur les forêts splendides de Chenonceau, ces arbres aux multiples essences, tout ce domaine giboyeux qui entourait le vieux donjon, que le château prendrait forme grâce à Catherine Briçonnet, épouse Bohier. Oui ! Il ignorait encore que, bien plus tard encore, il acquerrait le tout pour une bouchée de pain.

— Comment ferez-vous pour construire ce château en l'absence de votre époux, s'il est toujours retenu en Italie ? s'enquit-il.

— Le sire Bohier me laisse faire. Mes initiatives seront les siennes.

— Comment le construirez-vous ? interrogea Alessandro.

— Croyez que j'y apporterai toute l'inspiration architecturale qui nous vient d'Italie et, avec cette résidence, nous verrons s'épanouir la Renaissance française.

Devant de si belles paroles, François paraissait émerveillé. On eût dit que, soudain, il s'ouvrait à autre chose qu'à ses petits problèmes personnels d'adolescent gâté.

— Mais quel style y imprimerez-vous ? insista le jeune comte.

Alessandro, qui était descendu de son cheval tout comme ses compagnons, prit Alix par les épaules et la serra contre lui.

— Une résidence bâtie dans un tel site et dont une femme est à l'origine, ne peut être qu'un château dédié à l'amour, murmura-t-il en posant ses lèvres sur la nuque d'Alix.

Ébahi par une telle affirmation, François opina de la tête et répéta :

— Bien sûr, un château d'inspiration féminine ne peut être qu'hymne à l'amour !

Il semblait ravi par cette évidence dont il comptait bien se resservir à l'occasion.

— À la place de l'ancien manoir détruit, expliqua Catherine, je ferai bâtir un pavillon érigé sur le lit du Cher.

— Sur le Cher, mais comment ferez-vous ?

— Tout a été étudié, dessiné. Les architectes se serviront des piliers de l'ancien moulin, ils sont enserrés dans un lit granitique, ce qui les rend solides, inattaquables.

— Mais encore ? fit François, plus intéressé que le duc de Nemours qui, descendu de son cheval, tenait Marguerite par la main tout en la regardant dans les yeux.

Catherine Briçonnet poursuivit :

— La forme carrée du bâtiment commandera l'ensemble et viendra animer le mouvement des toits, des fenêtres, des tourelles d'angle.

— C'est en effet dans l'esprit italien.

— Mon cher Alessandro, le château de Chenonceau ne devra rien à la mode, ni au temps. Les tours, créneaux et mâchicoulis ne seront plus que des ornements. Je veux un castel fleuronné, blasonné avec des tourelles flanquées d'arabesques, orné de cariatides, contourné de balconnades et enjolivé de fresques jusqu'aux toits.

Elle se mit à rire.

— Voyez, mon cher Alessandro ! Il me faut beaucoup d'argent et, ajouta-t-elle en se tournant vers François « s'il vient à point, m'en souviendra ».

— Qu'est cela, Catherine ? fit Alix.

— La devise que j'y ferai inscrire.

— Ainsi vous aurez donc la totale surveillance des travaux !

— Plus que ça, Alix. Oui, plus que ça. Dès que mon financement sera totalement acquis, j'aurai l'intégrale direction des diverses tâches. Et cet ouvrage, croyez-le, mon cher Alessandro, sera à votre goût. Plus d'incommodes escaliers à vis, mais de larges fenêtres qui laisseront pénétrer la lumière et de grandes pièces distribuées de chaque côté du vestibule avec des escaliers à rampes droites pour monter aux étages, selon la mode italienne.

— C'est une vaste entreprise, approuva le banquier. Je ne puis que vous souhaiter une pleine réussite.

La dame Bohier pouvait être satisfaite. Son but était accompli. Le Florentin, qui la financerait en partie, approuvait son projet, ses idées et, surtout, cette envie d'apporter et de développer en Val de Loire la Renaissance italienne.

VIII

— Ma chère Louise, le sort me poursuit bien tristement. Ah ! Dieu me punirait-il à ce point, malgré le consentement du pape ?

— Pourquoi vous punirait-il, Sire ?

Le roi soupira.

— Vous le savez bien, ma cousine.

— Louis, répondit la comtesse presque compatissante, laissez Jeanne de France, votre première épouse, en paix. Elle a trouvé l'équilibre et le calme au sein de son couvent des Annonciades.

Le roi hocha la tête, pinça ses lèvres charnues et avança le menton d'un geste dubitatif.

D'ailleurs, derrière la tenture d'étoffe brochée, un laquais en livrée jaune et rouge apparaissait.

— Votre échanson, Sire.

— Qu'il vienne. Qu'il vienne.

Le ton de Louis XII était un peu agacé.

— Est-il seul ?

— Il est seul, Sire.

— Bien. Qu'il entre.

Petit, noiraud, l'œil vif et allongé, mais le visage immobile, l'échanson du roi pénétra dans la salle du conseil. Il se courba et salua bas le roi.

— La reine me dit que la nourrice engagée à la naissance de l'enfant a été recrutée sur vos soins, exposa le roi.

L'échanson fit un nouveau salut.

— C'est exact, Votre Majesté.

Malgré elle, Louise eut une amorce de sourire qu'il lui fallut aussitôt réprimer.

Sans que Louis XII lui eût encore précisé le motif de son grief, elle le connaissait bien. Le nouveau-né d'Anne, celui qui avait été conçu après l'arrivée de la petite Renée, un garçon ayant une fois de plus exacerbé ses nerfs, était mort non pas comme la fois précédente, à peine sorti du ventre de sa mère, mais quelques mois plus tard.

— C'est insensé que cet enfant soit mort si vite ! Il respirait la bonne santé, affirma le roi. Connaissiez-vous la nourrice ?

— Elle remplissait toutes les qualités, Sire.

— Cela ne suffit pas. Aviez-vous confiance en elle ?

L'échanson eut un haut-le-corps.

— Votre Majesté ne peut mettre en doute ma fidélité. Je l'ai toujours loyalement servie.

— Je sais, je sais. Mais il est de mon devoir de m'informer.

— Sire, la reine assistait à toutes les prises de lait de l'enfant. Ne vous l'a-t-elle pas dit ?

— C'est juste.

Puis, se tournant vers la comtesse d'Angoulême avec un geste d'impuissance, il leva les yeux au ciel.

— Ah ! Si votre fils n'était pas là, je serais le plus malheureux des hommes !

Balançant nerveusement un bras contre son corps, il fit quelques pas en direction de la grande fenêtre qu'une servante venait de dégager, prestement, de l'épais rideau de velours cramoisi qui l'obstruait.

— Dieu me punit. Je vous le dis, Louise, Dieu me punit.

— Sire, en ce qui vous concerne, le pouvoir divin est-il vraiment en cause ? Votre épouse n'a subi que de tristes maternités, même avec son premier mari. Elle a mis trois enfants mort-nés au monde et ses deux fils vivants sont décédés en bas âge.

— C'est vrai. C'est vrai, admit le roi en s'arrêtant pour porter la main à son ventre. Pourquoi seules nos filles survivent-elles ?

— Souffrez-vous à nouveau, Sire ? interrogea l'échanson d'un ton où l'outrage subi il y a quelques instants faisait place à l'inquiétude.

Au passage, Louise observa la diplomatie dont l'homme usait pour changer d'attitude envers le roi. C'était une astuce dont elle se souviendrait et ne manquerait pas de se servir à l'occasion. Car Louise commençait à réfléchir aux stratégies éventuelles qu'elle serait à même d'utiliser lorsque le temps viendrait pour elle d'aider le nouveau roi dans les tâches de son règne. À commencer par son bel amant, Charles de Montpensier, duc de Bourbon, qu'elle aimait, certes, mais d'un sentiment aux trois quarts intéressé puisque son héritage était en jeu.

Le laquais venait de prendre une mine apitoyée et l'échanson suivait son exemple.

— Souffrez-vous, Sire ? répéta-t-il.

— Je souffre à nouveau de ces infernales hémorragies internes. Diable ! Il faut que je me soigne plus attentivement.

Il passa devant la fenêtre, la dépassa en tenant son ventre d'une main et monta les deux marches qui menaient à son trône. De son allure calme et sereine, Louise le suivit, précédée des pas précipités de l'échanson.

— Vous veillerez à l'exécution des ordres du médecin, décréta Louis XII en s'adressant à l'homme qui l'écoutait sans broncher. On me prescrit de la viande blanche durant plusieurs semaines.

— Ce ne sont ni les poulardes ou autres petites volailles de la sorte, ni les jambons de porc qui nous manquent, sire…

— Pas de porc, le médecin me l'interdit, rétorqua Louis précipitamment.

— Nous pouvons remplacer par du veau, Votre Altesse.

— Du veau !

Il porta l'autre main à son front qui transpirait et l'essuya de sa paume largement ouverte.

— A-t-on de bons veaux, au moins ? s'enquit-il.

— Les meilleurs qui soient, Votre Altesse. D'excellentes bêtes dont la chair vous surprendra.

Rassuré, le roi acquiesça.

— Dites à l'apothicaire de m'attendre. Je dois ingurgiter une nouvelle potion et si elle est détestable, vous la mêlerez au meilleur vin de Touraine qui soit dans ce pays.

Comme l'échanson se courbait à nouveau, Louis XII fit un geste de la main.

— Et maintenant, laissez-moi m'entretenir avec la comtesse d'Angoulême.

L'échanson recula, salua le roi encore très bas et disparut. Par la fenêtre venait une lueur douce et grise. Le roi se leva de son trône et s'approcha de Louise. Il ne maintenait plus son ventre de ses mains, mais son pas paraissait incertain. Instinctivement, la jeune femme lui prit le bras. Il s'y appuya quelques instants et reprit d'un ton plus calme :

— Mon épouse ne m'a donné que deux filles…

— Bien vivantes, Sire, coupa Louise précipitamment en lui offrant un large sourire.

— Certes, bien vivantes. Claude est calme et réfléchie, fragile, mais pleine de ressources. Quant à la petite Renée, elle a hérité de ma turbulence. Elle est vive, enjouée, malicieuse.

Il se redressa en prenant une aspiration longue et calculée.

— Il est dommage, pourtant, que Claude ne soit pas aussi dynamique.

— Sire, votre fille est déjà imprégnée de la marque royale à laquelle elle est prédestinée. Cela la mûrit davantage. Malgré son air fragile, cette enfant de huit ans en paraît douze.

— C'est à son sujet que je désire vous entretenir.

Il pressa sa main sur le bras de la jeune femme, reprit sa marche et Louise s'obligea à calquer ses pas sur les siens.

— Maintenant que nos enfants sont unis, nous avons une conscience à suivre, celle de les éduquer dans le plus noble sens, expliqua-t-il à la comtesse. Pour ma part, le rôle est facile à jouer.

— Que voulez-vous dire, mon cousin ?

Le roi plissa des yeux et fit à Louise un sourire équivoque.

— Vous le savez aussi bien que moi. Claude est douce, obéissante et très admirative de François. En revanche, votre fils est audacieux, imprudent, sûr de lui. Je veux que vous lui inculquiez le sens de la moralité conjugale.

Comme Louise se taisait, il reprit :

— En deux mots, je ne veux pas qu'il fasse à ma fille ce que j'ai fait à ma première épouse.

— La répudier ! jeta Louise un peu froidement. Sachez que mes enfants ont acquis une parfaite noblesse de cœur et un sens absolu de l'honneur.

— Je vous crois, Louise. D'ailleurs, ne parlons plus de ce point. Je me fais vieux et n'espère plus d'héritier direct, à présent, même si la reine y croit encore. Je mise entièrement sur votre fils. Il est en parfaite santé, brillant, intelligent et, grâce à mes soins attentifs et permanents, jouit d'une parfaite éducation.

Comme Louise s'apprêtait à ouvrir les lèvres, il coupa net les mots qu'elle allait prononcer.

— Je sais, je sais. Au détriment de votre vie personnelle, à part quelques petites incartades…

Louise rougit.

— Si peu, Sire.

— C'est juste, vous êtes belle, veuve, très jeune encore et vous auriez pu, par de trop grands écarts de conduite, ternir l'image du futur roi de France.

— En aucun cas, je n'aurais pu tomber dans cet extrême, s'offusqua Louise.

— C'est bien pour cette raison que je récidive cette affirmation.

Il tenait toujours les mains de la comtesse entre les siennes.

— Mais, attention, ma cousine, les langues se délient facilement et promptement à la cour d'un roi. Espions, bouffons, gardes et seigneurs de la meilleure espèce sont à l'affût de vos moindres gestes, faits et paroles qui me sont aussitôt rapportés.

— Voulez-vous laisser entendre que l'on s'est plaint de mes propos, de mes gestes ou de mes attitudes ?

— Que non, ma cousine. Vous agissez toujours avec les meilleures précautions, comme vous le faisiez déjà dans votre château de Cognac lorsque j'allais vous y voir. Et cela vaut mieux, croyez-le.

Il porta l'une des mains de Louise à sa bouche et l'effleura de ses lèvres. Ses yeux émaillés d'un désir dilué, délicatement ambigu, se fixèrent longuement dans les prunelles vertes de sa compagne.

Sa bouche pressa un peu plus fortement les doigts fins de la jeune femme. Que Louise se laissât un peu aller et elle se retrouvait dans les bras du roi. Avait-il conscience qu'il serait bon de consoler la comtesse pour les paroles qui allaient suivre ?

Elle s'écarta, pressentant les mots qui s'apprêtaient à tomber. Une bonne parole ne vient jamais sans la mauvaise. C'est l'équilibre sage dans lequel vivait Louise.

— Vous avez veillé personnellement au bon déroulement de l'éducation du jeune François et je vous en suis reconnaissant. Mais il est temps à présent que votre fils ne soit plus dans votre sillage. Je vous l'enlève.

Louise tressaillit. Elle ne lâcha pas le regard du roi, mais retira précipitamment sa main de la sienne. Son visage prit cette pâleur qui allait si bien à l'éclat de jade que lançaient ses yeux soudain froissés et elle balbutia :

— Vous m'enlevez mon fils !

— Je l'emmène à la cour de Blois. C'est là, désormais, qu'il apprendra son métier de roi.

Pourquoi, à cet instant, Louise ne s'enfiévrait-elle pas plus ? Ce dénouement, qui consacrait ses désirs échafaudés depuis si longtemps, la laissait rêveuse, sans voix, avec une impression d'achèvement.

Pourtant, comment pouvait-elle supposer un instant qu'un tel événement n'était qu'impasse et confusion, quand l'attendait tout l'éventail des possibilités les plus exaltantes ?

Elle voulut prononcer quelques mots, mais ceux-ci ne passaient pas la barrière fermée de ses lèvres. Ne plus voir son fils qu'à de rares occasions la perturbait.

Elle tenta de calmer ses esprits, se persuadant qu'elle avait maintes fois soulevé cette hypothèse et s'y était même préparée depuis longtemps.

— Dès que les médecins m'auront remis en état, prononça Louis en dirigeant son regard vers le grand ciel gris que l'on apercevait de la fenêtre, je repartirai en Italie pour tenter de reconquérir Milan.

Il inspecta l'horizon avec intérêt et poursuivit :

— Je ne supporte pas l'idée que ces provinces napolitaines et milanaises nous échappent. À mon retour, je veux que votre fils soit investi pleinement de ses futures fonctions.

Enfin, Louise se dégagea de la trop forte émotion qui venait de l'étreindre. Son visage reprenait ses couleurs habituelles et les petites veines bleuies de son cou s'étaient remises à battre avec pondération.

— Je suis ravie de votre décision, Sire, articula-t-elle avec réserve. Je sais que mon fils tiendra le rôle d'un roi courageux, brave et à la fois tenace et sage. Je resterai donc seule au château d'Amboise.

Sentant que l'entretien était terminé, Louise murmura :

— Puis-je me retirer, Sire ?

— Pardonnez-moi, Louise, de ne pas vous raccompagner jusqu'à la cour d'honneur. Le médecin doit m'attendre à la porte de mon appartement. Le duc d'Amboise aussi d'ailleurs. Je donnerai les instructions nécessaires pour une installation rapide de votre fils à Blois.

Traversant la salle du trône, le roi et Louise se quittèrent dans un mutuel sourire courtois qui n'avait plus rien de complice. Chacun retombait sur le sol qui était le sien.

Le sourire qui les sépara à la porte de la grande salle royale respirait trop la déférence pour être vrai. D'ailleurs laquais et servantes s'empressaient déjà avec une hâte très organisée d'escorter Louis XII jusqu'à sa chambre.

Elle aperçut le capitaine des gardes qui venait à sa rencontre et le vit prononcer quelques mots que le roi contesta un instant avant de suivre le couloir qui menait à son appartement privé.

Louise bifurqua sous la galerie sud du château pour atteindre la cour d'honneur où l'attendait son équipage. Elle se heurta au cardinal d'Amboise.

Haut, mince, âgé d'une cinquantaine d'années, portant sans doute plus fièrement l'épée que le chapeau d'évêque, il tenait la paume de son arme et marchait d'un pas rapide.

Il longea la galerie qui s'étendait au sud-est du château et fit en sorte de ne pas remarquer Louise. Lorsqu'il arriva aux abords du prolongement en équerre que formait la chapelle Saint-Calais, Louise l'effleura sans bouger la tête.

Ami intime d'Anne de Bretagne, le cardinal d'Amboise, qui s'opposait farouchement au futur couronnement de François d'Angoulême, se révélait bien sûr à l'opposé des amis de Louise.

Passant sous un pilier au chapiteau sculpté d'un porc-épic, emblème de Louis XII, elle détourna carrément les yeux en direction de son attelage et se réjouit intérieurement à la pensée du retard que Georges d'Amboise allait afficher auprès du roi. Il exécrait que l'on ne respecte pas les horaires qu'il dictait et Louise connaissait la mauvaise humeur qui en découlait.

Jean-Baptiste, son cocher, venait au-devant d'elle.

— Madame la comtesse veut-elle chevaucher Orion ?

— Non, Jean-Baptiste, je monte en litière. Peut-être le détacherons-nous aux alentours de Chaumont, si le temps persiste à rester aussi clair.

Chaumont n'était pas considéré comme un château attrayant. La forteresse élevée par les comtes de Blois avait été détruite, puis reconstruite par un des ducs d'Amboise.

Mais Chaumont marquait son infortune par cette suite mouvementée qui caractérisait son histoire. Pour punir Pierre d'Amboise, un de ses seigneurs insoumis, le roi Louis XI exigea une nouvelle destruction. Le château fut encore démantelé.

Il restait quatre corps de bâtiments fermés au carré qui gardaient ce charme du Moyen Âge que Louise aimait bien. Dressé au-dessus de la Loire, parmi de hautes futaies, le château avait encore cet aspect féodal sur lequel la Renaissance empiétait largement depuis quelque temps.

Comment ne pas être subjugué par ces deux donjons aux reliefs sculptés que flanquait un pont-levis féodal ? Au pied, coulait le fleuve dans son lit majestueux et l'éclat, que seule la luminosité des bords de Loire apportait à ses riverains, transparaissait dans les yeux de Louise.

Une fois de plus, elle admira en toute quiétude ce long fil argenté qu'elle se plaisait tant à regarder.

Passé Chaumont, elle demanda à Jean-Baptiste d'arrêter sa litière et de détacher Orion. Subitement, elle se sentait l'envie de chevaucher au bord du fleuve. La Loire paraissait si rassurante, si protectrice. Cette douce tranquillité qui émanait du fleuve passait par tous les pores de sa peau et elle se délectait de son apaisante apparence.

Ses méandres n'en étaient pas moins nobles. Elle contournait avec solennité ses bancs de sable doré que la lumière renvoyait avec plus de grâce encore. La vision était si pure qu'il eût été dommage de s'enfermer dans une litière.

Louise goûtait pleinement son plaisir, mêlant ses ambitions et ses pressentiments au rythme des palpitations de son cœur.

Dès son retour à Amboise, on vint chercher François. Les yeux humides et leurs mains réunies, Louise et Marguerite le regardèrent partir, chevauchant Pégase entre une armée de gardes et de hallebardiers, vers un destin qui, après les avoir liés si fortement, les séparait.

Quand l'image de François ne fut plus visible à leurs yeux, elles soupirèrent dans un même élan et rentrèrent tristement au château.

Les tourelles d'Amboise s'entouraient de cette aube grise qui leur allait si bien et la Loire coulait paisible et harmonieuse entre ses bords tranquilles qui incitaient aux promenades.

Voilà six mois que Louise n'avait pas revu le duc de Bourbon. Lui manquait-il ? À présent que François n'était plus là et que le roi se préoccupait activement de trouver un époux à Marguerite, elle se sentit subitement seule et, tout à coup, oui, Charles de Bourbon lui manqua. Pourtant, l'agitation qui se passait à Blois ne manquait pas d'arriver à ses oreilles trop attentives. Un messager du roi vint un matin, suivi d'une troupe de gardes à cheval qui, désormais, devait accompagner Louise et sa fille en tous lieux. Il lui fallait aussitôt repartir pour Blois et la joie de revoir François lui fit oublier les yeux tristes de Marguerite.

La séance du conseil, que réclamait la cour, portait sur un point délicat puisqu'il s'agissait d'éclaircir les conséquences de la mort du dauphin.

La reine avait refusé d'y assister. Encore secouée par ce nouveau drame, elle s'enfermait dans ses appartements et ne voulait plus en sortir.

À nouveau, Louise fit la route en sens inverse mais, cette fois, elle demanda à Gonfreville, son écuyer, de l'accompagner. Toute la journée, ils chevauchèrent à bride abattue et, le soir, la jeune femme s'avouait épuisée d'une course aussi folle. Après avoir serré François contre elle et s'être assurée que son installation se passait sans heurt, elle prit une bonne nuit de repos.

Lorsque, au lendemain, la cour se réunit dans la même salle où le roi l'avait accueillie quelques semaines auparavant, et que le jeune duc de Nemours l'interpella, elle ne put échapper au cardinal d'Amboise qui discutait à ses côtés.

Autant d'Amboise lui déplaisait, autant Nemours lui paraissait sympathique. C'était un grand jeune homme alerte et dynamique, bien fait de sa personne, aux yeux doux et à la bouche rieuse, dont Marguerite, elle le savait, était tombée amoureuse.

Comment pouvait-elle blâmer sa fille ? À seize ans, une enfant telle que Marguerite ne pouvait que tomber dans les filets d'un aussi séduisant seigneur. Elle suivit Nemours et d'Amboise, prête à ne pas laisser sa langue s'engourdir.

— Le roi a changé d'avis et ne parlera pas de la mort du dauphin. Seul, le départ pour l'Italie sera à l'ordre du jour, expliqua Nemours en se tournant vers Louise.

— N'était-il pas à Chinon ?

— Si fait. Il y a vu son prisonnier avant son transfert à Loches.

Pour éviter le cardinal, Louise s'approcha de Nemours.

— N'est-ce pas du « More » que vous parlez ?

— Les bruits circulent vite, à ce qu'il paraît, rétorqua d'Amboise aigrement.

— Ce n'est point un secret d'État et dans quelques jours, toute la cour saura que le roi détient Ludovic Sforza, le More, qui fut régent du duché de Milan.

Le cardinal se tourna vers son écuyer qui arrivait et, précautionneusement, lui remit son épée. Puis, d'un signe léger, comme s'il balayait distraitement l'air, il reprit :

— Nous irons à Loches voir le prisonnier. C'est là un spectacle qu'il faut avoir vu.

— Connaissez-vous la châtellenie des Montil ? questionna Nemours en se tournant vers la comtesse, afin d'arrêter les aigres propos que s'apprêtaient à échanger Louise et d'Amboise.

En répondant par la négative, Louise faillit en profiter pour glisser quelques mots personnels à Nemours qu'elle savait bon camarade avec François. Mais elle se ravisa, consciente du ridicule qu'elle montrerait en demandant si son fils était heureux à Blois. D'ailleurs, au son des trompes, on annonçait l'arrivée de Louis XII. Un silence se fit, aussi net et précis que la ligne centrale qui se dessina aussitôt entre les gens de cour agglutinés les uns contre les autres.

Un silence total, que ni le chuchotement, ni le bruit d'un geste, ni même le souffle d'une respiration ne venait déranger.

Les yeux démesurément ouverts, Louise regardait son fils avancer, tel un héros vainqueur aux côtés du roi. Dieu, qu'il avait belle allure ! Certes, encore celle d'un adolescent à peine sortit de l'enfance. Ses quatorze ans ne trompaient pas la maturité qui lui manquait. La princesse Claude, qui n'avait que dix ans à peine, ne faisait pas plus jeune que lui.

Si l'on en jugeait par les yeux écarquillés de tous les seigneurs présents, la surprise de voir le roi et

François, côte à côte, sans la présence d'Anne, était générale.

Avançant tranquillement à droite de Louis XII, l'adolescent portait un pourpoint rouge, broché de fils d'or. Une épaisse chaîne d'argent, que Louise ne connaissait pas et à laquelle était suspendue une énorme pierre de lapis-lazuli, ornait son cou.

Quand ils passèrent près de Louise, le roi s'arrêta. Puis, se tournant vers François, il l'autorisa à lui dire quelques mots.

— Ma mère, je suis heureux que vous soyez présente à ce conseil, jeta l'adolescent en s'inclinant devant elle. Je souhaite vous y voir de nombreuses fois encore.

L'œil étincelant, le front écarlate, le cardinal d'Amboise se projeta subitement en avant et le roi entraîna Louise dans son sillage. On s'écarta. On se courba. La reine Anne étant absente, tous les honneurs revenaient à la comtesse d'Angoulême, mère de l'héritier présomptif.

Le roi paraissait avoir repris des forces. Sa silhouette semblait plus souple, plus agile, du fait qu'il ne se tenait plus légèrement courbé et que ses épaules se redressaient.

Il prit place sur le trône. Son capitaine d'armes, l'épée battant son flanc, son commandant des gardes, hallebarde levée, et son écuyer en tenue de combat, se tenaient tous trois en arrière.

Il ne fallut guère de temps à l'assemblée pour comprendre que le roi ne parlerait pas de son héritier. Il l'imposait tout simplement par sa présence à son côté et par celle de Louise qui, en l'absence de la reine Anne, la remplaçait fort honorablement.

D'un signe, le roi invita Gonfreville et Artus du Gouffier à venir aux côtés de ses gardes. La séance ne fut pas longue. Le roi parla de son prochain départ pour l'Italie et chacun vit que la maladie ne l'avait pas encore trop ravagé. Une nouvelle fois, le courage et le dynamisme le reprenaient.

Les questions furent très courtes. La présence du jeune François devait en gêner plus d'un. D'Amboise n'en posa aucune. Nemours et de La Trémoille se firent préciser la composition des bataillons en partance. Le financier du roi soupesa les recettes éventuelles et les dépenses effectives de cette nouvelle expédition et La Palice confronta ses idées à celles du chevalier Bayard.

Le conseil se termina dans un étonnement proche de celui du départ, et quand Louis XII se leva du trône, chacun put chuchoter sur les malchances de la reine Anne qui s'enfermait dans sa chambre.

Après avoir embrassé tendrement sa mère, François put rejoindre ses camarades et le roi entraîna Louise qui, décidément, pensa qu'il n'avait pas l'air trop souffreteux et que, au contraire, toutes les forces semblaient lui être revenues.

— Maître Pérugin fait le portrait de votre fille, Louis. Voulez-vous que nous allions la voir à la séance de pose ? Je pense que nous y verrons Alix Cassex.

— C'est parfait, j'en profiterai pour lui demander où en est la confection de mes tentures.

— La mort de son époux et l'incendie de ses ateliers ont retardé ses travaux. Mais il me semble qu'à présent, la chance tourne de son côté. L'ouverture de son comptoir en Val de Loire pour une production destinée à l'Italie le montre bien.

— A-t-elle eu des aides financières ?

— Bien entendu, sinon elle n'aurait pu se tirer d'embarras. Alix est une jeune personne courageuse et méritante. Je la connais depuis plus de dix ans et je viens de découvrir en elle une vraie femme d'affaires.

— C'est aussi une séduisante lissière. Il est triste que son époux soit mort.

Le roi s'approcha de sa compagne et s'enquit, à voix basse, en posant la main près de sa bouche pour étouffer davantage le son :

— S'est-elle trouvé un amant ou reste-t-elle seule ?

— Ah ! Sire, répondit Louise en souriant, je crois bien qu'elle n'est point seule.

— Eh bien tant mieux ! Une aussi jolie personne peut encore contenter bien des hommes.

Il se rapprocha davantage et chuchota :

— Et qui serait son galant ?

— Un homme de la finance florentine.

Louis XII hocha la tête et se tut. À quoi pensait-il ? se demanda la comtesse d'Angoulême. Mais ils arrivaient à l'atelier de maître Pérugin, situé non loin des appartements royaux, et ne parlèrent plus que de la petite Claude et du jeune comte d'Angoulême à qui le roi avait donné le titre de duc de Valois.

Ils passèrent sous le porche gothique orné de la statue équestre du roi. Des frises de feuillages s'entremêlaient avec audace et des pinacles décorés de rosaces et d'emblèmes offraient aux yeux un décor éblouissant.

Encadrés par les officiers de garde, qui aussitôt levèrent leur hallebarde et firent sonner leurs trompes, Louis et la comtesse d'Angoulême pénétrèrent dans les pièces spacieuses qui annonçaient les appartements du roi. Puis, d'un geste de main impératif, Louis écarta quelques gardes et fit entrer la comtesse dans une grande salle où régnait une étrange atmosphère, sans doute parce que la pièce n'était pas prévue pour être un atelier.

Le chevalet du peintre était posé parmi un désordre indescriptible de tréteaux où s'étalaient des pots d'huiles, des raclettes, des chiffons saturés de couleurs écrasées, des toiles commencées et d'autres qui semblaient achevées.

Une tenture immense et cramoisie fermait le fond de la grande salle et, sur un banc de bois recouvert de satin broché, la douce Claude prenait une pose alanguie qu'elle avait naturellement adoptée.

Plus loin, assise derrière maître Pérugin, Alix tenait un carton sur lequel elle dessinait le profil de Claude. À l'arrivée du roi, elle se leva, s'avança près de lui et ploya son buste en une révérence point trop exagérée.

— Sire ! Je vous remercie d'avoir accepté ma présence à la séance de pose de votre fille Claude.

— Son visage vous inspire-t-il au moins ?

— Certes, Sire, et je remercie aussi maître Pérugin des excellents conseils qu'il me donne.

Puis, Louise s'approcha d'elle et lui prit les mains qu'elle tendait, car en présence du roi, le protocole exigeait un minimum d'embrassades et d'effusions.

— Alix, je suis heureuse de vous voir à Blois. Quand repartez-vous ?

— Demain, je pense.

— Ne viendrez-vous pas à Amboise avant de rentrer à Tours ?

— Je ne pense pas, Louise. Un peu plus tard, si vous le voulez bien, car dans un temps plus proche, j'ai décidé de me rendre à Florence.

— Florence ! Sire Van de Veere est-il donc retourné là-bas ?

— Depuis longtemps déjà. Je dois le tenir au courant du bon état de marche de notre comptoir en Val de Loire. J'ai également l'intention de rapporter quelques grosses commandes.

— Bien ! Bien ! acquiesça Louise dans un demi-sourire, car elle savait que le banquier florentin travaillait aussi pour son compte personnel. Cependant, elle ne tenait pas à en parler devant le roi.

Mais celui-ci avait un peu lâché la conversation des deux femmes pour s'approcher de sa fille.

— Cette attitude n'est-elle pas trop nonchalante, Claude ? s'inquiéta-t-il en déposant un baiser sur son front.

— La pose assise et droite me fatigue, père. Les séances sont trop longues, ajouta-t-elle avec une moue enfantine.

La comtesse d'Angoulême s'approcha de l'adolescente et prit l'une de ses mains qu'elle serra dans les siennes. Louise avait de l'affection pour la future épouse de son fils, cette frêle fillette tendre et soumise. Sans doute parce qu'elle sentait en elle une enfant pure et sincère dont le tempérament effacé n'aurait aucune emprise politique sur les décisions de François quand celui-ci serait au pouvoir.

Puis, se penchant sur le front de la fillette recouvert par quelques boucles rebelles, elle les souleva doucement et posa un baiser sur la peau fine et blanche.

— Voici deux démonstrations affectives qui distraient fortement mon modèle, grogna maître Pérugin. Allons, princesse Claude, reprenons la pose.

— Ne puis-je profiter de la visite de mon père pour souffler un peu ? Une douleur me prend dans le dos et je me sens un peu lasse.

Louise passa la main dans les cheveux de Claude. Ils étaient soyeux, brillants, d'une fort jolie couleur noisette avec des reflets d'un roux doré qui lui donnaient cette douceur extrême qui ne devait jamais la quitter. Ses grands yeux gris mangeaient un visage un peu lourd que des lèvres épaisses venaient rehausser d'une note très personnelle. Sa chevelure et son regard étaient les seuls atouts de cette princesse timorée au sourire triste et éteint.

— Que ces cheveux sont beaux ! fit Louise. Vous devriez les porter plus souvent sur vos épaules. Qui vous a coiffée ainsi ?

— C'est Alix, madame.

— Je la trouve charmante avec ses cheveux dénoués, fit la jeune femme en s'approchant de Claude.

Elle lui redressa un peu le buste et fit glisser une longue mèche par-dessus l'une de ses épaules. Puis, elle s'éloigna, jugea de l'effet rendu et revint pour en dérouler une autre qu'elle plaça juste à côté.

— Oui ! Vos cheveux sont fins et beaux, déclara Alix.

— François me dit la même chose. Il n'aime pas que je les coiffe en nattes.

— Il a bien raison, ce François, acquiesça gaiement Louis XII. Ces cheveux-là sont faits pour être répandus autour de votre visage. Vous êtes jolie ainsi, ma Claude.

— Dites-vous la vérité, père ? répondit la fillette, les joues roses de plaisir.

— C'est ainsi que je vous préfère.

— Mère dit que ce n'est guère distingué et que les cheveux cachés par le bonnet ne doivent jamais dépasser le cadre du visage.

— Et moi, je dis que vous avez bien le temps de montrer votre minois sous une triste coiffe, rétorqua son père.

— Vous voyez, princesse Claude, affirma Alix en souriant à l'adolescente, que nous sommes tous d'accord sur ce point. Il n'y a que maître Pérugin qui ne nous a pas donné son avis.

— Pour l'instant, décréta celui-ci, je trouve que mon modèle est trop perturbé par cette visite intempestive. Je n'arriverai jamais à terminer ce portrait si je suis dérangé de la sorte.

Il s'approcha et, d'un geste attentif et ferme, prit les épaules de la fillette et l'obligea à se courber en arrière, un coude appuyé sur le banc, une main nonchalamment étendue sur le devant de sa robe.

Claude soupira :

— Vous n'avez aucune pitié, murmura-t-elle.

Elle détestait ces séances de pose comme elle exécrait tout ce qui ressortissait à l'apparat, aux fêtes et aux choses somptueuses. Louise la savait renfermée. Elle n'était à l'aise qu'en présence de ses parents ou des autres fillettes de sa nombreuse suite, sur laquelle Anne n'avait d'ailleurs pas lésiné. Pourtant, ses yeux ne s'illuminaient vraiment que lorsque François était près d'elle pour lui réciter une poésie ou jouer de la musique. Mais ces instants se révélaient si rares qu'elle en saisissait chaque seconde comme on boit un verre d'eau pour ne pas mourir de soif.

Le jeune duc de Valois, qu'on ne pouvait plus appeler « comte d'Angoulême », était de plus en plus occupé. Sur les recommandations de Louise, que celle-ci ne pouvait s'empêcher de dicter, même de loin, on lui apprenait à tenir salon et à perfectionner ses manières courtoises.

Mais en dehors de ces instants courtois, François chevauchait Pégase, chassant non plus le lièvre ou le chevreuil, mais poursuivant le sanglier avec acharnement. Lorsqu'il ne chassait pas, il n'était pas rare de le voir les pieds arrimés au sol à manier l'épée, la lance ou le couteau.

Maître Pérugin reprit son pinceau, le passa au-dessus de sa palette où se mêlaient les ocres, les terres de sienne, les carmins et les céladons. Il hésita entre deux rouges opaques, l'un cramoisi, l'autre vermeil, et plongea finalement l'extrême pointe de son pinceau dans un amas de blanc de zinc aussi délicatement que s'il eût voulu en extraire une poussière invisible.

— Deux jours, mon enfant, fit Louise en manière d'excuse, et vous serez libérée du joug de cet artiste.

Les petits pieds de Claude, chaussés de fins souliers de satin, battirent la mesure avec une légère exaspération. Sa gorge, entourée de perles blanches qui reposaient sur un plastron de dentelles, se souleva imperceptiblement et son coude glissa hors du banc.

— Reprenez la pose, princesse Claude, ordonna le peintre un peu sèchement. Un peu moins de raideur, voulez-vous ? Allons, soulevez un peu plus le menton et tournez votre regard dans ma direction.

Il s'apprêta à poser sa touche de blanc de zinc pour éclaircir la gorge de la princesse qu'il trouvait décidément trop sombre. Il jeta un bref coup d'œil à Alix qui, cette fois, le fusain entre les doigts, dessinait la pose alanguie de Claude.

Mais elle devait terminer son croquis, car elle leva les yeux sur le roi qui, l'observant depuis quelques instants, s'enquit fort aimablement :

— Après ces mois de tourmente qui vous ont affectée, la confection de mes tentures se présente-t-elle bien ?

— Le mieux du monde, Sire. Après la mort de mon époux, suivie de l'incendie de mes ateliers, j'ai dû me rendre à Bruges pour présenter mon œuvre à la Guilde des Lissiers du Nord. Pourvue de ma licence, j'ai pu poursuivre mes travaux. Le vôtre, Sire, est en bonne voie d'achèvement.

— Est-ce une millefleurs ? questionna Claude d'une petite voix effacée. J'ai appris que vous étiez très experte à tisser ces splendeurs.

— Seul le sol que piétinent combattants et chevaux est une millefleurs. Votre père le roi a commandé, au temps où mon époux était encore en vie, un ensemble de plusieurs tentures représentant des scènes de batailles avec des personnages d'apparat, des chevaux piaffant, hennissant, des châteaux à défendre, des fortifications longeant les fossés et les douves, des fanions et des banderoles. J'y ai personnellement ajouté un grand tapis fleuri où tout l'ensemble se débat.

Elle s'approcha de Claude, mais fit en sorte de ne pas perturber l'ordonnancement impeccable du tableau réclamé par maître Pérugin. Cependant, ces quelques mots échangés avaient précipité un peu l'inclinaison du cou de la fillette, qu'elle dut rectifier aussitôt sur l'ordre du peintre.

— Appréciez-vous à ce point les millefleurs ? lui demanda Alix. Aimeriez-vous que je vous en offre une petite, entièrement tissée sur mes basses lisses ?

— Dans ce cas, pourrais-je l'offrir à mon tour à François ?

— Mais bien sûr. Nous pourrions choisir une petite chasse à la licorne où fleurs, chiens, lapins et oiseaux composeraient le fond.

— Et la licorne ?

— La licorne se laisserait séduire par une belle demoiselle qui la regarderait dans les yeux.

Pour un peu, Claude aurait battu des mains, joyeuse et plus détendue, mais le sombre regard de maître Pérugin la rappela à l'ordre.

— Nous en reparlerons, voulez-vous ?

Et Alix retourna près de Louise qui discutait à voix basse avec le roi. Quand, enfin, il s'absorba dans le silence, Alix chuchota à l'oreille de son amie :

— La prochaine fois, je vous apporterai la tapisserie que je vous ai promise. Elle sera achevée avant vos *Dames à la licorne*.

— Peut-on en connaître le thème ? s'enquit le roi qui, fort intéressé, les écoutait.

— La scène s'intitule *La Rencontre à la cour*[1]. Elle représente deux femmes qui se retrouvent à la cour du roi et qui s'étreignent, tout à la joie de se retrouver.

— Est-ce une scène seigneuriale ?

— Certes, Louise. J'y ai reproduit tout ce qu'on voit à la cour d'un roi. Cependant, ce n'est pas une mille-fleurs. Seule ma bordure comportera des motifs floraux. Saviez-vous que la structure des tapisseries est en train d'évoluer ?

— La peinture aussi, marmonna maître Pérugin. La Renaissance se charge de tout bouleverser. Le monde en avait besoin.

Pietro Vanucci, dit Le Pérugin, était né à Pérouse, en Italie. Élève de Verrocchio et maître de Raphaël, il défendait avec ferveur les écoles de Florence dont il avait fait partie. Louis XII l'avait fait venir à la cour de France alors qu'il était âgé d'une soixantaine d'années, et le vieux maître ne parlait plus de repartir.

Il se retourna vers Alix, ce qui amena un souffle de répit sur le visage de la petite Claude.

1. *La Rencontre à la cour*, scène de l'histoire de Lérian et Lauréolle. Musée national du Moyen Âge, Thermes de Cluny.

— Ne fermez pas les yeux devant cette Renaissance, jeune Alix et, tenez ! Allez donc faire un tour à Florence, vous n'en rapporterez que des flambées neuves d'inspiration.

— J'y pense, maître Pérugin, j'y pense.

Sur cette repartie, elle se prit à sourire.

IX

Le roi, entouré de son écuyer et du jeune duc de Valois, chevauchait le long de l'Indre, en plein cœur de la Touraine, là où le fleuve prenait d'extraordinaires couleurs sombres qui contrastaient avec les champs verdissants.

Au bas des remparts, à l'ombre du haut donjon du XIe siècle, la ville de Loches s'étendait, serrée comme les raisins d'une grappe encore verte.

— Regardez, François, indiqua Louis XII, regardez ce donjon élevé par le comte d'Anjou, Foulques Nerra, toute une page d'histoire y est inscrite.

— Sire, parlez-vous de Richard Cœur de Lion ? lança François que quelques carences en matière de généalogie royale faisaient parler prudemment.

— Richard Cœur de Lion et Henri II Plantagenêt, poursuivit Louis en faisant bifurquer son cheval pour un demi-tour complet. Sans oublier notre saint roi Louis.

Imitant le roi, François fit impétueusement tournoyer Pégase, son cheval béarnais, et jeta ses yeux à l'assaut du donjon qui s'élevait, massif et puissant, dans un ciel clair que n'obstruait encore aucun nuage.

Mais, avant de s'élancer, Pégase pivota sur ses deux jambes arrière, et celles du devant battirent l'air quelques secondes avant de retomber sur le sol avec un claquement sec du sabot.

Une lueur joyeuse traversa les yeux de François. Comment pouvait-il ne pas jubiler lorsqu'il imposait cet exercice à son cheval ? Un exercice qui ressortissait à un grand art équestre.

Le roi s'en aperçut. Conscient de la parfaite technique de l'adolescent et de la maîtrise avec laquelle il la démontrait, il eut un rire gouailleur en agrippant la crinière de sa monture :

— Il faudra me l'apprendre, celle-ci, mon garçon !

Puis, il lâcha l'épaisse crinière fauve de Pardaille II et le fit joyeusement caracoler en lui flattant l'encolure.

— Voyez-vous ce cheval, François, c'est le fils d'un gai luron qui, bien souvent, a galopé aux côtés de Mordocus, la brave et fougueuse monture de ton père.

Un tressaillement d'émotion traversa le regard de François.

— Je n'ai guère connu mon père, mais j'ai bien souvent caressé les flancs de Mordocus. Voilà deux ans qu'il est mort de vieillesse, mais le seigneur Gonfreville, l'écuyer de ma mère, le montait encore.

— Je sais, reprit le roi. C'était un cheval plein de ressources, infatigable et chef de file. Il avait ce don d'entraîner Pardaille dans son sillage endiablé dès que la course se faisait urgente.

Le roi arrêta son caracolage.

— Mais votre Pégase aussi me paraît bien fougueux. Cependant, je vous conseille un cheval plus grand et plus fort lorsque vous partirez au combat.

— Je trouverai ce qu'il me faut, Sire. Je monte pratiquement tous les chevaux des écuries d'Amboise.

Ramenant son regard au niveau du sol, François se rapprocha du roi et s'aligna sur le pas de son cheval alors que l'écuyer de Louis couvrait leur passage.

Passées la porte fortifiée et la triple enceinte des remparts, les deux montures furent trop larges pour se côtoyer. D'une leste ruade, comme pour montrer à son jeune ami qu'il connaissait lui aussi l'art de l'équitation, Louis passa devant son compagnon et lui intima l'ordre de le suivre.

L'un derrière l'autre, acclamés par les villageois qui commençaient à s'entasser sur les bas-côtés du chemin, ils longèrent les ruelles étroites et escarpées qui montaient au château.

— Vive not'bon roi ! criaient les gens agglutinés devant leurs portes.

Les commerçants, mains sur les hanches et pieds écartés devant leurs échoppes, les artisans, tablier de toile ou de cuir autour de la taille et toque sur le crâne, scandaient leurs vivats. Les enfants qui jouaient quelque temps plus tôt dans les ruelles s'étaient rangés sur les bas-côtés et, médusés, regardaient de près ce roi dont le peuple parlait tant.

Le roi souriait. François se tenait droit sur Pégase et l'écuyer, bien au-devant de la file, regardait distraitement le peuple qui s'agitait.

Il s'en fallait de peu pour que Louis XII continuât son chemin les yeux fermés tant il le connaissait. Quelques instants, il sembla oublier les applaudissements de la foule pour laisser son esprit vagabonder. Ne voulait-il pas faire connaître à son jeune compagnon les prisons de Loches, alors qu'il avait lui-même, au temps de sa jeunesse, fréquenté bien souvent les geôles de Louis XI pour motif d'insubordination ?

— Vive not'bon roi ! Longue vie à Louis !

Les vivats arrivaient à ses oreilles comme de joyeuses grenailles qui le forcèrent à retrouver ses esprits. Tranquillement, il se dirigea vers la partie médiévale où les tours crénelées s'élevaient dans tout le prestige de leur histoire.

Puis, dépassant les tourelles au petit trot, les cavaliers longèrent la collégiale du château, que deux clochers coiffaient de pierres, et arrivèrent près de l'aile Renaissance que Louis venait de faire construire à la demande d'Anne de Bretagne.

La cour centrale les accueillit avec un grand brouhaha plutôt inhabituel.

Archers et arbalétriers s'étaient rapidement mis en garde. Valets et servantes se bousculaient et jetaient des exclamations, reprises par une ribambelle d'enfants qui s'amusaient dans des bottes d'osier empilées les unes sur les autres.

— Que veut donc dire tout ce tapage ? jeta le roi en direction de son écuyer.

— Ce sont des vanniers, il me semble, Sire.

François descendit de son cheval et fit quelques pas. Une jeune servante aux jambes longues, à la taille souple qu'entourait un tablier de toile, fit une rapide courbette devant lui en plantant hardiment l'azur sombre de ses yeux dans les siens.

— Ah ! Toinette, peux-tu nous donner l'explication de toute cette agitation ? questionna le roi.

— Ce sont les vanniers de la région, Sire.

— Mais, que font-ils ici ?

Toinette se tortilla et ses yeux quittèrent François pour se reporter, tout aussi provocants, vers le roi.

— Une bien vilaine catastrophe est arrivée, Sire. Les ateliers et les greniers où séchait la production d'osier de cette année ont tous brûlé la semaine dernière.

Elle leva les bras au ciel et les laissa aussitôt retomber sur ses hanches.

— On a récupéré l'osier le plus sec, Dieu merci. Mais la perte est importante, Sire, car tout l'osier vert qui n'était encore ni fendu ni pelé a été dévoré par l'incendie.

— Qui a permis à ces gens de s'installer ici ? N'y avait-il nulle place ailleurs ?

Un grand gaillard à la barbe fournie, si volumineuse que, dans son visage, elle ne laissait apparaître que deux petits yeux plissés et noirs, s'approcha.

— Not'Sire, il faut bien nous comprendre. À c't'heure, y a plus qu'les greniers du château pour sécher not'osier. Si not'roi nous refuse asile, ous'qu'on mettra l'raisin des vendanges, si y'a plus d'paniers ?

Louis posa sa main sur l'épaule large et massive de l'homme.

— C'est entendu, mon brave. Poursuivez votre travail ici. Et lorsque vous aurez reconstruit vos greniers, vous repartirez chez vous.

— Merci, not'bon Sire.

L'homme retourna près de ses compagnons qui, sous leurs doigts experts, pliaient et tressaient les souples baguettes pour en faire des vans, des hottes, des paniers à pruneaux ou des bannetons à pain.

En silence, car la venue du roi avait fait taire leur bavardage, les femmes triaient et rangeaient l'osier en bottes. Lorsqu'elles trouvaient des brindilles encore vertes ou trop fines, elles les mettaient en petits tas que les enfants venaient chercher.

L'osier cultivé sur les bords de la Vienne, aux alentours de Chinon et de Villaines, était le plus renommé de toute la région, et les vanneries du Val de Loire, très appréciées pour leur qualité, s'acheminaient bien souvent vers les régions voisines.

La servante, qui semblait n'avoir ni la langue ni les yeux dans sa poche, regardait tantôt le roi, tantôt François, comme si elle ne savait plus vers lequel sa considération devait se porter.

Ses mains agiles qui battaient l'espace, ses pieds menus qui, sans doute, refusaient le port du sabot, ses hanches rondes, ses grandes prunelles bleues aux reflets de lavande, tout en elle appelait le désir de l'homme et la forte envie de le marchander.

Après avoir répondu hardiment à l'œillade de la servante, François, auquel rien ne pouvait échapper, remarqua dans un angle de la cour, un garçon aux épaules larges et au torse puissamment développé. Il observait la fille en affûtant une serpette destinée à couper les vieux sarments inutiles.

Mais la trajectoire de ses yeux fouineurs fut interrompue par l'arrivée de deux palefreniers qui venaient des écuries pour s'occuper des chevaux royaux.

Toinette s'éloigna un instant et, à grands cris, appela servantes et valets qui, depuis le roi Louis XI, portaient la toque à l'emblème de la poterne du château.

Restée sur le qui-vive, toute une équipe de personnel arriva au pas de course et s'empressa auprès du roi, l'invitant à les suivre avec son compagnon.

Jamais encore le jeune François n'avait effectué une visite seul aux côtés de Louis XII. Il sut donc en mesurer les multiples conséquences qui, par la suite, devaient rejaillir sur son prestige personnel.

Toinette les suivait et, à nouveau, François se retourna. Elle avait un visage rond, plein, frais comme ces roses emperlées encore de rosée et cueillies dès l'aube. Si François manquait encore d'expérience en matière d'aventures galantes, bien qu'il n'en fût nullement à sa première, il sut d'instinct que les yeux bleus et rieurs de la sémillante servante avaient dû allumer gaillardement le vieux roi.

En passant, le grand garçon qui affûtait toujours sa serpe lui jeta un regard si sombre que Toinette en fut un peu étourdie. Mais sa spontanéité reprit l'avantage et elle questionna avec légèreté :

— Sire, dois-je vous conduire à la salle d'armes ou désirez-vous manger et boire ?

— Manger, boire ! Quels mots emploies-tu là, Toinette ?

— Sire, n'avez-vous donc ni faim ni soif ?

— Non, Toinette, répondit évasivement le roi. Dorénavant, les médecins m'interdisent d'absorber le bon lard et toutes ces cochonnailles que tu me préparais.

— Votre Majesté est à nouveau souffrante !

— Ma pauvre Toinette, je me fais vieux à présent et mon corps réclame des soins très attentifs qui ne sont plus les mêmes qu'autrefois.

Toinette repoussa du bras deux laquais volubiles qui s'approchaient trop du roi, et d'un geste de la main, fit reculer les hallebardiers qui, immobiles et silencieux, faisaient barrage.

François marchait aux côtés de Louis et la jeune servante balançait ses hanches agiles en avançant un buste gracile que les rondeurs de ses seins mettaient en évidence. Qu'elle fût étonnée de voir ce jeune et beau seigneur en compagnie du roi, cela se concevait fort bien, mais elle s'obligea à ne pas le montrer.

Lorsqu'elle voulut débarrasser Louis de son manteau, il s'esclaffa :

— Non, Toinette. Là où nous allons, il ne fait pas chaud.

Comme elle marquait un temps de surprise, il reprit d'un ton plus sérieux :

— Prends simplement nos armes. L'hôte à qui nous allons rendre visite n'a plus besoin de se défendre et notre épée serait bien inutile.

François frôla le buste de Toinette qui s'était approchée de lui bien inconsidérément. Il s'apprêtait à lui lancer un compliment bien tourné, mais la présence du roi le retint et les mots qu'il se préparait à dire ne dépassèrent pas ses lèvres, qu'il étira en un mince sourire aguichant et complice.

— Allons, Toinette, laisse-nous à présent. Nous devons descendre aux cachots.

La jeune servante recula. Bien qu'imperceptible, la lueur d'épouvante qui passa dans ses yeux bleus n'échappa pas à François.

Le capitaine des hallebardiers détacha deux de ses hommes et leur enjoignit de le suivre. Puis, faisant claquer ses bottes sur le sol, d'un pas prompt et décidé, il alla quérir le geôlier.

— Charles le huitième a eu dix fois raison de faire de ce lieu privilégié une prison d'État, jeta Louis.

— N'a-t-il pas souvent fait le transfert de ses prisonniers de Loches à Chinon ? s'enquit François.

— De Loches à Chinon, certes. Et de Chinon à Plessis-lès-Tours.

François inspectait attentivement les corridors et les murs tristes et froids qu'il longeait. Jamais encore, il n'avait vu de prison d'État et, dans quelques instants à peine, il connaîtrait les plus affreuses, les plus sordides, celles de son pays.

— Le cardinal de la Ballue a-t-il, lui aussi, été transporté de Chinon à Plessis-lès-Tours ? demanda-t-il en haussant le regard vers un plafond devenu de plus en plus bas, qui l'obligeait à courber sa haute taille.

Cette fois, le jeune duc de Valois avait complètement oublié les charmes de Toinette et s'intéressait à la valeureuse histoire de la France et de ses grands prisonniers d'État.

Louis se mit à rire par petits coups saccadés.

— Il était du voyage, lui aussi, plaisanta-t-il en pointant son doigt vers la prison qu'il s'apprêtait à rejoindre.

Et, frappant l'épaule du jeune homme, il reprit :

— Son sort fut à peu près identique à celui de notre prisonnier Ludovic Sforza.

Mais la salle d'honneur et celle des armes avaient beau être loin, ils n'étaient pas encore arrivés à leur destination finale.

— Ici, les cachots sont plus noirs et plus humides que ceux de la tour ronde du Plessis.

Les hallebardiers, partis en éclaireurs, faisaient claquer leurs bottes dans un bruit de pas lent et régulier, et encadraient, maintenant, un homme petit et trapu qui tenait à la main un lourd trousseau de clés.

— Nous visiterons tous les cachots, indiqua le roi au geôlier qui se courbait bas devant lui. L'héritier de la couronne, François d'Angoulême, duc de Valois, doit tout connaître de nos prisons.

Il laissa passer devant lui le petit homme rondelet à la triste figure et au regard de loup.

— Conduis-nous, geôlier.

Puis, se tournant vers François, il déclara serein :

— Par Dieu, que je punisse encore tous ceux qui trahissent la France ou ceux qui travaillent à son encontre !

Cette fois, le geôlier se courba devant François. Il baissait la tête, mais ses yeux minuscules et insensibles se levaient et plongeaient comme un couteau mortel dans ceux du jeune homme.

— Nous allons tout passer au crible, Votre Altesse, afin que le jeune seigneur de Valois connaisse ces lieux de punition dans tous leurs recoins.

— Maintenant, François, que vous avez vu les endroits les plus sombres du château, nous allons traverser le logis central, celui où je demeure avec la reine, lorsque nous séjournons ici.

Après tous ces couloirs étroits et sombres, ils s'engagèrent dans la partie la plus vaste, la plus aérée et confortable du château, que Louis avait aménagé selon les modes de la Renaissance et qui, en partie, consistaient en aérations plus grandes.

La percée de plusieurs ouvertures qui s'embellissaient de corniches richement sculptées apportait un violent contraste à côté de tout ce qui restait médiéval.

Cette aile Renaissance où les deux tourelles crénelées et ajourées se détachaient dans un ciel serein apportait aux yeux de François une fascination nouvelle. Ni Amboise, ni même Chinon, château pourtant resté médiéval dans toute sa structure, ne le dépaysaient autant que Loches.

— Passons à l'oratoire de la reine, jeta Louis, en écartant les gardes.

Il se signa et entra dans la petite cellule aux murs éclairés de pierres blanches imprégnées de calme et de sérénité et recouvertes d'hermines d'argent, emblème de la Bretagne.

— Voici le lieu de prédilection de mon épouse. Combien de fois a-t-elle dû y implorer Dieu et ses saints ! soupira-t-il.

— Sire, si Dieu n'a jamais donné de dauphin à la reine, souffla François, à présent, je suis là.

Sensible à la réaction du jeune homme, Louis pressa son épaule, puis soupira et quitta l'oratoire à grands pas.

Laissant l'aile Renaissance, ils passèrent dans la partie médiévale et François leva à nouveau son regard sur la grosse tour ronde, puis ses yeux revinrent à l'avancée sud de l'enceinte où les trois tours éperons étaient renforcées par une caponnière.

De loin, il aperçut la silhouette de Toinette qui, visiblement, s'arrangeait pour rester dans leur sillage. Louis surprit le regard de François fixé sur la voluptueuse silhouette.

— Vous avez là, mon jeune ami, des yeux qui vous dévorent.

Il enveloppa, lui aussi, d'un œil concupiscent les formes rondes de la jeune fille et poursuivit d'un ton moins blasé qu'il ne voulut le faire paraître :

— Bah ! Je suppose que ce ne sont plus mes vieilles ardeurs qui attirent cette drôlesse.

Observant Toinette qui décrochait du mur un pot d'étain pour le coincer hardiment sur sa hanche, relevant ainsi deux fesses rebondies, il soupira, cette fois presque mélancolique :

— Ah ! François. Où donc est ma jeunesse ?

— Sire, ce temps-là n'est pas si loin ! protesta le jeune homme.

— Une autre époque, peut-être. Mais, celle de ma jeunesse ! Un jour, ce château vous appartiendra. N'attendez pas cet instant-là pour y passer la vôtre. Loches n'est pas très loin de Blois. Il ne vous est pas interdit d'y revenir.

Les joues du jeune homme s'empourprèrent, mais ses yeux ne quittèrent pas pour autant la servante qui, lascivement, balançait le pot d'étain qu'elle tenait, maintenant, à bout de bras.

— C'est un château qui vous étonnera, ajouta Louis en poursuivant Toinette du regard jusqu'à ce qu'elle eût disparu par l'une des portes latérales. Il est si différent des autres.

— Je crois, Sire, que je suis impressionné par tout ce passé que tant de grands hommes ont sillonné.

— Et les femmes ! Mon jeune ami. Et les femmes !

— Les femmes !

Inconsciemment François dirigea son regard vers la porte où avait disparu Toinette.

— Non, pas celle-ci ! s'exclama le roi hilare en se tapant la cuisse. Je parle de Jeanne d'Arc la sainte ou d'Agnès Sorel la putain.

— La putain !

— Eh bien, mon garçon, ne répétez pas tout ce que je dis. Oui, la belle Agnès, qui fut la Dame de Beauté. Chaque salle est imprégnée de son passage, de son parfum. Ne le sentez-vous pas ?

— Que si ! Et ce parfum-là devait être bien étrange.

Ils marchaient au même rythme, ignorant gardes et hallebardiers qui, de leurs pas lourds, ponctuaient d'un écho sonore le sol des corridors qu'ils empruntaient.

— La dépouille de la belle Agnès n'a-t-elle pas failli être déménagée de ce château ? s'enquit François.

— C'est juste, mon garçon. La descendance du roi la considérait impure.

Louis pressa l'allure.

— Allons à la tour ronde, à présent. Il est temps de visiter nos cachots.

Les souterrains où plusieurs niveaux se suivaient étaient froids et humides.

Louis releva le col de son manteau sur son cou et y enfouit le menton. Après quelques minutes où, sans mot dire, ils suivaient le capitaine des gardes précédé de deux hallebardiers et du geôlier qui tenait haut les torches afin de ne pas se perdre dans le labyrinthe des sous-sols, ils butèrent sur un couloir.

Le long corridor d'où suintait une forte odeur de moisissure se terminait par un mur de pierres occupé par une cage en équilibre dans l'espace, à environ dix centimètres au-dessus du sol.

François se taisait, ouvrant les yeux d'étonnement. La cage n'avait que quelques mètres carrés de superficie et son volume n'était guère plus important. Inviolables, ses parois se constituaient d'un treillis de bois renforcé par du fer.

François s'approcha d'un pas et colla presque son visage au treillis. Le geôlier tenait la torche au niveau de ses yeux. Sur le côté, un petit guichet permettait de passer la nourriture au prisonnier. Il contourna la cage sur l'autre face et, dans la porte en fer arrondie à son sommet, il aperçut une ouverture juste assez grande pour y placer le bassin destiné à recevoir les déchets du prisonnier.

Louis s'amusait de l'étonnement du jeune homme, d'autant plus que sa surprise n'était pas feinte.

— C'est une cage en fort bon état, il me semble ! dit-il en effleurant du doigt le fer de la porte grillagée.

Ricanant, le geôlier crut bon d'ajouter :

— Cette cage n'est pas très vieille, dit-il. Elle pourrait fort bien servir de nouveau. Aucune rouille n'a encore attaqué les vis et la moisissure n'a pas encore atteint les treillis de bois.

Il plissait ses petits yeux porcins.

— Je veille à son bon entretien, ricana-t-il encore.

— C'est parfait, mon brave. C'est parfait, approuva Louis d'un ton sec, car il se souvenait du temps où, emprisonné lui-même, les geôliers ne lui rendaient pas la vie facile.

François s'écarta enfin de l'objet monstrueux.

— Restait-elle toujours suspendue ? questionna-t-il.

— Elle est montée sur pivot. La raison en est double. La cage doit tourner afin d'en faciliter la surveillance. À tout instant, chacun des gestes peut être ainsi parfaitement observé. Le fait d'être suspendu doit accroître le découragement du prisonnier et, ainsi, éviter toute tentative d'évasion.

— Il me paraît difficile de s'évader dans ces tristes conditions, murmura François.

— Apprenez, mon jeune ami, que deux précautions valent mieux qu'une, et je partage entièrement le point de vue de mon vénérable prédécesseur.

Le geôlier se courba devant Louis.

— Sire, dit-il en remuant son trousseau de clés qu'il prenait plaisir à faire cliqueter lugubrement, puis-je montrer à votre honorable visiteur les crampons de fer qui soutiennent la cage dans son oscillation ?

Louis regarda fixement le geôlier. Celui-ci baissa aussitôt les yeux.

— Certes, mon brave. Certes.

— Regardez, mon seigneur, nasilla le geôlier en se tournant vers François. Regardez les arrachements de ces crampons et vous comprendrez tout le fonctionnement de cette prison.

Il ouvrit la cage et engagea François à y entrer la tête. D'énormes chaînes ferrées en forme d'anneaux étaient suspendues au sommet.

— Ne croyez pas, François, dit le roi, que l'invention de ces cages date de Louis XI. Elles existaient en Italie au XIIe siècle. Nous n'avons fait qu'en reprendre le principe.

Puis, il tira le jeune homme par l'épaule de son pourpoint.

— Cela suffit pour cette cage. Allons au Martelet, à présent. Il est temps d'aller voir « notre hôte ».

À présent, le roi semblait pressé de s'éloigner. D'un pas rapide, ils quittèrent le sinistre lieu pour un autre guère plus joyeux car, là où ils se rendaient, de lugubres cachots s'étageaient en souterrain.

L'air y était humide, malsain, sentait le moisi et l'urine. Louis enfouit à nouveau son menton dans le col de son manteau, cherchant à préserver ses narines qui, décidément, devenaient délicates.

— Ici croupissent les évêques et les seigneurs rebelles, dit-il en éternuant. Les plus résistants y ont survécu des années. Les plus faibles n'y restent pas six mois.

Un homme venait à leur rencontre. Grand, maigre, vêtu d'une bure brune à capuchon, la taille ceinte d'un gros chapelet à perles de bois, il avançait tête baissée et dissimulait ses deux mains dans les vastes plis de sa robe.

— Ah ! fit le roi. Voilà l'ami de notre prisonnier, celui qui, chaque jour, passe plusieurs heures en sa compagnie.

Le moine retira les mains des plis de sa bure et releva la tête.

— Le More est-il prêt à nous recevoir ? questionna Louis.

Il courba l'échine en éternuant plus fort encore.

— Maudite atmosphère, maugréa-t-il.

L'abbé paraissait penaud.

— Sire, il est… ravi de votre venue.

— Parfait, parfait, que l'on ouvre sa cellule.

Il fallait baisser la tête pour passer sous le linteau de pierre et pénétrer dans la pièce qui faisait environ vingt mètres carrés.

— Vu la qualité de notre hôte, murmura le roi avant d'entrer, j'ai accepté qu'il bénéficie d'un minimum de mobilier.

Sur une petite table, une lampe diffusait une faible lumière blanche, suffisante cependant pour voir que, tapi au fond contre le mur, un homme était étendu sur sa paillasse.

Averti de l'arrivée du roi, il se leva lentement, mais ne se courba pas devant lui.

— Excusez la faiblesse de mes os, Votre Altesse. Depuis longtemps, ils ne répondent plus à mes souhaits.

Il tenait à peine debout, mais s'efforça de ne pas vaciller.

— Quel est ce jeune visiteur qui doit avoir environ l'âge de mon fils ?

— Le duc de Valois, de la famille d'Angoulême. Le jeune François sera mon successeur si mon épouse ne me donne aucun héritier.

Le prisonnier détailla le jeune homme dans un lent mouvement de tête. Son visage était creux et cireux. Plus rien ne ressemblait à de la chair et l'auréole de ses cheveux, longs et blancs, éclairait un peu les grands yeux fixes et le nez fortement busqué en bec d'aigle qui ressortait d'une façon étrange et inattendue.

Ludovic Sforza, dit « Le More », emprisonné afin qu'il ne puisse revendiquer son titre de duc de Milan, était dans ce cachot depuis près de huit longues années.

Il était vêtu proprement d'une longue robe noire. Louis tenait à ce qu'il restât toujours propre et à ce qu'on lui apportât la lecture qu'il souhaitait.

Le roi exigeait aussi que ses repas soient fins et copieux. Mais Ludovic Sforza ne semblait apprécier que les livres qui s'empilaient sur sa table et qui constituaient sa principale occupation.

François fit des yeux le tour de la cellule.

— Vous admirez mes dessins ! lui demanda le prisonnier en clignant des yeux.

Le plafond qui se touchait facilement du bout des doigts avait été décoré d'étoiles et de constellations et sur les parois étaient inscrits des textes de Dante, sorte de graffitis en latin et en italien. Parmi ces fragments de textes, on découvrait, çà et là, l'emblème des Sforza.

— L'érudition de mon prisonnier ne m'étonne plus, à présent, dit Louis d'un ton bonhomme.

Il s'approcha du prisonnier et, lui prenant le bras, l'incita à se rasseoir.

— Seigneur Ludovic Sforza, vous manque-t-il quelque chose ? La chère est-elle bonne et votre paillasse est-elle propre ?

— Merci, Votre Altesse, de votre sollicitude si généreuse. À votre avis, que pourrait-il me manquer ? J'ai tout ce qu'il me faut. La voûte céleste pour rêver, dit-il en désignant ses étoiles peintes au plafond, et mes livres pour apprendre.

Il se dégagea du bras que lui tendait le roi et s'installa lentement sur sa paillasse.

— Quant à mon cher Dante et à sa *Divine Comédie*, reprit-il d'une voix aussi caverneuse que son cachot, il absorbera jusqu'au dernier de mes instants. Je suis si occupé que j'en oublie de prendre toute nourriture, si bonne et si fraîche soit-elle.

Louis sourit imperceptiblement.

— Notre « hôte » est un homme d'une culture si raffinée, expliqua-t-il à François, qu'il m'a fallu lui concéder quelques autres privilèges. Regardez mieux ce panneau resté dans l'ombre.

Il fit claquer ses doigts.

— Geôlier, éclairez-nous ce mur.

La lueur blanche et scintillante de la torche laissa entrevoir les armes du duc de Milan accrochées à la paroi de pierre. Le mur en berceau d'étoiles était si étrange que l'on eût cru se trouver dans un quelconque caveau à vin où s'apprêtait à paraître l'aubergiste.

Ludovic Sforza s'était relevé. Sa haute taille restait aussi voûtée que le plafond de sa cellule. Il prit le bâton qu'on lui avait laissé et fit un pas en direction du roi.

— Partirez-vous sans me donner des nouvelles de mon duché ?

— Votre duché ! Seigneur Sforza, comme vous y allez. C'est un propos qui me semble bien osé. N'êtes-vous pas mon prisonnier parce que je refuse que vous soyez maître de Milan ?

— Maître de Milan ! C'est insensé, Votre Altesse. Ne suis-je pas toujours duc de Milan parce que je refuse d'être votre prisonnier ?

— Mon cher duc, ironisa le roi amusé, c'est un plaisir de discuter avec vous. Après notre prochaine incursion en Italie, nous verrons à qui sera Milan.

— Sire, Milan ne vous appartiendra jamais.

— Ne me dites pas, duc, que ces murs vous font perdre la mémoire. Vous les avez trompés, les Milanais. Vous les avez odieusement dupés le jour où vous avez accepté de nous faire traverser les Alpes. Les Milanais ne veulent pas votre retour.

— Mon retour !

Et Ludovic Sforza eut un petit rire sec comme si un amas de bois tombait, souche par souche, sur un dallage pavé.

— Les Suisses sont nos alliés, à présent. L'empereur d'Allemagne reste tranquille. Seule la ville de Venise cherche à nous barrer la route.

— Et Rome ! Ce n'est pas votre cardinal d'Amboise qui obtiendra gain de cause.

— Par votre retour non plus, vous n'obtiendriez pas gain de cause.

— Pauvre Sire de France, murmura Sforza, mon retour à Milan ne se passe que dans ma tête. Ne l'avez-vous donc pas encore compris ?

Le vieil homme posa son bâton et, à nouveau, s'assit tranquillement sur sa paillasse.

— Assez parlé de politique, fit-il d'un geste agacé. Parlons plutôt de Vinci.

Les yeux de Louis s'éclairèrent.

— Votre grand Léonard sera bientôt parmi les nombreux émigrés de Milan. Mais, rassurez-vous, nous lui ferons bon accueil.

— Après lui avoir soutiré les bienfaits de tous ses dons !

— Certes, seigneur Sforza. Il nous apportera son art et en échange, nous ferons sa fortune.

À peine étaient-ils sortis des cachots de Loches qu'ils se heurtèrent à Toinette. Elle poussait de grandes exclamations en criant qu'elle ne savait quoi faire.

— Sire ! Il y a là deux jeunes femmes qui désirent vous voir. J'ai essayé de leur faire comprendre qu'on ne pouvait voir ainsi le roi sans y être invité. Mais elles contestent et insistent.

— Deux jeunes femmes ! s'étonna le roi en haussant les sourcils. N'ont-elle pas donné leur nom ?

— Bien sûr qu'elles ont donné leur nom, Sire, répliqua Toinette en jetant un coup d'œil bref à François qui la regardait d'un air amusé. Je ne les aurais point laissé entrer sinon.

— Et de qui s'agit-il ?

— La demoiselle de La Baume et la dame Cassex.

— Diable ! La dame Cassex, cela ne me surprend pas trop, bien que je ne vois pas ce qu'il y a de si urgent. Mais la demoiselle de La Baume, cela me fait revenir bien loin en arrière.

Il se gratta le menton et reprit :

— Tu dis bien la « demoiselle » de La Baume !

— Oui, Sire.

— Alors il s'agit de la fille et non de la mère.

Il n'eut pas à en dire plus, les deux jeunes femmes en question se courbaient déjà devant lui.

— Alix ! s'écria François en se précipitant vers la jeune lissière. Quelle étrange rencontre, ici à Loches !

Dans un silence quasi total, le roi observait l'autre femme. Oui ! Il connaissait cette silhouette élancée, ce visage fin et triangulaire, cette peau mate et ocrée, ces cheveux intensément noirs et ces yeux sombres comme ceux d'une braise qui ne veut pas s'éteindre. Mais la personne que lui reflétait cette image n'était pas plus Léonore, la mère, qu'Isabelle, la fille.

Pour tout se remémorer, le roi devait reculer davantage dans le labyrinthe de ses souvenirs jusqu'à redevenir le duc d'Orléans en lutte permanente contre la maison de France, et surtout contre la régente Anne de Beaujeu. C'était le temps de la Guerre folle où il chevauchait les routes, bride abattue, entre Orléans et Nantes en compagnie de Léonore de La Baume laquelle, aujourd'hui, serait la grand-mère de la jeune Constance qui se tenait en face de lui.

Comme Alix ne se sentait pas concernée par l'objet de cette requête, elle se mit un peu en retrait tout en se rapprochant de François tandis que Constance, sa cousine, levait les yeux sur le roi.

— Vous ne m'avez jamais vue, Sire, mais je sais que vous connaissez ma mère, qui vit toujours dans son domaine de Bourgogne.

Que dire à cette jeune personne ? Que sur la route de Nantes, il avait tenté un jour d'embrasser Léonore, qui avait farouchement refusé en se moquant gentiment de lui parce que son cœur battait pour un autre.

Oui, que dire encore ? Que seize ans plus tard, il avait récidivé avec Isabelle, la fille de Léonore, fuguant en Italie pour éviter un mariage qui ne lui convenait pas. Louis d'Orléans, dont les troupes étaient campées aux portes de Milan, lui avait alors confié une mission périlleuse en échange de laquelle il aurait su convaincre la reine Anne, alors mariée au roi Charles, qu'elle n'épousât point cet homme.

Isabelle avait accepté la mission, ne refusant pas comme sa mère le baiser passionné dont le duc d'Orléans, au passage, l'avait gratifiée.

La mission qu'avait donnée Louis à Isabelle consistait à convaincre Ludovic Sforza, dit « Le More », de lui ouvrir les portes de Milan à l'époque où Charles VIII, tout comme son successeur, cherchait à récupérer la province de Naples autrefois gouvernée par les ducs d'Anjou. Mais le roi Louis cherchait également à reprendre Milan, que son arrière-grand-mère Visconti, ayant épousé un autre Louis d'Orléans, avait laissé en héritage à son fils Charles d'Orléans.

Si la mission d'Isabelle avait réussi au-delà de tous ses espoirs, laissant les portes de Milan ouvertes au duc d'Orléans, elle lui avait aussi laissé une vive brûlure impossible à cicatriser. Ludovic Sforza avait séduit la jeune fille et Constance était née de ces amours impossibles à poursuivre sans apporter de perturbations au sein d'une immense et puissante famille comme l'était celle des Sforza.

— Sire ! supplia Constance, pardonnez notre insistance, bien que je sois seule en cause, ma cousine Alix ne fait que m'accompagner, sans doute parce que je n'osais venir seule.

Le roi l'avait observée si longtemps, durant sa longue réflexion qui le ramenait en arrière, qu'il ne savait plus très bien ce qu'il pouvait lui dire. Cependant, l'autorité du monarque se réveilla suffisamment pour qu'il prononçât d'une voix légèrement impérieuse :

— Je crois connaître l'objet de votre requête, demoiselle. Hélas, je ne puis rien faire pour vous.

— Je ne vous demande pas la libération de mon père, Sire.

— Que voulez-vous donc ?

— Le voir.

— C'est impossible.

— Sire ! insista Constance, les yeux à la fois séducteurs et quémandeurs.

— C'est impossible, répéta le roi. Il n'y a que ses geôliers et moi-même qui puissions le voir.

— Et ce jeune homme ? fit la jeune femme en dardant ses yeux noirs sur François.

— Ce jeune homme est l'héritier du trône français.

— Ah ! François d'Angoulême ! jeta-t-elle d'un ton léger.

Elle braquait sur lui son regard de braise avec une audace insensée. Rien ne plaisait mieux au jeune et nouveau duc de Valois qu'une aussi folle bravade. Il la saisit au vol avec un sourire légèrement narquois. Constance fit un pas vers lui.

— Ne pouvez-vous convaincre le roi, jeune seigneur ? Je ne fais que réclamer une faveur bien inoffensive, celle d'une fille désirant voir une seule fois son père qu'elle ne connaît pas.

— Sire ! pria François à son tour, en adressant au roi un regard mi-naïf, mi-implorant, personne ne sera tenu au courant si nous procédons maintenant à cette courte entrevue.

Le roi se taisait. Ses yeux se dirigèrent vers Alix qui se tenait écartée.

— Sire ! implora Alix à son tour.

Mordi ! Ces deux femmes semblaient vouloir l'envoyer rôtir dans les flammes de l'enfer s'il persistait dans son refus. Il calcula rapidement le pour et le contre de cette affaire. François avait raison. Retourner tout de suite dans la geôle du More ne portait pas à conséquence, et laisser quelques minutes cette jeune femme devant le prisonnier ne serait vu de personne, à l'exception de Toinette et des geôliers eux-mêmes.

Ayant pris sa décision, il se tourna vers Constance.

— Me promettez-vous la discrétion la plus complète ?

— Je vous le jure, Sire.

— C'est bon ! Je vous fais confiance. François, accompagnez-la et restez tout le temps de leur entretien. Je ne veux pas qu'il dépasse le quart d'heure. Durant ce temps, je tiendrai compagnie à dame Alix.

Le jeune duc de Valois tenait la torche entre ses mains. La lueur qui en jaillissait permettait de ne point se perdre dans les couloirs. Ils entendirent le cliquetis d'un jeu de clés, puis un pas lourd. En longeant les tristes murs froids et sombres, Constance frôlait François de si près que leurs épaules se touchaient. Le duc de Valois, malgré son jeune âge, éprouvait une forte envie de la serrer par la taille. Silencieux, ils poursuivirent leur chemin.

Ah ! Ce long corridor d'où suintait cette forte odeur de moisissure. Ce corridor terminé par un mur de pierres contre lequel se balançait une cage de fer ! En voyant la lente oscillation de celle-ci, Constance se mit à frissonner.

— Il… il n'est pas dans cet objet monstrueux ? s'enquit-elle d'une voix éteinte.

Enfin, François lui prit la taille. Elle était souple, tiède, flexible.

— Non ! Je vous assure qu'il n'y a jamais été. Vous verrez que sa prison est acceptable.

Il sentit sa compagne de plus en plus frissonnante et força la pression de son bras autour de sa taille. Mais quand elle vit soudain s'avancer le geôlier, elle s'écarta.

— Sommes-nous arrivés ? demanda-t-elle.

François acquiesça de la tête.

— Allez dire au duc Sforza qu'après le roi et moi-même, il a une autre visite, dit-il au geôlier qui regardait Constance avec ses gros yeux vides de toute expression. Faites vite, le roi nous accorde un quart d'heure.

Il se rapprocha de Constance restée pétrifiée.

— Ah ! ajouta-t-il à l'adresse du gardien, ne dites pas au moine de venir. C'est inutile.

Puis, la jeune femme entendit à nouveau le cliquetis des clés, le grincement du gond qui tournait sur lui-même et le bas de la lourde porte racler le pavé de pierre.

Enfin, elle pénétra dans la cellule et fut devant ce vieil homme qui n'avait certes pas plus de cinquante ans, peut-être moins ! Ludovic Sforza se leva, grand, digne, encore superbe dans son maintien de prince italien. Et, sans ce visage si décharné où seuls les os marquaient leur présence, Le More eût été encore séduisant.

Il jeta un bref regard au duc de Valois, eut un léger sourire et opina de la tête, puis il posa ses yeux sur Constance qui arborait un visage d'une pâleur extrême. Il la vit s'accoter contre le mur pierreux pour ne pas tomber.

— Ne soyez pas émue, Constance, ni même troublée.

— Co… comment m'avez-vous reconnue ? bégaya la jeune femme au bord des larmes.

— Vous ressemblez tant à votre mère, excepté la blondeur des cheveux et le bleu des yeux. Je crois que vous avez mon regard.

Constance se reprit. Elle frôla le mur de la main, le tâta. Puis, elle s'enhardit et avança d'un pas. Le duc Sforza fit de même et comme la cellule n'était pas grande, ils se firent presque face.

— Je ne mérite pas votre attention, Constance. Je n'ai rien fait pour vous et je n'ai jamais cherché à vous connaître, sauf une seule fois.

— Une seule fois !

— Isabelle était dans un couvent aux côtés de Lucrèce Borgia qui, elle aussi, venait d'accoucher. Je voulais la revoir avant de quitter l'Italie et je vous ai aperçue dans le couffin d'osier posé à ses pieds. Alors, j'ai vu votre regard. Le mien, fait de braise et de foudre. C'est tout ce dont je me souviens.

— Que dois-je répondre, seigneur Sforza ? Est-ce bien peu ou est-ce beaucoup ?

Il la fixait tranquillement. Constance comprit qu'il était rompu à toute forme de sentiment, mais que sa raison vacillait tout de même devant elle.

— Que représente mon regard pour un homme tel que vous ? Vous avez dû avoir tant de femmes dans votre vie.

Il sourit et répliqua :

— Et vous, jeune fille ! Combien d'hommes ont troublé la vôtre ?

— Je ne me suis jamais mariée. C'est pour cette raison que je ne veux pas vivre en Val de Loire, ni même en France. Je ne suis heureuse qu'à Florence. La femme y est libre.

— Libertine !

— Prononcez le mot qui vous plaît. Pour moi, Florence représente une émancipation qui me convient et dont j'ai besoin. Les femmes de notre famille sont ainsi, même si elles ne sont pas lissières. La Renaissance italienne qui tente de s'imposer en France a donné à la Florentine une grande assurance doublée d'une autonomie complète si elle le désire. Pas besoin pour elle de se marier si elle n'en éprouve pas l'envie ou le besoin.

— Et de quoi vivez-vous ?

— Ma mère m'a donné la part qui me revient sur le patrimoine du domaine de La Baume. C'est une somme que je fais fructifier dans une banque sérieuse de Florence et votre dernier fils Maximilio, mon demi-frère, qui a presque mon âge, m'a laissé une petite résidence sur sa part d'héritage.

— C'est bien. Et que faites-vous de votre existence si vous n'êtes pas mariée ?

La jeune femme ne répondit pas.

— Vous allez vous brûler les ailes, Constance.

— Détrompez-vous, seigneur Sforza. Je ne brûlerai que ce que je veux détruire. À commencer peut-être par votre image.

— Et vous auriez raison.

Il avait prononcé ces quatre mots avec une tristesse infinie. Elle s'élança vers lui et saisit l'une de ses mains pour la presser fortement entre les siennes.

— Pardonnez-moi. Je suis cruelle et je ne pense pas ce que je viens de dire. Non ! Je ne vous oublierai pas. Jamais !

Il courba sa haute taille décharnée et la prit dans ses bras. Mais il n'était guère solide et cet effort, sans l'aide de sa canne de bois sur laquelle il s'appuyait pour faire les quelques pas qui le séparaient d'un mur à l'autre de la cellule, le gênait considérablement.

Il posa sa bouche sur son front, l'y laissa quelques secondes, puis il la lâcha doucement et s'écarta d'elle. Se dirigeant à pas comptés vers l'unique siège disposé devant l'unique table, il s'assit un peu lourdement et prit sa tête entre ses mains. Constance crut qu'il pleurait. Quand il releva la tête, le regard fixé sur elle, la jeune femme comprit que le duc Sforza savait pleurer les yeux secs.

— Quand vous verrez mon fils, voulez-vous lui dire que je pense très souvent à lui ?

— Je le ferai.

— Voulez-vous lui rapporter autre chose ?

Constance acquiesça de la tête.

— Qu'il s'efforce de ne pas commettre les fautes qu'hélas j'ai commises, comme celle d'avoir été infidèle envers les Milanais qui attendaient de moi le soutien que je n'ai pas su leur apporter. Ils ne me l'ont pas pardonné. Et le roi Louis XII préfère me savoir emprisonné que cherchant à regagner leur cause.

— Je demanderai qu'il vous transfère dans une autre pièce du château de Loches, plus grande, plus spacieuse, mieux aérée.

— Non ! Je suis bien ici. C'est là que je veux rester. À présent, petite, il faut que vous partiez. Désormais, je penserai à vous, comme je pense à Maximilio.

— Adieu ! Adieu, mon père.

— Constance !

Elle se retourna. Le visage du vieil homme était tourné vers elle.

— Constance, reprit-il, j'ai été passionnément amoureux de votre mère. Hélas, les circonstances ont fait ce que vous connaissez.

Refoulant ses larmes, elle quitta la cellule sans plus se retourner. François n'attendait que ce moment-là pour la recueillir dans ses bras. Elle tremblait de nouveau comme une feuille mal accrochée sur l'arbre et qui, balancée par le vent, risque à tout instant de tomber.

— Vous avez froid ?

— Oui.

Le jeune duc de Valois, empreint de tous ses pouvoirs de futur séducteur, commençait largement à se familiariser avec le vocabulaire, les gestes, les regards, les soupirs qu'il fallait utiliser pour plaire aux femmes, les charmer, les emporter sur la première couche qui se trouvait là.

Il commença par ôter son pourpoint et le déposa sur les épaules de sa compagne qui le remercia d'un regard chaleureux. Puis, quand le geôlier apparut au bout du triste couloir, s'approcha, attendit comme pour en savoir plus, François l'écarta du bras d'un geste impérieux et ordonna, d'un ton aussi froid que les murs :

— Laissez-nous. Allez dire au roi que nous avons quitté la cellule du seigneur Sforza et que la demoiselle de La Baume a besoin de quelque réconfort.

Puis, quand le gardien eut disparu, il posa sa bouche sur celle de Constance qui ne refusa pas la pression du baiser. Ce garçon, dont l'âge avait à peine dépassé l'adolescence, savait embrasser comme il convenait. Certes, il n'en était pas à son premier baiser, ni à ses premiers essais, pas plus qu'il ne devait être resté puceau. La jeune femme prit cette courtoisie excessive comme l'hommage d'un futur souverain.

Il passait à présent ses lèvres sur son cou et sa gorge.

— Il n'y a pas que des geôles dans ce château, murmura-t-il. Il y a de vastes et confortables pièces. Il ne faut pas oublier que la belle et célèbre Agnès Sorel, celle qui fut la « Dame de Beauté », y a vécu. Chaque lieu est imprégné de son passage, de son parfum. Ne le sentez-vous pas ?

Il répétait ce que venait de lui apprendre le roi et il en était fier.

— Où sont ces vastes et confortables pièces ? chuchota-t-elle à son tour.

— J'en connais une toute de bleu tendue. Voulez-vous vous y reposer quelques instants ?

Constance avait-elle besoin de répondre ? François pressentait déjà son consentement, son accord pour d'autres baisers, d'autres caresses. Elle avait besoin d'un soutien affectif et de tant de réconfort après ce choc qui l'avait secouée comme un pauvre roseau chétif après la tempête.

X

Mathias observait en silence les gestes d'Alix. Il n'y voyait aucune nervosité particulière, aucune agitation ou irritabilité. Se pouvait-il qu'elle n'ait pas rencontré ce Florentin qu'il exécrait sans jamais l'avoir vu, ce puissant banquier qui, aussi facilement qu'il aurait acheté un pain ou une motte de beurre, avait réussi à imposer l'ouverture d'un comptoir qui offrirait à Bruges toute sa production de millefleurs ?

Mais comment pouvait-il savoir, le fol amoureux de Mathias, qu'Alix prenait soin d'enfermer en elle les instants passionnés vécus avec Alessandro pour ne pas le peiner davantage ? Comment Mathias pouvait-il se douter qu'à présent une belle et spacieuse résidence en plein centre de la ville attendait Alix lorsque le Florentin reviendrait en Val de Loire ?

Depuis son retour, Alix travaillait à son nouvel ouvrage avec acharnement. Les deux panneaux restants de la tenture *Auguste et la Sibylle* que, finalement les Van Merck, devant la puissance du banquier Van de Veere, avaient laissés entre les mains d'Alix, devaient être achevés pour la saison suivante, ce qui lui laissait fort peu de temps. Arnaude ne pouvait l'aider, car elle poursuivait le tissage de *La Rencontre à la cour* sur l'une des basses lisses.

— Je l'ai promise à Louise avant ses *Dames à la licorne*, et celle-ci devrait déjà être achevée.

Mathias acquiesça lentement de la tête. Ce matin-là, son visage paraissait serein. Aucun air tourmenté ne s'inscrivait sur son front, aucune lueur désappointée ne venait assombrir son œil bleu et Alix pouvait même déceler sur ses lèvres ce léger sourire qu'elle connaissait si bien et qui donnait tant de charme au jeune lissier. Mathias était un homme séduisant, charmeur quand il acceptait de se montrer agréable. Et c'était si rare depuis qu'il savait que les absences d'Alix la jetaient dans les bras de cet amant qu'il aurait voulu tuer de ses mains.

— Quant à ce nouveau travail, reprit la jeune femme, je passe tout mon temps sur les bordures auxquelles je ne suis pas habituée. C'est si nouveau.

— Voilà suffisamment de nuits que tu y passes, quand vas-tu te reposer ? objecta Mathias en s'approchant d'elle.

— Quand la tenture sera terminée. Dès que j'en aurai fini avec tous ces détails que je fais, défais et refais pour obtenir ce que je souhaite.

— Supprime ta bordure.

Il se tenait derrière elle avec la folle envie de caresser sa nuque comme il faisait souvent avec Florine au temps où, elle aussi, travaillait à l'atelier. Mais depuis longtemps l'image de sa tendre épouse s'était effacée pour laisser la brûlante vision d'une Alix, débordante de fougue et de vie, dont il ne pouvait plus se passer, et sa main resta suspendue.

Il posa ses yeux sur la tapisserie tendue devant lui. Depuis son retour, Alix s'efforçait à reproduire ce point couché qui, de haut en bas, laissait apparaître tant d'ombres et de lumière sur le lourd plissé des vêtements. Le *David et Bethsabée* du maître Van Roome lui revenait sans cesse en mémoire. Tant de renouveau ne pouvait la laisser insensible.

— Je dois exécuter ma sibylle de la même façon. Et foi d'Alix Cassex ! J'y réussirai ! se mit-elle à rire.

La main levée, Mathias hésita, puis l'envie fut la plus forte et, doucement, il posa sa paume chaude sur le cou délicat de la jeune femme. Elle se retourna brusquement, l'observa en silence et poursuivit d'une voix tranquille :

— Oui ! La bordure, Mathias, la bordure doit tenir une place essentielle. C'est là tout le renouveau de la tapisserie. La Renaissance encadre à présent ses tableaux avec des motifs qui font partie intégrante de la scène.

Elle se leva et soupira imperceptiblement. Mais il fallait ne pas être Mathias pour ignorer que ce léger souffle venant de traverser ses lèvres était un signe d'impuissance. Alix refusait tant de heurter ou de blesser Mathias.

— Viens, dit-elle, je voudrais te montrer des projets qui me hantent. Ils m'obsèdent depuis qu'ils sont là, juste à portée de ma main. Ne les as-tu pas regardés ?

— Je pensais bien que tu me les ferais voir un jour ou l'autre.

— Ce sont les dessins d'un peintre lissier qui a tenté de me convaincre que la Renaissance réclamait d'autres formes de structures, d'autres constructions dans la peinture et les œuvres lissières. Cette idée me trouble étrangement. Dois-je la suivre ou fermer les yeux sur ces nouvelles opinions ? J'ai si bien été formée à tout ce que m'a enseigné Jacquou qu'il m'est difficile de repousser ses théories.

— Qui est ce peintre ?

— Le maître Van Roome. Il viendra voir notre atelier, je le lui ai demandé. D'ailleurs, c'est impératif si nous voulons travailler ensemble.

Elle soupira de nouveau, mais cette fois on entendit son souffle passer sa bouche.

— Oh ! Mathias. J'aimerais tant que tu partages mon sentiment sur les nouveautés de cette Renaissance italienne. Même les artistes flamands sont convaincus des bouleversements qu'elle entraîne.

Elle le conduisit vers un angle de l'atelier où, sur une table longue, attendaient toujours des maquettes, des dessins, des projets. Ouvrant un grand carton, elle en tira quelques feuillets de parchemin sur lesquels s'étalaient des ébauches de personnages dont l'envergure prenait toute la place. Nul encombrement de fleurs et de feuillages. Nulle arabesque ou fioriture inutile. En pleine page, apparaissaient des femmes et des hommes en buste ou en pied au visage exprimant autant d'expressions qu'il était possible de traduire.

— N'est-ce pas incroyable ? souffla-t-elle, les yeux rivés sur les dessins.

Mathias les prit et les détailla longuement l'un après l'autre. Il semblait s'en imprégner, s'en repaître. Il sentait qu'il devait se mettre à l'unisson d'Alix afin de mieux partager ces merveilleux et inoubliables instants de travail qui les réunissaient de l'aube au crépuscule. Oui, Mathias ne voulait pas perdre les seuls moments d'harmonie qui le rapprochaient si bien d'elle.

— Ces dessins sont d'une grande pureté, murmura-t-il. Ils mêlent le passé au renouveau. À mon sens, ce n'est pas renier nos anciennes théories que d'en appliquer les bases.

— Tu… tu en es sûr ? marmonna Alix, joyeuse et surprise de voir Mathias adhérer à ses nouvelles idées.

— Ces attitudes-là ne devraient pas être si compliquées à reproduire. L'amour, la peur, la joie, le doute, l'apaisement ou la colère sont des expressions si naturelles qu'en les observant bien sur le visage des gens, on doit pouvoir en traduire la réplique sur une tapisserie.

— Oh ! Mathias, je craignais tant que tu ne rejettes une telle conception.

Il lut dans son regard une joie insensée, un réel bonheur. Avait-elle donc douté à ce point qu'il bafoue ces dessins dont elle admirait tant la structure ?

— Écoute, poursuivit-il d'une voix détendue, dès que *La Guerre de Troie*, sur laquelle Harold, Landry et Pierrot travaillent, sera achevée, ce qui ne saurait tarder, nous la livrerons au roi et nous commencerons un grand chantier reprenant le thème de ces grands personnages.

— Nous les associerons par deux, insista Alix, comme l'Auguste et la sibylle. Ils prendront toute leur envergure au centre de la tenture. Tiens, observe cette femme et cet homme, ils regardent ensemble dans la même direction comme s'ils s'attendaient à voir apparaître une vision céleste. Et ce visage-là, examine-le de plus près ! Le regard suffoqué de la femme laisse croire que le monde tombe à ses pieds. C'est extraordinaire.

— Ces dessins sont-ils aussi de Van Roome ?

— Tous ! Oui tous, insista la jeune femme volubile. Je les lui ai tous achetés.

— Ce peintre est-il encore en France ?

— Non, il est reparti au Vatican où il doit réaliser quelques peintures. Ensuite, il devrait revenir à Dijon, à Lyon, à Tours pour s'arrêter à Paris avant de rentrer dans les Flandres. Nous l'inciterons à rester chez nous quelques jours, Mathias. Il est agréable, généreux, sérieux. Il deviendra un ami tout comme Van Orley, lui aussi très célèbre. Nous avons besoin de travailler avec des grands maîtres. Seules leurs signatures rehausseront nos ateliers et plus nous serons puissants, moins nos adversaires auront de prise pour nous abattre.

— Eh bien nous tâcherons de séduire ce grand maître par toutes nos réalisations. Nous les lui montrerons toutes.

Ravie de voir Mathias d'excellente humeur et dans de si bonnes dispositions, heureuse de le voir prendre à cœur ces nouveaux projets et de le sentir en parfaite harmonie, Alix poursuivit :

— Sais-tu que maître Pérugin, qui réalise actuellement le portrait de la princesse Claude, tient les mêmes propos que le maître Van Roome ?

— Ce Pérugin n'a-t-il pas été l'élève de Verrocchio, le précurseur de cette Renaissance ?

— Oui ! Et le grand Raphaël est sorti de son école. Regarde, à présent. Je ne t'ai pas tout montré.

Elle ouvrit un autre carton, en sortit quelques feuillets et les tendit à Mathias.

— Ce sont les bordures dont je parlais tout à l'heure.

— Elles ne sont réalisées qu'avec des personnages !

— N'est-ce pas fascinant ?

Alix exultait. Des lumières dansaient dans ses yeux. Dieu, qu'elle était belle ! Comment Mathias pouvait-il l'oublier, l'effacer de sa mémoire, passer à côté d'elle sans avoir l'envie de prendre sa main, caresser sa taille, respirer son parfum ?

— Regarde, Mathias ! s'enthousiasma-t-elle encore, ce sont tous les personnages que nous aurions pu ajouter aux deux principaux. Plutôt que de les avoir regroupés au centre de la tenture, le peintre les a parsemés tout au long des bordures.

— Oui ! C'est étonnant. On les retrouve tous : les prélats, les seigneurs, les notables, les dames de cour et même les enfants. Cela fera une incroyable tenture. Il me tarde de la commencer. Décidément, Alix, je crois bien que je vais travailler la nuit avec toi pour achever cette *Guerre de Troie* qui n'en finit plus.

Ah ! Certes, Mathias venait de trouver un bon motif pour ne plus quitter Alix. Il la connaissait assez pour savoir que l'idée de démarrer cet ouvrage la hanterait jusqu'à ce qu'il soit assez avancé pour le laisser entre les mains d'Arnold et de Landry.

Il planta ses yeux dans les siens. Elle ne déroba pas son regard et lui sourit.

— Dans deux ou trois semaines, conclut-il, nous la commencerons. Comment appelleras-tu ces tentures ?

Elle hésita.

— Pourquoi ne pas reprendre l'idée de tes *Vierges du Vatican* en incluant ces dessins à ceux dont tu n'as fait que l'ébauche ? Ça me paraît logique.

— Et je donnerai aux personnages masculins des noms bibliques. C'est une idée géniale, Mathias. Mes *Vierges du Vatican* vont enfin prendre toute leur ampleur. *La Vierge et David, La Vierge et Abraham, La Vierge et Moïse*. Cela cadre bien avec le Vatican. Le cardinal Jean de Villiers sera content.

Pour un peu, elle aurait battu des mains. Mathias faillit les lui prendre pour les porter à ses lèvres. Ah ! Que ne ferait-il pas pour qu'elle accepte la simplicité de ce geste ?

Mais elle rompit le charme.

— T'es-tu préoccupé de trouver un autre ouvrier ? demanda-t-elle en s'éloignant de lui.

— Oui. J'attendais ton retour pour l'engager. En réalité, je pense avoir trouvé celui qu'il nous faut. Mais ils sont deux et comme je n'ai pu me décider, car ils me semblent tous deux compétents, j'enverrai Pierrot les avertir pour qu'ils viennent se présenter. Tu pourras choisir celui qui te convient.

— Pourquoi m'as-tu attendue ? Tu es le maître, Mathias.

— Après toi, Alix.

— Tu te trompes, je veux que nous dirigions ensemble ces ateliers. C'est ainsi que je vois les choses, pas autrement, Mathias.

Peu de temps plus tard, l'atelier se trouvait en pleine agitation. L'ouverture se faisait dès la levée du jour et la fermeture à la nuit tombée. Cela se pratiquait ainsi pour tous les ateliers. Si la journée de travail était longue, pas une semaine ne se passait sans qu'il y ait un jour chômé fixé par l'Église, durant lequel l'ouvrier pouvait s'amuser ou se reposer.

Ce jour-là, tandis que Julio et Angela travaillaient sur les ouvrages destinés au comptoir de Bruges, les deux autres ateliers s'activaient sur les dernières commandes en cours. Landry terminait avec Mathias et Arnold les tentures du roi, Arnaude et Pierrot celles de la comtesse d'Angoulême et Alix qui, enfin, avait trouvé l'astuce du point couché qui apportait tant d'ombre et d'éclairage sur ses motifs, pouvait à présent attaquer son ouvrage *Auguste et la Sibylle*.

Elle observa le carton placé derrière son cadre et rectifia dans son esprit l'expression de la sibylle. Son air devait être plus doux, plus serein, sans pour autant tomber dans une attitude de soumission ou de trop grande pudeur. Sa sibylle ne serait pas résignée, même si elle attendait une rencontre avec la Vierge. Mais il ne fallait pas qu'elle se laisse prendre au jeu de ses licornes. Elle en tissait depuis si longtemps et elle leur avait si souvent donné ce doux regard paisible qu'ont les femmes quand elles sont heureuses ou encore cette expression combative, audacieuse ! Non ! Ses sibylles devaient adopter une tout autre attitude et c'était à elle de découvrir laquelle.

Auguste et la Sibylle trouveraient autrement leur nouvelle expression. En cela, Alix était bien décidée à étonner. Tournant la tête, elle surprit Mathias qui la regardait. Gêné, il se reprit tout de suite.

— Pierrot ! cria-t-il en se levant de son poste de travail pour s'approcher de son jeune compagnon, sais-tu où trouver les deux ouvriers qui se sont présentés quand Alix n'était pas là ?

— Bien sûr, si l'un n'est pas reparti à Paris, il est encore à Tours. Quant à l'autre, il est toujours chez le maître Fortier en attendant que tu lui dises de revenir.

— Maître Fortier ! coupa Alix d'une voix étonnée. Veut-il vraiment fermer son atelier ?

— Sans doute.

— Mais pourquoi ?

— Ça, je ne sais pas. Peut-être se trouve-t-il trop vieux.

— Allons ! Va vite, Pierrot, reprit Mathias. Il me tarde de conclure cette affaire. Si ces deux jeunes gens pouvaient se présenter dans la journée, je serais le plus heureux des hommes. Nous devons achever tous nos anciens travaux pour en commencer de nouveaux.

— J'y vais et, foi de Pierrot ! Cela m'étonnerait fort que je n'en ramène pas un avec moi.

Pierrot avait raison. En fin de matinée, il revint avec un grand jeune homme dégingandé, cependant coquettement vêtu, aux yeux noisette et aux cheveux coupés au carré s'arrêtant au ras des épaules. C'était la coupe du roi Louis XII, devenue à la mode. Tous les jeunes gens à la cour et, à présent, tous ceux des grandes villes, adoptaient cette coiffure. Charles le huitième avait déjà abordé ce style, mais les cheveux s'arrêtaient aux oreilles et, de toute évidence, il était mort trop vite pour laisser l'empreinte d'une mode.

On voyait cependant sur les tapisseries de son époque, ce qu'Alix s'était toujours appliquée à reproduire, les jeunes gens porter leurs cheveux flottants autour de leur visage. Ce jeune ouvrier semblait tout droit sorti des scènes seigneuriales tissées avec des fils de soie sur ses lisses.

Elle le regarda s'avancer. Sa veste en drap était d'une excellent coupe, ses bas-de-chausses impeccables et propres et le surcot beige serrant sa taille mince laissait voir une ceinture en cuir où pendaient un couteau et une petite bourse qui ne devait pas être très lourde.

Il salua Mathias qu'il avait déjà vu, jeta un regard circulaire dans tout l'atelier et aperçut Arnaude qui lui fit un sourire d'encouragement. La jeune femme semblait déjà l'apprécier. Il est vrai qu'elle avait un peu discuté avec lui – quelques mots simplement, mais qui avaient suffi à créer entre eux un lien de sympathie – lors du premier contact qu'il avait eu avec Mathias.

Il s'approcha d'Alix en se doutant que c'était elle la vraie maîtresse des lieux. L'assurance de la jeune femme ne pouvait tromper. Puis, il s'arrêta à quelques pas d'elle et sembla hésiter. Comment aborder une femme quand elle était maître lissier et qu'elle dirigeait un atelier aussi important, peut-être même le plus grand de Tours ?

Visiblement, il n'était habitué qu'à fréquenter des apprenties et des ouvrières. Enfin, s'enhardissant, il porta l'une de ses mains à sa bourse plate et en retira un document qu'il avait tant lu et relu que les plis étaient usés.

— C'est un éloge sur mon travail, dame Cassex. Pour sûr, il me servira à trouver une bonne place.

— Qui te l'a donné ? s'enquit Alix en le fixant dans les yeux.

— Mon ancien maître.

Alix saisit le feuillet et le déplia. Il était bref, mais clair, précis et vantait en quelques mots le travail du jeune homme.

Alix pouvait être satisfaite, mais elle ne le montra pas. Mieux valait discuter un peu avec ce grand garçon avant de prendre une décision. Elle leva de nouveau les yeux sur lui. La simplicité et la franchise de son regard lui plaisaient.

— Qui était-ce ?

— Un maître parisien, maître Dugandin.

— Viendrais-tu du boulevard Saint-Jacques[1] ?

— Oui.

— Et pourquoi en es-tu parti ?

— Parce que mon père est mort et que ma mère a besoin de moi.

— C'est un double éloge en ce qui te concerne, mais n'as-tu pas pensé à ta propre existence avant celle de ta mère ?

— Non.

Ce garçon était décidément très franc. Mais Alix sentit qu'il ne révélerait pas tout. C'était son droit.

1. À cette époque, le quartier des lissiers parisiens n'était pas encore regroupé boulevard Saint-Marcel. Il fallut attendre la pleine ascension de François 1er pour voir apparaître les frères Gobelins, teinturiers à l'origine, et l'établissement des premières manufactures.

Cependant, Mathias intervint, désirant quant à lui en savoir plus.

— Où vit-elle ?

— À Tours. Sa maison est derrière l'église Saint-Pierre.

— Ce n'est pas loin d'ici. Elle devait déjà connaître notre atelier.

— C'est elle qui m'a dit de venir vous trouver. Elle sait que je suis un bon ouvrier et s'est persuadée que vous m'engageriez.

— Comment t'appelles-tu ?

— Philippe.

— Quel âge as-tu ?

— Dix-huit ans.

— Eh bien Philippe, intervint Alix à son tour, tu vas nous montrer ce que tu sais faire et si cela nous convient, tu reviendras demain. Nous t'engagerons alors une semaine, puis nous verrons. As-tu effectué ton apprentissage chez le maître Dugandin ?

— Oui, je suis passé ouvrier tout récemment, juste quand mon père est mort.

— Pourquoi t'es-tu expatrié à Paris, il y a tant de lissiers à Tours ?

— Je ne m'entendais pas avec mon père.

Alix n'insista pas, mais Mathias revint sur le sujet :

— Tu n'avais pourtant que douze ou treize ans lorsque tu as quitté tes parents. Que s'est-il passé ?

— Mathias, protesta Alix, ce garçon n'a peut-être pas envie de nous raconter toute sa vie !

— N'as-tu pas exigé de Pierrot, quand il est arrivé, une totale franchise ? Nous ne pouvons pas engager quelqu'un si nous ne connaissons pas ses antécédents. Je suis formel, Alix. C'est une simple question de prudence, tu le sais.

— Ma mère s'est remariée quand j'avais dix ans, s'empressa d'ajouter le jeune Philippe tant il craignait d'être rejeté faute d'expliquer ce qu'on lui demandait.

— C'était donc ton beau-père.

Le garçon acquiesça.

— Et vous ne vous supportiez pas.

— C'est-à-dire, hésita-t-il, que moi j'aurais pu, mais lui me détestait.

— Te battait-il ?

De nouveau, le garçon opina de la tête.

— C'est bon, je n'insiste pas. Fais ce que t'a demandé dame Cassex.

Alix lui prit le bras.

— Viens, fit-elle en l'entraînant auprès d'Arnaude. Installe-toi devant le cadre à côté d'elle et regarde bien tes fils de trame. Cet ouvrage est la dernière tenture d'un ensemble de six pièces destiné à la comtesse d'Angoulême. Nous devons l'achever assez rapidement afin d'entreprendre des travaux plus nouveaux.

Elle se tourna vers Arnaude.

— Que préfères-tu qu'il fasse ?

La jeune femme hésita quelques instants, puis désignant le haut de la tenture où manquait encore le fond qui composait le support du tissage, expliqua :

— Ce serait parfait s'il tendait ses fils de trame sur le peu d'espace qui reste à tisser. Après il pourra les remplir.

Le jeune Philippe ne se fit pas prier et se mit aussitôt à l'œuvre. Ses gestes étaient précis, ses yeux vifs et sa concentration excellente. Il couvrit en un rien de temps avec ses fils de trame l'espace qui lui avait été imparti.

— Tu travailles vite et bien, Philippe. Qu'en dis-tu Arnaude ?

— Je suis de ton avis, Alix. Je crois que tu peux le prendre une semaine et voir ensuite.

Avisant qu'entre eux l'entente paraissait bonne, Alix se mit à rire et, tournée vers le jeune ouvrier, acquiesça :

— Arnaude a bien parlé de toi et je vais l'écouter. Tu travailleras avec elle et tu te rendras vite compte de sa gentillesse et de sa compétence. Arnaude est une amie qui m'a vue grandir et qui travaille avec moi depuis que j'ai ouvert ces ateliers avec mon époux qui est malheureusement décédé. Elle te tiendra au courant de toutes nos habitudes, petites et grandes.

Puis elle s'éloigna, mais se ravisa.

— Ah ! J'oubliais, Arnold, son mari, travaille dans l'atelier à côté. C'est un local aussi grand que celui-ci. Puisque tu restes, nous te le montrerons demain. Mais ne sois pas étonné, car je dois recevoir dans la journée un autre jeune homme. Cependant, s'il y a concurrence entre vous, je garderai en mémoire que tu as été le premier à te déplacer, et si tu devais partir, tu resteras tout de même la semaine entière.

— Est-ce bien juste ? protesta Mathias. Cet autre jeune homme n'est pas encore venu parce qu'il est toujours retenu par son maître.

— Tu as raison, Mathias. Que ferons-nous s'il présente des références aussi bonnes que celles de Philippe ?

— J'ai vu le maître Fortier, intervint soudain Pierrot. Il semblait ne pas vouloir se défaire de son ouvrier.

— C'est plutôt bon signe. Ce jeune homme doit lui convenir. Pourquoi veut-il s'en aller ?

— Nous verrons bien, conclut Mathias.

Durant tout l'après-midi, Arnaude s'appliqua à donner des conseils à son nouveau protégé. « Dans quelques années, se disait-elle, c'est à mon fils Guillemin que je les donnerai, et il réussira, ça j'en suis sûre. Je ferai même en sorte de le pousser à présenter un jour son chef-d'œuvre à la Guilde. Arnold a toujours hésité, mon fils ira jusqu'au bout. »

— Philippe, rectifia-t-elle en regardant son jeune compagnon travailler, observe régulièrement les repères de ton carton et ceux de ton travail. C'est essentiel.

Tandis que le crépuscule commençait à tomber sur le toit pentu des ateliers, l'autre ouvrier arrivait, frappant de grands coups à la porte.

— Entre, fit Alix en se dirigeant vers le garçon qui n'avait pas plus de dix-huit ans, le cheveu noir et rebelle, l'œil vif, un peu trop alerte selon la jeune femme, mais plein de fougue et d'allant. Il ne tarda pas, d'ailleurs, à le montrer.

— Je m'appelle Grégoire, commença-t-il sans qu'on le lui demande.

— Eh bien parfait, Grégoire, dis-moi pourquoi tu veux quitter maître Fortier qui n'a pas l'air de vouloir te laisser partir.

— Oh ! s'exclama le jeune garçon, vous n'êtes pas au courant, dame Cassex ?

— Au courant de quoi ?

— Maître Fortier est obligé de fermer son atelier.

Sur cette affirmation, Mathias s'était approché d'Alix.

— Et pourquoi doit-il fermer son atelier ? interrogea-t-il en fixant le garçon.

— Parce qu'il n'a plus de travail.

— Ne peut-il, comme chaque maître, aller chercher ses commandes à l'extérieur ?

— Les Mortagne lui font barrage.

— Barrage ! Pour quelle raison ?

— Parce qu'il a signé sa dernière œuvre.

Alix commençait à s'exciter. Cette vieille histoire n'allait donc jamais se terminer ! Les Mortagne se croyaient toujours les uniques détenteurs de la signature tourangelle sur les œuvres lissières.

— Mais c'est autorisé. J'en ai fait moi-même les frais. Le roi Louis le douzième m'a donné son accord. À présent, tous les lissiers de Tours peuvent apposer le « T » sur leurs œuvres. Pourquoi maître Fortier n'en aurait-il pas le droit ? C'est insensé. Qui est derrière tout ça ? Les Mortagne ne seraient donc pas les seuls à vouloir être les maîtres !

— Encore eux ! murmura Mathias. Je suis sûr qu'ils vont bientôt nous chercher querelle.

— Pire ! s'exclama le jeune homme, maître Fortier m'a dit qu'ils désiraient vous nuire.

Cette fois, Mathias se précipita vers le jeune homme et attrapa son bras. Alix avait pâli.

— Sais-tu autre chose ?

— Ce sont eux qui ont allumé l'incendie de vos ateliers.

— Ça ! On s'en doutait. Mais à cette époque nous n'avions ni les moyens ni le temps de pousser notre enquête au-delà de ce que nous devinions. Allons ! Que sais-tu encore ?

— Qu'ils cherchent le moyen de vous anéantir, ça oui !

— Et comment s'y prendraient-ils ?

— Par l'intermédiaire de votre comptoir qui travaille avec les Flandres.

— Ils ne pourront pas ! s'écria Alix. Je serai appuyée par le compagnonnage de Bruges où un dépôt m'est ouvert en permanence.

Voilà un détail que ne semblait pas connaître ce dégourdi de Grégoire. Oui ! L'administration des comptoirs commerciaux brugeois ne laisserait certainement pas passer une ignominie de ce genre. Le puissant Van de Veere serait capable de leur ôter son adhésion qui couvrait presque la moitié de leur négoce italien. De cela la jeune femme était sûre. Le soutien d'Alessandro était incontournable, inattaquable.

Alix regarda Philippe. Il jetait un œil sombre au nouveau venu. La crainte de voir sa place prise par lui devait le tarauder. Aussi leva-t-il les yeux sur Alix et dit-il d'un ton calme, mais où l'on pouvait percevoir une ombre d'inquiétude :

— J'ai passé tous les fils de trame et demain, si vous voulez bien que je revienne, je tisserai les motifs.

— Son travail est parfait, Alix, approuva Arnaude.

— Alors, tu peux revenir demain.

Mathias, que les révélations du jeune arrivant rendaient nerveux, et certain que les Mortagne, qui désiraient être les maîtres de Tours, n'en resteraient pas là, ordonna soudain :

— Il est tard, nous allons fermer les ateliers.

Puis se tournant vers le garçon, il ajouta :

— Cependant, tu peux rester et nous montrer ce que tu sais faire. Où loges-tu ?

— Je suis hébergé chez la mère Poularde.

— Tu n'as pas de famille à Tours ?

— Je n'ai personne.

Depuis que la mère Poularde était veuve, elle tenait seule son auberge. Ayant passé sa vie à élever les poules, on l'avait tout naturellement surnommée « Poularde ». Puis un jour, tandis qu'elle héritait de la grande maison d'un oncle décédé, elle avait eu l'idée de cuisiner des plats essentiellement à base de volailles et d'ouvrir sa propre auberge.

— Installe-toi ici, fit Mathias en lui montrant la haute lisse. Tout le monde est parti, tu seras tranquille.

Cette fois, le jeune homme parut gêné.

— Qu'as-tu ?

— C'est que je n'ai jamais travaillé sur une haute lisse. Maître Fortier est un petit maître, il n'avait que des basses lisses.

— Aimerais-tu apprendre sur des hautes lisses ?

Les yeux du jeune Grégoire s'illuminèrent.

— Bien sûr.

— Alors, nous verrons. En attendant, tu vas nous montrer ce que tu sais faire sur une lisse disponible.

— Celle-ci ? demanda le jeune homme en désignant la lisse où travaillait Alix.

— Non, je commence un ouvrage, répondit Alix. Ne vois-tu pas le carton fixé à l'arrière du cadran ?

Puis, elle se ravisa en voyant que Mathias, d'un signe de tête, approuvait cette décision.

— Après tout, pourquoi pas ! Installe-toi et regarde. Cet ouvrage s'appelle *Auguste et la Sibylle*.

— Quels grands personnages ! s'exclama-t-il.

— Ce sont des dessins que j'ai rapportés de Florence. Ils sont l'expression de ce qu'on appelle la Renaissance, dont tu verras plus d'une réalisation dans ces ateliers si tu restes avec nous.

— Ce doit être compliqué de tisser ces immenses personnages.

Depuis les révélations du jeune Grégoire au sujet des Mortagne, Mathias avait repris son sang-froid, mais l'inquiétude se lisait encore sur son visage. Si les Mortagne récidivaient leur malveillance à leur égard, ils porteraient plainte publiquement. Les ateliers Cassex n'en étaient certes plus au temps où l'impuissance et la peur les saisissaient.

Alix se racla la gorge. Le regard que lui lança Mathias sembla la réconforter.

— Pourquoi ton maître ne cherche-t-il pas du travail ailleurs qu'à Tours ? s'enquit-elle auprès de Grégoire.

— Il est vieux et n'a plus le courage d'aller au-devant des commandes. Et puis, ces derniers temps, il ne pouvait plus me payer.

Pierrot, qui n'était pas encore parti, écoutait. Bien souvent, il rentrait aussi tard que ses maîtres et revenait alors avec eux. Ils dînaient ensemble et Pierrot ne sortait le soir que si le lendemain était un jour chômé.

— Parfait, jeta Mathias qui observait depuis presque une heure le travail de Grégoire, tu sais préparer ton ouvrage. À présent, viens un peu sur cette tenture.

Ce fut Alix qui, cette fois, opina de la tête. Ils examinèrent les gestes du jeune homme, apprécièrent son jugement, sa concentration, évaluèrent le bon sens qu'il manifestait devant le choix d'un fil. En un mot, ils furent satisfaits. Soudain, l'arrivée de Julio les fit tous tressaillir. Tournant la tête vers le nouvel ouvrier, il s'arrêta devant son travail.

— Il est doué, ce jeune homme, dit-il à voix basse.

— Que dis-tu ? fit Alix qui avait parfaitement entendu la réflexion élogieuse de Julio.

— Je dis qu'il est doué. Les fils de soie qu'il vient de poser dans les yeux de cette vierge changent absolument son regard. Ils lui apportent un étrange étonnement. La vision qu'elle a devant elle lui apparaît comme celle d'un ange.

— C'est ma foi vrai. Oh ! Julio, je n'ai plus mon discernement. Les révélations de ce garçon m'ont troublée.

— Qu'a-t-il donc révélé ?

— Je connais un lissier qui travaille chez les Mortagne, répondit précipitamment Grégoire. Un jour, je l'ai tiré d'embarras et depuis il me renseigne de temps à autre. C'est comme ça que j'ai appris qu'ils voulaient vous nuire par l'intermédiaire de votre comptoir.

— Quoi ! Que dit-il ? s'écria Julio.

Grégoire dut répéter son histoire devant Julio en insistant toutefois sur le fait qu'il pouvait en savoir plus.

— C'est bon, je t'engage, fit précipitamment Alix. Le regard de ta vierge me plaît et Mathias semble décidé à t'enseigner le travail sur une haute lisse.

— Ah ! Dame Cassex, je vous servirai bien. Pourrais-je de temps à autre aller voir mon vieux maître Fortier ?

— C'est un bon sentiment de ta part, et cela me plaît, fit Mathias en posant sa main sur l'épaule du jeune ouvrier. Alix, pourquoi ne donnerions-nous pas un peu de travail à ce vieux lissier qui occuperait ainsi son temps à nous aider ? Rappelle-toi le vieux maître Gauthier. Sans toi, il serait mort ivrogne.

— Tu as raison. Cela pourrait nous décharger.

Puis, une lueur traversa son esprit et elle questionna sans plus attendre :

— Pourquoi n'es-tu pas allé demander du travail aux Mortagne puisque tu connais un lissier qui travaille chez eux ?

— C'est très simple, dame Cassex. J'y suis allé, mais ils m'ont jeté dehors.

— Dehors ! Mais pourquoi ?

— Parce que le jour où ils sont allés trouver maître Fortier pour l'avertir qu'il pouvait fermer son atelier, je les ai insultés. Plus tard, quand je me suis présenté chez eux, pensant qu'ils avaient oublié ma tête et surtout effacé ma voix, ils m'ont jeté dehors.

— Eh bien, c'est parfait, puisque te voilà ici à présent.

— Et j'en suis bien content. Oui, je vais faire du bon travail chez vous.

Toute la soirée, cette nouvelle menace pesa lourdement. Bertille s'était pourtant surpassée à confectionner un potage de courgettes aux raviolis blancs et un faisan en gelée. Mais le délicieux arôme qui s'échappait de la soupière et du grand plat creux en faïence semblait inefficace pour dérider l'atmosphère. Mathias et Alix restaient silencieux.

— On dirait que mon potage ne vous plaît guère, marmonna Bertille en louchant sur le contenu velouté et crémeux de la soupière.

— C'est si bon, Bertille, que je vais en reprendre, s'écria Pierrot moins perturbé que ses maîtres.

— Les Mortagne se calmeront, les rassura Julio. Ne vous inquiétez pas. Que peuvent-ils faire à présent que vos ateliers sont considérés dans tout le Val de Loire ? Un incident étrange attirerait trop l'attention.

Comme Alix se taisait toujours, il la rassura :

— Ne sois pas inquiète. À présent ton gardien veille sur tout. Juan est parfait, je t'assure. Son œil est vigilant et dès que les ateliers sont fermés, il prend la relève.

— Je ne pense pas à un nouvel incendie, Julio. Il y a tant d'autres façons de nous nuire.

— Bah ! Lesquelles ?

Alix hocha la tête :

— Ta bonté et ta générosité instinctives te font oublier que certains individus sont essentiellement tournés vers le mal. Tiens ! Demande à Angela, ce n'est pas elle qui t'assurera du contraire.

— Ah ! Mon Julio, Alix a mille fois raison. J'ai connu des hommes vils, mesquins, avares, méchants.

— Mais il y en a aussi qui sont…

— Malveillants, jaloux et meurtriers, coupa Mathias. Ces Mortagne sont d'immondes personnages et crois-moi, Julio, tu serais anéanti s'ils touchaient à ton comptoir que tu as monté jour après jour avec ta compétence, ton amour et ta persévérance.

— Alors, nous irions trouver le nouvel évêque de Tours. Et le chanoine André saurait bien nous tirer d'affaire. Moi-même, je me rendrais jusqu'au Vatican pour voir Mgr Jean s'il le fallait.

— Dans ce cas, je t'accompagnerais, jeta précipitamment Angela qui ne pouvait rester cinq minutes sans lui.

— Tu n'irais pas avec lui, car tu es trop jeune, répliqua Alix enfin sortie de son mutisme. Ce ne serait pas convenable.

Pierrot se mit à rire et chacun l'imita, ce qui détendit un peu la sombre atmosphère. Et pour l'égayer complètement, une petite voix sortit des ténèbres :

— Lilis, pourquoi tu ris ?

Le bambin se jeta dans les bras d'Alix.

— Que fais-tu là, mon petit cœur ? Tu devrais dormir à cette heure.

— Je ne sais pas ce qu'il a, fit Bertille en tendant un morceau de faisan à Julio, ce soir il ne veut pas m'écouter.

Alix câlina l'enfant, l'embrassa tendrement et le tendit à son père.

— Va le coucher, Mathias. Il a peut-être besoin de toi pour s'endormir.

— Non, c'est toi, cria l'enfant. Ze veux une histoire.

— Une histoire !

— Oui, celle du gros chien qui court après le lapin.

— Et qui ne l'attrape pas, ajouta Pierrot. Ça fait cent fois que je te la raconte, Nicolas.

— Lilis la raconte mieux que toi.

— Viens, fit la jeune femme, je vais te la raconter.

Elle quitta la salle en emportant l'enfant dans ses bras. Quelques minutes plus tard, Mathias vint la rejoindre, mais Nicolas dormait.

— Comment fais-tu pour l'apaiser ?

— Allons Mathias, tu t'occupes fort bien de ton fils quand tu t'en donnes la peine.

— Je n'ai pas toujours le temps.

— Nicolas n'est pas malheureux.

— Je sais. Grâce à toi, il a tout ce dont il a besoin. L'attention permanente de Bertille et ton amour.

— J'aime cet enfant. C'est vrai que, souvent, j'ai l'impression qu'il est mon fils. Lui parles-tu quelquefois de Florine ?

— Rarement.

— Tu devrais le faire. Comment savoir si je pourrai assumer son adolescence ?

— Je sais que tu pourras.

— Les garçons de quinze ans sont parfois compliqués.

— Nicolas ne sera jamais un enfant difficile. Il me ressemble. J'étais à son image quand j'étais enfant, ni rebelle, ni agressif, doux comme un agneau.

— Tu as changé.

— Que veux-tu dire ?

Alix se laissa prendre la main. Elle leva les yeux sur son compagnon. Dans le regard de Mathias crépitait une braise incandescente qu'elle préférait ignorer. Trop d'espoir affluait en lui dès qu'elle lui accordait une attention particulière. Et, pour ne pas alourdir les tensions trop fréquentes entre eux quand la jeune femme quittait Tours pour aller voir Alessandro, elle refusait de lui laisser un quelconque espoir. Elle retira doucement sa main.

— À demain, Mathias. Avec nos deux ouvriers, nous aurons une longue journée.

XI

Dans le bruit des fanfares répétées dont la sonorité arrivait jusqu'aux oreilles les plus éloignées du territoire, Louis XII et son armée s'apprêtaient à quitter les bords de Loire pour rejoindre Milan.

Les étendards et les fanions pendaient aux fenêtres comme des rappels incessants aux festivités des grands départs en guerre.

Les préparatifs se terminaient dans un brouhaha troublé à tout instant par les bruits que suscitait la foule agglutinée sur les bords de la Loire.

Dans de grands cris que l'écho répercutait comme l'annonce d'un événement d'envergure, les bateleurs interpellaient passants, démarcheurs et badauds qui, à l'affût du moindre amusement, s'arrêtaient en répondant par une saillie burlesque.

Dans ces manifestations de grands départs en guerre, les baladins amusaient le public en effervescence déjà depuis la veille, laissant dans l'esprit de chacun le goût du rire et d'un repos momentané bien gagné.

Sillonnant les berges de la Loire – les meilleures places se trouvaient face à Amboise – l'armée du roi, hallebardiers, fantassins et archers, interpellait le bon peuple et les baladins qui montraient avec une gaieté de rigueur leurs tours, farces et attrapes.

— Eh ! Soldat, veux-tu jouer ta solde ? cria un bateleur qui, sur un tonneau renversé, jetait les dés et les reprenait aussitôt dans ses doigts agiles qui semblaient voltiger comme les mouettes grises au-dessus du fleuve.

— Ma solde n'est pas pour toi, répondit l'archer qui détacha le carquois de flèches attaché à sa ceinture.

Celui qui le suivait ne semblait pas avoir la même appréhension et comme il relevait déjà le bas de sa cotte pour saisir sa bourse, le bateleur l'apostropha :

— Deux pistoles la partie. Chiffre pair, tu gagnes, chiffre impair, tu perds.

Mais, avant qu'il n'ait saisi l'objet de son inévitable perte, l'autre le prit par la manche et lui fit un clin d'œil en direction d'un attroupement qui, un peu plus loin, se faisait de plus en plus intense.

— Garde donc tes pistoles pour la danseuse.

Sans plus de ménagements, ils laissèrent là le bateleur qui poursuivait son joyeux boniment et se glissèrent dans le cercle de la foule se dessinant autour des danseurs.

Une fille se tenait au centre, en équilibre sur une corde à deux mètres environ du sol. Les équilibristes qui l'entouraient à tour de rôle sautaient et bondissaient tels des félins à l'affût d'une proie à saisir.

Sur la corde tendue, les pieds fins de la fille avançaient prudemment, faisant onduler ses hanches rondes. Chacun de ses pas, que le temps mesurait minutieusement, la déhanchait et tendait son buste généreusement découvert. D'un geste agile, elle faisait tournoyer un anneau d'osier dans l'une de ses mains que reprenait aussitôt l'autre.

Admiratifs, les deux archers sifflèrent et la foule applaudit à grands cris, tandis qu'à côté, on se heurtait avec crainte au montreur d'ours.

Enchaîné et solidement muselé, l'animal dansait sur ses pattes arrière au son d'un air de fifre que jouait l'homme auquel il se trouvait attaché. L'ours grognait en dansant. Ses petits yeux noirs, vifs, brillants comme deux lucioles un soir d'été, perdus dans son immense pelage brun, inspectaient les badauds et, bien qu'il eût l'air inoffensif, personne n'osait s'en approcher.

Sottises et attrapes faisaient rire la foule à gorge déployée. On regardait les galipettes du nain en se tapant le ventre de joie et l'on écoutait avec autant d'amusement les histoires du ventriloque qu'avec appréhension celles du devin.

— Ton destin, ma fille, prophétisa celui-ci en tentant d'agripper les yeux de la jeune femme qui passait, est écrit sur ton visage. Regarde-moi.

Il tendit la main. La femme était jeune et portait une tenue de paysanne. Sa longue robe de serge grise traînait au sol et son bonnet blanc empesé entourait un visage avenant à la peau mate et au regard clair.

— Tu quitteras bientôt le dur travail des champs, prédit le vieil astrologue, car tu enfanteras plusieurs années de suite. Sois heureuse, tu n'auras que des garçons.

La femme se mit à rire.

— Combien de fils me vois-tu donc ? s'enquit-elle en plaisantant.

— Cinq ! Je t'en vois cinq. L'aîné se fera soldat du roi et le plus jeune entrera en religion, un troisième s'exilera, loin, très loin.

Il leva les yeux au ciel et chercha l'inspiration. Puis, le regard dirigé à nouveau vers la femme, il annonça :

— Les deux autres seront paysans, comme leur père, l'un reprendra la vigne, l'autre les champs.

Nos deux compères archers qui, serrés dans la foule, écoutaient la prédiction, se regardèrent sans rien dire. Quand, soudain, le devin pointa le doigt sur le plus grand, celui qui avait refusé de jouer sa solde aux dés.

— Toi aussi, à ton retour d'Italie, tu trouveras un petit.

L'autre archer s'esclaffa.

— Il faudrait qu'il se marie avant.

— Après le petit, les noces viendront.

L'archer encore hilare haussa les épaules et saisit son ami par le bras.

— Laisse ! Ce vieux fou dit n'importe quoi.

Mais l'astrologue pointait toujours son doigt en direction de l'homme. Subitement, il le dirigea vers celui qui osait rire de lui et jeta d'un ton courroucé :

— Et toi, lorsque tu rentreras d'Italie, tu ne trouveras pas un petit, mais un homme dans ton lit.

Quelques spectateurs s'étaient encore approchés et, regardant l'archer ainsi bafoué, se mirent à rire en se tapant les cuisses.

Dans le sillage des acrobates et des danseurs de corde, les marionnettistes s'affairaient, faisant voltiger leurs petits sujets de bois habillés d'étoffes de couleurs. Les voix aux accents les plus bizarres semblaient surgir magiquement de l'eau du fleuve pour ballotter au gré d'un vent doux et serein.

Il fallait dire que ce matin-là, la Loire coulait dans toute sa splendeur, sous un ciel d'azur qu'un soleil d'été réchauffait. Bien des jours fêtant ces départs en guerre s'étaient vus sous la pluie, le froid ou même le verglas et le gel.

Au pied de la ville d'Amboise, toute cette agitation saluait l'expédition du roi et, même si l'on n'y croyait plus, l'on se félicitait de voir la reine à nouveau enceinte. Plus on s'approchait du château et plus la tension montait.

— Hé ! Mon brave, cria un hallebardier à l'arracheur de dents qui préparait ses tenailles et sortait sa bouteille d'eau-de-vie, seul anesthésiant dont il disposait pour amoindrir la douleur, travailles-tu en douceur ?

Le gros homme, qui faisait rouler ses muscles comme un lutteur prêt à combattre, regarda le brave soldat de ses yeux ronds et ricana en l'apostrophant :

— As-tu encore des dents au moins ?

On s'esclaffa aux alentours et, aussitôt, un cercle se forma autour du praticien.

— Et toi, es-tu chirurgien-barbier ?

— Je traite les abcès, les dartres, les névralgies et je peux t'ôter toutes les dents qui te restent. Et regarde, fit-il en brandissant la bouteille d'alcool, j'ai la meilleure eau-de-vie du pays. Celle qui te rend ivre mort. Si je t'édente, tu m'en diras des nouvelles.

On riait de plus belle et le cercle se resserra.

— Une suffira, lança le soldat en se tenant la mâchoire.

— Montre-moi ça. Oh ! Mais, t'as la joue grosse comme une citrouille et rouge comme une groseille !

Voyant la foule exulter, il reprit :

— Paye-moi avant. C'est remboursement garanti si tu meurs.

Dans l'assemblée, on se tenait les côtes de rire, chacun ravi de voir que l'on s'en prenait aux dents du voisin. Certes, plus heureux encore étaient ceux dont la bouche se trouvait édentée.

Arracher une dent était un véritable spectacle et il ne manquait jamais de public pour assister à la douleur du malheureux que l'on amputait avec autant de désinvolture.

Installé sur une estrade large d'environ six pieds, l'arracheur de dents criait à la cantonade, qu'en un tour de main, il soulageait le mal, faisant un paradis de cet enfer.

Une caisse renversée lui servait de siège et au bas de ce banc improvisé, les tenailles et la bouteille d'eau-de-vie semblaient attendre le premier patient.

— T'es praticien ou charlatan ? cria-t-on parmi les rires de la foule.

— Charlatan ? Voyez-vous ça ! Allez, que diable, je vais vous montrer si je ne suis pas chirurgien-barbier !

Il fit monter le hallebardier sur l'estrade et l'obligea à s'agenouiller. Puis, lui tenant solidement le menton, il ouvrit grand sa mâchoire et s'exclama :

— Dans une seconde, tu ne sentiras plus rien.

Il saisit ses tenailles et les fixa sur la dent cariée. Le soldat criait comme un porc qu'on égorge.

— Regardez-moi cette femmelette ! jura l'arracheur de dents pendant qu'il tournoyait à demi sur lui-même pour mieux accrocher la dent.

Tandis que la foule jubilait, le visage du hallebardier n'était plus qu'un masque de cire. L'œil retourné, la bave à la bouche, il continuait de crier.

Soudain, sa tête retomba. Son vis-à-vis levait le bras dans un geste vainqueur, montrant ses tenailles qui enserraient glorieusement la molaire carriée et noircie. Fascinée, la foule s'était tue.

— Tiens, dit-il en prenant de l'autre main la bouteille d'alcool, bois pour te remettre.

Mais l'homme restait inerte et il dut verser lui-même une rasade d'eau-de-vie dans sa gorge pour le réanimer.

Allongé sur le plancher, le pauvre hallebardier gisait comme un mort. Le chirurgien-barbier attendit qu'il remuât la tête et qu'il bougeât les bras, puis il tonitrua :

— À qui le tour ? Approchez ! Approchez !

Il s'avança vers les spectateurs ébaubis et cria :

— Demandez-lui s'il a senti quelque chose.

Puis, voyant que le soldat se remettait lentement de ses désagréables surprises, il se tourna vers un vieil homme qui, le menton proéminent et la bouche enfoncée, le regardait, hilare.

— Allons, ce n'est pas toi mon prochain client. Tu m'as l'air bien édenté !

Et la foule en riant repartait vers d'autres attractions. Au bas du château, on attendait encore les lansquenets allemands qui devaient se joindre à l'armée française.

Les troupes étaient à pied d'œuvre. Plus de vingt mille hommes, fantassins et cavaliers, surgissaient de toutes parts pour se regrouper en bataillons. Chacun tenait sa pique, sa hallebarde, sa dague ou son arquebuse.

Les trompes résonnaient, les tambours battaient en sourdine et chacun commençait à se revêtir de son casque et de son corselet de cuir.

La cavalerie lourde était en place déjà depuis longtemps, forte de son importance pour enfoncer l'ennemi en première ligne. Elle paradait avec ses chevaux caparaçonnés de riches étoffes et harnachés du cuir le plus luxueux.

Toute la force du roi Louis XII résidait dans sa cavalerie lourde, son armée d'élite, au point qu'il n'hésitait pas à enrichir outre mesure, les compagnies d'ordonnances qui la composaient.

Il y attachait une telle importance que peu s'en fallait qu'il négligeât ses chevau-légers, plus souplement équipés et laissés aux bons soins du reste de ses troupes.

Plus de cinq mille hommes, archers et arbalétriers montés, coutilliers, pages et valets se pressaient derrière la cavalerie lourde.

Aux environs de midi, alors que la Loire scintillait entre ses bancs de sable doré, sous un ciel qui lui plaquait des touches délicatement azurées, les portiers de lances arrivèrent avec leurs coursiers et leurs écuyers.

Passé midi, les artilleurs s'agitèrent pour se préoccuper du transport des gros canons qui, depuis quelques jours, attendaient sur les bords du fleuve.

Ce point inquiétait fortement Louis XII. Car si le passage de la grosse artillerie s'effectuait sans trop de difficultés de la Loire au Rhône, tout se compliquait lorsqu'il s'agissait de franchir les Alpes.

Il y avait, certes, lieu de s'inquiéter, car à cette difficulté s'ajoutait le risque d'espionnage car un réseau, organisé par les Milanais, s'infiltrait aux portes de Lyon. Il fallait recruter des mercenaires pour affronter les espions qui jouaient bien souvent sur les deux tableaux lorsqu'ils étaient mieux payés par les Milanais.

Regardant distraitement le long fil bleu de la Loire qui serpentait devant ses yeux, Anne de Bretagne, une nouvelle fois, tentait de se rassurer en posant son regard sur son ventre.

— Ma mie, me donnerez-vous, cette fois, l'héritier que nous attendons tant ?

— Je vous promets qu'à votre retour, mon seigneur, ce fils vous tendra les bras.

Un nain vint faire la pirouette aux pieds de la reine. Lorsqu'il retomba sur ses pieds courts et difformes, il s'assura que le couple royal le regardait, puis il s'élança de nouveau pour exécuter un saut périlleux qui le fit retomber sur les genoux du roi.

— Monseigneur, nasilla-t-il en imitant la voix de la reine, je vous promets qu'à votre retour, ce fils vous tendra les bras.

Plus agile qu'un éclair dans un ciel d'orage, il sauta à terre et rebondit trois ou quatre fois.

— Qui es-tu, toi ? interrogea le roi.

— Je suis le fou de la foule, car personne encore n'a mis la main sur moi.

Il fit à nouveau une galipette, plus compliquée que les précédentes.

— Et tu me prédis un fils ? demanda la reine.

— J'ai entendu le devin le dire.

— Le devin ! Quel devin ? s'enquit-elle à nouveau.

— Celui qui est là-bas.

Et le nain tendit son bras rondelet en direction des maisons qui se groupaient au pied d'Amboise.

— Fais-le venir.

Le nabot sautilla.

— Je fais venir la pluie, le soleil, l'orage et la tempête. Je ne fais point venir de devin.

De la ceinture de son pourpoint, le roi détacha une bourse garnie, la soupesa et la lança au nain qui la saisit en plein vol.

— Je cours chercher le devin, Votre Majesté, nasilla aussitôt le nabot.

Quatre des plus belles suivantes de la reine Anne se tenaient à ses côtés. Immobiles, figées, un sourire pétrifié sur leurs lèvres embaumées, elles arboraient chacune un fanion aux vertus que la reine leur avait attribuées, Justice, Prudence, Force et Foi.

Mais, déjà le nain revenait.

— Sire, le devin ! exulta-t-il dans une double pirouette.

Arrivait un petit homme maigre et voûté, portant un chapeau noir dont la pointe retombait sur l'une de ses oreilles.

— Es-tu astrologue ? questionna le roi.

— Pour vous servir, Sire ! répondit le vieil homme en plissant ses yeux jusqu'à les enfouir complètement dans les rides de son front dégarni.

Il se courba un peu plus et poursuivit :

— La nuit dernière, j'ai étudié vos planètes et j'ai vu un garçon vous apparaître.

— Un garçon ! En es-tu sûr ?

— Le ciel ne trompe point, Sire. Et vous avez votre Vénus en bonne harmonie avec votre Jupiter.

— Les planètes du roi sont-elles aussi en bonne harmonie avec les miennes ? questionna la reine.

— Majesté, les vôtres aussi sont favorables. Votre Soleil est en double conjonction avec Mercure et Saturne.

— Que veut dire ce langage que tu es seul à comprendre ?

— Que vos espoirs seront réalisés, Majesté. Ce fils que vous attendez est déjà là.

Anne toucha son ventre et le palpa lentement.

— Qu'on lui donne une bourse, ordonna-t-elle dans un sourire béat.

Le roi se leva.

— Ma mie, après cette rassurante nouvelle, ne serait-il pas temps de nous acheminer vers la nef ?

La Loire brillait de tous ses éclats argentés. Entre les bandes de sable doré s'échappaient les flots endormis que les bateliers réveillaient au rythme du balancement de leurs rames.

Sous leur somptueux chargement, les nefs rutilantes de couleurs oscillaient doucement.

Anne se leva. Revêtue de son manteau de cour en hermine et de sa coiffe bretonne noire bordée d'or, elle s'avança sous le dais fleurdelysé soutenu par quatre pages vêtus de pourpoints blancs. Devant elle, ce n'était que tapis jonchés de fleurs fraîches.

Très exigeante sur le personnel de sa suite, Anne de Bretagne refusait que ses pages soient âgés de plus de treize ans, si bien que le mince visage des adolescents ne paraissait guère en désaccord avec celui de ses filles d'honneur qui n'avaient pas plus de seize ans.

Sous l'azur délicat du ciel, sa robe de broché écarlate faisait une tache éblouissante et le sage décolleté en carré laissait juste apercevoir un cou blanc qui s'épaississait au fur et à mesure de ses grossesses.

La reine se déplaçait lentement. En s'approchant des berges de la Loire, elle jeta son regard sur les peintres et les enlumineurs qui, installés près du fleuve, prenaient des esquisses. Elle les eût volontiers questionnés s'il ne s'était agi de cette parade qui la menait à la nef royale.

Louis venait à sa suite, entouré de ses compagnons d'armes les plus chers, Georges d'Amboise, Nemours, Charles d'Alençon, La Palice, La Trémoille et Charles de Bourbon.

Depuis que midi était largement passé, un soleil doré tombait sur le fleuve et le colorait de ce beige délicatement ocré dont seule la Loire pouvait se revêtir.

Les trompettes et les hautbois entonnaient les hymnes consacrés au roi. Les tambours répondaient en sourdine et les ovations de la foule, qui venait de déserter les rues de la ville pour se tasser sur les berges de la Loire, s'ajoutaient aux autres acclamations.

On lançait des pétales de roses à la reine et on criait longue vie à son duché de Bretagne. Acclamations pourtant vite reprises, mais promptement recouvertes par les vivats en faveur de la France.

Anne marchait le ventre en avant bien qu'elle ne fût enceinte que de trois mois. Rien ne pouvait lui faire plus de plaisir que d'écouter les honneurs lancés à sa chère Bretagne.

Un peu à l'arrière, François et sa mère chevauchaient leur monture. Mais un léger incident empêchait la famille d'Angoulême d'être au complet.

Depuis plus de huit jours, Louise et sa fille étaient à Blois – car toute la cour devait démarrer le voyage aux portes de la résidence royale – et Marguerite était souffrante depuis la veille.

Touchée par une indisposition qui l'avait empêchée de se lever le matin du départ, elle avait pourtant rassuré sa mère en lui promettant de rejoindre Amboise avec Mme de Châtillon dès que son malaise serait dissipé.

À cet instant, Marguerite devait se trouver sur la route qui menait à Amboise.

François s'impatientait. Dans son pourpoint jaune et ses chausses assorties, coiffé d'un chapeau à larges plumes blanches, l'épée battant son flanc, il regardait l'horizon au-delà du fleuve qui miroitait dans ses couleurs dorées.

Inquiète, sa mère l'était aussi. S'efforçant, pourtant, de faire bon visage à la reine qui, de plaisir, poussait son ventre rebondi en avant, elle pensait à sa fille qui n'était pas encore arrivée et à l'inquiétude de François qui sentait toujours sa sécurité un peu menacée lorsque sa sœur était absente d'une manifestation royale.

François dirigea son regard vers sa mère. Elle conversait avec Charles de Bourbon, qui s'était libéré. Les compagnons d'armes du roi, montant sur une autre embarcation, venaient en effet de se disperser.

Georges d'Amboise, La Palice et La Trémoille s'étaient regroupés tandis que d'Alençon et Nemours, l'un plus jeune que l'autre, mais animés tous deux de la même fougue à la bataille, discutaient avec ardeur.

François salua gracieusement le duc de Bourbon, puis il se tourna vers sa mère.

— Je pars au-devant de ma sœur. Il faut qu'elle soit à Orléans pour l'arrivée des galiotes.

Trop prise par la présence soudaine de Charles de Bourbon qui ne la lâchait plus du regard, elle sourit à son fils et lui souhaita bonne route.

C'est à peine si elle avait remarqué l'arrivée des compagnons de François, toujours à sa botte.

— Tu risques fort d'arriver après le départ des troupes si tu vas chercher Marguerite à Blois, jeta Chabot en rajustant son pourpoint sur le haut de ses chausses.

— Sans parler du mécontentement que le roi vous manifestera s'il constate votre absence, François, intervint son maître, Artus de Gouffier.

— Allons, ma mère saura bien le convaincre qu'il fallait aussi la présence de Marguerite. Cessez de vous inquiéter, Artus, et prévenez Bonnivet. Il m'accompagnera.

Il pivota sur son cheval, regarda autour de lui et tira sur les rênes d'un coup sec.

— Robert, dit-il à son compagnon La Marck qui arrivait à bride abattue, tu resteras avec Montmorency, il faut bien que deux ou trois d'entre nous restent.

Artus chercha Bonnivet des yeux en maudissant à nouveau l'insouciance de son jeune frère et en se demandant une fois encore, pourquoi François d'Angoulême le préférait à tous ses autres camarades.

— Que fait donc Guillaume ? soupira-t-il en observant les alentours. Je ne le vois pas.

François, lui aussi, scrutait de ses yeux plissés son proche entourage.

— Je paierais ma bourse d'écus qu'il s'encanaille, à cette minute précise, avec quelque jolie fille rencontrée sur le bord du fleuve.

Aux côtés de Louise, Charles de Bourbon caracolait dans un nuage de poussière que les sabots de son cheval soulevaient. Mais, en matière d'équitation, il en fallait plus à François pour amener dans son regard une lueur d'admiration.

Autant le jeune homme restait ébahi devant les coups et les attaques à l'épée du jeune Nemours, autant les exploits équestres du duc de Bourbon le laissaient froid et indifférent.

Ce n'était pas qu'il réprouvât la liaison de sa mère avec Montpensier-Bourbon. Qu'aurait-il pu dire, d'ailleurs, en un temps où, lui-même, démarrait plus vite sa carrière amoureuse que sa carrière politique ?

— Vous partez avec Guillaume, François ? demanda sa mère étonnée de voir son fils toujours là.

— Dès que nous l'aurons trouvé, mère.

— Sans autre escorte ?

— Nous n'en avons pas besoin, mère. Je vous promets que, ce soir même, Marguerite sera à vos côtés.

Il dirigea son regard vers le fleuve où gabarres, chalandoux et galiotes entouraient la nef royale qui attendait la reine et sa suite.

Les galiotes descendaient lentement sur Blois pour y rallier le reste des troupes à Tours et continuer sur Orléans. Trop avancée dans sa maternité, Anne refusait d'accompagner Louis plus loin qu'Orléans.

Le temps n'était plus où, aux veilles des guerres italiennes, elle quittait son époux à Grenoble, le regardant partir et s'enfoncer en direction des Alpes.

Avec satisfaction, François vit que les appréhensions d'Artus étaient plus vives que celles de sa mère, lorsqu'il l'entendit prononcer tranquillement :

— Les adieux de la foule et de l'armée royale ne pourront avoir lieu avant deux ou trois jours. Cela te laisse le temps, mon fils.

Sur la Loire, l'animation se faisait de plus en plus dense. Légères, les barques glissaient entre les bancs de grève dorée. Les mariniers s'activaient et, dans un roulement de tambours repris par les sons des trompettes, l'agitation se faisait complète.

Le fleuve scintillait comme un ruban moiré que l'on venait de dérouler sur le corps alangui d'une femme. Les galiotes oscillaient au gré de l'espace vibrant des mille bruits qui l'assaillaient sans vergogne.

Les Valois avaient l'habitude de voyager dans ces barques pavoisées où l'on pouvait aller d'Amboise à Tours ou de Blois à Orléans. Très attachée à ce mode de transport, la reine Anne utilisait ces galiotes dès que le fleuve permettait le voyage, encore que ses marins fussent suffisamment habiles pour se frayer un chenal entre les bancs de sable lorsque vent, pluie ou brouillard rendaient le fleuve opaque.

On trouva Guillaume de Bonnivet à califourchon sur un canon, discutant avec un arquebusier. Certes, tout comme on le lui avait appris, Bonnivet était sensible au maniement de l'épée et à l'art qu'imposaient les règles parfaites de l'escrime. Mais il semblait encore plus fasciné par les armes à feu que Louis XII, par goût lui aussi, développait depuis ses dernières campagnes italiennes.

À présent, le couple royal montait à bord. Avec une agilité surprenante, une centaine de laquais déroulait, comme on déroule une bobine de fil, un long tapis pourpre dont les méandres s'accommodaient des aspérités du sol, et sur lequel on jeta des fleurs fraîchement coupées. Aux effluves tièdes de la Loire se mêla, aussitôt, le parfum suave et persistant des pétales multicolores.

Du château d'Amboise et tout au long des marches qui descendaient à la ville, l'atmosphère s'échauffait. Tant de grâce et de splendeur inscrites dans cet ensemble de donjons, de tourelles et de toitures, ajoutées au charme de la Loire, contribuaient à l'engouement général qui, déjà, durait depuis trois jours.

Par-dessus l'épaule du duc de Bourbon, Louise vit François enfourcher Pégase. À son côté, Bonnivet sautait aussi sur son cheval. Ils éperonnèrent vivement leur monture et, tout de suite, Louise sentit en elle l'ivresse de liberté que son fils, en cet instant, respirait.

Elle soupira, ne sachant si c'était d'aise ou de regret. Demain, Charles de Bourbon rejoindrait ses compagnons d'armes. Convaincue qu'elle ne le reverrait qu'après une campagne s'annonçant longue et délicate, consciente aussi que ses prochaines nuits seraient tristes et solitaires, elle se réconforta à la pensée que Marguerite serait peut-être, dès demain, à son côté.

Elle décida donc de mettre à profit les heures que le destin lui offrait pour les enjoliver d'agréments où l'intérêt et le calcul, pour une fois, n'entraient pas.

— Voyez-vous, Charles, souffla-t-elle à son ami, ne gaspillons pas ces précieuses minutes. La guerre n'est pas un jeu. Dieu sait quand, à présent, nous allons nous revoir.

Dans le brouhaha et l'abrutissement général, personne ne les vit se fondre, au loin, sur les berges de la Loire.

Et l'œil affûté de Louise eut, à ce moment-là, une bien grande défaillance, car elle ne supposa, ni ne vit que le jeune duc de Nemours galopait, bride abattue, à quelques lieues derrière François et Bonnivet.

Mais pouvait-elle s'effacer à ce point pour ne penser qu'aux jeunes amours de sa fille Marguerite ?

Ce soir-là, Louise ne songea qu'à sa propre passion.

Après le départ de Charles, Louise prit son journal intime et, en tournant les pages, se dit qu'elle ne pouvait y confier son récent bonheur.

Auprès de qui pouvait-elle s'épancher si ce n'était Alix ? Aussi prit-elle un feuillet et commença-t-elle :

« Ma chère Alix,

Dans quelques jours, le roi repart pour l'Italie et la reine est de nouveau enceinte. Je tremble, certes, d'autant plus qu'on m'a rapporté qu'un devin lui a prédit un fils. Mais, cette fois, j'ai décidé de vivre pleinement les instants de joie qui s'offrent à moi. Et ils sont nombreux. Hier, en voyant François chevaucher joyeusement avec ses compagnons, j'étais heureuse. Et, quelques jours plus tôt, en écoutant Marguerite parler du jeune duc de Nemours, les yeux brillants, j'étais encore radieuse. Pourtant, je n'aimerais pas qu'elle s'attache trop à ce jeune capitaine déjà célèbre, car ce n'est pas lui qu'on lui destine.

Mais puis-je lui refuser une jeunesse qu'elle est en droit de prendre ? Fort heureusement, ce beau et séduisant chevalier sera parti dans quelques jours et je pense qu'elle ne le reverra plus avant son mariage, car je sais qu'on lui cherche une épouse qui n'est pas Marguerite.

Ah ! Alix, ai-je le droit d'ôter les rêves de l'esprit de ma fille tandis que je suis en train de vivre les miens ?

Charles de Montpensier me quitte presque à l'instant. Lui aussi va rejoindre le roi et Dieu sait quand il reviendra ! Je ne cesse de penser à lui. Ciel ! Comme je suis bien entre ses bras puissants et que de voluptés il me fait connaître ! Vous ne pouvez savoir, Alix, combien il me manque. Je ne l'ai réalisé qu'après le départ de François pour Blois où le roi le veut en permanence pour lui apprendre son futur métier de monarque.

En se préparant pour la guerre, le roi m'a affirmé que si Dieu lui donnait un dauphin, François resterait toujours le second personnage du royaume.

Je vous en supplie, Alix, écrivez-moi pour m'assurer que mon César sera roi, ou mieux ! Si vous disposez d'un peu de temps, pourquoi ne viendriez-vous pas me rejoindre sur les bords de Loire où le départ du roi se fête dans le tumulte et l'agitation ?

Chère Alix, à présent que je vous ai parlé des battements de mon cœur, peut-être vais-je les confier à mon journal intime. Et ce faisant, je vous attends.

À bientôt.

Votre attentionnée Louise. »

XII

Parties tôt le matin, Marguerite et Blanche chevauchaient depuis quelques heures sur la route qui menait à Amboise. L'aube étoffait de ses lueurs bleuâtres une campagne encore paresseuse, à peine ouverte aux bruits coutumiers.

Marguerite n'avait eu qu'une légère indisposition et peu s'en fallait pour qu'elle en oubliât complètement les méfaits. N'ayant soufflé mot à sa gouvernante de l'opportunité d'une rencontre qui était prometteuse, elle soupira d'aise.

Son cœur s'accommodait, soudain, à des turbulences dont les remous lui paraissaient encore ambigus et ses mains qu'une moiteur venait d'envahir devenaient plus nerveuses. Dans quelques instants, apparaîtrait sur la route celui qui ne quittait plus ses esprits, le séduisant Nemours, Gaston de Foix.

Elle aspira une large bouffée d'air. Mais les senteurs à demi échauffées du petit matin semblèrent lui échapper et elle ne retint qu'un relent d'émotion qui ne la quittait plus. François avait peaufiné chaque détail de la rencontre et devait jouer l'étonné lorsque inopinément, sur la route, surgirait Nemours.

Un programme plaisant, alerte, qui pouvait bien s'agrémenter de quelques petits incidents qui ne manqueraient pas de modifier la physionomie du plan si méthodiquement élaboré par les trois jeunes gens.

Trop amoureux de Marguerite pour passer à côté d'une si belle occasion, l'intime ami de François, Guillaume de Bonnivet, qui le suivait comme une ombre sans se départir de son éternelle jovialité, ne freinait plus son enthousiasme et caracolait, radieux, devant son compagnon. Pourtant, réussir à se convaincre de la pleine victoire de sa prouesse était une autre affaire.

Marguerite n'enfermait en elle qu'une seule vision qui, comme un feu follet à la recherche de son double, exacerbait tous ses instincts, proclamait triomphant le jeu auquel s'adonnait son esprit.

Pour François, la partie se révélait cocasse. Il ne lui déplaisait guère de voir ses deux amis transformés en amoureux transis auprès de Marguerite. Mais, sur cet imprévu, vint s'en greffer un autre.

L'incident qui devait quelque peu enrayer l'organisation de cette entrevue, vint bien entendu du principal intéressé. Car Nemours avait décidé que s'il n'obtenait pas le dernier mot envers François, il avait du moins un geste à faire.

Retournant la situation dans tous les sens, il ne trouva que l'issue d'alimenter la faiblesse du jeune duc d'Angoulême en lui jouant la carte de l'aventure féminine à saisir.

Une aubaine bien alléchante pour notre gai luron sans cesse en quête de gaillardises. Faisant miroiter à ses yeux allongés de plaisir la nouvelle auberge qu'à la sortie de Chaumont tenait une séduisante hôtelière, Nemours n'eut pas de peine à intriguer son ami. De surcroît, la veuve qui n'avait pas plus de vingt ans, disait-il, était d'une beauté à vous couper le souffle.

Engagée ainsi, la suggestion paraissait si avenante et l'hôtellerie si plaisante que le jeune duc de Valois ne pouvait qu'être amené à s'y arrêter et ce n'était pas son ami Bonnivet, amateur de gaudrioles, qui l'en dissuaderait.

L'esprit désormais libre, Nemours savait où rencontrer Marguerite. Restaient les réticences de Blanche. Mais là, devait intervenir le subtil travail de la jeune fille.

Aux alentours de Beauregard, bien avant Chaumont, Jean-Baptiste, qui menait allégrement la cadence de la voiture, avait suggéré de ne pas s'arrêter en route. Madame d'Angoulême, précisa-t-il, lui avait impérativement recommandé d'activer l'allure.

Blanche ouvrait son œil d'azur sur la campagne avoisinante qu'un lent soleil d'automne avait, maintenant, complètement éveillée. Elle, qui n'avait jamais manifesté de grands talents pour la monte, se félicitait de trouver en Jean-Baptiste les compétences d'un bon cocher, soucieux de ses chevaux, de ses voitures et du confort de ses voyageurs.

Pendant que, nonchalamment, de la petite fenêtre de sa litière, elle observait les alentours, Marguerite chevauchait Morphée sous un ciel serein dont la luminosité grise tombait furtivement au-dessus des bancs de sable qui côtoyaient la Loire.

Il y avait tant de circulation sur la grande voie qui menait à Amboise que l'attelage de Jean-Baptiste était sans cesse dépassé par un cavalier chevauchant à bride abattue.

Marguerite scrutait l'horizon et tentait de reconnaître au loin la silhouette de son frère. Pensant qu'il chevauchait seul à l'exception, peut-être, de quelques gardes, elle observait les alentours sans cesse encombrés par la circulation et les arbres jaunis de l'automne.

Tirant sur les rênes de Morphée, car Marguerite avait volontairement choisi la jument la plus tranquille de son écurie, elle s'approcha de l'équipage.

— Ralentissons l'allure, Jean-Baptiste, nous ne sommes nullement pressés, proposa-t-elle d'un ton qui, bien que feutré, engageait la réplique.

— Mais, demoiselle Marguerite, protesta le cocher avec empressement, ne devons-nous pas être à Amboise avant la fin de cette soirée ?

— Si fait, Jean-Baptiste, si fait. Mais le malaise qui m'a saisie hier s'estompe dix fois plus vite en chevauchant tranquillement sur cette route merveilleuse.

Elle vit Blanche qui sortait la tête par la fenêtre de sa litière.

— Marguerite, objecta-t-elle, je ne vois pas en quoi cette route bruyante et bondée de circulation peut vous satisfaire plus que les alentours du château d'Amboise, certes, très animés en ce départ de guerre.

Comme pour lui donner raison, une mule claquant bruyamment du sabot et supportant son fardeau les dépassa. Puis, le conducteur d'un chariot que deux bœufs menaient paisiblement les adjura de leur laisser la voie libre en se rangeant sur le bas-côté.

Agacé par cette injonction intempestive, Jean-Baptiste s'apprêtait à répliquer, de façon courtoise, car il ne jurait jamais sur la route, mais Marguerite intervint joyeusement :

— Tu vois bien, Jean-Baptiste, qu'il y a plus impatient que nous. Laisse donc tous ces gens passer.

Pélerins, commerçants, manants, cordeliers à pied ou à dos de mules, tous prenaient la route des bords de Loire pour assister au départ du roi en guerre contre l'Italie. Des mots de sympathie ou de colère s'échangeaient, des paroles se perdaient en route et se reprenaient au passage. On plaisantait, on s'apostrophait, on riait, on s'injuriait.

Marguerite se dégagea de l'attelage et prit quelques mètres d'avance. Dans quelques instants, si les calculs de François étaient justes, elle le verrait au loin, chevauchant Pégase, les yeux rivés sur l'horizon poudreux.

Derrière elle, elle entendit soudain Jean-Baptiste qui l'appelait.

— Demoiselle Marguerite, Demoiselle Marguerite ! criait-il.

Elle se retourna et le vit arrêter l'équipage.

— C'est votre jument, l'avertit le cocher. Elle semble boiter du côté gauche.

Il lâcha les rênes de sa voiture et sauta prestement sur le sol. Marguerite vint aussitôt le rejoindre.

Ils observèrent le sabot arrière gauche de Morphée et virent que le fer en était parti. Une esquille entamait la corne et, pour appuyer l'urgence de la situation, la jument se mit à hennir.

— Qu'allons-nous faire ? s'enquit prudemment la jeune fille, inquiète pour Morphée, mais préoccupée aussi par ce hasard qui risquait de contrarier la marche de son plan.

Jean-Baptiste paraissait ennuyé. Il reposa le sabot du cheval à terre et se prit à réfléchir.

Blanche descendit de sa voiture et, précautionneusement, s'approcha d'eux.

— Que se passe-t-il donc ? questionna-t-elle, la main posée sur un pli de sa robe qu'elle venait de relever légèrement.

— C'est Morphée qui n'a plus de fer à son sabot gauche.

— Ciel ! jeta Mme de Châtillon. Il ne nous manquait plus que cela.

Elle laissa retomber le pan de sa robe et se passa rapidement la main sur le front. Son pâle visage n'exprimait plus qu'inquiétude. Ses doigts descendirent le long de sa joue blême et le bleu de ses yeux semblait s'être atténué de sorte qu'ils ne paraissaient plus que deux boutons sombres et opaques.

— Ne vous inquiétez pas, Blanche, la réconforta Marguerite qui reprenait sa tranquille assurance, nous allons bien trouver le moyen de nous en sortir.

Jean-Baptiste, qui semblait en avoir terminé avec ses réflexions, grommela :

— Il va falloir poursuivre jusqu'à l'auberge la plus proche et nous y laisserons Morphée.

— À condition de ne pas quitter la route, lança précipitamment Marguerite. Nous allons chevaucher lentement pour ne pas la fatiguer.

C'était là un bien piètre argument pour ne pas lâcher l'horizon de vue.

— Ce qui est ennuyeux, ajouta le cocher, c'est que je ne vois pas d'hôtellerie avant dix ou quinze lieues.

Il se gratta le menton et poursuivit :

— Pardieu, Demoiselle Marguerite, il va bien falloir quitter cette route, car j'entrevois un endroit où l'on pourrait, sans doute, nous être de quelque secours.

— Bifurquer ! Changer de chemin ! Vous n'y pensez pas, Jean-Baptiste ! cria soudain la jeune fille.

Elle sentit le cocher perplexe et vit qu'à son tour, Blanche réfléchissait.

Mais ni l'un ni l'autre n'eurent le temps de proposer une solution plus adéquate, car dans un tourbillon de poussière, s'arrêtait un chevalier en armure, casque relevé et dague au poing.

Marguerite poussa un cri. Elle attendait François avec une impatience qui n'avait plus de mesure réelle, et devant elle, subjuguée, interdite, comme s'il ne lui manquait plus que son frère pour que l'accomplissement du projet soit parfait, elle voyait Gaston de Foix, duc de Nemours, s'avancer avec un sourire qu'illuminait ce radieux automne.

Comment avait-il pu devancer ainsi François ? Du regard, elle sembla le questionner, mais les violents battements de son cœur l'empêchèrent de creuser plus en avant sa muette interrogation.

Le cavalier qui suivait le jeune homme restait en retrait. Le cheval de Nemours piaffait. Son col et son échine étaient trempés de sueur tant la course avait dû être folle.

Sentant déjà le regard désapprobateur de Blanche sur elle, Marguerite prit le parti de rire et, joyeuse, elle lança promptement :

— Duc de Nemours ! Quelle surprise ! feignit-elle de s'étonner, alors que Jean-Baptiste, pour se donner une contenance, avait repris le sabot de Morphée et s'attardait à le réexaminer.

En une envolée qui fit cliqueter quelques ferrures de son armure, Gaston de Foix sauta prestement à terre, mais son écuyer resta en selle, gardant un large espace entre lui et son maître.

Lâchant les rênes de son cheval caparaçonné à l'emblème des Nemours, le jeune homme se courba gracieusement devant Marguerite, puis fit un lent salut à Blanche.

— J'ai vu de loin votre cocher penché sur votre cheval, assura-t-il d'une voix convaincue. Mais, ciel ! Je ne savais pas qu'il s'agissait de vous, Marguerite, et loin de moi cette idée que vous étiez en difficulté.

— Et le jour où l'armée se prépare à regrouper son effectif ! renchérit la jeune fille d'une voix fort enjouée, sur un ton beaucoup plus plaisant que Blanche ne l'eût sans doute souhaité.

Elle soupira d'impuissance. Que dire de ces petits inconvénients qui venaient troubler le bon jugement de Marguerite ? Sa suspicion sur cette entrevue pour le moins inopinée devait donc s'étouffer sans autre réaction de sa part.

— Un léger malaise, monsieur de Nemours, oh ! sans importance, croyez-le, m'a empêchée de partir hier avec ma mère. C'est pourquoi, guérie maintenant, je m'apprête à la rejoindre.

Le jeune homme se détourna de Marguerite pour lancer un regard pointu à Blanche.

— Mon cas est identique, madame, répondit-il d'une voix mélodieuse qui enveloppa quelques instants les soupçons de Blanche. Ma mère est âgée et souffre de gravelle aiguë. Elle souhaitait me revoir avant ce départ pour l'Italie.

« Dieu ! Fallait-il mentir ainsi pour les beaux yeux de Marguerite, pensa le jeune homme. Moi qui exècre dissimulation et perfidie. Pourtant, sous cet aspect, ma mère est vieille et souffreteuse. Dieu ne devrait pas m'en tenir rigueur. »

À nouveau, il se retourna vers Marguerite.

— Hélas, j'ai laissé ma mère en bien mauvaise posture, poursuivit-il presque honteux de cette récidive trompeuse. Je rejoins donc, aussi vite que possible, le régiment du roi.

— Et mon cheval ? s'inquiéta la jeune fille d'une voix menue.

— Nous allons l'atteler à la litière. Il souffrira moins à tirer qu'à supporter un poids, même aussi léger que le vôtre.

La jeune fille lui décocha une œillade fort encourageante.

— Je connais un lieu où l'on pourrait le ferrer, suggéra prudemment Jean-Baptiste. Mais il faudrait changer de route et je crains que cela ne retarde trop notre voyage.

Nemours vit une inquiétude soudaine dans le regard de Marguerite et en devina l'objet. Comment François pourrait-il les retrouver si le convoi s'écartait de la route ?

— Je pense avoir une meilleure proposition, déclara-t-il avec juste un peu d'emphase pour qu'on prît sa solution avec objectivité. Je connais, non loin de là, une forge qui peut ferrer votre jument, et nul besoin de s'écarter de notre chemin.

— Par tous les dieux ! s'exclama Jean-Baptiste surpris, voilà une ferronnerie que je ne connaissais point.

Marguerite se trouva, soudain, balancée entre l'euphorie et l'inquiétude. L'émotion qui l'étreignait devant Nemours égalait la crainte de ne pas voir son frère.

Mais, l'éventualité du choix n'était plus possible. Il fallait bien se décider.

— Votre obstination de ce matin, Marguerite, à refuser toute garde supplémentaire, nous met dans un bel embarras, reprocha Mme de Châtillon dans un triste soupir.

Nemours sourit à Blanche.

— Allons, la rassura-t-il, nous ne perdrons que quelques heures. Il n'y a là rien d'alarmant. Le soir descend vite, certes, en ces jours de septembre, mais avec de la célérité, nous serons à Amboise peu de temps après la nuit tombée.

Il recula et s'approcha de son écuyer. Puis, s'assurant que personne ne l'entendait, il murmura :

— Tu nous attendras à l'angle de la route et du chemin qui mène à la forge et tu arrêteras François d'Angoulême dès qu'il passera.

— Devrai-je l'y conduire ?

— Mordieu, plaisanta Nemours à voix basse. Que crois-tu que je fasse d'autre avec Mlle d'Angoulême que de la courtiser sagement ? Son frère peut donc nous rejoindre.

Après quelques nouvelles réflexions, on attacha la pauvre Morphée, non pas à l'attelage, mais au cheval de Nemours. Superbe alezan brun aux brillances rousses, la croupe puissante et la crinière noire, l'animal comprit ce qu'on attendait de lui. Il ralentit aussitôt sa marche et la calqua sur celle de sa nouvelle compagne boiteuse.

Combien l'air parut à cet instant pur et vivace à Marguerite ! Combien l'atmosphère se montrait soudain vaporeuse et tourbillonnante !

Sans plus attendre, et sous les yeux désapprobateurs de Blanche, Gaston saisit Marguerite dans ses bras, la souleva de terre et, la pressant contre lui plus longtemps qu'il n'était convenable, en profita pour respirer l'odeur parfumée que dégageait son corps souple.

Puis, dans une succession de gestes parcimonieux, il la déposa sur la croupe de son cheval qui, remorquant Morphée, patientait tranquillement.

Le convoi avait à peine amorcé un chemin de terre, traversant les vignobles recouverts de raisins serrés, que Nemours se décida à parler.

— N'êtes-vous pas trop inquiète ? prononça-t-il à voix basse, bien que l'attelage conduit par Jean-Baptiste fût assez loin devant pour qu'on n'entendît rien de leur conversation.

— Plus maintenant, répliqua Marguerite. François nous rejoindra très vite puisque votre écuyer le préviendra.

Le pas du cheval de Nemours se trouvait considérablement ralenti par Morphée qui, attachée à sa suite, avançait avec peine, et l'attelage de Jean-Baptiste prenait de l'avance, comme si celui-ci craignait de ne point trouver la forge citée par le duc.

Marguerite se réjouissait d'entourer de son bras le torse dur de son compagnon. Sous le pourpoint d'étoffe, elle sentait la rigidité de l'armure et se plaisait à deviner le corps musclé qui oscillait au rythme lent des chevaux.

L'épée battant son flanc, la dague attachée à sa ceinture, son heaume abaissé, Nemours se laissait distraire par le balancement du vent matinal qui effleurait son visage.

— Dieu, que votre armure semble lourde ! jeta Marguerite dans un souffle. Votre pourpoint seul eût attiré, plus volontiers, mon agrément.

— Cette entrevue, Marguerite, est tellement inattendue que je ne m'y suis point préparé.

— Croyez-vous donc me trouver imperturbable devant cette opportunité qui nous a si bien réunis depuis notre escapade à Chenonceau ?

Elle soupira et reprit :

— J'ai tant attendu cet instant.

Il voulut répondre, mais il se laissa absorber quelques instants par le pas déséquilibré de Morphée.

— Votre jument semble ne pas trop souffrir d'être ainsi remorquée.

Puis, il tourna la tête et Marguerite aperçut son fin profil. Nemours avait un visage fin et régulier, aux traits adoucis par un regard chaleureux et doré. Paradoxe pourtant que Nemours entretenait avec une grande facilité, car si ses méthodes en stratégie guerrière s'avéraient actives, imparables, d'une efficacité que le roi ne mettait plus en doute, ses agissements traduisaient une grande finesse, allant souvent jusqu'à une extrême bienveillance, à tel point que son entourage le surnommait « la colombe ».

— Les soirées milanaises me paraîtront bien mornes, à présent, murmura-t-il.

Elle se rapprocha de son compagnon et resserra son étreinte, pressant fortement son corselet de fer.

Il venait d'ôter casque et gorgerin et ne portait encore ni manches ni gantelets de mailles. Cependant, son buste raidi par la cotte inconfortable l'empêchait de sentir pleinement la flexibilité et la chaleur du corps de sa compagne.

— Penserez-vous à moi ? reprit-il en accélérant un peu son allure.

— Chaque soir, Gaston, souffla la jeune fille, mes songes s'envoleront vers vous et je vous ai promis de vous écrire.

— Alors, mes pensées iront aussi à votre rencontre. Les chaudes nuits italiennes me porteront chance et nous vaincrons. C'est toute l'effervescence de Milan, Marguerite, l'enthousiasme et le bouillonnement de notre armée, un triomphe nourri d'espoir, qui viendront à vous.

Il détourna son profil des yeux de sa compagne et poursuivit :

— Ah ! Milan ! C'est la fusion de son ciel d'azur et de sa terre éclatée qui vous empoigne tout entier.

— N'avez-vous pas de crainte ? chuchota la jeune fille.

— Non point, Marguerite, tant que vos yeux gris m'accompagneront. Le sort me sera bénéfique. Il me suffira aussi d'imaginer vos lèvres s'entrouvrir pour que mon cœur s'apaise.

Marguerite sentit son esprit chavirer. Ce furent les cris de Jean-Baptiste qui la plongèrent brutalement dans un univers plus concret.

— La forge est au bout de ce chemin. Je ne la croyais pas si près.

— Nous allons y laisser votre jument, intervint Mme de Châtillon en descendant de sa voiture. Jean-Baptiste la récupérera dans quelques jours.

— Que non, Blanche ! objecta Marguerite, je ne peux rentrer à Amboise sans ma fidèle haquenée.

— Avant de décider de ce que nous ferons, trancha Nemours, allons voir ce que le ferronnier va nous suggérer.

Relevant le bas de sa robe et suivant Jean-Baptiste d'un pas assuré, Mme de Châtillon se dirigea vers l'entrée de la forge.

Profitant de cette aubaine, Nemours s'approcha de Marguerite et lui tendit les bras. Spontanément, celle-ci se laissa mollement choir et s'y jeta. C'était comme une cascade d'eau fraîche qui lui parcourait tout le corps, faisant naître en elle de légers frissons de plaisir.

Gaston la déposa au sol, mais la retint solidement contre son buste. Puis, respirant son parfum suave, délicatement imprégné de citron et de fleur de cannelle, il approcha ses lèvres du visage de la jeune fille.

La bouche de Marguerite trembla. Une bouche délicate et vulnérable qui, jamais encore, n'avait eu à franchir un trajet si intime. Pourtant, le parcours qu'elle devait accomplir lui parut si obsédant, si impératif, qu'elle ne fit nulle obstruction pour en atténuer la puissance.

Dans un même élan, leurs lèvres se joignirent et, bouches mêlées, s'unirent étroitement, profondément, pétrifiant l'instant qu'un galop au loin brisa en quelques secondes.

Et puis tout fut rapide. François et Bonnivet arrivaient, brides abattues. Gaston lâcha lentement sa compagne. Ils savaient tous deux que là s'arrêtait leur idylle. Au retour de Milan, peut-être, pourraient-ils se revoir. Mais ce temps paraissait si lointain !

À nouveau, Marguerite se trouva désorientée. Un sentiment qu'elle découvrait et qui, jamais encore, ne l'avait habitée. C'est ainsi qu'elle se partagea entre la joie de voir François et l'amertume de rompre un si fugitif bonheur avec Gaston.

À la vue de Nemours, François ne voulut marquer aucune surprise. Il se contenta de plisser les yeux, comme il faisait chaque fois qu'une situation malicieuse embarrassait son entourage.

Marguerite n'osait regarder Gaston. Pour la première fois, la présence de son frère l'indisposait un peu. Elle se jeta, néanmoins, dans ses bras avant de s'apercevoir que Bonnivet l'accompagnait. Du moins l'avait-elle vu, sans pour autant réagir.

— Guillaume ! Que faites-vous donc avec mon frère ? s'écria-t-elle, embarrassée par la présence de Nemours qui les regardait se saluer de la façon la plus amicale qui soit.

— Avez-vous donc perdu toute mémoire, Marguerite, pour oublier que je suis sans cesse aux côtés de François d'Angoulême ? lui rappela Bonnivet en dirigeant droit ses yeux sur la jeune fille. Et ne me contenterai-je donc que d'un froid salut de votre part ?

Les joues de Marguerite s'empourprèrent légèrement et elle ne redevint elle-même qu'à l'arrivée de Blanche qui coupa court à toute autre allusion.

— Le ferronnier est absent. Il faut aller ailleurs.

Puis, se tournant vers François :

— J'aurais dû me douter que vous viendriez au-devant de votre sœur, précisa-t-elle aimablement. Eh bien, la voici à présent avec un chaperon plus exigeant que moi-même. Que tous les galants de la terre se le disent !

Consciente que sa dame de compagnie n'avait pas vraiment freiné son désir, Marguerite se mit à rire.

— Blanche, je vous adore ! s'exclama-t-elle en lui plaquant un rapide baiser sur la joue.

— Ne pouviez-vous me faire un tel présent ? grommela Bonnivet.

— Et pourquoi donc, Guillaume, vous accorderais-je un tel cadeau ?

Bonnivet hésita avant de répondre. François, d'ailleurs, ne lui en laissa pas le temps.

— Allons voir si ce forgeron est vraiment absent, s'écria-t-il en lui décochant une tape amicale dans le dos. Venez avec nous, Nemours, vous aurez bien le temps de réintégrer les troupes à Orléans !

Marguerite reconnut bien là l'autorité de son frère. Malgré ses incartades, ses fantaisies, ses boutades, il gardait cet art du commandement, de la réplique, de l'exécution rapide, parfois irréfléchie. Mais qu'importe, son équipe, ses familiers, son entourage, son personnel pliaient déjà sans oser discuter.

Les forges, à cette époque, prenaient une dimension considérable en fonction de la métallurgie qui se développait à pas de géant. L'importance accrue de l'artillerie et des armures en était la cause. Jusqu'ici, les techniques demeuraient assez rudimentaires, bien qu'on utilisât déjà des hauts-fourneaux de cinq à six mètres disposant de souffleries hydrauliques.

Dans cette forge-là, on usait de fours bas où le minerai était entassé par couches avec du charbon de bois. À chaque opération, on recueillait quatre ou cinq kilos de fer et de scories qui servaient à élaborer l'utilitaire, façonné selon la compétence des forgerons.

Blanche marchait de long en large devant la gigantesque fournaise qui lançait, loin devant elle, dans un crépitement de flammes en effervescence, ses lueurs incendiaires. Elle s'épongeait le front par petits coups brefs avec un fin mouchoir de linon blanc, tant la chaleur prenait à la gorge.

François, que tout instant qui rompait la monotonie du quotidien excitait, entraînait déjà son monde à l'intérieur de la forge tandis que Blanche, indisposée par la chaleur, reculait.

Un gros homme brun et lourd, le torse dénudé et velu sur lequel coulait en abondance une sueur presque bouillante, vint au-devant de la petite troupe. Il se courba en guise de salut. Ses cheveux embroussaillés qui tombaient sur ses épaules se mêlaient aux poils drus et gluants de son poitrail.

On eût dit un homme des cavernes. Il semblait nu sous son énorme tablier de cuir et lorsqu'il bougeait les épaules, celles-ci roulaient comme la peau d'un tambour sous les battements ininterrompus de la baguette. Il fixa sur les jeunes gens un œil aussi sulfureux que les braises de son foyer et, de sa grosse main velue, fit un second salut de bienvenue, plus avenant que le précédent.

— Je n'ai plus d'apprentis, ils sont tous partis, fit-il d'une voix rocailleuse.

— Mais qu'allons-nous faire ? dit Marguerite en regardant Nemours, tandis que Bonnivet cherchait déjà une solution qui évinçât son adversaire tout en le plaçant à son avantage.

François d'Angoulême s'approcha du forgeron.

— Ne pouvez-vous pas changer vous-même le fer de notre cheval ? s'enquit-il poliment.

— C'est que, rétorqua le gros homme, je suis plus forgeron que maréchal-ferrant. C'est mon apprenti qui s'occupe des chevaux, pas moi. Mais il est parti à la fête sur les bords de la Loire.

— Je peux vous tenir le cheval, proposa Jean-Baptiste. Avec moi, Morphée se laissera faire.

— Alors, on s'en occupera, poursuivit le forgeron. Mais pas avant ce soir, car je dois terminer le cerclage d'une roue. Le chariot attend depuis hier.

— Blanche ! cria Marguerite en courant vers sa suivante qui était remontée dans la litière. Jean-Baptiste restera ici avec Morphée tandis que vous rentrerez pour prévenir ma mère afin qu'elle ne s'inquiète pas.

— Oh ! Si vous êtes avec votre frère, répliqua tranquillement la suivante, elle ne s'inquiétera pas. Mais qui va conduire l'attelage si Jean-Baptiste reste à la forge ?

— Guillaume, répondit précipitamment la jeune fille.

— C'est impossible, Marguerite.

Le ton de Guillaume fut presque brutal. Aussi, par politesse envers Mme de Châtillon, dut-il le radoucir.

— Je crains de ne pas savoir très bien conduire une voiture.

Marguerite s'était retournée vers François et ses yeux l'imploraient de comprendre rapidement la situation. Il la saisit sans difficulté et signifia aussitôt :

— Guillaume, tu sais conduire les attelages mieux que personne. Mille fois tu as su me le prouver. Tu vas donc mener celui de Mme de Châtillon auprès de notre mère et tu reviendras ensuite. Nous resterons dans les parages.

Il fut donc fait ainsi et Guillaume dut s'incliner en lançant un regard sombre au duc de Nemours qui semblait ne pas s'apercevoir du conflit que sa présence soulevait. Seul le visage de Marguerite le préoccupait.

Quand ils eurent laissé Jean-Baptiste et l'écuyer de Nemours à la forge, François s'écria :

— Piquons jusqu'à Tours, nous avons plusieurs heures devant nous.

— À Tours ! s'exclama Marguerite, que veux-tu donc y faire ?

— Allons voir Alix.

Marguerite sourit. À Tours ou ailleurs, bah ! Que lui importait le lieu où ils se rendaient. L'essentiel n'était-il pas d'enserrer le buste puissant de Gaston entre ses bras et de poser la tête sur son dos ?

Ils arrivèrent sur la place Foire-le-Roi peu de temps plus tard et poussèrent jusqu'aux ateliers d'Alix. Surprise, la jeune femme se précipita vers eux.

— Marguerite, François ! s'exclama-t-elle, pourquoi ne m'avez-vous pas prévenue ? Je viens de recevoir une lettre de votre mère et elle ne m'a rien dit. Entrez, je vais vous présenter Mathias, mon associé et Arnold, mon contremaître. Et voilà Pierrot qui, depuis quelque temps, n'est plus apprenti.

Dans l'atelier qui, subitement, s'était arrêté de fonctionner, ils passèrent devant les lisses quand, soudain, François s'arrêta devant la petite chasse à la licorne tendue sur l'une des basses lisses.

— Oh ! s'écria Alix, si j'avais appris votre arrivée j'aurais caché cette tenture-là.

— Et pourquoi donc ? fit Marguerite en riant.

— Parce qu'elle est destinée à la princesse Claude qui veut l'offrir à François.

— Je n'en dirai rien, Alix. C'est promis, assura François.

Il se postait devant la tapisserie tandis que Gaston avait saisi la main de Marguerite et la portait à ses lèvres.

— Cette chasse est magnifique, poursuivit le jeune duc de Valois. Quand je serai roi, il faudra m'en tisser une beaucoup plus grande.

— Je l'exécuterai selon les principes de la Renaissance italienne. Le peintre Raphaël, qui dessine des cartons pour les lissiers italiens, bouscule les règles thématiques. Le motif central est de moins grande envergure et les bordures extérieures sont larges et enferment toute l'histoire de la tenture. Vous verrez, François, que cette évolution est étonnante.

Elle s'approcha de la tapisserie et frôla du doigt le tissage aux coloris éblouissants.

— Des teintes plus sobres, plus atténuées, moins de fleurs, mais beaucoup plus de personnages marquants d'une puissance extraordinaire.

— Ma mère m'a dit que vous deviez partir pour Florence, dit Marguerite qui se laissait docilement embrasser la nuque par un Nemours de plus en plus passionné.

— En effet, je devais m'absenter au début de cet automne, mais ce voyage est retardé, car j'ai trop de travail en ce moment. Je ne partirai qu'au printemps prochain.

Elle se tourna vers François en s'assurant que Mathias était retourné à son travail.

— Voulez-vous que nous allions dans ma maison située sur la place centrale ? Vous y serez plus tranquille. Quand repartez-vous ?

— Oh ! Tout à l'heure, assura le duc d'Angoulême. Le cheval de Marguerite est chez le forgeron et Jean-Baptiste nous y attend.

— François ! Ne voulez-vous pas revoir Constance ?

À ce nom qu'elle ne connaissait pas, Marguerite releva la tête. Elle ignorait l'épisode de Sforza à Loches et Alix comprit que son frère ne lui en avait pas parlé. Elle se crut donc obligée de préciser :

— Constance est la fille d'Isabelle de La Baume, la demi-sœur de Jacquou. C'est donc ma cousine par alliance. Elle vit à Florence, mais elle séjourne jusqu'au printemps dans sa famille en Bourgogne. Pour l'instant, je l'héberge à Tours. Je pense que nous partirons ensemble pour Florence dès l'arrivée des beaux jours. Voyager à cette époque me convient mieux. C'est la seconde raison du report de mon départ.

Mais c'est à peine si Marguerite, que les lèvres de Nemours ne quittaient plus, vit fleurir une ombre de satisfaction sur le visage de son frère. Seule Alix s'en aperçut.

— Oui, François ! Constance est chez moi. Vous revoir, ne serait-ce que quelques heures, lui fera plaisir.

Mais que pouvaient-ils faire en si peu de temps ? Marguerite se laisserait embrasser jusqu'à satiété par Nemours et François serrerait un peu trop la belle Constance, à moins que celle-ci ne l'entraîne dans l'une des chambres de la maison si le temps qui leur était offert lui paraissait suffisant pour goûter au plaisir que le jeune duc d'Angoulême lui proposerait sans plus attendre.

Alix se dit alors que si Nemours et Marguerite n'avaient plus de chaperon pour les surveiller, ils risquaient fort de suivre le même parcours amoureux.

« Chère Louise,

Je n'aurai malheureusement pas le temps de venir vous voir sur les bords de Loire où se fête le départ du roi, bien que l'envie se fasse grandement sentir en moi. Mais j'ai hélas trop de travail. Nous devons impérativement achever les tentures pour le roi et je veux aussi terminer les vôtres, car un autre gros travail m'attend. Je vous en parlerai une autrefois.

J'ai vu Marguerite et François, Louise. Ils sont venus à l'atelier et je sais que vous n'étiez pas au courant, mais ils m'ont assurée qu'ils vous en parleraient dès leur arrivée à Amboise.

Marguerite était avec ce jeune Nemours. Pourquoi ne les laisse-t-on pas s'aimer davantage ? Leurs yeux étaient illuminés de bonheur. Ah ! Louise, un tel bonheur ne devrait pas être rompu pour des considérations d'ordre politique. La France est une chose et le sentiment que se portent ces deux amoureux-là en est une autre. Pourquoi faut-il que le royaume marie Nemours à une autre jeune fille et Marguerite à un homme qu'elle n'aimera pas ? Je sais, vous allez me dire que c'est le destin de tout haut personnage du royaume et je sais, vous allez me rétorquer encore que votre beau et jeune duc de Montpensier s'évanouira un jour ou l'autre, repris par les obligations et les contraintes de ce même royaume. En attendant, Louise, vivez le plus intensément possible ces instants qui viennent auréoler votre vie intime. Je souhaite de tout cœur qu'ils durent aussi longtemps que vous le souhaiterez et, du moins, cela vous fera oublier les nouvelles angoisses qui vous torturent en pensant à la maternité de la reine.

Cela dit, Louise, il n'y aura aucun autre dauphin que votre fils. Je ne sais ce qu'il adviendra à la reine Anne, mais François montera sur le trône. Je vous l'assure mille et mille et une fois.

Pour revenir à votre invitation, laissons passer cette saison et puisque j'ai décidé de partir pour Florence dès le printemps prochain, je viendrai vous voir à Amboise cet hiver. Je vous parlerai de mon grand projet, encore est-il que j'en rapporterai d'autres d'Italie. Je découvre avec un ébahissement total les merveilles de cette Renaissance qui nous emporte tous. Vous aussi, Louise, vous serez subjuguée par les nouvelles tentures que mes ateliers tisseront.

Je vous embrasse.

Votre affectionnée Alix. »

XIII

Parti depuis plus de trois mois, le roi donnait régulièrement de ses nouvelles à la reine, tandis que les bords de la Loire perdaient un peu de leurs couleurs automnales, laissant traîner les premiers frimas de l'hiver.

Dans les ateliers d'Alix, *La Guerre de Troie* était enfin achevée et les six grands panneaux attendaient le retour de Louis XII. Dès qu'il serait rentré d'Italie, la jeune femme ferait atteler sa voiture en demandant à Léo de bichonner et lustrer les chevaux et se ferait conduire à la cour de Blois pour les lui livrer.

La Guerre de Troie était une grande fresque guerrière en partie dessinée par son ami le peintre flamand Van Orley où chevaux, cavaliers, casques emplumés, boucliers en écus, épées brandies, lances tendues, fanions et banderoles déroulées se mêlaient dans l'action du combat. Le premier panneau mettait en scène l'arrivée des troupes avec tout l'apparat qu'un tel sujet exige. Les suivants, jusqu'à la victoire du roi Louis XII chevauchant sous les volutes des oriflammes et les sons des trompettes, offraient leurs scènes de bataille que parsemaient les indispensables taches écarlates de sang versé.

Bien entendu Alix avait déroulé ses combats sur un tapis de millefleurs qui emplissait tout l'espace du ciel et de la terre, ce qui donnait à l'œuvre entière ce ton de guerre bucolique, cette atmosphère si prisée à cette époque par les seigneurs tourangeaux.

Poursuivant ses ambitions et prenant surtout ses droits puisque le roi lui-même lui en avait donné l'accord, elle signait chacun des panneaux de la lettre « T » avec en bas, dans un angle, l'emblème de Louis XII : le porc-épic portant sur son dos la couronne royale. Une idée qui ferait son chemin et dont Alix était fière.

L'impressionnante tapisserie de la comtesse d'Angoulême qui, pareillement, totalisait six grands panneaux était, elle aussi, terminée. Les dames et les licornes de la jeune lissière s'achemineraient bientôt dans les vastes pièces du château d'Amboise, à moins que Louise ne les consacre à son château de Cognac dont elle commençait l'entière rénovation. Mais pour l'instant le bel animal montait à l'assaut des murs de son atelier.

Un prestigieux ensemble que cette suite historiée exécutée et tissée selon les critères que réclamait le mysticisme de ce beau sujet ! Ici point de chasses harassantes, ni chiens haletants, ni bâtons ou fourches tendues. Aucune agressivité ou violence. Sur les tentures d'Alix s'affrontaient en douceur dames et bêtes, celles-ci l'œil tendre, le pelage brillant, la corne blanche dressée en spirale.

Seule, une partie de ces tapisseries avait été tendue, car l'exposition intégrale ne pouvait trouver sa place dans de simples ateliers. Il fallait les immenses murs d'un château pour dérouler ces impressionnantes tentures dans leur ensemble. Alix s'était promis d'accepter l'invitation de Louise dans le courant de l'hiver pour les lui remettre.

À présent que ces deux gros ouvrages étaient achevés et qu'elle avait remis ses *Vierges du Vatican* entre les mains d'Arnold et de Landry, Alix se sentait soulagée et pouvait travailler sur les deux panneaux *d'Auguste et la Sibylle*. Elle en avait terminé les esquisses et commençait à placer ses repères sur le cadre de sa haute lisse. Sa vierge était entourée de deux jeunes femmes au visage translucide comme de la porcelaine, assises à ses pieds, tandis que, devant elle, la sibylle admirait l'enfant qu'elle tenait sur ses genoux.

Ce matin-là, Alix étudiait avec Mathias les repères du carton posé derrière la haute lisse. Il était plus petit que la réalisation finale, il fallait donc calculer les reports exacts du dessin et en délimiter l'espace définitif sur la toile.

Les personnages du tableau tenaient tout le centre du cadre. Allait-elle les représenter différemment de ce qu'elle avait fait précédemment ? Elle avait encore en mémoire son « David », personnage d'un âge mûr, au visage austère et à l'attitude quasi impériale. Tenant le bâton de commandement, vêtu d'une chape en satin broché, imprégné d'une souveraineté incontestable, il fixait le regard de la vierge dont le visage n'était pas moins pathétique. Non ! La sibylle serait tout autre.

Tout autour, un large espace restait intact. Trop hésitante encore pour les meubler, Alix attendait d'être revenue d'Italie pour en composer l'ensemble. Elle rapporterait de Florence et de Rome les éléments qui lui manquaient et qui constitueraient cette foule de petits personnages qui raconterait toute l'histoire. Soudain, une hésitation l'arrêta. Ses larges bordures devaient se construire pour ses *Vierges du Vatican*, non pour sa *Sibylle*. Il fallait donc faire en sorte de ne pas tout confondre.

— Dame Cassex, faut-il achever la petite chasse à la licorne que vous destinez au fils de la comtesse d'Angoulême ?

— Ce n'est pas à François d'Angoulême que je destine cette tapisserie, mais à la princesse Claude qui l'offrira à son fiancé, le duc de Valois.

— Le duc de Valois ! Qui est-ce ? répliqua étourdiment le jeune Philippe.

— Si tu travailles avec moi, il faudra que tu apprennes les noms des grands seigneurs et des dignitaires de la cour. Ne perds jamais de vue que les œuvres lissières qui sortent de chez un grand maître, dont nous faisons à présent partie, ne sont pas destinées au petit peuple, ni même au premier venu, toute belle apparence qu'il ait. Nous fournissons les cours d'Europe, donc les rois et les seigneurs, parfois les très grands bourgeois qui sont souvent de gros négociants détenant d'importantes finances.

Le jeune homme semblait un peu surpris de cette leçon que lui inculquait sa maîtresse, mais Alix restait vigilante sur ce point et ne tolérait pas que ses ouvriers ignorent les noms et les titres des clients pour lesquels ils travaillaient. Aussi poursuivit-elle :

— Quant aux noms de ces seigneurs, il faut que tu assimiles leur double patronyme. C'est ainsi que si je parle de Charles de Bourbon, c'est aussi le duc de Montpensier, ou si je prononce le nom de Gaston de Foix, il s'agit également du duc de Nemours. C'est souvent dû à l'apport d'un domaine qu'ils reçoivent dans leur jeunesse et qui s'ajoute à celui de leur héritage.

— J'ai compris, dame Alix.

— Bien ! Alors pour en revenir au duc d'Angoulême, quand le roi lui a donné le duché des Valois, il n'était que comte d'Angoulême. À présent, il peut en porter le titre.

Philippe se tenait devant elle. Il prenait de l'assurance depuis qu'il travaillait à l'atelier. Tout comme Grégoire qui, aux côtés de Mathias, avait pris part à l'achèvement de *La Guerre de Troie* sur l'une des hautes lisses.

— Oui, tu termineras l'ouvrage pour la princesse Claude. À présent qu'Arnaude tisse une autre tenture, tu devras travailler seul. Dans quelques mois, Mathias t'installera devant une haute lisse.

— Tout seul !

— Es-tu un ouvrier ou non ?

— Oui, susurra le jeune homme.

— Alors, tu devras apprendre à te débrouiller seul. Regarde Grégoire ! Maintenant, il sait travailler sur une haute lisse sans qu'on soit derrière lui à le commander sans arrêt.

Le nom de son compagnon cité incidemment lui rendit l'aplomb qu'il semblait un instant avoir perdu. Ses yeux brillèrent de joie. Il rejeta sa tête en arrière et lança un coup d'œil à Grégoire absorbé par la remise en état d'un peigne qui venait de casser.

— Dans quelques jours, tu iras dans l'autre atelier et tu feras équipe avec Arnold et Landry, car les quatre grandes lisses seront occupées par *Les Vierges du Vatican.*

— Je croyais que l'ensemble comportait six panneaux !

— Pour l'instant, quatre seulement sont dessinés. Nous verrons comment ce travail se déroule. Tout dépendra des éléments que je rapporterai d'Italie.

Puis, elle tourna la tête quand elle entendit Mathias s'écrier :

— Non, Grégoire, non ! Je t'ai déjà montré comment réparer un peigne cassé ou un fil de chaîne défectueux. Tu sais peut-être manier la haute lisse, mais décidément tu ne sais pas la réparer. Regarde-moi faire et essaie de t'en souvenir.

Alix se prit à sourire. Jacquou avait enseigné à Mathias tout l'art de la réparation. Il lui avait dévoilé tous ces petits secrets qui permettent à un bon lissier de se tirer toujours d'affaire quand une lisse est en panne. Elle s'apprêtait à répliquer qu'un jour, Grégoire serait aussi expert que lui, quand la porte de l'atelier s'ouvrit.

La jeune femme resta sidérée, la main devant la bouche, les yeux écarquillés, les jambes flageolantes. Alessandro se tenait devant elle.

Une sueur perla sur son front et elle sentit qu'une autre, plus froide et plus tenace, coulait dans son dos. Prise entre l'envie de crier de joie, voler vers lui, se jeter dans ses bras, et celle de prendre un visage contrarié devant cette intrusion, elle resta tout simplement tétanisée.

La porte encore entrebâillée, il la regardait fixement, un demi-sourire flottant sur ses lèvres, étonné de ne point la voir courir spontanément vers lui :

— Alix ! Mon cœur. Pardonne-moi, je n'ai pu te prévenir.

La jeune femme crut que le sol de l'atelier se dérobait sous ses pieds. Alessandro ne lui avait fait parvenir aucun message. Pourquoi ne l'attendait-il pas dans sa maison ? Collas aurait pu lui faire porter un pli et elle serait partie sans attendre !

Restant figée à la même place, elle le dévisageait sans comprendre. Il était revêtu de son pourpoint noir et or aux parements d'hermine et de ses bas-de-chausses écarlates. Sa distinction et sa prestance lui donnaient cet air de prince florentin et, dans l'atelier, chacun s'arrêta de travailler pour le regarder s'approcher.

Si Pierrot avait esquissé un sourire où l'ironie lui était coutumière, Arnaude et Philippe avaient levé le nez avec une surprise teintée d'admiration et Grégoire regardait, non sans étonnement, ce grand seigneur qui, pour l'instant, n'avait d'yeux que pour Alix.

Toujours pétrifiée, celle-ci ne proférait un mot, laissant le silence peser. Elle entendit le pas de Mathias derrière elle. Il frôlait son dos. Elle sentit même son haleine contre son cou devenu soudainement glacé. Alessandro fit un pas et s'avança vers elle.

— Ce voyage à Paris, totalement impromptu et tout aussi impératif, m'a décidé à venir jusqu'en Val de Loire. Comment pouvais-je ne pas venir te serrer dans mes bras ?

Alix se taisait toujours. Ses jambes reprenaient de l'assurance, mais dans son dos coulait toujours une désagréable sueur qui entravait tous ses mouvements. Elle tendit pourtant les mains, mais consciente que ce geste pouvait en entraîner d'autres, plus révélateurs encore, elle les rabaissa.

Alessandro s'avançait lentement. De loin, Alix voyait flamber la braise de ses yeux. Elle crut en ressentir la brûlure et poussa un soupir dont elle fut seule à entrevoir la cause.

— Ah ! Mon cœur, j'avais tant envie de voir ces ateliers que tu me caches. Où sont donc tes millefleurs, tes vierges, tes combats de cavaliers et de chevaux ? Et *Auguste et la Sibylle* qu'il me tarde aussi d'admirer !

Un silence de plus en plus lourd les traversa tous. C'est alors qu'Arnaude sentit le malaise et tout lui revint en mémoire. Le banquier florentin ! Le conseiller ! L'ami qui avait effacé toutes les difficultés comme on souffle sur une bougie pour l'éteindre. Alix ne bougeait pas, pressentant ce qui allait suivre.

— Alessandro ! dit-elle enfin.

Puis elle se retourna. Mathias fixait le Florentin avec un visage de mort. Ses traits livides lui donnaient une apparence de fantôme qui n'augurait rien de bon. Ses mains se crispaient sur ses hanches.

Enfin, remis de cette entrée plutôt intempestive, le sire Van de Veere s'aperçut d'une anomalie dont il n'arrivait pas à débrouiller l'ambiguïté. Il arrêta son regard sur Mathias qui, du bras, avait repoussé Alix. Mais la jeune femme se dégagea pour avancer d'un pas et jeta d'une voix aux inflexions incertaines :

— Sire Van de Veere, je vous présente Mathias.

Elle eut conscience du ridicule de la situation. Tout le monde avait entendu le « mon cœur » prononcé deux fois à voix haute et distincte par le nouveau venu. Pourquoi vouvoyait-elle ainsi Alessandro ? Pour le personnel ou pour Mathias ?

Certes ! Le sire Van de Veere aurait dû s'entourer de plus de délicatesse, de tact, de psychologie dans son arrivée inattendue. Où avait-il donc appris ces façons discourtoises ? Comment pouvait-il oublier à ce point les bons usages d'une société dans laquelle il était lui-même contraint de vivre, en suivant ses lois ? Pourquoi s'imposait-il de cette façon indélicate ? Elle devait lui montrer qu'une plus grande pudeur serait la bienvenue. Aussi prononça-t-elle d'une voix encore très aléatoire :

— Mathias est mon associé, sire Van de Veere. Et voici toutes les œuvres que nous réalisons.

Dieu qu'elle était sotte ! Elle tendait la main vers les lisses dont on avait ôté les œuvres achevées. Mais le Florentin s'approchait et, désignant les hautes lisses pratiquement vides, demanda d'un ton où perçait encore l'étonnement :

— Où est donc cette *Guerre de Troie* commandée par votre roi de France ?

Puis, de nouveau, il rencontra les yeux de Mathias. Trop subtil pour ne pas avoir compris la leçon d'Alix, il poursuivit, plus enclin à la bienséance :

— Ah ! C'est vrai, vous m'aviez dit que cette œuvre était en voie d'achèvement. Il est dommage que je ne puisse l'admirer.

Mais son regard sombre restait obstinément fixé sur celui de Mathias dont la mâchoire était fortement crispée. D'une voix froide, presque atone, le lissier signifia :

— Puis-je vous montrer le célèbre comptoir où nous exposons toutes nos œuvres une fois qu'elles sont achevées ?

— Mais certainement.

Le précédant, il l'entraîna à l'extérieur, car il fallait passer par la cour pour rejoindre le lieu où travaillaient Julio et Angela. Contrariée qu'il prenne les choses en main de cette manière – pourtant elle ne savait plus que dire ni que faire – Alix s'empressa de les suivre. Son cœur battait violemment. Son assurance revenait. Qu'arrivait-il à Mathias pour qu'il prît cette initiative ? Elle aurait plus volontiers songé à une solution de repli et d'entêtement jusqu'à ne plus ouvrir la bouche durant tout le temps qu'Alessandro serait à l'atelier.

La porte à peine fermée, Mathias se tourna vers Van de Veere, blanc de rage, le cinglant impitoyablement de l'azur glacial de ses yeux.

— Ne revenez plus jamais ici, messire le Florentin. Ce n'est pas votre place, c'est la mienne. Contentez-vous de la maison que vous avez acquise dans la ville et traînez-y Alix si ça vous chante.

— Monsieur ! jeta Alessandro d'une voix étouffée.

Mais, toujours ivre de colère, Mathias se tourna vers Alix :

— Je ne veux pas de scandale dans nos ateliers. Pars avec lui.

— Enfin ! Quel scandale ! Vous vous égarez, mon cher ! s'indigna Alessandro.

Puis il se tourna vers Alix :

— Que veut dire tout ceci ?

Van de Veere commençait à s'énerver. Il prenait enfin conscience de la réalité. Ses yeux noirs se durcissaient.

— Partons, voulez-vous ? murmura la jeune femme en s'approchant de lui.

— C'est une excellente idée, va-t'en ! articula Mathias d'une voix sourde. Et ne repasse pas par l'atelier, prends la porte de la cour. Je ne veux pas que le personnel se moque de ton comportement.

— Mathias !

En un bond, il fut devant elle, l'écrasant de son mépris :

— Es-tu lissière ou courtisane ?

Les yeux d'Alix s'embuèrent de larmes. Oh ! Pourquoi Alessandro était-il arrivé avant qu'elle ait eu le temps de débrouiller cette épineuse affaire ? Elle aurait pu présenter les faits si différemment et Mathias ne serait pas venu à l'atelier ce jour-là.

La cour exiguë depuis que le comptoir avait été créé n'offrait guère de possibilité pour se retrancher. Quand Mathias vit Alessandro Van de Veere saisir le bras d'Alix pour l'entraîner dans la rue, il lança d'une voix rauque à l'adresse du Florentin :

— Ne croyez pas que votre puissance et votre fortune vous permettront de garder votre conquête. Vous êtes marié, sire Van de Veere, et votre place est à Florence, dans votre fief, avec vos ducats d'or et tous les vôtres.

Puis, il saisit le bras d'Alix et le secoua violemment.

— Que crois-tu donc ? Qu'il n'a aucune autre maîtresse ? Dans chacune de ses résidences, une femme doit l'attendre. Tout le monde se gaussera de toi.

— Taisez-vous ! gronda le Florentin d'une voix creuse.

Mais Mathias poursuivait :

— Alix me reviendra. Oui, je sais qu'elle me reviendra, car sa place est dans le Val de Loire, dans ses ateliers.

Van de Veere fit deux pas en avant et se retrouva nez à nez avec Mathias qui le prit au collet.

— Mathias ! cria Alix. Laisse-le.

Mais le Florentin se dégagea et, d'une brusque détente, poussa le lissier contre le mur. À son tour, il le saisit à la gorge.

— Alessandro ! cria de nouveau la jeune femme, cette fois affolée par le tour que prenait la querelle. Je t'en prie, partons.

Mais Mathias se dégagea et se rua sur son adversaire. D'un bond, il retourna la situation et le Florentin se retrouva contre le mur, la gorge emprisonnée entre les mains du lissier.

— Mathias ! s'écria Alix, non plus accablée mais furieuse, lâche-le immédiatement ou je ne reviendrai pas.

L'air se fit sec, dur. Un coup de vent balaya sa voix, la renvoya aux oreilles de Mathias et, instantanément, celui-ci lâcha Van de Veere. L'autre se redressa, eut un sourire triomphant :

— Je ne suis pas un homme de combat, messire l'associé, persifla-t-il, aussi je ne me battrai pas avec vous le poing ou la dague en avant. J'ai d'autres armes et elles sont beaucoup plus dangereuses.

— Tout puissant que vous êtes, je ne vous crains pas.

— Vous me redouterez un jour. Vous tremblerez devant moi.

— Alors vous ruinerez aussi Alix.

— Alessandro ! Partons, je t'en supplie.

— Oui, partez et que le diable vous emporte ! Quant à moi, je resterai seul avec mes hautes lisses jusqu'à ce que vous veniez les détruire. Que croyez-vous donc inventer, recréer avec votre argent ? C'est vous qui tremblez devant vos propres richesses. Moi, j'ai essuyé toutes les mauvaises fortunes, celle d'une jeunesse errante et incertaine, celle d'une peste qui a emporté ma femme, celle d'un incendie qui a brûlé les ateliers dans lesquels je travaillais, et à présent j'essuie celle d'une femme que j'aime et qui en préfère un autre. Croyez bien, messire le banquier, qu'après ça, rien ne peut me causer de frayeurs.

— Mathias, tais-toi ! supplia Alix.

— Va-t'en !

La jeune femme lui tendit sa main, mais il l'ignora et rentra précipitamment dans l'atelier.

— Que veut dire tout ceci, Alix ?

Le ton était sec, impérieux et tel commençait le dialogue. Ils ne s'étaient pas dit un seul mot durant la traversée de la ville. Collas n'avait pas bronché, sentant qu'une brouille opposait maître et maîtresse. Et, à présent qu'ils étaient arrivés dans la grande résidence de la place centrale, chacun dévisageait l'autre, debout dans l'une des antichambres de l'étage.

— Que veut dire tout ceci ? répéta-t-il.

Alix ne répondit pas, se contentant de lui opposer des yeux froids et des lèvres obstinément fermées. Il saisit un peu trop violemment son bras qu'il enserra entre ses mains dures. Elle se dégagea tout aussi brusquement et s'écarta. Mais il la rattrapa et l'obligea à rester près de lui.

— M'as-tu trompé, Alix ?

— Non.

— Alors, explique-toi ! poursuivit-il d'un ton toujours aussi sec. J'ai horreur de ces petits esclandres qui sentent le bas peuple.

— Et moi, je déteste les situations injustes que se permettent les puissants en se persuadant qu'ils ont toujours raison.

Il la saisit de nouveau par le bras et l'entraîna sur le sofa de la pièce. Mais elle lui résista et recula jusqu'à la fenêtre. Adrian, le valet, passa sa tête :

— Vous n'avez besoin de rien, seigneur Van de Veere ?

— Non, laisse-nous, je veux être tranquille, et ne reviens plus.

La porte se referma doucement.

— Alors ! Qu'as-tu à me dire pour ta défense ?

— Ma défense ! Mais je n'ai pas à me défendre !

— Alors, explique-moi. Qui est cet homme ?

— Je te l'ai dit, mon associé.

Il vint jusqu'à elle. Entre les pans des tentures, la fenêtre diffusait un rai de lumière blanchâtre, ténue, annonçant une froide atmosphère doublée d'une opacité dans le ciel que l'hiver ne tarderait pas à alourdir de ses prochains frimas.

Pour se donner une contenance, Alix écarta les bords de la tenture et resta un court instant le regard fixé sur le feuillage des arbres qui, de jour en jour, se dénudaient.

L'obligeant à se retourner vers lui, Alessandro la secoua par les épaules. Ses yeux révulsés, noirs comme des billes de jais, transperçaient la jeune femme. À présent, la colère à laquelle il pouvait s'adonner puisque le public n'était plus là pour se gausser d'eux, faisait saillir sa mâchoire et crisper ses mains.

— Tu te moques de moi, Alix ! Oui, tu te moques et je ne me laisserai pas faire.

Alix se mit à rire, mais d'un éclat triste et creux.

— Me ruineras-tu comme il a dit ?

— Oui ! Si tu me trompes, je peux t'anéantir ! Te broyer !

— Alors, fais-le et qu'on n'en parle plus.

Elle sentait que plus elle se révoltait, plus elle l'excédait et, pourtant, elle ne pouvait réagir autrement. Sa propre colère prenait l'ampleur de la sienne. Sa rage se nourrissait des mots qu'il jetait. Sa fureur flambait, se mêlant à celle d'Alessandro.

— Reprends ton dépôt à la manufacture de Bruges, reprends tes billets à ordre, tes commandes, tes promesses, tes caresses et tes mots enjôleurs. Oui ! Reprends tout, je ne veux plus rien.

La brave servante du sire Van de Veere, voulant sans doute vérifier les dires d'Adrian, passa sa tête par la porte. Peu accoutumée à entendre son maître crier, elle voulait en avoir le cœur net. Alessandro se leva, la prit par le bras et la flanqua dehors.

— J'ai dit qu'on me laisse. Comprends-tu ce mot ? Si tu reviens, je te jette à la rue.

Quand il revint près d'Alix toujours accotée près de la fenêtre, il la saisit et la poussa de nouveau sur le sofa, la maintenant d'une poigne ferme pour l'obliger, cette fois, à y rester.

— Que représente cet homme pour toi ? Allons ! Parle.

Elle tenta de se relever, mais il s'appuya sur elle, la bloquant avec son buste.

— Parle !

— Cet homme est mon associé, je te l'ai dit. C'était le compagnon fidèle de Jacquou et le mien. Il avait épousé une de mes amies, Florine, morte de la peste dernière, en même temps que mon mari. Nous nous sommes retrouvés veufs l'un et l'autre.

— Et vous vous êtes consolés ensemble !

— C'est faux ! cria la jeune femme en levant la main sur lui.

Mais il l'attrapa au vol et la broya dans la sienne. Elle entendit ses articulations craquer. Elle poussa une plainte.

— Continue !

— Cela vaut-il la peine, si tu ne me crois pas ?

— Continue !

— Florine venait d'accoucher d'un fils quand elle est morte. Tout comme moi, Mathias était désemparé, perdu, sans but. J'ai pris l'enfant et je l'ai élevé. Je l'aime comme s'il était mon fils, d'autant plus que j'ai perdu les deux miens.

Une lueur plus clémente traversa soudain les prunelles du sire Van de Veere, mais elle disparut promptement pour faire place à une froideur intense.

— Poursuis !

Il plaquait ses mains de chaque côté de son buste pour qu'elle ne se relève pas.

— Il n'y a plus rien à dire. Nous travaillons ensemble et il s'est persuadé qu'un jour, je serai sienne. Mais je l'aime comme un frère, un ami, un confident, pas autrement.

Elle le sentait fou furieux. Alessandro n'était plus lui-même. Il l'allongea complètement et ses mains nerveuses commencèrent à la dévêtir. Détachant tout d'abord son corsage et laissant sa gorge nue, il s'assura qu'il la maintenait assez solidement pour ne pas qu'elle s'échappe. Mais Alix ne se débattait plus.

Dégageant rapidement sa robe et la jetant furieusement sur le sol, il l'écrasa de tout son poids. Où était passée la tendresse des caresses, qu'il affectionnait avant de prendre son propre plaisir ? Il la dénuda avec un acharnement qu'il se plut à rendre agressif et violent. Puis, quand elle n'eut plus rien sur elle, il la prit sans plus de ménagement. Alix ne broncha pas plus qu'une statue de pierre. C'est à peine si elle respirait. Tout en elle était immobile, à l'exception du soubresaut machinal qu'il lui faisait subir. Quand il se retira, Alessandro semblait calmé.

— Je le saurai bien si tu m'as trompée, grogna-t-il.

Elle se dégagea. Il la laissa partir en la fixant de ses yeux sombres. Alix recula jusqu'à la porte, lui laissant tout loisir de voir sa nudité complète. Un pli amer étirait ses lèvres et c'est alors que toute sa colère éclata.

— Et toi ! cria-t-elle. Est-ce que je te harcèle avec ton épouse que, soi-disant, tu ne vois plus, et tes maîtresses qui se prélassent à Florence ou ailleurs, au palais des Médicis ou dans tes autres résidences que tu ne peux même plus compter, tant tu en as ! Est-ce que je fais des scandales dans ta vie personnelle ?

— Je n'ai fait aucun scandale dans ton atelier. C'est cet homme qui m'a attaqué, précisa-t-il d'une voix qui avait repris son calme.

— Suis-je allée t'importuner jusqu'à ta porte ? Troubler ta vie personnelle, intime ? M'exhiber parmi les tiens ? Je suis plus décente que toi, Alessandro.

Elle le foudroyait du regard. Nue, elle était superbe. Blanche et nacrée comme l'intérieur d'un coquillage, elle le subjuguait encore. Elle s'aperçut qu'il commençait à fléchir. Les vérités énoncées par Mathias et reprises par Alix lui revenaient subitement en mémoire. Sa belle assurance commençait à fondre. Il eut soudain peur de la perdre.

— Alix ! Viens, dit-il en lui tendant la main.

Mais Alix n'en avait pas terminé et, dans sa tête, trottait la pensée d'un Mathias malheureux, incertain de l'avenir.

— Que croyez-vous donc, vous, les hommes ! rugit-elle à nouveau, avec votre prétention séculaire de vous afficher avec des femmes qui ne sont pas les vôtres, sans qu'on puisse rien vous dire ? Croyez-vous que cela vous donne tous les pouvoirs ?

Il tendait toujours la main vers elle.

— C'est toi qui me trompes, Alessandro, oui, c'est toi qui me trompes. Tu me bernes, tu me dupes, tu me trahis avec ta position de puissant gonfalonier de Florence, avec ta fantomatique épouse que tu visites de temps à autre, avec toutes ces filles que je ne connais pas et que, Dieu merci, je ne connaîtrai jamais, car tu les caches dans des lieux où je n'irai pas. D'ailleurs, elles doivent être coquettes et sottes.

Il abaissa sa main d'un air attristé. Consciente qu'elle menait le jeu, Alix prit plaisir à poursuivre :

— Non, je ne viendrai jamais chez toi, en Italie.

— Alix…

— Moi, coupa-t-elle, je n'ai que cet atelier, c'était facile de t'y introduire sans me prévenir.

Enfin, elle s'avança, se courba et saisit ses vêtements qui traînaient sur le moelleux tapis.

— Ne comprends-tu pas que j'ai besoin d'une bonne harmonie et d'un équilibre sérieux dans mon travail pour réussir ce que j'entreprends ? Ne sais-tu pas que professionnellement tout est plus difficile pour une femme ambitieuse que pour un homme et que, pour cette raison, rien ne doit la ternir aux yeux de la société ? Ne peux-tu pas envisager un seul instant que je puisse porter à un homme une grande affection sans pour autant me glisser dans son lit ? Qu'ai-je donc à te prouver mon innocence quand tu n'as pas à me prouver la tienne ?

Alix commençait à se rhabiller.

— Ne t'habille pas, s'écria-t-il, et viens là.

— À présent, sire Van de Veere, laissez-moi. Je déteste votre suffisance, votre pouvoir, votre puissance, votre infidélité, tandis que vous vous permettez de tromper tout votre monde sans la moindre honte et sans le moindre regret. C'est vous l'infidèle, le déloyal, le traître, pas moi. Je ne fais qu'estimer un bon et loyal ami qui travaille dans mes ateliers. Qu'y puis-je s'il m'aime ? Je ne vais pas le mettre à la porte pour un sentiment qu'il éprouve pour moi et que je ne partage pas. Il ne me harcèle pas, ne m'en parle pas et n'ose me faire l'amorce d'une avance. S'il veut partir, je ne le retiendrai pas.

Elle se planta devant lui tandis qu'elle enfilait sa robe.

— Et vous, monsieur, êtes-vous capable de vous refuser à votre femme ou à vos nombreuses maîtresses lorsqu'elles vous sollicitent ?

À présent, elle attachait sa coiffe. Comprenant qu'elle voulait partir, il tenta de la retenir, mais avec des gestes moins durs. Il approcha la main, mais elle la repoussa.

— À présent, laissez-moi, sire Van de Veere. Je veux rentrer chez moi.

— J'irai vous y chercher, maugréa-t-il. Votre atelier, soit ! Je n'y mettrai plus les pieds, mais votre maison de la place Foire-le-Roi, oui ! J'irai vous y chercher.

Elle émit un petit ricanement qui le dérouta.

— C'est inutile. Vous y trouveriez Mathias. Il prend ses repas chaque soir avec moi ainsi que mes autres ouvriers et il dort dans une annexe de la maison.

Les yeux d'Alessandro flamboyèrent et il poussa un juron à voix basse.

— Ah ! Il vit dans votre maison. Alors, c'est que vous partagez la même couche.

Elle le regarda une dernière fois d'un air glacé. Tout son être vibrait encore de la colère qui l'avait envahie tout à l'heure.

— Adieu, messire Van de Veere, je ne veux plus vous revoir.

Elle dut rentrer chez elle à pied, car elle n'avait pris ni cheval ni attelage, puisqu'en sortant de l'atelier, Alessandro l'avait poussée dans sa propre voiture. Les douze coups sonnaient à l'horloge de l'église quand elle arriva chez elle.

— Vous ! s'écria Bertille en la voyant arriver. Que se passe-t-il ?

— Il se passe que je suis lasse, Bertille et que je veux me reposer.

La vieille servante la regardait ahurie.

— Êtes-vous souffrante ?

Alix ne répondit pas.

— Mais enfin, allez-vous me dire ce qu'il y a ! Ce ne sont point vos façons de vous reposer en pleine journée.

— Eh bien, pour une fois, c'est le cas. Laisse-moi, Bertille, je veux dormir un peu. C'est tout.

Bertille haussa l'épaule et maugréa :

— Avec toutes ces nuits que vous avez passées à l'atelier pour terminer vos tentures, ça ne m'étonne pas. Vous êtes épuisée.

— Oui, ça doit être cela. Je suis épuisée.

En un coup d'œil, Bertille avisa sa mine défaite, son air triste, son attitude abattue.

— Allez vous étendre sur votre lit, ma douce, je vous apporte un bon bouillon qui détendra vos nerfs, car ils me paraissent bien malmenés.

Elle soupira et poursuivit :

— Mais pour sûr, il y a autre chose et vous me le cachez. Je vais dire à Nicolas de venir vous embrasser, cela remettra vos idées en ordre. Ce petit a le don de vous apaiser.

Dès qu'elle fut dans sa chambre, la jeune femme s'allongea. Trop énervée cependant pour dormir, elle se laissa emporter par le feu des dernières heures, qui brûlait encore en elle. Mais comment l'éteindre ? Certes ! Elle voulait revoir Alessandro. Rien ne changeait dans ses sentiments pour lui. Elle avait juste fait éclater sa colère pour remettre un peu les choses en place. Pourtant, en le quittant, ses dernières paroles l'assurant que Mathias vivait dans la même maison l'avaient sans doute définitivement renseigné. Mais, à présent, elle ne ferait rien pour le convaincre du contraire. Elle attendrait.

— Lilisse, ze viens t'embrasser.

La jeune femme sourit à l'enfant. Dieu ! Que le fils de Mathias était beau. Son regard bleu tendre comme l'était celui de sa mère, ses cheveux blonds tirant sur le fauve et retombant souplement sur ses petites épaules rondelettes et ce sourire, le même que Mathias quand il se détendait et que rien ne venait entraver sa gaieté, tout en cet enfant ravissait Alix.

— Veux-tu que je te raconte une histoire ?

— Non, pas maintenant. Ze veux que tu te reposes. Bertille l'a dit.

Nicolas prenait toujours très au sérieux le repos des autres, comme il s'inquiétait déjà de leur bien-être en posant ces mille petites questions qui prouvaient sa nature gentille et généreuse. Oui ! Nicolas était un petit personnage hors du commun. Rien d'étonnant à ce qu'Alix l'eût adopté. Dieu ! Que ferait-elle si Mathias partait ailleurs avec son fils ?

Elle passa deux longues heures avec l'enfant et ce fut un temps bénéfique, apaisant, serein, des instants qui la régénérèrent, coulant en elle comme une eau claire, parfumée et bienfaisante. Elle avait en partie repris ses esprits, en sachant que tout reviendrait dès sa première nuit d'insomnie. Mais elle devait prendre sur elle pour ne pas se laisser déborder par son amertume et ses rancœurs et ne pas freiner ses ardeurs au travail.

Demain, elle affronterait bravement le regard d'Arnaude, de Philippe, de Grégoire et, ce soir au souper, celui de Pierrot, de Julio, d'Angela et, surtout, celui de Mathias.

Elle attendit le soir. Dès que les lueurs du jour commenceraient à tomber, la nuit ne tarderait plus. C'est à ce moment là que Mathias fermerait l'atelier.

Elle se leva, coucha Nicolas, le borda et l'embrassa tendrement.

— Tu diras à papa que ze veux un baiser.

— Bien sûr, mon petit ange. Il viendra te voir comme tous les soirs avant d'aller se coucher.

Quand la porte s'ouvrit et que Julio apparut, elle sut qu'on l'avait tenu au courant de l'algarade entre le sire Van de Veere et Mathias ou peut-être même avait-il vu la scène dans la cour car, à ce moment-là, les yeux d'Alix n'étaient certes pas braqués sur les fenêtres des ateliers pour voir qui les regardait.

Julio ne souffla mot, mais elle sentit son regard peser sur elle en tentant de détecter ce que son visage reflétait. Quant à Pierrot, il était égal à lui-même. Avait-il décidé de ne rien laisser paraître ? Il fallut pourtant le mettre à contribution, car lorsqu'il annonça que Mathias ne viendrait pas dîner, Julio lui glissa à l'oreille :

— Va le chercher et dis-lui qu'Alix est rentrée, il doit s'imaginer qu'elle est restée à Tours.

D'un regard chaleureux, Alix remercia Julio en se disant que personne d'autre que lui ne possédait cette finesse d'esprit, cette délicatesse qui le rapprochait tant de l'humanité entière. Sans la présence d'Angela, sans ses yeux paisibles toujours fixés sur lui, ce cœur prêt à se donner pour lui, Julio eût fait un prélat de belle envergure.

Quelque temps plus tard, Pierrot arriva, accompagné de Mathias. Il trouva quelques anecdotes qui détendirent un peu l'atmosphère.

— Ce gros charretier bloquait toute la route, plaisanta-t-il, et le cheval se cabrait, risquant de verser tout son contenu.

— Et c'était quoi ? intervint Bertille.

— Bah ! Ce n'était que du fourrage, répliqua Mathias en glissant un œil vers Alix.

— Nicolas te réclame depuis tout à l'heure, indiqua la jeune femme en remplissant son assiette de soupe au pois. Qui en veut encore ?

La louche levée, elle sollicitait ses compagnons du regard. Mathias approcha son assiette. Leurs yeux se croisèrent et Alix lui sourit.

Le lendemain, la journée aurait pu être comme celle de la veille ou celle de l'avant-veille. Mais elle fut encore différente, comme chaque fois qu'un visiteur venait à l'atelier.

À présent, les clients se déplaçaient place Foire-le-Roi. Certains avait entendu dire que de belles tapisseries étaient exposées dans les ateliers de la veuve Alix Cassex et qu'il fallait aller les voir. Il arrivait donc souvent que des petits seigneurs de province, venant de la Touraine ou d'ailleurs, ou même de gros négociants en bois, en vin, en huile, cherchassent à recouvrir les murs de leurs vastes demeures.

Mais, ce matin-là, quand la porte s'ouvrit, Alix ne resta point pétrifiée devant la personne qui se tenait dans l'entrebâillement, fouillant l'atelier de ses yeux pour s'assurer qu'elle ne s'était pas trompée. Les battants restèrent ouverts un instant. Alix se précipita.

— Catherine ! s'exclama-t-elle.

Toujours un peu corpulente, mais gracieuse et le visage charmeur – quand elle le voulait bien – Catherine Bohier, dame Briçonnet, referma la porte derrière elle.

— Depuis le temps où je voulais visiter vos ateliers, Alix, me voici ! Ah ! Diantre, je n'ai pas une minute de détente. Ce domaine de Chenonceau absorbe tout mon temps, aussi Dieu veuille-t-il bénir ce jour-là !

— L'idée de restaurer ce vieux manoir vous plaît tout de même, Catherine ! Ne dites pas le contraire, je ne vous croirais pas.

— Ah ! Certes, cela me passionne. Mais il reste tant à faire.

— Cela n'avance-t-il pas ?

— Si, bien sûr. J'ai enfin réuni les forêts, bois, champs et autres terres avoisinantes pour faire une châtellenie. Je peux donc, à présent, commencer les travaux puisque les fondations sont faites.

Alix avait là une belle occasion d'effacer la triste journée d'hier aux yeux d'Arnaude et de ses ouvriers. Aussi cria-t-elle le plus joyeusement du monde :

— Mathias, viens ! Je voudrais te présenter Catherine Bohier, l'épouse du sire Briçonnet qui combat avec le roi en Italie.

— Est-ce lui votre associé ? murmura Catherine à l'oreille de sa compagne.

— Pas à cent pour cent, mais depuis la reconstruction des ateliers dont il s'est occupé avec le plus grand soin, je lui ai laissé certains droits sur la production des œuvres. En mon absence, c'est lui le maître.

Mathias s'approchait, tandis que, de son côté, Catherine s'avançait. Après les banalités d'usage, Alix proposa de montrer les tapisseries exposées au comptoir.

— Je vois que vos lisses sont tendues de nouvelles œuvres, avez-vous donc achevé celles qui sont destinées au le roi ?

— Elles sont à côté, fit Mathias, soulagé de voir que, non seulement Alix n'était pas repartie au petit matin comme il l'avait craint un instant, mais que la journée s'annonçait calme.

Ah ! Que la nuit lui avait paru longue et mortelle chaque fois qu'il se tournait et retournait dans son lit. Que l'insomnie brutale, impitoyable, avait taraudé son esprit en songeant qu'Alix s'en était allée rejoindre son amant, persuadé qu'il était que leur brouille ne durerait pas plus de quelques heures. Mais le lendemain matin, ses angoisses s'étaient estompées quand, d'un coup d'œil prompt, il avait aperçu la jeune femme dans la maison, levée, habillée, prête à partir travailler.

Il adressa un sourire à Catherine Bohier et poursuivit :

— Les six tentures sont terminées. Nous les livrerons au roi dès qu'il sera rentré de guerre.

— Et celles de Louise ?

— Venez, invita Alix en lui prenant le bras.

Dans la grande pièce qui jouxtait les ateliers, là où le comptoir se tenait, Catherine observa longuement la jeune Angela qui travaillait sur une basse lisse, puis se tourna vers Julio qui parlait peu lorsqu'un visiteur venait en compagnie d'Alix. Chacun savait que dame Cassex était trop volubile pour laisser à quelqu'un d'autre le soin d'expliquer les ouvrages exposés.

Catherine fut littéralement séduite par la débauche de chatoiement qu'offrait le tissage des tentures. Elle s'en approchait pour en voir les détails, puis s'en écartait pour se rendre compte de l'effet produit. Elle tournait la tête de droite à gauche, contemplait, examinait, étudiait. Ses yeux allaient des licornes aux chevaux de bataille, des dames d'apparat aux chevaliers en armure, des scènes de cour aux scènes de combat. Puis, elle revenait sans cesse aux millefleurs dont l'harmonie des couleurs était une véritable merveille.

— Elles sont splendides. C'est un travail de grand maître. Mes félicitations, Alix.

— Cette *Guerre de Troie* nous a valu bien des efforts, intervint Mathias. Maître Jacques Cassex en a réalisé une grande partie. C'est lui qui l'a commencée. Il a effectué le plus dur : reporter les repères des personnages et des chevaux sur la toile.

Catherine Bohier hocha la tête. On sentait qu'elle avait l'habitude de côtoyer les ateliers des peintres et des lissiers. Ses yeux furetaient partout et elle discutait de tout, du fil, des teintes, du point, de la brillance, des hachures, des ombres !

— L'arrivée du roi est exceptionnellement bien rendue, apprécia-t-elle. Tous ces chevaliers en armure donnent une réelle impression de bravoure et de force. Ne sent-on pas qu'ils vont gagner la victoire ?

— C'est ainsi que le roi la voulait. Pas autrement.

— A-t-il eu d'autres exigences ?

— Celle d'y mettre les millefleurs simplement pour le tapis où se déploieraient les combats.

Soudain, Catherine se mit à rire :

— Votre signature ?

— La voici.

Alix tendit le doigt et désigna la grande lettre « T » qui figurait dans un coin des tapisseries.

— Vous avez bien fait. Que font les Mortagne et les Van Thiegen à présent que votre nom est cité parmi les meilleurs lissiers de la région ?

— Ils nous surveillent, épient chacune de nos productions et parlent de nous avec malveillance devant les vérificateurs administratifs qui viennent contrôler nos travaux.

— Votre *Guerre de Troie* aura du mal à être contestée. Le roi y trouverait à redire.

— Je l'espère bien. Mais il se peut que l'on critique mes licornes comme on les a critiquées lorsque j'ai présenté mon chef-d'œuvre à la Guilde.

— À présent, vous avez assez d'appuis pour vous défendre.

Alix tourna la tête. Mathias était reparti dans l'autre atelier. Elle s'approcha de sa compagne et murmura :

— Soyez gentille, Catherine, ne parlez pas d'Alessandro devant Mathias. Ils ne s'entendent guère.

Catherine la regarda, tout d'abord surprise. Puis, elle éclata de rire.

— C'est entendu, mais diable ! Vous faites bien de me prévenir. Je ne lui dirai donc pas d'où proviennent les importants crédits que j'ai obtenus pour la construction de Chenonceau.

— Surtout pas.

Elle se pencha davantage vers sa compagne.

— À ce sujet, pensez-vous que je puis en solliciter d'autres ?

Alix eut un imperceptible tremblement et son cœur sursauta une seconde. Ciel ! Il ne fallait pas qu'elle replonge dans ses tourments amoureux. Que pouvait-elle répondre à son amie ? Reverrait-elle un jour Alessandro ? Combien de nuits pourrait-elle passer sans dormir ? Se concentrerait-elle suffisamment sur ses nouveaux projets en sachant que tout était rompu entre elle et lui ?

— Alix, entendit-elle comme dans un brouillard.

Catherine la regardait, surprise que sa question ait provoqué chez sa compagne quelques secondes d'inattention.

— Il faudra le lui demander, Catherine.

Puis, elles retournèrent dans les autres ateliers et Alix décida de ne plus se laisser submerger par ses craintes.

— À présent je voudrais vous parler de mes nouveaux projets. Vous me direz ensuite ce que vous en pensez.

— J'avais justement l'intention de vous poser la question.

Quand Catherine fut devant les grands personnages composant les *Vierges du Vatican*, elle fut transportée d'allégresse par leurs attitudes et leur disposition sur la toile.

— C'est exactement ce que je souhaite, à un détail près.

— Que voulez-vous dire ?

— Que ce sont là des vierges et je le comprends aisément. Pourriez-vous réaliser des femmes de cette envergure, sans qu'elles aient des visages, des vêtures et des attitudes de madones ?

Devant la question, Alix se mit à réfléchir.

— Voulez-vous parler de déesses, de nymphes ou encore de ces sortes d'amazones qui dictent leurs règles ? Cela me conviendrait tout à fait.

Catherine se gratta le front. À vrai dire elle pensait plutôt à des muses, des égéries, des sylphides.

— De toute façon, vos madones cadreraient mal à Chenonceau.

— Au château de Chenonceau, voulez-vous dire ?

— Eh bien oui, que diriez-vous d'une série de quatre ou six panneaux pour décorer l'une de mes plus grandes salles ?

— Ce serait merveilleux ! Voulez-vous que nous en parlions plus en détails ? Je vous invite à partager notre souper. Restez, Catherine, cela me ferait tant plaisir. Je vous invite même à passer la nuit chez moi. Vous rentrerez demain.

— Soit, j'accepte.

XIV

Deux mois plus tard, alors que l'hiver s'installait lentement, Marguerite pleurait, le nez enfoui dans son fin mouchoir de batiste blanche. Partout, à la cour, on parlait des conquêtes du valeureux Nemours, mort, hélas, dans la brillante bataille qu'il avait menée à Ravenne, au nord de l'Adriatique, alors que les campements étaient basés en dessous de Venise.

Gaston de Foix, duc de Nemours, avait été un homme remarquablement doué pour la guerre et Louis le douzième, revenu quelque temps à Amboise, le pleurait aussi, mais pour des raisons différentes. Et, bien que Marguerite ait eu la certitude que le séduisant Nemours n'avait pas été choisi pour être son futur époux et qu'un autre nom titillât désagréablement ses oreilles, elle se désolait à l'idée de penser à lui comme à un disparu qui ne pourrait plus l'éblouir que par le souvenir. Désormais, Nemours resterait dans sa pensée un bel ange de la guerre auréolé de prestige et de mystère.

Par contre, un autre seigneur guerrier revenait d'Italie, brillant lui aussi, mais plus chanceux que son compagnon Nemours. C'était l'ambitieux duc Charles de Bourbon qui s'empressa, dès son retour, de prendre non pas la direction du domaine de sa triste épouse Suzanne de Bourbon, mais celle d'Amboise où il désirait fêter avec Louise et ses enfants d'Angoulême les succès de cette dernière expédition milanaise. Il serait bien temps, par la suite, se disait-il, de partager son temps de repos entre son épouse et sa maîtresse. Pour l'instant, seule comptait Louise, la future reine mère.

Et pendant que les vivants pleuraient les morts, Louis XII présidait l'assemblée du clergé de Tours où l'on nommait le nouvel évêque en la personne de Martin de Beaume, puis à l'assemblée du Conseil des ministres où, par la présence de quelques gros financiers, il tentait de renflouer les caisses de l'État, vidées par les guerres italiennes.

À Blois, épuisée par ses maternités infructueuses, mais énergique et combative et surtout farouchement opposée à l'ascension de François d'Angoulême, la reine Anne tentait encore d'insuffler au roi l'idée qu'il pouvait avoir un dauphin.

Durant ce temps, Louise et Alix avaient reçu un messager portant une nouvelle qui les remplissait de joie. L'une à Amboise attendait l'arrivée de Bourbon, l'autre à Tours attendait celle d'Alessandro Van de Veere qui revenait de Lyon.

Le jour où Alix avait reçu le message de Van de Veere, son cœur avait bondi de joie. Alessandro l'aimait et elle ne pensait qu'à le retrouver. Les mots tournaient dans sa tête.

« Mon cœur,

La brouille – je n'ose dire la rupture – qui nous a séparés me paraît bien mesquine, à présent que les jours et les nuits qui défilent m'ont fait réfléchir. Pardonne-moi, Alix, pardonne ma jalousie qui a excité ma hargne et ma colère. Je n'irai plus à ton atelier et lais-

serai cet homme en paix. Certes, il a le droit de t'aimer, mais n'oublie pas, mon cœur, que je m'oppose à ce que tu lui accordes un autre sentiment que l'affection, le respect et la loyauté dans le travail. Je t'aime et ne veux pas te perdre en te réclamant un attachement exclusif auquel je ne peux sans doute pas prétendre.

Après ton départ, je suis parti à Lyon, j'avais à faire et je voulais t'oublier. Mais c'est impossible, ton image me poursuit et m'obsède. Je veux te revoir et t'aimer. Je t'en supplie, viens me retrouver. Je viendrai par la route de Nevers, sinon, je t'attendrai à Tours dans ma maison qui est aussi la tienne. Ah ! Mon cœur, à quoi me serviraient dorénavant mes richesses et ma puissance si je ne pouvais plus les déposer à tes pieds. Il me tarde de t'emmener à Florence. Il me tarde de t'aimer.

Alessandro. »

Mais le temps compliqua les choses, car la pluie qui n'avait cessé de tomber depuis plusieurs semaines faisait soudain place à un froid vif, dur, sans espoir de radoucissement. Très vite, cette froidure subite s'accoupla à un vent du nord glacial et gelant le sol.

À Nevers Alessandro fut arrêté par l'attelage que conduisait Léo, venu au-devant de lui pour lui annoncer qu'il devait retrouver Alix à Amboise et non à Tours. La jeune femme était invitée chez la comtesse d'Angoulême, celle-ci voulant s'entretenir impérativement avec le banquier florentin.

L'attelage bloqua la route, mais tout de suite Alessandro reconnut le cocher d'Alix.

— Cela ne vous fera guère plus loin, sire Van de Veere, lui dit Léo. Quelques lieues tout au plus. Dame Alix a dit qu'elle ne quitterait pas Amboise avant de vous y avoir vu.

Puis, Alessandro aperçut la tête brune d'une jeune fille par la fenêtre de la litière que conduisait Léo. Intrigué, il fit un bref salut, mais aussi lestement qu'un chat, la jeune personne sauta sur le sol et se présenta :

— Vous ne me connaissez pas, sire Van de Veere. Par contre, moi j'ai entendu parler de vous plus que je ne puis vous le dire.

— Et par qui donc mon nom est-il arrivé à vos oreilles, demoiselle ?

— Par Alix, bien sûr, répondit la jeune fille en riant. Je suis Constance de La Baume, nièce de l'époux décédé d'Alix Cassex.

Elle vit naître un sourire sur le visage du Florentin, qui lui apparut plein de charme. Constance s'approcha d'Alessandro et dans ses yeux noirs passa cette lueur audacieuse qu'elle savait si bien utiliser avec les hommes.

— Alix m'avait dit que vous étiez un séducteur, mais ses paroles n'ont pas dépassé la vérité.

— Eh bien, je suis heureux d'avoir fait votre rencontre, même si celle-ci n'est que de courte durée.

— C'est aussi mon avis. Nous avons encore une grande route à faire. Léo doit me déposer chez ma mère en Bourgogne, où je dois rester jusqu'au printemps. Savez-vous que je vis à Florence ?

— Non ! Mais vous venez de me l'apprendre.

Le sourire qui animait son visage se fit soudain narquois. Constance en fut un peu surprise.

— Alors, je pense que nous nous reverrons, sire Van de Veere. Je repartirai avec Alix quand elle ira vous voir à Florence. Nous avons décidé de voyager ensemble.

— Alix vous a dit qu'elle viendrait à Florence !

— Bien sûr.

— Alors, je suis le plus heureux des hommes.

Toujours souriant, il lui tendit sa main.

— Moi aussi, j'ai encore de la route à faire. Je vous fais donc mes adieux, demoiselle Constance.

Elle leva les yeux au ciel.

— Vous n'allez pas au-devant d'un très beau temps, regardez ce ciel, il est plein de neige et de froid.

Puis, elle remonta dans la litière.

— Allons, Léo ! Partons à présent.

Alessandro vit de nouveau sa tête brune se pencher à la petite fenêtre.

— Dites à Alix que je penserai beaucoup à elle jusqu'à ce que nous soyons réunies de nouveau. Nous nous entendons bien toutes les deux et je suis heureuse qu'elle vous ait trouvé sur son chemin. Je vous souhaite beaucoup de bonheur ensemble, sire Van de Veere. Vous allez passer d'excellents jours à Amboise. La vie de château est plus agréable que la vie d'atelier et, parfois, Alix a besoin de se changer les idées.

Tout en poursuivant sa route, Alessandro se sentait soulagé, heureux, apaisé. Alix ne lui tenait plus rigueur de son stupide accès de jalousie et il se mit à penser au jour prochain où il lui ferait découvrir les splendeurs de Florence. Ah ! Que ce temps était encore loin et comme il lui plairait qu'Alix soit plus souvent avec lui ! Partageait-elle aussi ce sentiment ? Il hésiterait certes à le lui demander après leur dernière querelle. Les femmes de cette famille issue du Val de Loire avaient des âmes de véritables Florentines. À voir les yeux hardis, à la limite de l'effronterie, de cette trop jolie Constance, il ne fallait pas s'attendre à trouver une fille timorée et soumise.

Quelques minutes plus tard, Alessandro se trouvait à la sortie de Nevers. Mais c'est après Bourges, sur la route qui menait à Romorantin, en direction d'Amboise et de Tours, que tout se compliqua.

Un épais brouillard tomba lourdement dans la nuit et ne sembla pas vouloir se dissiper autrement que par petites touches irrégulières et imprévisibles. Tenant solidement les rênes de son cheval apeuré, Alessandro avançait prudemment. Le givre restait tenace autant que le brouillard et il n'était guère possible de déceler un cheval sur la route ou d'attacher une voiture pour se rendre au village le plus proche.

Le sol gelait d'heure en heure et, arrivé à Romorantin, Alessandro fut fortement inquiet de la tournure des événements. Il n'avait jamais vu un tel fléau depuis qu'il venait en Val de Loire. Il lui fut bientôt impossible de rester juché sur son cheval.

— Je risque de geler avant que ce satané brouillard ne se lève, grommela-t-il. Et je n'ai même pas de couverture pour m'emmitoufler. Mieux vaut descendre de cheval et marcher en tenant le cou et la longe de l'animal pour l'aider à avancer. C'est la meilleure chose à faire, sinon je vais être pétrifié avant de revoir les yeux dorés d'Alix.

Chaudement installées à Amboise, mais fortement inquiètes, Alix et Louise attendaient qu'un dégel leur donnât un peu d'espoir.

Les jours passant et tout étant bloqué sur les routes, Louise se disait qu'après tout Charles de Bourbon avait peut-être été retenu par une épouse jalouse. Depuis longtemps, on savait que malgré ses disgrâces physiques et ses maladies successives, elle tentait encore le dernier atout qu'elle avait en sa possession pour garder un trop bel époux, celui d'offrir un héritier à une succession qui s'annonçait désormais délicate si Louise devenait la mère du roi de France.

La venue d'un fils eût non seulement comblé d'aise la famille de Bourbon, mais également ôté de l'esprit de Louise toute idée de récupérer son héritage.

Les occasions de rapprochement entre les deux époux de Bourbon devenaient rares depuis que Charles de Bourbon passait son temps sur les chemins entre son domicile et Amboise, quand ce n'était pas sur les routes italiennes.

— Ce temps n'est guère propice aux voyages, Louise, soupira Alix qui observait depuis l'aube l'impatience de son amie pour ne pas penser à la sienne, ajoutée à sa crainte qu'Alessandro ne veuille soudain plus la voir.

— Le sol est-il encore gelé ?

— Trop gelé pour être sur les routes. Les voyageurs ne peuvent plus avancer.

Louise s'approcha de la fenêtre et en écarta les sombres tentures. Il lui sembla qu'un souffle d'air froid pénétrait dans la pièce et s'infiltrait insidieusement sous la confortable robe de velours que venait de lui passer Catherine.

Un frisson parcourut son corps et la laissa indécise. D'un pas feutré, l'allure paisible et mesurée selon son habitude, habillée chaudement, elle aussi, Antoinette s'approcha et saisit un des pans de la tenture.

— Regardez, Louise, que fait votre chambrière en bas dans la cour ?

Catherine serrait contre elle une petite cape en laine qui lui recouvrait les épaules. Elle avait dû prendre celle-ci trop à la hâte car, à vrai dire, elle laissait tout le bas de son corps insuffisamment recouvert et le froid semblait la paralyser.

Catherine discutait avec un laquais qui, par de grands gestes expressifs, expliquait une situation qui paraissait compliquée.

— Envoyez René, Antoinette. Qu'il nous rapporte aussitôt ce qu'ils se disent.

— Votre page, Louise, est en leçon de musique.

Comme Louise s'apprêtait à répliquer, Alix intervint :

— J'y vais moi-même.

Et sans plus attendre, saisissant le grand châle épais que lui tendait Antoinette, elle le jeta sur elle et sortit, serrant entre ses mains les bords du vêtement qui l'enserrait du cou à la taille. Après tout, Alix était aussi angoissée que Louise, craignant qu'Alessandro soit, lui aussi, en danger sur la route, à moins qu'il ne soit retourné à Florence.

Une nouvelle fois, Louise regretta le peu de personnel que le roi avait mis à son service depuis que François vivait à Blois. Dès que les banquiers auraient remédié à son manque de finances, elle doublerait, triplerait le nombre de ses laquais, serviteurs, pages et autre personnel en tout genre. Pour l'instant, elle se consolait à la pensée que son fils ne manquait de rien pour satisfaire ses besoins et ses curiosités permanentes.

La sienne, en cet instant précis, se trouvait bien endommagée. Fallait-il qu'elle allât directement aux nouvelles, et devait-elle risquer de prendre froid alors qu'elle demeurait si fragile des bronches et de la gorge depuis quelque temps ? Non ! Elle serait patiente et attendrait tranquillement qu'on la tînt au courant de ce qui se passait au-dehors.

Elle resta quelques instants derrière la fenêtre avec Antoinette. Catherine tapait ses pieds sur le sol verglacé pour essayer de se réchauffer.

Alix arrivait auprès d'elle. Remontant frileusement la cape sur son cou pour y enfouir le bas de son visage, Louise la vit parler, lever le bras en un geste large et hésitant, se retourner vers la fenêtre et lui faire un signe indécis qu'elle ne comprit pas.

— Que veut-elle dire ? demanda-t-elle à Antoinette.

— Je ne sais pas.

Le sol devenait blanc de givre et l'on ne voyait guère à plus de quelques mètres tant le brouillard était dense. Au-delà du petit groupe que formaient, sous la fenêtre, Alix, Catherine et le valet, on ne distinguait rien d'autre qu'une blancheur absolue camouflant les abords du château. Et puis, soudain, tout s'obscurcit et, derrière les tentures, les deux femmes ne distinguèrent presque plus Alix et Catherine. Un grand voile givrant les recouvrait.

N'y tenant plus, Louise prit à son tour sa grande cape doublée d'une chaude fourrure de renard, la jeta sur ses épaules et sortit.

L'air coupait la respiration tant il était glacial. Il s'infiltrait jusque dans les escaliers qui menaient aux salles du haut et persistait encore dans les vestibules de l'étage. Traversant la salle d'honneur qui suivait celle de garde, trop vastes pièces pour qu'on les chauffât en dehors des jours de réception, elle atteignit la cour par un couloir extérieur.

— Madame Louise, s'écria Catherine en la voyant arriver pelotonnée dans son vêtement de fourrure, sans doute que monsieur de Bourbon ne sera pas là aujourd'hui. Le cheval de son écuyer a glissé sur la route.

— Et monsieur de Bourbon, où est-il ?

— L'écuyer est reparti avec Philibert et Jean-Baptiste pour abattre le pauvre animal qui, les deux jambes arrière cassées, gît misérablement sur la route.

— Mais monsieur de Bourbon ? répéta Louise agacée.

— L'écuyer dit qu'il doit être arrêté sur la route de Romorantin, mais il n'en est plus sûr.

— Arrêté !

— Louise, fit Alix en frottant ses mains gelées l'une contre l'autre, vos gens d'écurie sont partis à sa rencontre. Que voulez-vous que nous fassions d'autre ? Alessandro doit être dans le même cas. Il est sans doute bloqué quelque part dans ce brouillard qui s'intensifie de nouveau.

Oh ! Ciel ! Comme elle préférerait que ce fût vrai plutôt qu'en quittant Lyon, il n'ait plus eu envie de la revoir.

L'idée qu'Alix était angoissée, tout comme elle, à la pensée que son amant pouvait être complètement gelé sur la route, agonisant ou mort peut-être, calma Louise aussitôt et elle hocha la tête d'impuissance.

— Ne peut-on faire autre chose ? soupira-t-elle. Alix, voulez-vous que j'envoie des gens au-delà de Romorantin ? Alessandro n'est peut-être qu'à Bourges ou à Nevers !

— Je veux bien, Louise, car je suis si inquiète.

Elles se retournèrent et virent Antoinette qui arrivait, soufflant à grands coups dans ses mains jointes pour essayer de réchauffer le bout de ses doigts gelés.

— Je croyais que Bourbon était en route, non loin d'Amboise.

— Oui, mais on ne sait à quel endroit.

Elles furent arrêtées dans leur dialogue par des bruits étouffés qui parvenaient à leurs oreilles engourdies, car elles ne voyaient plus rien. À peine distinguaient-elles les visages des personnes avec qui elles parlaient.

Puis, un claquement de sabot se fit entendre, accompagné de voix écrasées par le silence d'une atmosphère pesante.

— C'est Philibert et Jean-Baptiste, entendirent-elles. Nous sommes avec l'écuyer de M. de Bourbon. Nous traînons le cheval abattu. Heureusement, l'accident a eu lieu sur la route qui mène au château.

Elles ne virent pas le visage du pauvre écuyer perdu dans le brouillard. Comment pouvait-il présenter bonne mine quand il venait d'abattre de ses mains le compagnon fidèle de tous ses voyages et de tous ses combats ?

— Je comprends votre chagrin, fit Louise. Pour votre retour, je vous prêterai un cheval de mon écurie.

Le jeune homme semblait très touché par la perte de son cheval et Louise n'osait aborder, tout de suite, le cas de son ami Charles de Bourbon.

— Le brouillard s'épaissit d'heure en heure, madame. Je n'ai jamais vu une telle opacité. Et le verglas s'y mêle. Les chevaux ont peur et ne veulent plus avancer. La Loire est complètement gelée et les abords de la route ont disparu. Rien n'existe plus à l'horizon qu'une oppressante blancheur épaisse et lourde. On tient le cheval à la longe et on avance en titubant, à l'aveuglette, ne sachant où se raccrocher lorsque l'on glisse. J'ai fait trois chutes moi-même et j'ai failli me rompre les os.

Il toucha son épaule qu'il massa lentement.

— J'ai dû me froisser un muscle. Mais cela va passer.

— Catherine vous appellera mon médecin avant que vous ne repartiez.

— Je crains que ce fichu temps ne dure quelques jours.

— À ce point ! Le brouillard ne va-t-il donc pas se lever ?

— Au contraire, il semblerait plutôt s'épaissir. Je n'ai jamais rien vu de tel.

Il se frottait toujours l'épaule, une légère grimace accompagnant son geste.

— Savez-vous où est Charles de Bourbon ? s'enquit enfin Louise en ramenant contre elle les bords de sa cape pour éviter au vent glacial de se glisser sous la fourrure.

— Je l'ai laissé non loin de Blois, madame. Le duc de Bourbon voulait que je vous rejoigne au plus vite pour vous prévenir de son arrivée. Mon cheval était plus hardi que le sien qui, parfois, refusait d'avancer.

— Étiez-vous loin de Blois ?

— La totale invisibilité nous empêchait de mesurer la distance, madame. Je ne sais si nous étions loin ou près.

— Mais, vous-même ? insista Louise. Étiez-vous proche d'Amboise ?

L'écuyer se frotta à nouveau l'épaule.

— Six ou sept heures ont dû passer avant que mon cheval ne s'écroule. J'étais alors à deux lieues de chez vous.

— Ciel ! Sept heures pour faire la distance de Blois à Amboise, alors que c'est à quelques lieues ! Nous n'avons malheureusement plus qu'à attendre.

L'écuyer lâcha son épaule et la remua quelques instants. Aucun signe de souffrance, cette fois, ne s'inscrivit sur son visage.

— Non, madame, attendre, c'est peut-être condamner M. de Bourbon. Il faut que vos gens retournent sur les lieux. Je crois qu'ils n'ont pas persévéré assez longtemps. J'irai avec eux dès demain. Nous partirons à l'aube et nous prendrons des torches et des couvertures chaudes pour le cas où nous ne pourrions pas rentrer la nuit.

Louise et Alix poussèrent un soupir de soulagement. Tout n'était peut-être pas perdu pour Nemours et Van de Veere si l'on allait de nouveau à leur rencontre !

Alessandro avançait à l'aveuglette, tenant serrée la longe de son cheval. Sans celle-ci, il serait déjà tombé trois ou quatre fois, et sans la poigne solide de l'homme sur l'animal, le cheval eût probablement fait une ou deux glissades fort dangereuses. Alessandro craignait trop de tomber et de se casser un membre.

Déjà, malgré le froid qui cisaillait les alentours et le gel qui durcissait le sol, le cheval avait malencontreusement pivoté dans un sens, puis dans un autre et encore deux ou trois fois de la sorte si bien qu'Alessandro ne savait plus dans quel sens il allait. Peut-être retournait-il sur ses pas ?

Tout en tirant l'animal aussi doucement que possible, Alessandro sondait de son pied indécis le rebord givré de la route pour ne pas s'écarter du chemin. Il longeait les ornières creusées par le gel, tâtait avec embarras l'épaisse toison blanche qui cachait jusqu'au bout de sa main tendue, pointait ses yeux pour percer le maudit barrage qui, maintenant, l'inquiétait davantage qu'un mauvais placement de son argent.

Mais tout paraissait inutile, et seul le bord du talus était son repère. Aussi ne le quittait-il pas du pied qui tâtonnait avec prudence au rythme lent de son pas.

Peste de malchance et peste de brouillard qui camouflait avec tant de rage l'horizon, la campagne, la moindre cabane qui eût pu l'accueillir quelques heures, le temps de réchauffer son corps qui commençait à s'endolorir.

Le cheval avançait avec tant de peine qu'Alessandro n'osait le tancer pour hâter une allure qui, plus vive, aurait peut-être permis d'être à Blois avant la tombée de la nuit. Mais était-il dans le bon sens et ne retournait-il pas sur Nevers ?

L'haleine qui sortait des naseaux de l'animal se confondait avec le brouillard qui refusait de s'estomper. Bien au contraire, la couche opaque devenait dure, empesée, brutale. Avec le couteau dissimulé dans sa ceinture, Alessandro aurait pu en tailler des tranches épaisses comme celles qu'on découpe dans la peau des porcs égorgés et saignés à blanc.

Un silence pesant l'entourait. Ce n'était plus la simple anxiété qui, à force de réflexion, aboutit à une rassurante philosophie. Cela devenait un calme lourd, perfide, sinistre jusqu'à la limite de la folie comme la nature, parfois, sait si bien la peaufiner.

Les sabots du cheval ne claquaient pas sur le givre de la route. Ils faisaient un bruit de glissement alourdi rendant un étrange écho dans la brume épaisse. Avançant toujours aussi lentement et s'efforçant de tirer prudemment sur la longe, il entendit un claquement semblable à celui que faisaient les sabots de son cheval.

Se pouvait-il qu'un autre homme se soit aventuré sur ce chemin infernal qui, d'heure en heure, devenait mortel ? Il s'arrêta, attendit quelques instants, laissant à sa méfiance naturelle le temps d'une brève réflexion. Puis, décidant que le sort ne pouvait pas être plus malencontreux, il réagit au claquement que lui rendait l'écho.

— Ho ! Ho ! fit-il en arrondissant ses mains autour de sa bouche qui se gerçait.

Il attendit. Aucune réponse ne vint.

— Ho ! Ho ! cria-t-il plus fort en lâchant la longe de son cheval qui fit aussitôt un périlleux écart.

De nouveau, il n'entendit rien, mais une lueur tremblotante scintillait faiblement devant ses yeux à une distance qu'il ne pouvait pas évaluer.

— Ho là ! hurla-t-il.

Cette fois, une réponse chuintante arriva droit devant lui. C'était comme une résonance qui provenait d'une caverne profonde.

— J'vououous aperçoioiois avec ma torche !

— Je suis le sire Van de Veere et je vais à Amboise, et vous ?

Il y eut un temps mort et Alessandro crut qu'il avait entendu des voix fantomatiques. Mais la lueur s'avançait et, à moins cette fois de subir un mirage, c'était bien une torche qui s'approchait de lui. Elle fut soudain si près que la petite flamme dansa devant ses yeux.

Face à Alessandro, la voix perdit sa force, ce qui lui fit penser qu'aucune distance ne les séparait plus :

— Mon bon seigneur ! Vous z'êtes point à Amboise ! Vous z'y tournez le dos !

— Peste de sale temps ! maugréa Alessandro, ça s'est passé quand mon cheval a pivoté plusieurs fois sur une glissade malencontreuse. Je croyais pourtant l'avoir remis dans le bon sens.

— Amboise, ça fait loin par ce brouillard, mon bon seigneur. Vous z'en êtes à plus de quarante lieues.

Comme Alessandro se taisait, l'homme agita sa torche dont la lueur flageolante commençait à dessiner les pourtours d'une silhouette petite, trapue, sombre.

— Ma cabane est à une demi-lieue d'là et j'connais l'chemin les yeux fermés. Si vous voulez vous arrêter l'temps d'boire un bol de soupe et d'vous réchauffer quéques z'heures. C'est pas d'refus que j'vous invite. Y'a déjà un homme égaré comme vous chez moi.

— Eh bien, mon brave, c'est entendu ! Tu me sauves la vie si tu peux m'héberger le temps que ce fichu brouillard se lève. Je te paierai comme tu le mérites.

L'homme était à présent tout à côté d'Alessandro. Il vit sa torche levée, braquée sur lui.

— J'ai point d'cheval comme vous, fit-il en abaissant sa torche, mais bah ! Ma mule est bien vaillante et l'brouillard, croyez qu'elle connaît ça. Elle s'y dirige comme en plein jour.

Il eut un rire satisfait qui ne s'arrêtait plus, sans doute dû au gain qu'il espérait obtenir. Mais c'était de bonne guerre, beaucoup de miséreux agrémentaient un peu leur quotidien lorsqu'ils aidaient des voyageurs en difficulté et, surtout, quand ils tiraient parti de ces situations catastrophiques qu'entraînaient les aléas du temps.

Inondations, gel, brouillard, tempêtes dévastatrices, tout était bon pour ces malheureux paysans, bûcherons ou braconniers, et celui qui aidait ou sauvait un riche voyageur en péril se voyait bien souvent tiré d'affaire, peut-être même sa vie entière.

— Ma mule n'avance point vite, mon bon seigneur, mais vot'cheval y trotte point vite non plus, tant il a peur.

— Ta cabane est-elle encore loin ?

— Ben non ! Y aurait point d'brouillard, j'vous dirais d'regarder par-dessus la colline. Elle est juste derrière. Allez, suivez ma lumière, que j'vous emmène dans mon château.

Il se mit de nouveau à rire en tirant sur sa mule. Ce sauveur inopiné semblait bien gai, mais Alessandro refusa de se poser davantage de questions. D'ailleurs, l'homme reprenait :

— Elle a son chargement sul'dos, la pauv'Grisette, mais elle avance tout d'même.

Au bout de cinq minutes de marche, il se retourna vers Alessandro.

— Et si on l'attachait à vot'cheval, ça pourrait ben leur donner des forces à tous les deux. Quant à nous, en tirant la mule et l'cheval, ça nous aiderait aussi.

Alessandro hésita, mais par prudence il accepta la proposition du paysan qui aussitôt attacha la longe de sa mule au cheval.

— Plus vite on s'ra rendu et mieux ça vaudra. Tenez, prenez la torche, moi j'm'occupe des bêtes.

Alessandro saisit la torche dont la lumière permettait de voir au moins les pieds de chacun. Lorsque le paysan dévia brusquement de la route pour s'enfoncer dans la campagne toujours aussi épaisse et blanche, Alessandro fut saisi d'une crainte. Devait-il faire confiance à cet homme ? Il y en avait tant qui entraînaient ainsi dans un coin sombre les pauvres voyageurs perdus pour les assommer et les voler !

Mais il se rassura en se disant que s'il avait voulu l'attaquer ou le tuer, rien ne l'en aurait empêché dans ce brouillard où tout était possible.

Il fallut aider les animaux à grimper un monticule gelé, mais les herbes qui saillaient en dessous rendaient la glace moins dure. Elle craquelait un peu sous les pieds et les bêtes semblaient plus à l'aise.

Enfin, en moins d'une heure, ils arrivèrent près d'une cabane faite de torchis et de bois, avec juste une porte et une fenêtre. Une femme petite et maigre, vêtue d'habits propres, mais usés jusqu'à la trame et rapiécés de partout, vint à leur rencontre.

— Tiens, la Pierrette ! J'ramène un autre homme perdu sur la route de c'temps pourri qui n'en finit point. Y vont tous deux à Amboise, y r'partiront ensemble.

Alessandro entra dans la masure. C'était une grande pièce unique avec une table centrale et deux bancs. Un maigre foyer alimentait un feu au-dessus duquel pendait un chaudron. Il y bouillait une soupe à l'odeur de pain et de lard. Des écuelles en bois s'entassaient sur un coin de table.

Au fond, un bahut bancal côtoyait la paillasse recouverte d'une couverture qui n'avait plus de couleur. Trois poules picoraient des grains sous la table. L'homme fit entrer la mule et le cheval d'Alessandro.

— Y vont s'réchauffer avec nous, ces pauv'bêtes.

Alessandro leva les yeux sur l'inconnu assis sur le banc et attablé qui, comme lui, s'était perdu sur la route en cherchant l'indice qui le mènerait à Amboise. Il se leva et se présenta d'une voix claire :

— Je suis Charles de Bourbon, duc de Montpensier, et je reviens de mon domaine du Bourbonnais, pour ne pas dire que je reviens de guerre.

— Et moi, je suis le sire Alessandro Van de Veere et je viens de Florence.

L'autre haussa le sourcil.

— Ainsi vous allez au château d'Amboise ?

— Ne vous y rendez-vous pas vous-même ?

Pour toute réponse, Charles s'enquit :

— Est-ce la comtesse d'Angoulême qui vous invite ?

Dans cette question, Alessandro sentit poindre une inquiétude, aussi décida-t-il d'effacer toute ambiguïté et répondit-il :

— Oui, c'est elle qui m'invite, mais c'est aussi pour y rencontrer l'une de mes clientes, lissière à Tours.

— Aussi, dites-vous ! Y aurait-il une autre raison ?

— Oui ! La comtesse d'Angoulême fait appel à moi pour un investissement.

— Alors, vous êtes banquier !

— Et je vis tantôt à Florence, tantôt à Bruges où je possède d'importants comptoirs de marchandises.

Il semblait que tout était dit entre les deux hommes, car la Pierrette, qui n'avait rien manqué de cette conversation, s'approchait, un bol de soupe dans chaque main. Puis, elle les disposa devant ses hôtes tandis qu'au fond de la grande pièce, son époux brossait vigoureusement les deux chevaux afin qu'ils se réchauffent rapidement.

— Tenez, ma brave femme, dit Alessandro en jetant une petite bourse devant elle, voici de quoi payer un régiment de poules et un beau et gros coq.

La paysanne eut un large sourire.

— Et il y a assez dans cette bourse, poursuivit-il, pour vous fournir en bois, en farine, en vin, en huile et en lard pour deux ou trois années et sans doute plus.

— Y a t'y assez, mon bon seigneur, pour qu'on achète aussi une ou deux chèvres ? C'est mon rêve depuis que j'suis toute jeune. Avoir du lait pour faire du fromage.

Ce fut Charles de Bourbon, qui n'avait pas encore dû mettre la main à la bourse, qui tendit la sienne.

— Vous pourrez vous en acheter deux ou trois avec cet argent.

— Ah ! fit la brave femme dont le sourire ne s'effaçait pas, on pourra les vend'sul'marché, ça nous f'ra du rapport.

— Bien dit, ma brave femme !

Charles et Alessandro attaquaient de bon appétit la chaude soupe où nageaient quelques fèves et un bout de lard.

— Eh ben, l'Fernand ! Va donc chercher l'morceau d'jambon qu'on avait gardé pour c'te fin d'hiver et pendant qu'tu y'es apporte donc les aut'couvertures. Y s'étendront d'ssus pour passer la nuit.

XV

Le gel n'avait pas fondu, mais le brouillard s'était dissipé quand Alessandro Van de Veere et Charles de Bourbon arrivèrent près des remparts d'Amboise.

Ils grimpèrent assez gaillardement la rampe d'accès au château et ce fut un cri unique qui les accueillit dans l'euphorie. Deux laquais avaient déjà claironné la nouvelle, Catherine et René accouraient à grandes enjambées, vite rattrapés par Louise et Alix.

Enfin, Charles serrait Louise dans ses bras et Alessandro, toute colère effacée, embrassait fougueusement Alix sans se soucier des regards moqueurs qui l'entouraient.

— Mon cœur, murmura-t-il, je craignais tant que tu ne sois pas là. M'as-tu pardonné ?

— Tout est oublié, chuchota-t-elle à son tour. Je t'aime.

La joie était revenue au château d'Amboise, sauf pour Marguerite qui sombrait, parfois, dans un mutisme prolongé dont elle était peu coutumière. Seule Alix, qui avait été le témoin de ses soupirs amoureux dans les bras de son séduisant Nemours, pouvait comprendre à quel point il lui était pénible d'assister aux démonstrations sentimentales de sa mère et de son amie.

Bien que le gel persistât, l'épais brouillard s'était enfin dissous après avoir duré toute une semaine où chacun s'était enfermé chez soi. Aucun cavalier ne pouvait reprendre la route. Chaque matin, le ciel avait beau offrir sa panoplie de couleurs chromées, striées des longs filaments encore bleutés de la nuit, le sol ne bougeait pas.

Puis, le gel fondit peu à peu, laissant apercevoir de maigres touffes d'herbe et, au loin sur la route, de pauvres arbres squelettiques.

Une à une les terrasses d'Amboise se dégageaient, faisant apparaître le sol noir de terre encore durcie. Quelques corneilles venaient y crier leur désarroi, à moins que ce ne fût une espérance qui prenait un air de trop grande austérité.

Lorsqu'on levait les yeux, là où l'horizon accrochait la crête grise des tourelles du château, on remarquait qu'en se dégivrant, les toits laissaient lentement couler les multiples aiguilles de glace qui s'étaient accumulées sur les rebords glissants.

Au château d'Amboise, la dure température qui ne cessait de baisser réclamait d'incessants feux de cheminée dans chacune des pièces où l'on se tenait. Louise ne lésina pas durant tout le temps que restèrent ses invités. Jour et nuit le feu crépitait dans les grandes cheminées.

Certes, dans les châteaux, les bûches ne manquaient pas et l'on ne pensait guère aux gens miséreux qui souffraient de ces hivers parfois interminables.

Ce soir-là différait des autres et le feu crépitait dans l'âtre immense de la pièce où étaient réunis Charles de Bourbon, Alessandro Van de Veere, Louise, Alix, Marguerite et ses compagnes.

L'air froid qui passait au travers des murs était arrêté par les grandes tentures historiées qui les recouvraient. Alix en avait une devant les yeux qui attirait particulièrement son attention. Elle représentait un couple dans un jardin, richement vêtu, qui regardait le tapis de millefleurs pousser devant leurs yeux. Alix savait que la tapisserie de Louise était une copie. Elle était d'ailleurs légèrement différente de son original. L'authentique tenture, à Blois, appartenait au roi et s'intitulait *Couple dans un jardin*[1]. Deux anges écartaient un dais au-dessus de leur tête. Le seigneur tenait un bâton et la dame arrosait un pot de fleurs posé à ses pieds. Quant aux couleurs, elles étaient par contre aussi vives et resplendissantes sur la copie que sur l'original.

Malgré la chaleur de la grande salle et la joie qui se lisait sur les visages, la table de Louise ne semblait pas très animée. Il était évident qu'Alessandro et Alix avaient hâte de se retrouver seuls et qu'il en était de même pour Louise et Charles. Ils se regardaient, se parlaient à voix basse, se caressaient du pied, de la main et, de temps à autre, participaient à la conversation qu'alimentaient surtout Antoinette et Marguerite.

Même Catherine et René s'étonnaient du peu d'enthousiasme que montrait leur maîtresse au repas. Cependant, les plats passaient et repassaient. Charles absorbait les mets en hochant la tête de satisfaction et Alessandro approuvait les goûts de son compagnon en évitant de parler finances avec Louise qui, d'ailleurs, n'en avait aucune envie car son esprit était loin d'être clair.

Jeannette, la cuisinière, s'était surpassée. En cela, le budget de Louise n'était pas restreint. Parfois, Catherine, qui avait un grand cœur, s'efforçait de rassembler de bons restes pour les donner à des miséreux. Car

1. Elle prend aussi le nom de *Charles d'Orléans et Marie de Clèves* et fut tissée à Arras au milieu du XVe siècle. Elle se trouve actuellement au musée des Arts décoratifs de Paris.

bien des pauvres gens, qui n'avaient pas pu braconner un lièvre ou un perdreau, ne mangeaient pas tous les soirs. Ceux qui bravaient la sanction se trouvaient toujours devant une alternative, s'en tirer pour cette fois-là ou mourir pitoyablement de la peine infligée.

Autour de la table, dans la pièce la plus abritée du château, Louise et Marguerite entouraient Charles de Bourbon tandis qu'Alix, aux côtés d'Alessandro, avait à sa gauche Antoinette.

Charles commença par conter l'aventure rocambolesque qui eût pu tourner au tragique. Il en avait épuisé tous les détails quand Alessandro raconta son histoire, non moins étonnante que celle du duc de Bourbon.

Louise n'avait d'yeux que pour son amant et quand Marguerite tournait son regard vers lui, il ne manquait pas d'accrocher audacieusement ses yeux aux siens. Marguerite s'obligeait à capituler, malgré sa réticence, pour ne pas attirer l'attention de sa mère. En deux mots, bien qu'elle reconnût le plaisir qu'elle avait à discuter avec lui, car il était brillant et cultivé, la jeune fille n'aimait guère son cousin.

Fort alertement et d'un ton qui couvrait les crépitements du grand feu, Alessandro avait plaisamment confirmé les qualités du brave couple de paysans qui leur avait sans doute sauvé la vie, et Charles avait réitéré son chagrin de la mort du brave cheval de son écuyer. Le sien et celui de son compagnon avaient trouvé asile dans les confortables et chaudes écuries d'Amboise et étaient bichonnés par Philibert.

Antoinette souriait à Marguerite à qui la présence de Blanche manquait. Elle aurait aimé qu'elle fût là pour la rassurer d'un regard. Car elle ne supportait pas de voir sa mère avec ces yeux qu'elle ne connaissait pas. Autrefois, le tendre amour qu'elle portait à Saint-Gelais faisait partie de la vie familiale, de la vie quotidienne. Avec Charles de Bourbon, Marguerite se sentait complètement exclue.

— Ce souper était délicieux, Louise, déclara Antoinette en soupirant.

Elle avait une robe pourpre agrémentée de parements de satin noir qui apportaient un reflet mat sur son visage au teint de pêche mûre. Elle n'avait pas mis sa coiffe habituelle. Son bonnet de dentelle empesée terminé en pointe au-dessus du front laissait voir une large natte ramenée sur la nuque, où l'on pouvait remarquer les fils argentés qui parsemaient abondamment ses cheveux sombres.

Ah ! Qu'il était loin ce temps où les mains fines et soignées du comte d'Angoulême couraient dans son opulente chevelure noire avec des gestes qui amenaient bien d'autres caresses. Charles d'Angoulême, l'unique homme de sa vie ! Pour un peu le regard d'Antoinette eût encore chaviré. Même Jeanne ne pouvait aspirer à une telle résurgence de sentiments. Même Louise qui, à l'instant, supputait les aléas d'une nuit avec le duc de Montpensier ne pouvait non plus y prétendre. Que de chemin parcouru, que de regrets et que de joies, pour ne pas dire d'incertitudes, semées d'espoirs !

À présent, Louise était très éloignée de l'image de son époux. L'effigie du comte n'était plus qu'un pâle reflet d'amourette pour la jouvencelle qu'était Louise à l'époque, même si le comte lui avait fait deux enfants.

L'avait-elle aimé ? Antoinette s'était longtemps persuadée que sa compagne n'avait connu l'amour que bien plus tard. À vrai dire, cette idée l'avait tant de fois rassurée qu'elle ne pouvait, à présent, se décider à penser le contraire.

Certes, Louise avait éprouvé du chagrin. Mais veuve à vingt ans, devait-on s'enterrer ? Qui pouvait lui reprocher une attitude si naturelle ? Et, bien qu'elle fût toujours restée sage et discrète, passé ses amours avec le jeune poète Saint-Gelais, précepteur de ses enfants, un autre avait pris la relève. D'ailleurs, tel était le cas pour Alix.

Antoinette avait tout d'abord refusé de participer à ce repas nocturne qui réunissait Louise, sa fille, le duc de Bourbon, Alix et son ami le banquier florentin. La comtesse d'Angoulême l'avait convaincue que sa présence était souhaitable. Décelait-elle une inquiétude sur le visage de son amie ?

Cette insistance cachait une émotion, une crainte, un malaise peut-être que Louise semblait ne pas pouvoir cerner. Plus tard, quand Bourbon serait reparti et que chaque chose aurait retrouvé sa place, quand le quotidien aurait repris son cours normal, Antoinette savait que Louise l'interrogerait sur ses inquiétudes amoureuses.

— Louise, permettez-moi de quitter cette table. Ne m'en veuillez pas. J'ai sommeil et j'aimerais me coucher.

— À demain, Antoinette.

Puis, dès qu'Antoinette fut partie, Marguerite trempa délicatement ses doigts dans l'aiguière d'eau tiède et parfumée que lui passait René, les essuya sur la serviette déposée devant elle et se leva. Des yeux, elle fit le tour de la table, posa son regard sur Alix, mais évita celui de son cousin.

— Moi aussi, mère, j'ai envie d'aller me reposer. Puis-je vous quitter ?

— Bien sûr. À demain, ma chérie.

Antoinette et Marguerite parties, que pouvaient échanger les deux couples complices, si ce n'était des mots d'amour murmurés, partagés, mais cette fois sans risque d'être épiés, critiqués ou moqués. Ils étaient seuls au monde. Plus rien d'autre ne les concernait que la douce folie du moment qui ne faisait que commencer.

Charles passa sa main autour de la taille de Louise pour l'amener contre lui et presser sa bouche sur la sienne. La comtesse d'Angoulême avait levé la tête pour mieux goûter le baiser que lui offrait son amant. Puis, elle eut un frisson quand elle sentit sa main remonter sur sa gorge.

Alessandro embrassait Alix dans la nuque. Celle-ci tourna la tête et lui tendit ses lèvres. Déjà sa main fouillait son corsage et attrapait l'un de ses petits mamelons qui se dressait au contact pressant de ses doigts. Alessandro ne cachait pas le désir intense qu'il avait d'elle en cet instant précis et, reprenant un peu ses esprits, il fallut que Louise mît fin à ces galanteries excessives et réciproques, réclamant une intimité mieux préservée pour chacun.

— Je vous ai fait préparer l'une des chambres les plus confortables, Alix. Le feu crépite et je pense que vous n'aurez pas froid. Votre joie sera grande, car vous y trouverez une surprise.

Elle se tourna vers Van de Veere :

— Nous discuterons demain de nos affaires, voulez-vous, Alessandro ?

Dans le grand escalier qui les menait à la chambre, Jeannette les précédait de son pas souple. Sa beauté – mais de cela Jeannette n'abusait pas – attirait souvent le regard de ceux qui le posaient sur elle. Mais ce soir-là, le Florentin tournait trop son esprit vers Alix pour remarquer de quelle teinte étaient les cheveux ou les yeux de la jeune servante. Aussi fut-il distrait quand Jeannette annonça :

— Un grand feu est allumé. Il devrait durer plusieurs heures. Je vais vous préparer le lit.

— Crois-tu que ce soit indispensable ? fit Alix en lui souriant tandis que Jeannette s'était retournée pour les regarder. As-tu mis des draps ?

— Ah ! Bien sûr.

— Une bonne couette ?

— Avec une chaude couverture en fourrure.

— Un pichet d'eau ?

— Et deux timbales.

— Alors c'est parfait, Jeannette, donne-moi la clef et sauve-toi. Tu peux aller dormir toi aussi. Si je me réveille tard, la comtesse d'Angoulême sera peut-être levée tôt.

— Oh ! fit Jeannette d'un ton gracieux. Catherine est là pour la servir. Moi, j'aide la comtesse d'Angoulême quand elle reçoit des invités. Ma vraie place est la cuisine.

— Et tu y fais des merveilles. C'est bien, Jeannette. Mais tu dois aussi aller te reposer. À demain.

— À demain, dame Alix.

Elle marqua un temps de pause, puis ajouta d'un air mutin :

— À demain, messire Van de Veere. Tenez, voici la lampe. Il y en a deux autres dans la chambre pour le cas où vous désireriez voir plus clair. Ah ! J'oubliais, si le feu s'éteint…

— Ne t'inquiète pas, Jeannette, je sais réveiller un feu qui s'éteint et s'il faut remettre une bûche, messire Alessandro le fera.

Ils entrèrent dans une chambre somptueuse, sans doute la plus belle après celle où dormait Louise. Braquant la lueur sur le grand lit au cadre de bois, ils aperçurent les courtines tirées et les draps blancs prêts à recevoir leurs étreintes.

Alessandro referma la porte et y plaqua doucement Alix. Puis la maintenant serrée contre lui, il posa ses lèvres sur les siennes, les retira et chuchota :

— Constance m'a dit que tu viendrais à Florence et pourtant jusqu'à ce soir, je craignais de ne pas te voir chez la comtesse d'Angoulême.

— Ton message m'a ramenée à la vie.

— Je n'ai pas pu t'oublier et j'ai vécu des jours d'enfer, car je ne pensais qu'à toi. Il fallait que je te revoie, que je t'embrasse, que je t'aime. Je refuse une rupture.

Il la prit dans ses bras, la souleva et la déposa doucement sur le lit.

— Me pardonnes-tu la violence avec laquelle je t'ai prise la dernière fois ?

— Serais-je là si je ne l'avais pas oubliée ?

Il dirigea la lueur sur les autres lampes, les saisit et les alluma. Elles diffusèrent une belle et douce lumière dorée qui vacillait sur les murs.

— Oh ! Regarde, murmura Alix. C'est la surprise dont nous a parlé Louise.

Elle pointa son index sur le mur opposé :

— Mes dames et mes licornes ! Regarde, Alessandro. Je savais bien que Louise les laisserait en Val de Loire et qu'elle ne les emporterait pas à Cognac.

Elle se leva précipitamment et, une lampe à la main, se dirigea vers l'un des six panneaux qui recouvrait presque toute la paroi de pierre blanche. Une licorne hautaine et dédaigneuse, translucide comme de l'albâtre, semblait mesurer de sa corne effilée la grandeur du décor éblouissant dans lequel elle se trouvait.

— Et regarde celle-là !

Sa main se posa sur l'autre tenture qui la côtoyait et dont la représentation était très différente. Elle montrait une licorne soumise, aux yeux de biche apeurée et aux pattes délicates, agenouillée aux pieds d'une femme lui tendant la main.

— Alessandro, reprit-elle en voyant que son compagnon ne disait rien, je suis sûre que mes tentures *Auguste et la Sibylle* seraient les bienvenues sur les murs de ce château d'Amboise.

Mais à ce moment, Alessandro avait autre chose à faire que d'admirer les tapisseries d'Alix.

— Viens, mon cœur, demain quand il fera jour, je les contemplerai tout à loisir et m'attarderai sur chacun de leurs détails.

Il la reprit dans ses bras, la trouva plus légère encore que tout à l'heure et, de nouveau, la déposa sur le drap blanc et froid qu'il fallait réchauffer. Lampes éteintes et sans plus attendre, leurs corps se fondirent à l'unisson.

Plus tard, tandis qu'ils reposaient sans dormir, Alessandro chuchota, la bouche collée à sa tempe battante :

— Me resteras-tu fidèle, mon cœur ?

Elle s'écarta légèrement, déjà sur la défensive :

— Je ne te trompe pas, Alessandro. Tu dois ôter cette idée de ton esprit, sinon notre chemin ensemble sera bref. Une remarque de toi en amènera une autre de ma part et nous n'en finirons plus de nous heurter, de nous user et de nous nuire.

Ce premier repli passé, elle se détendit de nouveau.

— Je ne suis pas seule en cause, souffla-t-elle à voix basse. Il y a toi et ta vie que je ne connais pas.

— Que veux-tu savoir ? Je n'ai rien à cacher, lui murmura Alessandro à l'oreille.

Comme elle ne disait rien, il reprit tout en lui caressant le visage :

— J'ai une épouse et tu le sais. Elle est retirée en Calabre, je te l'ai déjà dit. Elle ne m'a pas donné d'enfant et je la vois environ une fois l'an, et lorsque je peux m'y soustraire, c'est avec un grand soulagement. Crois-tu que dans ces conditons j'entretiens avec elle des liens affectifs ? Le penses-tu vraiment ?

— Je n'ai pas envie de parler d'elle.

— De qui veux-tu parler ?

— De tes enfants et de la femme qui les élève puisqu'ils ne sont pas avec toi.

— C'est vrai, mes deux jeunes fils sont éduqués au palais Médicis par une…

— Une de tes maîtresses.

— Elle l'a été, oui. Mais elle ne l'est plus.

— Cependant, tu vas chaque jour au palais Médicis quand tu résides à Florence.

— Presque chaque jour, oui. Mais cela veut-il dire pour autant que j'ai conservé des rapports étroits avec elle ?

Alix releva un peu son buste. Alessandro s'écarta d'elle pour mieux la regarder. Mais la lueur de la lampe qu'il venait de rallumer se trouvait trop loin pour qu'il vît son visage.

— Alors, dis-moi Alessandro, le fait de dîner chaque soir avec Mathias, en présence de mes ouvriers et de mes ouvrières, sous les yeux de notre servante Bertille…

— Il couche sous ton toit.

— Ne couches-tu pas toi-même au palais Médicis quand tu t'y rends ? N'y as-tu pas ta chambre ?

— Si !

— Alors quelle est la différence entre ton cas et le mien, si cette femme qui élève tes enfants porte les yeux sur toi d'une manière qui n'est pas celle d'une simple nourrice ? Où se niche la gratitude que tu dois à cette belle Florentine ?

Alessandro soupira.

— Et ne me dis pas que pour un homme, ce n'est pas la même chose, sinon je te laisse là et cours dormir dans une autre chambre.

Il resserra son étreinte.

— Cette fois, je ne te laisserai pas partir.

— Alessandro, je t'en prie, finissons-en si tu veux que je n'aborde pas le sujet de tes autres maîtresses. Ainsi, je resterai dans le doute. Je veux oublier les bruits qui circulent à ton sujet dans toute la ville de Bruges que j'ai arpentée maintes fois. Car après tout, quelle portée donner à ces affirmations ? Des calomnies ! De vulgaires racontars ou bien des vérités ? Je ne veux pas le savoir. Alors, n'en parlons plus et fais-moi confiance. Je jure sur la tête de mon époux décédé que je ne te trompe pas.

Au matin suivant, il subsistait une couche de brouillard si opaque que chacun croyait habiter un pays perdu dans un monde insolite où plus rien ne pouvait vivre à l'extérieur.

Alessandro et Alix passèrent la matinée dans leur chambre, tandis que, levée tôt, la comtesse d'Angoulême laissait Charles dormir encore pour aller retrouver sa fille.

Marguerite devisait dans la bibliothèque avec le vieil astrologue Agrippa.

Il était peu probable qu'il y eût plus âgé que lui. Doyen du château, le vieil homme mangeait et buvait peu, mais marchait le buste droit et le pied alerte. Il étudiait et questionnait encore les astres, y trouvait ses réponses, mais n'établissait plus guère d'horoscopes, gardant enfin ses secrets pour lui après une longue existence de travail.

Il avait ce faciès anguleux qu'ont tous les vieillards à cet âge. Un visage émacié qui se terminait par un menton fortement en pointe où quelques poils d'une barbe mal poussée se perdaient dans des rides profondes.

Ses yeux n'avaient plus de teinte tant ils étaient ailleurs. Creusés dans des orbites sombres, sous des paupières fanées par le temps, ils ressemblaient à deux morceaux de ciel hésitant entre le jour et la nuit. Mais, lorsqu'ils vous regardaient en face, il y flottait une lueur étrange qui leur rendait une parcelle de vie, celle qu'on trouve sur terre et non sur la voie céleste.

Sa bouche édentée s'ourlait de lèvres pâles, exsangues, devenues presque inexistantes. D'ailleurs, à présent, elles ne s'ouvraient plus que pour faire de rares prédictions à Louise.

Combien de fois, le vieil Agrippa avait-il rassuré l'esprit tourmenté de la comtesse d'Angoulême, lui affirmant qu'Anne n'aurait jamais le dauphin tant attendu. Lorsque Agrippa, plus jeune alors, avait conforté le présage du vieux moine, Louise n'avait plus douté qu'un jour son fils serait sacré roi.

Elle croyait en son astrologue, comme elle croyait en Dieu. Pour son équilibre, elle refusait de glisser entre ses deux croyances le moindre doute qui eût perturbé la cohérence de ses actes ou troublé l'accord entre ses idées et ses gestes.

Cela devait dater d'un temps très ancien. Peut-être la mort de la vieille duchesse d'Angoulême ou celle de son fils ! Louise ne savait plus. Ce dont elle était sûre, c'est qu'elle ne pouvait se passer d'astrologue.

Des relents de son enfance parvenaient à son esprit. La vieille Anne de Beaujeu, qui l'avait en partie élevée, n'avait-elle pas vécu entre les astrologues et les médecins de son père ? Et ce n'est certes pas Louis le onzième qui eût contredit les idées de sa jeune nièce, Louise de Savoie.

— Mon vieil ami ! s'écria-t-elle en tendant les mains et en élevant le ton, car le vieil homme perdait peu à peu l'ouïe.

De jour en jour, il semblait se retirer du monde et, lorsqu'il observait le ciel durant les nuits claires, il s'évadait comme pour ne plus revenir.

— Mon vieil ami ! répéta-t-elle, je crois que je vais avoir besoin de vous.

Louise embrassa sa fille, puis, se dirigeant vers le vieil Agrippa, saisit ses mains entre les siennes et les serra affectueusement.

L'astrologue ne répondit pas, mais le sourire que ses vieilles lèvres desséchées esquissèrent prouvait sa joie à rencontrer la comtesse.

Ses yeux venaient de disparaître dans une multitude de plis fatigués, creusés à même une peau rude et lourde. Des sillons se traçaient sans la moindre discrétion sur tout son visage, du large front dégarni à la pointe de son menton imberbe.

Il retint les mains de Louise entre ses doigts décharnés et remua doucement la tête, comme s'il devait retrouver une énergie perdue depuis longtemps.

— Mon ami ! Mon vieux confident ! dit encore Louise d'un ton qui cassait le silence de la pièce, je sais que vous êtes las, et je devrais vous laisser en paix parmi vos astres et vos planètes. Mais j'ai besoin qu'à nouveau vous les interrogiez pour moi.

Il la fixa de ses yeux incolores.

— Que voulez-vous savoir, Louise ?

La jeune femme parut troublée. Elle regarda sa fille qui saisissait un manuscrit aux enluminures colorées. Un de ces vieux documents qui enrichissaient tant la bibliothèque de la famille d'Angoulême.

— Voulez-vous que je sorte, mère ? demanda-t-elle en posant son œil calme sur celui plus inquiet de Louise. Je peux vous retrouver tout à l'heure.

Elle désigna le parchemin enluminé :

— Voyez, j'ai trouvé l'objet de ma curiosité et je l'emporte de ce pas pour en prendre connaissance. Je viendrai vous rejoindre dans votre chambre, à moins que vous n'alliez retrouver Charles.

Elle sourit à sa mère, fit un salut au vieil astrologue, mais, lorsqu'elle eut rejoint la porte, elle se retourna :

— Voulez-vous que je dise à Francette de venir vous allumer un feu ? Il fait très froid dans cette pièce. Il ne faudrait pas que vous attrapiez mal.

Louise regarda chaleureusement sa fille. Ah ! Elle était bien faite de la texture de son sang, de ses veines. Toujours paisible et attentionnée, même en ce temps mouvementé où ses amours avec le duc de Bourbon la perturbaient tant.

— Maître Agrippa et moi ne refuserons pas une petite flambée. C'est d'accord, ma fille. Préviens Francette et un valet. Qu'ils viennent nous réchauffer cette pièce.

Marguerite referma la porte sans bruit. Comment sa mère pouvait-elle être inquiète à ce point au sujet de Bourbon ? N'allait-elle pas le revoir dès qu'il serait éveillé ? Certes, Charles était marié, mais n'avait-elle pas affirmé cent fois à ses enfants qu'elle ne voulait pas prendre un second époux !

Elle soupira en serrant contre elle le vieux manuscrit et réfléchit à sa propre chance qui, apparemment, se détournait d'elle puisqu'elle ne reverrait plus le séduisant duc de Nemours qui absorbait tant d'heures de son sommeil agité. Sa mère ignorait le tourment de sa fille, trop angoissée par le sien.

Louise conduisit le vieil homme vers un fauteuil qui offrait ses bras en bois tourné.

— Ce temps détestable qui nous coupe du monde me semble un mauvais présage, dit-elle en installant le vieil homme sur le siège tendu de satin broché.

Puis, elle prit un tabouret et le posa en face de l'astrologue qui la regardait d'un œil incertain.

— Laissons courir novembre, maître Agrippa, nous en terminons la deuxième quinzaine, il n'est plus utile de s'en préoccuper. Tournons-nous plutôt vers janvier, février et le début du printemps prochain.

— Pourquoi, ma chère Louise ? N'enterrez pas aussi vite le temps ! Il vous apportera quelques satisfactions.

— Agrippa ! En êtes-vous sûr ?

Les yeux du vieil homme s'allumèrent.

— Il est trop tard pour que je vous établisse l'horoscope du mois en cours, mais je vous certifie que vous y trouverez encore bien des plaisirs, à commencer par ceux que vous prenez avec votre amant.

Louise retint un soupir d'aise et baissa les yeux au sol, fixant quelques instants le tapis rapporté de Milan, qui alignait avec une géométrie savamment calculée ses dessins et motifs floraux.

Elle allongea une jambe et replia l'autre sous le tabouret de bois.

— Établissez-moi l'horoscope de février, voulez-vous ?

— Pourquoi celui de février ?

— Parce que la reine Anne doit encore accoucher.

— Je ferai en sorte qu'il recoupe le deuxième décan de janvier. Ainsi, Louise, vous apprendrez ce que vous désirez connaître.

Il vit de nouveau soupirer la comtesse d'Angoulême.

— Mais ne vous trompez pas dans son interprétation, Louise. Une satisfaction s'accompagne toujours de danger ou de complexité. Et, plus la joie est forte, plus le risque est grand. Vous n'obtiendrez pas tout ce que vous souhaitez. Vos plans seront largement détournés, brouillés, mutilés. Il vous faudra résister à de graves contrariétés, suspendre des projets, abandonner quelques utopies. Méfiez-vous, Louise, la ruse et le calcul ne vous réussiront pas toujours, même dans vos amours. Il faudra bien qu'un jour vous abandonniez celui qui vous hante si fort.

Louise tourna son regard vers la fenêtre. N'y tenant plus, elle se leva et fit quelques pas hésitants, regardant l'âtre qui n'était pas encore allumé.

Puis, sa confusion tourna en une précision de gestes qui s'enhardissaient au fur et à mesure qu'elle marchait de long en large dans la pièce.

Le vieil astrologue la connaissait trop pour ne pas savoir qu'elle digérait, un par un, les mots qu'il lui jetait parcimonieusement. Il observa le comportement agité de sa compagne et reprit d'une voix ténébreuse comme celles qui sortent d'un sombre labyrinthe pour se raviver à la lumière.

— Ne vous préoccupez pas trop d'un avenir lointain. Vivez le présent, Louise. Il en vaut la peine et, pour vous y contraindre, j'établirai votre horoscope de février.

Avait-elle analysé brusquement ces derniers mots ou refusait-elle toute autre idée que celle qui la tourmentait ? Elle réfléchit, retourna vers la fenêtre puis vint se planter devant le vieil homme.

— Voyez-vous un dauphin dans le berceau de la reine ?

Agrippa posa ses vieilles mains l'une sur l'autre. Elles étaient striées de grosses veines bleuâtres qui les bosselaient étrangement. Ses doigts maigres et longs se terminaient par d'interminables ongles mal soignés.

— Je ne parlais pas de la nouvelle maternité d'Anne de Bretagne, fit-il d'un ton heurté.

Agrippa était un de ces astrologues qui préféraient que l'on comprenne ce qu'ils annonçaient. Mais comment pouvait-il douter de la vivacité d'esprit de sa compagne, sachant que c'était là une ruse afin d'en savoir davantage ?

— Il s'agissait d'un avenir plus lointain. Je vous l'ai dit, Louise. Et je vous ai expliqué aussi qu'il fallait vous consacrer à un présent plus palpable. Pour l'instant, l'amour vous fait oublier le reste. Profitez-en. Il sera bien temps de le transformer en souvenir.

Elle revint à lui et reprit place sur le tabouret qu'elle avait délaissé.

— Cette maternité est très obscure, prononça-t-il à voix basse. Je ne vois ni garçon, ni fille.

— Mais, alors…, fit Louise d'une voix hésitante.

— Interprétez cet élément comme vous le voudrez. Je ne peux vous en dire plus.

Le timbre gras de sa voix s'éteignait presque. Louise y perçut une hésitation qu'elle ne put comprendre.

— Mais encore ? insista-t-elle.

— Hélas pour elle ! Ce n'est encore que du néant.

On toqua à la porte. Jeannette entrait, accompagnée de deux valets qui, en un tour de main, allumèrent un grand feu après avoir balayé les vieilles cendres grises qui gisaient encore au pied de la cheminée.

Souples et vives, léchant à plaisir le grand tablier ouvragé de l'âtre, s'allongeant en langues rougeoyantes qui laissaient des ombres difformes au plafond, les flammes vinrent aussitôt réchauffer Louise et le vieil homme.

— Voulez-vous boire quelque chose, madame d'Angoulême ? proposa Francette.

— Non, ma fille ! Je suis bien et n'ai besoin de rien.

Et Louise s'enferma dans ses multiples pensées, laissant le vieil homme reprendre son souffle.

Beaucoup plus tard, le duc de Bourbon la rejoignit. Puis ils descendirent dans la grande salle où se tenaient déjà Alix et Alessandro qui commençait à entrevoir son départ.

XVI

Charles de Bourbon s'attabla entre Louise et Marguerite, laissant Antoinette prendre place de l'autre côté de la jeune fille. Marguerite restait silencieuse. Il glissa un regard vers elle, prit plaisir à détailler sa robe, son visage, son attitude entière et, après cet examen soutenu qui déplut fort à Antoinette, il la lâcha enfin, tourna la tête et reporta ses yeux sur sa mère.

— Il est dommage, Louise, que vos invités soient partis à Lyon. Ce banquier florentin me plaisait beaucoup. Avez-vous eu le temps de discuter de vos finances ?

— Nous avons parlé dès le lendemain de votre arrivée. Tout est en règle. Nous avons mis au point l'ensemble de notre projet financier. C'est le ciel qui a placé cet homme sur mon chemin. Alix ne connaît pas sa chance.

— Détrompez-vous, ma chère. Je crois qu'elle l'apprécie à sa juste valeur. Cette femme est loin d'être sotte. Elle sait ce qu'elle fait.

— Alix veut se hisser au niveau des plus grands lissiers et je l'approuve entièrement, décréta Marguerite en haussant le ton.

— A-t-elle vraiment autant d'ateliers que ce banquier le dit ?

— Bien sûr, et les tapisseries qui sortent de ses lisses sont les plus belles qui soient. Mère, ne lui avez-vous pas montré l'ensemble des six panneaux qui se trouvent dans la chambre que vous leur aviez préparée ?

— Non, mais je ne tarderai pas à le faire. D'ailleurs, nous les redescendrons dans la grande salle de réception. C'est là qu'ils doivent trôner.

Charles de Bourbon opina de la tête tout en savourant une soupe d'œufs battus, d'orge et de croûtons grillés relevés au verjus, qu'avait fait mijoter Jeannette toute la journée.

— Vos dîners sont toujours raffinés, Louise, complimenta-t-il en absorbant avec gourmandise la soupe au délicat arôme. Je dirais mieux, aussi raffinés que plantureux.

Il se surprit même à couler un regard vers le valet qui, sur un signe de Louise, accourut aussitôt pour remplir à nouveau son assiette.

— Il m'est agréable, Charles, que vous en appréciiez la valeur.

Un bref retour en arrière la plongea dans l'austère pièce où, enfant, elle prenait ses repas d'une frugalité toujours de mise. En cela, Anne de Beaujeu ne ressemblait pas à son père, gourmet et gourmand à la fois et tout aussi bon buveur.

Anne de Beaujeu n'avait jamais eu cette générosité de la table qui installait entre les convives une chaleureuse communication.

Le compliment de Charles l'avait certes flattée.

— Les cuisiniers de la reine ne sont pas plus habiles que notre Jeannette, répliqua-t-elle en tendant à son hôte sa serviette de batiste blanche pour qu'il y appliquât ses lèvres tachées de soupe.

Il dut souligner au passage cette nouvelle mode qu'avait adoptée Louise et qui consistait à s'essuyer la bouche et les doigts avec un linge soyeux et délicat que l'on passait entre les convives.

Il n'en fut pourtant pas étonné, car en Italie, à la cour de Rome et de Milan, on n'essuyait déjà plus ses mains grasses au rebord de la nappe. Des valets passaient des linges propres et des aiguières emplies d'eau tiède.

Louise s'amusa de l'étonnement de son compagnon. Elle savait que ses serviettes fines et blanches faisaient suffisamment d'effet auprès de ses convives pour qu'ils en répercutassent, chez eux ou ailleurs, le bienfait hygiénique.

Charles lui donna poliment la serviette, mais le valet la saisit pour la présenter à Marguerite et lorsque celle-ci eut, délicatement, essuyé sa bouche, il la reprit et la tendit à Antoinette.

Cet échange de bonnes manières s'était fait en silence. S'assurant que le valet était reparti aux cuisines, Louise offrit son regard vert et brillant aux yeux sombres de son invité.

— Jeannette vous a préparé, mon cher Charles, un canard aux pois dont vous me direz des nouvelles.

Dans l'entrebâillement de la porte, la jeune cuisinière apparut, Prunelle, la petite chienne de Marguerite, sur ses talons. D'un bond, celle-ci rejoignit sa maîtresse, frotta son museau sur ses pieds et partit plus loin pour s'assurer qu'il traînait quelque part une odeur à renifler.

Jeannette approchait tranquillement de la table abondamment garnie, une main posée sur la hanche, l'autre retombant en souplesse le long de sa cuisse.

L'ondoiement de son corps et la flexibilité de sa taille commençaient à prendre quelques rondeurs, mais sa silhouette restait fine, ne montrant aucune lourdeur qui eût terni la grâce de l'ensemble.

Son grand tablier blanc et empesé passé sur sa robe de toile grise, et la coiffe assortie surmontant sa chevelure opulente et blonde, affirmaient sa position hiérarchique aux cuisines.

Comment Jeannette pouvait-elle ne pas s'enorgueillir d'être l'égale d'un maître cuisinier, grade qu'elle n'aurait jamais pu atteindre dans les cuisines de la reine Anne, où le chef cuisinier pensait plus à soulever ses jupes qu'à observer ses compétences, et d'où Louise l'avait tirée grâce à Catherine dont elle était devenue l'amie ?

Elle vint à René et posa la main sur son épaule. Geste de sympathie envers le page, que Louise avait l'habitude de lui voir faire.

Les insuffisantes finances de Louise ne pouvaient lui assurer un personnel très nombreux. Aussi n'avait-elle encore qu'un page, René. Le garçonnet avait douze ans. C'était un gentil garçon, d'origine très modeste, que Louise avait aussi tiré de la misère.

Cette gêne financière que déplorait la comtesse d'Angoulême l'empêchait souvent de recruter ses gens parmi la noblesse, qui l'eût obligée à distribuer des rémunérations plus importantes pour des services qui n'en auraient pas été meilleurs.

Qu'importe ! Louise engageait son personnel en fonction de ses qualités.

Jeannette avait retiré sa main de l'épaule du page.

— Je servirai les pigeons aux citrouilles avant le canard aux pois, madame, dit-elle, en attendant discrètement les appréciations des convives.

— Bien sûr, Jeannette, la citrouille avant les pois ! répéta Louise avec une conviction qui réclamait quelques explications.

Puis, elle redressa son tranchoir et réclama qu'on lui remplît son verre.

— Savez-vous, Charles, fit-elle en remarquant qu'il regardait Marguerite avec insistance, que notre cuisinière détient des secrets que bien des cours d'Europe seraient heureuses de connaître ?

— Et qu'y vient faire votre canard aux pois ? s'enquit aimablement Charles.

— Le petit pois consommé juste avant le fromage n'alourdit jamais l'estomac.

De la main, Bourbon fit un signe évasif. Puis, imitant la comtesse, il saisit son verre et réclama qu'on vînt le lui remplir.

À l'affût de quelques petits déchets qui auraient pu tomber à terre, Prunelle s'affairait, la queue remuante, les oreilles dressées et le museau flairant le sol. Mais, pour l'instant, rien n'attirait son attention et, dépitée, elle repartit vers Marguerite.

Immobile et attentif, René se tenait derrière Louise, prêt à satisfaire le moindre de ses désirs. Il avait eu un imperceptible mouvement de gêne quand, tout à l'heure, Jeannette lui avait touché l'épaule. Mais la comtesse n'avait pas paru contrariée. Il attendait donc un signe de celle-ci pour appeler le valet afin qu'il passât le pichet de vin dès qu'une coupe était vide, ou tendît la fourche à quatre dents à celui qui voulait reprendre de la viande.

Louise était trop agitée pour observer sa fille. Certes, elle savait que Charles ne cessait de complimenter sa vive intelligence et qu'à chacun de ses passages, il ne manquait jamais de souligner sa grâce et son charme grandissant.

Antoinette qui, sortie de ses réflexions nostalgiques et intimes, n'avait rien d'autre à faire que d'examiner les attitudes de chacun, avait déjà surpris plusieurs fois le regard de Bourbon sur la jeune fille.

Les pigeons aux citrouilles étaient un plat majestueux et, fort pénétrée de son savoir et de ses compétences, Jeannette, qui revenait à la charge pour s'enquérir de la satisfaction de chacun, refusa de dévoiler les ingrédients et les épices qu'elle y avait mêlés.

Après les compliments d'usage sur son tour de main habile et talentueux, elle s'en retourna aux cuisines et revint quelques instants plus tard accompagnée du valet qui portait le plat suivant.

Entièrement reconstituée, l'énorme volaille trônait sur un lit de petits pois parmi ses plumes vertes et ocres, l'œil fixe et avançant presque agressivement son bec orangé.

Le canard fut rapidement déplumé, dépecé, et chacun saisit avec ses doigts le morceau qui lui convenait, le posant délicatement sur son tranchoir.

On servit un autre vin, plus sombre, plus âcre, plus charnu. Charles mangeait avec appétit. Lorsqu'il ne parlait pas à Louise, il se tournait vers Marguerite et lui posait des questions qui prenaient facilement l'allure de propos suggestifs.

— La dernière fois que je vous ai vue, vous appreniez le grec, jeta-t-il en posant la coupe qu'il venait de vider d'un petit coup sec. C'est un pays que j'aime particulièrement. Savez-vous qu'à l'intérieur d'un très vieux palais milanais, on vient de découvrir des plats et des objets d'origine hellénique ?

— C'est en effet surprenant, convint Marguerite, gênée que Charles conversât avec elle plus fréquemment qu'avec sa mère.

Elle n'en dit pas plus, car de toute façon, Charles poursuivait en buvant à nouveau :

— Peste ! Le grec nous renvoie aux calendes. Est-ce une langue aussi captivante que l'italien ?

La jeune fille ouvrit la bouche pour répondre, mais Louise lui coupa vivement la parole.

— Comparer une langue morte et une langue vivante, c'est vouloir mesurer la puce et la fourmi. L'une saute et retombe, l'autre court toujours.

Marguerite sourit à cette comparaison. Sa mère avait toujours autant l'esprit de repartie. Elle leva les yeux sur le duc de Bourbon. Il était certes beau, jeune, séduisant, couvert du prestige de ses expéditions guerrières italiennes. Mais, ciel ! Que cet éloigné cousin l'agaçait à toujours se préoccuper de ses gestes et de ses attitudes, de ses questions et de ses réponses. Pourquoi sa mère ne déjeunait-elle pas seule avec lui ?

Elle quitta son regard persistant et reporta le sien en bout de table sur Antoinette. Celle-ci donnait une friandise à Prunelle qui l'absorba sans plus attendre. Mais, lorsqu'elle releva les yeux, ce fut pour les poser, inquiets, dans ceux de la jeune fille.

Lorsque Mme de Polignac les dirigea vers le duc de Bourbon, Marguerite y lut l'absence de sympathie dont elle faisait preuve à son égard. À nouveau, elle regretta que sa mère les eût obligés à partager ce repas qui prenait des allures de festin et traînait en longueur. D'autant plus qu'avançant dans les mets, le duc semblait la courtiser un peu trop lourdement.

— Mon cousin, le grec est la plus ardue de toutes les langues et je n'en saisis que les rudiments de base, déclara Marguerite en se tournant vers sa mère qui tendait un petit morceau de viande à Prunelle.

En observant sa chienne qui, à tout instant, attendait qu'on lui tendît une bouchée, la jeune fille se prit à sourire. Elle tendit sa main fine aux doigts allongés qu'aucune bague ne venait encore alourdir et caressa la petite tête veloutée qui levait vers elle son regard confiant et doré.

Marguerite respirait le charme de ses seize ans passés. Son visage était plus ocré que celui de sa mère. Ses cheveux moins roux et ses yeux plus gris. Mais Louise et Marguerite avaient en commun ce charme naturel et paisible qui forçait l'attention. On pouvait, parfois, penser que l'une complétait l'autre et que se trouver entre les deux laissait une impression d'entente et de compréhension intelligente.

Il suffisait aussi d'observer la mère et la fille pour s'apercevoir du contraste toujours harmonieux des teintes de leur toilette. Si l'une s'habillait de bleu pastel, l'autre arborait du bleu nuit. Que Marguerite choisît du blanc et sa mère revêtait de l'ocre.

Ce soir, la plus jeune avait une robe aux teintes douces d'un vert d'eau, irisée d'un léger gris pastel semblable aux lueurs de ses yeux. Quant à Louise, elle brillait dans une tenue au reflet d'émeraude, et si les cheveux blonds de l'une s'éparpillaient en volutes légères sur son dos, les boucles rousses de l'autre sortaient, indociles, d'un bonnet de velours vert.

— Comment faites-vous pour être aussi savante ? s'enquit Bourbon en égratignant de son pesant regard le buste délicat de Marguerite.

L'échancrure d'un décolleté carré mettait en valeur des seins petits, mais rebondis, qui tendaient doucement l'étoffe de sa robe.

La jeune fille ne répondit pas tout de suite. Sa mère allait-elle la laisser s'empêtrer dans une réponse qu'elle n'avait pas envie de donner, bien qu'elle ne demandât qu'à fuser ?

Bourbon remonta son regard et le plongea dans les yeux gris de la jeune fille. Il n'était pas dans les habitudes de Marguerite d'esquiver une question, encore moins de fuir un regard. Mais celui de Bourbon la gênait. Elle regarda Antoinette qui l'observait.

— Votre propos, mon cousin, m'a tout l'air d'être celui d'un homme qui juge les femmes trop insignifiantes pour être savantes.

Soutenir son regard eût été une provocation qui eût mis en péril son intention de lui montrer son indifférence. Elle ne le regarda donc que brièvement. Ce fut au tour de sa mère d'esquisser un sourire. Allons ! Pourquoi s'agiter ? Sa fille se défendait bien.

— Reprenez donc quelques-uns de ces pois excellents, fit-elle. Je vous l'ai dit, à ce stade du repas, ils n'alourdiront pas votre estomac. Notre cuisinière l'affirme.

— Et que sait-elle encore, votre séduisante Jeannette ?

— Des secrets de cuisinier, rétorqua Louise. Mais je n'en dirai pas plus. À moins que vous ne désiriez connaître le légume qu'elle vous conseillera, bien après les tartes, fruits, chocolats et autres desserts, pour dégager votre vessie juste avant de dormir.

Marguerite se mit à rire un peu plus grassement que de coutume.

— Le poireau ! lança-t-elle.

René s'esclaffa. Puis, confus de s'être ainsi laissé aller, il porta sa main devant sa bouche pour arrêter, ou du moins camoufler l'hilarité qui risquait de se poursuivre.

Même Antoinette avait souri. Encore une fois, Louise détendait l'atmosphère, qui prenait un air pesant lorsque Bourbon concentrait trop son attention sur la jeune fille.

La comtesse d'Angoulême buvait plus que de coutume. Elle qui paraissait inquiète au début du souper, semblait à présent ne plus s'apercevoir de l'insistance que le duc de Bourbon manifestait envers sa fille. Cette attitude rassura Antoinette. Sans doute, comme à l'habitude, Louise faisait confiance à sa fille.

La dernière fois que Charles avait vu sa cousine, bien avant cette dernière expédition milanaise, elle paraissait encore adolescente, insouciante et rieuse, trop jeune encore pour qu'on portât un regard de convoitise sur ses formes souples, mais trop menues. À présent, qu'elle était belle !

Charles avança prudemment son pied et tenta de frôler celui de Marguerite. Qui pouvait le voir ? Il sentit que l'attouchement ne bouleversait guère la jeune fille, alors que son autre caresse avait depuis longtemps enflammé l'esprit de Louise. Sa fine mule de satin se frottait langoureusement au soulier de Charles depuis que les pigeons étaient mangés.

Si Louise réagissait à un tel frôlement, Marguerite ne pouvait y rester insensible. Il pressa davantage le petit pied de la jeune fille.

Cette fois, consciente de son audace et de sa fatuité, elle réagit. Et, tant qu'à faire, elle allait rire jusqu'au bout, certes aux dépens de Charles, même si sa gaieté prenait un tour agressif. Bourbon comprendrait qu'il se trompait lourdement et qu'elle refusait de faire les frais d'un sentiment malsain qu'elle ne voulait pas partager avec sa mère.

Elle se tourna vers lui.

— Et savez-vous, mon cousin, ce que Jeannette vous donnera avant que vous ne quittiez cette table, et que moi je ne prendrai pas ?

Le ton n'était pas provocant, juste un peu querelleur. Elle vit sa mère sourire et comprit qu'elle connaissait la réponse.

En fait, seule Antoinette, qui n'avait absorbé que de l'eau, semblait inquiète du tour qu'allait prendre la discussion. Ciel ! Pourquoi cette enfant ne buvait-elle plus de sirop d'orgeat et semblait-elle se complaire à déguster ce vin trop fort ?

Antoinette scruta le visage de la jeune fille et ne sut comment interpréter l'ambigu sourire qui venait ourler ses lèvres minces. Elle ne semblait pas provoquer le duc de Bourbon. En aurait-elle eu l'intention, qu'elle en eût refréné aussitôt l'impulsion pour ne pas déplaire à sa mère. Antoinette en déduisit que Marguerite démasquait un agacement qui chatouillait depuis quelque temps son épiderme.

— Tudieu, ma cousine ! Que peut bien me faire absorber votre Jeannette, que vous semblez ne point vouloir partager ?

Il jeta l'accusation de son regard sur la coupe de vin que venait de vider Marguerite. La jeune fille pencha la tête, laissa tomber son bras, puis se mit à caresser la petite tête duveteuse de Prunelle qui s'agitait à ses pieds.

— Du lait caillé dans du vin chaud, mon cousin. On prête à ce mélange d'étonnantes vertus aphrodisiaques qui lui valent son nom latin de « posset ». Ce goût-là plaît à ma mère. Vous le partagerez ensemble.

C'était dit sur un tel ton de plaisanterie que chacun se mit à rire, sans pour autant s'attarder sur la raillerie à peine déguisée.

Entre le pouce, l'index et le majeur, comme c'en était l'usage, Marguerite reprit un morceau de canard et le posa sur son tranchoir. Puis, elle fit un signe au valet qui, aussitôt, vint remplir sa coupe de ce vin âcre et chaud que Louise faisait venir d'Angoulême.

Le buste dressé, vêtu d'un délicat pourpoint de satin écarlate enrichi par de multiples pierreries de luxe, Bourbon la regarda boire.

Marguerite trempa ses lèvres dans la coupe, les retira et sembla réfléchir. Soudain, sans qu'elle s'y attende, Prunelle sauta sur ses genoux, ce qui eut pour effet désastreux de faire pivoter brusquement le bras qu'elle s'apprêtait de nouveau à lever vers sa bouche. La coupe se retourna et répandit le liquide sur sa gorge, coulant dans le carré dénudé de son décolleté et sur le haut de son corsage.

— Juste ciel ! s'écria Antoinette. Votre robe est tachée !

Effrayée, Prunelle s'était esquivée. Sans doute réfugiée aux cuisines, elle ne montra plus le bout de son nez.

Le valet accourut, tenant d'une main l'aiguière emplie d'eau et de l'autre une large serviette en coton de Hollande. Posant le tout sur la table, il entreprit aussitôt de verser l'eau sur le linge et le tendit à Marguerite.

— Ce vin ne partira pas, murmura Louise.

— Mais si, mère, fit Marguerite en prenant d'un geste sec la serviette mouillée.

Soudain, Charles la lui prit des mains et l'approcha d'elle. Lorsqu'il voulut la poser sur sa gorge, elle se recula vivement.

— Laissez-moi, je vous prie, mon cousin. Cet incident n'est pas grave. Cette robe sera lavée par une servante. Je n'ai plus l'intention de la nettoyer moi-même.

Elle se leva.

— D'ailleurs, je suis un peu lasse, mère. Je vais me coucher. Veuillez m'excuser de ne pas rester plus longtemps en votre compagnie.

Certes, il valait mieux laisser sa mère seule avec Charles avant que le vin absorbé n'échauffât trop les esprits.

— Ma chérie, je vous accompagne, dit Antoinette en se levant. Ces soupers qui se prolongent ne sont plus de mon âge. À demain, Louise.

Un peu raide, elle se courba devant Charles.

— Veuillez m'excuser. Je vous souhaite le bonsoir.

— Mais, dit Louise à sa fille, tu n'as pris aucun dessert !

— Je vous assure que je n'ai plus faim. Ne vous inquiétez donc pas, mère, et passez une bonne nuit.

Elle hésita, puis s'approcha de Louise et déposa un baiser sur sa joue.

— Avant de vous quitter, j'ai pourtant une requête à vous faire. J'aimerais me rendre à Blois.

— À Blois ! En plein hiver !

— Quelle importance que ce soit l'été ou l'hiver ? J'ai fort envie de voir François et le roi vous a dit que je pouvais m'y rendre dès que j'en éprouvais le besoin. Me le permettez-vous ?

Louise acquiesça aussitôt. Comment pouvait-elle refuser à sa fille un tel souhait ?

— C'est entendu ! Dès demain, nous ferons partir un courrier pour t'annoncer. Blanche t'accompagnera.

Elle prit la main de sa fille entre les siennes. Ses joues s'étaient empourprées et ses yeux scintillaient d'une multitude de lueurs joyeuses.

— Je pourrais y rester quelques semaines, si vous n'y voyez pas d'inconvénient. Et puis, mère, pourquoi ne viendriez-vous pas me rejoindre après le départ de notre cousin ?

Elle regarda Bourbon et esquissa un sourire glacé, une de ces petites grimaces qui n'avaient l'air de rien, mais qui suggéraient un profond désaccord. Louise ignora le sourire de sa fille. D'un geste lent, presque indécis, elle ôta sa coiffe de satin vert et la tendit à René.

Libérée, sa chevelure fauve laissa rouler quelques boucles, l'essentiel restant tout de même attaché en un chignon épais sur sa nuque. « Allons ! se dit Marguerite, Antoinette et moi avons raison de quitter la table. Ma mère a besoin de se retrouver seule avec Charles. »

— Ma chérie, va voir ton frère comme il te plaît. Quant à ton idée d'aller te rejoindre à Blois, lorsque Charles sera reparti, c'est un projet qui me plaît assez.

— Je savais bien, mère, que vous ne pouviez y mettre d'objection.

Elle embrassa Louise à nouveau et partit rejoindre Antoinette qui l'attendait derrière la grande porte dégagée de sa tenture pour circuler plus à l'aise.

Elles se heurtèrent à Catherine qui, la mine défaite, avança vers la comtesse d'Angoulême. Indécise, elle attendit, l'œil un peu rond et la bouche entrouverte. René fit un mouvement vers elle, mais se reprit et revint s'immobiliser derrière sa maîtresse.

— Eh bien ! Qu'y a-t-il ? demanda Louise. Catherine, tu as l'air contrariée ?

Catherine avait pris le bas de son tablier et le triturait entre ses doigts nerveux. Indifférent au problème que s'apprêtait à expliquer la chambrière, le valet disposa sur la table tartes aux fruits, crèmes vanillées et chocolatées, confitures et dragées.

— C'est qu'il y a de quoi, madame Louise ! dit-elle en s'apercevant soudain qu'elle malmenait son petit tablier qui recouvrait une charmante robe bleue striée de rayures grises.

— Dieu du ciel ! Qu'y a-t-il Catherine ? questionna Louise à nouveau.

— C'est que la cheminée de la chambre d'en bas, madame, fume à n'en plus pouvoir respirer.

La grande chambre du rez-de-chaussée, dont les ouvertures spacieuses donnaient sur la terrasse la plus basse du château, abritait la comtesse d'Angoulême quand il faisait trop froid. Elle était contiguë à la bibliothèque et Louise demandait qu'on y descendît son bureau afin qu'elle n'interrompît à aucun moment ses lectures, ses correspondances et la rédaction de son journal qu'elle poursuivait toujours assidûment.

Les poutres de la pièce venaient d'être refaites et les nouvelles tentures suspendues. Louise ne l'avait pas encore occupée, bien que le froid sévît depuis longtemps.

— Ne peut-on la ramoner ?

— Non, madame, fit Catherine piteusement. Les ramoneurs sont partis avant-hier, appelés à d'autres tâches.

— N'y a-t-il donc aucun valet qui sache effectuer cette besogne ? Voici un problème qui, jamais encore, ne nous est arrivé. Fume-t-elle à ce point ?

— On n'y voit goutte et on tousse à en perdre le souffle. C'est quasiment impossible de tenir plus de deux minutes.

Louise se tourna vers Bourbon.

— Mon tendre ami, dit-elle en souriant, je crois que nous prendrons la chambre que j'occupe habituellement. Mais je sais qu'elle vous plaît et nous y serons bien.

XVII

À Lyon, plaque tournante des grandes rencontres, lieu d'échanges entre la France, l'Italie et les pays orientaux, la Grèce, Chypre, Constantinople, Trébizonde, points importants des riches négoces de soieries, d'étoffes, de tapisseries et de produits de luxe, banquiers, peintres et lissiers se rencontraient constamment. Cela se passait évidemment au cours des grandes foires, des réceptions, des dîners d'apparat et lors des passages royaux où les monarques français, depuis Charles le huitième, prenaient l'habitude de s'y installer quelque temps. C'est ainsi que la cour de Lyon véhiculait les grandes idées des temps futurs.

Et les rois le savaient ! Quand ils partaient pour Naples ou Milan, Lyon restait leur première étape – la dernière au retour – et, certes, une étape de prédilection, avant que Grenoble les conduise vers les Alpes.

Dans cette capitale lyonnaise qui brillait de bien des fastes, il fallait que les hommes de la haute finance se rencontrent pour monnayer tout ce négoce de luxe. Se mêlaient à ces nombreuses entrevues architectes, sculpteurs, joailliers et décorateurs de toutes sortes, tels que les grands jardiniers et arboriculteurs chargés d'aménager les parcs royaux et les jardins des résidences romaines et florentines renommés pour être des splendeurs.

Tout ce monde pullulait ce jour-là dans les appartements du bailli de Lyon, homme d'une cinquantaine d'années, ouvert aux nouvelles idées, favorable à cette Renaissance qui affluait de toutes parts, ambitieux et non dénué de florins et de ducats d'or. Sa maison était ouverte à tous les grands artistes, ceux dont le renom courait au travers de toutes les cours d'Europe.

Pour l'instant, sa vaste maison décorée par les peintres de la Renaissance émerveillait les yeux de ceux qui n'étaient pas encore complètement entrés dans la transformation du siècle qui s'annonçait prestigieux.

Se rappelant l'hostilité du bailli de Dijon et la discussion exacerbée entre lui et Alix, le sire Van de Veere l'avait présentée au bailli de Lyon avec une certaine prudence. Mais cet homme-là était tout autre, et s'il avait regardé à deux fois le visage de la gracieuse Alix, c'était aussi pour se demander comment avait pu faire une si jolie femme pour achever seule, sans autre appui que ses ouvriers et ouvrières, une commande aussi grande et aussi attrayante que celle du roi Louis XII.

Un jour qu'il passait à Tours au cours de cet hiver, et ayant entendu dire que les six tentures historiées étaient exposées dans ses ateliers, il s'y était rendu seul et sans révéler son identité pour ne pas être influencé par autrui. Il en était ressorti subjugué. Mais il n'avait toujours rien dit de cette discrète visite.

— J'aimerais que nous discutions ensemble avant votre départ, avait-il dit avant qu'Alessandro ne l'accapare pour ses propres besoins.

Et, préoccupé par sa discussion avec le bailli, Van de Veere s'était éloigné d'elle. S'écartant d'eux de façon discrète, Alix observait tout ce monde et tentait de reconnaître ceux qu'elle avait déjà vus ou croisés. Aussi ne fut-elle pas étonnée quand elle sentit une main sur son épaule.

— Catherine ! s'exclama-t-elle en se retournant.

Elles s'embrassèrent sans façon, échangèrent quelques mots d'affection et, enthousiasmées toutes les deux par cette heureuse rencontre, bras dessus, bras dessous, se racontèrent les dernières anecdotes tourangelles qu'elles avaient l'une et l'autre laissées en quittant leur région. Pour mieux discuter, elles s'écartèrent de la foule et se réfugièrent dans un coin où elles se trouvèrent très à l'aise.

— Êtes-vous seule ? s'enquit Alix en scrutant le visage toujours grave de sa compagne.

— Mon oncle de Beaune est parti dans le Nord soutenir le financement d'un architecte qui travaille sur quelques grandes résidences de Lille et d'Arras. Quant à mon époux, vous savez bien qu'il est reparti en Italie. Cela m'inquiète car, cette fois, il a entraîné mon jeune frère qui n'a guère été formé aux pratiques du combat. Et le sire Bohier, mon époux, ne sera pas toujours derrière lui pour lui signifier ce qui est dangereux et ce qui ne l'est pas.

— Est-il si jeune ?

— Certes non, il a juste trente ans. C'est le plus jeune de la famille. Moi je suis l'aînée et j'ai toujours été la tête du clan des Briçonnet.

— N'est-il pas porté vers le négoce ?

— Bien sûr que si. Il a été formé tout comme moi à la finance et non au combat. Quand nous avons vu que notre fils se tournait irrémédiablement vers la prêtrise, mon père et mon époux s'étaient pourtant mis d'accord, avec mon consentement. Nous voulions un financier de plus dans la famille, et mon jeune frère était tout disposé à le devenir.

Catherine soupira et épongea son front tant la chaleur était lourde dans ces grandes pièces où peu d'air arrivait.

— Mais c'est la vie. Ces rois français sont fous, à entretenir les guerres italiennes comme ils le font. Tout l'argent part dans les troupes, l'artillerie, la cavalerie.

— Mais après chaque expédition, ne rapportent-ils pas des splendeurs ?

— Cela ne compense pas les fortunes englouties. Le peuple s'énerve et crie que les impôts sont trop lourds. Il faudra bien que cela cesse. S'il n'y avait cette Renaissance pour temporiser les choses, jusqu'où iraient-ils ? Louis le douzième est beaucoup trop acharné à récupérer ses provinces italiennes. Je plains la reine d'être si souvent seule.

— Ne l'êtes-vous pas aussi, Catherine ?

— C'est vrai, la reine a ses obligations et moi les miennes et elles ne sont pas de moindre importance. Seule, Louise est à l'abri pour l'instant. Point d'époux et un fils trop jeune pour guerroyer.

— Je crois qu'elle tremble pour Charles de Bourbon.

— Montpensier saura se tirer d'affaire. Il passe toujours à travers les gouttes. Il aura la chance que n'a pas eue Nemours. Avez-vous vu Marguerite ces derniers temps ?

— J'ai quitté Amboise depuis peu. La pauvre petite est cruellement attristée par sa mort. Gaston de Foix était son grand rêve. Elle a demandé à sa mère de partir à Blois afin de rester quelque temps avec son frère. Elle est durement touchée par la disparition de Nemours.

— À mon sens, elle croyait bien l'épouser.

— Hélas, soupira Alix, c'était impossible. On chuchote trop de noms autour d'elle. Le royaume ne pouvait accepter ce mariage.

— Mais n'avançait-on pas aussi un nom pour le jeune Nemours ?

— Louise m'affirmait qu'on devait le marier à son retour d'Italie et ce n'était point avec Marguerite.

Catherine épongeait encore son front moite de sueur. Elle commençait à regretter la fourrure qui doublait sa robe. Délaçant un peu son corselet pour retrouver un peu d'aisance dans ses gestes, elle en revint à Marguerite :

— Nemours étant mort, elle doit se consoler en pensant qu'aucune autre femme n'obtiendra ses faveurs. Vous souvenez-vous, Alix, le beau couple qu'il formait lorsque nous sommes allés voir mon domaine de Chenonceau ? À propos, où est donc passé Alessandro ? Car je ne pense pas que vous soyez venue seule.

— Me croyez-vous incapable de voyager seule ? rétorqua Alix en riant. Sur ce point-là, ma chère, je pourrais battre bien des hommes. Je sillonne les routes depuis que je suis enfant.

— Loin de là mon idée, ma douce. Je sais que votre témérité devait déjà être grande lorsque vous étiez une enfant.

Catherine serra affectueusement le bras de sa compagne. Beaucoup de points communs les réunissaient. D'ailleurs, certaines de ces affinités, comme la persévérance et la volonté, les rapprochaient aussi de la comtesse d'Angoulême. Celle-ci ne le prouvait-elle pas dans l'acharnement qu'elle mettait à considérer son fils comme le futur roi de France, malgré les nombreux obstacles qui, pour l'instant, lui barraient la route ? L'opiniâtreté ! Oui, les trois femmes avaient ce point commun qui les unissait. Le goût de l'effort ne leur faisait pas défaut.

Catherine s'approcha d'Alix et lui chuchota à l'oreille.

— Louise n'est pas au bout de ses craintes. La reine est encore enceinte.

— On murmure, de nouveau, qu'elle n'aura pas son dauphin et qu'elle s'affaiblit considérablement. Toutes ses maternités l'épuisent. Elles ne lui ont réussi qu'avec ses deux filles.

— La petite Renée se porte-t-elle bien ?

— On la dit vive et enjouée.

— Plus que son aînée Claude ?

— Claude est une douce et gentille enfant, affirma Alix. Ce n'est sans doute pas le genre d'épouse qu'il aurait fallu à François, mais elle ne lui attirera pas d'ennui. Elle ne pense déjà qu'à son bien-être et à son bonheur. Tenez, un exemple de sa gentillesse : elle m'a demandé de tisser une petite chasse à la licorne pour la lui offrir.

— François me paraît être un fameux gaillard. Savez-vous qu'au soir de notre équipée à Chenonceaux, il est allé voir votre cousine Constance ?

Alix se mit à rire.

— Je le sais, Catherine, puisque c'est moi qui l'ai incité à le faire. Sinon, il serait allé s'encanailler dans je ne sais quelle taverne et serait rentré dans un état où il n'aurait pu cacher son escapade à sa mère. Rappelez-vous, Louise n'était pas au courant. Marguerite avait entraîné son frère pour rencontrer Nemours.

Soudain une voix dans leur dos les fit se retourner dans un mouvement parfaitement identique.

— Catherine Bohier ! s'exclama Alessandro. Je me disais qu'il fallait bien que je vous trouve dans cette cohue indescriptible.

Puis il se tourna vers Alix.

— Mon cœur, je t'ai cherchée et ne te voyais plus. Je commençais à me demander si tu n'étais pas repartie dans ta chère Touraine sans m'en avertir.

— Repartir en Touraine quand je ne cesse de mettre au point mon départ pour Florence !

— Vous ne me l'aviez pas dit, Alix ! s'exclama Catherine en lui décochant un regard amusé.

— Nous n'avons pas eu le temps d'en discuter.

— Et quand partirez-vous ?

— Dans le courant du printemps.

— Mais nous y sommes presque.

— C'est vrai, aussi dès que je serai à Tours, je commencerai à faire mes malles.

— Ne t'encombre pas trop, mon cœur, tu trouveras tout ce dont tu as besoin à Florence : parfums, bijoux et robes.

— Catherine, s'extasia sa compagne devant cette séduisante perspective, je vous rapporterai un bijou de Florence.

— Nous le ferons dessiner par mon ami…

— Et il sera de pur style Renaissance, coupa Alix de plus en plus enjouée. Cela vous plaira-t-il ? Je vous dois bien un cadeau pour vous remercier de la commande que vous m'avez faite quand vous êtes venue me voir.

Alessandro Van de Veere plissa ses yeux et passa son bras sous celui d'Alix.

— Diable ! Qu'avez-vous commandité ?

— Sur les conseils de votre amie, mon cher Alessandro, j'ai laissé de côté dames, seigneurs, licornes et millefleurs.

— C'est faux, Catherine. Avouez que vous étiez déjà décidée à choisir un thème profane portant sur les idées nouvelles de la Renaissance et, avec toutes celles que je rapporterai de Florence, je ne manquerai guère d'inspiration. Alessandro, il faut que tu me fasses rencontrer tous les grands artistes de la Renaissance.

— Mon cœur, cela m'étonnerait fort que tu n'en croises aucun au cours de ce séjour lyonnais, nous sommes entourés de célébrités. Tiens, regarde.

Alessandro pointa son doigt vers un homme grand, assez fort, richement vêtu, qui lui tournait le dos.

— Veux-tu le connaître ? Je peux te le présenter ainsi que celui qui discute âprement avec lui.

— Qui sont-ils ?

— Je reconnais Giuliano da Sangallo, s'interposa Catherine. Dites-moi, Alessandro, si je me trompe.

— C'est lui en effet.

— Mais je ne connais pas l'autre.

— Si ! Vous le connaissez, mais il vous tourne le dos et vous ne pouvez voir son visage. C'est maître Pacello, le jardinier de votre reine de France.

— La reine Anne ?

— Elle-même. N'a-t-il pas fait des merveilles dans ce qu'il appelle « ses jardins à l'Italienne » ? Ceux qu'il a installés à Amboise, puis à Blois, le prouvent. C'est un grand créateur dans l'art de mettre en scène de vastes ensembles sur terrasses avec colonnes et pergolas.

Un troisième homme que l'on accueillait bruyamment se joignit à eux.

— Mais c'est mon ami, le peintre Jan Van Roome ! s'exclama la jeune femme.

— Alix ! Je suis heureux de vous revoir. Comment se portent vos productions ? Et votre sibylle !

— Je suis la plus heureuse des femmes. *Auguste et la Sibylle* sont en train de voir le jour sur mes lisses, maître Van Roome.

Au cours de son séjour à Lyon, le sire Van de Veere devait financer un grand projet avec Mgr l'Argentier – comme on le nommait à Florence – attaché à « l'Art de la soie », qui regroupait les membres influents des professions de la soierie comme il existait dans le Nord ceux de la Guilde des Lissiers du Nord ou ceux de la « Toison d'or » à Bruges.

L'Argentier de Florence avait une grande importance dans le milieu des étoffes. Il attirait en France et, surtout à Lyon, des Milanais et des Napolitains fous de tissus brochés et de belles soieries. Toute l'Italie qui évoluait entre la bourgeoisie et la noblesse le connaissait. Avec les quatre gonfaloniers qui se partageaient les finances de Florence, il animait et tenait d'une main ferme, comme l'avait fait au siècle dernier le grand argentier Jacques Cœur, le négoce de la soie et du fil d'or dans tout le monde méditerranéen. Mais sa puissance ne s'arrêtait pas là, il gardait un œil vigilant sur les bureaux de ville, l'église et les plus fastueuses résidences qu'il avait aidé à financer.

Et pour construire ou rénover leurs châteaux du Val de Loire, les Bohier, les Robertet, les de Beaune et les Chaumont d'Amboise étaient les plus fidèles clients de l'Argentier de Florence dans la mesure où, venant de l'extérieur, ces crédits accordés n'entraient point dans les comptes du patrimoine français.

Alix, qui n'avait nul besoin de crédit, préférait de beaucoup qu'on la présentât à l'architecte florentin aperçu la veille avec Pacello et Van Roome. Mais ce jour-là, il n'avait pas encore honoré le bailli de sa présence.

Alix voyait tant de gens depuis qu'elle était à Lyon que pas une minute de toutes ces journées ne lui paraissait longue. Le soir, Alessandro et elle se retrouvaient dans une belle auberge où Catherine Briçonnet était aussi descendue.

Depuis une semaine qu'ils étaient arrivés à Lyon, c'était la troisième fois qu'ils se rendaient chez le bailli, lequel recevait chaque jour des visites.

— Venez, Alix, je vais vous présenter à l'un des plus grands marbriers italiens. C'est Girolamo Viscardi.

La jeune femme se tourna vers Alessandro.

— Le connaissez-vous assez bien pour me le faire connaître ?

— Qui ne le connaît pas !

— Moi.

— Dès qu'il se libérera du peintre avec lequel il discute et en qui je reconnais le célèbre Andrea Solario, je vous le présenterai.

Catherine exultait dès qu'on parlait de grandes sculptures italiennes. Elle voulait en poser partout dans son nouveau château en construction. Chenonceau serait digne de recevoir les plus belles œuvres sculptées.

— Viscardi reçoit les plus beaux marbres d'Europe. Saviez-vous, Alix, qu'il fournit cette jeune femme sculpteur qui réalise des merveilles à Bologne et dans l'Italie du Nord ?

— Une femme ! s'étonna Alix.

— Pourquoi tant de surprise ? N'en êtes-vous point une ? rétorqua dame Bohier.

— Comment s'appelle-t-elle ?

— Properzia de Rossi. Elle sculpte d'une façon très osée. Peut-être la rencontrerez-vous un jour.

— Pourquoi pas ?

— Elle vient souvent à Lyon, mais je ne crois pas qu'elle soit dans la ville ces jours-ci. Mon fils Antoine aimerait la rencontrer avant de commander son marbre pour l'abbaye de Fécamp où il vient d'être nommé évêque. Il veut lui faire réaliser un tabernacle pour la relique du Saint Sang avec un autel à bas-relief, une châsse et une grande statue de sainte Suzanne.

— Et vous dites, Catherine, fit Alix en riant, que votre fils n'est point un financier !

— Vous avez raison, je lui ai inculqué de solides bases avant qu'il ne se tourne complètement vers l'Église. Allons, je crois que je me présenterai seule à Viscardi…

Elle tendit la main en direction d'un personnage qui se tenait seul devant le manteau de l'immense cheminée flamboyante et poursuivit :

— Car vous devriez allez voir votre ami Sangallo. Regardez, Alessandro, il est là-bas. À tout à l'heure, nous nous retrouverons ce soir à l'auberge

Giuliano da Sangallo ! Si Alix voulait le voir et lui parler, c'est qu'elle savait – Alessandro le lui avait appris – qu'invité à Blois, il avait préparé une maquette pour Louis XII. Projet digne d'admiration, richement décoré et capable de recevoir toute la cour. Mais l'affaire n'avait pas abouti. Grand ami du cardinal della Rovere qui, pour avoir voulu fuir Alexandre Borgia, s'était retrouvé prisonnier de Jules II, Sangalo fréquentait assidûment les cours lyonnaises.

La villa de Poggio à Cajano, près de Florence, était l'une de ses grandes œuvres, dont le principe des salles spacieuses de part et d'autre d'un grand vestibule commençait à être adopté dans les châteaux français.

— Je suis heureuse de faire votre connaissance, maître Sangallo. Sire Van de Veere m'a tant parlé de vous.

— Giuliano ! interrompit Alessandro, dame Alix Cassex est désireuse de vous parler d'un personnage pour lequel vous avez travaillé il y a quelques années.

— Oui, coupa la jeune femme, c'est notre roi de France.

— Louis le douzième ! Je le connais. J'avais réalisé une belle maquette pour lui.

— Ne pourriez-vous le rencontrer à nouveau ?

— Il ne m'a pas fait mander.

— Et s'il le faisait ?

— Je ne dirais peut-être pas non. Évoluez-vous donc dans son sillage ?

— Dès son retour d'Italie, je dois lui remettre six tentures sorties de mes ateliers et signées de la lettre « T » de Tours.

— Six tentures sorties de vos ateliers !

Il parlait sans dédain, mais le sourcil levé et l'œil curieux.

— Je suis haute-lissier en Touraine, poursuivit Alix.

— Haute-lissier !

— J'ai repris les ateliers de mon époux décédé.

— Dame Cassex, intervint Van de Veere, est très éprise des belles et chatoyantes millefleurs.

— À présent, je le suis plus encore par les nouvelles formes de votre Renaissance. Je vais donc m'y consacrer très sérieusement. Et dès mon retour de Florence…

— Partez-vous donc là-bas ?

— Oui, au printemps.

Alessandro prit Sangallo par le bras.

— Mon ami, j'aimerais discuter avec vous d'un projet pour le palais Médicis. Comme vous le savez, je suis toujours l'intermédiaire des grands travaux qui s'y préparent. Voulez-vous venir me voir dès que je serai rentré à Florence ?

Sur l'assentiment de ce dernier, Alessandro poussa Alix un peu en avant pour la laisser discuter avec Sangallo. Celui-ci l'observait avec bienveillance, son sourcil s'était abaissé et son expression devenait presque de la bonhomie. Cependant, il n'avait pas perdu de vue que cette jeune femme pouvait de nouveau l'introduire auprès du roi de France. Il décida de s'intéresser à ce qu'elle s'apprêtait à lui dire.

— Votre roi, lorsque je lui avais soumis ce projet, était au début de son règne. Il me paraissait fort troublé par le problème de son remariage et, en fait, il prenait peu de grandes décisions. C'est une époque où cette pauvre reine reléguée dans son couvent émouvait tous les Italiens.

— Elle n'y était pas encore.

— Non, mais votre roi réclamait qu'elle soit répudiée. Il attendait l'accord du pape. César Borgia s'était laissé faire parce qu'il y avait trop d'intérêts pour refuser sa demande. Y a-t-il eu procès ?

Ah ! Comme Alix appréciait son amitié avec Louise, qui la tenait au courant des faits et gestes du royaume. Comment pourrait-elle évoluer dans une société aussi haute si elle n'en connaissait pas tous les rouages ?

— Oui, le procès fut très pénible, mais si Jeanne de France était une femme fragile physiquement, elle s'est montrée très forte psychologiquement. Elle s'est retirée sans bruit et sans scandale, laissant la place à la veuve Anne de Bretagne.

— Et comment est votre roi à présent ?

— Je suis sûre qu'il serait prêt à vous recevoir, maître Sangallo.

— Alors, j'en profiterai pour aller chez vous et visiter vos ateliers. Sans doute vous passerai-je quelques grosses commandes.

XVIII

Louise, qui dosait toujours avec la plus extrême précision joie, sagesse et passion, ne semblait pas prête à chasser son amant d'Amboise, poussant même l'enthousiasme jusqu'à l'inciter à y rester plusieurs semaines.

Certes, la proposition de rejoindre sa fille à Blois n'était pas pour lui déplaire, bien que sa réponse ait été trop rapide. À vrai dire, Marguerite l'avait totalement prise au dépourvu et, sans que cela parût, Louise n'avait rien pu rétorquer.

Un séjour à Blois, alors que la reine devait y filer d'heureux instants de retrouvailles avec Louis, ne serait pas très perspicace. À présent qu'elle en soupesait les éléments, elle en remarquait les conséquences.

Si Charles prolongeait son séjour à Amboise, celui de Marguerite s'étendrait bien au-delà des faveurs qu'accordait la reine Anne à la famille d'Angoulême pour rencontrer François.

Après réflexion, il paraissait plus judicieux de laisser s'échapper Marguerite quelque temps et de la laisser revenir pour repartir plus tard avec elle afin d'y voir son fils.

Cette conclusion établie, Louise jugea cependant qu'elle n'attendrait pas le prochain départ des armées pour l'Italie, car depuis les derniers événements qui renforçaient les positions françaises, le climat se durcissait à Venise et à Rome, incitant Naples et Milan à poursuivre une atmosphère de rébellion.

Lorsque Louise se sentait morose et qu'aucune inclination amoureuse ne venait exacerber ses sens, elle se prenait à trembler d'inquiétude pour son fils. Viendrait le moment où, chevauchant aux côtés de Louis, François partirait en guerre, heaume relevé et panache ondoyant émergeant du casque. L'épée qu'il accrochait solidement à son flanc tomberait de sa ceinture, cinglant sa cuisse à chaque pas et son armure éblouirait les yeux, irradiante et exaspérante à la fois.

Mais le cauchemar de Louise ne s'arrêtait pas à ces considérations de prestige attachées à tous les solennels départs en guerre. La comtesse d'Angoulême connaissait trop bien son fils pour ignorer qu'en plus, François aurait sur ses lèvres ce sourire de conquérant encore inexpérimenté. Sur son passage, les trompes pourraient clamer les honneurs habituels et la foule pourrait crier ses sempiternels vivats, cela ne changerait rien à sa peur.

Comment pouvait-elle réagir autrement ? Louise qui, en tant qu'épouse, ne s'était jamais trouvée devant un tel dilemme, se voyait piégée par son instinct maternel. Son passé, qu'inconsciemment elle feuilletait avec une prudence pourtant calculée, car elle refusait de tomber dans le marasme des sentiments inutiles, l'avait assurée de bien des certitudes. Et voilà qu'à présent, elle devait changer d'état d'esprit.

Naguère, pour la comtesse d'Angoulême, tout avait été si différent. Son époux se caractérisait par bien des points inhabituels que l'on ne devait trouver que rarement ailleurs. D'abord, ce n'était pas une épouse qu'il laissait, mais trois ! Et seule Antoinette devait frémir à l'idée qu'il ne revînt pas.

Puis, trop jeune pour procréer – Louise n'avait pas encore subi les ardeurs amoureuses de son époux – la jeune comtesse était alors sans enfant.

Enfin, le domaine de Cognac était entre les mains expertes de la vieille comtesse qui dirigeait en maître absolu les terres, les gens, les revenus – maigres à l'époque – et répartissait les dépenses qu'il fallait rogner au plus juste.

Sous cet angle, Charles d'Angoulême se rangeait plutôt du côté des insouciants. Il partait en guerre le cœur léger, l'esprit vide de toute crainte, comme s'il s'éloignait pour s'aérer, se distraire en quelque sorte, s'amuser presque, plus en quête de sensations nouvelles que de lauriers à décrocher.

Bourbon ne partait jamais non plus l'angoisse au ventre. Il ne partait d'ailleurs pas plus l'exaltation en tête. Il était de ceux qui combattent non par devoir, mais par plaisir purement intériorisé. Ses départs semblaient le satisfaire, mais non le réjouir, lui apporter ce sentiment qui, chez un autre, eût été appelé enthousiasme, ardeur, ivresse, mais qui chez lui se nommait présomption. En lui, hormis l'ambition, rien ne débordait jamais.

Ses exaltations s'enfermaient dans un carcan qu'il se refusait d'ôter, ne fût-ce qu'un instant d'abandon, un moment de tremblement intime qui eût craquelé la belle carcasse impénétrable de son esprit en veille perpétuelle. Ses emballements, ses fougues se heurtaient sans cesse aux prétentions et aux exigences qu'il se créait et qui l'obligeaient à freiner les quelques élans généreux qu'il aurait pu montrer en des occasions inhabituelles.

Louise, seule, savait contourner ces méandres-là, du moins quand la jeunesse et la grâce de Marguerite n'entraient pas en ligne de mire.

Bien qu'innocente des regards trop appuyés de Bourbon sur sa jeune personne, et bien que l'indifférence quasi totale de sa fille envers Charles la rassurât pleinement, Louise n'en désirait pas moins que celle-ci n'assistât ni au repas ni aux promenades, délassements ou loisirs qu'elle projetait avec son amant.

À nouveau, cette idée réconforta Louise dans sa récente acceptation de l'éloignement de sa fille. Marguerite vivrait de façon plus heureuse la proximité de son frère que celle de sa mère confrontée à d'inhabituels sentiments de dépendance affective.

Pour Charles de Bourbon, duc de Montpensier, que vingt années d'âge seulement venaient de couronner, les impulsions désintéressées se faisaient rares.

En cela, Louise nourrissait pour lui à peu près le même état d'esprit. Sa générosité naturelle et impulsive, son sens du partage qu'elle avait si longtemps témoigné à un Jean de Saint-Gelais admiratif et désintéressé, perdaient de leur intensité devant un Charles de Bourbon, arriviste et impatient.

Mais l'heure n'était plus où le sentiment devait entrer seul enjeu. Bourbon le savait et Louise ne l'ignorait pas.

Dans l'âtre de la vaste chambre située au premier étage du château, celle du logis royal où elle vivait depuis le départ d'Anne et de Louis, et qu'habituellement Louise n'occupait pas les longs mois d'hiver, le feu crépitait et réchauffait une atmosphère qu'elle avait voulu rendre étourdissante, avec l'appui de liqueurs et de vins forts qui embuaient les esprits.

Marguerite et Blanche étaient parties pour Blois le matin précédent et, pour ne pas heurter la sensibilité d'Antoinette, disons plutôt pour ne pas affronter l'inimitié qu'elle éprouvait envers Charles, Louise prenait tous ses repas du soir dans la chambre en compagnie de son amant.

Le copieux repas qu'ils avaient pris en tête à tête, fait de gibiers marinés et de poissons farcis par Jeannette, de gâteaux au miel, de crèmes et de fruits confits toujours confectionnés par ses mains expertes, apportait une large contribution aux effets perturbateurs qui commençaient à ronger leur discernement.

Depuis quelque temps, Louise était devenue experte pour entretenir cette douce léthargie qui laissait Charles de Bourbon sous sa quasi-domination. Comment avait-elle pu en arriver à cette soumission, passagère, il est vrai, que Bourbon semblait lui concéder depuis que Marguerite était partie ?

Pourtant, dans le tumulte de ses pensées, elle échafaudait des projets bien chancelants. Passé la prochaine expédition italienne, le reverrait-elle s'il advenait que la reine Anne mît au monde l'héritier du trône tant attendu ?

Le duc de Bourbon n'était pas épris d'elle au point de nuire à ses hautes ambitions. Certes, Louise avait de la séduction, une bonne expérience agrémentée d'observation et de pratique, mais elle n'oubliait pas que dix ans la séparaient de son jeune amant.

Allongée à son côté sur la moelleuse courtepointe, elle regarda longuement les doigts effilés du duc de Bourbon. Ils s'agitaient distraitement sur le pommeau de l'arme ancienne qu'elle venait de lui offrir. Descendant lentement la main sur le plat de l'épée, il en caressa presque voluptueusement le tranchant en fixant de ses yeux vides les tentures fermées de la fenêtre.

Ils s'adonnèrent tous deux à leurs pensées qui n'étaient pas pour autant réciproques, et tombèrent dans des abîmes de réflexion qui les laissèrent l'un et l'autre indécis.

À quoi pouvait penser Charles de Bourbon, duc de Montpensier, assujetti à cette coriace belle-mère qui avait élevé en partie Louise ? Que pouvait-il évoquer d'autre, en cet instant de délassement suprême, que ses désirs grandioses ?

La fille de Louis XI gardait jalousement les inestimables trésors qui lui venaient de feu le roi son père, et ce n'était certes pas son gendre qui ferait en sorte de les rendre à la couronne royale.

Résolu depuis longtemps à éblouir, égaré par cet orgueil monstre qu'il portait en lui, Charles n'avait qu'une idée en tête, conserver le Bourbonnais tel que le lui avait apporté Suzanne avec l'immense patrimoine qui s'y ajoutait.

À la cour des Beaujeu, depuis que Charles était l'époux de Suzanne, on s'habillait avec splendeur. Le moindre page revêtait des habits de soie entremêlés de fils d'or et d'argent. Les valets et laquais portaient de somptueuses livrées. Les écuries brillaient de luxe et de propreté. Dans les chambres, les vestibules, les cabinets de travail, chaque objet précieux était mis en valeur, posé ou accroché. L'or étincelait de toutes parts. Charles en avait créé sa devise « Partout où le soleil darde ses rayons, j'irai les attendre au passage. »

Sur son buste vêtu de la soie la plus fine, s'accrochait toujours une de ces chaînes écrasantes qui laissait pendre un lourd médaillon coulé dans le métal qu'il affectionnait tant. Il les avait d'ailleurs hérités de feu son beau-père qui ne portait que ce genre de bijou suspendu à son cou.

Pendant qu'il caressait rêveusement l'étonnant cadeau tranchant de Louise, cette épée luisante des victoires accumulées – sans doute, aussi, dissimulait-elle quelques défaites – les ardeurs du feu déclinaient.

Ni l'un ni l'autre ne réclamèrent qu'on vînt l'activer. Alors que l'énorme bûche achevait de se consumer, une braise rougeoyante et agressive qui grésillait d'allégresse, s'entassait sous les chenets de bronze.

Louise les fixa un long moment, distraitement d'abord, puis avec une insistance qui amena en elle plus de torpeur qu'elle n'aurait souhaitée. Les pourpres lueurs, démoniaques et phosphorescentes, semblèrent lui communiquer ce bref transport amoureux dont elle avait besoin pour oublier ses intérêts personnels. Pourtant, sa chair entière tremblait de désir et son regard commençait à chavirer dans celui de son compagnon.

Ses pensées personnelles revinrent cependant à l'assaut. Si Charles de Bourbon rentrait chaque fois d'Italie en triomphateur, ce n'était pas sa falote et souffreteuse épouse qui le retiendrait souvent dans son Bourbonnais natal.

Pourquoi Louise ressentait-elle une si soudaine rancœur envers celle qui avait partagé un temps son enfance ? Elles étaient si dissemblables. Suzanne n'avait jamais abordé les lectures de Louise ou cherché à comprendre ses motivations intellectuelles. Jamais, les deux enfants n'avaient éprouvé un réel besoin de communication, de rapprochement, ou n'avaient tenté de mêler leurs penchants opposés.

Elle redressa son buste que tout à l'heure Bourbon avait largement découvert. Un sein blanc et rond s'échappait de la basquine dégrafée qui, pour l'instant, ne lui prenait que mollement la taille.

Elle ramena un bras sous sa tête et évita de regarder l'embrasement défaillant de l'âtre, sous peine de se perdre à nouveau dans le labyrinthe de ses réflexions intimes. En un tel instant, lorsque celles-ci débouchaient sur ses propres ambitions, son pouvoir de concentration sur les débordements sensuels que réclamait une nuit d'amour n'existait plus.

Lorsqu'on toqua à la porte, elle ramena sa basquine sur son sein découvert, mais le corselet dégrafé glissa et son geste ne permit pas d'en cacher l'essentiel.

— J'avais dit qu'on ne nous dérange pas, chuchota-t-elle à son compagnon.

Le jeune homme stoppa le lent va-et-vient de sa main sur l'épée qu'il observait toujours distraitement.

— Sans doute vient-on ranimer le feu ! murmura-t-il à son tour en posant ses lèvres dans le cou de sa compagne qui, aussitôt, courba la tête de plaisir.

— Ciel ! Mais c'est vrai qu'à présent, il fait froid. Voulez-vous que je dise à Catherine d'entrer ?

— Une petite malvoisie serait la bienvenue ! jeta Bourbon en resserrant son étreinte. Votre Jeannette doit bien en cacher un tonnelet quelque part !

— Charles ! protesta Louise, nous avons déjà bu plus qu'il ne fallait. Ce vin liquoreux de Grèce va vous faire tourner définitivement la tête.

— N'est-ce pas ainsi que vous désirez me voir ?

Il descendit sa bouche le long de son dos nu.

— Certes, répondit-elle l'œil brillant, mais attendons que ce feu, lui aussi, reprenne ses ardeurs coutumières.

Les heurts contre la porte redoublèrent. Louise se dégagea des lèvres de son compagnon devenues soudain gourmandes. Repoussant le bras qui l'enserrait avec insistance, elle se leva sans précipitation.

— Entre, Catherine, dit-elle.

Dans l'entrebâillement de la double porte que dissimulait l'épaisse tenture, Louise vit que ce n'était ni sa chambrière ni son page qui, parfois, remplaçait Catherine, mais une jeune servante attachée depuis peu à son service.

Bourbon aperçut deux grands yeux noirs qui fixaient avec candeur la demi-nudité de Louise. La basquine qui lui enveloppait le buste tombait en partie sur sa taille, mais sa cotte de dessous, froissée il est vrai, dissimulait deux longues cuisses et des hanches rondes dont Bourbon ne s'était peut-être pas encore saisi.

Avec réserve, la jeune domestique, qui n'avait pas plus de seize ans, entra.

Elle paraissait inquiète et ne semblait pas cultiver ce maintien à la fois prudent et insolent qu'avaient souvent les jeunes chambrières vis-à-vis des hommes qu'elles servaient.

À cela près que dans les grandes demeures où le personnel ne se comptait pas, seigneurs et gentilshommes disposaient plus souvent d'un valet pour leur propre service de chambre que d'une jeune et séduisante soubrette, à moins qu'il ne s'agît d'un veuf ou d'un célibataire. À coup sûr, cette prudence évitait bien des problèmes.

En cela, la femme était privilégiée. Qu'elle évoluât à moitié nue dans le périmètre de sa chambre ou qu'elle restât allongée, lascive et provocante, sur la moelleuse courtepointe de sa couche, courtines du lit ouvertes, le page pouvait entrer comme bon lui semblait afin de servir sa maîtresse en toute loyauté. C'était encore une marque distinctive de l'ancienne chevalerie moyenâgeuse dont certaines ne se privaient guère.

Suzon avança le buste avec prudence, puis pénétra dans la pièce avec la délicatesse d'une chatte méfiante.

— Eh bien, Suzon ! Qui t'a dit de venir ? Catherine n'est-elle donc point là ?

Sous le regard aigu de Bourbon, la jouvencelle parut gênée. Elle frotta distraitement le plat de ses petites mains dodues sur le tablier qui recouvrait sa robe.

— Elle est occupée avec la bonnetière, madame. J'ai pris sous ma responsabilité de venir vous proposer mes services pour ranimer votre feu.

— Tu as bien fait, Suzon. Mais que fait Catherine avec la bonnetière ? S'agit-il de la dame Anquielle ?

La brave dame Anquielle travaillait pour Louise depuis son arrivée au château d'Amboise. Elle réalisait des coiffes fort élégantes, bien qu'un peu démodées selon les appréciations de Marguerite qui préférait les bonnetiers de Blois.

Louise saisit sa robe de chambre tombée à terre et s'en recouvrit rapidement. Ainsi, sa nudité était sauvée.

— Ce n'est pas dame Anquielle, répondit Suzon. C'est la nouvelle bonnetière d'Amboise que Mme de Polignac a fait venir.

Serrant l'attache de son vêtement de nuit autour de sa taille, Louise marqua un temps de surprise.

— S'agit-il de la jeune commerçante qui vient de s'établir sur les remparts de la ville, juste avant l'hiver ?

— C'est elle, madame. Et elle fait de bien jolies coiffes avec des velours et des satins plus légers que ceux de dame Anquielle. Sûrement qu'elles vous plairont aussi.

Les yeux aiguisés de Bourbon ne lâchaient plus la silhouette de Suzon. La jeune fille n'était pas très grande, ses formes pulpeuses rebondissaient légèrement sous la tenue stricte de sa toilette. Mais elles restaient assez juvéniles pour que l'on pût apprécier les indices d'une précoce maturité.

Un peu tendu, son visage était plein et frais, au dessin plutôt flou qui découvrait un nez petit, assez plat et deux grands yeux allongés qui s'effarouchaient dès qu'on la regardait.

Suzon avait une allure de petit chat potelé et craintif. Certes, elle évitait de croiser le regard de Bourbon, car elle le sentait impertinemment accroché à sa silhouette, sans doute en train d'évaluer la rondeur de ses seins ou la longueur de ses jambes sous la robe de cotonnade grise.

— Dis-moi, Suzon, cette jeune bonnetière ne vit-elle pas avec son galant ?

— Non, madame, c'est son frère.

La jouvencelle s'était approchée du foyer refroidi. Les braises tombaient en poussières de cendres grises s'accumulant en un tas informe et sans structure. Suzon semblait regarder l'âtre sans le voir et Louise constata qu'elle ne devait point étudier la façon dont elle pouvait s'y prendre pour attiser les flammes.

Cette petite ne savait pas rallumer un feu mort. Pourquoi était-elle donc venue ? Si d'autres charges occupaient Catherine, un valet aurait fort bien pu faire l'affaire ! Et Louise en déduisit que Suzon avait quelque chose à lui dire, mais que la présence de Bourbon la gênait.

D'un geste distrait, la jeune fille contourna l'âtre et ramassa des branchages de bois sec. Mais le feu ne surgissant pas, elle entreprit de balayer les cendres pour dégager le fond de l'âtre.

Lorsqu'elle se baissa sur les énormes bûches qui attendaient sur l'un des côtés de la cheminée, elle prit soudain conscience qu'elle ne pourrait jamais soulever de tels troncs d'arbre.

Bourbon l'observait, mais ne fit aucun effort pour lui venir en aide. Louise avait le souvenir d'un époux qui assistait volontiers les chambrières dans ces pesantes tâches, profitant certes au passage d'un frôlement de main, quand ce n'était pas de la cuisse, lorsqu'il soulevait avec elles les tronçons d'arbres jetés aussitôt dans l'âtre.

En cela, François lui ressemblait, y mêlant son regard hardi et son esprit égrillard. Comment son fils pouvait-il passer à côté d'une si belle occasion ? Frôler de si près une séduisante servante !

— Eh bien, Suzon, va chercher de l'aide. Ces bûches sont beaucoup trop lourdes pour toi !

Elle partit d'un pas léger, cachant son museau de chat derrière la retenue de son attitude, et revint aussitôt, accompagnée de deux valets qui soulevèrent en un tour de main l'énorme et pesante bûche pour la laisser retomber bruyamment sur les chenets de bronze.

Quand le feu eut pris dans les branchages et que la langue des flammes commença à lécher l'écorce rugueuse du tronc d'arbre, Suzon se planta devant Louise, le front buté, mais le regard nullement effronté. Pourquoi les mains des chambrières malmenaient-elles toujours aussi nerveusement les tabliers qui recouvraient leurs jupes longues ? Celles de Suzon se mirent de nouveau à passer et repasser impatiemment sur les broderies blanches et empesées du sien.

Elle ne dit mot, mais plongea ses yeux bleus et obliques dans ceux de la comtesse d'Angoulême.

— Eh bien, Suzon, tu nous as fait un feu d'enfer ! Tu peux nous laisser, à présent. Ne dérange plus Catherine jusqu'à demain matin.

Mais Suzon ne bougeait pas. Le lent va-et-vient de ses mains persistait sur le tablier blanc.

— Allons ! Que veux-tu, Suzon ? s'enquit doucement Louise.

Indécise, la jeune fille hocha la tête, esquissa une minuscule grimace qui étirait à peine sa lèvre supérieure et cessa de caresser son tablier.

— Allons, Suzon, ne crains rien ! Dis-moi ce qui te préoccupe.

— C'est au sujet de cette bonnetière, madame. La bonnetière installée sur les remparts de la ville.

Louise leva les sourcils d'étonnement.

— Ou plutôt de son frère, précisa la jeune servante.

La gêne qu'elle éprouvait eut pour effet de rougir instantanément ses deux joues rondes. Dieu du ciel ! Que cet homme l'embarrassait avec ses yeux d'aigle à l'affût. Ce Bourbon était insupportable ! Il avait repris cette épée dont il paraissait ne pas pouvoir se passer et caressait de ses doigts le pommeau ciselé d'or. Comment pouvait-elle parler en sa présence ?

Il avait quitté depuis longtemps ses bas-de-chausses et comme la jeune fille n'osait regarder dans sa direction, elle ne sut s'il avait pris ou pas la peine d'attirer à lui la couverture pour en recouvrir son corps dénudé.

Louise se rapprocha de la jeune fille et lui saisit le menton qu'elle serra un peu trop fort entre ses doigts.

— Si ce garçon n'est pas le galant de la bonnetière, alors c'est le tien ! dit-elle en riant. Que veux-tu exactement ?

Elle retira ses doigts du menton de Suzon et celle-ci baissa les yeux à terre.

— Ce n'est pas mon galant, madame.

— Alors, il ne va pas tarder à l'être, si j'ai bien compris.

Elle regarda Bourbon qui se levait. Il prit la courtepointe et s'enroula les reins dedans. Ses pieds nus s'accommodèrent de l'épais tapis qui le mena jusqu'au feu de la cheminée.

Tenant d'une main la couverture, qui cachait son bas-ventre, et de l'autre le tisonnier qu'il venait d'attraper, il ramena quelques brindilles enflammées au centre du foyer.

Fort intéressée et d'un œil amusé, Louise l'observa. François aurait peut-être soulevé une lourde bûche pour venir en aide à la chambrière, mais n'aurait pas accompli ce geste qui relevait d'une grâce incontestable bien plus que d'un exploit ou d'une performance essentiellement physique.

Elle détourna ses yeux de son compagnon et les ramena à Suzon.

— Allons, que veux-tu, Suzon ?

— C'est que… madame, dit la jouvencelle en hésitant, le frère de la bonnetière cherche à se placer au château.

— Au château ! Ici, à Amboise ?

— Oui, madame.

— Que sait-il faire, ton galant ?

De rouge, les joues de Suzon étaient passées au pourpre.

— Beaucoup de choses, madame.

— Mais encore, Suzon !

Le duc de Bourbon avait reposé le tisonnier dans un cliquetis de métal qui vint heurter les oreilles de la chambrière. Elle détourna brusquement la tête et vit son dos. La courtepointe ne l'entourait plus, laissant voir des reins étroits au-dessus d'un fessier ferme que prolongeaient des jambes musclées assombries d'un poil noirâtre et abondant.

Avant que ses yeux ne pivotent sur ceux de Louise, elle aperçut dans un éclair le brusque retournement de Charles. Cette fois, il offrait à son regard ses parties les plus intimes qu'il ne dissimula qu'à l'instant où il s'enfouit dans le lit.

Le duc fit flotter sur ses lèvres minces un sourire arrogant et triomphateur. Tudieu ! Que cette fille semblait sotte. Quinze ans à peine, vierge sans doute ! Louise devait se tromper lourdement lorsqu'elle assurait que ce garçon pour qui elle appelait des faveurs était son galant.

Certes, la pauvre Suzon n'avait pas fini de rougir ! Ses mains reprirent le chemin de son tablier en un geste plus nerveux. Louise eut un élan généreux.

— Allons, Suzon, cela ne fait rien que tu saches ou non ce qu'il sait faire. Dis-lui de se présenter au château. Nous essaierons de l'employer.

— Merci, madame.

Suzon ne demanda pas son reste et, sans plus risquer le moindre regard imprudent qui eût à nouveau perturbé ses esprits, sortit précipitamment de la chambre.

Ondoyantes, les flammes léchaient la bûche avec une ardeur nouvelle dans un crépitement radieux et ininterrompu, réveillant la braise incandescente qui éclairait le haut manteau de cheminée sculpté du porc-épic et de l'hermine. Des ombres remuantes s'agitaient sur le plafond poutré, remontaient, descendaient, faisant danser les scènes galantes qui ornaient les tapisseries flamandes accrochées aux murs de la chambre.

Les lueurs éclairaient suavement les épaules de la jeune femme et leur donnaient un air d'extrême jeunesse. Louise était sûre de sa grâce. Son ventre plat, sa taille fine et ses seins galbés et ronds lui permettaient, sans difficulté, de se faire désirer par un homme qui comptait dix ans de moins qu'elle.

À plus de trente ans, Louise était belle, le teint clair, le cheveu souple et brillant, le regard vert assez prometteur pour qu'on y lise une farouche envie de conquérir un monde qu'elle ne connaissait pas encore et auquel voulait aussi se frotter Charles, celui du pouvoir.

Bourbon n'avait certes pas l'occasion de jouir souvent d'un corps féminin aussi harmonieux. On le disait plus intéressé par la guerre que par les femmes. Et pourtant ! Ses regards accrochés sur une Marguerite aussi sensée que chaste, une Suzon plus prude encore ou la première dame de cour rencontrée, pouvaient laisser perplexe.

Les ombres mouvantes paraient de clarté luminescente le corps soyeux et blanc de Louise, dont elle prenait un soin extrême. Sa rousse chevelure qui, sous les zébrures pourpres des flammes, prenait des couleurs de châtaignes sombres, se répandait en vagues sinueuses.

Sur la crédence aux pieds tournés, près du grand lit, Charles avait enfin déposé l'arme de ses désirs.

— En avez-vous terminé, mon ami, avec cette épée que vous semblez tant apprécier ? demanda-t-elle à voix basse en se serrant contre le buste de son compagnon.

— C'est un cadeau sans prix, Louise. Cette arme a connu tant de gloire !

— Je savais qu'elle vous plairait.

Les yeux clos, elle s'abandonnait avec délice aux mains de Charles dont les doigts, pourtant peu experts, faisaient naître en elle des frissons prometteurs.

Comme un adolescent, Charles semblait apprendre, à chacune de ses entrevues avec Louise, le charme puissant et la volupté des caresses, car si ses yeux perçaient souvent l'intimité des femmes, ses mains restaient encore peu exercées. La jeune femme eut un long soupir. Son propre désir, à présent qu'il paraissait s'éveiller vers un nouvel acheminement, la dominait entièrement et elle songeait déjà à en prolonger les enivrants effets. Pourtant, alors que son amant était déjà au paroxysme de la béatitude, elle se rappela qu'elle disposait de toute la nuit et s'accorda, à nouveau, quelques petites réflexions d'ordre pratique.

Elle irait rejoindre Marguerite dès que Charles serait parti, annulant ainsi les dispositions qu'elle avait prises la veille. Si la reine Anne lui opposait un visage contrarié, elle ferait en sorte de l'ignorer, selon sa vieille habitude.

Charles ne pouvait prolonger son séjour à Amboise. Il le lui avait déjà fait comprendre. Encore une fois, Louise restait en alerte. C'était comme une vieille coutume qui lui remontait à l'esprit. Il lui semblait toujours qu'elle devait partager quelque chose avec autrui. Cette fois encore, Bourbon avait une épouse avec laquelle il fallait bien composer.

Assembler le temps, peaufiner les réflexions sans tomber dans la banalité du quotidien, trouver à l'existence ce côté avantageux dont elle tirait le meilleur des partis, rester libre d'organiser sa vie comme elle l'entendait, c'était le jeu que s'imposait la comtesse d'Angoulême.

Bourbon, qu'un instant avait englué dans la béatitude du sommeil, bougea un bras. Louise le saisit et le glissa sous sa tête.

Son plaisir pris, ajusté sur cette brève somnolence, Charles revenait à celui de Louise et celle-ci décida, enfin, de se laisser aller jusqu'aux confins de la sublimation. Ensemble, cette fois, ils oublièrent leurs intérêts personnels pour ne vivre que ceux de l'amour.

XIX

Après cet hiver d'une rigueur extrême, le mois de mars annonçait un printemps clément, presque trop précoce. Mais les visages des citadins s'éclairaient en levant les yeux sur un ciel plus bleu et, dans les campagnes, les paysans se déridaient devant les premiers bourgeons qui sortaient de leur fragile gangue et souriaient à la terre noire et craquelante, déjà prête aux labours.

À Tours, ce matin-là, Alix sentit la nausée secouer son corps dès qu'elle mit le pied sur le sol. Elle prit soudainement peur, puis obligea son esprit à se concentrer. Voilà qui aurait pu lui arriver plus tôt, en un temps où elle connaissait à peine Alessandro.

À présent, elle savait qu'il ne prendrait pas cet événement au tragique, peut-être même au contraire s'enorgueillirait-il de voir un petit Florentin agrandir la famille Van de Veere, même si c'était Alix – et cela allait de soi – qui élevait l'enfant.

Alessandro était resté à Tours toute la fin de l'hiver et n'avait regagné Florence qu'en février.

Durant tout ce temps, comme à l'accoutumée quand le banquier était à Tours, Mathias s'enfermait, s'acharnait au travail et ne sortait pratiquement pas de l'atelier, sauf pour voir le petit Nicolas, lui tendre ses bras et réclamer quelques baisers.

Mathias ne recommençait à sourire, à se détendre et à discuter qu'après le départ d'Alessandro. C'était sa règle. Celle d'Alix qui refusait les heurts et les explications, se calquait sur la sienne : ne jamais amener son amant dans les ateliers, à l'exception du comptoir que tenaient Julio et Angela, ne jamais parler d'Alessandro devant lui, ni même l'autoriser à venir dans la maison de la place Foire-le-Roi.

Mathias avait irrémédiablement posé ses jalons et rien ne ferait qu'on les enlevât. Une fois pour toutes, il avait refusé de connaître le Florentin, de le croiser et d'en parler. Et puisque l'amant d'Alix lui avait laissé la grande résidence tourangelle située sur la place centrale, parmi les hôtels particuliers des notables, qu'elle y partageât son lit tout à loisir.

Mais foutre Dieu ! Mathias n'en pouvait plus. C'étaient ces jours-là, où elle se coulait dans la couche du Florentin, douce et chaude, soumise et amoureuse, tendre et merveilleusement belle, qu'il avait le plus besoin d'elle. Alors, il ne rêvait que de la serrer dans ses bras, d'écraser sa bouche sur la sienne, de jouir du spectacle de son corps dénudé et de prendre ce plaisir qui lui était interdit. C'était un désir qui se décuplait au fil des jours, un désir violent, total, immuable, un désir auquel il pensait depuis qu'un jour, sur les routes des Flandres, elle avait accroché son regard. De cet instant, il avait ressenti un fort désir, même si la douce Florine avait su atténuer cette folle attirance.

Après les départs d'Alessandro, quand Alix rentrait place Foire-le-Roi, elle embrassait Nicolas, déposait un léger baiser sur la joue de Mathias et lui demandait si tout allait bien. Mais Dieu ! Que ce regard plongé dans le sien lui faisait mal ! Cela gâchait tout son plaisir à reprendre son travail. Alors, Alix passait un long moment avec Nicolas pour tenter d'apaiser ses remords.

Elle réprima la première nausée, mais la seconde eut gain de cause, car elle se mit à vomir juste avant que n'arrive Bertille qui n'avait encore rien remarqué. C'était mieux ainsi. Alix préférait, du moins pour l'instant, n'en parler à personne. Elle voulait, seule aussi, se pencher sur un sombre passé, celui qui ne lui avait pas permis d'élever les enfants de Jacquou. Par deux, fois un garçon ! Par deux fois, un enfant mort presque à la naissance. Elle était loin de penser qu'un jour elle serait enceinte d'un autre homme. Mieux encore ! Qu'elle vivrait une joie intense à sentir son ventre de nouveau habité par un petit être qui cette fois grandirait.

Accoucherait-elle d'un fils ? Alix sentit un émoi troubler son esprit. Sa chair frissonna et elle abaissa ses paupières qu'elle ne releva qu'après avoir trouvé la réponse à sa subite interrogation : si c'était une fille ? Elle y songeait bien sûr, mais seulement depuis quelques secondes. Jusque-là, elle ne pensait qu'à un garçon. Et, plus sa rêverie s'appesantissait, plus elle se voyait accoucher d'une petite fille. N'y avait-il pas déjà Nicolas qu'elle aimait comme un fils et à qui elle avait promis le plus bel avenir ? Et, par ailleurs, Alessandro n'avait-il pas déjà deux fils ?

Se sentant mieux, elle sortit de sa rêverie, se vêtit simplement selon son habitude lorsqu'elle partait à l'atelier, prit son repas du matin servi par une Bertille très volubile et quitta la maison.

— Tu es bien joyeuse ce matin, Bertille ! dit-elle en lui souhaitant une bonne journée.

Bien sûr, Alix ignorait que la brave Bertille, comme toute bonne servante qui se respecte et dont l'œil traîne partout, l'avait vue tout à l'heure penchée sur la cuvette. Ah ! Il n'était pas trop tôt pour que sa protégée ait enfin un enfant, après les grands malheurs qui avaient accablé sa vie d'antan. Dommage que ce fût avec cet Italien qu'elle connaissait à peine et qui allait et venait selon son bon plaisir, et non avec Mathias qui, depuis toujours, se mourait d'amour pour elle.

Mais la vie étant ainsi faite, Bertille était joyeuse à l'idée d'élever un petit qui grandirait aux côtés de Nicolas.

Arrivée à l'atelier, Alix se sentit tout à fait remise. Sur la plus haute des lisses, sa première *Vierge du Vatican* prenait forme. Mathias y travaillait presque jour et nuit. Ce soir, pensa-t-elle, un sourire aux lèvres, il ne rentrerait pas tard puisqu'elle était de retour, et ils se retrouveraient tous les deux, en vis-à-vis et en complète harmonie, pour discuter du travail, des finances, des commandes et de Nicolas qui grandissait jour après jour.

Alix aimait s'assurer que Mathias tenait bien en main les deux ateliers. Mais en cela, il demeurait d'une constance sans faille et d'une fidélité à toute épreuve. Il dirigeait le travail d'Arnold et des ouvriers sans que personne n'y trouve à redire. Avec le temps, Mathias était devenu strict et sévère, mais juste, droit, intègre et, dans les ateliers, conservait toujours ce brin d'humanité nécessaire à tout bon chef, ce qui lui conférait la respectabilité qu'il attendait des autres.

Le lendemain de son retour, Alix se rendit au comptoir du Val de Loire que tenait Julio avec une grande compétence. L'atelier commercialisait ses productions lissières commanditées par Rome et Florence. Assurément, l'ouvrage ne manquait pas, mais depuis que le pape Alexandre Borgia était mort et que Jules II le remplaçait, une tension entre le Vatican et la France se faisait légèrement sentir.

Alix et Julio gardaient un œil perpétuellement ouvert sur les besoins des commanditaires italiens afin de savoir où chacun passait ses ordres. Une chance que le cardinal Jean de Villiers, toujours en poste au Vatican, surveillât, lui aussi, les productions italiennes en faisant dévier, de temps à autre, une grosse commande sur les ateliers d'Alix.

Face aux commanditaires des Flandres, dont le pouvoir diminuait un peu depuis que la Renaissance italienne prenait de l'envergure, un autre avantage souriait aussi à Alix. Alessandro ne vivait-il pas en partie à Bruges, gardant ainsi un regard vigilant sur le passage des marchandises et le commerce des comptoirs flamands ? Il n'était donc pas rare qu'Alix voie s'acheminer jusqu'à elle bon nombre de commandes en provenance de Lille, Arras, Tournai, Audenarde, Enghien et, bien entendu, Bruges.

— Angela ! s'exclama Alix, dès que je suis quelque temps sans te voir, je te découvre chaque fois plus belle. Julio a bien de la chance d'avoir une si gracieuse élève. Où en es-tu dans ton apprentissage ?

— Elle pourra bientôt passer ouvrière. Elle se débrouille très honorablement.

— Très bien ! J'ai eu raison de te faire confiance. À toi aussi, Julio. Tu as parfaitement su la guider.

Elle vit Julio rougir et sut que le tendre sentiment qui l'animait lorsqu'il avait fait la connaissance de la jeune fille avait pris de la vigueur.

Angela s'écria :

— Alix ! Je sais travailler sur une basse lisse. Je sais tendre mes fils de base et composer mon support. Julio m'a tout appris.

Elle s'élança sur lui et lui plaqua un gros baiser sur la bouche. Le jeune homme regrettait-il, à présent, de ne pas s'être enfermé dans la prêtrise comme il en avait, autrefois, l'intention ? Un bel avenir professionnel se traçait devant lui et, pour couronner le tout, la plus adorable des jeunes filles était tombée amoureuse de lui.

— Julio, dit Alix d'un ton satisfait, cette tenture des métiers est beaucoup plus avancée que je ne le pensais.

— Je viens de terminer *Les Hommes dans les bois* et je pense commencer *Les Hommes dans les champs* d'ici quelques jours. Regarde, Alix. Cette tenture est très originale.

— Elle rappelle beaucoup celle des *Bûcherons*[1].

— Juste par la gamme des bleus et des rouges sur fond de millefleurs, mais le thème est très différent. Les hommes besognent, coupent, scient, lèvent et abaissent leur hache. Mais il n'y a pas d'animaux, pas d'oiseaux et personne n'est distrait de son travail, pas plus qu'on ne boit, mange, se détend ou cueille des fruits dans les arbres.

— C'est en effet vrai, Julio. Ta tenture est juste, authentique et belle. Je crois que tu es un vrai maître lissier.

Il souriait et ne rougissait plus. Oui ! Julio était devenu un homme responsable et un maître.

— Les commandes affluent, Julio, il faudra que l'on engage un ou deux ouvriers, ou bien que nous soustraitions avec les ateliers parisiens.

1. *Les Bûcherons*, tissée vers 1464 dans les ateliers Pasquier Grenier à Tournai. La tenture est actuellement au musée des Arts décoratifs de Paris.

Le mois d'avril avait à peine amorcé ses premiers jours qu'Alix avait pris sa décision. Elle avait envoyé Léo à Dijon pour porter un message à Constance l'informant qu'elle partait à Florence. Elle terminait sa courte lettre par ces mots : « Reviens avec Léo si tu veux m'accompagner. »

La missive qu'elle reçut ce jour-là, alors qu'elle attendait le retour de Léo, la laissa perplexe quant à l'urgence de son départ, mais elle finit par oublier ses craintes et ne changea rien à ses projets.

La lettre était de la comtesse d'Angoulême. Voilà deux fois qu'Alix la lisait et quand elle commença sa lecture pour la troisième fois, elle se dit que rien ne pourrait entraver son départ.

« Ma chère Alix,

Je me décide à vous écrire, car je sais que votre départ pour l'Italie est proche et je ne voudrais pas que cette lettre arrive après que vous soyez partie.

Les événements vont vite et la situation, d'après les messagers qui vont et viennent de Blois à Milan, change de jour en jour. Évitez de voyager inutilement sur les routes italiennes, du moins celles du Nord. De Milan à Florence, l'agitation semble moins grande. Mais il est bon de se méfier tout de même.

À Gênes, les dernières révoltes sont encore vivaces. Depuis que le fils du pape, César Borgia, a été livré aux Espagnols et que Jules II a progressivement rétabli son autorité, Gênes reste le point de mire. Or, ce pape-là n'aime point les Français bien qu'il s'oblige à pactiser avec le roi Louis pour maintenir ses États de l'Église.

Oui, Alix ! Ne perdez pas de vue que Gênes est un lieu de prédilection pour les espions de toutes sortes. Cette superbe ville qui, jadis, a dominé tout le trafic méditerranéen, se console mal de ses défaites. Les Français qui en reviennent disent que les poignards se dégainent vite et que le poison circule facilement.

Et, en plus des vengeances personnelles qui se déchaînent et qui décuplent les angoisses, les canons de Louis XII ont tremblé et fait périr bien des hommes. Des potences ont été dressées dans la ville, des biens ont été réquisitionnés, des magistrats ont été destitués, des rébellions couvent de toutes parts et cela reste encore frais dans la mémoire des Gênois. Mais la ville s'est rendue et le pontife a dû congratuler le roi Louis alors que, j'en suis sûre, il ne pense qu'à le perdre.

Quant à Venise, voilà une ville qui est l'une des plus belles du monde, mais dans laquelle vous ne devez pas vous attarder. Les messagers qui en reviennent affirment que la puissance des Vénitiens est devenue suspecte aux yeux des souverains d'Europe.

Les rapports commerciaux qu'ils entretiennent avec les Turcs, les Égyptiens et les peuples d'Afrique du Nord – et cela vous le savez déjà pour l'avoir entendu dire de la bouche même de votre oncle le cardinal Jean de Villiers – offensent les chrétiens et bien entendu la papauté.

Venise est en plein trouble et toute la Romagne est à feu et à sang. Ne vous aventurez donc pas dans ces parages. Et, pour parler à nouveau du souverain pontife, sachez qu'il nourrit à l'encontre de Venise une haine implacable. Toujours sur la demande de Jules II, des armées françaises y sont installées.

Mais à Venise, d'autres intérêts captent les royaumes étrangers dont celui de Maximilien d'Autriche qui, par l'intermédiaire de sa fille, veille. Or, cette femme, Marguerite d'Autriche, je la connais bien. Elle fut élevée en Val de Loire avec moi par la régente Anne de Beaujeu et devait épouser le dauphin Charles VIII. Chassée de la cour française et renvoyée chez son père, car la régente voulait marier son frère Charles à la duchesse Anne de Bretagne, Marguerite garde une solide rancœur envers tous les Français. C'est une femme très influente, ne l'oubliez pas si vous étiez amenée à croiser son chemin.

À Rome enfin, les esprits doivent bouillir. Le Vatican n'est plus ce qu'il était depuis qu'Alexandre est mort et que Jules II l'a remplacé. S'il vous prend l'idée d'y aller pour voir Jean de Villiers, méfiez-vous des soldats du pontife. Le nouveau pape est un homme de combat plus qu'un homme d'Église.

Voilà donc le résumé de mes conseils et, s'il s'en dégage une conclusion, c'est bien celle qu'en dehors de Florence, seules Milan et Naples vous offriront un havre de paix. C'est donc là que vous serez le plus en sécurité, les Français y étant installés en quasi-permanence. Tout ceci, Alix, vous est exposé d'après les renseignements que j'ai obtenus. Profitez donc bien de votre voyage et ramenez-en les idées essentielles de cette Renaissance italienne dont on parle tant.

À part cela, François s'affirme de jour en jour comme un futur souverain et Marguerite me fait grise mine lorsque je lui parle d'un éventuel époux.

À bientôt, Alix.

Votre affectionnée Louise. »

Les préparatifs d'Alix n'ayant pas été annulés et la décision de Constance de rentrer à Florence ne s'étant pas trouvé reportée, l'attelage s'apprêtait à quitter la place Foire-le-Roi trois semaines plus tard.

Alix se sentait pleinement heureuse, bien qu'elle tentât de le cacher à Mathias qui la regardait avec un visage éploré. Ah ! Comme il connaissait cette petite lueur joyeuse et vivace qui brillait dans son œil dès qu'elle devait voir son amant ! Pourquoi le ciel ne permettait-il pas que cette lumière illuminant tout son visage lui soit destinée ? Il pourrait tant la combler ! Et ils auraient mille autres choses à faire ensemble que ce qu'ils avaient tous deux entrepris pour la bonne marche des ateliers.

Mathias se sentait du vague à l'âme et, cette fois-là encore, ce ne serait pas le petit Nicolas qui l'empêcherait de ruminer son infortune sentimentale.

Il plongea ses yeux dans ceux d'Alix et sentit comme une griffure lui balafrer le cœur. À peine était-elle revenue qu'elle repartait. Et cette fois, quand rentrerait-elle ? Il savait qu'elle était allée à Amboise et qu'elle y avait retrouvé le sire Van de Veere pour discuter florins et ducats avec la comtesse d'Angoulême. Il savait aussi qu'après son retour d'Italie, elle partirait à Bruges, toujours accompagnée de ce maudit homme qu'il détestait. Jusqu'à l'argent qui contribuait à faire d'Alix un personnage dont on parlait à présent dans le milieu des lissiers. La production qui sortait de ses ateliers n'était-elle pas l'une des plus importantes de la région tourangelle ?

Mathias n'était pas sans savoir qu'en ces instants de trouble, partir en Italie était plus dangereux que s'en aller à Bruges.

— Alix ! Que vas-tu faire là-bas ? murmura-t-il.

Elle n'osa répondre tandis que son visage était tourné vers son compagnon. Son regard était douloureux et ses épaules soudainement affaissées. Il la serra contre lui et ne put s'empêcher de poser ses lèvres sur les siennes. Elle se laissa faire juste quelques secondes, mais comme il refusait de la lâcher, la serrant avec une sorte de désespoir farouche, elle s'écarta de lui brusquement.

— Mathias, tu sais bien que je vais revenir. Il n'est pas question pour moi de rester à Florence.

— Alix ! insista-t-il avec l'énergie du noyé qui se rattrape inutilement à une branche trop fragile, tu n'as rien à gagner avec cet homme, si ce n'est la notoriété de ton nom et l'assise de tes ateliers. Il t'oubliera vite.

Il voulut la rattraper. Elle le repoussa doucement mais fermement contre le mur qui se trouvait derrière lui. Il sentit qu'elle lui échappait complètement et tendit désespérément les bras pour la retenir, mais elle n'était déjà plus là. Elle courut et ne se retourna pas, craignant trop qu'un brusque revirement ne le fît s'attarder davantage. Mathias l'aimait tant et, au fond d'elle-même, Alix savait qu'il avait raison, sa place n'était pas à Florence, ni à Bruges, mais en Val de Loire où elle avait ses vraies attaches.

Elle se dirigea en courant vers la voiture qui l'attendait, attachée à ses quatre chevaux : le brave et vieux César, la douce et blanche jument Césarine qui ne pouvait se passer de Jason le fougueux alezan, et enfin le bel Hector, l'étalon arabe qui, de temps à autre, aimait à sortir de son box où, deux fois par an, on lui amenait les plus jolies juments de la région.

Tout quatre piaffaient d'impatience. Rênes en main, Léo était monté à son poste de conduite et Constance passait sa tête par la petite fenêtre pour s'assurer que sa compagne ne tardait plus.

À côté d'elle, Angela se tenait droite, esquissant un petit signe d'adieu à Julio qui la regardait partir, car Alix avait décidé que sa présence la soutiendrait au moment de son accouchement, si toutefois elle mettait son enfant au monde à Florence.

— Julio ! fit Alix en se penchant vers le jeune homme juste avant de monter dans la voiture, quand nous reviendrons, tu pourras peut-être la demander en mariage. Je suis sûre qu'elle acceptera.

Il esquissa une moue perplexe.

— Peut-être rencontrera-t-elle l'amour en Italie !

— Sûrement pas, fit Alix en souriant. Je veillerai farouchement sur elle, car je sais que c'est toi qui la rendras heureuse.

Il eut un éclatant sourire, lui souhaita un bon voyage et fit un dernier signe à Angela qui le fixait en silence de son doux regard bleu.

L'attelage démarra enfin et Léo prit la route qui menait à Nevers, en direction de la belle capitale dijonnaise où Alix avait décidé de ne pas s'arrêter. Inutile de perdre du temps, d'autant plus que Constance, qui se heurtait beaucoup à sa mère, n'était pas mécontente de quitter Dijon pour rentrer à Florence.

Elle était trop désireuse de reprendre la vie qu'elle s'était faite, une existence d'indépendance et de liberté qui lui convenait mieux qu'une attache familiale la rivant aux crochets d'un beau-père qu'elle n'aimait pas, Julien de La Trémoille, que sa mère avait épousé après sa naissance.

Constance était de ce bois-là, tout comme Alix, même si celle-ci était un élément rapporté dans l'arbre familial de l'ancêtre. Les dames Cassex avaient cela en commun : le désir d'espace et de liberté ! La volonté de se diriger seule dans l'existence.

Oui ! L'indépendance les menait depuis que l'une d'elles, fille d'un brodeur de Londres, était partie d'Angleterre en plein cœur de la guerre de Cent Ans pour échouer en France dans un atelier de haute lisse qui confectionnait la célèbre *Apocalypse de Saint-Jean*. Il y avait de cela presque un siècle.

Trois semaines plus tôt, en voyant Léo arriver dans la cour carrée du château de La Baume, Constance s'était précipitée sur lui et avait presque arraché le message de ses mains. Et, si elle avait accepté la date du départ imposée par Alix, elle avait cependant formulé deux souhaits. L'un était de revoir François d'Angoulême pour lui faire ses adieux et l'autre, combien plus douloureux, allonger d'un peu le trajet en passant devant le château de Loches pour laisser une ultime empreinte, un dernier signe à son père enfermé dans sa triste cellule. Un signe de désespoir qu'il ne verrait jamais !

Toutes les consignes d'Alix avaient été distribuées. Elle partait rassurée, joyeuse à l'idée d'annoncer une prochaine paternité à Alessandro. Dans quelques jours peut-être, elle se confierait à Constance. Elle voulait encore garder ce secret pour elle seule, le soupeser, le jauger, le maîtriser, en faire le tour complet avec ses avantages et ses inconvénients puisqu'il fallait bien dire que cet enfant, fille ou garçon, n'aurait pas de père officiel. Et, pour expliquer tout ceci à Constance, elle préférait attendre que l'attelage ait atteint les contreforts des Alpes et que l'on voie apparaître la frontière italienne.

XX

La traversée de Dijon émerveilla une fois encore la jeune femme, mais Constance dormait à demi, n'écoutant que d'une oreille les exclamations d'Alix sur les splendeurs de la ville. Les églises flamboyantes défilèrent devant elle, le palais ducal avec ses toits, ses chapiteaux, ses fresques de dentelles, ses ciselures, ses gargouilles et sa haute flèche d'or.

Mais il fallait filer tout droit, dépasser Lyon, ville aussi superbe que Dijon, et rejoindre la route des Alpes avec son passage escarpé, difficile à franchir bien qu'on fût au printemps et que la neige sur les chemins commençât à fondre.

À chaque voyage, Alix se forgeait un peu plus le tempérament et son sens des affaires s'aiguisait davantage. Si elle débordait de joie à l'idée de revoir Alessandro et surtout à celle de lui annoncer sa prochaine maternité, elle n'était pas sans calculer les avantages commerciaux qu'elle tirerait de cette pérégrination italienne. Car, même si Louise l'avait mise en garde contre les dangers à éviter, elle comptait bien mener ses chevaux ailleurs que dans les rues de Florence.

Quant à Angela, elle ne se maîtrisait plus. Sa joie éclatait à chaque tour de roue qui la rapprochait de cette

Italie qu'elle voulait tant connaître. Voir enfin la patrie de sa mère ! Découvrir ce qui faisait chavirer le cœur de celle qui, morte de la peste dernière, l'avait quittée trop tôt. Son enthousiasme débordait et elle se jetait à chaque instant dans les bras d'Alix pour la remercier chaleureusement de l'avoir emmenée avec elle.

Pour tempérer cet élan de tendresse, Alix lui répétait qu'elle l'accompagnait aussi pour le travail, lorsqu'elle devrait affronter des difficultés de compréhension devant d'éventuels partenaires florentins avec lesquels elle devrait débattre des commandes à emporter.

Constance parlait beaucoup. Elle ne cessait de répéter qu'à Florence elle leur ferait connaître les plus beaux endroits. Mais Alix savait qu'Alessandro les lui ferait visiter. C'est là qu'elle annonça, de façon impromptue, tout en regardant ses compagnes :

— Je suis enceinte.

— Oh ! s'exclamèrent ensemble les deux jeunes filles.

— De qui ? reprit instantanément Constance.

— Mais d'Alessandro ! rétorqua Angela à la place d'Alix qui souriait en observant la surprise sur leurs deux visages.

— C'est pourquoi tu voulais partir sans plus attendre ? s'enquit sa cousine avec un coup d'œil appuyé sur le ventre d'Alix. De combien de mois es-tu enceinte ?

— Trois mois.

— Et vous n'avez rien dit ? fit Angela, les yeux toujours arrondis d'étonnement.

— Non ! À personne.

— Même pas à Mathias !

— Pourquoi l'aurais-je dit à Mathias ?

— Parce que…

— Parce qu'il m'aime ! Je n'y puis rien, Angela, si je ne partage pas la passion de Mathias. J'ai beaucoup d'affection pour lui. Plus peut-être, oui ! Plus. Mais…

— Mais Alessandro te fascine, te subjugue, te transporte dans un monde que tu n'aurais pas pu atteindre sans lui. Est-ce que je me trompe ?

— Non.

— Je connais ça, fit Constance. Les hommes qui me courtisent me font souvent le même effet lorsqu'ils me comblent matériellement. Il faut que leur position sociale me charme.

— Les hommes ! Que veux-tu dire ?

Constance se mit à rire.

— Ne me dis pas, Alix, que tu n'as pas compris ce qui, à Florence, me permet de garder la liberté !

— Non.

Ahurie, Angela ne savait plus vers qui se tourner. Alix venait joyeusement d'annoncer qu'elle était enceinte et Constance qu'elle se plaisait avec les hommes qui lui apportaient un luxe matériel. Dieu du ciel ! Où était le triste destin de sa mère, qui avait vécu si péniblement sa maternité faute d'y pouvoir associer le nom d'un père et qui, ne pouvant élever autrement sa fille, s'était fait vilipender pour ses écarts de conduite avec des hommes pingres et grossiers ?

— Crois-tu, Alix, que l'argent de ma mère et le petit patrimoine qui me vient de Bourgogne me permettraient de mener la vie luxueuse que je m'apprête à reprendre à Florence ?

Elle vit que ses deux compagnes n'avaient rien à répliquer, aussi ajouta-t-elle :

— Eh bien, c'est ainsi. Je suis l'une des courtisanes les plus en vue de Florence.

— Bah ! intervint enfin Alix, je trouve que c'est plutôt bien si c'est là ton véritable souhait. Vois-tu, poursuivit-elle en fixant distraitement la petite fenêtre de la voiture, la mort de Jacquou m'a bouleversée, puis transformée. Il est certain que si nous avions vécu ensemble, réalisant les mêmes réussites, essuyant les mêmes échecs, tremblant des mêmes peurs et nous réjouissant des mêmes chances, je serais restée solidement attachée à lui et n'aurais jamais porté mon esprit ailleurs que sur lui.

Elle soupira et reprit :

— Mais voilà, mon grand rêve s'est brutalement écroulé et rien ne peut le remplacer. Je crois que je suis morte en même temps que lui. À présent, seuls mon travail, mes voyages, mes rencontres et les opportunités de la vie me guident. Si un jour Alessandro n'est plus là et que Mathias me désire toujours, rien ne dit que je ne poursuivrai pas ma vie avec lui.

Elle prit la main de Constance.

— Alors, tu vois que mes espoirs ne sont pas tellement opposés aux tiens. Tu as pleinement raison, Constance, de vivre aussi librement.

— Mais…, objecta Angela, que fait-on de l'amour ?

— Oh ! Il est là, l'amour, protesta vivement Alix. Sous une autre forme, voilà tout. Celui que tu vivras avec Julio sera identique à celui que je vivais avec Jacquou. C'est un amour qui sera fort, solide, vrai et régénérant comme un grand vent qui balaie et dégage tout ce qui est inutile sur la route, ne laissant que l'essentiel.

Elle vit briller une larme dans les yeux d'Angela.

— Tu crois que Julio m'aime ?

Alix s'approcha d'elle et lui chuchota à l'oreille :

— Il me l'a dit en partant. Il n'attend que ton retour pour t'en faire part.

Alors Angela ferma les yeux et ne pensa plus qu'à son bonheur.

Le passage des Alpes avait été plus difficile qu'elle ne l'avait cru et Léo, malgré toute sa maîtrise à conduire les chevaux, eut quelques complications pour franchir certains cols. Il fallut changer l'ordre d'attelage des chevaux. Hector, le cheval arabe qui avait connu les chemins escarpés d'Espagne, fut attaché côté précipice avec le vieux César rompu à toute forme d'exercice et qui, une fois déjà, avait fait le trajet. Puis on attela contre la haute paroi rocheuse la blanche Césarine et Jason, l'alezan fauve qui s'effarouchait devant le vide comme un poulain sans sa mère.

À chaque virage, l'attelage freinait et quand les chevaux se cabraient, Léo les rassurait de la voix et tirait sur les rênes. Pour la seconde fois où il affrontait les routes alpines, Léo s'était bien débrouillé et il ne commettrait pas les mêmes imprudences qu'à son passage précédent. Il connaissait à présent les dangers et les répits du voyage. Rien ne lui échappait, si bien qu'après quelques jours de crainte, ils étaient arrivés aux portes de Gênes sans grosses difficultés.

Contrairement à ce que lui avait écrit la comtesse d'Angoulême sur les agitations de la ville, la situation ne paraissait nullement tragique. Au port, les armateurs gênois débarquaient des cargaisons entières de produits de luxe. Ils entassaient sur le quai des ballots d'étoffes splendides, des tapis d'Orient, des meubles en bois exotique, des objets précieux, sans compter les épices, les fourrures, l'ébène, l'ivoire.

Alix ne se lassait pas de regarder un tel débordement de marchandises aussi luxueuses. Les couleurs se mêlaient aux bruits et l'agitation des ouvriers du port s'intensifiait chaque fois qu'approchaient un démarcheur, un commanditaire ou un courtier à la recherche d'un client.

— Te rappelles-tu, Léo, quand tu déchargeais les navires ? dit-elle à son cocher.

— Bah ! C'est un temps que je n'aimerais plus revivre, dame Alix. Je suis tellement mieux à votre service.

Il porta ses yeux au loin et leva soudain la main en pointant son index.

— Regardez, c'est un marché d'esclaves.

— Un marché d'esclaves ! s'exclamèrent Alix et Angela en même temps.

Elles regardèrent en direction du doigt que pointait Léo et aperçurent, en retrait du quai, les passants qui se regroupaient autour d'un homme gesticulant à grands cris pour mieux attirer la foule.

— Ciel ! murmura Alix, comment peut-il encore exister des marchés d'esclaves. Je croyais que c'était une coutume barbare des temps anciens.

C'était un tableau qu'elle n'avait jamais vu. La France ne s'adonnait pas à ce genre de marché et celui-ci la surprit davantage quand elle s'en approcha et remarqua l'étonnante beauté des hommes et des femmes à qui l'on disait de tourner en rond sur une estrade surmontée de quelques marches.

Florentins et Vénitiens qui, habituellement, prisaient fort les jolies esclaves asiatiques, n'étaient pas regardants à la dépense et, pour quelques centaines de ducats d'or, ils emmenaient de splendides adolescentes destinées à remplir un rôle de compagnie auprès d'un seigneur fortuné. Quand il s'agissait d'un bel adolescent, l'esclave s'en allait rejoindre le vaste logis d'une noble dame éprise de beauté masculine ou les appartements privés d'un éminent ecclésiastique qui ne pouvait pas se complaire dans un entourage féminin que l'Église lui refusait.

Alix et Angela s'approchèrent sans remarquer que Constance, sans doute coutumière de cette pratique, s'écartait d'elles. Les passants qui, peu à peu, entouraient le marché d'esclaves, n'étaient pas très nombreux. Les événements récents, dont les conséquences troublaient sans doute les Génois, bien que, apparemment, la ville semblât calme, retenaient les Vénitiens et les Florentins chez eux, si bien que ce jour-là, il n'y avait pas foule autour de l'estrade.

Les galères venant de Constantinople étaient arrivées le matin même. Sur le quai, à peine les marchands venaient-ils de payer les capitaines de vaisseaux qu'un premier cercle s'était formé autour du podium dont les quelques marches avaient été recouvertes de velours damassé. Hommes et femmes marchaient en rond, pieds nus, les uns derrière les autres, le regard vide, les bras inertes, le pas mû par un automatisme que seul le cri d'un éventuel acheteur arrêtait net quand, du doigt, il montrait un esclave.

Ils avaient tous un corps harmonieux. Les hommes devaient montrer leurs muscles sous le hâle de leur peau et les femmes dévoiler suffisamment de leurs charmes pour attiser les regards. Il allait sans dire qu'avant d'être ainsi exposés, tous ces esclaves avaient été sélectionnés, inspectés, inventoriés, minutieusement observés sous tous les aspects pour entrer dans une joute où les prix devaient sans cesse grimper.

Les hommes avaient une bande de toile assez rêche qui recouvrait hanches et haut des cuisses. Leur torse nu et basané se tendait comme un arc prêt à décocher sa flèche parce qu'on leur avait dit d'exposer en puissance leur parfaite musculature.

Les femmes n'avaient qu'une courte tunique légère afin de dévoiler jambes, épaules, bras et seins qui se dressaient comme des petits dômes à l'assaut de bien tristes espoirs.

Ils tournaient tous en rond comme des fauves dans une cage et ne s'arrêtaient qu'à la demande d'un client. Alors, le marchand qui claquait du fouet en permanence, éraflant l'espace sans les toucher, car il fallait juste effrayer et non abîmer ce qui valait si cher, se tournait vers celui qui annonçait son prix.

— J'ai l'impression, souffla Angela en se penchant vers Alix qui regardait les esclaves tourner, de revenir au temps où tu m'as arrachée des griffes de cet odieux tisserand flamand.

— Mais tu n'étais pas une esclave !

— J'avais pourtant l'impression de l'être.

Le marchand, près duquel s'étaient arrêtées les jeunes femmes, était un gros homme obèse et chauve. Il avait le teint olivâtre et portait un riche manteau de drap damassé rouge et or. Ses yeux bleus délavés ne semblaient pas cruels, mais simplement avides de ducats et de florins, à moins que ce ne fût de gloire et de puissance, car il se tournait et se retournait comme s'il était Dieu lui-même lors du jugement dernier, en se donnant le droit de fixer la valeur de ceux et celles qu'il vendait.

Angela tremblait légèrement et l'on voyait que le spectacle lui déplaisait. Elle se retournait sans arrêt, comme si elle voulait effacer la vue de ces hommes et de ces femmes qu'un destin étrange attendait. Alix ouvrait ses yeux étonnés et incrédules tant la vision qu'imposait ce marché dépassait son jugement. Certes, son sang se glaçait un peu et elle comprenait Angela, frémissante comme une feuille sur une branche, prête à se laisser tomber.

— Tous en excellente santé ! criait le marchand. Tous robustes, résistants, habiles, courageux. Chacun d'eux assumera le travail de quatre pour les plus forts. Pour les autres, ils exécuteront ce que le maître souhaite.

Les esclaves suivaient lentement le bord du podium, les yeux fixés à terre, n'osant regarder qui les détaillait et qui les achetait. Soudain, Angela aperçut une adolescente qui ralentissait son pas en jetant des regards effrayés lorsqu'elle tentait de tourner la tête. Le fouet du marchand la mit en garde et elle dut aussitôt rythmer son pas sur celui des autres.

— Combien demandez-vous pour cette jeune esclave ? cria Alix au marchand au grand ébahissement d'Angela, tandis que Constance, toujours à l'écart du cercle, regardait ailleurs et semblait préoccupée comme si elle venait de reconnaître quelqu'un.

— Mille ducats. C'est une jeune Byzantine élevée dans la plus haute sphère. Hélas ! La vie étant ce qu'elle est, la voici aujourd'hui parmi les esclaves. Mille ducats pour cette fille. Elle est intelligente, cultivée et saura donner des heures de plaisir et de détente à qui saura en profiter.

— Je n'ai pas mille ducats à vous donner, rétorqua Alix, bien que je sois certaine que cette jeune fille les vaut.

Le marchand baissa son regard sur Alix et observa ses vêtements. D'un coup d'œil averti, il évalua le riche manteau de velours broché dont la traîne souple tombait jusqu'à terre et la coiffe somptueuse à laquelle il attribua immédiatement une origine française.

— Certes, gente dame, vous n'êtes ni reine ni princesse, mais sans doute une riche commerçante venue faire des affaires en pays italien !

Il se tourna vers l'esclave qui, d'ailleurs, n'était plus sous ses yeux. Tranquillement, il attendit que le mouvement tournant la fît revenir devant lui et reprit :

— Cette fille vous plaît-elle ?

Avant de répondre, Alix attarda son regard sur l'adolescente. Quand elle vit que ses yeux s'agrandissaient d'effroi, elle regretta de s'être intéressée à elle. C'est à ce moment que la jeune fille tourna la tête. Elle semblait appeler à l'aide.

— Elle regarde son frère, précisa le marchand. Approche-toi, Théo, et viens près de ta sœur.

Un grand jeune homme s'avança. Il esquissa un mouvement pour prendre la main de l'adolescente, mais se retint. La dernière fois qu'il avait fait ce geste et que leurs doigts s'étaient joints, un coup de fouet cinglant les avait détachés, les frôlant de justesse.

— Je vous les laisse tous les deux pour mille huit cents ducats.

— Je vous ai dit que je n'avais pas cette somme.

— Que faites-vous là si votre bourse est vide ?

— Je regarde.

— Alors, pourquoi demandez-vous le prix de cette fille ?

— Je m'informe.

Il eut un rire un peu gras et revint vers la foule, sans plus s'occuper d'elle. Alix tourna la tête et vit que Constance s'était carrément éloignée et discutait avec un homme d'une grande distinction, mais d'un certain âge, tandis que le marchand recommençait sa litanie :

— Tous en bonne santé. Solides, résistants, courageux, habiles.

— Dis à cette fille de s'approcher, cria un homme d'une quarantaine d'années, richement vêtu, les doigts bagués, la tête enturbannée, une tranquille assurance flottant sur son visage hâlé. Il était grand et séduisant, le regard gris métallique, la bouche bien dessinée aux lèvres pleines, et le menton ombré d'une barbe naissante qu'il allait sans doute remettre dans quelque temps entre les mains d'un des nombreux barbiers installés sur la place du marché central.

Alix remarqua de nouveau les yeux apeurés de l'adolescente, puis l'une de ses mains remonta sur son visage et, de ses doigts tremblants, elle essuya les larmes qui en tombaient. Alors elle la détailla mieux.

Ses épaules étaient fines, son cou long et souple, son visage d'un ovale parfait. Les formes de son corps venaient probablement de quitter l'adolescence. Elles étaient harmonieuses, offrant des jambes fuselées aux chevilles menues et aux pieds légers comme des hirondelles prêtes à s'envoler.

— Mille huit cent ducats pour cette fille et son frère, répéta obstinément le marchand. Un beau couple, messire, et de quoi vous offrir des heures de détente exactement comme dans les cours des grands seigneurs. Le jeune homme est musicien et la jeune fille est chanteuse. Ils vivaient dans le harem d'un sultan turc.

— Seule la fille m'intéresse, fit le Gênois dont l'œil froid s'allumait d'un plaisir que nul ne pouvait ignorer. Allons, marchand, je t'offre huit cents ducats !

— Mille ! cria le marchand.

Le cri de gazelle blessée que la jeune esclave poussa arrêta net l'élan de l'un et de l'autre. Puis, le fouet du marchand claqua sinistrement à ses oreilles, mais ne la toucha pas.

— Allons ! N'abîme pas cette fille qui sait merveilleusement chanter, dis-tu. Tiens ! Je t'en offre neuf cents ducats.

— Non ! cria l'esclave. Non !

— Tania ! hurla le marchand. Tais-toi ou je t'érafle la peau.

Enfin, Alix s'avança.

— Mille trois cents ducats pour ces deux esclaves, s'écria-t-elle soudain en jetant un regard arrogant au riche Génois.

L'homme s'approcha d'Alix, la toisa de sa hauteur, flaira l'odeur de son manteau, jaugea sa prestance et l'assurance de son maintien et, pointant un index volontaire vers le couple d'esclaves, lança d'une voix ironique :

— Mille quatre cents ducats pour les deux !

— Tiens ! dit le marchand, un sourire ambigu sur les lèvres, voulez-vous donc accorder chant et musique à présent ?

— Mille quatre cent cinquante ducats ! renchérit Alix en s'approchant de son adversaire.

— Mille cinq cents ! reprit l'homme en laissant tomber son bras toujours tendu.

Alix se planta devant le Génois et le fixa. Ses yeux dorés soutinrent le froid regard qui s'opposait à elle. L'homme ne manquait pas de séduction et Alix sentit qu'il en jouait impunément.

— Mille cinq cent cinquante ducats ! jeta-t-elle d'un ton tranquille alors que son œil partait dans la direction de Constance qui discutait toujours avec l'inconnu.

Elle devait s'assurer de sa présence pour le cas où l'achat des esclaves se concluerait, car elle n'avait pas tout cet argent sur elle et Constance devrait l'aider. Au chiffre soudainement annoncé, le Gênois sembla hésiter. Qu'allait-il faire d'un esclave payé si cher, alors qu'il ne voulait qu'une jeune et jolie fille, cultivée de surcroît, pour partager de temps à autre sa couche ? Pourtant, le doute qui venait de l'habiter s'envola comme neige au soleil.

— Mille six cents ducats, reprit-il, un brin de rage entre les dents, persuadé cette fois qu'il l'emportait.

Ravi, le marchand laissait monter les enchères. Ah ! Qu'il aimait ce genre de retournement entre deux acheteurs rivaux, sans qu'il eût à prendre parti.

Alix commençait à trembler. Où allait-elle ainsi ? La richesse de ce bourgeois devait dépasser la sienne. Elle savait qu'il ne lui laisserait pas gagner la partie, à moins qu'il l'obligeât à monter les enchères jusqu'à ce qu'elle regrette le prix trop élevé qu'elle aurait à payer. Elle devait donc changer de stratégie.

Il ouvrit la bouche, sans doute pour faire grimper l'enchère. Elle le scruta en silence, puis s'approcha de lui jusqu'à mêler son haleine à la sienne. Le fixant avec audace, elle vit une glaciale ardeur animer ses prunelles.

— Mille sept cents ducats, murmura-t-elle, la bouche effleurant celle de son rival. Allons, messire, soyez courtois, laissez-les moi. J'ai besoin de deux jeunes gens cultivés à mon service et je m'en retourne dans mon pays, la France, où il n'y a pas de marché d'esclaves.

Son buste frôlait le corps puissant du Gênois. Sa bouche était si près de la sienne qu'ils crurent tous les deux qu'elles allaient se toucher. Il respira un parfum doux et tenace à la fois, un parfum de rose, de lys et de violette.

Surpris, l'était-il ? Dérouté, peut-être ! Voulut-il enfin jouer le grand seigneur ? Peu importait, Alix le nargua. Les yeux de son adversaire brillèrent de cet éclat qui les avaient animés quand ils s'étaient posés sur la jeune esclave. Alix sentit qu'elle avait gagné.

— Marché conclu, marmonna-t-il, je vous les laisse pour mille sept cents ducats.

Alix sourit et s'écarta aussitôt, montrant ainsi que tout était fini. Le Gênois réprima une grimace. L'éclat de ses yeux reprit sa froideur. Quand il partit, il n'eut aucun regard pour le marchand, encore moins pour la foule qui s'était délectée en suivant joyeusement les enchères.

Déjà les deux esclaves sautaient de l'estrade, subitement rassurés de ne pas se voir séparés et, surtout, de ne pas être emmenés par un homme.

— Je n'ai que six cents ducats sur moi, dit-elle en les tendant au marchand. Prenez-les, je vais chercher un courtier pour me faire donner le reste.

— En connaissez-vous un à Gênes ?

Elle vit alors Constance s'approcher.

— Alix, je te présente un ami qu'un pur hasard vient de me faire rencontrer. Il peut t'en indiquer un dont le sérieux est notoire.

— Alors, dit le marchand, revenez ici avant que midi sonne. Après, le marché sera installé devant la cathédrale.

Puis, il pointa son fouet en direction des deux jeunes esclaves.

— Allez, vous deux, sortez des rangs et rejoignez la galère jusqu'à ce que je vienne vous chercher.

Constance prit le bras de sa compagne.

— Alix, m'en voudras-tu si je te laisse aller seule jusqu'à Florence ? Je t'y retrouverai dans quelques semaines. Matteo de Rossi, que je n'ai pas vu depuis presque deux ans, m'invite à Gênes quelque temps. Il me plairait d'y rester.

Sans attendre qu'elle réponde à sa question, elle reprit aussitôt :

— Matteo va t'indiquer un bon courtier. Tu pourras retirer l'argent qu'il te faut.

— Combien voulez-vous ? demanda l'homme qui venait de prendre la main de Constance pour la presser dans la sienne.

— Il me faut mille cent ducats pour payer le marchand et trois ou quatre cents de plus pour acheter des mules qui transporteront ces deux jeunes gens, et peut-être même un petit attelage.

— Alors, allez voir de ma part le signor Niccolo Pitti à la Villa della Plana. Il vous accordera un petit prêt sans gros intérêts.

Constance avait laissé Alix dans une bonne auberge de Gênes, l'assurant – d'après les propos de son ami

Matteo de Rossi – que la ville avait retrouvé son calme après les agitations sanguinaires provoquées par les Romains et les armées françaises.

De toute la nuit, Alix avait eu peine à s'endormir. Elle ne cessait de repenser à la folle dépense qu'elle venait d'engager pour acquérir ce jeune couple d'esclaves en qui elle percevait de grandes dispositions, dont une érudition sans doute qu'elle-même n'avait pas. Alix le savait, les connaissances générales parfois lui manquaient. Si elle était infaillible dans les propos qui concernaient son métier, les affaires, les voyages, la culture essentiellement artistique, elle ignorait tout de ce savoir qui rendait érudits les gens de la haute classe.

Lorsque Alessandro lui parlait du passé historique des grands palais de Venise, des églises florentines, des guerres franco-napolitaines et du destin des ducs de Milan, lorsqu'il racontait la gloire et la puissance de la Rome antique, précédée inévitablement du passé des civilisations anciennes de la Grèce, de l'Égypte, de l'histoire des villes d'Alexandrie, de Babylone, de Persépolis, Alix écoutait sans rien dire. Certes, sa mémoire était bonne et elle se rappelait.

Peu à peu, la faille se comblait et, bientôt, lorsqu'elle serait à nouveau en compagnie de la comtesse d'Angoulême, de Marguerite et fort probablement de François, le nouveau roi de France, elle pourrait enfin briller. Déjà Julio et Angela lui avaient enseigné la langue italienne qu'à présent elle maîtrisait convenablement. Juan, qui venait de Castille, lui avait appris la langue espagnole. Ces deux jeunes esprits byzantins devaient être imprégnés de toute une culture musicale et littéraire qui mêlait celle de l'Occident et celle de l'Orient.

Oui ! Peu à peu, Alix se formait près des grands de ce monde. Son éducation était bonne. Elle savait parler lorsqu'il le fallait et se taire quand les circonstances le lui dictaient, ce qui, bien entendu, avait été son premier pas vers les sphères qui devaient lui ouvrir un destin peu banal. Alix avait rapidement compris que, si l'argent donnait à l'individu un certain rang dans la société, seule la culture en renforçait la qualité.

Or, cette nuit-là, elle avait eu beau ne pas s'endormir à l'idée que l'énorme dépense engagée ferait un trou considérable dans son pécule, un pressentiment lui disait qu'en tissant le destin de ces deux jeunes Byzantins, elle n'avait pas fait une mauvaise affaire.

Alessandro lui avait maintes fois parlé de ces esclaves de luxe qui, placés dans des résidences somptueuses, étaient mieux traités que certains valets ou filles de ferme. Pour ces riches Vénitiens, Florentins ou Romains, le prix qu'ils les payaient valait bien qu'on les habillât richement, qu'on les nourrît avec opulence et qu'on les laissât jouir du prestige de la maison qui les avait achetés, d'autant plus que la prise de Constantinople par les Turcs, au siècle dernier, mettait à la portée des Occidentaux les trésors culturels de l'Empire byzantin, héritier direct de la grandeur romaine.

Théo et Tania étaient d'origine byzantine par leur mère, turque par leur père. Après le concile de Florence qui faisait suite à l'hostilité profonde des Byzantins contre l'Occident, et après l'incursion du sultan turc chez eux, leur mère avait été persécutée, emmenée en son palais et enfermée dans le harem pour y mettre au monde les enfants illégitimes de l'émir.

C'était la triste histoire de nos deux adolescents prisonniers, élevés dans le luxe comme tous les bâtards de harem, et enrichis de la culture occidentale que leur avait enseignée leur mère. Toutefois, après sa mort, ils avaient réussi, par miracle, à s'échapper.

Errant quelques jours comme des miséreux dans les rues de Constantinople qu'ils ne connaissaient même pas. Ignorant d'ailleurs ce qu'était une ville et plus encore ce que représentait la faune cruelle d'une société en guerre civile, ils s'étaient retrouvés enrôlés comme esclaves sur une galère génoise.

C'est dans cette abusive exploitation par les Gênois que ces marchés aux esclaves s'étaient développés. Pour eux, comme pour les Vénitiens ou les Florentins, ces jeunes beautés à moitié turques étaient aussi précieuses que les objets de luxe, les soieries, les joyaux, les merveilleuses épices aux arômes incomparables qu'ils rapportaient en masse à chaque expédition.

Théo et Tania faisaient partie d'une de ces rares expéditions qui sillonnaient encore les abords de Constantinople et ceux de la mer Noire, jusqu'au territoire de Trébizonde, là où le delta du Danube se jetait entre le Caucase et l'Anatolie, puisque les Romains, soutenus par le Vatican et poussés par les armées françaises, venaient d'ôter ce privilège aux Gênois.

Alix et son convoi quittèrent Gênes quelques jours plus tard, et Constance promit d'être à Florence dès qu'elle serait libérée de Matteo de Rossi qui, vivant à Trieste, semblait vouloir lui consacrer quelques semaines de son précieux temps.

Elle avait acheté un chariot bas et découvert de petite dimension, fort bien tiré par les deux mules menées par Théo à qui Léo avait appris les rudiments de la conduite.

Les deux voitures longèrent tranquillement la côte de la Méditerranée et nos voyageurs avaient le temps d'observer à chaque tournant de route un paysage qui changeait continuellement. Plus on quittait la Romagne pour avancer dans la Toscane et plus le ciel se liquéfiait dans l'or léger du soleil.

Quelques heures environ après la sortie de Gênes, un cavalier les croisa. Celui-ci n'était pas comme les autres. Ils avaient tant rencontré de marchands, voyageurs, colporteurs, prélats ou pélerins, ils en avaient tant suivis et dépassés qu'Alix tout d'abord n'y prit pas garde.

Le cavalier leur fit barrage, les obligeant à s'arrêter. Puis, du haut de son cheval, il fit un grand salut et demanda d'une voix puissante :

— Ai-je affaire à la dame Alix Cassex, du Val de Loire, en France ?

— Elle-même, répondit-elle étonnée.

— Alors, le sire Alessandro Van de Veere vous fait dire qu'il vous attend à Pise.

— À Pise ! s'exclama la jeune femme les yeux illuminés de joie.

— Je dois vous accompagner à l'auberge où il est descendu. Que vos attelages me suivent et je vous y emmène. Nous y serons avant la fin de la journée.

Tout au long de la côte, le site émerveillait tant les yeux que nul ne se plaignit du trajet trop long. Théo et Tania ne savaient pas encore ce qui les attendait. Conscients que leur nouvelle maîtresse s'efforçait de leur être agréable, ils ignoraient cependant comment leur vie future se déroulerait. Bien entendu, Alix ne pouvait pas les garder en esclavage dans un pays qui ne pratiquait pas cette coutume. Elle leur avait expliqué qu'ils travailleraient simplement à son service et, contre une rémunération qu'elle fixerait, accompliraient des menus travaux dans une résidence située au centre de la ville de Tours.

Avant de quitter Gênes, elle leur avait acheté des vêtements corrects, car ils ne possédaient que leur tenue d'esclave. Pour Tania, Alix avait choisi une robe un peu semblable à celle d'Angela, en satin broché rehaussé de parements bleus, et pour Théo des bas-de-chausses, une chemise et une jaquette jaune dans le même style que celles de Léo.

Alix prévoyait non pas de les héberger dans sa maison de la place Foire-le-Roi où Bertille et Lisette suffisaient amplement aux travaux quotidiens, mais dans celle de la place centrale, qu'Alessandro lui laissait en libre usage. Elle verrait bien plus tard, une fois rentrée en France, comment les occuper. Tout dépendrait de leurs dons et compétences.

S'ils étaient musiciens, elle ferait venir un clavecin, un luth, une cithare et pourquoi pas ces instruments orientaux qu'on appelait des sistres et des crotales. Ce jeune couple l'amènerait à la culture musicale qui lui faisait tant défaut.

Mais, pour l'instant, Alix ne pensait plus à eux. Son esprit courait déjà au-devant d'Alessandro. Arrivés à Pise sous une température qui annonçait une chaude saison estivale, les attelages passèrent devant la grande cathédrale romane, la tour penchée et le Camposanto, cimetière à galeries décorées de fresques. Les rues pavées accueillirent les voitures en répercutant le bruit métallique du cerclage des roues.

Le cavalier qui les conduisait à Pise se retournait de temps à autre pour voir si tout se passait bien. Droit sur son cheval, il désignait parfois de la main un site à observer avec une attention particulière. Une crique, un dôme en coupelle dorée, un escarpement bordé de pins maritimes.

Comme Constance n'était plus là et que la voiture d'Alix comportait quatre places, elle fit monter Tania et lui demanda de s'installer sur la banquette qui lui faisait face. Au début, Tania parla peu. Elle se contentait de regarder Alix en détendant juste un peu ses lèvres. Son maintien était aussi gracieux que celui d'une princesse et, au bout de quelques heures, elle réussit enfin à sourire et à raconter avec des phrases entières, et non plus par mots entrecoupés, comment elle occupait son temps au harem du sultan.

Outre le chant et la musique qu'elle pratiquait couramment, Tania s'occupait des fleurs du jardin, tendait les aiguières en argent aux femmes qui désiraient se rafraîchir les mains et les pieds, les coiffait, les parfumait et maquillait de khôl leurs yeux en amande.

Soudain, le cavalier leur apprit qu'on arrivait à l'auberge. Alix passa sa tête par la fenêtre et, à son tour, cria à Léo qu'elle voulait descendre, détacher Jason et le monter pour se présenter au sire Van de Veere.

Puis Alix aperçut, en levant les yeux, l'enseigne de l'auberge où elle s'apprêtait à entrer.

Ce fut un ouragan qui la saisit à bras-le-corps dès qu'elle descendit de sa monture. Elle se retrouva les lèvres collées à celles d'Alessandro en moins de quelques secondes. Il la serrait, la pressait, lui coupait le souffle et, finalement, jeta d'un ton joyeux :

— Dis à tes gens d'occuper leur temps comme ils le désirent jusqu'à demain matin. Jusque-là, je te garde.

XXI

À Florence, bien des surprises attendaient Alix. Le site tout d'abord, sur l'Arno, comme Paris sur la Seine, offrait ses quatre ponts bordés de boutiques qui l'enjambaient avec grâce. La population n'était pas celle de Gênes et enfermait ses traditions vieillies par les ans et dont Florence ne voulait pas se défaire. Le ciel, enfin, étendait effrontément son bleu d'azur semblable à celui qu'étalaient les enlumineurs au siècle dernier sur leur grande feuille de vélin.

Et, de toute évidence, ce qui différait de Gênes – Alix allait le découvrir et le vivre par la suite – c'était le goût vivement prononcé des Florentins pour l'art antique. Toute la mythologie grecque défilait dans leurs fresques peintes, recouvrant parfois des panneaux entiers d'église ou de palais. Tout un côté étrange subsistait avec les thèmes profanes et même carrément païens des œuvres d'art qui contrastaient avec la dévotion profonde qu'ils marquaient pour le Christ, la Vierge, les saints, et le souci, plus grand encore, qu'ils avaient de les reproduire.

Alessandro, Alix et son petit convoi étaient arrivés la veille d'un bal masqué et l'on sentait déjà l'agitation qui, le lendemain, devait remuer la ville entière.

— Alessandro, j'aimerais marcher un peu dans la ville. Je crois que c'est aussi le souhait d'Angela.

En fait, Alix désirait retarder l'instant où elle se trouverait chez Alessandro, telle une cible devant tous ces gens, ce personnel, ces yeux qui l'observeraient sans pitié ni indulgence.

— N'allez-vous pas vous égarer ?

— Sûrement pas avec Léo. Il a un sens de l'orientation très poussé. Il retrouverait son chemin même perdu dans le désert.

— Florence est une grande ville, insista le banquier.

— Ta maison est connue, répliqua la jeune femme.

— Tu as gagné, c'est bon. Je vais tout d'abord passer à la résidence pour préparer le personnel à te recevoir. Puis, j'irai au palais des Médicis où je dois signaler mon arrivée et voir mes deux fils.

— Tu as tout le temps, mon cœur !

Ils s'embrassèrent sans plus se soucier des passants qui, de toute façon, ne les regardaient pas, et se souhaitèrent une bonne journée.

Dès l'approche du ponte Vecchio, là où le long couloir couvert de tuiles roses se mêlait au soleil levant et diffusait par endroits une lumière presque mauve, Alix et Angela se sentirent imprégnées d'une étrange atmosphère.

Léo et Tania suivaient dans la voiture, essayant de se faufiler au travers d'une animation qui, à chaque instant, se faisait plus intense. Mais bientôt, séduite elle aussi par l'atmosphère chaleureuse de la ville, la jeune fille descendit de la voiture et rejoignit à pied ses compagnes.

Tania ne savait vers quoi tourner ses yeux. Tout semblait la fasciner. Lâchée depuis si peu de temps dans les villes de Constantinople, puis de Gênes, de Pise et enfin de Florence, elle s'extasiait dans chaque ruelle que les jeunes femmes empruntaient joyeusement, tant il y avait de curiosités à voir.

La foule se pressait devant les tables des changeurs, les éventaires des maraîchers, des panetiers, des poissonniers, les boutiques des apothicaires, des barbiers, des tailleurs. On entendait aussi les cris des taverniers qui offraient leurs vins et leurs jambons fumés et, à chaque angle de rue, dans le vacarme des cloches, s'élevait une église.

Tel un donjon dominant un château, le palais de la Seigneurie se hissait au centre de la ville. Masse de pierres grises formant un gigantesque carré percé de fenêtres en trèfles et couronné d'un large rebord en créneaux sur tout son périmètre, le bâtiment était flanqué d'une tour à deux étages d'où les guetteurs surveillaient la campagne avoisinante plantée d'ifs, de citronniers et d'oliviers aux troncs noueux.

Pour la fête du bal masqué, l'agitation qui se déployait au pied du palais battait son plein. Les maîtres occultes de Florence, dont faisaient partie les gonfaloniers de la ville, avaient pour unique souci d'assurer sa prépondérance économique fondée sur le drap, la laine et la soierie.

Alix et ses compagnes poursuivaient avec entrain leur promenade. Elles connaissaient à présent le destin de chaque porte accrochée aux remparts de la ville qu'une soixantaine de tours quadrangulaires venaient ponctuer de leur élégance et de leur grâce ciselée. Par ces portes fortifiées entraient aristocrates et besogneux et chacun trouvait ensuite le chemin qui lui était assigné.

Par la porte du Prato, devant laquelle s'étendait le stade et d'où partaient les courses de chevaux, passaient les palefreniers et les attelages qui se préparaient pour les compétitions et les festivités. Par la porte de la Justice, où l'on exécutait les malfaiteurs, passaient les hommes de loi, les soldats et les condamnés entourés de leurs justiciers. Par la porte de la Croce où se tenaient les boutiques et les échoppes, passaient les artisans, les marchands, les banquiers, les courtiers et les changeurs. Et, enfin, par la porte San Gallo où le couvent des Augustins avait été construit au temps de Laurent le Magnifique, passaient les moines et les prélats qui vaquaient à leurs occupations cléricales.

Les rues de Florence étaient pavées de larges dalles jusqu'à la place du Dôme que les jeunes femmes ne pouvaient ignorer plus longtemps et qui, en l'occurrence, constituait le cœur mystique de la cité. À côté du dôme, s'élançait le campanile polychrome et, lui faisant face, la cathédrale San Giovanni aux incomparables portes de bronze.

Alix et ses compagnes se dirigèrent vers les somptueux palais qui composaient la véritable armature de Florence. Quand Alix fut devant celui des Médicis, là où se trouvaient les deux fils d'Alessandro, elle eut un léger recul. Sans doute y voyait-il aussi la maîtresse que les bruits de la ville lui prêtaient. Florence n'était pas à une histoire sentimentale près. Les femmes y étaient libres, émancipées et celles qui désiraient un amant ne s'en cachaient pas. Alessandro avait beau s'en défendre, Alix sentait qu'une femme l'y attendait.

Elle observa la grande bâtisse d'aspect lourd et sombre. Mais on affirmait qu'à l'intérieur c'était une suite de splendeurs avec des fresques scintillantes de lumière, des meubles en marqueterie, des consoles historiées, des glaces byzantines, des angelots de bronze, des coffres sculptés de scènes antiques.

L'approche des festivités du grand bal masqué apportait une atmosphère de folie. À la nuit tombée, les plus riches demeures s'illumineraient comme en plein jour et le bal se déroulerait sur les places publiques où le vin coulerait à flots.

Il était à peine midi que les campaniles se mirent à tinter. Les sonneurs s'en rompaient les bras et s'essoufflaient à chaque saut qui les balançait dans l'espace et les ramenait brutalement au sol. Du fond des campagnes, émergeant des forêts d'oliviers, se répercutaient les joyeux carillons et le gros bourdon inlassable.

À chaque carrefour s'étaient installés des musiciens qui accordaient leurs instruments. Sur les façades des maisons, des toiles peintes étaient accrochées. Fanions et banderoles s'agitaient doucement car le vent n'était qu'un souffle à peine perceptible.

Alix savait qu'elle n'assisterait pas à la fête. Seule Angela, qu'elle avait recommandée à Léo, irait en compagnie de Tania et Théodore, que la compagnie des musiciens attirerait sans doute. Quant à elle, rester la nuit entière dans la chambre d'Alessandro, voluptueusement serrée entre ses bras, lui plaisait infiniment mieux.

La foule de plus en plus dense était déjà habillée en vêtements de fête. Des bannières au symbole de la ville de Florence, le lys rouge, flottaient en tous sens et l'air parfumé des odeurs de la cité alourdissait les esprits déjà embués de folie.

La place Santa Croce, dont la façade de briques roses se couvrait de tentures de soies multicolores, était à présent envahie par les musiciens qui soufflaient dans de longues trompettes d'argent. Ils annonçaient la fête et commençaient à couvrir tous les bruits de la ville. Des confettis et des guirlandes tombaient de toutes parts. Des marchands ambulants les heurtaient. Alix surveillait du coin de l'œil ses compagnes quand, soudain, un rubanier l'apostropha :

— Belle dame ! s'écria-t-il, pourquoi n'ôtez-vous pas votre bonnet ? À Florence, les jolies dames ne portent pas de coiffe. Approchez ! Pour deux piécettes, ma fille va vous faire une jolie tête à la florentine et votre amoureux ne voudra plus vous voir autrement coiffée.

À la pensée d'Alessandro et de leur folle nuit d'amour passée à Pise, et à l'idée de la nuit à venir où la jolie coiffure ne tiendrait pas bien longtemps, Alix se mit à rire.

Elle vit s'avancer une adolescente qui tenait des peignes, des brosses, des rubans, des cordelettes d'or et d'argent.

— Deux florins sans ruban, trois avec rubans, quatre avec rubans et fils d'or. Que voulez-vous, belle dame ?

— Nous allons voir !

D'une pression un peu vive, le rubanier la tira en arrière et la fit asseoir d'office sur un tabouret que sa fille avança. Déjà, elle s'approchait d'Alix pour prendre en main sa tête dont elle commença à tirer les épingles qui fixaient la coiffe.

Ne pouvant rien faire d'autre que de se laisser aller nonchalamment, la jeune femme soupira et se remit entre les mains impératives de la jeune coiffeuse. En un clin d'œil, son bonnet vola et elle sentit sa chevelure crouler dans son dos.

— Vos cheveux sont magnifiques, fit l'adolescente en les tordant dans ses doigts experts. Il vous faut une coiffure exceptionnelle pour cette soirée de fête. Et, croyez-moi, je vais la trouver.

Elle torsada quelques mèches qu'elle remonta très haut sur la tête. Elle en tressa de plus épaisses et d'autres plus fines en laissant libres quelques brins de cheveux.

— Votre couleur de cheveux est unique. Juste plus roux et plus sombre que notre blond florentin. Le fil d'or va leur donner un éclat, comme celui de nos madones italiennes. Mais je vais y mêler aussi du fin ruban d'argent et du cordon de velours noir. Le tout va chatoyer dans le fauve de ces cheveux-là.

Elle tirait, elle torsadait, échafaudait les mèches. Elle juxtaposait, fixait, épinglait. Le rubanier semblait ravi.

— Ah ! Qu'il m'est doux, s'exclama-t-il, de voir une aussi jolie tête se façonner dans les mains habiles de ma fille. Allons, jolie dame ! Quand la nuit va tomber, posez un masque sur vos yeux le temps de la fête et laissez-vous aller au plus délicieux des péchés.

Que pouvait bien dire d'autre ce rubanier quand Alix eût déposé dans la main de l'adolescente cinq belles piécettes aussi scintillantes que les fils d'or de sa coiffure ?

— Dame Alix ! s'écria Angela devant la séduction de la jeune femme, vous êtes belle comme un ange.

— Non, Angela ! C'est toi l'ange. Moi, je suis la dame florentine, tu sais bien, celle de mes tapisseries historiées.

Tania regardait avec attention sa nouvelle maîtresse. Puis, s'enhardissant, osa d'une petite voix encore très timorée :

— J'ai bien observé les gestes de cette jeune fille. Je saurai recommencer la coiffure.

— Bien, Tania ! Bien ! J'aurai sans doute maintes fois l'occasion de te la réclamer.

Léo, qui était descendu de voiture, remonta prestement en grommelant que la circulation devenait de plus en plus dense.

— Il va falloir la laisser en un lieu sûr, fit-il. On ne peut plus avancer.

Jetant soudain un coup d'œil dans la voiture, Alix s'enquit :

— Où est Théo ?

— Il est parti en disant qu'il allait à la fête et qu'il rentrerait demain soir.

— Mais il ne sait pas où se trouve la maison d'Alessandro !

— Il a dit qu'il la trouverait.

Alix fronça les sourcils. À l'inverse de sa sœur, ce jeune homme lui poserait des problèmes, elle le sentait.

Quand le soir fut tombé, Alix décida de laisser dans la cohue de la fête sa petite suite, à l'exception de Théo déjà parti. Puis elle rentra seule à la résidence d'Alessandro. Il lui fut aisé de la trouver car tout Florentin la connaissait. Elle était située en plein cœur du forum, là où le plus grand marché de Florence avait lieu.

Alors qu'elle cheminait difficilement le long de la grande allée qui menait à la résidence d'Alessandro, se heurtant sans cesse aux agitations de la ville, elle repensa à cette longue nuit qu'ils avaient passée ensemble à Pise. Une nuit pleine de promesses et d'espoirs. Une succession d'heures délicieuses, toutes fraîches encore dans sa mémoire, et à l'issue desquelles la jeune femme avait parlé de sa prochaine maternité.

Surpris tout d'abord, Alessandro était resté silencieux, l'avait regardée, caressée, embrassée. Et, dans un enlacement ininterrompu, une exaltation qu'ils se communiquaient si bien l'un à l'autre, une chevauchée d'amour, ils s'étaient intimement mêlés dans des soupirs et des extases interminables.

Enfin, plus tard, Alessandro s'était levé pour marcher jusqu'à la fenêtre de la chambre de l'auberge et, le dos tourné, lui avait exprimé ses souhaits.

— Si c'est une fille, mon cœur, nous l'appellerons Graziella. Si c'est un garçon, ce sera Jacoppo.

— Si c'est une fille, mon amour, avait aussitôt rétorqué Alix, nous l'appellerons Valentine, si c'est un fils, ce sera Louis.

Alessandro était parti d'un grand éclat de rire et, se retournant brusquement, s'était rapproché d'Alix et l'avait saisie dans ses bras pour la couvrir de baisers.

— J'ai tenté, mon cœur. L'Italie te va si bien à la peau que nous aurions pu en profiter.

— Le Val de Loire aussi, mon amour, me colle à la peau, avait-elle répondu tout en goûtant à la fougue de ses baisers. Et puis, n'oublie pas que si tu avais choisi l'Italie, ton sang flamand n'aurait fait qu'un tour ! Alors, si c'est un garçon, pourquoi pas Albrecht, Hans ou Nicolson et si c'est une fille, Greta, Hansi ou Katelina ?

— Tu as mille fois raison, ma douce. Tu accoucheras d'un petit Tourangeau. Je ne puis t'enlever cet avantage. Mais pourquoi Louis, si c'est un garçon ?

— Parce que c'est le prénom de nos rois de France et que ça lui portera chance.

Ah ! Comme Alix retournait vite en arrière quand il s'agissait d'enfant. Jamais encore elle n'avait prénommé les siens avant qu'ils ne naissent et, hélas, qu'ils ne meurent ! Ses deux accouchements s'étaient faits dans de si mauvaises conditions. Cette fois, elle avait le pressentiment que proclamer tout de suite un prénom qu'elle ne changerait plus lui porterait chance.

— Et pourquoi Valentine ?

— Parce que tu n'as pas de fille et que je veux te faire plaisir.

— Et comment ça ? avait demandé Alessandro, un sourire narquois sur les lèvres.

— Tu m'as cent fois raconté l'histoire des ducs de Milan. Oublies-tu qu'autrefois une certaine Valentine Visconti a épousé un duc d'Orléans ?

— Bien sûr que non ! Quel Italien l'ignore ? C'est bien pour cette raison que votre roi Louis le douzième revendique l'héritage de son aïeule milanaise.

— Valentine Visconti a vécu en Val de Loire, avait repris Alix, satisfaite d'apprendre enfin quelque chose à son amant. Ce prénom créera un lien artistique entre l'Italie et la France, un lien qui aura pour origine les belles tapisseries de la Renaissance.

— Mais, mon cœur ! Ne parles-tu pas là d'une fille ?

— Bien sûr ! avait répondu Alix en enfouissant sa tête dans l'épaule d'Alessandro. Ne t'ai-je pas dit cinquante fois que, dans la famille Cassex, les femmes étaient essentiellement des lissières ?

Puis Alessandro avait glissé la main sur le doux ventre de sa compagne tandis que celle-ci poursuivait :

— Valentine Visconti était une très jolie femme. Durant la guerre de Cent Ans, les Bourguignons ont un jour assassiné son époux, le duc d'Orléans, mais Valentine est restée en France jusqu'à sa mort.

— Elle était donc devenue tourangelle ?

— Mais non, Alessandro. Elle était devenue blésoise. Le duc d'Orléans vivait sur le grand domaine dont il était le seigneur. Et son fief était le château de Blois. Tu le sais bien, mon amour.

Alessandro avait levé le sourcil.

— Quand je suis venu en Val de Loire, c'est à Amboise que j'ai été reçu, pas à Blois !

— Eh bien, crois-moi, tu le seras quand François d'Angoulême, que l'on appelle à présent duc de Valois et dauphin de France, sera proclamé roi.

Alessandro souriait. Tours, Blois, Amboise, Loches, Chinon, Chaumont, tous ces splendides châteaux où vivaient les rois de France et où ils avaient installé leur cour, l'incitaient à revenir en France. Certes, il les connaîtrait tous et, si ce n'était avec Louis XII, ce serait avec ce jeune François dont le nom commençait à délier les lèvres de tous les grands des royaumes.

Alix se trouvait à présent devant la porte de la résidence. Alessandro était-il rentré ? L'attendait-il ? Voudrait-il se rendre à la fête nocturne ?

Une telle festivité, si colorée et si bruyante, possédait bien des atouts alléchants pour une jeune Française fraîchement débarquée en pays florentin ! Pourtant, le bal masqué n'attirait pas Alix et elle ne ferait rien pour s'y rendre. Ce n'était certes pas l'admirable coiffure couronnant sa tête qui changerait quelque chose. Elle était trop impatiente d'allumer les ardeurs qui entretiendraient la nuit à venir.

Elle poussa la lourde porte et, le cœur battant, entra dans la cour. Un peu sévère d'aspect, à la fois massive et majestueuse, la demeure était crénelée comme une forteresse du Moyen Âge, mais pourvue de belles pierres ocrées et de multiples fenêtres qui laissaient filtrer le soleil par petites touches apaisantes.

La sérénité et la noblesse du lieu lui plurent tout de suite. De grands arbres entouraient la cour, laissant de l'ombre sur les bords et du jour au centre. Alix leva les yeux. Elle se savait belle et séduisante, capable de rivaliser avec la plus jolie des Florentines.

Alessandro était revenu du palais des Médicis et l'attendait sur le seuil de la maison.

— Entre, mon cœur. Je suppose que tes gens sont restés à la fête ! Ils ont bien fait. Nous pourrons nous y rendre tout à l'heure, si cela te plaît. Pour l'instant, je vais te montrer les pièces qui vont t'accueillir.

Sensible à tous les raffinements du luxe qu'apportait cette époque de la Renaissance, Alessandro, comme ses congénères florentins, avait fait appel à des grands artistes pour décorer ses nombreuses maisons. Sur les murs des cours intérieures abritées par des arcades de pierre blanche, les ciselures et les sculptures mêlaient des personnages qu'elle n'avait pas coutume de faire figurer sur les dessins de ses cartons.

Alix eut le regard plus ébloui encore quand, face à elle, sur les murs intérieurs de la maison, elle se mit à observer avec une curiosité qu'elle ne voulait à aucun prix distraire, les tableaux qui représentaient des anges tirant de fougueux attelages, sonnant de la trompe ou chevauchant d'étranges animaux.

Ces grandes peintures offraient des thèmes qu'elle connaissait pour les avoir vus reproduits sur les tapisseries dans les Flandres, à Bruges, Bruxelles, Enghien ou Tournai, mais une telle débauche de sujets à la fois profanes et chrétiens la subjuguait.

Des patriarches levaient le poing, la barbe largement fournie et la toge découvrant un poitrail de jeune guerrier. Des Vénus au corps ondulant, d'une blancheur extrême, buvaient des philtres d'amour, se pâmaient de plaisir, jouaient de la harpe, de la cithare ou de la flûte, offraient un fruit à un satyre qui les regardait derrière un bosquet touffu, l'œil égrillard allumé de convoitise.

Faisant un étrange pendant, Alix découvrit sur les murs de la grande salle de réception qui dominait presque tout le rez-de-chaussée, des vierges à l'enfant, des chemins de calvaire, des christs crucifiés, des saints en agonie.

Alix devait apprendre par la suite que tout ce mélange baroque, qui foisonnait dans un désir de naturalisme, rassurait l'œil et l'esprit du Florentin averti.

— Alessandro, je suis subjuguée par tant de mélange, mais aussi par tant de beauté. Voici bien l'un des motifs que je ne tairai pas à la cour de France et qui me fera inviter par le futur François Ier. Il faudra bien que je lui raconte l'art de votre Renaissance.

En cet instant qu'il avait tant attendu, comment Alessandro pouvait-il ne pas se montrer fier, attentionné, prêt à offrir davantage encore pour rehausser la gloire de l'art florentin ? Il était très détendu et paraissait heureux.

— Puis-je formuler une constatation ? demanda Alix en reculant légèrement du mur qu'elle était en train d'admirer parce qu'il offrait une belle annonciation représentant une vierge saluant un ange, et dont l'auteur n'était autre que le grand Léonard de Vinci.

Alessandro se plaisait à suivre tous ses gestes et regards.

— Formuler une constatation ! s'étonna-t-il. Deux si tu le veux, plus encore si tu le souhaites. Je répondrai à toutes tes questions.

— Pourquoi ne vois-je aucune tapisserie, aucune millefleurs, aucune licorne ? Je croyais que tu les aimais.

— C'est vrai.

— Alors, où sont-elles ? Avec ce comptoir de vente que tu m'as fait ouvrir en Val de Loire, tu m'as fortement incitée à les propager à Florence.

Il la prit subitement dans ses bras et la força à se retourner. Puis, passionnément, il posa sa bouche sur la sienne.

— Ah ! Qu'il me tarde de te coucher dans mon lit.

Une telle réplique, alors qu'elle en attendait une autre, la fit éclater de rire.

— Tu n'as pas répondu à ma question, dit-elle en se dégageant. Pourquoi n'y a-t-il aucune millefleurs, aucune licorne ? Aucune scène seigneuriale ?

— Ne sois pas si impatiente, mon cœur. Demain, nous irons voir mon comptoir de Florence et tu verras qu'il y en a plus que tu ne crois et que, bien entendu, j'en fais commerce. Tu auras d'ailleurs l'occasion d'en parler à mes amis peintres que je recevrai dans quelques jours.

À ces mots, elle parut surprise. Alessandro avait-il l'intention de la présenter à des peintres influents de Florence ? Voilà un fait qui la remplissait de joie et qui, au sein de la nouvelle cour de France, quand François Ier serait monté sur le trône, l'imposerait parmi tous ces hommes qui la nargueraient encore de leur pouvoir et de leur suffisance. Car Alix n'oubliait pas la rancœur des lissiers tourangeaux à son égard, après les audaces qu'elle leur avait opposées et qu'elle poursuivait par la création de son comptoir ouvert avec Florence et Rome.

Elle sourit, ne répondit pas, tout en sachant qu'elle reviendrait sur ce point un peu plus tard.

— Pour les tapisseries, mon cœur ! Montons à l'étage et tu les découvriras.

En effet, si les peintures étaient exposées en bas, les tapisseries prenaient toute leur ampleur en haut. Presque toutes flamandes, mais d'inspiration italienne, elles offraient leurs allégories les plus splendides dans des représentations de personnages qui symbolisaient les thèmes antiques chers aux Florentins. Certes, il y avait là de quoi s'appesantir sur tous les mérites de la vie : Force, Courage, Espoir, Charité, Justice ou Honneur flanquaient de leurs vertus les murs immenses.

Alix observait tout, elle détaillait, son sens de la critique en éveil, tirant déjà des leçons et soupesant à juste titre les aléas des productions lissières de son temps.

Elle avait devant elle des œuvres superbes, grandioses, des chasses éblouissantes, des festins, des scènes paysannes et d'autres, quotidiennes. Sur les tentures, il y avait moins de scènes religieuses que sur les tableaux. C'était surtout des histoires de Moïse, de

David ou d'Abraham. C'était celles de César, de Pompée, d'Ulysse, de Jason. Alix, qui ne connaissait pas les peintres cartonniers de toutes ces réalisations, ne pouvait cependant que reconnaître leur parfaite connaissance de l'Antiquité. Voilà qui plairait au jeune et bouillant François. Aussi décida-t-elle de profiter de son séjour à Florence pour approfondir sa culture des civilisations anciennes.

Elle s'arrêta devant le grand escalier de pierre qui reliait le rez-de-chaussée à l'étage. Le mur était recouvert d'une tenture qui représentait Sémiramis, reine d'Assyrie et de Babylonie, grande bâtisseuse dont l'une des principales constructions était celle des digues de l'Euphrate. Sémiramis, à qui l'on attribuait des amours licencieuses, évoluait avec une grâce extrême dans un cercle de satyres dévêtus, de singes à têtes d'hommes, d'enfants chevauchant des chèvres, d'oiseaux fantastiques aux ailes rognées, de lions à la crinière enflammée, de monstres à la gueule édentée[1].

Alix dut s'approcher pour admirer la qualité du tissage, la richesse des couleurs et la flamboyante ornementation des bordures d'une largeur qu'elle n'avait encore jamais vue.

Alessandro la souleva du sol, la prit dans ses bras et, longeant le couloir, s'arrêta devant la porte de la chambre.

— À présent, mon cœur, je suis impatient de t'embrasser. Viens !

Angela et Tania s'installèrent dans des petites pièces attenantes à la grande chambre d'Alix. Environ du

1. Grotesques tissées au début de la Renaissance et dont la plus importante s'intitule *Les Jardins de Babylone*. Château d'Azay-le-Rideau.

même âge, leur harmonie semblait parfaite et, dans leurs conversations, elles parlaient des mêmes sujets, voyaient les gens et les choses de la même façon et abordaient la vie d'une manière identique.

Par contre, l'attitude fière de Théo, ses manières de prince hélas manqué, déplaisaient fortement à Léo. Il fallait dire que ce dernier – et Alix ne pouvait lui en tenir grief, bien au contraire – assurait l'entière maîtrise des chevaux, des écuries et des voyages.

Dès qu'il eut appris à tenir les rênes de l'attelage, le jeune Byzantin refusa de conduire les mules, trop ordinaires pour lui, si bien qu'il ne faisait rien d'autre que d'observer son compagnon, un air parfois maussade, parfois narquois sur le visage.

Un jour, alors qu'ils étaient tous deux à l'écurie et que Léo lui demandait de lustrer la robe de la blanche Césarine, il refusa en le narguant du regard et en réclamant qu'il l'appelât désormais par son nom de Théodore et non par le diminutif de Théo.

Offusqué par les provocations de l'ancien esclave, d'autant plus qu'il avait montré envers lui une grande bonne volonté, Léo demanda un entretien à sa maîtresse.

— Il n'est point question, dame Alix, que je laisse mes chevaux à Théodore, assura-t-il d'un air désappointé.

— Bien sûr que non ! rétorqua tout de suite Alix.

L'air malheureux, Léo tortillait entre ses mains son grand chapeau à bord retourné.

— Alors ! Qu'allez-vous faire puisque ce garçon, qui ne connaît encore rien et à qui j'ai appris à tenir les rênes, refuse de conduire les mules ?

Alix réfléchit et, tout en caressant son menton de ses doigts, elle se mit à penser qu'Alessandro pourrait peut-être l'aider. Du commerce, à Florence, il fallait bien en faire ! La jeune femme n'avait pas apporté quelques millefleurs pour rien, et de surcroît les plus belles. Si Alessandro pouvait les écouler à bon prix, cela compenserait un peu la dépense engagée pour acheter ce couple byzantin, et lui permettrait sans doute de se procurer un autre cheval qui n'aurait que Théodore pour maître.

Alix prenait vite ses décisions, et autant résoudre ce problème le plus rapidement possible, avant que les conséquences ne deviennent plus ennuyeuses ou simplement plus onéreuses.

— Va chercher ce jeune Byzantin et reviens avec lui, tandis que je fais venir Tania.

Quelques minutes plus tard, le frère et la sœur se tenaient devant elle. Tania avait beaucoup changé depuis le jour où Alix l'avait vue tourner sur le podium comme une biche blessée. Elle prenait de l'assurance, souriait, discutait de tout et de rien et, avec Alix, ne parlait que de musique. Tania était un être sensible, lucide et sage.

Théo, lui aussi, s'était transformé, mais dans le sens inverse. Léo avait raison, il était devenu hautain, arrogant, presque agressif, se prenant vite pour un grand seigneur, attitude que détestait Alix et qu'elle ne pouvait certes pas tolérer.

— Je vous ai fait venir tous les deux, dit-elle, pour vous parler de votre avenir.

Ils la regardèrent un peu surpris. Les yeux de Tania se voilèrent aussitôt d'inquiétude, mais ceux de Théo la fixèrent avec une audace qui lui déplut.

— Comme vous vous en doutez, prononça-t-elle sans les quitter des yeux et en détachant ses mots, je retournerai en France dans quelques mois, après avoir mis au monde mon enfant.

— Un enfant qui n'a pas de père ! murmura effrontément Théodore.

— Un enfant dont le père est Alessandro Van de Veere, répliqua vertement Alix.

Le jeune homme leva les yeux au ciel.

— Théo ! chuchota Tania, visiblement gênée de l'attitude provocante de ce frère qu'elle aimait tant.

— Si vous désirez rentrer en Val de Loire avec moi, vous travaillerez à mon service non pas en esclaves, mais en…

— Serviteurs ! jeta Théo dans un sourire ironique.

— Serviteur n'est pas tout à fait le mot exact. Il n'y a ni servante ni serviteur chez moi. Il y a des apprentis, des ouvriers, des amis. En quelque sorte, toute une famille.

Elle fit quelques pas et, du bras, retint Léo qui voulait quitter la pièce.

— Reste ici, Léo. Cela te concerne aussi.

Puis, elle se retourna vers les jeunes Byzantins.

— Par contre, si vous refusez – et je pense que c'est votre droit – je vous revendrai à Gênes, puisque c'est là que je vous ai achetés, et vous tenterez votre chance avec de nouveaux maîtres.

Soudain, Tania se jeta dans les bras de son frère qui les resserra aussitôt sur elle.

— Oh ! Théo ! Je ne veux pas me retrouver sur cet affreux podium où le marchand nous menace du fouet. Jamais ! Jamais ! Je préfère rester avec dame Alix. Elle m'a promis un travail agréable, celui de chanter et de m'occuper des fleurs de son jardin. Je jouerai de la musique pour son propre plaisir, je distrairai ses invités, je passerai l'aiguière à table quand elle recevra dans sa grande maison de Tours. Oh ! Théo, ne vois-tu pas que ce sont là des choses qui me plaisent et pour lesquelles je suis faite ? Je ne sais rien faire d'autre, je t'en prie, écoute-moi.

— Mais…, tenta celui-ci.

— Non, écoute-moi, Théo, coupa rapidement sa sœur, ne comprends-tu donc pas que je refuse de satisfaire les besoins sadiques d'un maître qui, après m'avoir violée, me jettera avec les autres servantes en criant que je ne suis qu'une esclave ! Rien de tout cela ne m'arrivera avec dame Alix.

Après ce discours pendant lequel Théo caressait lentement les cheveux de sa sœur, Alix s'approcha des jeunes gens.

— Elle dit vrai, affirma-t-elle en se tournant vers le jeune homme. Elle est plus lucide que toi, mon garçon. Car tout fils de sultan que tu sois, tu n'as ni argent, ni métier, ni famille. Que vas-tu faire si tu t'enfuis d'ici ? Te retrouver dans les bas-fonds de Florence avec ta sœur, comme dans ceux de Constantinople ? Tu seras vite repris et reconduit à Gênes. Alors, tiens-toi-le pour dit, j'irai réclamer l'argent que j'ai dépensé pour toi.

— Je ne veux pas ! Je ne veux pas ! s'écria Tania en se précipitant vers Alix. C'est avec vous que je veux rester. Je t'en prie, Théo, ne pars pas !

Alix se planta devant le jeune homme.

— Voilà ce que je te propose, mon garçon. Chez moi, tu ne seras pas un serviteur, mais tu ne feras pas non plus la loi. Léo est mon cocher personnel et il le restera. Il a la responsabilité de mes chevaux et, à Tours, de mon écurie. C'est ainsi et rien ne changera pour la raison soudaine que tu es là.

Théo l'écoutait, l'air un peu moins arrogant, mais le front buté, attendant visiblement la suite.

— Je vais acheter un cheval que tu seras seul à conduire. Un coursier destiné, comme son nom l'indique, à galoper sur les routes.

— Je sais, fit le jeune homme en la toisant du regard.

—Tais-toi ! Tu ne sais pas grand-chose, sauf haranguer les autres. Si tu poursuis dans ton entêtement, je te ramène à Gênes et je garde ta sœur. Ne l'as-tu pas entendue me supplier de demeurer avec moi ? Es-tu sot à ce point ?

Comme il ne répliquait rien, elle poursuivit, sûre d'elle :

— Tu conduiras le coursier que j'achèterai pour toi. Un cheval fait pour les grands galops, qui va de route en route, parcourant les villes, les campagnes et quelquefois s'arrêtant dans les châteaux. Le cavalier qui le chevauche laisse alors un message destiné au maître du lieu. Puis, il repart le lendemain à l'aube après s'être reposé la nuit ainsi que son cheval.

Elle recula de quelques pas et observa son visage.

— Tu seras mon messager, puisque Léo n'a pas le temps d'accomplir ce travail.

Elle le toisa à son tour.

— Es-tu d'accord ?

Le jeune Byzantin haussa l'épaule, comme si Alix le contraignait à une corvée.

— Tu aimes les chevaux, mais tu n'aimes pas Léo. Eh bien, c'est décidé, Léo restera mon cocher et toi tu seras mon messager. Ainsi, vous n'aurez guère à vous rencontrer si ce n'est dans les écuries, là où les chevaux réclament vos soins. Acceptes-tu ?

Le jeune homme hocha la tête.

— Je suppose, dit-elle en le regardant froidement, que ce branlement de tête signifie un accord.

XXII

La grande table ne comportait pas plus de huit invités. Les Florentins aimaient à s'entendre discuter pendant les repas et, pour cette raison, refusaient que le nombre d'invités excédât un nombre trop important. Avec eux, pas d'apartés divisant les convives. La bonne compagnie devait demeurer tout au long du repas.

Dégagé de tout scrupule, Alessandro fit aussitôt les présentations.

— Voici Alix, lissière en Val de Loire. Je suis le père de l'enfant qu'elle attend.

Puis, il se tourna vers la jeune femme.

— Mon cœur, ce sont les grands peintres dont je t'ai parlé. Ah ! Certes, il n'y en a pas de plus grands. Mon ami Léonard est aussi architecte, quant à Michel-Ange, il est également sculpteur. Il reste notre jeune Raphaël, qui ne touche que du pinceau, mais quel pinceau !

— J'ai apprécié votre belle Annonciation qui orne les murs de cette demeure, maître Raphaël.

— Merci, je suis sensible à votre compliment, fit le jeune peintre, qui n'avait pas plus de vingt-cinq ans.

Mais déjà, le maître des lieux poursuivait en se tournant vers Alix :

— Et voici Cesare Rossetti, mon orfèvre, qui est également celui du palais des Médicis, et Benedetto da Rovezzano, un ami de Michel-Ange qui, lui aussi, est sculpteur.

Très à l'aise, Alessandro s'était approché et posait ses deux mains sur les épaules de ceux qu'il présentait. Pour la première fois, attablée en compagnie de Florentins, Alix s'aperçut qu'elle devait être joyeuse, amusante, intelligente et… utile, car il ne fallait pas perdre de vue le côté pratique qui débouchait souvent sur le travail ou le commerce.

La table était dressée face aux jardins d'où soufflait un air chaud. Pour la première fois, Tania fit son service, elle passa l'aiguière aux convives alors qu'ils attaquaient un melon servi avec le *berlingozzo*, une sorte de gâteau fait avec de la farine, des œufs et des épices.

Les aiguières d'Alessandro étaient en argent et les linges que passait Tania pour essuyer les mains étaient sans doute aussi luxueux que ceux de la cour de France, en fine batiste blanche, souples et soyeux. Les invités y frôlaient délicatement leurs doigts après les avoir passés dans l'eau parfumée de l'aiguière. Pas de mains essuyées au rebord des nappes, comme l'on faisait en France. Pas de tranchoir. Pas de grand pichet, ni de grand pot. À Florence, le style d'une bonne et fine table différait : chacun son plat et chacun sa timbale.

Tania ne fit aucun faux mouvement. Elle passait entre les convives, légère, gracile, souriante. Alix pensa tout à coup à René, le page de la comtesse d'Angoulême, qui effectuait aussi ce travail avec une grâce que lui avait inculquée Louise.

Les mets se succédaient avec un art tout florentin, servis par deux valets vêtus d'une livrée aux couleurs du gonfalonier de San Giovanni. Ils servirent des grives et des tourterelles farcies sur un lit de salade fraîche. C'est à peine si Alix y touchait, trop émue de se trouver devant d'aussi grands maîtres de la peinture. Elle retenait son émotion en tentant de ne rien laisser paraître.

C'était le jeune Raphaël qui la regardait le plus, tandis que le maître Michel-Ange et le grand Léonard de Vinci, le plus âgé des trois, une cinquantaine d'années, ne l'observaient que de temps à autre. Mais de ces coups d'œil qui devaient bientôt se changer en mots, Alix ne perdait rien.

Les trois peintres avaient des mises assez simples. De grandes tuniques sombres et, à l'exception de Vinci qui cachait son crâne tout entier sous un bonnet rond et moulant, les maîtres Raphaël et Michel-Ange portaient un large béret carré d'où s'échappaient des cheveux longs qui retombaient sur leurs épaules. L'un d'eux les avait blonds, l'autre presque noirs.

Raphaël était le seul convive à être venu avec une femme, fort jolie de surcroît qui, disait-il, était son modèle favori. Il n'en avait cependant pas donné le nom. Elle ne parlait pas, mangeait peu et se contentait de sourire en se tournant à droite puis à gauche.

Elle était vêtue à la Florentine, tandis qu'Alix avait une robe française de couleur cramoisie à grand décolleté carré bordé d'un galon d'or et, par-dessus la robe au corselet serré, tombaient les grands plis harmonieux d'une cotte bleu sombre, juste dans le dos et sur les hanches, afin de laisser voir, par-devant, ceux de la robe pourpre.

Quant à sa coiffure, elle avait décidé, ce soir-là, de ne pas adopter le style de Florence, mais de garder tout simplement celui de France. Ainsi, ses cheveux étaient séparés en deux bandeaux disposés de chaque côté du visage. Ils offraient leurs reflets fauves sous un bourrelet torsadé assorti à sa robe et qui, à l'arrière de la tête, retenait l'ensemble de sa chevelure.

— Il est rare, affirma Alessandro d'un ton joyeux, de vous voir tous les trois réunis à ma table !

— À votre table, oui ! Mais ailleurs, à Florence, cela nous est arrivé bien des fois. Oubliez-vous que nous sommes tout comme vous Florentins ? protesta Léonard de Vinci.

— Florence ne vous voit que de temps à autre. Vous y demeurez si peu ! N'est-ce pas à Milan que vous repartez ?

— Je crains que les agitations de la guerre ne perturbent mon séjour, mais je dois voir votre roi, dit-il en se tournant vers Alix.

— Je sais que ses armées sont là-bas. Louis XII vous a-t-il donc passé commande ?

— Pas encore, c'est son conseiller, le gouverneur de Milan, que je dois voir.

— Le maréchal d'Amboise ?

— Lui-même. Il m'a commandé une statue équestre.

— Vinci ! La France vous glorifie ! jeta Michel-Ange, dont les trente ans laissaient sur le visage une empreinte de bel homme dans la force de l'âge.

— Allons ! fit le sculpteur Benedetto, tu n'as rien à lui envier ! N'as-tu pas été toi aussi sollicité par le roi français Charles VIII pour exécuter quelques œuvres ? Quand repars-tu à Rome pour terminer les travaux de la chapelle Sixtine ?

— Terminer n'est sans doute pas le mot, disons plutôt poursuivre, car seule la voûte est en voie d'achèvement et, pour l'instant, le pape Jules II est encore à Venise.

— Je crains que les événements se précipitent, déclara l'orfèvre Cesare Rossetti.

Traits fins, yeux clairs, peau aussi délicate que celle d'une femme, l'orfèvre d'Alessandro était vêtu comme un prince, d'une étole de soie brochée dont les pans retombaient sur son buste recouvert d'un grand collier d'or. Il était coiffé de la longue et double bande d'étoffe soyeuse dont l'un des pans s'enroulait autour de la tête et l'autre se repliait sur l'épaule droite.

— Il faudra bien que nous retournions à Rome incessamment. Toi-même, Raphaël, ne dois-tu pas y exécuter le portrait de Federico Gonzague, l'otage de la cour pontificale ?

— Est-il enfermé comme l'est le duc Sforza dans les prisons de Loches ? s'enquit Alix.

— Non ! répondit Alessandro. Il jouit d'une relative liberté et s'entretient avec les artistes. Ah, mon cœur ! Ne m'as-tu pas dit que tu avais une musicienne avec toi ?

— Tania ! appela aussitôt Alix en tournant la tête vers la jeune fille qui n'était pas loin. Veux-tu nous chanter quelque chose ?

La jeune fille avait une voix claire, pure. On l'écouta poliment un moment sans oublier de lui faire les compliments d'usage, puis le maître de Vinci se tourna vers Alix.

— Alessandro nous a dit que vos millefleurs étaient parmi les plus belles. En avez-vous quelques-unes à nous montrer ?

— Tania ! appela de nouveau Alix, demande à Angela de venir avec les tapisseries que j'ai apportées de France. Tu l'aideras car elles sont lourdes.

— Je sais que vous réalisez des cartons, maître Raphaël, mais je n'en connais pas le style, poursuivit-elle.

Angela et la jeune byzantine déposèrent les ouvrages qu'il fallut dérouler avec l'aide des valets postés près de la table.

— Ces millefleurs sont superbes, affirma Cesare Rossetti. Nous en rediscuterons plus en détail.

— Aurais-tu l'intention de t'inspirer de ces motifs pour tes créations d'orfèvrerie ? questionna Alessandro.

— Peut-être ! Dans ce cas, pourrais-je en acheter les droits ?

— Certainement, acquiesça la jeune femme. Étant donné que j'utilise très peu de remplois, ces dessins me sont tout à fait personnels.

Le maître Michel-Ange était peu bavard, mais il observait avec attention le tissage des tapisseries. Tout à coup, Vinci questionna :

— Ne tissez-vous donc que des scènes de votre propre création ?

— Oui, ou celles d'un peintre.

Vinci s'était levé pour mieux observer les millefleurs. Sa longue barbe grise lui donnait déjà un air d'aïeul, mais les yeux du maître étaient jeunes, vifs, alertes.

— Avec qui avez-vous donc travaillé ?

— Jusqu'alors, avec Van Orley.

Raphaël se leva à son tour et saisit l'un des ouvrages.

— N'a-t-il pas peint *La Révélation d'Abraham* au Vatican ?

— Si ! Et j'ai eu le grand bonheur d'admirer cette œuvre quand je suis allée à Rome voir mon oncle.

— Vous avez un oncle à Rome ?

— C'est le cardinal Jean de Villiers, répondit Alessandro.

— Ah ! fit Michel-Ange, sortant brusquement de son silence, je le connais. Il « œuvrait » beaucoup avec Borgia.

— Que voulez-vous dire ? interrogea Vinci, « œuvrerait-il » moins avec Jules II ?

— Détrompez-vous, fit Alessandro, qui connaissait tout du cardinal de Villiers depuis qu'ils étaient allés ensemble jusqu'en mer Noire, à Trébizonde, et sur les côtes orientales pour rapporter des produits de luxe. Jean de Villiers est un être complet. Si sa culture plaisait fort à Alexandre Borgia, sa fougue et son impétuosité combative s'accordent merveilleusement bien avec ce fou de Jules II dont les idées se tournent essentiellement vers la guerre.

— Est-ce vrai ? fit Alix, fortement étonnée en entendant ces mots.

— Rien de plus vrai, mon cœur. À soixante ans passés, ton oncle reprend son sabre aux côtés de Jules II.

— Oh ! Je n'en crois rien, Alessandro.

Mais ce dernier se pencha sur elle et déposa un léger baiser sur sa nuque.

— Alors, tu le croiras si tu te rends à Rome avant de rentrer en France.

De tous les convives, c'était le jeune maître Raphaël qui mangeait le plus, et la table d'Alessandro était si fournie et variée que chacun y trouvait son bonheur. Contrairement au Romain qui aimait boire et manger en quantité, le Florentin faisait bonne chère, mais ne réclamait que qualité et petite dose. Cependant, la variété des mets était extraordinaire et les vins d'une grande finesse.

Après les petits oiseaux farcis, il fut servi du paon bouilli sur un plat de gélatine colorée au safran, faite avec du lait d'amandes et d'autres ingrédients dont la composition restait le secret des Florentins, très appréciateurs de ce mets. Ils semblaient le priser plus que la viande, laquelle d'ailleurs ne figurait point au menu.

— Avez-vous été à Bruges récemment, Alessandro ? questionna Vinci en tournant avec le pouce et l'index sa longue moustache grise qui, en tombant, se mêlait à sa barbe. Comment va votre ami Dürer ? La dernière fois que je l'ai vu, c'était avec vous et cela fait bien longtemps !

Alessandro posa ses yeux sur Alix, car la question ne lui plaisait guère. Cette fois, ce fut Alix qui répondit à sa place :

— Un différend est intervenu entre eux à cause de moi, exposa-t-elle en riant. Depuis, ils ne se voient presque plus.

— Un tel déplaisir n'arrive jamais avec un modèle.

Les mots venaient de la belle compagne de Raphaël qui, soudain, ne sut comment prendre cette intervention.

— Il y a du travail pour tout le monde, jeta Alix qui refusait de répondre désagréablement à cette femme. Quand on est artiste, on préfère regarder la beauté pour la fixer sur un support, qu'il soit parchemin, toile ou tapisserie. Quand on est modèle, on sert de muse à l'artiste et, plus la beauté est remarquable, ce qui est votre cas, madame, plus les artistes sont nombreux à vous solliciter. Alors un Dürer, un Vinci, un Michel-Ange ou un Raphaël, quand l'artiste est grand, c'est un honneur pour le modèle et je crois que je vous envie.

La femme parut un instant stupéfaite et ne répondit rien. Les invités apprécièrent la réponse intelligente d'Alix, puisque au lieu de lui rétorquer des mots acides et belliqueux, elle répondait par l'esprit et la sagesse.

— Puis-je vous poser une question, maître Raphaël ? dit-elle en se tournant vers le peintre.

— Bien sûr.

— Dessinez-vous toujours des cartons pour les lissiers ?

— Voudriez-vous que je vous en ébauche un ?

— Quel serait votre prix ?

— Un coût très raisonnable en souvenir de notre ami commun, Alessandro.

La jeune femme eut une moue gracieuse et glissa un coup d'œil avenant au peintre.

— Cela me plairait. Oui ! Cela me plairait beaucoup. Pourrions-nous en parler un autre jour, si vous ne quittez pas Florence tout de suite ?

— Je peux me rendre libre et te conduire demain, mon cœur.

Un chambellan, deux valets et trois servantes étaient au service d'Alix qui coulait une vie tranquille, bien que les bruits des guerres italiennes vinssent parfois jusqu'à ses oreilles.

Dans la journée, Alessandro s'esquivait souvent, mais pas longtemps et chaque soir il revenait à sa résidence, si bien qu'Alix se repaissait d'amour et de bonheur.

Deux mois s'étaient passés dans la plus parfaite harmonie et insouciance. C'était à croire que rien ne pouvait assombrir la clarté des jours qui se succédaient. Le ventre d'Alix s'arrondissait et Alessandro semblait le plus heureux des hommes. À vrai dire, il pouvait être satisfait du comportement de sa bien-aimée, qui ne réclamait rien d'autre que de couler de paisibles nuits entre ses bras solides.

Elle lui parlait peu de son retour en France, comme si elle devait rester indéfiniment à Florence. Mais il savait qu'après la naissance de l'enfant, elle retournerait en Val de Loire, comme il savait aussi, en scrutant longuement son visage, que ses ateliers lui manquaient.

Ce jour-là, alors qu'elle s'apprêtait à sortir, le chambellan l'arrêta au bas du grand escalier.

— Sortez-vous, madame ?

— Oui, Georgio.

Elle glissa une main sur les plis de sa robe et repoussa la traîne qui, à l'arrière, balayait le sol.

— Votre cocher n'a pas préparé l'attelage.

À peine eut-elle le temps de répondre qu'elle vit arriver Angela et Tania. Elles venaient à sa rencontre. Pour un peu, elles se seraient tenues par la main tant leur entente était bonne. Par contre, Alix ne voyait Théo que rarement. Il chevauchait le coursier qu'Alessandro avait acheté pour elle et prenait des leçons données par un maître d'équitation afin d'effectuer prochainement son nouveau travail.

— Léo n'a pas préparé l'attelage parce que nous sortons à pied, répondit-elle.

Puis, elle se tourna vers ses compagnes.

— Que diriez-vous si nous allions du côté du forum Antique ? Nous pourrions nous arrêter sur la via Calimala. Je voudrais voir l'imprimerie qui y est installée. Puis, de là, nous pourrions aller jusqu'à la place San Michele et nous rendre au palais de la Laine.

— Et descendre la ruelle jusqu'au marché Neuf !

— Si tu veux, Tania.

Elle regardait en direction de la porte qui donnait sur l'extérieur, quand soudain, elle vit Alessandro apparaître. Il lui parut un peu soucieux, l'air sombre, distant presque. Il était accompagné d'un couple. L'homme avait une allure plutôt stricte et réservée, mais la jeune femme semblait avenante.

— Alix ! Voici l'administrateur dont je t'ai parlé.

Oui ! Quelque chose le préoccupait pour qu'il jetât ainsi un « Alix » tellement plus froid que le « mon cœur » habituel.

— Il mettra en ordre tes livres de comptes et tes registres de commerce et t'aidera à établir les participations de tes associés dans tes affaires. Tu dois le faire avec Julio comme avec ton autre partenaire.

Il évita de dire « Mathias », comme elle n'osa pas le préciser. Mais il soutenait son regard avec autorité.

— Il te faudra aussi un double jeu de registres dont un sera consacré à tes comptes ouverts à l'étranger. Si tu le négliges, au fil du temps, tu risques d'être en butte à une vérification totale de tes biens et de tes marchandises. Je sais qu'en France c'est moins strict qu'en Italie, surtout à Florence. Mais un jour tu ne regretteras pas ces précautions qui se pratiquent de plus en plus.

Puis il désigna l'homme de la main. Grand, maigre, vêtu d'une longue robe rouge et d'un bonnet à bord roulé piqué d'une pierre bleue, il avait un visage anguleux, les pommettes trop saillantes, un front démesurément haut et le regard sombre assez velouté, seul charme dans ce visage ingrat.

— C'est Lorenzo, et voici sa jeune épouse Marie, qui est française. Ils acceptent tous deux de vivre en Val de Loire. Presque toute la famille de Marie est à Paris. Elle pourra donc s'y rendre de temps à autre. Il est évident, Alix, que je prends leurs gages à ma charge.

La jeune femme s'était rapprochée d'Alix et lui souriait.

— Je suis si heureuse de revenir en France, dit-elle. C'est un pays que je n'ai jamais pu oublier depuis quinze ans que je vis en Italie. Je suis certaine que mon époux s'y plaira.

À l'exemple de Lorenzo, bien que pourvue d'un physique qui se campait aux extrémités, Marie ne s'affirmait par aucune grâce spéciale. Pas très jolie à cause de son visage trop fort et de ses yeux légèrement globuleux, elle s'habillait pourtant avec recherche à la mode florentine. Une robe en brocart aux larges manches souples et retombantes l'enveloppait. Son buste, malgré sa rondeur, était étroitement pris dans une riche étoffe emperlée et ses pieds, seule partie menue de sa personne, étaient chaussés de sandales en cuir doré. Ses cheveux noirs, épais, brillants, et tressés avec des rubans de velours blancs devaient, sans doute, être ce qu'elle avait de plus charmeur, avec son visage rieur.

— Vous aurez tout le temps de discuter plus tard. Je tenais simplement à vous présenter.

Il se tourna vers le couple un peu indécis quant à l'attitude à adopter.

— Prenez vos aises dans cette maison puisque vous repartirez ensemble.

Enfin, et c'est là qu'Alix comprit que quelque chose n'allait pas, elle l'entendit murmurer :

— Ne sors pas, Alix, j'ai à te parler.

Que voulait-il lui dire ? À nouveau, elle admira le charme impérieux, mais nullement dominateur, qu'il prenait pour se faire entendre. Tout en Alessandro était fait de grâce volontaire, mais non abusive, car il avait une profonde sensibilité qui vibrait à l'unisson des émotions d'autrui, et peu d'hommes ou de femmes échappaient à son attrait. Alessandro possédait cette séduction à la fois cassante et douce qui devait forcer l'attention. N'avait-il pas usé de ce ton péremptoire devant la colère de Mathias ?

— Je suis désolée, Alix. Tu remettras cette promenade à plus tard. Je dois m'entretenir avec toi.

L'inflexion de sa voix commençait à inquiéter Alix.

— Viens ! fit-il.

Ils se retrouvèrent aussitôt dans la grande chambre qui abritaient leurs amours. Alix se sentit lasse tout à coup. Se pouvait-il que leur bonheur finît là ?

— Que veux-tu me dire ? demanda-t-elle en s'asseyant sur le bord du lit.

Il la prit doucement dans ses bras et la coucha sur la moelleuse couverture dont les motifs fleuris étaient assortis aux courtines. Puis, il entreprit de la déshabiller lentement.

— Que fais-tu, Alessandro ? murmura-t-elle dans un souffle à peine perceptible tant elle sentait l'inquiétude monter en elle. Je devais sortir avec Angela et Tania. N'es-tu donc pas là ce soir ?

— Je serai parti.

— Parti ! Mais où ?

Il venait de délacer le corselet de sa robe et les deux seins d'Alix, auxquels les six mois de maternité donnaient de l'ampleur, surgirent dans leur blancheur soyeuse et ocrée.

— Où vas-tu partir, mon amour ?

— À Venise.

Elle releva promptement le buste, dégageant sa poitrine des mains douces de son amant.

— Alors, je viens avec toi.

— Certainement pas. Je risque d'y rester quelques mois.

— Raison de plus pour te suivre.

Elle s'était levée et, dans le brusque mouvement qu'elle fit, se dégagea de la robe à traîne qui tomba sur le sol, offrant aux yeux d'Alessandro sa nudité complète.

— Je reviendrai entre-temps.

— Entre-temps ?

— Je ne sais pas, soupira tristement Alessandro, je ne peux rien te promettre. Peut-être ne serai-je pas là pour ton accouchement.

— Alessandro ! gémit la jeune femme en sentant les larmes venir à ses yeux. Ne fais pas ça, mon amour, ne fais pas ça. J'ai déjà accouché seule deux fois. Je ne veux pas recommencer une troisième fois.

Il la prit dans ses bras et l'étendit sur la couche en prenant soin qu'elle soit à son aise. Puis, il se pencha et s'allongea sur elle.

— Je ne peux pas faire autrement. La situation à Venise se dégrade. Rome et le pape réclament du renfort pour soutenir les armées de votre roi de France. Elles sont actuellement campées aux abords de Venise et se préparent à attaquer. Jusque-là Florence observait de loin les agissements des uns et des autres. Mais le pontife a raison. Nous ne pouvons plus laisser la puissance des Vénitiens dégrader le reste de l'Italie. Pire, ils absorbent peu à peu tout le commerce des autres puissances étrangères. C'est devenu intolérable.

— Mais pourquoi partir ? Tu n'es pas un soldat !

Il la sentit bouger sous lui et faillit ne plus répondre qu'à ses baisers et à ses soupirs.

— Il faut de l'argent au pontife, beaucoup d'argent, des ducats et des florins. Donc, il lui faut des banquiers. Les armées reviennent cher à un roi, tu le sais. Jules II n'a rien et il veut frapper fort.

Il eut un rire amer.

— Jules II n'est pas un homme d'Église, c'est un homme de guerre. Il sait bien manœuvrer. S'il n'a pas besoin de mon aide au combat, il a besoin de mes finances.

— Alessandro, tu n'es pas le seul banquier. Que font les autres gonfaloniers de Florence ?

Il prit sa bouche et l'enferma dans la sienne, goûtant juste une seconde le parfum de ses lèvres. Puis, il s'écarta.

— Je suis mêlé de près à des voyages orientaux et suis impliqué dans cette affaire. Ne m'en demande pas plus, mon cœur. Je n'ai pas le droit de tout te révéler.

— Eh bien si ! Justement, je veux comprendre, d'autant plus que ces voyages, tu les as faits avec Jean. Se déplace-t-il, lui ?

— Oui ! Il vient. Jules II a décidé que ses ardeurs renforceraient les siennes.

Elle voulut se dégager, se redresser, mais il la serrait trop et elle ne put que gémir.

— Ainsi, la comtesse d'Angoulême avait raison. Ta belle et séduisante Florence que tu me fais connaître aujourd'hui, n'est pas le reflet de la réalité.

— En effet, les bruits couraient, mais seulement dans les cours d'Europe. Le peuple n'en savait rien.

— Je veux te suivre.

Piteusement, il lança la seule réplique qui pouvait la contraindre à se taire.

— Veux-tu donc tuer ton troisième enfant ? Moi, je refuse. Je veux le voir, le toucher, l'embrasser, même s'il est né en mon absence.

Alix craqua comme neige au soleil. Elle se mit à pleurer. Il essuya ses larmes. Jamais encore il ne l'avait vue dans une telle détresse. Nu, entre ses mains, son corps était secoué de sanglots. Il la caressa longtemps en murmurant des mots qui, un à un, semblèrent l'apaiser. Elle se laissait faire sans plus rien dire. Puis, ses pleurs cessèrent tout à fait tandis qu'elle se serrait contre lui, agrippant ses doigts dans son dos. Il la fit sienne lentement mais sans les préambules des longues et interminables caresses dont il était pourtant coutumier. Elle poussa un petit cri d'animal sauvage, puis se laissa retomber inerte.

— T'ai-je brutalisée ? s'enquit-il avec douceur.

— Oh ! Non ! Non, mais je jure que je viendrai te rejoindre.

— Ne viens pas, mon cœur. Ce n'est pas seulement la vie de ton enfant que tu risquerais, c'est aussi la tienne. Toutes les puissances étrangères sont contre Venise. Maximilien d'Autriche a réquisitionné plus de dix mille Suisses pour combattre. L'armée de Louis XII est forte et bien menée. Elle comporte vingt mille fantassins renforcés par les mercenaires des Borgia qui haïssent les Vénitiens et, pour parfaire les combats, les soldats florentins s'apprêtent à donner leur appui au pape. Le doge de Venise ne tiendra pas longtemps, mais la ville peut rester des mois en état de siège.

— Mais n'as-tu pas dit que les soldats « s'apprêtaient » ? C'est donc que tu peux encore attendre !

— Non, mon cœur. Dès demain, je pars à Venise pour me rendre compte de la situation. Puis, j'irai à Rome pour voir Jules II, Jean de Villiers et quelques autres cardinaux. Mais je te promets qu'avant de repartir pour Venise, je passerai par Florence.

— Le feras-tu ?

— Je te le jure, mon cœur.

Il posa sa bouche contre la sienne et leur souffle se mêla. Puis, rassurée, Alix se détendit et s'endormit.

XXIII

Alix se remettait lentement de sa désillusion quant au départ d'Alessandro et, à peine reprenait-elle goût à ses promenades à travers la ville florentine dont elle ne connaissait pas encore toutes les splendeurs, que Georgio lui apporta un pli cacheté au sceau de la maison d'Angoulême.

Ce matin-là l'avait surprise en meilleure forme que les jours précédents où elle ne cessait de ressasser son infortune. Pourtant, Alessandro l'aimait et ne semblait pas vouloir renoncer à cette paternité qu'il endossait avec un plaisir qu'il ne cachait pas. Mais pourquoi diable l'avait-il quittée juste au moment où elle devait mettre son enfant au monde ? Pour la troisième fois, elle serait seule à subir cette épreuve qui l'effrayait tant.

Poussant un petit soupir qui laissait encore paraître son amertume, elle saisit la missive cachetée de Louise qui apposait toujours son sceau personnel, celui de la maison d'Angoulême. Si Louise refusait celui de la maison d'Amboise, bien que le roi le lui eût autorisé, c'est qu'elle craignait les remarques acides de la reine Anne, qui prendrait plaisir à lui faire remarquer que son fils n'était pas encore monté sur le trône.

Georgio parti, Alix s'installa près de son écritoire, car elle savait déjà qu'elle répondrait aussitôt à son amie. Elle déplia la lettre promptement. C'était une longue missive, qu'elle se plut à lire tout en pensant avec nostalgie à son cher Val de Loire. Son amie Louise paraissait joyeuse du mariage de sa fille. Amboise serait bientôt en fête, dès le retour du roi.

Alix releva la tête, prit une longue inspiration et, le regret de son pays s'étant renforcé au fil de sa lecture, elle quitta son écritoire, s'allongea mollement sur son lit et relut le début de la lettre :

« *Ma chère Alix,*

Je vous espère en bonne forme malgré les bruits qui courent sur les tensions installées entre Français, Vénitiens et Florentins. Ici, en Val de Loire, on raconte même que Rome s'en prend aux armées du roi de France et que le pape Jules II se fâche en voyant que le roi hésite à financer son entreprise guerrière. Oui ! Le pape s'acharne au combat, dit-on ! Il veut soumettre les Vénitiens à sa totale puissance pontificale. Rome est riche, pourtant ! Les trésors du Vatican ne peuvent-ils donc aider à payer ses propres combats ?

Quelle est l'attitude de votre oncle, le cardinal Jean de Villiers, dans cette affaire ? Est-il encore assez attaché au Val de Loire pour tenter de convaincre le pape que le roi Louis XII n'a point les moyens de l'aider financièrement dans sa guerre contre Venise où la France n'a rien à gagner ? Ne peut-il lui expliquer qu'il nous est déjà difficile de payer ces guerres italiennes pour le seul plaisir de voir Naples et Milan rattachées au domaine de France ?

Et Maximilien d'Autriche ! Que fait-il dans cette histoire où, lui aussi, espère profiter d'une victoire sur Venise pour s'approprier le commerce des pays orientaux ? Ses armées sont puissantes et nombreuses. Ne peut-il pas aider davantage le souverain pontife ?

Tout ceci est bien compliqué et je voudrais que ces conflits prennent fin, car je ne cesse de penser au prochain départ de François que, cette fois, le roi voudra emmener avec lui et ses jeunes compagnons d'armes.

Cette idée me désespère. Une lueur d'espoir s'inscrit cependant dans ces pensées un peu sombres tournées vers l'Italie. C'est le proche mariage de Marguerite. Avant son départ pour Gênes où il se trouve actuellement, le roi et moi avons longuement discuté des possibilités diverses qu'engendreraient ses épousailles et sommes enfin tombés d'accord sur le nom de son futur époux.

C'est un gentilhomme de la plus haute noblesse, fier soldat et valeureux combattant qui a déjà derrière lui plusieurs victoires et que Louis le douzième a su apprécier, encourager et, à présent, récompenser puisqu'il lui donne la seconde princesse du royaume, la première étant Claude !

Voici donc que fort joyeusement, et plus apaisée encore, je vous annonce le nom de ce jeune seigneur, c'est Charles d'Alençon. Oui ! Alix, ma fille va devenir la duchesse de cette puissante maison de France qui, depuis presque un siècle, pour des raisons d'ordre personnel, était l'ennemie de la maison d'Angoulême. Le roi semble ravi de rassembler l'Aquitaine et la Normandie en une puissance unique, et moi je suis soulagée de savoir que Marguerite ne quittera pas la France et gardera toujours un œil sur son frère.

Que vous dire d'autre sinon que ce mariage me comble, car ma fille ne sera plus considérée comme une parente pauvre du royaume, comme je l'ai été si longtemps. Dorénavant, elle aura les moyens de se défendre et pourra faire fructifier sa fortune.

Et Marguerite, allez-vous rétorquer, ma chère Alix, comment réagit-elle ? Je dois dire que ses yeux restent mélancoliques à l'idée qu'elle a perdu à tout jamais celui pour lequel battait son cœur. Devant son amertume, je lui ai rappelé ce qu'elle savait déjà, c'est qu'aucune autre femme ne serait plus dans les bras de ce gentilhomme. Que Dieu ait son âme !

Ma fille a toujours été sage, lucide et clair-voyante. Elle saura mener son chemin avec cet homme qu'elle ne connaît pas et qui lui apprendra les choses de la vie. Enfin certaines ! Ma fille est si savante en de multiples domaines que son mari, parfois, ne lui arrivera pas à la cheville. Mais c'est ainsi, je ne regretterai jamais de l'avoir éduquée intellectuellement comme je l'ai fait. Ses dons naturels ajoutés à ses brillantes connaissances lui seront utiles tout au long de sa vie.

Ma chère Alix, je vais vous quitter là, mais puisque je sais où faire parvenir mes lettres, je vous tiendrai au courant des événements qui se passent à Amboise.

Votre attentionnée Louise. »

Alix releva le menton et se mit à réfléchir, mais ses pensées s'envolèrent aussitôt, car on frappait à la porte de sa chambre. Une tête apparut.

— N'avez-vous besoin de rien, dame Alix ?

La jeune femme leva les yeux. Tania était devant elle, jeune, belle, séduisante. Elle arrivait toujours tel un chat silencieux, glissant, posant à peine les pieds par terre. Puis, elle fixait sur elle ses grands yeux verts et allongés comme ceux d'un félin et attendait que sa maîtresse décide.

— Non ! Tania, laisse-moi. Je n'ai besoin de rien.

Elle vit la jeune fille reculer lentement, hésiter. Tania était ainsi, elle ne repartait jamais brusquement. Elle attendait toujours quelques secondes de plus pour laisser à Alix le temps d'un éventuel rappel. Ce fut justement le cas. Avant qu'elle n'atteignît la porte, Alix lui demanda :

— Tania ! Sais-tu où est ton frère ?

— Oh ! Sans doute à l'écurie.

— Cela m'étonnerait fort, car Léo doit s'y trouver et il n'aime guère l'y rencontrer. Ils s'arrangent toujours pour ne pas s'y croiser.

— Alors, il doit être sorti.

Ah ! Pourquoi Théodore avait-il un tempérament si brutal, si hautain et agressif alors que sa sœur n'était que douceur et gentillesse ? Dans leur nature et leur tempérament, Tania et Théodore étaient à l'opposé l'un de l'autre. Tandis que la fille, consciente de sa chance, s'était parfaitement intégrée à la vie tranquille, équilibrée et généreuse de sa maîtresse, le garçon se montrait d'une intransigeance et d'une prétention que regrettait Alix.

— Tu lui diras qu'il vienne me voir dès son retour. J'ai à lui parler.

— Je l'informerai de votre désir, dame Alix.

Tania partie, Alix entendit Angela monter le grand escalier. Elle venait chaque soir l'embrasser. Ah ! Que son Angela était une douce jeune fille, à peine sortie de l'adolescence ! Tout juste seize ans. Elle comptait bien la marier avec Julio dont le sérieux et les compétences l'avaient conduit à diriger son comptoir en Val de Loire.

Angela entra dans la pièce et posa son regard sur le ventre distendu d'Alix.

— Comment va ce bébé-là ? fit-elle en s'approchant d'elle pour l'embrasser.

— C'est de la mère que tu devrais t'inquiéter, répondit Alix en riant. Ne me trouves-tu pas très grosse ? Il me semble que je vais éclater avant d'accoucher.

— Alix ! protesta la jeune Angela, ne vous plaignez pas, cet enfant sera vigoureux et solide. À voir la place qu'il prend déjà, je suis sûre qu'à peine sorti, il poussera déjà un cri de victoire.

— Tu le crois vraiment ?

— J'en suis sûre. Et puis, vous auriez une mine superbe s'il n'y avait cette petite lueur d'inquiétude au fond de vos yeux.

Elle s'installa près d'Alix en s'asseyant sur le bord du lit.

— Comment vais-je être dans un mois ? soupira la jeune femme.

— Vous serez sans doute libérée puisqu'il n'y a plus que trois semaines. Et Alessandro sera là.

Alix secoua la tête d'un air triste.

— Non ! Angela, Alessandro ne sera pas là. Je n'y crois plus. Il ne viendra qu'après la naissance de l'enfant. Peut-être même serons-nous repartis, je ne peux m'éterniser là si les combats se poursuivent. On parle de blessés et de morts. Venise se défend, l'atmosphère se tend et le siège de la ville va commencer. Dieu seul sait quand il se terminera.

— Ne vous inquiétez pas, Alix, je suis là et, vous le savez bien, je vous aiderai autant que je le pourrai. Je vous dois bien cela.

Elle sourit au regard chaleureux que lui renvoya sa compagne, puis tendit la main et désigna la fenêtre.

— Regardez comme il fait beau. La nuit n'est pas encore tombée et les roses trémières, dont la floraison est abondante et tardive, répandent tout leur parfum. Ne voulez-vous pas venir faire un tour dans les jardins ?

Mais à peine avaient-elles quitté la chambre et descendu les premières marches de l'escalier de pierre qui menait aux salles du rez-de-chaussée de la résidence d'Alessandro qu'elles entendirent la voix aux accents solennels du chambellan :

— C'est la jeune dame de La Trémoille, madame, qui désire vous voir.

— Constance !

— Oui, madame, Constance de La Trémoille.

Alix aurait voulu dégringoler rapidement l'escalier tant elle était heureuse de cette nouvelle, mais elle fit une grimace et se retint à la rampe pour ne pas glisser sur la pierre d'une marche.

Angela dut l'aider. Puis, elle se propulsa vers la porte d'entrée. Quelques secondes plus tard, Constance surgissait devant elle, toujours aussi séduisante, belle, radieuse et somptueusement vêtue. Dieu ! Qu'elle était heureuse de voir sa cousine, et tellement ravie à l'idée de passer d'agréables instants avec elle. L'absence d'Alessandro bousculait les projets qu'elle avait échafaudés. La compagnie de Constance, qui connaissait tous les marchands florentins, lui rendrait son enthousiasme et son envie de prospecter comme elle avait prévu de le faire bien avant son départ de Tours. Oui ! Avec Constance pour la guider, elle pourrait poursuivre le travail d'exploration et d'étude qu'elle avait commencé.

L'été se terminait, mais le début de l'automne s'annonçait chaud et sec, mêlant un air où l'âpreté de l'étouffante Calabre arrivait tout droit par le Sud. Le ciel défilait sans nuages et, dans la campagne environnante, les blés que l'on s'apprêtait à moissonner avaient pris cette couleur chatoyante fauve et dorée semblable aux cheveux soyeux des florentines.

— Alix ! fit Constance en s'élançant vers sa cousine. Que tu as grossi depuis que nous nous sommes quittées à Gênes !

Tandis que, discrètement, Angela s'était esquivée pour ne pas s'immiscer dans leur intimité, elles s'embrassèrent avec force cris impétueux et joyeux.

Enfin les deux cousines se séparèrent.

— C'est que cet enfant va bientôt venir au monde ! s'exclama Alix en soutenant son gros ventre. À me sentir aussi ronde et aussi lourde, je suis partagée entre deux sentiments.

— Deux !

— Oui, une forte inquiétude tournant à l'obsession, que je m'efforce pourtant d'oublier, à l'idée qu'Alessandro sera absent pour la naissance de l'enfant, et un infini soulagement à la pensée qu'il ne verra pas mon corps aussi déformé.

Constance opina de la tête.

— Il me semble, reprit Alix, que mes autres grossesses ne m'avaient pas alourdie à ce point. En quelques semaines, mon ventre a pris des proportions inquiétantes.

— J'ai appris le départ d'Alessandro et je le regrette vivement. Il aurait dû rester avec toi. Mais que veux-tu ma chérie, un homme est un homme !

Elle prit sa cousine par le bras.

— Tiens ! Je suis sûre que tu t'enfermes trop dans cette maison, nous allons sortir et voir du monde. Et, pour commencer, je t'invite demain.

— Et pourquoi demain ?

— Parce que je reçois des invités de marque. Il faut que tu les connaisses.

— Ah ! fit Alix d'un ton où perçait déjà le goût de l'ardeur et du plaisir revenus. Mais, dis-moi, depuis quand es-tu rentrée ?

— Je ne suis à Florence que depuis deux jours. À vrai dire, ce sont les événements qui m'ont fait rentrer.

— De bien tristes événements. Mais, cela dit, nous ne craignons rien à Florence.

Joyeuse, Alix l'entraîna dans le grand escalier qui menait à la chambre qu'elle venait de quitter, afin de pouvoir bavarder à leur aise. Craignant de les gêner, Angela était partie. Elles feraient une autre fois leur promenade nocturne dans les jardins.

— Ah ! Ces événements me bouleversent tout, soupira-t-elle. Seigneurs, banquiers, soldats, prélats, tous sont agités. Certains partent, d'autres rentrent. Quant à moi, je reste, impuissante et bloquée.

— Eh bien moi, je vais te remuer un peu.

— Oh ! se lamenta Alix, j'avais si peu prévu mon accouchement de cette façon-là. Je sens que je vais être délaissée comme les autres fois.

— Je suis là, protesta énergiquement sa compagne, Angela aussi, et c'est une gentille petite.

— Oui, elle est douce et généreuse. Chaque jour je me félicite de l'avoir tirée des griffes de ce monstrueux marchand qui l'exploitait et dont l'intention était d'attendre la fin de sa puberté pour profiter d'elle comme il profitait de sa mère.

— Et les jeunes Byzantins de Gênes ?

— Seule Tania est sage. Son frère est arrogant, prétentieux et agressif. Je ne sais pas si je pourrai le garder.

— Ne faudra-t-il pas que tu te sépares également de sa sœur ?

— Elle ne semble pas vouloir me quitter. Et je pense qu'elle réfléchit à son avenir en se disant qu'elle ne pourra pas toujours rester avec son frère. Tôt ou tard, il connaîtra une femme et ce jour-là, sa sœur devra s'écarter.

Elles s'étaient étendues toutes les deux sur le grand lit qui occupait tout le fond de la chambre. Les courtines tirées, attachées par des liens en satin broché, laissaient entrevoir le cadre en bois sculpté. C'était un lit quasiment royal, haut et large, avec deux marches recouvertes d'un moelleux tapis pour y monter. Ah ! Combien de nuits folles et voluptueuses y avaient passé les deux amants ? Alix ne pouvait effacer les images encore vives et brûlantes qui assaillaient sa mémoire.

Constance releva un peu le buste pour disposer un coussin dans son dos.

— Alix, révéla-t-elle soudain en reprenant une pose alanguie, j'ai vu Jean.

— Tu as vu Jean ! Ainsi Alessandro avait raison. Comment va-t-il, Constance ? Ah ! Que j'aimerais le revoir. Il faut que j'aille à Rome avant de rentrer en France.

— À soixante ans, Jean est plus jeune que jamais. Il a décidé de combattre aux côtés du pontife.

— Jean ne changera pas, murmura Alix, il est de tous les combats. Était-il avec Alessandro ?

— Ils étaient avec le saint pontife à Gênes juste avant que je parte. Voulant s'assurer de l'entière soumission des Gênois et se persuader qu'à présent ils ne fomenteraient pas quelque coup bas, ils s'apprêtaient à rejoindre les campements des Français aux abords de Venise.

— Alessandro a-t-il financé les armées du pape comme il le désirait ?

— Jean ne m'a rien dit à ce sujet.

— S'il l'a fait, pourquoi ne rentre-t-il pas ?

Constance eut un sourire moqueur à l'égard de sa compagne.

— Alix ! Comment peux-tu poser cette question alors que tu es dans les affaires toi-même. Ma chérie ! Ta passion t'égare. Tu sais bien qu'un banquier qui avance de telles sommes d'argent, et Dieu sait s'il en faut pour entretenir une armée, doit surveiller le complet déroulement des opérations. L'échec ou la victoire d'une bataille n'ont pas les mêmes répercussions financières.

— Évidemment, que je suis sotte ! répliqua Alix en posant sa main sur son front. Ah ! Que tout ceci me fait peur. Quand va-t-il rentrer ? Il m'avait pourtant promis de ne pas me quitter pour la venue au monde de notre enfant. Il aurait pu déléguer cette mission à un autre. Ce ne sont pas les intendants et les conseillers qui lui manquent. Et puis, le pape disposait d'autres banquiers à Florence pour le soutenir.

— Alessandro Van de Veere a dû être le plus convaincant.

— Il m'avait promis de rester avec moi.

— Alix ! reprocha doucement sa compagne. Alessandro n'est pas ton époux. Et puis, l'aurait-il été que ça n'aurait rien changé. Ne connais-tu donc pas les hommes ?

— Les connais-tu, toi ?

Constance se mit à rire.

— Certes ! Mieux que toi.

Alix la regarda, la bouche arrondie entre l'envie de rire et de protester.

— Même Jacquou n'était pas là quand tu as mis tes enfants au monde, et Dieu sait que sa présence aurait pu te réconforter devant la mort quasi instantanée de tes fils. Mais non ! Rien ! Point de Jacquou !

— Comment aurait-il pu faire ?

— Maître de Coëtivy s'acharnait méchamment sur ta jeune et innocente personne. Il aurait dû envoyer son père au diable et rester avec toi.

— Mais il était à Bruges pour obtenir sa licence de maître lissier.

— Bah ! Les hommes ont toujours un prétexte pour s'excuser. Alors, je t'en prie, ma chérie ! Dans cette affaire qui te concerne et qui, je le conçois, est aussi une affaire d'amour, efforce-toi de peser les avantages et les inconvénients. Je reconnais l'aide et la protection que t'apporte Alessandro Van de Veere, mais par tous les saints du ciel ! Ne reste pas follement amoureuse de lui. Cela ne t'apportera rien de plus, bien au contraire.

— Mais que faire ? gémit Alix d'une voix dépitée.

— Mets ton enfant au monde sans plus penser à lui. C'est le tien après tout. Crois-moi, Alessandro t'apportera le soutien financier pour l'élever, mais certes pas le sentiment profond que tu attends de lui.

— Et si tu te trompais ?

— Je ne me trompe pas. Il a déjà deux fils d'une épouse légitime, dont il n'assume que les frais – importants il faut dire – afférents à leur éducation, soignée, il faut le souligner aussi, et les sentiments viennent après. Pourquoi veux-tu qu'il réagisse autrement avec l'enfant d'une de ses maîtresses ?

— D'une de ses maîtresses !

— Alix ! Tu m'as confié toi-même qu'en Flandres on disait qu'il en avait une dans chaque port. Les hommes, crois-moi, savent aimer plusieurs femmes à la fois.

— Pas tous ! protesta la pauvre Alix de plus en plus décontenancée. Jacquou n'a aimé que moi.

— Il y a des exceptions, ma chérie ! Certaines femmes sont capables aussi d'aimer plusieurs hommes à la fois.

— Toi, par exemple ! Oh ! Constance. Tu ne me réconfortes guère, soupira la jeune femme et, pourtant, je sais que sur certains points tu as raison. Mais j'aime Alessandro, c'est ainsi et je n'y puis rien.

— Alors n'en parlons plus et parlons plutôt de cette invitation.

— Est-ce un dîner ?

— Je ne reçois pas de cette manière, beaucoup trop onéreuse pour moi. D'ailleurs, je ne dispose pas du personnel approprié. Mes invités ne prennent qu'une collation, un en-cas, quelques pâtisseries et des boissons fraîches.

— C'est bon, Constance, j'accepte.

Constance habitait près de la porte de Prato. Un lieu très animé. Par là, arrivaient les attelages, les cavaliers, les chevaux, les marchands et tous ceux qui, déliant leur bourse, pariaient sur les courses.

Une grande avenue débouchait sur les abords des pistes. Les alentours étaient en perpétuelle agitation et l'on entendait de partout des clameurs, des cris, des vociférations et, surtout, les trompettes de la ville annoncer les prochaines courses.

Alix comprit que si Constance vivait dans cette partie bien précise de Florence, c'est qu'elle y faisait un commerce serré avec les marchands et les chevaux de courses. Elle en possédait quatre parmi les plus fins et les plus rapides et recevait l'argent des parieurs les plus acharnés. Un rapport que, bien entendu, elle faisait fructifier, ajoutant les ducats de ses amants à ceux de ses chevaux.

Constance était l'une de ces courtisanes qui n'ont que peu d'amants à la fois, mais dont la situation lui permettait d'évoluer dans les sphères de la haute société italienne.

D'ailleurs, ce jour-là, la première personne que présenta Constance à sa cousine fut le gonfalonier Soderini, aussi puissant et fortuné qu'Alessandro Van de Veere.

— Nous nous connaissons, fit Alix en le saluant.

Et comme Constance paraissait surprise, Alix reprit :

— Nous nous sommes rencontrés dernièrement chez Alessandro Van de Veere.

Puis, elle s'avança de quelques pas en direction des autres invités que s'apprêtait à lui présenter sa cousine et poursuivit :

— D'ailleurs, c'est étrange, tes amis sont les siens, car je vois tous ceux que j'ai entrevus récemment dans sa maison.

Elle tendit ses deux mains.

— Maître Raphaël, je suis ravie de vous revoir.

— Hélas, quand nous nous sommes rencontrés, rappela le peintre, nous n'avons guère pu discuter des productions lissières, et j'espère qu'aujourd'hui nous en prendrons le temps.

— Cela me tient tant à cœur, maître Raphaël !

Puis, le sculpteur Pietro d'Ancona et l'orfèvre Cesare Rossetti s'approchèrent le bras tendu, le sourire aux lèvres, somptueusement vêtus de brocart et de satin broché. On ne savait lequel avait le plus riche pourpoint tant ils étaient incrustés de fils d'or et de pierres semi-précieuses.

— Nous sommes en terrain de connaissance ! s'exclama Rossetti en lui lançant un coup d'œil qu'Alix préféra ne point trop soutenir afin d'éviter une ambiguïté qu'elle ne voulait pas entretenir.

— Pas tout à fait ! fit Constance en s'approchant d'Alix. Voici le célèbre poète Bembo, que tu ne connais pas. Ses poèmes font de lui l'homme le plus lettré et le plus en vogue d'Italie.

Elle s'approcha de son oreille et chuchota :

— Il fut l'amant de la belle Lucrèce Borgia, et peut-être l'est-il encore. Elle a bien connu ma mère autrefois. Il paraît que je suis venue au monde à Rome, le même jour et dans le même couvent que son fils aîné.

Puis, quittant l'oreille d'Alix, elle poursuivit plus haut en désignant un homme vêtu richement et dont le visage s'éclairait d'un œil extraordinairement lumineux et vivace :

— Et voici Giovanni della Rovere, l'un des proches parents du pape Jules II.

De nouveau, elle frôla l'oreille de sa compagne en murmurant :

— Il fut le protecteur de Raphaël et, j'en suis sûre, l'est encore. Chaque fois qu'ils viennent ensemble chez moi, Giovanna Feltria, son épouse, n'est jamais avec lui. On dit qu'elle est jalouse.

Puis, elle s'écarta. Constance connaissait tous ces petits racontars de la société florentine et semblait s'en délecter. Elle aurait pu en citer d'autres à sa cousine, mais pour l'instant, elle devait assumer son rôle de parfaite hôtesse et, pour ce faire, désigna son dernier convive.

— Et voici un seigneur français dont tu as peut-être entendu parler, à moins que tu ne le connaisses déjà.

L'homme s'inclina devant Alix, dont le visage paraissait intrigué, tout en la jaugeant rapidement d'un œil amusé.

— Je suis l'un des nombreux neveux de Georges d'Amboise, précisa-t-il d'une voix charmeuse. Notre famille est grande. Moi, je suis Charles.

— Parlez-vous de Georges d'Amboise, le cardinal ? s'enquit Alix en soutenant son regard plus qu'elle ne l'avait fait avec Rossetti.

— Il n'y a qu'un seul Georges d'Amboise. Mais chacun sait que, mon oncle est davantage un homme de combat qu'un personnage d'Église. En cela, il est très proche du pontife.

— Mais comment peut-il être son ami, lui qui briguait tant la place du pape Borgia ?

— D'abord, belle dame, je n'ai pas dit qu'il était son ami. Ensuite comment savez-vous qu'il visait la place du pape ?

— Par mon oncle.

— Mais oui ! intervint Constance. C'est d'ailleurs le mien aussi, puisque Alix et moi sommes cousines.

— Et qui est cet oncle détenteur d'une telle information tenue secrète dans les milieux fermés ?

— Le cardinal Jean de Villiers.

— Ah ! Un personnage peu banal, semble-t-il, fit Charles d'Amboise, surpris à son tour par le nom de ce cardinal qui avait tant fait parler de lui en un temps lointain. N'a-t-il pas du sang turc, dit-on ?

— Son père était le sultan Mehmed II et sa mère Blanche de Villiers, une Tourangelle, seconde épouse de mon grand-père, qui était maître lissier à Bruges. Voilà ! Vous savez tout, Charles, dit Constance en souriant.

Dans toute cette assemblée, il était évident que c'était le gonfalonier Soderini qui paraissait jouir des bonnes grâces de Constance. Alix les surprit plus d'une fois la main dans la main et les yeux dans les yeux. Mais elle ne s'étonnait plus des comportements osés de sa cousine. Séduisante et bien éduquée, elle pouvait tout se permettre dans une cité comme celle de Florence, et surtout en un temps qui favorisait la liberté des femmes, car la Renaissance artistique et culturelle commençait à éclater en Italie de toutes parts.

— Puisque votre oncle est au combat, avez-vous des nouvelles de Venise ? s'enquit Alix, bravant le regard gris de Charles d'Amboise.

— Certes ! s'écria Bembo le poète qui, sillonnant toutes les routes, se tenait au courant des événements les plus marquants afin de les rapporter dans des textes et des poésies de circonstance.

— Les nouvelles sont-elles mauvaises ?

— Plus que cela, elles deviennent tragiques.

— Tragiques !

— Hélas, la ville est à feu et à sang. Les Vénitiens sont vaillants, ils refusent de capituler.

— Y a-t-il beaucoup de Florentins à Venise ?

— Autant que de Français, et votre oncle, belles dames, précisa Charles d'Amboise en se tournant vers les jeunes femmes, se bat au côté du mien. Il n'est pas bon d'aller voir ce qui s'y passe.

— Georges d'Amboise conduit toute la délégation française, précisa Bembo, et les armées de l'empereur d'Autriche les renforcent. Mais on dit que le doge Leonardo Loredan leur tient tête.

Se tournant vers sa cousine, Alix vit le gonfalonier Soderini passer son bras autour de sa taille et l'attirer à lui. Elle riait et se laissait faire. Personne n'en parut surpris et, soupirant sur son image qu'elle aurait aimé voir plus svelte ce soir-là, elle s'approcha du peintre qu'elle surprit à la regarder. Il lui semblait être le seul à la comprendre.

— Pourquoi Alessandro ne revient-il pas, le savez-vous, maître Raphaël ?

Il s'approcha d'elle jusqu'à la frôler et plongea ses yeux dans les siens. Il les avait clairs et allongés. De beaux yeux en amande bordés de longs cils noirs. Raphaël était un séducteur incontestable. Trop sans doute. Alix s'immobilisa. Il l'observait et cernait la détresse qui vidait son regard.

— Les quelques banquiers partis à Venise sont à l'abri, dit-il d'une voix apaisante. Ils ne sillonnent pas les champs de bataille. Ne soyez donc pas inquiète sur ce point. Tenez, venez plutôt me voir demain à mon atelier. J'y serai toute la journée. Nous parlerons de l'art et de la mode des œuvres lissières.

Il l'observa quelques instants. Raphaël avait un doux et tranquille visage, presque celui de ses modèles, où rien ne saillait, rien ne dérangeait, rien ne perturbait l'ordre des choses. Tout chez lui était à la mesure de la plénitude de la beauté.

— Après, précisa-t-il, ce ne sera plus possible, car je dois partir pour Rome afin de commencer le portrait de Federico Gonzagua.

— Cet homme n'est-il pas l'otage de Jules II ?

— En effet, on colporte ce bruit. Mais il est libre d'agir comme il l'entend au sein du Vatican.

Alix regarda Constance et vit une ombre de dépit passer dans ses yeux sombres. Comment pouvait-elle ne pas penser au duc Sforza qui, emprisonné au château de Loches, ne bénéficiait pas du même avantage.

Charles d'Amboise, qui sans doute était le seul à connaître la triste histoire, rompit le soudain silence en se tournant vers Alix.

— Connaissez-vous les ateliers qui jouxtent le château de Chaumont ?

— Pas du tout.

— Alors, pourquoi ne pas venir les voir lorsque vous serez rentrée à Tours ?

— Bien sûr. Sont-ils de grande importance ?

— Suffisamment pour y tisser les plus belles millefleurs qui soient. Il est étonnant que vous ne les connaissiez pas.

— À vrai dire, je me tourne en ce moment vers d'autres expressions et je laisse un peu « sommeiller » les millefleurs.

— Vers d'autres expressions ?

— Celles de la Renaissance.

Elle prit conscience que Raphaël l'écoutait avec attention.

— Mais que tissez-vous donc à Chaumont, messire d'Amboise ?

— Essentiellement des tapisseries se rapportant à des scènes seigneuriales. Notre château, qui se reconstruit peu à peu, reprend son allure d'antan, mais dans l'esprit de la Renaissance italienne. Mon père, Pierre d'Amboise, a rebâti les parties qui avaient été démantelées par le roi Louis XI.

— Démantelées !

— Hélas, il n'était pas bon d'aller contre la volonté de ce roi de fer. Mon père avait pris parti pour la ligue du Bien public et il en a été cruellement puni. Le roi a fait détruire toute une partie du château, qu'il a fallu reconstruire.

Charles d'Amboise n'était pas un damoiseau. Il avait près de quarante ans. Son oncle Georges d'Amboise en avait environ soixante. Richement vêtu, de belle apparence, une chevelure épaisse, entièrement grise, mais le visage jeune et sans rides apparentes, le duc d'Amboise avait beaucoup d'atouts pour séduire.

— Alors, c'est entendu, venez un jour à Chaumont voir mes ateliers de haute lisse, vous ne serez pas déçue.

— Notre lissière, dame Alix, signifia maître Raphaël, nous a montré quelques petites tentures qui sortent de ses ateliers. Ce sont de beaux ouvrages. Mais, si elle vient me voir demain, je la convaincrai qu'elle peut aussi se tourner vers d'autres techniques et d'autres formes de dessins. La tapisserie évolue, elle aussi.

— Je n'ai pas tissé que des scènes de cour, maître Raphaël. Quand j'ai quitté Tours, je travaillais sur des vierges et des personnages bibliques que m'ont dessinés les peintres Van Orley et Van Roome, et je travaille sur l'une des tentures qui s'intitule : *Auguste et la Sibylle*.

Le départ d'Alessandro troublait Alix. Désœuvrée tout à coup, sans l'appui auquel elle s'était si fortement habituée depuis qu'elle se trouvait à Florence, elle se sentait inutile, presque désillusionnée. Elle ne savait plus que penser. Malheureuse, l'était-elle ? Juste amère, assez lucide pour ne pas s'attarder pesamment sur un passé qu'elle ne cherchait pourtant pas à oublier. Alessandro était le père de l'enfant qu'elle mettrait au monde dans quelques semaines. Rien ne pouvait changer le cours de son histoire.

Le père de son enfant ! Comment ne pas y penser alors que, nonchalamment étendue sur le grand lit dans la chambre de son amant, elle rêvait encore. Devrait-elle quitter Florence après la naissance, si Alessandro tardait à revenir ?

Puis son esprit dévia sur Mathias, son fidèle ami, son compagnon des bons et mauvais jours, amoureux d'elle depuis toujours. Enfin, elle revit le frais et rose visage du petit Nicolas et eut soudain envie de revenir en Val de Loire. Elle rêvait si souvent à ses ateliers de Tours qu'il faudrait bien qu'elle se décide un jour à rentrer.

Pourquoi son amant était-il parti à Venise en pleine guerre où chacun tentait de s'attirer les bénéfices d'un commerce trop lucratif ? Une guerre menée par Louis XII, le pape Jules II, les soldats des Borgia, les mercenaires payés par Maximilien d'Autriche et les Florentins même qui, à présent, revendiquaient aussi leur part.

Depuis trop longtemps la puissance vénitienne était suspecte et surtout dangereuse aux yeux des souverains d'Europe. Ils s'enrichissaient beaucoup trop en commerçant librement avec les pays orientaux : Turcs, Égyptiens et Africains du Nord, ces infidèles qui offensaient les chrétiens. Et Louis le douzième profitait largement de ces conflits intérieurs pour asseoir ses positions à Naples et à Milan. Quant à lâcher le gros morceau de Venise, il aurait fallu être fou, d'autant plus que ses armées et toute son artillerie étaient déjà en place, prêtes à suivre les autres.

Et dans tout cet embrouillement, Alessandro avait été sollicité par le pontife Jules II, plus soldat que pape, pour avancer le lourd financement de ses propres armées.

Plus la jeune femme réfléchissait et plus elle pensait qu'elle devait éviter l'enlisement dans cette trop vaste chambre qui commençait à l'étouffer dès qu'elle y était seule. « Je suis grosse, soit, murmura-t-elle, mais je ne suis pas impotente, aussi vais-je sortir, et pas plus tard qu'à cet instant même. »

En quelques minutes, l'attelage fut prêt et Léo l'attendait au poste de conduite de sa voiture. Ils gagnèrent le centre de Florence, déambulèrent dans les artères principales. Puis Alix éprouva le désir d'aller vers les quartiers excentrés de la ville, où se tenaient diverses échoppes dont la nature allait du vêtement aux denrées alimentaires en passant par les relieurs, les teinturiers, les cordonniers et autres petits marchands de toutes sortes.

— Arrête-moi là, Léo. J'aimerais marcher un peu.

— La promenade à pied ne va-t-elle pas vous fatiguer, dame Alix ?

— Pas du tout. Regarde cette grosse borne surmontée d'une drôle de gargouille. Tu n'as qu'à m'attendre là.

Ils se trouvaient dans le quartier Amedeo, au sud de Florence, à l'écart de la ville, près de la Riviera Caracciolo qui donnait sur la baie, face au Castel dell Ovo. Un océan bleuté cerné d'un sable blond la séparait des remparts du château.

Ce n'était point le quartier des peintres, ni même celui des grands lissiers. Mais Alix se laissa séduire par les petites échoppes qui offraient leurs enluminures. De merveilleuses petites œuvres d'inspiration médiévale, avec des anges et des démons, des flammes et des fleurs, des oiseaux et des dragons, comme on en trouvait encore à Paris et dans le Val de Loire et qui, autrefois, avait inspiré les lissiers.

En passant au travers des échoppes, Alix fut attirée par les grands aplats d'or et d'azur qui recouvraient les fins parchemins. Elle entra, se présenta, se renseigna, discuta longuement. De licornes, elle ne voyait point, mais de fabuleux animaux qui emplissaient l'espace attiraient tant son attention qu'elle les rangea soigneusement dans un coin de sa mémoire pour les faire revivre, un jour, sur ses compositions.

Puis poussant sa promenade au-delà de la grande avenue Caracciolo, elle découvrit soudain les petits ateliers de basse lisse. Ils étaient peu spacieux et n'enfermaient que des métiers horizontaux disposés tout au long des quatre murs.

L'atelier duquel Alix poussa la porte ne comportait que des petites lisses d'où sortaient de pures créations faites de grosses fleurs aux tons bleus et ocrés, aux boutons à peine visibles et aux feuillages d'un vert tendre, si tendre qu'on aurait dit une feuillaison d'hiver perdue dans une nature estivale.

Elles s'enroulaient comme des feuilles d'aristoloche, cette plante étrange qu'Alix connaissait si bien et que son ami le chanoine André cultivait autrefois derrière le presbytère, dans son jardin de simples.

— J'ai tissé bien des fois ces grandes feuilles d'aristoloche, dit-elle au petit échoppier qui s'avançait vers elle.

L'homme était vieux et marchait courbé. Il avait dû voir bien des modes défiler dans les tentures et tapisseries, au cours de son existence de lissier.

— L'un de ces ouvrages vous intéresse-t-il ? Ils sont tous à vendre, répondit-il dans sa langue tandis qu'Alix s'était exprimée en français.

Pour lui être agréable, elle tenta de se mettre au diapason et articula lentement sa réponse en italien, mais l'homme sembla la comprendre et hocha la tête alors qu'elle expliquait :

— Je suis lissière en France, dans le Val de Loire. À Tours.

— Tours ! s'exclama le petit homme de sa voix chevrotante. J'y suis allé au temps de ma jeunesse.

Et, sans doute pour prouver qu'il disait vrai, il se mit à parler moitié français, moitié italien.

— Les fleurs n'étaient pas structurées comme aujourd'hui.

— Et le point était plus lâche.

— Tandis qu'à présent la texture dense et resserrée permet de reproduire tous les détails. Regardez ces feuilles comme elles s'enroulent autour de leur support.

À présent, Alix étudiait avec intérêt ce support dont le lissier parlait. Ce n'était pas une branche, mais un bras et une main de femme aux doigts longs et fins. Depuis qu'elle était à Florence et qu'Alessandro l'avait initiée à l'art de la Renaissance italienne, Alix avait noté que les corps dessinés, peints ou tissés à la façon des dieux grecs plaisaient infiniment aux Florentins.

— Cette main qui tombe dans l'espace en retenant les feuilles d'aristoloche est d'une grâce toute florentine, murmura-t-elle.

Et de nouveau, elle retint cette idée. Puis, elle observa les quelques vierges au fin visage et à la chevelure rousse qui se tenaient dans un coin, les portraits, les paysages qui se distinguaient cependant par leur rareté.

Alix se prit à rêver. La belle cité de Florence l'avait si bien accueillie qu'il lui était difficile de repartir précipitamment sans prendre le temps de la réflexion. Mais son cher Val de Loire lui manquait et l'image de ses ateliers où les hautes lisses tendaient les grandes œuvres lui revenaient cruellement en mémoire. Alors, elle se dit qu'elle n'avait plus rien à faire ici et qu'il lui fallait revenir en France pour s'occuper de ses affaires, de ses travaux et de ses ateliers.

Mélancolique, elle quitta le vieil homme et s'en fut retrouver Léo qui l'attendait près de la borne à la gargouille.

Demain, elle irait voir le maître Raphaël.

Oui ! La tapisserie évoluait et Alix s'en aperçut quand elle fut devant les cartons que dessinait Raphaël pour le Vatican. Ce qu'elle imaginait était encore très peu.

Pourquoi Jean de Villiers ne lui avait-il rien dit de cette métamorphose dans le dessin et la composition des formes et des symboles ? Pourquoi Jean ne lui avait-il pas parlé de cette transformation qui commençait à bouleverser le monde occidental ? Ne l'approuvait-il pas ? Alix sentit l'envie grandissante de quitter Florence pour se retrouver chez elle. Depuis qu'elle était là, elle avait accumulé des idées plein la tête. De nouvelles couleurs surgissaient en elle et, à présent, c'était de nouvelles structures, une autre façon de voir les tapisseries historiées. Les peintres italiens étaient si différents des peintres flamands. Même Van Roome en était éloigné.

L'atelier du maître Raphaël, vaste et lumineux, se situait en plein centre. On entendait les bruits au travers des grandes baies qui laissaient pénétrer la lumière dorée de la ville.

Quatre artistes peintres disséminés dans la grande pièce suivaient les instructions de leur maître. Puis, soudain, avisant le plus âgé d'entre eux, bien qu'il ne fût pas très vieux car il s'agissait vraisemblablement d'élèves, elle vit que son modèle était la jeune fille qui accompagnait Raphaël chez Alessandro avant son départ pour Venise. Elle posait presque nue.

— Vous êtes très belle, fit Alix en attardant son regard sur le modelé parfait de son corps.

Sa pose alanguie favorisait le galbe de la cuisse blanche et soyeuse que l'on voyait surgir d'un voile léger et transparent qui retombait à terre. La mince étoffe remontait souplement sur le buste, mais laissait voir en entier l'un des deux seins tandis que, par un savant plissé, elle laissait deviner le joli galbe du ventre.

L'autre jambe, nue elle aussi, mais relevée voluptueusement, révélait une fine cheville et un pied délicat que le peintre lui avait fait poser sur un tabouret recouvert de velours pourpre.

— Oui ! Je salue votre beauté.

Bien qu'elle se soit montrée désagréable avec Alix chez Alessandro, le modèle daigna sourire tout en jetant ses yeux arrogants sur le ventre difforme de la jeune femme.

Puis, sans rien ajouter, Alix s'approcha d'une grande table à tréteaux où s'alignaient des pots, des pinceaux, des huiles et des essences diverses, des couleurs écrasées avec des mortiers dans des coupelles de bronze, des chiffons saturés de taches et, serrés les uns contre les autres, des cartons vierges et d'autres noircis d'esquisses et de dessins.

Le jeune peintre lui en montra quelques-uns.

— Je crois que je vais m'inspirer de vos dessins pour réaliser *Auguste et la Sibylle*. Me permettez-vous de prendre quelques esquisses ?

— Je vais faire mieux, Alix.

Elle rougit un peu en entendant le prénom qu'il venait de prononcer d'une façon si peu conventionnelle. Pourtant, Alix ne sentait là aucune ambiguïté. Elle songea, le temps de quelques secondes, oui, quelques secondes fugitives, au peintre Dürer qui, autrefois, s'était odieusement servi d'elle, de son corps et de sa jeunesse parce qu'elle était désespérément perdue dans un monde dont elle avait tout à apprendre.

Puis, elle se mit à penser aussi à son ami le peintre flamand Van Orley, parti longtemps à Rome et souvent commandité par Jean de Villiers.

Raphaël fouilla dans tout cet amas qui débordait de la table, sortit quelques petits cartons dessinés et les tendit à la jeune femme.

— Prenez-les.

Elle leva sur lui un regard illuminé de joie.

— Combien me les vendez-vous si je les utilise ?

— Je verrai avec votre ami Alessandro.

— Non. Je veux être la seule propriétaire de ces cartons et les utiliser comme il me convient pour vendre, ensuite, les tapisseries qui en reproduiront les dessins, à qui je les destinerai.

— Et à qui pensez-vous ?

— Au futur roi de France.

— Celui que vous appelez François ?

— Exactement. Je ne veux pas qu'Alessandro s'oppose à ce souhait et pour cela, j'ai besoin que ces cartons m'appartiennent totalement.

Raphaël leva le sourcil.

— Où Alessandro pourrait-il placer les tentures qui reproduiraient mes cartons ?

— Mais dans les Flandres où il tient ses comptoirs de vente.

Têtue, elle secoua énergiquement la tête.

— Je vais vous les payer, maître Raphaël. Tous ! Et je vous les paierai le prix qu'ils valent.

Il ouvrit la bouche, mais elle le coupa :

— C'est ainsi. N'insistez pas. Dès demain, j'irai voir un bon courtier puisque Alessandro n'est pas là, et je traiterai avec lui. Vous aurez votre argent dans quelques jours au plus tard.

— C'est bon, je n'insiste pas.

Il fouilla de nouveau dans ses dessins, en sortit un de petite dimension et le lui tendit.

— Je vous offre celui-ci. Vous pourrez l'agrandir aux mesures qu'il vous plaira. Je l'ai appelé *Les Grotesques*[1].

— Il est superbe.

Alix regardait le curieux assemblage de motifs floraux mêlés d'arabesques et de petites têtes de personnages disséminées tout au long des larges bandes. Elles prenaient très curieusement la presque totalité du carton, ne laissant qu'un médaillon central de très petite dimension où un patriarche à demi-nu levait les bras au ciel.

— Je vous laisse le soin des couleurs, dit-il à la jeune femme qui observait d'un œil à la fois critique et émerveillé. Mais, à mon sens, j'y vois des teintes assez fondues.

— Des bleus légers, des beiges, des ocres pâles, soulignait déjà Alix en complète harmonie avec son compagnon.

— Des terres de Sienne et des verts qui, semblables aux bleus, tirent sur le gris, poursuivit le peintre en opinant de la tête. Vous avez tout compris, Alix. Ces tapisseries ne seront pas des millefleurs.

Les yeux d'Alix ne se détachaient plus des dessins. Ils s'y accrochaient avec une telle concentration qu'elle voyait déjà les tapisseries tendues sur ses

1. *Les Grotesques* étaient fréquemment utilisées dans les cartons que dessinait Raphaël. Elles s'ornaient de larges bordures décorées qui prenaient plus de place que le sujet central.

hautes lisses. Que dirait Mathias quand il verrait ces splendeurs ? Certes, il serait plus enclin au changement de style qu'Arnold qui se confinerait, elle en était sûre, dans le dessin traditionnel des millefleurs. Quant à Julio, plus jeune et plus ouvert aux nouvelles tendances, il chercherait sans doute à y introduire des motifs religieux ou à les historier de scènes bibliques.

À étudier les cartons de Raphaël, Alix comprenait que c'était l'inverse qu'elle devait reproduire : un motif floral dans un médaillon central cerné par une large bande reproduisant les scènes historiées.

— Maître Raphaël ! explosa-t-elle tout à coup. À être là dans votre atelier, à regarder, à voir et à comprendre ce que sera la Renaissance quand elle viendra en France, j'ai subitement envie de retourner travailler.

Elle fit un grand geste et désigna les élèves qui, devant leur toile, se préoccupaient de leur peinture.

— À me prélasser aux côtés d'Alessandro et, surtout, à attendre béatement cet enfant, j'ai tout laissé, tout oublié.

— Retournez à votre atelier, Alix. C'est le conseil que je vous donne. À présent que vous avez trouvé les idées, Florence ne vous est plus utile. Vous devez concrétiser maintenant tout ce que vous avez engrangé dans votre esprit.

Dehors, elle s'aperçut qu'elle ne lui avait même pas parlé des petits ateliers de Florence qu'elle était allée visiter et dont elle tirerait aussi parti. Mais l'essentiel restait dans sa mémoire. Elle savait à présent comment elle traiterait ses personnages. *Auguste et la Sibylle*, qu'elle reprendrait dès son retour, serait tissée selon ses dernières connaissances.

XXIV

Ce fut le jour où Alix décida de rentrer en France qu'elle apprit par Charles d'Amboise que son oncle le cardinal Georges d'Amboise était mort au combat et que plusieurs évêques français, dont Jean de Villiers et quelques hommes de finances dont le Florentin Alessandro Van de Veere, ainsi que les Français Briçonnet et Bohier, étaient tombés dans une embuscade tendue par les Vénitiens. Ils étaient une poignée d'hommes enfermés dans la ville et surveillés par les soldats du doge Leonardo Loredan.

— Je veux partir à sa recherche, Constance. Il faut le retrouver. D'ailleurs, je veux aussi aider Jean. Sans lui, je n'aurais jamais réussi à être ce que je suis aujourd'hui.

— C'est trop dangereux, Alix. Nous n'y arriverons pas et tu dois accoucher bientôt.

Mais Constance sentait sa cousine déterminée. Rien ne la détournerait de cette idée.

— Je ne suis pas seule, tu me l'as dit cent fois. J'ai confiance en Léo, et Angela m'accompagnera ainsi que Tania, qui ne peut rester là. Quant à Théodore, il faudra bien qu'il nous suive sinon il risque de ne plus revoir sa sœur.

Charles d'Amboise proposa de les accompagner puisqu'il devait se rendre sur les lieux afin de récupérer le corps de son oncle pour le rapatrier en France.

— Je vous remercie, seigneur d'Amboise. J'accepte votre offre. Elle facilitera notre route.

Alix décida sur-le-champ que les choses ne traîneraient pas et qu'ils partiraient dès le lendemain. D'ailleurs, Charles d'Amboise ne pouvait attendre plus longtemps. Léo s'affaira aussitôt à préparer la voiture. Quant aux chevaux, il savait que le lendemain, ils seraient frais et dispos. Le bouillant Hector ne rêvait que de grands galops et le vieux César ne refuserait pas une petite cavalcade sur les routes italiennes. Quant à l'alezan Jason et à la blanche Césarine, ils suivraient leurs compagnons sans rechigner.

À l'aube, tandis que les premiers rayons diurnes, encore bleuis de la nuit, filtraient au travers des arbres du jardin, Tania entra comme une furie dans la chambre d'Alix qui se préparait au départ, aidée par Angela dont la parole sereine rassurait la jeune femme.

Devant l'agitation et le bouleversement de Tania, et n'en comprenant pas la cause, Alix écarquilla les yeux. Tania sanglotait et se tordait les mains. Ses paupières étaient rouges et gonflées comme si elle avait pleuré toute la nuit.

— Mais qu'y a-t-il, Tania ? Pourquoi es-tu dans cet état ? Cela ne te ressemble guère.

La jeune Byzantine s'efforça de reprendre son calme.

— Je ne trouve pas Théo, dame Alix.

— C'est vrai. Il n'est pas rentré hier soir, précisa Léo qui arrivait lui aussi, troublé à l'idée que cet incident retardât l'heure du départ. Je ne sais pas où il est parti.

— Tu n'étais pas chargé de le surveiller, Léo, signifia Alix en se tournant vers son cocher dont la mine défaite perturbait sa bonne humeur habituelle.

Elle reporta ses yeux sur la jeune Byzantine.

— Tania ! s'écria-t-elle, si tu sais quelque chose, tu dois me le dire. Je ne te punirai pas, car tu n'es pas responsable des actes de ton frère, mais je veux savoir la vérité.

Tania, dont les sanglots s'étaient arrêtés, fondit de nouveau en larmes.

— Je ne sais pas, hoqueta-t-elle. Je vous assure que je ne sais pas.

Alix fit quelques pas dans la chambre.

— Eh bien, tant pis, nous partirons sans lui.

— Oui, oui ! coupa précipitamment Tania. Nous ne pouvons pas l'attendre. Peut-être nous rejoindra-t-il à Venise ?

Alix sursauta et dévisagea froidement la jeune fille.

— Pourquoi dis-tu cela, Tania ? Comment pourrait-il savoir que nous allons à Venise, puisque hier soir il n'est pas rentré et qu'il n'était pas au courant de notre départ précipité lorsqu'il a quitté la maison ?

— Oh ! gémit Tania, complètement affolée à l'idée d'avoir trop parlé, il a dû l'apprendre par quelqu'un alors qu'il était dans la ville.

— Même si cela était, qui lui aurait dit que j'avais décidé de partir aussi promptement ?

— Je… je ne sais pas.

— Tania ! Tu as vu ton frère et tu me caches quelque chose.

— Je vous assure que non, sanglota Tania.

Un bruit de pas précipité résonna dans l'escalier. Constance arriva en toute hâte, poussa la porte et pénétra dans la pièce.

— Le chambellan vient de m'avertir que vous attendiez Théodore. Si tu ne quittes pas cette maison dès à présent, tu manqueras Charles d'Amboise et autant te dire que, sans lui, tu cours à un échec. Il est bien le seul à pouvoir te faire pénétrer sur les lieux des combats. Or, tu le sais, Jean et Alessandro ainsi que tous les prisonniers détenus avec eux ne peuvent se trouver ailleurs.

Voyant qu'Alix hésitait encore, elle poursuivit :

— Laisse tomber Théodore, c'est un faiseur d'histoires et tu n'obtiendras jamais rien de lui. Si Tania ne sait rien, que veux-tu faire ? Tu le retrouveras de toute façon car il sera bien obligé, à un moment donné, de revenir vers sa sœur, soit par manque d'argent, soit pour une question purement affective, s'il a des sentiments pour elle.

Enfin, Alix suivit le jugement de sa cousine et se plia à ses instructions.

— Tu as raison. Il ne mérite pas que l'on s'inquiète pour lui. Je n'ai jamais bien ressenti ce garçon, Léo non plus d'ailleurs, et il n'avait pas tort. Pour l'instant, la meilleure chose à faire est de l'oublier.

— Allons, partons, fit Constance. Le seigneur d'Amboise ne va pas nous attendre.

— Comment cela « partons », comment cela « nous attendre ». Ne rentres-tu pas chez toi ?

Constance se planta devant sa cousine et lui prit le bras tout en le secouant énergiquement.

— Que crois-tu donc ? Que je vais t'abandonner en Italie alors que tu vas probablement mettre au monde ton enfant dans quelques jours, là, sur la route ? Es-tu folle ou inconsciente ? Ah, oui ! J'oubliais ! Tu es amoureuse. C'est différent.

Elle tendit la main et prit celle de sa compagne qu'elle serra affectueusement.

— Et je me débrouillerai mieux que toi sur les chemins de la Romagne que tu ne connais pas, même si nous profitons de la compagnie du seigneur d'Amboise. Tiens, regarde ! Ma voiture est dans la cour, elle suivra la vôtre.

Alix se jeta dans les bras de sa cousine.

— Oh ! Que je suis heureuse. Je n'osais te le demander, car ce voyage va être périlleux. Tu pourras peut-être nous quitter dès que nous aurons atteint le nord de la Romagne. Après Ravenne, la route sera sans doute dégagée si les armées sont toutes campées autour de Venise.

— Tu dis n'importe quoi, Alix, fit Constance en haussant l'épaule. Plus nous approcherons de Venise, plus les risques seront grands.

Puis, arrivées devant le perron de la cour, elles s'avisèrent soudain que Charles d'Amboise les attendait monté sur son cheval.

— Nous partons, lui cria Constance.

Charles d'Amboise semblait affecté par le décès de son oncle. De tous les neveux d'Amboise, il était certes le plus proche de cet homme que haïssait tant Louise d'Angoulême. La famille avait perdu récemment un autre de ses membres, Louis Chaumont d'Amboise. Vieux soldat attaché à Louis XII, il avait aussi combattu aux côtés de Charles VIII. À présent, la famille d'Amboise n'était plus représentée que par une jeune génération, dont l'un des aînés était Charles.

Passant par la côte, ils ne furent nullement gênés sur la route qui longeait l'Adriatique entre ciel, collines, rochers et océan d'un bleu intense, mais ils constatèrent que le peuple s'était terré dans les maisons et qu'aucun paysan ne se trouvait dans les champs. Pas plus d'ailleurs qu'un pêcheur ne se trouvait sur la grève. Cela paraissait étrange.

La voie étant ainsi libérée, ils arrivèrent le soir même à Ravenne, où les premiers incidents se firent ressentir. Dans l'obligation soudaine de bifurquer sur Bologne, ce qui ne les arrangeait guère, ils commencèrent à éprouver quelques inquiétudes sur la poursuite de leur voyage.

— Seigneur d'Amboise, fit remarquer Alix, je pense que nous allons vous gêner fortement. Vous devriez vous faufiler plus aisément seul avec votre cheval. Ah ! Si je ne me sentais pas aussi lourde, j'aurais chevauché Hector sans plus attendre et je vous aurais suivi là où vous allez. Vous ne vous en seriez même pas rendu compte. Avec un bon cheval, je sais me glisser n'importe où.

Il la regarda longuement et, sur ses lèvres, apparut un sourire légèrement ironique. Alix esquissa une légère grimace.

— Mais hélas, regretta-t-elle en soupirant, mon état m'empêche de réaliser ce que je souhaiterais faire.

— Pour l'instant, dit Charles d'Amboise en détournant d'elle son regard, nous ne pouvons que persister en direction de Venise puisque c'est notre but. Or, je pense que nous ne pourrons atteindre la ville qu'en bifurquant vers Mantoue. Là, je vous dirai mes intentions.

À Mantoue, ils apprirent que Louis XII avait proclamé depuis longtemps la déclaration de guerre à tous les habitants, et c'était bien pour cette raison que personne ne sortait des maisons ou se hasardait dans les champs. Le doge Loredan avait eu beau rappeler les anciennes alliances de Venise avec la France, rien n'y fit. La puissance romaine était derrière, et Jules II veillait à ce que tout se passe selon ses intentions. Le soldat-pape se faisait d'ailleurs de plus en plus violent et de moins en moins tolérant.

Aux portes de Mantoue, les lanciers barraient la route. Léo et le cocher de Constance durent arrêter les voitures et attendre que Charles d'Amboise force un barrage et s'avance vers deux hallebardiers qui pointaient leurs lances dans sa direction.

— Abaissez vos armes, je suis le seigneur Charles d'Amboise et je cherche à regagner Venise pour voir notre roi Louis XII. Mon oncle Georges d'Amboise est mort au combat et je dois récupérer son corps pour le ramener en France.

À ce nom, les lances s'abaissèrent.

— Le roi n'est pas à Venise. Il est à Agnadel, sur la rive de l'Adda. Vous devez traverser Ferrare en évitant Bologne où les canons explosent. Et n'entrez pas de force à Mantoue, l'atmosphère y est trouble et si l'on ne s'y bat pas, cela ne saurait tarder. Tous ceux qui passent en trompant notre vigilance sont arrêtés. Le marquis de Mantoue, qui vient d'être nommé par Jules II gonfalonier de l'Église, ne fait aucune différence entre Français et Vénitiens.

— Mais le marquis de Mantoue n'était-il pas l'ami du roi ?

— Plus personne, à l'exception du duc de Ferrare, n'est l'ami des Français, même pas les Florentins qui pactisaient avec Louis XII.

Alix, qui venait d'entendre le mot « florentin », sauta de la voiture et s'approcha de Charles d'Amboise.

— Mais alors, pourquoi le gonfalonier Alessandro Van de Veere, de Florence, est-il retenu prisonnier quelque part dans cette région avec le cardinal Jean de Villiers ? Ils ne devraient pas être ensemble.

Alix vit la hallebarde se pointer vers elle.

— Qui est-ce ? hurla le garde.

— C'est une lissière du Val de Loire qui vit à Tours, le renseigna d'Amboise.

— Pourquoi est-elle ici ? fit le soldat dont la méfiance s'accentuait tandis que son compagnon dirigeait aussi sa lance vers elle.

— Nous recherchons notre oncle, le cardinal Jean de Villiers, s'écria Constance qui accourait pour défendre sa cousine. Pourquoi le pape ne le libère-t-il pas puisqu'il fait partie du Vatican ?

— Les prisonniers de l'embuscade dont vous parlez sont séparés à ce jour. Les cardinaux ont réintégré Rome. Seuls les banquiers français sont restés entre les mains des Vénitiens.

— Et le banquier florentin ? s'enquit Alix en tremblant.

— Peu importe ! intervint Charles d'Amboise qui sentait que l'insistance d'Alix allait tout faire basculer dans un sens qui ne leur serait plus favorable.

— Comment, peu importe ? s'écria la jeune femme hors d'elle. Soit, je recherche Jean de Villiers, mon oncle, et vous nous dites qu'il est libéré. J'en suis heureuse. Mais je recherche aussi le gonfalonier Alessandro Van de Veere, qui est le père de l'enfant que j'attends.

Elle se rendit compte aussitôt qu'elle venait de se perdre. Elle vit les lances avancer vers elle en même temps qu'elle aperçut Angela sauter de la voiture pour venir se ranger à son côté.

— Celui dont vous parlez est en fuite, ricana le plus grand des soldats, et comme tous les fugueurs, il va se rompre le cou avant que les soldats du doge de Venise le rattrapent, à moins que ce ne soit ceux du roi Louis XII, qui ne pactisent plus avec les Florentins.

Puis, approchant sa lance jusque sous le cou d'Alix, il cria à la rangée de soldats français qui se trouvait derrière lui :

— Saisissez cette femme, pour nous elle ne peut être qu'une espionne.

— C'est faux ! s'écria Constance dont le visage était devenu pâle comme celui d'une morte.

— Quittez ces lieux, seigneur d'Amboise, fit le lancier qui venait de donner l'ordre de saisir Alix, et regagnez Agnadel par Ferrare. Les hommes de Ferdinand d'Aragon vous ouvriront la route. Allons ! Partez et laissez-nous cette femme.

— Non ! s'écria Angela.

— Qui est celle-là ?

Le soldat se rapprochait, menaçant.

— Ma… ma servante, jeta Constance, sans trop savoir ce qu'elle devait dire ou non, risquant de sauver l'une, mais de perdre l'autre.

— Et elle ? fit le soldat en désignant Tania qui tremblait de tous ses membres et qui, ne sachant trop comment son destin allait se dérouler, était descendue de voiture.

— Une esclave ! s'écria Léo avec vigueur.

Il en voulait soudain au monde entier à l'idée qu'on allait emprisonner Alix. Mais mieux valait, se disait-il, que ce fût la Byzantine qui restât prisonnière plutôt qu'Angela à laquelle il était très attaché. À vrai dire, il n'avait pas réfléchi qu'Angela serait sans doute plus précieuse à Alix lorsqu'elle mettrait son enfant au monde, que Tania en qui il n'avait qu'une confiance limitée, même si elle se montrait gentille et dévouée envers sa maîtresse.

— Alors, si c'est une esclave, qu'on la laisse avec cette femme. C'est tout ce qu'elle mérite.

— Partons, murmura Charles d'Amboise à l'oreille de Constance. Pour l'instant nous ne pouvons rien faire d'autre. Par la suite, nous tenterons de l'aider. Je vous promets de m'en occuper personnellement. Je suis un soldat et je sais comment faire.

Comme Constance hésitait, il poursuivit à voix basse :

— Repartez à Florence, Constance. Je veille sur elle et je vous donnerai des nouvelles.

Alix et Tania furent aussitôt bâillonnées, ligotées et jetées dans un chariot que le cocher conduisit à un train d'enfer sur les routes qui menaient à Bologne.

Elles ne purent définir combien de temps elles restèrent enfermées dans cette voiture inconfortable. Elles distinguaient un mince filet de nuit qui filtrait par une fente de la paroi. Plus loin, un orifice bouché par un vieux chiffon sale ne laissait rien passer.

Elles restèrent ainsi deux jours, peut-être trois, sans manger, sans boire et sans personne pour venir leur expliquer l'insoutenable situation. Parfois, elles sombraient dans un sommeil comateux qui leur laissait au moins un répit pour oublier leur position inconfortable, et surtout la douleur de leurs membres momentanément engourdis.

Quand elles étaient éveillées, les deux jeunes femmes n'avaient que leurs yeux affolés pour communiquer, mais leurs deux regards s'entrecroisaient sans rien pouvoir se dire. Pourtant, celui d'Alix cherchait à faire comprendre à sa compagne qu'un bruit sourd lui arrivait aux oreilles. Oui ! Un galop sur la route, derrière la voiture qui les conduisait elles ne savaient où.

Mais Tania ne semblait pas se préoccuper de ce galop et lorsque les forces lui revenaient, elle se démenait comme un diable pour tenter d'ôter ses liens. Gênée par la lourdeur de son corps, Alix ne pouvait trop remuer sans risquer de sentir les crispations qui commençaient à la prendre et à l'inquiéter sérieusement. Alors, elle restait immobile, réfléchissant aux paroles qu'elle avait entendues dans la bouche des soldats.

Pourquoi Alessandro n'avait-il pas financé les armées de Jules II ? Que s'était-il passé pour qu'il osât faire un tel affront au pape ? Ce pontife si violent et si peu tourné vers la clémence allait le poursuivre de sa haine mortelle. Pourquoi un tel revirement ? Elle se creusait la tête, mais aucune réponse ne pouvait atténuer ses angoisses.

Seule l'idée que le cardinal de Villiers ait pu réintégrer le Vatican sans qu'il lui soit arrivé malheur la réconfortait. Elle savait que si, parfois, Jean de Villiers savait manier l'arme et le poing, il savait aussi doser la mesure de ses propos, de ses jugements et de ses actes. Jean de Villiers était l'homme de tous les combats, mais aussi celui de toutes les alliances et les traités de paix.

Aux portes de Bologne, Alix comprit pourquoi les soldats avaient conseillé à Charles d'Amboise de ne pas entrer dans la ville. L'agitation se fit sentir de toutes parts. L'atmosphère était chaude, sournoise, tendue. Les vingt mille fantassins du roi de France restaient camouflés on ne savait où, arbalétriers, archers, lanciers, canonniers, tous prêts à se battre avant de repartir sur Agnadel où, soi-disant, campait le roi. Mais rien n'était plus faux. Louis XII se trouvait en cette place forte comme il s'était trouvé quelque temps plus tôt à Bergame, Brescia, Crémone, Vérone, tout comme à Venise qui résistait, mais ne succomberait pas à l'assaut.

Le galop qu'Alix entendait derrière le chariot se rapprochait. Il n'était point possible que Tania l'ignorât. Il fallait dire qu'entre les bruits des sabots du cheval, on entendait le grondement des canons et les cris des fantassins qui, au loin, se battaient couteau à la main. Le galop se répercutait dans la tête d'Alix. Pourquoi ce cavalier persistait-il à ne pas vouloir dépasser leur attelage ? Se pouvait-il que ce fût Charles d'Amboise ? À cette idée, un élan d'espoir vint encourager la jeune femme.

Puis, soudain, ce fut le chaos. Le trou noir, le précipice dans lequel, juste avant de sombrer, on ne sait plus distinguer le vrai du faux. Alix perdit l'équilibre et le sens des réalités. Un boulet de canon était venu heurter leur chariot.

Le cocher fut éjecté et la voiture chavira et se retourna sur le côté. Les deux prisonnières furent prises de la même panique. Un hurlement étouffé sortit de leur bouche. Alix crut qu'elle allait s'évanouir, mais la douleur qui traversa son ventre la ranima et la sueur qui coula sur son front était une sueur de peur, celle d'un vertige qui, d'un instant à l'autre, pouvait la faire sombrer dans un coma total.

En heurtant violemment la paroi gauche du chariot, le boulet l'avait disloqué, éventré, et la voiture gisait comme un cadavre dans l'ornière. L'élan qui l'avait projetée sur le bas-côté de la route avait propulsé les deux jeunes femmes à l'extérieur et elles étaient venues s'écraser comme deux paquets de chiffons sur un tapis d'herbe fraîche. C'était là une chance qui les avait sauvées. Un arbre, un mur, la rivière, le moindre obstacle inattendu les eût tuées aussitôt.

Soudain deux hommes bottés, casqués, lances à la main, s'approchèrent d'elles. Impuissante, Tania avait des larmes plein les yeux. Elle regardait Alix qui se tordait, étendue sur le sol près du chariot démantibulé gisant dans l'ornière. Le choc qu'avait occasionné le boulet du canon les avait assommées.

Attiré par les hurlements étouffés d'Alix, l'un des soldats remarqua son ventre distendu. Elle se tordait de douleur.

— Mais cette femme est enceinte !

Sans même consulter son compagnon, il ôta son bâillon, mais laissa les liens qui attachaient ses poings et ses chevilles.

— Je veux voir le roi de France ! cria aussitôt Alix qui, en avalant une grande bouffée d'air frais, reprit rapidement des forces.

— Le cocher que nous avons retrouvé déchiqueté par le canon était un soldat, répliqua le hallebardier en posant sa lance sur le sol, ce qui veut dire que vous êtes une prisonnière. Alors, expliquez-vous, madame.

— Je suis française. On m'a prise par mégarde alors que nous étions en compagnie du seigneur Charles d'Amboise. Aussi, je vous prierais de nous libérer sur-le-champ.

Certes, Alix n'allait pas recommencer l'erreur qu'elle avait commise en parlant du Florentin Alessandro. Elle tairait donc son nom pour tenter de sauver sa vie et celle de son enfant. Puis, elle eut un vertige, dû sans doute aux trop fortes émotions, quand elle aperçut le soldat ôter ses liens.

— Détachez aussi ma servante.

Elle n'eut pas le temps de voir la suite, un cri fulgurant déchira sa poitrine. Alix porta les deux mains à son ventre. Comment aurait-elle pu distinguer ceux qui se penchaient sur elle à ce moment-là, alors qu'elle perdait les eaux et qu'elle sentait l'enfant descendre ?

Le cavalier qui les suivait et dont elle entendait les pas du cheval depuis leur départ de Mantoue, s'approcha. Tania porta la main à sa bouche pour ne pas crier. Elle venait de reconnaître son frère. Derrière lui se tenait une femme vêtue d'une large et longue cape noire. Elle descendit de cheval et s'approcha d'Alix.

— Laissez-moi, fit-elle d'un ton impératif en écartant les soldats, je suis une accoucheuse et je vais sortir cet enfant du ventre de sa mère.

— Non ! cria Tania.

Sa bouche que le bâillon n'encombrait plus resta ouverte. Elle cria de nouveau et se jeta contre le buste de son frère.

— Non ! Je t'en prie, Théo. Laisse-lui son enfant. Elle ne mérite pas ça. Elle est bonne avec moi. Et elle ne te veut aucun mal.

Le jeune homme repoussa doucement sa sœur. L'étrange femme, dont le visage était de marbre, s'approcha de lui et, fixant ses yeux où l'inquiétude commençait à paraître, lui ordonna à voix basse :

— Dis-lui de se taire, Théo ! Dis-lui de se taire où je te plante là sans rien faire. Je ne veux pas attirer la méfiance de ces hommes. Ta sœur vient déjà de les alerter. Cela suffit, non ?

Puis, se tournant vers les soldats, elle lança froidement :

— N'avez-vous donc jamais vu une femme accoucher ? Allons ! Écartez-vous, messires, et laissez-moi faire mon travail.

— Non ! s'écria de nouveau Tania. Théo, je t'en prie !

Deux gifles retentirent sur les joues de la jeune byzantine. La femme lui lança un regard de glace.

— Cela te suffit-il ou en veux-tu deux autres ?

Puis, elle se tourna vers Alix qui hurlait, tant la douleur empoignait son ventre. Autour d'eux, l'agitation devenait brûlante. Une autre explosion se fit entendre. Le souffle les frôla de peu et le boulet du canon atteignit les deux soldats qui furent projetés dans l'espace pour retomber un peu plus loin, sanguinolents et déchiquetés.

Tania vit des silhouettes passer, des chevaux tomber, des corps exploser. On criait que des renforts arrivaient. Quels renforts ? Qui était qui ? Des Suisses à la solde de l'empereur d'Autriche, des mercenaires à celle du duc de Ferrare ou des combattants français ?

Sans plus se préoccuper des événements qui l'entouraient, des cris, du sifflement des flèches et du roulement des canons, la femme écartait les cuisses d'Alix et les relevait sans douceur. Après un court évanouissement, celle-ci reprit ses esprits et hurla de peur et de douleur. Entre deux soubresauts, quand une accalmie arrivait, elle murmurait les prénoms de Constance, d'Angela, de Tania, sans plus savoir qui était auprès d'elle. Elle se surprit même à prononcer le nom de Jacquou. Ah ! Pourquoi le ciel ne lui imposait-il que des accouchements sinistres ?

Elle avait à peine quinze ans lorsque son premier enfant était venu au monde au vieux château de Cognac et Louise d'Angoulême, à qui elle avait ramené un mari à moitié mort, tombé de son cheval et agonisant sur la route, n'avait rien pu faire pour sauver l'enfant trop chétif.

Quelques années plus tard, alors qu'elle était de nouveau enceinte et que Jacquou, son époux, venait de mourir d'une terrible peste qui sévissait sur tout le pays, son deuxième enfant avait à peine vu le jour. La trop grande faiblesse de la mère avait entraîné la mort du nouveau-né.

Et voilà ! Pour la troisième fois où elle mettait un enfant au monde, d'autres horreurs surgissaient en plein cœur de ces désastreuses guerres italiennes qu'alimentaient farouchement les rois de France.

Les canons grondaient aux portes de Bologne jusque dans la lagune abritant les États de Venise qui attendaient l'offensive.

Un troisième tir de canon, que les Vénitiens auraient pu prendre pour un feu d'artifice, car la puissance de leur artillerie était dix fois plus forte, emporta tout de même une poignée de lansquenets allemands qui semblaient vouloir se diriger vers les portes de Bologne. Ils furent propulsés, déchiquetés et retombèrent en charpie sur la terre sèche d'un chemin de campagne. Les canons étaient tirés d'une colline avoisinante pour forcer les lourdes portes de la ville.

Plus l'enfant descendait, plus l'esprit d'Alix vacillait. Elle sentait les mains froides de cette femme sur son ventre. Puis, elle hurla, baissa les yeux et reconnut quelques secondes le visage de Tania qui, levant la main, lui caressa le visage.

Enfin, le cri de son bébé la fit hurler de joie tandis qu'elle sombrait dans un profond coma qui l'empêcha d'entendre ce que disait l'insensible femme.

— Elle a des jumelles, à moins que l'autre enfant soit un garçon. Je sens qu'il est en train de descendre. Que fait-on ?

— C'est inespéré ! s'exclama Théodore en se tournant vers sa sœur.

— Non ! cria Tania. Non ! Tu n'as pas le droit.

Elle se jeta sur son frère et voulut le secouer, mais elle ne réussit qu'à frapper son buste de ses poings inoffensifs. Théodore la repoussa plus violemment qu'il ne l'avait fait la fois précédente. Elle fut surprise de son geste brutal et se mit à gémir.

— Laisse-moi, vociféra-t-il à l'adresse de sa sœur. Tu n'as pas besoin d'argent, toi !

Ce « toi » la glaça tout entière. Elle l'écouta poursuivre le plan abject qu'il exposa d'un ton sec et intransigeant et d'où, hélas, ressortait une conclusion irrémédiablement mise au point. Devait-elle, par sa dénonciation, envoyer son frère aux galères ? Ce frère qu'elle aimait tant et qu'elle n'avait jamais quitté.

Dans quel affreux dilemme se trouvait-elle plongée ? Elle aimait dame Alix et se complaisait à lui trouver les qualités qu'avait sa mère. Mais elle se refusait à dénoncer son frère. De toute façon, qui l'entendrait si elle se mettait à hurler qu'un esclave byzantin, acheté par une Française, était en train de lui voler ses enfants pour les vendre ?

Autour d'eux, on se déchirait, on se transperçait, on vivait sa dernière heure. Les soldats passaient, repassaient auprès d'eux, trop préoccupés à sauver leur propre vie. Pour Théodore et cette femme sans scrupule, le lieu, le moment étaient idéaux pour accomplir leur forfait. Qui les voyait, qui les entendait ?

Les douleurs qui reprirent Alix la réveillèrent de son coma. Elle était épuisée, sans force, sans éclat dans les yeux. Tania courut à elle et se pencha sur son visage.

— Dame Alix, murmura-t-elle, ne vous inquiétez pas, tout va bien.

Elle tourna la tête et vit un groupe de cavaliers qui chevauchaient serrés les uns contre les autres comme s'ils voulaient éviter, par l'obstacle de leur corps, qu'un boulet de canon les séparât. Seul, un cavalier chevauchait devant eux. Tania reporta ses yeux sur Alix mais celle-ci retomba sans connaissance.

Puis, un bruit se fit dans son dos, non pas l'explosion d'un boulet de canon, non pas le sifflement d'une flèche, ni le cri déchirant de celui qui s'apprête à mourir. C'était une voix que Tania aurait reconnue entre mille, même sans l'avoir beaucoup entendue, une voix dont le possesseur allait peut-être les sauver.

— C'est elle ! C'est une Française, je vous l'assure.

— Seigneur d'Amboise ! cria Tania.

Puis, elle vit l'horrible femme saisir promptement le nouveau-né déposé sur le ventre d'Alix.

— Non ! cria Tania dans une ultime tentative.

Mais il était trop tard. Mieux valait ne pas attendre et emporter tout de suite le premier-né. Dommage, il ne pleurait pas. Cela aurait attiré l'attention des cavaliers.

— Seigneur d'Amboise ! Dame Alix accouche.

— Dieu soit loué, jeta le cavalier à ses compagnons qui s'approchaient. La voici. Il faut qu'elle rentre en France le plus tôt possible.

Aucun des cavaliers ne vit la sombre silhouette féminine fuir avec l'enfant, puis sauter sur un cheval impétueux que conduisait un jeune Byzantin.

Tania se retrouvait seule et ne savait que faire. Un quart d'heure à peine s'était écoulé depuis la naissance de sa première petite fille, que la jeune femme se remit à crier.

— Alix ! hurla Tania. Réveillez-vous. L'enfant arrive.

La position d'Alix, dénudée jusqu'au ventre et ses jambes relevées, ne semblait pas gêner les cavaliers. Un accouchement était un accouchement et, en ces époques où tant d'enfants mouraient en bas âge, lorsque l'un d'eux pointait sa tête en dehors du ventre de sa mère, même en temps de guerre parmi les canons qui éclataient, les flèches qui fusaient, les chevaux qui tombaient et les morts qui jonchaient le sol, il fallait tout faire pour qu'il vive.

— Il faut que cet enfant arrive ! décréta Charles d'Amboise. Aidez-le donc au lieu de pleurer comme une fontaine, poursuivit-il d'un ton sec en secouant la pauvre Tania.

La jeune fille réprima un hoquet. Voilà que cet homme se mettait à la houspiller. Elle s'approcha d'Alix et pria le ciel que l'enfant s'expulse de lui-même et qu'elle n'ait plus qu'à le cueillir comme l'avait fait tout à l'heure cette odieuse femme.

— Allons ! Poussez ! cria un cavalier, saisi par l'étrange déroulement des faits.

— Oui ! Poussez ! cria un autre. Poussez, que diable !

Charles d'Amboise observait calmement la scène en s'efforçant de penser que la silhouette de cette femme, redevenue svelte et mince, devait être séduisante.

— Regardez, l'enfant arrive !

Oui, la deuxième fille d'Alix arrivait tout doucement. Tania tremblait de tous ses membres. Elle saisit l'enfant à l'instant même où Alix ouvrait les yeux. C'était étrange comme elle ne souffrait plus. Une grande quiétude s'emparait d'elle. Mais que s'était-il donc passé ? Par deux fois elle avait failli mourir.

— Mordieu ! s'exclama l'un des cavaliers, c'est une fille. Et une belle fille.

Charles d'Amboise prit Tania par le bras. Que voulait-il encore ? Il détacha son couteau de sa ceinture et le lui tendit.

— Il vous reste une chose à faire. Faites-la.

Et Tania, s'armant de courage, dut accomplir le geste qu'avait réalisé tout à l'heure la complice de

Théo. Elle leva les yeux pour ne rien voir et coupa le cordon.

— Le cri, insista d'Amboise. Le cri !

Il avait tant de fois vu son épouse accoucher qu'il savait que sans cri, il n'y avait point de vie.

— Quoi, le cri ?

Haussant l'épaule, Charles d'Amboise prit la fillette par les pieds et la suspendit en l'air. L'enfant poussa un hurlement et chacun se mit à rire.

Alix, que Tania avait vite recouverte de sa robe, reprenait pleinement ses esprits.

— Tania, l'autre enfant, où est-il ?

La jeune fille se sentit frémir. Ses genoux s'entre-choquèrent et la sueur coula sur son front.

— Quel autre enfant ?

— Celui que j'ai entendu crier tout de suite quand il est sorti de moi. Oui ! Je l'ai senti sur mon ventre.

Charles d'Amboise s'approcha d'elle et prit sa main.

— Il faut vous reposer à présent. Ces émotions vous ont épuisée, mais vous avez une très jolie fille. Vous verrez, demain tout ira mieux. Nous allons quitter l'Italie par le duché de Milan, puis par celui du Piémont. Je m'engage à vous ramener jusqu'à Tours. Ne vous inquiétez pas, c'est à quelques lieues de Chaumont.

Obstinée, Alix reprit, le front têtu, les yeux hors de la tête.

— Mon autre enfant, où est-il, je veux le voir !

Cette fois, d'Amboise leva le sourcil. Cette femme délirait-elle vraiment ?

Voulant faire diversion sur ce propos qui paraissait pour le moins étrange, le cavalier qui s'était occupé des opérations s'écria joyeusement :

— Madame, il n'y a qu'un seul enfant. C'est une fille et celle-ci deviendra aussi belle que sa mère ou je ne m'y connais plus. Ah ! Mordi ! Qui en est donc le père ?

Cette question désembua l'esprit d'Alix et elle ne parla plus d'un second enfant. Toutes ces explosions avaient saturé sa tête. Ces journées et ces nuits, bâillonnée, attachée, sans manger ni boire, l'avaient rendue folle. Elle regarda sa fille et lui sourit.

— Alors ! Mordi, reprit le cavalier tenace, qui est le géniteur d'une aussi jolie fille ?

Gênée, Alix restait silencieuse. Après tout ! Qui étaient ces soldats ? N'allaient-ils pas froncer le sourcil, pire ! La questionner, la harceler, la confondre, devant le nom d'un Florentin devenu soudainement l'ennemi des Français ?

Ce fut Tania qui, affolée par cette question, et se voyant aussitôt bâillonnée, pieds et mains liés et, pourquoi pas, tourner en rond sur le podium d'un marché aux esclaves, en butte au regard de celui qui allait l'acheter, lança sans réfléchir :

— Du seigneur d'Amboise.

Sous les coups des canons qui explosaient toujours, ce fut une hilarité générale et Charles d'Amboise, seul à ne pas rire, en resta pantois.

Il fallut qu'il se fît à cette fausse paternité pour ne pas mettre en péril la liberté de la jeune femme qui, de son côté, ne pensait qu'à Alessandro.

Il fallut aussi qu'Alix attendît l'arrivée de Léo et d'Angela, retournés à Florence quand les soldats, prenant Alix pour une espionne, les avait séparés à Mantoue. Le messager de Charles d'Amboise avait conseillé à Constance de ne pas revenir sur les lieux des combats, d'où les canons tiraient toujours contre les Bolognais et les Vénitiens, si bien qu'Alix ne revit pas sa cousine avant de rentrer en Val de Loire.

Elle se calfeutra soigneusement au fond de la voiture, fenêtre occultée, rideau tiré, sa fille entre les bras, durant la traversée de la Romagne. Charles d'Amboise chevauchait devant, conservant une allure tranquille pour permettre un repos relatif à la jeune femme qui dormait en presque permanence.

Quand elle sommeillait, Tania veillait sur l'enfant et s'efforçait de garder les yeux ouverts pour ne pas la perdre de vue. Depuis que son frère s'était enfui en emportant l'aînée des jumelles, elle ne parlait plus que pour répondre brièvement aux questions qu'on lui posait. Mais Alix, à peine remise de ses fortes émotions, ne s'en était encore guère aperçue. Seule Angela cherchait à comprendre le brusque changement d'attitude de sa compagne.

— Tania, chuchota-t-elle alors qu'Alix sommeillait, les soldats vous ont-ils brusquée ?

Elle pensait parfois que la sauvagerie de ceux-ci avait eu gain de cause sur la virginité de la jeune fille, mais Tania s'en défendait par de simples mots :

— Personne ne m'a touchée, Angela. Personne.

Lorsque Angela voyait sa compagne fermer les yeux, fatiguée elle aussi par ces journées particulières, elle prenait l'enfant dans ses bras et la laissait dormir.

Alix parut enfin pleinement dispose dès que l'attelage arriva aux abords du Piémont. La frontière n'était plus loin. Elle tira le rideau et regarda à l'extérieur. Comme s'il sentait le regard de la jeune femme dans son dos, Charles d'Amboise tourna la tête juste à ce moment-là, puis comprenant qu'elle avait retrouvé son allant et sa forme, il fit un demi-tour et vint à hauteur de la voiture.

Observant un instant par la petite fenêtre l'enfant qui dormait dans les bras d'Angela, il eut un léger sourire au coin des lèvres et demanda d'une voix teintée d'ironie :

— Et comment se nomme cette enfant dont je suis censé être le père ?

Alix rougit, regarda Angela et vit qu'elle ne comprenait pas. Elle devrait lui expliquer prochainement la cause de cette ambiguïté, car Tania ne semblait pas l'avoir tenue au courant. Ce qui l'inquiétait quelque peu.

— Valentine, répondit-elle précipitamment.

Pourquoi Valentine ? Parce qu'elle avait suggéré en riant ce prénom à Alessandro.

— Eh bien, jolie Valentine, jeta Charles d'Amboise, je vous salue et je suis heureux de voir que vous vous portez à merveille.

Puis, il se tourna vers Alix.

— Ne voulez-vous pas chevaucher un peu avec moi ? Mon cheval est capable de supporter deux cavaliers.

Alix se mit alors à penser que Charles d'Amboise ne la connaissait point puisque, avant de quitter précipitamment Florence, elle ne l'avait vu qu'une seule fois chez Constance. Ils ne s'étaient que très peu parlé. Seuls, les ateliers de Chaumont qu'il avait évoqués l'avaient intéressée.

— Attendez-moi quelques instants, voulez-vous ? Nous sommes partis si brusquement de Bologne et, par la suite, j'ai dormi si longtemps que je n'ai pas changé de robe depuis…

Elle se mit à rougir.

— Depuis… que j'ai mis ma fille au monde.

Se retirant dans la voiture et occultant de nouveau la fenêtre, elle se mit en devoir de chercher une autre robe. Angela les avait entassées dans l'un des coffres rangés sous les banquettes. Elle en choisit une en satin broché de couleur bleu nuit à traîne longue et aux parements de fourrure blanche.

Elle hésita avant de la passer, puis se dit que l'aube à peine levée devait souffler un petit air frais qui lui ferait supporter l'épaisseur de l'étoffe.

— Arrête la voiture, Léo, cria-t-elle, et détache Césarine. Je vais la monter, cela me fera grand bien.

Sitôt dit, sitôt fait. Charles d'Amboise vit arriver avec stupéfaction cette belle apparition que formaient cavalière et cheval. Alix avait une belle allure. Elles tenaient toutes cette qualité depuis qu'une de leurs aïeules, Léonore, s'était vu offrir un cheval par le duc de Berry, devenant peu après l'une des meilleures cavalières de la cour.

Alix, devenue une « Cassex » par son mariage, ne reniait pas le nom de la famille. Elle en avait pris tout le meilleur : belle, courageuse, énergique, indépendante – en cela elle comprenait si bien sa cousine Constance – sachant mener ses affaires et détestant rester à l'arrière. Et, de plus, Alix n'avait-elle pas pris également ce que les dames Cassex lui laissaient en héritage, un sang rouge, chaud, toujours prêt à bouillonner pour l'amour qu'elles portaient en elle, que ce fût pour leurs époux ou leurs amants ?

Elle avançait vers Charles d'Amboise telle une reine. Sa traîne se balançait souplement sur l'un des flancs de Césarine et son buste droit arborait un large décolleté carré qui offrait une gorge blanche assez séduisante pour que d'Amboise y posât un regard admiratif.

Et, malgré lui, il pensa que son épouse, bien que de souche noble, n'avait pas cette allure.

— Et maintenant, parlons, Charles. Permettez-vous que je vous appelle Charles ?

— Il me semble que je vous appelle déjà Alix.

— C'est vrai. Et maintenant, Charles, reprit-elle en venant se poster juste à sa hauteur, vous savez quelque chose au sujet d'Alessandro. Nous pouvons en parler puisque à présent aucun soldat français ne peut m'en faire grief.

— En effet, j'ai des choses à vous dire, mais cela va vous choquer.

— Pourquoi ? Parce qu'il est prisonnier quelque part ?

— Non.

— Jules II ne l'aurait-il pas retrouvé ?

— Il est mort avant qu'il ne le retrouve.

Alix porta la main à son front et sentit qu'elle vacillait sur son cheval. La voyant tituber, Charles descendit aussitôt à terre et se précipita vers elle.

— Venez, fit-il. Venez sur mon cheval.

— Laissez-moi, je vais bien. Je n'ai nullement besoin d'être soutenue.

En quelques instants, des mots revinrent à ses oreilles, ceux de Jean de Villiers qui la mettait en garde contre l'amour insensé qu'elle s'apprêtait à vivre, ceux de son ami le chanoine André Mirepoix dont les conseils allaient dans le même sens et enfin – enfin et surtout ! – les silences lourds et désapprobateurs de Mathias qui condamnait d'avance cette passion dévastatrice. Une folle ivresse qui la tenait loin de ses ateliers, loin de ses devoirs de lissière, loin des siens, loin de lui qui la portait si haut dans son estime, son admiration et son amour.

Mort ! Alessandro était mort ! Elle devait, à cet instant même, l'oublier. Oui ! L'oublier sans plus attendre, sinon elle basculerait vite dans les profondeurs du néant, comme elle l'avait fait autrefois quand Jacquou avait été brutalement emporté par la peste. Seuls l'amitié du chanoine Mirepoix et l'amour de Mathias l'avaient tirée de ce marasme. Et aussi le petit Nicolas, son travail, son voyage en Flandres pour y présenter son œuvre à la Guilde afin de devenir une lissière confirmée pouvant commercer librement.

Mais à présent, que lui restait-il pour oublier cet amour-là ? Sa fille ! La petite Valentine qui ne demandait qu'à vivre. Oui ! Elle oublierait Alessandro dans le travail comme elle l'avait fait à la mort de Jacquou.

Elle se tourna lentement vers d'Amboise.

— Pourquoi n'a-t-il pas voulu financer les armées du pontife ? s'entendit-elle demander d'une voix glaciale.

— C'était trop périlleux, les Médicis le lui ont interdit. Ils craignaient que Jules II ne soit pas en mesure de le rembourser.

— En quoi cela regardait-il les Médicis ?

— Sa première épouse était une Médicis et ses fils sont des Médicis.

— Ah ! C'est vrai, soupira Alix, j'oubliais. Les Médicis !

La jeune femme comprit tout à coup qu'elle n'était rien dans un monde qui n'était pas le sien. Que pouvait-elle faire contre les Médicis ? Frapper à leur porte avec la petite Valentine dans les bras ? Elle se ferait vulgairement jeter dehors comme autrefois avec le maître de Coëtivy. Non ! Ce n'était pas le comportement à suivre. Il lui fallait au contraire renouer avec les haute-lissiers, les artistes, les peintres, les commerçants. Depuis deux ans, elle se laissait aller aux lentes et douces oscillations rythmées par un amant qui la couvrait d'argent pour lui permettre de ne point trop travailler. Certes, ses ateliers fonctionnaient à merveille et la production, grâce à Alessandro, était bonne.

Tout allait changer à présent. Elle pensa au peintre Raphaël et aux dessins qu'il lui avait laissés. Elle se mettrait à l'œuvre dès son retour. Elle tisserait des « Grotesques » et des « Triomphes » pour le plaisir du nouveau roi de France. Qu'avait-elle à chercher sa voie en Italie ? Les idées de la Renaissance, elle les avait dans sa tête. Point besoin, dorénavant, d'aller voir ailleurs. Elle pleurerait Alessandro, mais elle saurait se passer de lui. C'était vital.

— Comment est-il mort ? s'enquit-elle, toujours aussi froidement.

— Après la libération de votre oncle Jean de Villiers, retourné au Vatican, les trois financiers qui l'accompagnaient se sont trouvés sous le feu d'un canon dans la lagune vénitienne, aux abords d'Agnadel.

Le cœur d'Alix bondit dans sa poitrine.

— Trois financiers ! dit-elle alors qu'elle aurait voulu dire « A-t-il souffert ? » ou « A-t-il pensé à moi avant de mourir ? »

— Oui ! Trois banquiers : le Florentin, Van de Veere, et les deux Français Briçonnet et Bohier. Ils fuyaient tous trois la colère mortelle de Jules II pour avoir refusé le financement qu'il réclamait. Le Florentin voulait fuir en Espagne à la demande des Médicis. Les deux Français ne cherchaient qu'à rejoindre Louis XII.

— L'épouse Briçonnet est l'une de mes amies, laissa tomber Alix. Elle sera fortement chagrinée par la mort de son mari. Mais elle est forte et elle se ressaisira vite, je le sais.

Elle eut un long soupir.

— Et Bohier était son jeune frère.

Alix n'ouvrit plus la bouche et Charles d'Amboise se contenta d'admirer la gracieuse silhouette qui s'enfermait profondément dans son mutisme.

XXV

Louise se plaisait à Amboise. La vie s'y déroulait agréablement. Calquée sur les activités des fleuves et de leurs affluents, elle se modifiait selon les aléas des saisons. Louise avait dû apprendre, sans pour cela les comprendre, les multiples caprices de l'extravagante Loire auxquels venaient s'ajouter les humeurs changeantes du Cher ou les fantaisies plus nostalgiques de l'Indre.

Le Val de Loire ! Dépaysement qui l'avait attirée, séduite, enveloppée tout entière dans la magie brumeuse de ses étangs, l'opulence de ses forêts, la senteur de ses vignobles. Région qu'affectionnaient tant les derniers rois de France, depuis que Charles le septième avait fait d'Orléans son fief.

Louise aimait le Val de Loire. Cela devenait chaque jour une certitude et, bien que son train de vie soit resté passablement étriqué, car seul François bénéficiait à Blois des largesses royales, elle appréciait le luxe de ces vastes espaces où elle vivait un quotidien tranquille et protégé.

Outre l'extérieur qui, saison après saison, offrait ses palettes de couleurs délayées au travers d'un ciel mobile, l'intérieur lui apportait autant de bien-être.

Les chambres tendues de luxueuses tapisseries étaient vastes et claires. D'épaisses tentures calfeutraient portes et fenêtres afin que l'air froid ne puisse pénétrer par les inévitables jointures. L'hiver, le sol des pièces communes se recouvrait de chauds tapis et non d'herbes séchées.

Les cheminées comportaient d'immenses manteaux ouvragés qui avalaient avec férocité les flammes ronflantes et tumultueuses. À proximité de l'âtre, les bûches s'entassaient, sans jamais qu'il en manquât. Les cuisines étaient équipées de grandes broches qui tournaient en permanence et les foyers, eux aussi, restaient constamment allumés. C'était un poste qu'on ne désertait jamais.

Quant aux ustensiles, ils paraissaient aussi multiples que les plats. On eût presque pu dire que chaque mets avait son accessoire ou son outil propre à sa confection. Ils s'alignaient, s'empilaient, s'accrochaient. Pots, pichets, plats, fourches, rien ne manquait qui pût servir à préparer d'agréables festins.

Sorti des chambres ou des cuisines, on pouvait circuler à l'intérieur du château, aller de pièce en pièce, monter au donjon, pénétrer dans les tours, accéder à la chapelle, atteindre la galerie couverte. Anne de Bretagne y avait aménagé bien des accès qui en facilitait la communication.

Les escaliers à vis n'étaient ni étroits ni sombres et devaient rester propres. Aucune puanteur ne s'en dégageait. En cela, Louise suivait les mesures d'hygiène qu'Anne avait établies et en surveillait particulièrement l'entretien. Il était strictement interdit aux invités, laquais ou serviteurs de vider leurs vessies ou leurs intestins sur les marches ou dans les coins obscurs des couloirs les plus reculés. Pour éviter ce genre d'incident, des cabinets d'aisances étaient installés derrière les pièces qui abritaient les garde-robes, et d'autres avaient été aménagés non loin de la galerie couverte et près des dépendances.

En un mot, le logis royal où habitaient désormais Louise et sa fille se montrait suffisamment confortable pour qu'on veuille y rester.

La tour des Minimes et la tour Hurtault n'avaient plus de secrets pour Louise. Elle en avait tant contourné les énormes masses qu'elle connaissait chaque pierre qui les assemblait.

Au bout de la galerie qu'elle empruntait pour se rendre à la chapelle Saint-Hubert, elle aperçut Antoinette qui venait dans sa direction. Elle l'attendit, tournant vers elle son visage serein.

— Venez-vous avec moi, Antoinette ? Il me semble que j'ai bien besoin de faire quelques prières.

Elle vit briller dans le regard de son amie une lueur d'étonnement.

— Non ! expliqua-t-elle, Bourbon n'est pas encore parti. Mais cela ne saurait tarder. Il est avec son écuyer qui bouchonne son nouveau cheval. C'est un bel alezan jeune et fougueux qui devrait le consoler de la perte du sien.

Elle prit le bras de sa compagne.

— Est-ce donc cela, Antoinette, que vous vouliez savoir ?

Mme de Polignac hocha sa tête qu'elle avait enfouie sous la capuche d'un manteau fourré.

— Partirez-vous à Blois, Louise ? questionna-t-elle.

De sa main libre, Louise tira l'une des aiguillettes de son manteau pour la resserrer autour de son cou où filtrait l'air froid.

— Non seulement j'irai, répondit-elle, mais je souhaite aussi votre présence. M'accompagnerez-vous ?

Une hésitation barra le front d'Antoinette que les rides, certes peu profondes, sillonnaient en assez grand nombre pour qu'on pût y remarquer la quarantaine largement dépassée.

Le visage de Mme de Polignac était cependant loin d'être dévasté et sa silhouette encore moins. Elle restait grande, élancée et la tournure en était toujours distinguée.

— Je ne sais pas, Louise, répondit-elle d'un ton que l'embarras voilait légèrement. J'aimerais vous accompagner. Mais Jeanne doit rentrer.

— Et vous donner des nouvelles de votre fille.

Louise entraîna sa compagne d'un pas ferme vers la chapelle Saint-Hubert qui, non loin d'elles, dessinait sa porte merveilleusement sculptée.

— Ne vous inquiétez pas, Antoinette. Je partirai seule avec Catherine et René, ce qui devrait renouer plus vite encore l'intimité entre François et moi.

— Vous manque-t-elle à ce point ?

Louise soupira.

— Vous le savez bien. Même Charles de Bourbon ne peut chasser François de mon esprit.

Charles de Bourbon ! Son bel et jeune amant. Follement amoureuse de l'ambitieux jeune homme, elle le tenait, à présent, en lui faisant miroiter les avantages dont elle le couvrirait lorsqu'elle serait la mère du roi de France.

D'ailleurs, à présent, Louise voyait venir à elle quantité de gens qui l'avaient autrefois ignorée, négligée ou carrément laissée-pour-compte.

Mais, si Louise était consciente des ambitions de son jeune amant, elle restait elle-même persuadée qu'un jour, si du moins il devenait veuf, elle pourrait alors l'épouser et récupérer le vaste héritage que lui avait dérobé Anne de Beaujeu. Ses terres et son domaine étaient devenues la propriété de Charles par son mariage avec Suzanne. Et si, dans ses bras, il rêvait aux plus hautes fonctions de la cour de France, tout cela se clarifiait peu à peu dans l'esprit affûté de Louise.

Mais, pour l'instant, elle pensait à son prochain départ pour Blois.

— Attendez le retour de Jeanne, reprit-elle. Elle saura vous parler de Madeleine dans les termes élogieux et réconfortants que vous attendez.

Elles marchaient à petits pas pressés, un peu serrées l'une contre l'autre et se tenant par le bras. L'air encore froid, bien qu'il ne tombât pas directement sur elles grâce à la galerie couverte qu'elles empruntaient, annonçait encore bien des journées à température hivernale.

— Il est vrai cependant, précisa la comtesse d'Angoulême, que sans Jeanne et vous-même, ma chère Antoinette, ma suite s'avère bien maigre. Philibert et Jean-Baptiste m'accompagneront.

Elle se mit à rire et reprit précipitamment :

— Je dois vieillir, moi aussi, car, à présent, je n'aime guère voyager sans l'escorte de quelques hommes. Il me semble que les routes deviennent de plus en plus dangereuses.

— Prenez donc quelques valets supplémentaires. Ce ne sera point une charge trop grande.

— Antoinette ! Vous savez bien que la reine exècre mes déplacements à Blois. S'il ne s'agissait de mon fils, je serais sans doute définitivement rayée de la liste de ses invitations.

Antoinette hocha affirmativement la tête.

— Dans ce cas, reprit Louise en lâchant le bras de sa compagne et en portant la main à son front, comment voulez-vous qu'en plus, elle ne grimace pas sur ma suite, même si celle-ci se réduit à cinq ou six personnes !

Louise reprit le bras d'Antoinette.

— Quand elle ne me gratifie pas d'une remarque superbement désobligeante.

— Allons, Louise, il me semble que les remarques vexatoires de la reine à votre égard trouvent aisément dans votre bouche le répondant qui, cette fois, fera ravaler à Anne sa critique.

Elles arrivaient à la chapelle, reliée au château par les bâtiments bas ouverts en galerie, qu'elles venaient de suivre le long des remparts, dans une suite de courants d'air froids qui commençaient à leur geler pieds et mains.

Bâtie en porte-à-faux sur la muraille, elle s'érigeait au bout des remparts, dans un pur style flamboyant. Des artistes flamands attirés par la cour de Louis XI en avaient ciselé le linteau du porche, qui exhibait de façon éclatante les légendes de la vie de saint Hubert, chasseur impénitent qui, un jour, vit apparaître un cerf portant une immense croix lumineuse dans l'enchevêtrement de ses bois.

Arrivées près du porche, elles s'immobilisèrent.

— Écoutez ce petit cri, Louise, dit soudain Antoinette en tendant l'oreille.

C'était comme un subtil piaillement qui perçait timidement le silence. Un jet aigu lancé à la dérive, qui revenait par intermittence.

— On dirait qu'il vient du sol.

Elles se baissèrent et virent un minuscule tas de plumes blanches et noires agglutiné entre deux gros pavés.

— Mais, c'est une hirondelle ! s'exclama Louise.

L'oiseau ne battait que d'une aile et, malgré ses pauvres tentatives, ne pouvait ni se dégager ni se relever. Le bec ouvert, il s'arrêta de piailler et, brusquement, cessa tout mouvement comme s'il voulait se coller davantage au sol.

Louise le saisit délicatement et le posa doucement dans le creux de sa main arrondie en coupole.

— C'est curieux, dit-elle, il est beaucoup trop tôt pour le retour des hirondelles. D'où peut venir celle-ci ?

— Il doit bien y avoir un nid quelque part.

— C'est tout de même inhabituel, rétorqua Louise en frottant d'un doigt léger le plumage abîmé de l'oiseau. Quel dommage que Marguerite ne soit pas là. Elle sait si bien soigner les ailes brisées des oiseaux.

— Donnez cette hirondelle à Catherine. Elle a souvent vu comment s'y prenait votre fille. Elle saura lui rendre son envol.

Antoinette entra la première à l'intérieur de la chapelle. Louise la suivit, tenant délicatement dans sa paume ouverte l'oiseau tremblant. Elles vinrent s'agenouiller sur les marches de l'autel qu'un jet de lumière intense éclairait, traversant les vitraux.

Louise et Antoinette s'absorbèrent dans une bien courte prière et, d'un commun accord, décidèrent de rentrer.

En sortant de la chapelle Saint-Hubert, elles atteignirent l'esplanade pavée de lourdes pierres disjointes que la brume froide du matin rendait mates et incolores.

— Antoinette, je crois que je vais aller au-devant de Charles, en suivant la rampe. Voulez-vous rentrer ou préférez-vous m'accompagner ?

Antoinette sourit en pensant que décidément, Louise ne voulait pas perdre les derniers instants que Charles pouvait lui consacrer, en l'obligeant à l'attendre.

— Allons, répondit la dame de Polignac en soupirant discrètement, je crois que je préfère cette maudite rampe plutôt que ces insidieux courants d'air qui s'infiltrent dans la galerie.

Elles s'engagèrent vers la rampe à vis qui descendait du château. Les travaux d'élargissement qu'avait effectués Louis XII facilitaient, à présent, le passage de plusieurs chevaux sans qu'ils soient obligés d'avancer dangereusement les uns derrière les autres.

Lorsqu'il l'avait agrandie, le roi en avait été assez fier. Rares étaient les rampes qui menaient aux logis seigneuriaux où les chevaux attelés aux litières pouvaient effectuer un large tour sur eux-mêmes. Rares aussi étaient celles où plusieurs cavaliers pouvaient chevaucher côte à côte, sans que l'un d'eux soit obligé de faire place aux autres.

Tenant toujours son hirondelle dans le creux de sa main, Louise plissa soudain les yeux. Au bout de la rampe arrivait un chariot.

— Je croyais qu'il n'était prévu aucun chargement jusqu'à l'approche du printemps, s'étonna Louise. Qu'attendons-nous donc qui ne puisse venir en de meilleurs jours ?

Antoinette forçait aussi son regard, essayant de deviner ce que le chariot pouvait contenir.

— Nous avons les provisions de bois, de blé, d'huile et de vin, reprit Antoinette. En effet, que nous manque-t-il donc ?

Les roues cerclées du chariot répercutaient un bruit métallique sur le pavé froid. Sous le chargement, la charrette avançait lentement. Lorsqu'elle fut à la hauteur des jeunes femmes, les deux conducteurs descendirent et saluèrent la comtesse d'Angoulême et sa compagne.

L'un d'eux était plus grand et plus maigre que l'autre. Paradoxalement, son visage cramoisi offrait un aspect tavelé, épais, enflé jusqu'à la démesure.

Par contre, son compagnon, plus petit et plus trapu, avait des joues creuses et blafardes, un menton et des pommettes osseux, un nez allongé et des lèvres presque inexistantes.

En les détaillant davantage, on remarquait que si les sourcils gris du plus maigre foisonnaient au-dessus de deux yeux noirs et luisants, ceux du petit homme replet étaient plantés si haut qu'on ne les apercevait même pas, cachés par le rebord du bonnet.

Louise et Antoinette aperçurent de gros sacs en toile qui s'entassaient à l'intérieur du chariot.

— Que transportez-vous donc là ? questionna Louise en se tournant vers les deux hommes. Nous avons des approvisionnements pour l'hiver.

— On nous a dit d'livrer ça au château, à ma'ame la comtesse, répondit le plus efflanqué des hommes, le bonnet enfoncé jusqu'aux oreilles.

Ses yeux durs étaient à la recherche d'un assentiment, mais comme il ne vint pas, il reprit d'un ton plus goguenard que ne le laissait paraître son regard sombre :

— C'est qu'en plus, on a dû payer l'péage, ma'ame la comtesse !

L'autre parut gêné de cette brutale entrée en matière et l'interrompit d'un air plus complaisant :

— On a réglé quat'deniers par boisseau, au passage de Chaumont.

Sans doute aussi, trouva-t-il plus poli d'ôter son bonnet qui cachait si bien ses sourcils. Comme son compagnon de travail, il les avait très fournis, mais d'une couleur brun-roux foncé.

Soulevant le bonnet d'un geste étriqué, il le prit entre ses doigts et le tritura généreusement comme le faisait si souvent Suzon avec le bord de son tablier.

— Y a six boisseaux d'froment pour dix livres, trois boisseaux d'orge pour trente sols et deux d'avoine pour vingt deniers, poursuivit-il en s'avançant de quelques pas vers les deux femmes. Faut'y les entreposer au château ?

Il avait remis le bonnet de laine sur sa tête, car le froid devait lui cingler les oreilles. Puis, désignant la main de Louise qui enfermait toujours l'oiseau, il dit :

— On dirait une hirondelle, vot'oiseau. Elles sont en avance c't'année. Y s'pourrait qu'on ait un printemps précoce. On en a vu voler dans les champs, ces jours-ci.

Cette fois, ce fut l'autre qui lui coupa la parole, reprenant son air bourru sous son regard aigu.

— Faut'y les entreposer au château ?

Louise acquiesça et regarda Antoinette qui se frottait les mains tant le bout de ses doigts commençait à s'ankyloser.

— Montez jusqu'aux dépendances, dit-elle, vous y rencontrerez le métayer.

— Vous voulez pas qu'on vous r'morque, ma'ame la comtesse ? Pendant qu'on y est, c'est pas d'refus ! Y a d'la place dans la charrette et ça vous évitera de r'monter la rampe.

Antoinette voulut refuser, mais Louise, qui venait d'entendre un bruit de sabots juste en bas de la rampe, acquiesça :

— Montons ! Ce chariot est la providence. Il fait vraiment trop froid pour prolonger notre promenade. D'ailleurs, écoutez, Antoinette, je crois que ce sont eux.

Antoinette prêta l'oreille et entendit aussi les sabots des chevaux heurter le pavé. Sans aucun doute, c'était Charles de Bourbon et son écuyer.

Elles levèrent haut la jambe pour monter dans la charrette et Louise dut en plus se faire aider par l'un des deux hommes pour ne pas laisser tomber l'hirondelle toujours nichée dans le creux de sa main.

L'autre contournait la charrette pour examiner l'une des roues qui semblait pencher plus que l'autre. Mais rassuré, il revint, saisit les rênes d'un geste sec et prit le poste de conduite.

Se serrant contre les sacs de toile, Antoinette et Louise regardèrent un instant en arrière. Le bruit des sabots se rapprochait et, dans le tournant de la rampe, elles virent le chanfrein d'un cheval se profiler.

Tout en conduisant son chargement, le plus maigre des deux hommes reprit le sujet qui, on le comprenait, lui tenait tant à cœur :

— Comment vont'y nous rembourser du péage, ma'ame la comtesse ? À Chaumont, y'zont rien voulu savoir. Même que l'Fernand, y voulait pas céder, fit-il en désignant son compagnon d'un geste évasif.

— Pour sûr ! Not'métairie avait pas prévu c'péage. D'habitude, on nous fait passer sans payer, quand c'est pour l'château.

— Le métayer va vous rembourser, dit aussitôt Louise, ne vous inquiétez pas.

Antoinette avait une hanche coincée contre un sac de toile. Elle en sentait la rudesse et l'inconfort. Elle tenta de se dégager en appuyant tout son corps sur une seule jambe.

— En bas, les paysans ne manquent-ils pas de nourriture ? questionna-t-elle en reprenant son équilibre. Ont-ils eu assez de farine durant ces longs mois d'hiver ?

L'un des hommes hocha la tête.

— Y a eu aucun mort parmi les hommes.

— Cela veut-il dire que parmi les femmes, il y en ait eu ?

— Bof ! fit-il avec un geste d'impuissance. Juste une vieille qu'avait fait son temps et deux nouveau-nés qu'étaient bien trop maigres pour survivre.

Puis, tournant la tête, il aperçut les silhouettes des deux chevaux qui se dessinaient, à présent, derrière la courbe de la rampe.

— C'est tout ? fit Louise distraitement, en se retournant elle aussi pour voir s'il s'agissait bien de Bourbon et de son écuyer.

— Ben ! Oui, c'est tout, ma'ame la comtesse ! fit l'homme étonné.

Louise s'aperçut, soudain, du ton léger qu'elle venait de prendre pour parler de trois décès survenus dans son domaine, à cause de la rigueur de cet hiver.

Mais Antoinette corrigeait déjà la désinvolture inhabituelle de sa compagne et poursuivait :

— Nous avons partout demandé que l'on nous renseigne sur les besoins des plus nécessiteux. Cette femme devait être trop vieille, sans doute, pour vivre plus longtemps et ces nouveau-nés n'auraient peut-être pas survécu en une saison plus clémente ?

Lorsqu'elles arrivèrent dans la cour intérieure du château, Charles et son écuyer suivaient de près. Ils avaient freiné leur allure pour ne pas dépasser la charrette. À vrai dire, Bourbon avait reconnu les deux femmes. Il restait donc au plus près dans leur sillage.

La cour s'agitait de mille bruits divers, donnant soudain vie au corps du logis. Portes et fenêtres à meneaux claquaient. On ouvrait la poterne pour faciliter les allées et venues des gens de commerce.

Les hallebardiers du chemin de ronde effectuaient la relève. Certes, au départ de François pour Blois, Louise avait vu s'amenuiser considérablement le nombre de gardes. À présent, ils n'étaient plus que quelques-uns, marchant le long des remparts ou des galeries. L'un était posté à la poterne, deux autres à l'entrée principale et, de temps à autre, l'on voyait un casque surgir tout en haut des deux grosses tours et des échauguettes d'angles.

Les servantes faisaient tinter les seaux d'eau fraîchement puisée. Chaque matin, elles tiraient la provision d'eau pour la journée.

Venant des écuries, Philibert tenait les rênes d'un cheval que s'apprêtait à monter le maître queux d'Amboise. L'animal semblait fougueux, impatient et claquait inlassablement du sabot sur le pavé. L'écuyer Gonfreville arrivait lui aussi des écuries. Toujours d'agréable prestance, dans le charme de sa cinquantaine, Louise le vit faire un signe qu'on ne pouvait trouver discret à l'une des jouvencelles qui tirait péniblement du puits un seau plein à ras bord.

Au centre de la cour, Jean-Baptiste attendait que montassent en litière les dames Anquielle, Panivoise et Dublecourt, les bonnetière, dentellière et couturière qui, après avoir livré leur travail, s'en retournaient au village.

Louise fit un signe à dame Anquielle. La vieille bonnetière, qu'Antoinette et Marguerite venaient de remplacer par la demoiselle carimontaise qui venait de s'installer sur les remparts, convenait décidément mieux à Louise.

Dame Anquielle la salua de l'intérieur de la voiture et, sous la conduite de Jean-Baptiste, la litière démarra. Il arrivait souvent que Louise prêtât une voiture et son cocher lorsque les femmes de petits métiers, livrant habituellement le château, se regroupaient dans leurs déplacements.

Quittant des yeux la voiture qui s'engageait par la grande porte de la cour intérieure, elle vit Bourbon sur son cheval qui venait d'entrer par la poterne.

— Tenez, Antoinette, dit-elle à sa compagne. Prenez cet oiseau et portez-le à Catherine. Vous aviez raison, elle saura soigner son aile.

Lorsque Antoinette se fut éloignée, Bourbon vint à Louise, sauta de son cheval et lui prit la main qu'il enserra dans les siennes.

— Charles, murmura-t-elle, je craignais de ne point vous revoir.

Elle l'observa, les yeux plissés, un léger sourire aux lèvres, prête à tout entendre, prête à toutes les caresses, à tous les mots d'amour, à tous les frissons.

— Pardonnez-moi, j'ai été retardé.

— Je le vois bien.

Il gardait dans sa main celle de Louise et, de ses doigts longs et fins, il la caressait doucement en la fixant dans les yeux.

— Hélas, je dois repartir, ajouta-t-il en effleurant de ses lèvres la main de Louise.

— Quel temps te reste-t-il ? chuchota-t-elle amoureusement.

— Une heure ou deux.

— C'est tout !

— Louise ! rétorqua-t-il à voix basse, un sourire railleur au coin des lèvres. J'ai cru comprendre par ouïe-dire que tu t'apprêtais pour un départ.

— C'est vrai. Je pars à Blois retrouver mon fils.

— Alors ! Qu'allons-nous faire ?

Charles était le plus séduisant des seigneurs. Grand, svelte, le regard sombre, le teint mat et la bouche pulpeuse. Il portait l'habit de soldat aussi fièrement qu'un chevalier de légende. Combien de regards féminins devaient se retourner sur lui ? Il le savait, mais en jouait-il ? Voilà une question que se posait souvent Louise, mais à laquelle elle ne trouvait jamais de réponse. Avec elle, Charles de Bourbon, duc de Montpensier, savait être suffisamment amoureux pour ne laisser aucun doute dans l'esprit de Louise.

— Accordons-nous la dernière heure, murmura le jeune homme à l'oreille de sa maîtresse.

Celle-ci eut aussitôt un sourire équivoque.

— Suzanne attend-elle donc à ce point son valeureux chevalier ?

— Allons ! Louise. Je sais que vous mourez d'envie d'aller retrouver votre fils.

À nouveau, elle eut un sourire bizarre. C'était entre le doute et la certitude. S'il avait été en son pouvoir de retarder le départ de son amant, l'eût-elle fait ? Elle savait bien que non.

— Mon cher ! Là, vous n'avez rien inventé. Tout le monde sait, en effet, qu'il me tarde de serrer François contre mon cœur.

Il eut un geste vague, comme si le destin ne pouvait faire autrement.

L'écartant du centre de la cour et la ramenant dans l'angle d'un mur, il la prit contre lui, pour une dernière étreinte. Autour d'eux, l'agitation se poursuivait. Apparemment, personne ne semblait leur porter attention, mais Louise savait que des dizaines d'yeux les observaient.

Qu'importait, Louise était libre et Suzanne de Bourbon trop loin pour que les éclats de cette liberté lui parvinssent.

— Le roi se fait vieux et souffreteux, mon ami, murmura-t-elle contre sa bouche qui cherchait à saisir la sienne. Il devient bien tributaire de ses fidèles compagnons de guerre. Prenez donc soin de vous.

Il la regarda de biais et plissa ses yeux d'aigle.

— Ne m'avez-vous donc pas tout dit ?

— Non.

Il la repoussa contre le mur et l'observa minutieusement. Louise gardait ce sourire enclin au mystère, à la réflexion qui n'aboutissait, à nouveau, qu'à l'intérêt.

En effet, elle n'avait pas tout révélé et Charles devait écouter avant de prendre la longue route qui le conduirait en Bourbonnais.

Elle se dégagea de son étreinte. C'était à cet instant exact qu'il fallait lui dire ce qu'elle préparait depuis si longtemps.

— Ton prochain départ pour l'Italie, mon aimé, dit-elle en posant ses lèvres sur celles de son compagnon, se fera aux côtés de mon fils.

— Je m'en doute, puisque François d'Angoulême aura l'âge de se battre.

— Je veux dire que notre bon vieux roi ne sera sans doute plus à même de repartir.

Bourbon eut un imperceptible sursaut, un très léger tressaillement, et Louise attendait trop cet instant pour ne pas le ressentir.

— Comme vous y allez, ma tendre amie !

— C'est ainsi, Charles. Je le sais. Anne n'aura pas de fils. Et Louis ne survivra pas très longtemps. Il est âgé et malade. Il dit, lui-même, qu'il reviendra de sa dernière expédition.

Elle hésita et, à son tour, détailla l'expression de son visage avec minutie. Un pli bizarre barrait ses lèvres minces et les ailes de ses narines frémissaient.

— Où voulez-vous en arriver ?

Louise sentit un curieux frisson la parcourir et se demanda ce qui provoquait en elle ce sentiment nouveau de puissance mêlé de joie, d'ambition et d'amour.

— J'en viens à ceci, Charles. Quand François sera sur le trône, tu obtiendras la plus haute distinction après le roi, celle de Grand Connétable de France.

Un instant, Bourbon resta sans voix. Ses lèvres étaient soudain devenues sèches. Il les posa sur son cou. Elles étaient dures, griffantes.

— Ton ambition, mon aimée, souffla-t-il, suivra la mienne.

Mais elle le repoussa, cette fois, avec un peu de rudesse.

— Mais attention, Charles, si le roi n'est pas de la prochaine expédition, tu repartiras avec Georges d'Amboise qui conduit la délégation française. Or, je n'aime pas que tu sois dans le sillage de cet homme. Il est l'ami du roi, certes, mais il est aussi celui d'Anne, et suivre les idées de la reine ne te mènera nullement à la gloire.

Il ne répondit rien.

— Jules II n'est pas mieux, précisa-t-elle, mais il a l'avantage de ne point trop aimer la France et je pressens que s'il flatte le roi en ce moment parce qu'il a besoin de lui, il lui tirera dans le dos dès qu'il aura eu gain de cause. Ne t'attarde pas auprès de lui. C'est un fanatique. Il ferait n'importe quoi pour protéger ses États.

— Le roi et ses conseillers le savent.

— Certes, ils en sont informés. Mais ce que tu sembles ignorer, c'est que ni Jules II ni le cardinal d'Amboise n'assureront ta puissance. Écarte-toi d'eux.

Il acquiesça de la tête.

— C'est François d'Angoulême, duc de Valois, qui te fera Grand Connétable de France, et pas un autre.

À peine Charles avait-il rejoint son domaine que les nouvelles d'Italie arrivèrent à la cour de Blois. Venise, Florence, Bologne et Rome s'entretuaient. De telles informations n'empêchèrent pas Louise de partir et, à sa grande satisfaction, elle apprit que la reine Anne était partie en Bretagne, si bien qu'elle décida de rester plus longtemps qu'elle ne l'avait prévu.

François la recevait toujours avec une grande exubérance et Louise se plaisait à remarquer que son ton de commandement envers ses futurs sujets devenait une seconde nature. Il ordonnait sans que personne y trouvât à redire et quand Marguerite se mêlait à ses injonctions, plus rien n'arrêtait la bonne marche de la cour. Promenades, concerts, banquets se tenaient au programme.

Chaque jour, Louise parlait à sa fille de mariage. Il n'était plus question de lui faire épouser un personnage hors du royaume de France et c'est ainsi qu'en accord avec elle et François, ils citaient quelques noms dont un revenait souvent en tête de liste, celui de Charles, duc d'Alençon.

Oui, ce nom déjà annoncé à son amie Alix dans sa dernière missive avait obtenu l'agrément de Louis XII. Il l'avait confirmé à Louise dans un pli tout spécialement porté à Blois par l'un de ses messagers. Le nom d'Alençon n'avait plus changé et Marguerite commençait à se poser des questions sur cet époux qu'elle devrait aimer, suivre et supporter.

Rentré d'Italie, le roi ne parla plus que de ces épousailles princières et la reine, revenue de Bretagne, s'enferma dans ses appartements pour cacher sa contrariété.

Pris d'une hâte subite, Louis XII activa les choses et le tourbillon dans lequel fut entraîné le trio d'Angoulême ne cessa plus avant que Marguerite ne fût devenue duchesse d'Alençon.

Il n'était plus question pour Louise de retourner à Amboise. Trop de choses l'accaparèrent. Un compte lui fut ouvert par le roi dans lequel elle put puiser tout ce dont elle avait besoin pour les préparatifs. Et, certes, elle ne restreignit pas les dépenses, car rien n'était trop luxueux pour sa fille. François distribuait à la cour sa bonne humeur et à sa sœur les plus brillants espoirs.

XXVI

Louise nageait en plein bonheur. Son fils François gravissait jour après jour les marches du trône et sa fille Marguerite se mariait avec Charles, duc d'Alençon.

Juste avant de monter se coucher, elle passa voir sa fille, l'embrassa et lui souhaita tout le bonheur qu'une mère désirait pour sa fille.

Après son départ, Marguerite se mit à réfléchir. Sa mère avait-elle raison ou tort de lui faire épouser Charles d'Alençon ? Elle se tassa un peu plus sous la courtepointe du lit tendu de damas jaune qu'on lui avait préparé. Dans quelques jours, celui-ci serait blanc agrémenté de crépine d'or comme l'étaient toutes les parures nuptiales destinées aux princesses.

Que de questions Marguerite se posait à la veille d'un mariage qui ne lui convenait guère ! Elle aurait tant voulu épouser celui qu'elle aimait encore malgré sa récente mort à la bataille de Ravenne. Le duc de Nemours était brillant, beau, courageux, et d'une courtoisie à toute épreuve, ce qui ne gâchait rien. Hélas ! Bien avant qu'il ne parte au combat, elle savait qu'il ne lui était pas destiné. Aussi, priait-elle Dieu de ne pas lui en vouloir pour cette pensée mauvaise, mais elle se consolait à l'idée qu'aucune autre femme ne pourrait désormais l'aimer.

Saurait-elle rendre Charles d'Alençon heureux ? Et lui, chercherait-il à tout connaître d'elle afin qu'ils prennent tous deux le chemin de l'harmonie et de l'équilibre, si ce n'était celui de l'amour ? Marguerite n'avait aucun souvenir de lui. L'avait-elle aperçu, un jour, lors d'un souper, d'une chasse ou d'une festivité quelconque à la cour ? Elle ne le savait même pas. Si cela était le cas, son physique ou sa tournure d'esprit devaient être bien banale pour ne lui avoir laissé aucune image en tête.

Elle soupira. Ses yeux dérivèrent sur les murs de la grande chambre dans laquelle on avait imposé à Marguerite de dormir les quelques nuits précédant son mariage. Ils étaient recouverts des six panneaux de la tenture d'Alix. Dames et licornes la regardaient d'une façon bienveillante, lui souhaitant une vie paisible et heureuse, une harmonie conjugale et, peut-être, quelques maternités qui viendraient la combler.

En les contemplant, Marguerite se mit aussitôt à penser à Alix, l'amie de sa mère partie en Italie pour en rapporter les toutes nouvelles idées de la Renaissance. Peut-être serait-elle de retour pour les festivités de son mariage, auxquelles elle était conviée.

Les tentures appartenaient à présent à Marguerite. La comtesse d'Angoulême les lui avaient offertes pour son mariage. Un tel geste était dû à la générosité du roi, qui venait de lui accorder les finances pour passer à son amie lissière une autre commande, qu'elle souhaitait cette fois tourner vers d'autres réalisations que les millefleurs.

Somptueux cadeau. Marguerite le savait. Les tapisseries de cette envergure représentaient un tel coût ! C'était comme un gros joyau. Seuls, les seigneurs et les dames de grande noblesse pouvaient se permettre de telles dépenses.

Ah ! Dès qu'elle ne regardait plus les prestigieuses tentures d'Alix, Marguerite retombait lourdement dans ses questions sans y trouver de réponse. Elle soupira de nouveau, perçant ainsi le flot amer qui emplissait sa gorge. C'était un souffle à la fois bref et incisif, non pas gonflé de soumission, car trop ardente pour se laisser aller à un tel sentiment, elle en exécrait tous les aspects, mais teinté d'un sombre pressentiment qui ne lui laissait que le doute.

Enfin, elle s'endormit en écoutant la respiration apaisée de Catherine, sa chambrière qui, allongée sur sa couche, dormait à l'autre bout de la grande pièce.

À quoi bon penser davantage puisque, après bien des suggestions, un beau matin d'hiver, celui dont le nom viendrait s'unir à celui de Marguerite d'Angoulême était devenu définitif ? Dans trois jours, on allait fêter somptueusement son mariage.

Depuis la veille, les gentilshommes de la Chapelle royale s'activaient au château de Blois, accélérant leurs gestes, pressant l'allure, élevant le ton, bien décidés à se dresser au plus haut rang qui soit.

Bruissant des cris d'un petit matin en effervescence, crissant d'ordres secs et de répliques parfois indélicates, la cour d'honneur ressemblait à un vaste champ d'expérimentation. Les machinistes s'affairaient, s'organisaient, encadrés par les officiers de garde et le personnel du château qui, pour la circonstance, était affecté à leur service.

On avait transporté les grandes orgues au fond de la salle du conseil, là où devaient se dérouler les concerts et les bals.

Le chef des chœurs s'inquiétait et l'organiste, qui arpentait à grands pas nerveux la cour d'honneur, suait abondamment, secouant dans les airs un petit mouchoir de linon blanc.

Au petit matin, Louise avait tenté d'apaiser son courroux lorsque celui-ci s'en était pris à ses subordonnés. Même Imbert Chandelier, l'invité permanent de la comtesse d'Angoulême, n'avait pas réussi à le calmer tant sa colère était grande. Il n'avait fait, au contraire, que l'exaspérer davantage.

Robert Fayrfax, musicien de l'abbaye de Saint-Alban, qui dirigeait l'ensemble de l'orchestre, s'agitait de plus en plus et, bien que le roi revenu d'Italie l'ait courtoisement salué la veille, il se sentait nerveux et insatisfait.

Puis, la catastrophe avait basculé dans un ahurissement général qui, ensuite, n'autorisait plus qu'une explosion de mots hargneux et violents.

— Sacrebleu ! L'un des soufflets en peau de taureau s'est déchiré ! vociféra l'organiste.

L'accordeur, son aide, un petit homme ridé comme une pomme cuite et bossu comme un gnome, en chausses vertes et en bonnet à plumes, s'approcha, indécis, l'air figé, comme incapable de croire une telle absurdité.

— Il n'y a guère de solution à ce genre d'incident, dit-il en hochant la tête.

— Guère de solution, guère de solution ! Sacrebleu ! Qu'on aille chercher un bourrelier ! explosa Fayrfax.

— Un bourrelier ne pourra pas arrêter l'air que le soufflet déchiré chasse par le tuyau d'airain, reprit calmement le petit homme.

Fayrfax rugit à nouveau, s'essuyant le front par petits coups brefs et saccadés.

— Recoudre le soufflet évitera du moins des accords détestables. Nous ne pouvons faire autrement.

Puis, il pivota sur lui-même et rugit à nouveau :

— Nous sommes perdus, maudits, anéantis !

Et ses gestes grandiloquents balayaient l'espace avec fureur.

— Mordieu ! Qu'on aille quérir le bourrelier du village et s'il est réticent, qu'on me l'amène pas la peau des fesses.

— C'est un forgeron qu'il nous faut, répliqua son aide. Les gens du château disent qu'il sera là avant l'aube.

Mais l'organiste et son accordeur n'étaient pas les seuls à s'agiter de la sorte dans la gémissante cour d'honneur. D'autres s'impatientaient, s'énervaient, se houspillaient.

Les membres de la Fraternité de Saint-Nicolas, musiciens de Londres qu'avait convoqués Louis XII, s'irritaient eux aussi, car il manquait la moitié de la troupe, l'autre partie se trouvant en péril, bloquée sur la route par un barrage d'arbres abattus par les tempêtes d'hiver.

Même au centre de la cour d'honneur, le vent commençait à soulever des rafales froides et un fin crachin menaçait de persister.

Se détachant d'une arcade de la grande façade, Louise, que les préparatifs de ce mariage accaparaient de façon continuelle, observait toute cette agitation. Elle paraissait sereine, détendue, surveillait chaque point délicat et rassurait les musiciens.

— On a envoyé plus de vingt bœufs pour déblayer la route, dit-elle au responsable des membres de Saint-Nicolas. Ils devraient être là d'un moment à l'autre.

Si l'effervescence de cette matinée prenait une telle ampleur, c'est que la cérémonie devait être grandiose. On mariait la sœur de l'héritier présomptif au duc d'Alençon, le représentant d'une des plus vieilles maisons de France, et les festivités s'annonçaient fort joyeuses.

Le soufflet de l'orgue réparé tant bien que mal, Robert Fayrfax ne se calmait pas pour autant. John Sidborough et Thomas Watson, choristes attachés à l'abbaye de Westminster, n'étaient toujours pas arrivés et Fayrfax s'étranglait à force de crier, d'autant plus qu'il ne parlait pas le français et que les gens du château avaient grand-peine à le comprendre.

Dans la partie centrale de la cour, les musiciens du roi s'affairaient dans un brouhaha indescriptible qui n'avait d'égal que la nervosité du personnel sans cesse houspillé pour des détails sans importance.

Lorsque maître Pierre Mouton fit son entrée à Blois, il fut accueilli avec tous les honneurs que sa célébrité exigeait. Organiste à l'église Notre-Dame, il venait d'écrire une œuvre vocale que la reine Anne avait écoutée en privé. Mais, si l'œuvre l'avait séduite, il fallait, à présent, la jouer devant un large auditoire qui ne manquerait pas la cible de ses critiques.

Mais quel public pour maître Mouton ! Celui d'un mariage princier !

Il fallait que le compositeur, si paisible en temps ordinaire, fût bien anxieux pour houspiller à ce point ses musiciens, et la confiance que lui témoignait la reine ne semblait guère le rassurer tant il était terrorisé.

Certains critiques trouvaient son style un peu touffu, mais ses mélodies, inhabituelles pour l'ouïe affinée des plus curieux, semblaient plaire. Il avait donc là de quoi satisfaire une cour de France sans cesse à la recherche d'un développement artistique nouveau.

Si l'agitation était intense à l'extérieur du château, l'intérieur n'était pas moins animé et Marguerite se débattait dans d'ultimes recommandations d'ordre vestimentaire. Tailleurs, brodeuses, dentellières, chapeliers, maîtres épingliers et toutes les corporations qui préparaient sa tenue de noces obtempéraient avec vélocité.

— La basquine n'est pas suffisamment emperlée, se plaignit-elle alors que sa mère rectifiait un pli qui ne lui plaisait pas.

Le maître tailleur s'approcha et, s'agenouillant devant la jeune fille, posa carrément son nez sur la basquine, retouchant d'un geste le pli que venait d'ajouter Louise.

— La vertugade qui servira de support à la cotte, comtesse, dit-il prudemment, sera suffisamment godronée pour se passer de plis surabondants.

— Il a raison, mère, je préfère moins de retombées en plis et plus d'ampleur aux manches.

Le maître tailleur se releva et fit gonfler l'étoffe au-dessus des épaules de Marguerite. Puis, il appela l'épinglier pour fixer les épaules de la basquine.

— Nous ajouterons de longs mancherons derrière le bras, fit-il en s'éloignant pour admirer l'effet produit.

À l'arrière, assis sur un grand banc, bottiers et chapeliers attendaient, tandis qu'à présent les dentellières donnaient leur avis sur la passementerie de la camisole que l'on passait sous la robe.

Sans se faire annoncer, François pénétra dans la pièce d'essayage et, tel un vent soufflant sur son passage, il balaya les mots qui s'apprêtaient à surgir des lèvres de sa mère.

— Ciel ! Quelle grâce en une seule et unique personne ! lança-t-il en s'approchant de Marguerite. Ma jolie sœur. Tu es bien la plus belle !

René, le page de Louise, et Charles de Bourbon, suivaient prudemment François d'Angoulême.

S'il n'était pas le moins du monde gêné de voir sa sœur en tenue légère, Marguerite ne semblait pas plus troublée que son frère. Des bruits couraient même que le jeune homme assistait bien souvent à son bain dans le grand cuvier de bronze chauffé au charbon de bois.

Allègrement, il la serra dans ses bras. Dieu ! Qu'il était fort ! Marguerite en eut un étourdissement.

— Belle à faire pâlir toutes les nobles dames de la cour ! s'exclama-t-il avec fracas.

— Même la sémillante Françoise de Foix ? s'enquit Marguerite en lui rendant fougueusement ses baisers.

— Loin de moi son image lorsque tu es si proche, ma douce et grande sœur.

François serrait toujours Marguerite dans ses robustes bras. Il s'enivrait au contact de son parfum. La tiédeur de sa peau dégageait une subtilité raffinée dont il n'ignorait pas les effets.

Lorsque la jeune fille posa sa tête alanguie sur son épaule, laissant aux doigts de son frère la possibilité d'un contact sensuel tout près de sa taille, la comtesse eut un sourire et se remémora les tendres ébats qu'elle et ses enfants partageaient joyeusement au temps du vieux château de Cognac.

François pressait maintenant les hanches fines de Marguerite. Cette demi-nudité le grisait et Louise ne s'en formalisait guère.

Tailleurs et dentellières s'étaient un instant écartés, laissant le frère et la sœur terminer leurs douces effusions.

Louise rejoignit Charles de Bourbon, resté à l'écart avec René. Dans son pourpoint bleu, le page regardait la scène d'un œil rond, se nourrissant d'une expérience nouvelle.

— René, prenez l'épée de Charles, ordonna Louise. Puis se tournant vers son fils : Françoise de Foix n'est pas plus séduisante que toi, ma fille, reprit-elle.

— Et, parole de duc, renchérit François, je resterai dans ton sillage durant toutes tes noces.

Marguerite se mit à rire.

— Et Claude ?

Il laissa d'un coup tomber sa gaieté et prit un air mélancolique.

— Claude n'aime guère les festivités.

— Certes, elle ne les affectionne guère, rétorqua Louise en s'approchant de Charles pour lui saisir la main en guise de bienvenue. Je crois même qu'elle les tient en horreur. Mais elle est très attachée à toi. Ne l'oublie pas, François.

— Ne craignez rien, mère, ne craignez rien. Claude n'aura jamais à se plaindre de moi.

François plaqua un bref baiser sur la bouche de sa sœur, puis, s'écartant d'elle, il se tourna vers Bourbon.

— Qu'en dites-vous, mon cher duc ? Marguerite va soulever les vivats de toute une foule.

Que Charles de Bourbon vît, lui aussi, sa fille en pareille nudité ne choquait pas la comtesse d'Angoulême qui n'avait jamais prêché une pudeur excessive à ses enfants. Elle leur avait plutôt inculqué le sens du devoir et de la tâche bien faite. Que sa liberté d'esprit se communiquât à tous les siens était donc fort compréhensible. Comment, alors, ses enfants pouvaient-ils critiquer le moindre de ses gestes ?

Elle effleura d'un regard la silhouette de Charles, puis, levant son visage vers le sien, elle caressa de ses yeux verts les prunelles assurées et satisfaites dont il jouait pour la séduire.

Marguerite sourit à sa mère, puis dans un soupir de lassitude, elle écarta d'un geste vif le maître tailleur et les dentellières.

— Nous en avons terminé pour aujourd'hui, déclara-t-elle sans ambages.

— Alors, je vais t'envoyer Mme de Châtillon, dit Louise.

En quelques pas, elle s'approcha de sa fille et posa ses lèvres fraîches sur son front.

— Profitez bien l'un de l'autre, mes enfants. Ce doux temps ne sera qu'éphémère.

— Mère, protesta Marguerite, croyez-vous donc que je vais m'enfermer définitivement au château d'Alençon ?

Surprise, Louise recula promptement et regarda sa fille.

— Mais, que comptes-tu donc faire ?

— Prendre la route aussi fréquemment qu'il me sera possible. Je veux voyager. Je viendrai à Amboise vous rendre visite et j'irai à Blois voir François.

D'un geste précautionneux, afin de ne pas se piquer, elle retira ce qui n'était encore que l'ébauche de sa basquine blanche.

— Vous ne pouvez m'en tenir rigueur, mère. J'ai besoin de voir mon frère, vous le savez.

— C'est juste, s'écria François. Le mariage de Marguerite ne peut nous séparer.

La jeune fille leva les bras et le maître tailleur fit glisser la camisole par-dessus sa tête. La fine cotte en batiste blanche vola dans les mains du tailleur. Une gorge blanche, ferme, apparut dans toute sa grâce. Deux seins menus et ronds, aux extrémités roses et tendues, s'offrirent généreusement au regard de tous.

— N'est-ce pas pour cette raison que vous écartiez sans cesse les prétendants étrangers ? reprit-elle en s'adressant à sa mère. Espagne, Italie, Angleterre, Autriche, eussent été bien trop loin pour me permettre de protéger François des agressions perpétuelles qu'il va bientôt rencontrer.

Elle tendit au maître tailleur la basquine tombée à terre et détourna son buste dénudé. Ses épaules rondes, sa taille souple et la courbe de ses reins légèrement rebondis offraient un agréable tableau qu'un peintre du château aurait fortement prisé.

— Lorsque François sera couronné, nous ne serons pas trop de deux, mère, pour le soutenir dans tous ses efforts.

Louise esquissa vers Marguerite un sourire de connivence. Elle connaissait si bien sa fille que ses répliques, lorsque François était en cause, ne l'étonnaient guère. À vrai dire, elle les avait façonnés l'un et l'autre afin qu'ils fussent exactement ce qu'ils étaient.

Pouvait-elle ne pas être satisfaite de ce résultat ? Elle acquiesça donc d'un bref signe de tête, puis les laissant discuter, elle s'éloigna avec Charles de Bourbon.

Louise leva les yeux de sa lecture. René avançait la tête dans l'entrebâillement de la porte de sa chambre. Avisant que la comtesse le regardait, il s'avança d'un pas prudent comme il le faisait toujours quand il annonçait quelqu'un.

— Que veux-tu, René ?

— La dame Briçonnet demande un entretien. Pouvez-vous la recevoir ?

— Oh ! Catherine ! Comme elle doit être éplorée depuis la mort de son mari. Bien sûr ! Fais-la entrer dans ma chambre. Je pense qu'elle ne vient pas me voir pour me parler de son malheur. Elle doit sans doute vouloir me tenir au courant de quelque chose. Dis-lui de monter jusqu'ici. Nous avons à discuter et je n'aime pas parler de mes affaires devant n'importe qui.

Quelques minutes plus tard, Catherine Briçonnet, épouse Bohier, se trouvait devant elle. Elles se serrèrent chaleureusement l'une contre l'autre.

— Ma pauvre Catherine, fit Louise, en l'écartant d'elle au bout d'un long moment. Comme je suis triste à l'idée de votre chagrin. Et votre frère que vous aimiez comme un fils !

— Ce sont les malheurs de la guerre. Qu'y pouvons-nous ?

— Ces guerres italiennes ne finiront-elles donc jamais ? Je tremble à l'idée que François s'enthousiasme déjà de partir pour Milan.

— Certes, approuva Catherine Briçonnet, l'idée est séduisante pour un roi. Conquérir Milan parce que c'est l'apanage de la maison d'Orléans, et gouverner Naples parce que les ducs d'Anjou y étaient maîtres autrefois !

Sceptique, Louise soupira.

— Cette fois, le roi a gagné sur toute la ligne, mais qu'en sera-t-il au retour de la prochaine expédition ?

— D'autant plus, assura sa compagne, que ces Italiens sont d'une souche coriace. Regardez comme les Florentins se sont retournés brusquement contre les Français alors qu'ils se disaient leurs amis. Et les Vénitiens qui, à peine dressés contre le souverain pontife, se tournent à présent vers lui en réclamant sa clémence. Que comprendre, surtout lorsqu'on perd les siens ?

Louise hocha tristement la tête.

— N'êtes-vous pas trop accablée par la mort du sire Briçonnet ?

— Je le suis, Louise. Je le suis. Mais vous me connaissez, je reste vaillante. Trop d'enjeux sont actuellement sacrifiés dans mes propres affaires pour que je me laisse aller au désespoir. C'est aussi le cas d'Alix, le saviez-vous ?

Louise fit un signe affirmatif.

— Je viens de l'apprendre de la bouche même du roi, qui le sait par le neveu de Georges d'Amboise, mort lui aussi durant ce rude combat où Italiens, Français et Autrichiens se sont entre-déchirés. Charles d'Amboise était à Florence quand son vieil oncle a succombé.

— Vous ne l'aimiez guère, n'est-ce pas ?

— Je haïssais Georges d'Amboise et il me le rendait bien. Mais je ne déteste pas son neveu Charles, que j'ai d'ailleurs invité au mariage de Marguerite, avec son épouse. C'est un homme sensé qui n'approuvait pas la politique de son oncle. Ce n'est ni un soldat ni un diplomate, c'est un artiste et un mécène.

Elle prit le bras de Catherine.

— Asseyez-vous, ma mie. Vous me semblez tout de même bien faible, et contez-moi ce que vous savez sur Alix. Cela n'ôtera pas votre chagrin, mais du moins, parlerez-vous d'un autre désespoir, celui de notre amie commune.

— Parler d'Alessandro Van de Veere, l'amant d'Alix, c'est aussi parler de mon époux et de mon frère. Ils étaient tous trois prisonniers de ce pape à demi fou qui se préoccupe bien plus de politique que de son Église. Aucun ne voulait financer son armée. Ils savaient tous trois que c'était de l'argent qui ne leur serait jamais rendu. Il paraît que seul le sire Van de Veere lui avait promis de façon quasi certaine. Et c'est bien pour cette raison qu'il lui en a voulu à mort, bien qu'il soit Florentin.

— Mais pourquoi s'est-il rétracté ? Cela représentait un énorme risque.

— Ce sont les Médicis qui l'y ont obligé.

— Je suis désolée pour le sire Van de Veere. J'avais de l'estime pour lui. Il m'a beaucoup aidée dans l'ouverture de ce crédit illimité destiné à mon fils.

— Justement, Louise, je voulais vous voir à ce sujet. Ses créances françaises seront difficilement récupérables en Italie. Il est préférable que vous ne les prolongiez pas.

— Et les acquis ?

— Ils devraient être pour vous. Les Italiens ne viendront pas mettre le nez dans vos comptes, ce qui n'est pas le cas pour les Brugeois.

— Je comprends. Il doit en être de même pour Alix.

— Certainement. Je sais que les biens et l'argent déposés à Tours lui seront accordés si les documents sont en règle.

— Ils le sont certainement, car Van de Veere avait certaines obligations qu'il ne devait pas outrepasser.

— Saviez-vous qu'il était lié aux Médicis par sa première épouse et par ses fils, élevés au palais ?

Louise marqua un temps d'étonnement, puis reprit tout en s'asseyant aux côtés de Catherine :

— Je m'en doutais sans en être sûre. On dit qu'après son déclin la puissance des Médicis se renforce.

— C'est tellement vrai, approuva la dame Briçonnet, qu'ils destinent même le jeune Jean de Médicis au trône pontifical dès que Jules II sera mort.

— C'est bien ce que je disais, ils vont vite en besogne.

Catherine se leva et fit quelques pas dans la chambre. Grande, forte, le visage allongé, sans grâce mais auquel des yeux affûtés de félin donnaient l'expression d'une forte personnalité, elle ressassait depuis quelques minutes le propos dont elle voulait entretenir la comtesse d'Angoulême.

— Ah ! Louise, écoutez mon conseil. Quand votre fils sera sur le trône, marchez pleinement dans le sens des Médicis. Ils seront de plus en plus puissants. Je vous le garantis. Si même vous pouviez y associer l'un de vos membres par un mariage bien concocté, ça n'en pourrait être que mieux.

Devant la mine étonnée de sa compagne, elle eut un sourire, le premier que vit Louise sur son visage. Mais se reprenant déjà, elle poursuivit :

— François et Marguerite auront des enfants, il me semble ! Alors, pensez-y. Cela ne coûte rien de faire des projets, ils se concrétisent ou pas, vous le savez tout comme moi.

— Bien sûr, et je viens tout juste d'en faire le constat. Ce fut une véritable contrainte. Depuis des mois interminables, le roi Louis, mon cousin, et moi-même, cherchions un époux pour Marguerite. Nous avons cent fois remis les noms en question pour les abandonner, les reprendre, les discuter, les rejeter.

Louise s'était levée elle aussi. Elle semblait réfléchir. Puis, soudain, elle s'enquit :

— Resterez-vous, ma mie, pour ces festivités ?

— Hélas ! Je ne peux me montrer en public alors que mon mari n'est mort que depuis quelques mois. Alix le pourra peut-être, elle !

— Alix ! En avez-vous donc des nouvelles ?

— Elle s'est arrêtée à Lyon, je crois, afin de voir l'un de ses amis chanoine. La pauvre petite, je la crois plus démoralisée que moi, malgré son courage et son énergie combative. Alessandro comptait beaucoup pour elle. Savez-vous qu'elle a une fille ?

— Une fille de Van de Veere, oui. Cette enfant doit la consoler. Je vais lui écrire pour lui demander de venir au mariage de Marguerite. Si elle ne vient pas pour les agapes, peut-être pourra-t-elle être là pour les joutes.

Et le soir même, Louise s'installa à son écritoire.

« Ma chère Alix,

Je comprends votre douleur et j'ai honte à vous exposer ma joie. Après ce dauphin qui, une fois encore, n'a pas vécu, François s'élève davantage. Mais si je suis heureuse aujourd'hui, c'est que Marguerite semble bien accepter son mariage avec le duc d'Alençon.

Demain, le cortège princier passera dans les rues de Blois. Avant le grand branle-bas, on a épuré la ville, tamisé les bords de Loire, briqué le château. Tout a été lavé, poncé, nettoyé, passé au crible. Le pont-levis a été graissé, les pavés disjoints rebouchés, les portes et les murailles grattées, ravalées, blanchies et les ardoises des tourelles remplacées. Tout est prêt pour accueillir ma fille. Ah ! Alix, que j'aimerais vous voir à mon côté. Certes ! Votre présence me serait douce, mais je crains que votre grand chagrin ne m'en prive. À présent, il faut penser à votre fille et oublier les mauvais jours. Alors, venez me rejoindre. Vous arriverez au son des cors et des trompes et vous verrez tout le village sur ses gardes. Paysans, commerçants et villageois se presseront, serrés comme les grappes de leur bon et vieux raisin, à la porte de leurs bâtisses.

Je vous attends, Alix. La vie reprend avec ses joies et ses peines. Venez admirer les étendards et les fanions qui se déploient déjà avec de grands balancements au gré d'un petit vent d'hiver froid et sec qui remplace généreusement le désagréable crachin des jours précédents.

Voici presque un an que vous avez quitté Tours. Un autre hiver est revenu, un autre printemps resurgira prochainement. Oubliez cet hiver-là, Alix et ne pensez plus qu'à la saison nouvelle où les yeux de votre fille s'ouvriront grands sur votre visage, attendant vos sourires.

Si vous ne pouvez pas me rejoindre le jour du cortège ou même si vous n'assistez pas aux pre-

mières festivités, venez au moins aux joutes qui suivront. Vous verrez que François a pris beaucoup d'assurance durant toute cette année et qu'il se conduit déjà en maître.

Je vous attends, ma chère Alix, ne me faites plus languir. Si vous êtes encore à Lyon comme semble le croire notre amie Catherine Bohier qui me quitte à l'instant, vous trouverez cette missive à Tours.

Votre attentionnée Louise. »

Désorientées, Marguerite ne savait encore quelle attitude adopter. Elle avait suffisamment réfléchi les quelques nuits précédentes pour se laisser aller, maintenant, à une décontraction du moins apparente, si elle n'était pas réelle.

Les hallebardiers et les arquebusiers se tenaient en haie d'honneur. Les officiers d'armes, les fantassins et les écuyers se dressaient sur leurs chevaux impeccablement harnachés, dans des vêtements aussi somptueux que ceux qui recouvraient l'échine et le dos de leurs montures.

Précédant le cortège, l'échevin de Blois plaquait sur son visage rond, terne et imberbe une mine austère, mais suffisante. Son pourpoint de velours noir était assorti au harnachement de son cheval bai qu'il montait avec un air de condescendance lui valant certains regards obséquieux.

Entouré de son échanson et de son grand veneur, Louis avançait devant toute sa cavalerie, jaugeant son bon peuple, souriant à distance, hochant judicieusement la tête aux ovations qu'il recevait de part et d'autre.

Comment le roi pouvait-il être, en ce matin de décembre, autrement que de très belle humeur ? Son échanson lui avait préparé les meilleurs festins de la saison et son grand veneur avait promis une succession de belles chasses hivernales. Sans ces inégalables perspectives, le roi eût-il montré un visage aussi heureux ?

La jeune épousée, auréolée du charme de ses seize ans, qui dans quelques instants, allait devenir la duchesse d'Alençon, avait décidé de s'adonner à la joie de cette journée plutôt qu'à la mélancolie qu'engendreraient tôt au tard les conséquences d'un tel mariage.

Vêtue d'une longue robe blanche, en velours de Flandres, brodée de perles et de motifs floraux argentés, la basquine à manchetons assortis, elle gardait ce sourire tranquille et avenant, bien qu'agitée intérieurement, et essayant de se convaincre que mieux valait un époux français qu'elle n'aimait pas qu'un époux étranger qui eût fait battre son cœur.

Derrière Anne de Bretagne, une suite de pages habillés de brocart bleu et or soutenait les armes de son duché, six grandes clefs argentées qui ouvraient les portes de sa chère ville de Nantes.

La veille, on avait présenté à la future duchesse d'Alençon les cadeaux qui rivalisaient de somptuosité et de grandeur.

Quatre belles haquenées grises empanachées de plumes d'autruches étaient arrivées d'Angleterre. Équipées pour la circonstance de harnais et d'étriers en laiton doré et de selles en cuir de vachette, les quatre juments l'avaient littéralement séduite.

Deux grands lévriers au pelage soyeux venaient d'Espagne. La robe grise du mâle s'argentait aux oreilles et celle plus ocrée de la femelle s'éclaircissait çà et là de taches blanches.

Pour compléter cette plaisante ménagerie, on lui offrit un perroquet aux éblouissantes couleurs, que Marguerite nomma aussitôt Achille. C'était, disait-on, un bavard acharné, mais les deux mainates qui lui arrivaient d'Autriche se montrèrent plus cocasses et plus entreprenants. Noirs comme jais, le bec orange et lustré, les oiseaux prirent le parti d'ânonner tout ce qu'ils entendaient. Leur vocabulaire s'accordait autant à la délicatesse des mots les plus raffinés qu'à la paillardise de ceux que jetaient les hallebardiers qui passaient devant eux.

S'ajoutaient aux présents, des émaux, des porcelaines, des broches, des présentoirs d'argent chargés de fruits venus d'Italie et d'Espagne, des manuscrits richement enluminés et des livres en provenance de la bibliothèque royale.

Le cortège traversa Blois. Des compagnies de milices composées d'une centaine d'hommes en équipage de guerre, porte-enseignes, fers de piques et hallebardes, se postaient aux quatre coins de la ville et remontaient jusqu'aux portes du château.

Tout en bas, sur la place, les échafauds avaient été recouverts de velours cramoisi. Au centre, on avait dressé des fontaines où coulaient le vin blanc de Touraine et le clairet d'Orléans.

Le peintre Bourdichon, affecté au service de la reine, avait touché cent cinquante-six livres pour exécuter les décorations des écussons où l'hermine d'Anne de Bretagne et le porc-épic de Louis XII s'affichaient dans chaque recoin de la ville et sur le linteau des portes devant chaque échoppe.

Tout Blois donnait à la cérémonie ce caractère de faste et de nouveauté qui devait se développer dans les quelques décennies qui allaient suivre.

Plantés devant leurs échoppes, les boutiquiers acclamaient Marguerite. Les corps de métiers se serraient les uns contre les autres en bas du château. Boulangers, bouchers, bonnetiers, tisserands, libraires, menuisiers se déchaînaient dans des ovations et des vivats joyeux.

Toujours livrés à eux-mêmes en de pareilles occasions, les enfants en profitaient pour se bousculer, se chamailler, fuguer, chaparder.

Le long des remparts s'alignait le peuple et, tout en haut des ruelles, attendaient la noblesse et la grande bourgeoisie.

La veille, alors que famille et invités n'étaient plus accrochés à Marguerite pour la féliciter, la flatter, l'examiner, François avait discuté longuement avec elle. Mais les mots étaient restés futiles, légers, presque inexistants. Avait-il remarqué l'éclat d'inquiétude qui agrandissait son regard habituellement serein ? Avait-il ressenti l'angoisse que sa sœur entretenait, malgré une joie apparente ?

François n'était pas de ceux qui sont hantés par la crainte de l'inattendu.

Mais, de cette insouciance qui l'amenait sans cesse à se reposer sur sa sœur, de cette frivolité qu'il déployait devant chaque discussion sérieuse, de cette légèreté de propos qu'il tenait de son père, Marguerite prenait sa force.

Au crépuscule, à la tombée d'une nuit qui s'annonçait sans lune, Louise était venue les rejoindre.

— Je crains fort que cette région de Normandie que je ne connais pas ne me séduise guère, avait décrété Marguerite comme une affirmation sans retour.

— Allons, ma douce, ma mignonne, avait rétorqué François, la Normandie est si proche de Blois qu'il te suffira de quelques chevauchées pour y revenir. Que tu t'y plaises ou non, tu voyageras comme bon te semble. N'est-ce pas votre avis, mère ?

Marguerite avait alors regardé son frère, une lueur de tristesse dans les yeux.

— Ne vais-je pas perdre mon indépendance ?

Puis, l'œil humide, elle s'était précipitée dans les bras de sa mère.

— Une épouse, pour un homme, ne sera jamais ce qu'est un mari pour sa femme. Vous le savez très bien. Les lois sont différentes, même si nos mœurs actuelles sont assez libérales, même si votre état d'esprit, mère, est largement ouvert.

Les plaintes de Marguerite s'étaient pourtant arrêtées et elle reprenait hardiment, en tentant de sécher ses yeux :

— Je n'aime pas ce duc d'Alençon. Je ne l'ai vu qu'une ou deux fois et il me déplaît.

Louise avait pris sa fille aux épaules et l'écartant d'elle, avait assuré, la regardant droit dans les yeux :

— Certes, les lois instituées par les hommes ne privilégieront jamais les femmes. Mais là ou tu te trompes, ma fille, avait-elle ajouté en caressant son front où des boucles rebelles tombaient en fureur, c'est que, à un très haut niveau, elles deviennent identiques. Regarde ton frère, épousera-t-il une femme de son choix ?

— Mère, s'était rebiffée aussitôt Marguerite. Nous savons que François épousera Claude de France. Mieux encore, tout le pays est au courant. Mais, lorsqu'il sera sur le trône, le voyez-vous sans favorite ?

Louise hocha la tête.

— C'est impensable, en effet, avait-elle murmuré.

— Et me voyez-vous avec un favori au château d'Alençon ?

L'éclat de rire qu'avait lancé François avait d'un seul coup détendu l'atmosphère.

— Eh bien, tu viendras en chercher un à Blois. Si tu fais intervenir la toute-puissante royauté, Marguerite, sans parler de favori, garde bien l'idée que tes fonctions de seconde dame de la cour dépasseront tes obligations d'épouse. Car tel sera le désir du roi.

— Que veux-tu dire, François ?

— Que tu resteras à mes côtés, avait promptement répliqué son frère, et qu'aucune femme de la cour, après Claude, n'aura plus d'importance que toi.

La repartie sans nuance de son frère lui avait rendu le sourire, mais pourquoi avait-elle aussitôt eu les mots qui faisaient si mal à sa mère ?

— François, seras-tu roi un jour ? La reine peut encore être enceinte.

— Pourquoi veux-tu que, désormais, il y ait un dauphin ? Notre destinée est tracée, répliqua tranquillement François.

En prononçant à ses oreilles des mots si séduisants, le jeune homme effaçait d'un seul coup les craintes de sa sœur et c'était une douce allégresse qui lui venait à l'esprit et qui ne devait plus la quitter de toutes ces festivités.

Si ces paroles de réconfort n'avaient pas entièrement rassuré sa mère, Marguerite les gardait en elle. François avait dit « Notre destinée est tracée ». De cela, il restait persuadé et la jeune fille se laissa docilement convaincre par cette assurance.

Quant à son futur époux, y réfléchir maintenant devenait difficile. Car elle entrait avec majesté, aux côtés de Louis XII, dans la chapelle du château où les attendait l'évêque.

La tête bourdonnante, elle posa sa main légère sur l'avant-bras du roi qui, solennellement, les yeux fixés devant lui, la conduisait devant l'autel.

L'orgue entamait des airs fracassants qui s'enflaient avec puissance. Les flûtes et les hautbois reprenaient en sons légers, fluides. Les chœurs répondirent aux violes et toute la chapelle fut absorbée par ce halo musical qui montait sous les voûtes.

Suivaient la famille royale, les Valois, les Bourbons, et les seigneurs des grandes maisons de France.

François d'Angoulême marchait aux côtés de sa mère avec l'assurance d'un futur monarque, et les jeunes princesses Claude et Renée de France escortaient la reine qui, traînant sa lourde cape doublée d'hermine, relevait haut la tête. La centaine de filles d'honneur qui l'accompagnait formait sa suite, l'une des plus prestigieuses des cours d'Europe.

L'orgue s'était arrêté. Marguerite et Louis XII avançaient aux sons des violes qui, note à note, perçaient les voûtes de l'église. Comment les intrigues de la politique avaient-elles pu promettre la princesse Claude au jeune Charles Quint, quand le roi de France conduisait Marguerite d'Angoulême à l'autel comme s'il s'agissait de sa propre fille ?

Charles d'Alençon avait l'air absent. Il fixait d'un œil vide l'allée centrale qui fuyait devant lui. Qu'on lui ait choisi Marguerite d'Angoulême comme épouse ne semblait ni l'enthousiasmer, ni lui déplaire. Cela aiderait tout simplement à faire cesser un vieux conflit qui s'était instauré entre les pays d'Armagnac et de Normandie.

En effet, le procès qui opposait depuis longtemps la famille d'Angoulême et celle d'Alençon, à propos de la succession d'Armagnac, n'avait fait qu'empirer durant le siècle dernier. Cette union devait éteindre les permanentes querelles entre les deux maisons de France. La ferme décision du roi apparaissait, dans ce choix, comme une volonté d'affirmer davantage la position politique des Valois.

Mariée au duc d'Alençon, Marguerite d'Angoulême préserverait la France des alliances étrangères qui risquaient de créer des revendications territoriales. D'autant plus que la famille d'Alençon se rapprochait peu à peu de l'Angleterre qui n'était qu'à deux pas de la Normandie, une fois la mer traversée.

Or, Louis XII connaissait bien les dangers des revendications de successions. Ne réclamait-il pas, lui aussi, son héritage italien au nom de son aïeule Visconti ? N'avait-il pas épousé Anne de Bretagne pour ajouter à la France son duché breton ?

Avec une gravité qui frôlait la raideur et qu'il tentait de maîtriser, Charles d'Alençon avançait aux côtés de sa vieille mère, la duchesse de Lorraine. Celle-ci, que l'âge n'épargnait guère, marchait péniblement. Soutenue par deux pages et quelques dames de compagnie, suivie de toute la famille d'Alençon, elle se tenait courbée, minée par les rhumatismes, mais relevait dignement la tête.

Sur le tapis fleurdelysé étalé jusqu'à l'entrée de la chapelle, la file avançait lentement au rythme de la musique royale. Au bout de l'allée, l'évêque attendait le jeune couple. Les épaules affaissées, mais la mine avenante, il scrutait de son regard pointu la jeune Marguerite, trop émue en cet instant pour oser lever son regard sur l'ecclésiastique.

Un geste sec de Robert Fayrfax fit taire les violes et les flûtes. Le trajet de sa main se suspendit en plein vol et l'on écouta flotter le silence quelques secondes.

La comtesse d'Angoulême regarda sa fille. Émue de la voir si belle et si vulnérable, elle sentit son œil humide. Pour ne pas le mouiller davantage, elle le planta droit dans les prunelles claires du duc de Bourbon qui l'observait, menton avancé et pommettes sombres, d'un regard qui mêlait tiédeur et austérité.

Depuis la veille, les événements se déroulaient si vite dans l'esprit embué de Marguerite qu'elle fut surprise de se retrouver aux côtés de Charles d'Alençon, unis jusqu'à ce que la mort les sépare.

Les fleurs tombaient en abondance et jonchaient le sol. Du pied, Marguerite les foulaient comme on foule le raisin mûr un jour de vendanges, dans les grandes cuves de bois.

Des fenêtres du château, on jetait des pièces de monnaie que la foule en liesse attrapait en criant. Les plus favorisés les rejetaient d'un air blasé en regardant les plus infortunés se battre.

Le vin des fontaines coulait à flots et l'on s'enivrait en chantant des airs gaillards et bien scandés. Des filles dansaient en relevant leurs amples jupes colorées. Parmi les hommes qui, bouches mouillées de vin, s'encanaillaient, les plus hardis tentaient de saisir leurs jambes légères.

Dans les auberges, les cris se répercutaient avec fracas. Sur les tréteaux, les planches offraient d'énormes miches de pain, des pâtés, des cochonnailles et des fromages de chèvre.

Ce jour-là, pélerins et colporteurs, miséreux et petit peuple, gens qui venaient des quatre coins de la Touraine, se mêlèrent en toute intimité pour boire et manger copieusement aux frais du bon roi Louis XII.

XXVII

Longtemps Alix était restée à Lyon, profitant du séjour prolongé de son ami le chanoine André qui avait su, à nouveau, lui ramener de l'espoir au cœur.

Puis enfin Tours ! Alix sentit bondir son cœur dans sa poitrine et battre ses tempes. Battre n'était pas le mot, elles cognaient de chaque côté de son front comme si les coups d'un marteau venaient en rythmer la cadence. Et, tandis que son sang affluait à ses veines, elle s'efforça de rester calme malgré ses doigts qui s'agitaient sur l'étoffe de sa robe.

Quant à Tania, de Dijon à Paris, elle avait beaucoup dormi et, sur la route de Tours, elle s'était réveillée, mais restait dans un état de somnolence quasi permanent, si bien que la petite Valentine était passée des bras d'Angela à ceux d'Alix.

Léo arrivait par l'hôpital du Saint-Esprit et la grande rue Saint-Martin. L'hiver bien amorcé laissait filtrer un air froid à travers la ville et chaque coup de vent le rendait plus glacial.

Quand l'attelage fut devant l'église Saint-Julien, Alix prit peur et sa grande impatience se mua en une angoisse qu'elle n'avait pas très bien cernée jusqu'alors. Elle se rendait compte que, dans quelques instants à peine, elle aurait à discuter, raconter, détailler et elle se sentait subitement incapable d'ouvrir la bouche. Le sourire que lui adressa Angela la réconforta un instant et elle se dit que ce n'était qu'un mauvais moment à passer et qu'après viendraient le réconfort, la tranquillité, l'harmonie et surtout la reprise de son travail dès qu'elle aurait posé le pied dans ses ateliers.

Un instant, elle fut tentée de se rendre dans la maison d'Alessandro – qui à présent était la sienne puisqu'il lui en avait fait don avant qu'elle parte à Florence – située sur la grande place centrale, là où se regroupaient toutes les maisons des notables tourangeaux. Mais elle se ravisa et, pour se donner du courage, prit dans ses bras la petite Valentine qu'Angela berçait.

— Allons à la maison, cria-t-elle à Léo en passant la tête par la fenêtre de la voiture.

Et comme elle s'attendait à ce qu'il lui demande laquelle, elle ajouta précipitamment :

— Place Foire-le-Roi.

Et tout se fit avec une rapidité vertigineuse dans une suite de réflexes parfaitement synchronisés, sans même qu'elle s'en rendît compte. Tania se réveilla et Angela lui remit l'enfant dans les bras. Les chevaux passèrent sous la grande porte cochère et l'attelage se rangea dans la cour intérieure. Léo attendit quelques instants, tenant encore les rênes, avant de quitter son poste de conduite. Alix sauta sur le sol et Bertille ouvrit la porte en répétant inlassablement « Ah ! grâce au Ciel, benoîte Vierge ! ».

C'était en début de soirée et Alix comprit qu'elle interrompait le souper. Elle les vit s'avancer comme dans un brouillard. Bertille, qui la serrait contre son opulente poitrine, les cachait un peu à son regard. Puis, se détachant enfin d'elle, Julio l'embrassa et chercha des yeux Angela qui se précipita vers lui pour de tendres effusions. Ah ! Ces deux-là s'aimaient toujours ! La séparation n'avait fait que décupler leur passion.

Quant à Pierrot, écoutant la litanie peu originale de Bertille, il modula la sienne :

— Ah ! C'est qu'on vous attendait depuis longtemps, dame Alix. On commençait à se demander si vous alliez rentrer cet hiver. Ah ! Ce n'est pas que les ateliers manquent de travail et ce n'est pas non plus que nous nous amusions en vous attendant, mais c'est rudement bon de vous voir. Ah oui, que c'est bon !

Brave Pierrot ! Il n'en finissait pas avec ses « ah ! » de soulagement infini. Il n'avait pas gagné du poids, mais de la hauteur. D'une main rassurante, Alix fourragea un instant dans la chevelure hirsute du garçon et ne put s'empêcher de sourire.

Abandonnant l'adolescent qui, inlassablement, continuait à citer les avantages de ces heureuses retrouvailles, elle s'avança dans la pièce. Restait Mathias.

Oui ! Mathias, qui n'arrivait pas à détacher ses grands yeux bleus, flambant sous les mèches de sa chevelure fauve, de ceux d'Alix. La jeune femme réprima de justesse le léger tremblement de ses mains. Il la fixait sans broncher. « Il sait déjà que je souffre », se dit-elle en s'approchant de lui pour l'embrasser.

Comme il avait changé durant son absence ! On eût dit qu'à présent une solide carapace l'enveloppait tout entier et qu'il s'y complaisait sans chercher à en sortir. Non ! Alix ne se trompait pas. Elle voyait et sentait juste. Pour ne pas recommencer l'erreur qu'il avait faite lorsqu'elle était partie, c'est à peine s'il la serra contre lui, mais elle sentit tout de même, le temps de quelques secondes, ses chaudes et rassurantes mains passer dans son dos. Elle crut même – à moins qu'elle ne se fît des idées – qu'elles tremblaient contre l'étoffe de sa robe, mais ce fut si fugitif qu'elle se demanda si c'était vrai et s'il l'aimait toujours.

C'est alors que tous les quatre, debout devant elle, remarquèrent Tania. Elle portait Valentine dans ses bras. Bertille leva les bras au ciel et s'écria :

— Mais qui est cette petiote-là ?

Elle observait la jeune Tania, qu'elle ne connaissait pas, en pensant que l'enfant était sa fille. Sans doute une jeune ouvrière ou une servante ramenée d'Italie ! Instantanément, son visage lui plut. Les traits étaient un peu comme ceux d'Angela, dessinés avec douceur et joliesse, sans agressivité ni rudesse, sauf que l'une était blonde et l'autre brune.

Bertille s'apprêtait déjà à s'occuper de l'enfant sans en demander davantage, quand Alix laissa tomber devant l'assistance médusée :

— C'est Valentine, ma fille. J'ai accouché, il y a quelques mois à peine.

— Oh ! jeta Pierrot d'une voix étouffée.

Bertille écarquilla ses yeux, sans comprendre. Cette fois, elle voulait en savoir plus. Puis, soudain, elle se remémora les malaises d'Alix avant son départ.

— Vous n'avez pas attrapé ce bout'chou-là en Italie !

Alix haussa l'épaule. Elle sentait les yeux de Mathias appuyés sur elle, mais elle refusa de croiser son regard et répondit brièvement :

— Quand j'ai quitté Tours, j'étais déjà enceinte. Il n'y a pas d'autres explications.

Enfin, Mathias s'approcha et lui souffla d'une voix à la fois dure et ironique :

— De ton Alessandro ?

Le nom était dit. Alix chancela. Oui ! Mathias avait changé. Et même si son visage avait pris la pâleur d'un mort, il ne portait plus le même regard sur elle. Elle sentit la sueur couler dans son dos. Il fallait qu'elle se ressaisisse. Enfin, elle fixa ses yeux dans les siens. Ce fut un bref affrontement. Elle crut un instant qu'il allait lui jeter une autre provocation au visage. Mais sa bouche restait close, un pli intransigeant sur les lèvres.

Elle s'approcha de lui jusqu'à frôler son buste.

— Qu'on ne me parle jamais de lui et toi, Mathias, moins qu'un autre. Alessandro est mort.

— Mais que veux-tu dire ? s'exclama Julio, le seul avec Angela à connaître le banquier florentin.

— Mort ! Mort comment ? insista Bertille en tournant sa tête tantôt vers l'enfant, tantôt vers Alix.

— Bertille ! Cela suffit, cria Alix excédée. Quand je dis mort, c'est mort. Il a été terrassé, fauché, déchiqueté avec des centaines d'autres par les canons des guerres italiennes, sans même avoir vu sa fille. Cela vous convient-il ? Que puis-je dire d'autre ?

Elle vit Mathias reculer. Son visage était toujours d'une pâleur extrême. Puis, il lui tourna lentement le dos et s'en fut jusqu'à la fenêtre de la grande cuisine où, tout à l'heure, ils étaient encore tous attablés.

— Oui, que puis-je dire d'autre ? reprit Alix d'une voix au timbre adouci. Voici Tania qui s'occupera de ma fille. C'est elle qui m'a aidée quand l'enfant est venue au monde. Mais dès demain nous chercherons une nourrice, car je n'ai pas assez de lait pour la nourrir.

— C'est une belle petite, assura Bertille pour combler le silence, et elle ressemble à sa maman.

De la fenêtre où il se trouvait, Mathias se retourna. Puis, en quelques pas, se rapprocha d'Alix. Enfin, il tourna son regard vers l'enfant et la dévisagea longuement sans poser de question.

Alix soupira.

— À présent, je n'ai plus rien à dire sauf en ce qui concerne le travail. Mais nous verrons cela dès demain.

Elle se tourna vers Bertille.

— Je n'ai pas faim, je suis lasse et je vais me coucher. Prépare un berceau pour Valentine et occupe-toi de tout avec Tania.

Avant de quitter la cuisine, elle se tourna vers Mathias. Il passait nerveusement sa main dans son épaisse chevelure pour redresser les mèches rousses qui tombaient sur son front.

— Nous élèverons Valentine avec Nicolas, annonça-t-elle d'une voix claire.

Sur cette volonté qui, bien sûr, n'étonna personne, elle quitta la cuisine et s'enferma dans sa chambre.

Alors, les larmes lui vinrent aux yeux, car elle se rendit compte, pour la première fois, qu'Alessandro lui manquait. Trop d'événements étaient intervenus depuis l'annonce de sa mort pour qu'elle s'en fasse la cruelle remarque. Qu'allait-elle devenir désormais sans lui, sans les incessantes préoccupations qu'il avait pour ses ateliers, ses productions, son travail ? Jamais elle n'avait senti cet abandon comme ce soir-là, où elle s'apprêtait à reprendre ses occupations quotidiennes. Un sanglot la secoua. Elle s'allongea sur le lit puis se retourna sur le ventre et, le bras replié contre son visage, laissa éclater sa douleur. Pas une seule fois encore, elle n'avait pleuré Alessandro. Ce soir, il lui semblait qu'elle se vidait d'un souvenir qui l'oppressait tout en sachant que le trou qui viendrait prendre la place la meurtrirait péniblement.

Pourquoi le destin accablait-il ainsi sa vie sentimentale ? La mort de Jacquou, celle de ses deux fils et, à présent, celle d'Alessandro qu'elle s'était mise à aimer, même si elle savait qu'il ne serait jamais son époux. Son oncle, le cardinal Jean de Villiers et son ami, le chanoine André, l'avaient pourtant mise en garde contre une telle passion. Une portion de vie ! disaient-ils. Une route à suivre quelque temps ensemble, agréable, certes, bien calculée, bien pesée pour ses affaires, mais qui la mènerait inévitablement au-devant de multiples désillusions si elle se prenait trop d'amour pour lui. Les deux prélats n'avaient assurément pas prévu que ce serait la mort qui les séparerait.

C'est à peine si elle entendit frapper contre la porte. Elle ne bougea ni ne se retourna. Entre deux sanglots, elle entendit pourtant qu'on la refermait sans bruit. Et soudain, un bafouillage d'enfant la força à relever le nez.

— Lilis, entendit-elle, pourquoi pleures-tu ? Maintenant, je suis là.

Elle releva son visage décomposé et vit le petit Nicolas qui, tout penaud, lui tendait ses bras potelés.

— Oh ! Nicolas, mon petit ange, murmura-t-elle en serrant l'enfant contre elle.

Puis, elle regarda Mathias, les yeux baignés de larmes et murmura :

— Je me souviens qu'il ne parlait pas si bien quand je suis partie.

— Il se débrouille à présent et il ne t'a pas oubliée. Je lui ai parlé de toi chaque jour.

— Merci, Mathias, c'est vraiment la plus belle chose que tu puisses me dire.

Il la dévisagea longuement. Son visage avait repris ses couleurs habituelles et ses mèches rousses retombaient de nouveau sur son front sans qu'il pensât à les écarter.

— Alix ! Es-tu vraiment si malheureuse ?

Elle soupira tristement.

— Je ne veux pas en parler, Mathias. Et je n'en parlerai pas. Jamais ! À présent, je ne dois plus penser qu'à deux choses : m'occuper avec toi des ateliers et élever Valentine auprès de son grand frère.

Il opina amèrement de la tête comme si cette constatation lui paraissait évidente.

— C'est toi qui viens de me dire les mots que je voulais entendre.

Puis, il retira son fils des bras d'Alix.

— Viens, Nicolas, il faut laisser Lilis dormir. Elle est fatiguée de son grand voyage.

Dans la nuit, Alix fit de tels cauchemars que Bertille les entendit et voulut s'assurer qu'elle n'avait point de fièvre ou de mauvaises convulsions ramenées de ce pays lointain où le roi français partit si souvent se battre.

Inquiète, elle pénétra dans la chambre de la jeune femme en laissant la porte ouverte pour ne pas relâcher la surveillance de Valentine dont elle s'occupait cette première nuit, afin de permettre à la jeune Tania de mieux dormir. En effet, celle-ci, pas encore remise du voyage, tombait toujours de sommeil.

Alix s'agitait dans son lit, se tournant, se retournant, se débattant comme si un mauvais diable s'accrochait à elle et que, voulant lui échapper, elle se tordait en tous sens.

— Quel gâchis ! grommela Bertille en se penchant sur elle. C'est malheureux d'aller chercher ailleurs ce dont elle dispose chez elle. Qu'avait-elle besoin d'un seigneur qui l'entraîne aussi loin ? Ce Mathias est fait pour elle et cette sotte ne s'en aperçoit pas.

Mathias avait l'oreille fine et l'avait entendue. Il s'approcha de la vieille servante.

— Il faut lui laisser le temps, Bertille, murmura-t-il. Elle n'est pas encore prête.

— Le sera-t-elle un jour ? Ses voyages la bouleversent, la transforment, font d'elle une autre personne. Ah ! Je sais que, pourtant, elle vous porte dans son cœur et, par tous les diables ! S'il n'y avait pas ces déplacements pour rapporter des commandes, il y a longtemps qu'elle vous aurait choisi pour mari. Car vous êtes bien le meilleur après son Jacquou.

— Laissons un peu nos enfants grandir, Bertille. L'essentiel est de ne plus la laisser partir aussi longtemps. Tu as raison, cela ne lui réussit pas.

Il pénétra dans la chambre, mais resta collé au mur. De loin, il vit qu'Alix était en sueur et qu'elle se débattait violemment, les mains agrippées à son ventre comme si elle devait accoucher d'un instant à l'autre.

— L'autre ! cria-t-elle tout à coup, l'autre !

— L'autre quoi ? s'enquit doucement Bertille tandis que Mathias approchait d'un pas.

— L'autre enfant !

— Quel enfant, ma douce ? chuchota Bertille. De quel autre enfant voulez-vous parler s'il ne s'agit de votre petite Valentine ?

Puis, soudain, Mathias vit Tania arriver. Elle avait un air affolé et son visage était pâle et défait. Elle se mit à pleurer silencieusement, puis ce furent des plaintes et des gémissements qui se poursuivirent par un hoquet bruyant.

— Alix, s'écria-t-elle, il n'y a pas d'autre enfant. Il faut dormir. La petite Valentine se porte bien. Il ne faut plus penser qu'à elle.

Bertille et Mathias se regardèrent étonnés.

— À quel autre enfant pourrait-elle donc penser ?

Mais du ventre d'Alix sortit un grand cri.

— Le petit Louis !

Cette fois, Bertille ne comprenait plus et Mathias reprenait son visage terreux. Cet interminable et obsédant voyage n'allait donc jamais cesser dans son esprit tourmenté ? Ce Florentin ne partirait donc jamais de sa mémoire ? Devrait-il longtemps mettre une barrière insurmontable entre lui et Alix ? À présent qu'il commençait à associer Valentine à sa vie quotidienne, que venait faire brusquement ce petit Louis ?

— Les canons ! Le boulet. Oh ! Ma tête ! Le petit Louis.

— Elle confond tout, dame Bertille, gémit Tania, elle confond tout. C'est parce qu'elle voulait un fils et l'appeler Louis.

La jeune fille devenait folle. Elle s'était relevée et s'enfuyant vers le mur, se tapait la tête contre une poutre verticale accolée à l'une des parois, répétant inlassablement qu'Alix voulait un fils. Mathias dut l'écarter, la maintenir et, voyant qu'une crise d'hystérie commençait à la prendre, il la gifla violemment. Sidérée, elle cessa aussitôt ses cris.

— Et maintenant, tu vas me dire ce qu'Alix confond, s'emporta-t-il en la tutoyant tant l'impatience et la colère le submergeaient. Alix ne sera jamais folle au point de confondre une fille avec un fils.

Comme elle hésitait et semblait vouloir replonger dans son hystérie, il la frappa de nouveau.

— Mathias ! s'écria Bertille. Une gifle suffisait.

Mais au fond, elle savait que c'était nécessaire et bien sûr, elle aussi voulait en savoir davantage.

— Allons, ma belle ! Dis-nous ce qu'elle confond.

Tania pouvait certes tout expliquer, mais les gifles retentissantes l'avaient calmée et elle décida de soutenir ce qu'elle avait déjà dit.

— Alix voulait un garçon, dit-elle d'une voix éteinte, et désirait l'appeler Louis.

— Tu mens ! jeta froidement Mathias. Elle ne confond rien, elle parle d'un autre enfant. Si tu préfères te taire, je t'enferme jusqu'à ce que tu parles.

— Allons ! Mathias, reprocha Bertille, nous ne réussirons à rien par la colère.

— Tu as raison, Bertille, approuva Mathias. Cependant, poursuivit-il en saisissant le menton de la jeune fille et en l'obligeant à le regarder dans les yeux, Alix nous a révélé que tu étais une esclave byzantine. Alors tu le redeviendras très vite si tu restes muette.

Le mot « esclave » la foudroya et elle resta pantelante, ahurie par la tournure des événements. Enfin, elle capitula.

— C'est ma faute ! C'est ma faute ! gémit-elle en se tordant les mains.

— En quoi est-ce ta faute ? Alix nous a dit que c'était toi qui l'avais aidée à mettre l'enfant au monde. De quoi t'accuses-tu ?

— De tout !

— Pauvre enfant ! fit Bertille. Ne cherchez pas plus, Mathias. Cette jeune fille, qui n'est encore qu'une adolescente, est aussi secouée que notre pauvre Alix qui semble, en effet, tout confondre. Elles ont été jetées dans un chariot, bâillonnées, ligotées, sans manger ni boire durant plusieurs jours alors que les canons explosaient à leurs côtés, que les corps se propulsaient dans l'espace, déchiquetés avant de retomber sur le sol. C'est comme ça que son Alessandro est mort.

— Tais-toi, Bertille ! cria Mathias. Tais-toi. Je ne veux plus entendre ce nom.

Il s'épongea le front. Lui aussi sentait la sueur couler dans son dos et la nervosité l'envahir.

— Je connais Alix mieux que toi, Bertille, elle n'est pas fille à se laisser anéantir par des tragédies qui ne sont pas d'ordre affectif. Ce n'est donc pas le fait d'avoir été malmenée physiquement qui peut la détruire à ce point.

Il se retourna rageusement contre Tania.

— Quant à toi, je ne suis pas du même avis que Bertille. Tu nous caches quelque chose et je le saurai. Sinon, je te jure que tu retourneras d'où tu viens. Alors, parle immédiatement.

Se sentant prise au piège, Tania se remit à trembler. Elle hoqueta de nouveau et avoua lamentablement :

— Il y avait deux enfants !

— Quoi ! s'écrièrent ensemble Bertille et Mathias. Que veux-tu dire ?

— Alix a accouché de deux jumelles.

— Dieu du ciel !

Assommée par cette révélation, la vieille servante s'assit sur le bord du lit. Et, tandis que Tania reprenait ses convulsions, Alix commençait à se calmer. Ses cris se faisaient moins forts et ses agitations plus mesurées.

— Où est l'autre enfant ? vociféra Mathias en la secouant comme un arbre dont on veut faire tomber les fruits.

— La jumelle de Valentine était mort-née.

Tania resta pétrifiée par ce qu'elle venait de dire. Puis, honteuse mais consciente qu'elle ne révélerait rien de plus, elle se dégagea de l'emprise de Mathias qui la secouait encore.

Il ne chercha pas à la retenir. Puis, il grommela entre ses dents :

— Si Alix perd la tête, je saurai bien la lui faire retrouver.

— Comment, mon pauvre Mathias ? Ne voyez-vous pas qu'elle est repue d'amour et que, pour l'instant, elle n'en veut plus ?

Mathias haussa l'épaule. Sa colère et sa hargne avaient disparu. Il ne lui restait plus que son amour pour Alix et son immense impuissance.

— Nous ne parlons pas de la même chose, Bertille. C'est par son travail que je guérirai Alix. Déjà, demain, devant les hautes lisses, elle ne pensera plus à sa nuit tourmentée.

Certes, Mathias ne connaissait pas les charmes secrets d'Alix, aucune frasque amoureuse n'étant venue troubler leur ancienne et belle entente, aucun geste, aucun mot, aucun regard équivoque entre eux, juste l'unique baiser sur la bouche qu'avait réclamé Mathias avant qu'elle ne sillonne les routes italiennes.

Jamais Alix n'avait outrepassé la grande affection qui la liait à Mathias, une affection sans faille même au temps où Jacquou et Florine emplissaient de leurs éclats de voix joyeux le petit atelier de l'époque.

Dès l'aube, Alix fut debout. Les agitations de sa nuit et les conséquences qu'elles auraient pu engendrer avaient totalement disparu. Bertille avait été chercher Lisette, l'épouse de Juan, le gardien des ateliers de haute lisse. Aussi attendait-elle la jeune femme de pied ferme, un enfant de quelques mois entre les bras.

— Lisette ! s'exclama Alix.

Puis, elle observa l'enfant.

— Mais ce n'est ni Alfonso, ni Margarita.

— Non ! Dame Alix, c'est Maria. Et je vous propose de partager mon lait entre elle et votre fille.

— Oh ! Lisette, tu me sauves la vie. Ainsi, tu viens d'accoucher pour la troisième fois.

— Eh bien, je vais payer généreusement le lait que tu m'offres et, plus tard, quand ta petite Maria sera grande, elle pourra me demander ce dont elle aura besoin pour s'installer ou se marier.

Puis, elle donna ses instructions à Bertille et à Léo tandis qu'elle se tournait vers Tania.

— Te voici un peu libre, dit-elle à la jeune fille, puisque Lisette s'occupera de Valentine. Viens avec moi, je vais te montrer les ateliers.

À cette demande, Tania fut presque soulagée. Ainsi, elle n'aurait pas à craindre les nouvelles questions que Bertille serait tentée de lui poser. Restait, bien entendu, celles de Mathias, car celui-ci ne la lâchait pas. Mais à l'atelier, elle échapperait sans doute au harcèlement du lissier, que l'on disait toujours occupé.

Ce fut à son comptoir de vente qu'Alix se rendit tout d'abord. Julio, qui dirigeait l'établissement, un peu gêné par les événements de la veille, restait sur ses gardes, mais il y avait trop d'amitié entre eux pour qu'un trouble subsistât. Elle avisa l'air serein et tranquille d'Angela et se dit que, bientôt, il faudrait marier ces deux-là.

Pour conforter l'harmonie de leurs rapports, Alix crut bon de préciser l'essentiel.

— Jean s'en est bien tiré, Julio. C'est une chance pour lui qu'il ne se soit pas compromis dans cette affaire financière. Le pape Jules II ne s'en est pris qu'aux trois banquiers. Jean est retourné à Rome. Mais j'aurais tant voulu le voir avant de repartir.

Julio hocha la tête.

— Allons-nous continuer à travailler avec Florence ?

Alix lui octroya un grand sourire réconfortant.

— Bien sûr, mais la prochaine fois, tu iras seul en Italie. Pour l'instant, nous nous contenterons des bonnes relations que j'y ai gardées et que je compte bien entretenir.

Julio s'approcha d'Angela et lui prit la main qu'il porta à ses lèvres. Elle leva son joli visage d'ange sur lui et lui tendit ses lèvres qu'il baisa tendrement.

— Je suppose qu'Angela t'a tout raconté.

— Tout ce qu'elle savait, oui.

— Il reste une part d'ombre, mais je ne veux pas en parler.

— Alors, garde-la en toi, Alix, et essaie d'oublier ce qui te gêne.

En Julio, elle avait toute confiance. Longtemps, il avait hésité sur le choix qu'il devait effectuer, nullement pressé par Jean qui, cependant, pensait le revoir à Rome après quelques années passées à Tours. Puis, Angela était venue avec son cœur débordant d'amour, et il avait définitivement abandonné toute idée de se faire prêtre pour devenir lissier.

Alix jeta ses yeux sur les hauts murs blanchis à la chaux. De beaux ensembles y étaient accrochés. L'un d'eux, qui s'intitulait *L'Histoire de saint Jean-Baptiste*[1], attira son regard. Il châtoyait d'autant plus qu'un pâle rayon de soleil hivernal jouait avec le fin tissage des ors.

— Cette tenture est superbe. Combien d'ensembles comporte-t-elle ?

— Quatre pour l'instant. Trois sont réalisés à Bruxelles. Celui-ci m'a été confié il y a six mois. Je le tisse en partie en fils d'or. Comme l'intégralité de la tenture comportera six ou huit ensembles et qu'ils utilisent des remplois, j'aimerais que les lissiers bruxellois m'en confient une ou deux autres. Peut-être vont-ils le faire si je m'associe avec un atelier parisien.

1. *Le Baptême de la Pénitence*, tissé au début du XVIe siècle avec des remplois de cartons, mais enrichi de fils d'or, comportait un thème repris sur une tenture de Madrid. Château de Pau.

Elle avisa d'autres tentures suspendues aux murs de son comptoir. Alessandro avait su en régler tous les aspects commerciaux. Pour Alix, ce comptoir était une activité importante qui s'ajoutait à celle de ses deux ateliers, puisque quelques-unes de ces productions arrivaient des Flandres. Certains de ces ouvrages étaient totalement terminés et pouvaient être vendus aussitôt. D'autres, en partie repris par ses propres ateliers utilisaient ou non des remplois. Ce qui permettait de tisser beaucoup plus vite puisque les motifs existaient déjà.

Lorsqu'un atelier effectuait ces opérations de commerce, Julio prenait sa commission au passage. Alix faisait de même puisque sa licence était en règle et lui permettait de pratiquer toutes les formes de négoce en matière de productions lissières.

Rassurée sur la bonne marche de son comptoir, elle quitta Julio et Angela et se dirigea vers ses ateliers. La cour centrale qu'il fallait traverser n'était pas très grande, car on avait mordu sur la superficie pour agrandir les stockages et les dépôts de marchandises.

Arnold et son épouse lui firent un bon accueil. Les effusions furent joyeuses. Leur fils Guillemin avait grandi. Bientôt il serait en âge de commencer son apprentissage. Landry, l'ouvrier, travaillait en bonne harmonie avec Arnold, depuis longtemps contremaître. Quant à Pierrot, il dirigeait à présent une haute lisse.

L'autre atelier, tenu par Mathias aidé de Philippe et de Grégoire, tournait à plein rendement. Alix pouvait reprendre le flambeau, elle se ressourcerait dans le travail.

Quand Philippe vit Tania arriver, il n'eut d'yeux que pour elle. C'est à peine s'il salua correctement Alix, mais elle refusa de lui en vouloir, car elle comprit qu'il venait de jeter son dévolu sur la belle et jeune esclave dont il ne connaissait pas encore l'histoire. Aussi le laissa-t-elle rouler à son avantage ses épaules rondes devant la haute lisse tandis que Tania l'observait sans rien dire.

Quant à Mathias, qui supervisait l'ensemble des deux ateliers, Alix fut étonné de l'ampleur de son assurance. Il avait totalement dominé Arnold et les autres, qui le considéraient tout naturellement comme le maître, du moins en l'absence d'Alix. À son arrivée, il ne leva pas les yeux sur elle, comme si elle ne s'était jamais absentée. Elle dut reconnaître qu'il était particulièrement froid à son égard.

Il accomplissait chaque geste avec une grande maîtrise. Il voyait tout en un coup d'œil et mesurait rapidement l'étendue d'une situation. Il était indubitable qu'il avait pris le rôle de Jacquou, dont il détenait à présent tout l'art professionnel.

Les grandes tentures des vierges du Vatican prenaient forme. Tendues sur les hautes lisses, elles en imposaient déjà par leur étonnante composition. Mathias avait su tirer l'essentiel de ce qu'Alix lui avait expliqué.

— Tu pourras en livrer une prochainement. Cela fera rentrer l'argent, lança-t-il sans la regarder.

Aucune trace du tourment de la veille ne paraissait sur le visage d'Alix, aucune trace de folie, aucun mauvais présage. Mathias n'avait pas tort, devant ses lisses, Alix retrouverait toujours sang-froid, autorité, mesure, équilibre et sagesse.

— Tu as raison, Mathias, répondit-elle d'un ton tranquille, mais fort heureusement l'argent ne nous manque pas. J'ai rapporté de grosses commandes florentines et je vois que, de ton côté, tu as cumulé une belle avance. Cela me permettra de ne pas voyager avant longtemps.

Par ces mots, elle l'obligea à lever les yeux sur elle. Son regard était froid et lui parut insensible. Où était l'homme qui lui avait amené le petit Nicolas hier soir et où était celui qui l'avait furieusement embrassée le jour de son départ pour Florence ?

— Il faudra engager du personnel dans quelque temps.

Elle crut discerner une lueur fugace dans son œil bleu, mais cela passa si vite qu'elle s'entendit répondre d'un ton assez fade :

— C'est en effet mon intention.

Elle s'écarta, le quitta, jeta son regard sur la haute lisse où travaillait Philippe et s'approcha de lui. D'un simple coup d'œil, elle vérifia l'envers de son travail et vit que le tissage était parfait. Elle vérifia qu'aucune retouche ne venait combler une partie éventuellement défectueuse. Ses fils de trame étaient parfaitement tendus et ses fils de chaîne venaient s'entrecroiser harmonieusement. Il faisait habilement fonctionner son levier.

— J'ai vu un ouvrage pratiquement identique dans un atelier brugeois, mais la tapisserie venait de Bruxelles ou de Tournai et faisait partie de la *Tenture allégorique de l'éphémère*. Cette tenture se rapproche de *L'Éternité*[1]. Mais la tienne, Philippe, dit-elle au jeune lissier en lui adressant un sourire, porte sur un thème moins religieux. J'aime assez la physionomie de cette femme, très éloignée de la vierge authentique et pourtant, on y voit la candeur et la piété d'un saint

1. *Tenture allégorique de l'éphémère : L'Eternité*, tissée au début du XVIe siècle. Scène religieuse où Marie est couronnée dans un concert d'anges musiciens. (Museum of Art, Cleveland [Ohio], États-Unis).

visage. Tu en as fait une superbe traduction. À qui cette tenture est-elle destinée ?

— À un seigneur de Bourgogne, répondit Mathias.

— Ah ! Travaillons-nous pour la Bourgogne, à présent ?

— Si l'on nous passe commande, oui.

— Tu as raison. Toutes les régions sont à prospecter. Il faudra d'ailleurs songer à la Normandie lorsque Marguerite d'Angoulême sera mariée au duc d'Alençon.

Mathias la regarda sans aucune chaleur et elle se rendit compte qu'elle parlait encore de voyage. Dieu ! Qu'elle était sotte ! Mais qu'il était devenu glacial et impassible, lui qui s'enflammait si vite autrefois dès qu'une idée paraissait nouvelle !

La journée se passa tranquillement. Alix observa avec une attention extrême tous les travaux en cours tendus sur les lisses, étudia une par une les commandes, dressa la liste des stockages, inventoria les laines et les fils de soie.

Puis, quelques heures plus tard, quand elle eut terminé l'examen détaillé des deux ateliers, elle revint aux ouvrages en cours de fabrication. Plusieurs mille-fleurs étaient tendues sur les basses lisses. En les regardant, il lui devenait impératif, à présent, d'aller de l'avant. Elle reprendrait sa méthode de tissage oriental que lui avait enseignée Jacquou, qui la détenait lui-même du cardinal Jean de Villiers, et l'adapterait sur les vêtements des personnages de ses tentures *Auguste et la Sibylle*. Oui ! Les tissages de la Renaissance réclamaient de l'or ! Elle se servirait de cette technique peu connue qui rendait un effet éblouissant quand le tissage était serré. Un brin de laine bleu, un autre jaune pour donner une apparence de vert, les deux brins mêlés ensuite à un fil de soie jaune pour la brillance.

Puis l'opération inverse, avec des fils de soie bleus, et un brin de laine jaune. Le tout soigneusement joint en prenant soin de ne pas torsader les brins entre eux, et le reflet obtenu s'assimilait à du fil d'or. C'est ainsi qu'elle avait tissé son œuvre pour les membres de la Guilde des Lissiers du Nord, et c'est ainsi qu'elle avait obtenu l'admiration de ceux qui n'étaient pas ses farouches adversaires.

Tout étant clarifié dans son esprit, elle réserva son après-midi à son amie Arnaude et prit place à son côté pour tisser avec elle une scène de chasse à la licorne. Elles parlèrent peu, concentrées sur leur ouvrage. De temps à autre, Alix glissait un regard vers le jeune Guillemin qu'elle avait vu naguère, quand elle pouvait à peine payer ouvriers et apprentis, et encore moins contremaître, trier méthodiquement les laines et les fils de soie selon leur coloris et leur grosseur. À présent, il s'efforçait de tendre ses fils de chaîne sur une petite lisse et d'y entrecroiser ses fils de trame.

Quand le soir commença à tomber et que les ateliers se vidèrent, Alix se leva et s'en fut dans l'atelier d'à côté. Mathias travaillait encore.

— Quand pars-tu ? lui demanda-t-elle en s'approchant lentement de lui.

— Je reste toujours très tard.

Elle lui adressa un sourire qu'elle s'efforça de rendre serein. Allait-il accepter sa nouvelle amitié remodelée sur l'ancienne puisque les données, à présent, s'avéraient différentes ?

— Alors, je reste avec toi. Nous rentrerons ensemble.

— Rien ne t'y oblige.

Elle se redressa, comme piquée par un scorpion.

— Mathias ! Que veut dire cette réflexion ?

Il passa sa main sur son front, parut un instant désorienté, puis s'excusa. D'où venait cette irritabilité dont il ne pouvait plus se défaire ?

— Je pensais simplement à ta fille, rétorqua-t-il en haussant l'épaule. N'as-tu pas envie de la voir après cette longue journée de travail ?

— Elle est chez Lisette qui la nourrira de son lait. En dehors de ces instants-là, je fais confiance à Bertille et à Tania.

— Tania ! s'étonna-t-il, la connais-tu assez pour lui confier ta fille ?

— Mais, bien sûr. Je n'ai aucun souci à me faire.

— En es-tu sûre ?

Étonnée, Alix s'interrogea. Pourquoi avait-elle passé sous silence l'existence de Théodore ? Quelle motivation justifiait qu'elle cachât ainsi la fuite du garçon, qui lui avait volé par cet acte insensé le superbe et fougueux cheval de course qu'Alessandro lui avait offert ? Bertille et Mathias finiraient bien par l'apprendre, car un jour ou l'autre, Angela et Léo laisseraient filtrer un indice réclamant des éclaircissements. Mais, pour l'instant, elle préférait se taire.

— Oui ! Je suis sûre d'elle, répondit Alix à contrecœur.

— C'est une esclave. Ne va-t-elle pas chercher à…

Alix soupira bruyamment, puis s'énerva en voyant le tour stupide que prenait leur entretien.

— À quoi ?

Il chercha ses mots, haussa à nouveau l'épaule et répondit d'un ton désabusé :

— Oh ! Rien. Tu as raison. Laissons tomber.

— En effet, c'est mieux, laissons ce sujet de côté et n'en parlons plus.

Puis, elle se décontracta, sans toutefois retrouver son sourire.

— Je voulais te montrer des dessins que j'ai rapportés de Florence. Veux-tu les voir ? Ils sont du peintre Raphaël.

— L'as-tu rencontré ?

— Rencontré ! Bien sûr. Voici ce qu'il dessine pour les ateliers du Vatican.

Puis elle sortit les cartons qu'elle avait emportés et déposés sur l'une des tables de l'atelier en attendant d'être seule avec lui.

— Tu vas voir, c'est extraordinaire. Je ne t'en dis pas plus. Tu me feras tes remarques après les avoir étudiés.

Elle les étala sous les yeux de Mathias. Ce fut un moment partagé d'extase où chacun oublia ses rancœurs, ses angoisses, ses douleurs. Il leur sembla tout à coup que le ciel les transportait bien au-delà des contingences quotidiennes. Les dessins n'étaient certes que des esquisses signées du grand peintre. Mais elles offraient déjà la splendeur qu'elles allaient rendre, plus tard, sur des tapisseries de grande envergure. Déjà, le projet avait de l'originalité et de la classe. Déjà, il s'imprimait dans leurs deux esprits créatifs.

— Pas de millefleurs, murmura-t-il.

— Pas même d'écus, de fanions, d'emblèmes, de symboles. Rien ne rappelle ce qui a déjà été fait. Non ! Rien n'est suggestif, rien ne propose, n'évoque, ne suscite. C'est ainsi que je veux tisser *Auguste et la Sibylle*, sans rien prendre à la méthode antique.

— Au contraire, reprit Mathias, entièrement subjugué par la singularité des motifs qu'il avait sous les yeux. Tout n'est que réalité. Les animaux, les personnages, les plantes, même les yeux dans les faciès s'imposent. C'est sublime. Je n'ai jamais rien vu de tel. Ce Raphaël est un génie.

— Tu n'es pas seul à le dire. C'est bien pour cette raison que le pape Jules II le sollicite au Vatican.

Mathias observait les dessins avec une attention minutieuse. Ses yeux allaient dans chaque recoin du carton à la rencontre du détail presque invisible.

— Et le petit motif central, regarde-le, Mathias. À première vue, il semble perdu et pourtant, en seconde approche on ne voit plus que lui. Ces dessins s'appellent des « Grotesques ».

Elle s'approcha de lui et le frôla. Il posa sa main sur son épaule, comme il faisait autrefois, sans qu'il y ait d'ambiguïté.

— Nous allons commencer à les travailler, décréta Alix. Je poserai l'un de ces dessins sur les fils de trame. Peux-tu en mesurer les proportions ? Je les voudrais gigantesques.

— Gigantesques !

— Nous avons les hautes lisses pour les exécuter.

Elle sentit qu'il pressait son épaule de sa chaude main rassurante et elle en fut heureuse.

— Pourquoi les veux-tu si grandes ?

— Parce que j'ai acheté la signature de Raphaël et que j'ai l'intention, lorsqu'elles seront terminées, de les proposer à François d'Angoulême. Ces quelques tapisseries vaudront une fortune. Louise me les achètera sans en discuter le coût. Je sais qu'elle a obtenu de gros crédits pour son fils. J'irai aux noces de Marguerite et je lui en parlerai.

Elle sentit la main de Mathias se crisper sur son épaule, puis retomber doucement.

— Je ne resterai pas longtemps, Mathias, un jour ou deux, trois tout au plus. Il faut que je vende ces tapisseries à la cour. Nous avons la chance de pouvoir nous passer de commanditaires. N'est-ce pas inespéré ? Ne sais-tu donc pas le prix souvent inabordable que demande un intermédiaire sérieux ? Nous n'aurions qu'une commission au passage, plus le fruit de notre travail.

Il la fixa durement. Elle recula sans mot dire. Toute paix les avait quittés.

— Toi, quand tu pars, qui sait quand tu reviens ? Eh bien, retourne à tes voyages et laisse-moi donc travailler.

— Mathias ! s'écria-t-elle furieuse, je ne t'ai jamais rien promis. Tu le sais.

— Oui, je le sais. Mais t'ai-je demandé quelque chose ? Allons ! Rentre voir ta fille et laisse-moi poursuivre mon travail. Je n'ai pas terminé.

Mais Alix n'en fit rien. Elle prit place à côté de Mathias et commença, sans rien dire, à tisser sa tenture *Auguste et la Sibylle*. Un silence les enveloppa et un semblant d'harmonie revint entre eux.

Le temps leur était nécessaire pour oublier tout ce qui faisait barrage entre les souvenirs d'Alix et l'amour de Mathias.

Alix leva les yeux et lui sourit. Un bien-être les détendit et les apaisa.

Un village sous l'emprise du Mal

(Pocket n° 13862)

Les Ardennes, 1659. Malzieu est le théâtre d'événements macabres : une petite fille dévorée par les loups, une autre noyée dans la rivière, une jeune veuve accusant son beau-frère de l'avoir ensorcelée et d'avoir tué son époux. Le juge Bossuat, éminent adversaire des forces du mal, lance la chasse au sorcier. Seul Melchior Percheval, avocat étranger au village, croit en l'innocence du jeune homme. La raison affronte la superstition. Désormais, pour le juge, chacun est un suppôt de Satan en puissance...

Il y a toujours un Pocket à découvrir

Alliances et trahisons en pays cathare

(Pocket n° 12254)

Les quatre volumes de *La malédiction des Trencavel* sont disponibles chez Pocket

En l'an de grâce 1168, sous le règne de Louis VII, le midi de la France connaît une lutte fratricide. Dans un climat de troubles religieux, un homme tente de résister aux manigances du comte de Toulouse, père de la belle Adélaïs, qui revendique des droits sur ses terres et sur ses titres. Son nom ? Roger Trencavel, vicomte d'Albi, de Carcassonne et de Béziers. Multipliant les alliances et les stratégies pour maintenir la paix, parviendra-t-il à conjurer la malédiction qui règne sur sa lignée ?

Il y a toujours un Pocket à découvrir

Imprimé en Espagne par LIBERDÚPLEX
Achevé d'imprimer : août 2009
Dépôt légal : septembre 2009